CAPTIVE

SARAH RIVENS

CAPTIVE

TOME 1

BMR

Hachette Livre, 58 rue Jean Bleuzen, 92170 Vanves.

Captive est une dark romance qui n'entre pas dans les codes de la romance classique : romance y rime avec violence, et certaines scènes peuvent surprendre les lectrices non averties. Trigger warnings : mentions de viol, violences physiques, langage violent.

Plongez directement dans l'atmosphère de *Captive* grâce à la playlist Spotify en flashant ce Qr Code :

ATMOSPHÈRE

Lovely – Billie Eilish, Khalid
Control – Halsey
The Beautiful & Damned – G-Eazy ft. Zoe Nash
Devilish – Chase Atlantic
Jungle – Emma Louise
You don't own me – SAYGRACE, G-Eazy
Play with Fire – Sam Tinnesz, Yacht Money
Cold Heart Killer – Lia Marie Johnson
Lost the game – Two feet
Like Lovers Do – Hey violet
Hypnotic – Zella Day
Arcade – Duncan Laurence ft. FLETCHER
Middle of the night – Elley Duhé
Angels like you – Miley Cyrus
Don't Blame Me – Taylor Swift
Small Doses – Bebe Rexha
Angels Don't Cry – Ellise
Only love can hurt like this – Paloma Faith
Then – Anne-Marie
Everybody wants to rule the world – Lorde
Writing's on the wall – Sam Smith
Someone you loved – Lewis Capaldi
Mount Everest – Labrinth

Memento mori
Esto memor nostri

PROLOGUE

« *Captive* »

Voilà comment on me surnommait. On me considérait comme une monnaie d'échange lors de négociations à des fins illégales. Une rentrée d'argent pour mon « possesseur ».

On m'utilisait. Me souillait. Et ce, depuis des années. Des années que je me noyais dans ce cauchemar sans en voir le bout. Sans pouvoir me réveiller.

J'avais commencé à travailler pour *elle*. Pour *la* sauver. Pour *nous* sauver.

Ma tâche était simple : offrir mon corps sans rien dire, contre mon gré, pour soulager ces gros porcs malsains bourrés de fric qui ne prenaient pas la peine de comprendre que leurs actes resteraient gravés dans ma mémoire.

Leur viol.

Ils étaient présents jusque dans mon esprit. Je les sentais me toucher, même lorsqu'ils étaient loin de moi. Et à cause d'eux, je me détestais. J'étais une coquille vide qui n'attendait plus rien de la vie. Après tout, la mienne était foutue.

Mon vrai prénom ? Ella. J'avais maintenant 22 ans. *Je crois.*

J'étais la « captive » d'un certain John. Ce gars était une véritable merde. J'en savais quelque chose, parce que je me le coltinais jour et nuit depuis qu'il m'avait embauchée.

Tout était sa faute. C'était à cause de lui que j'étais désormais… *brisée.*

Mon corps ne m'appartenait plus. Il était sien.

Mais maintenant, tout allait changer.

Il m'avait envoyée travailler pour quelqu'un d'autre. N'ayant sûrement plus besoin de moi.

Est-ce que j'avais hâte de quitter cette maison qui renfermait mes pires douleurs ? Certainement.

Est-ce que je savais qui était cet inconnu et pourquoi il m'avait embauchée ? Absolument pas.

Est-ce que j'avais peur ? J'étais terrorisée.

CHAPITRE UN

VOIR LE BOUT DU TUNNEL... OU PAS

— DEBOUT ! hurla mon possesseur près de mon oreille, me réveillant en sursaut.

Son haleine empestait l'alcool et le tabac. Le regard dur, il me secoua la tête brutalement.

John. Une merde de premier rang, ce qui était facile à deviner rien qu'à son allure de clochard à fond sur les drogues dures et assoiffé d'argent.

— Je lui ai demandé une grosse somme, alors pas de retard sur la livraison ! s'exclama-t-il d'un ton faussement joyeux.

Je m'extirpai du lit, sous le regard malveillant de mon futur ex-possesseur. Je ne réalisais d'ailleurs pas bien encore ce que je disais. *Futur ex-possesseur.*

Il sortit d'un pas maladroit, signe qu'il était bourré. *Bordel, comment pouvait-on être bourré à 9 h du matin ?*

À côté de mon lit se trouvait un vieux sac vide avec des affaires dessus que m'avait achetées John pour l'occasion. Des sous-vêtements, deux jeans et deux pulls. *Quel homme attentionné.*

Je pris les affaires posées par terre et les enfouis négligemment à l'intérieur du vieux sac. Mes chaussures usées aux pieds, je sortis du placard à balais qui me servait de chambre.

J'étais si pressée de partir de cet odieux endroit. *Définitivement.*

Je montai les marches à toute vitesse et tombai nez à nez avec le clochard, qui m'attendait devant le seuil de la porte d'entrée.

— Viens ici.

Méfiante, je m'approchai. Il posa ses maigres mains ignobles sur ma tignasse mal coiffée, essayant de tirer mes mèches rebelles vers le bas, dans l'espoir d'arranger mes cheveux.

Face à mon mouvement de recul, il emprisonna violemment ma mâchoire entre ses doigts. Il me força à le regarder alors qu'il crachait :

— C'est moi qui devrais être dégoûté de te toucher, espèce de petite salope.

Je le fusillai du regard, mais ne répondis rien. D'une main ferme, il me tira à l'extérieur. C'était un beau jour en perspective, surtout pour moi.

Il s'avança vers la voiture noire stationnée près de chez lui, dont il ouvrit la portière afin de me pousser à l'intérieur.

— Tu n'es rien de plus qu'un horrible sac à problèmes, sans compter tes nuits à chialer comme une gamine. Il le comprendra rapidement et voudra sûrement se faire rembourser, mais tu lui diras que c'est impossible.

Avant que la portière se ferme, un ricanement malsain quitta ses lèvres. Je soupirai de soulagement et mon rythme cardiaque se calma lorsque je sentis *enfin* la voiture démarrer.

Le conducteur n'était pas bavard, pour mon plus grand bonheur. Son visage me laissait penser qu'il avait la quarantaine, et son corps paraissait plus imposant que celui de John. Je détournai le regard pour le poser sur les nouveaux paysages qui s'offraient à moi derrière la vitre teintée.

Je m'éloignais de cet enfer où j'avais passé la moitié de mon adolescence. En quelque sorte, j'étais libre. Loin de John, celui qui m'avait arrachée à ma vie d'avant. Qui, par cupidité, avait jugé bon de m'effacer de la réalité.

Je suis libre. Bordel, ce moment, j'en ai rêvé depuis si longtemps !

Cette pensée me fit sourire comme une enfant, et les larmes me montèrent aux yeux. Je commençais enfin à voir le bout du tunnel, tunnel dans lequel je m'étais perdue pour le seul membre de ma famille.

Cependant, je redoutais mon nouveau *possesseur*. Je savais qu'il n'y avait pas pire que John, c'était une certitude, mais je me demandais qui était cet inconnu. Que comptait-il faire de moi ? Et allait-il *lui* envoyer l'argent que je gagnais ? D'ailleurs, je n'avais pas eu de *ses* nouvelles depuis le début de mon travail.

La vague idée de m'échapper de chez mon futur possesseur me traversa l'esprit, mais c'était trop tard. Ma vie était foutue, je n'avais nulle part où aller. Et surtout, je ne savais pas où j'allais.

Le trajet était long, très long. Entre-temps, la nuit était tombée. Je m'endormis au moins une vingtaine de fois. Puis, je me concentrai sur le conducteur, qui n'avait pas parlé depuis notre départ. Si je lui demandais combien de temps il nous restait, allait-il me répondre ? Il paraissait grincheux et froid.

Enfin, je nous sentis ralentir. Je déglutis en apercevant des hommes au bord de la route. Quand le chauffeur baissa la vitre, mon regard croisa celui de ces grandes silhouettes imposantes.

— Laissez-le passer, déclara l'une d'elles.

Putain, où est-ce qu'on est ? Il faut que je lui demande…

J'hésitai un long moment. C'est lorsque je me décidai enfin à lui poser la question que la voiture s'arrêta brusquement. Le premier, le conducteur, sortit et contourna la voiture afin de m'ouvrir la portière. Il m'extirpa de l'habitacle en me tirant par le bras, qu'il serra si fort qu'il me fit grimacer.

T'inquiète, je ne vais pas m'échapper. Je n'ai nulle part où aller, mon vieux.

Le sac à dos sur l'épaule, il appuya sur un bouton au contour lumineux sur le portail et patienta sans m'adresser ni un regard ni une parole. Autour de nous, il n'y avait rien, hormis la route principale qui s'étalait derrière moi, et le portail en face qui me séparait de ma future maison, protégée par un long mur.

— Elle est là, fit froidement le conducteur en levant la tête vers une caméra de surveillance en haut du mur.

Le portail s'ouvrit automatiquement. Il me traîna rapidement tout le long de l'allée, que je crus sans fin. Au loin se dressait une immense maison contenant plus de baies vitrées que de murs. *Mon nouveau possesseur n'a jamais regardé les films d'horreur ? Parce que c'est souvent ça qui attire l'œil des psychopathes.*

C'était une grande maison, une trop grande maison. À ma gauche, au milieu d'une pelouse parfaitement tondue, se trouvait une immense piscine. Beaucoup plus bas, j'aperçus une entrée. Comme celle d'un garage ?

Le conducteur pressa davantage mon bras. J'étais sûre qu'il laisserait les marques de ses doigts sur mon épiderme. Il toqua à la porte d'entrée, et un homme assez vieux nous accueillit, me jaugeant du regard avec une expression neutre.

— Rick est au deuxième étage, avec les autres, déclara le vieil homme sans détourner les yeux.

Rick ? Mon nouveau possesseur s'appelait Rick ?

— Tout le monde est là ?

L'homme acquiesça brièvement et s'écarta du passage. Je le gratifiai d'un sourire poli qu'il ne me rendit pas, préférant tourner la tête et faire comme s'il n'avait rien vu. *Mais pourquoi je lui ai souri ?*

On monta les marches blanches de cette maison sans un mot. Bien que je n'aie pas eu le temps de visiter les différentes pièces, je notai qu'il y avait plusieurs portes. Des chambres ? Mais qui aurait besoin d'autant de chambres chez lui ?

Arrivée au deuxième étage, j'entendis des voix étouffées provenir du fond du couloir. Je déglutis, mon cœur battait la chamade. Angoissée par toutes ces voix inconnues, je tressaillis lorsque nous nous mîmes face à la fameuse porte d'où émanait ce léger brouhaha. La porte qui séparait mon avenir incertain de mon cauchemardesque présent.

Après avoir toqué, le chauffeur attendit sagement. On percevait sans trop de difficultés des pas. Finalement, la porte s'ouvrit sur un homme plus jeune que celui qu'on avait croisé en bas. Âgé probablement d'une cinquantaine d'années, il me fixait de ses yeux bleus alors que ses lèvres fines s'étiraient. Lui, au moins, il souriait.

— T'en as mis du temps ! s'exclama-t-il en lançant un regard au conducteur.

— Excuse-moi, la route principale était bouchée, j'ai dû passer par d'autres chemins.

L'homme hocha la tête et reporta son attention sur moi. Des chuchotements se firent entendre derrière lui. Il s'éloigna de la porte pour nous laisser entrer, la refermant derrière nous.

Lorsque le chauffeur lâcha mon bras, à présent endolori, je grimaçai. Face à moi se tenait un groupe à peine plus âgé que moi. Ils étaient quatre : deux filles et deux garçons. Tous affalés sur des chaises de bureau en cuir, à me toiser du regard, me jaugeant sans permission, comme si j'étais une bête de foire.

J'avais horreur de ça.

— C'est sur un refus catégorique que je termine cette réunion, déclara l'un d'eux en se levant de sa chaise.

Cette voix particulièrement rauque appartenait au seul homme blond de la pièce. Quelques mèches de ses cheveux ébouriffés tombaient sur ses yeux gris. Son regard perçant m'intimidait autant que son corps imposant. Il détourna le regard de mon visage tandis que le quinquagénaire soufflait :

— *Ash*, ne fais pas le difficile. Elle est parfaite pour les affaires, son ancien possesseur m'a dit qu'elle était très entreprenante.

C'est ce qu'on appelle de la publicité mensongère, monsieur !

— Je ne veux pas d'une nouvelle captive, Rick ! Regarde-la, putain, on dirait un zombie ! On n'obtiendra rien d'elle, si ce n'est de toucher le fond encore plus, cracha ledit Ash en me pointant du doigt.

Même si j'étais presque blessée par les termes crus qu'il utilisait pour décrire mon visage fatigué, je restai silencieuse. Très loin de moi l'idée de me défendre, surtout maintenant.

Il me regardait avec un dégoût presque interdit. Une boule se forma dans mon ventre lorsqu'une pensée heurta mon esprit déjà lassé de toutes ces réflexions : et s'ils me renvoyaient chez John ?

Oh non, par pitié.

— Ne dis pas n'importe quoi, elle est magnifique ! rétorqua Rick en s'approchant de moi. Exactement comme tu les aimes.

Il posa sa main sur ma joue, et je reculai instinctivement. Le conducteur me reprit brutalement le bras, pensant peut-être que j'allais m'enfuir.

— Tu es craintive ? Ma petite… il ne fallait pas t'aventurer dans un monde comme celui-ci, dans ce cas.

Il murmura sa phrase avec un léger sourire en coin.

Je n'ai jamais voulu m'aventurer dans votre monde volontairement, pensai-je. *C'était pour elle. Et uniquement pour elle.*

— Si tu veux, Ash, je peux l'essayer pour toi. Histoire de savoir ce qu'elle vaut sur le terrain… lança une voix masculine.

Je grimaçai, répugnée par les yeux sombres du second homme qui n'hésitait pas à me détailler avec une lueur perverse. Il possédait le tatouage d'un oiseau dans le cou, des cheveux d'ébène et un regard aussi perçant que celui du blond.

— Je te l'offre, cadeau de la maison.

— Ben ne peut pas avoir deux captives, Ash, c'est non négociable.

Cet « Ash » me fixait encore avec dégoût. Je compris que c'était lui, mon nouveau possesseur, et qu'il ne voulait pas que je travaille pour lui. Les deux filles présentes chuchotèrent des choses que je ne pouvais pas entendre depuis ma position.

— DÉGAGEZ D'ICI ! cria Ash. ET ELLE AVEC !

Je sursautai violemment lorsqu'il hurla sa dernière phrase. Le plus âgé du groupe, Rick, leva les yeux au ciel en le voyant se diriger vers la porte.

— C'est ce qu'il aurait voulu que tu fasses, dit-il doucement.

Sa phrase arrêta le jeune homme dans son élan. Ce dernier tourna la tête pour le fusiller du regard, puis reporta son attention sur les membres de son groupe. Ils n'avaient pas bougé, témoins silencieux de la scène. Perplexe, j'attendais une réponse de cet homme aux cheveux clairs qui ne voulait absolument pas de moi.

— Sans lui, je n'aurais jamais atterri dans vos affaires à la con.

Rick poussa un soupir avant de rétorquer simplement :

— Maintenant que tu y es, fais marcher nos affaires comme il le faisait. Elles se portent très mal, et tu le sais.

— Pour ça, tu dois accepter ta nouvelle capti-

— La ferme, Kiara ! la coupa sèchement Ash.

J'étais très mal à l'aise face à cette dispute dont j'étais la cause. Si on regardait le bon côté des choses, j'étais loin de John. Le mauvais côté était qu'on amputerait bientôt mon bras, car je ne sentais plus le sang circuler.

L'homme prénommé Rick fit un signe de tête au conducteur, qui me lâcha enfin et s'éclipsa. Il ne restait plus que moi, les deux hommes en parfait désaccord et le reste du groupe. Je portai ma main sur mon bras pour le masser doucement.

J'étais gênée à cause de l'ambiance qui planait. À vrai dire, je détestais être au centre de l'attention. Je n'avais qu'une envie, à cet instant : creuser le sol et m'enterrer en attendant qu'ils trouvent une solution à leurs problèmes.

Le blond quitta la pièce en trombe, me laissant avec ce Rick, qui se retourna vers moi en souriant de toutes ses dents.

— Bien ! Maintenant que le problème est réglé, permets-moi de me présenter. Mon prénom est Rick, et voici Ben, Kiara et Sabrina, fit-il en me montrant du doigt les personnes présentes dans la pièce.

La jeune femme du nom de Kiara, très jolie par ailleurs, m'adressa un signe de la main. Des boucles brunes tombaient en cascade sur ses épaules. Elle affichait un nez fin, un sourire et des yeux clairs chaleureux. Sabrina, elle, possédait cet air de femme fatale que je ne pourrais jamais avoir, ainsi que des yeux en amande et des lèvres pulpeuses. Ses traits exotiques me laissaient penser qu'elle avait peut-être des origines latines. Elle arborait le sourire forcé que j'avais l'habitude de montrer quand j'étais en présence de John.

Un sourire que je lui rendis.

— Ton ancien possesseur nous a fait payer très cher pour t'avoir, continua-t-il. J'espère que j'ai fait le bon choix…

— Ma proposition est toujours valable, hein, rappela le deuxième homme en haussant les épaules.

C'était le pervers, Ben.

— L'un de vous ira demander à Ash où dormira sa nouvelle captive.

Aucun d'eux ne daigna bouger, tous faisaient comme s'ils n'avaient rien entendu. Rick secoua la tête d'exaspération et lança un regard dur au pervers.

— Vas-y, toi ! J'ai mieux à faire que de rester cloué à un lit d'hôpital ! s'exclama le brun.

— Je peux y aller, moi ? demanda une des deux filles. Sabrina.

— Non, répondirent en même temps les deux hommes sans la regarder.

Sabrina roula des yeux en se renfrognant sur son siège.

— Kiara, descends.

Le pervers émit un rire moqueur tandis que la jeune femme secouait la tête en croisant les bras. Sous le regard noir de Rick, elle céda et finit par se lever. Tout en marmonnant des choses incompréhensibles, elle quitta la pièce.

Quelques minutes plus tard, on entendit des cris sourds, avant de voir Kiara réapparaître, une expression contrariée sur le visage. Agacé, Rick posa ses doigts sur mon bras… *Mais qu'est-ce qu'ils ont tous avec mon bras ?!*

Mais alors qu'on s'apprêtait à sortir, le jeune homme aux cheveux blonds de tout à l'heure resurgit dans la pièce, fracassant presque la porte par laquelle il était entré. Il me prit par le poignet et m'arracha à l'emprise du plus âgé.

Au moins, c'est le poignet…

Nous ressortîmes de la pièce rapidement. Tout en poussant des jurons, il dévalait les escaliers alors que je manquais de tomber. Un étage plus bas, il ouvrit une porte.

Sa pression sur mon poignet me faisait grimacer. Une marche, et nous arrivâmes dans un couloir sombre et humide. Après le placard à balais, j'allais bientôt dormir dans une cave. Quelle chanceuse.

Il ouvrit une seconde porte et me poussa brutalement à l'intérieur de la pièce. Je perdis l'équilibre. Je n'eus pas le temps de me relever que je l'entendis verrouiller la porte. La pièce était éclairée par une petite fenêtre entrouverte, laissant l'air froid de l'hiver envahir la « chambre ». Il n'y avait qu'un vieux matelas par terre, sans oreiller ni couverture.

Je déglutis lorsque j'entendis des objets se fracasser en haut ainsi que des cris. Enfin, les cris d'une seule personne. Ceux de mon nouveau possesseur.

J'ouvris mon vieux sac et enfilai les deux pulls que j'avais en ma possession, dans l'espoir que ça me réchauffe pendant cette première nuit. Après plusieurs minutes assourdissantes, le bruit des moteurs résonna depuis la petite fenêtre, et je compris qu'ils allaient partir, me laissant seule avec mon nouveau possesseur aliéné.

Moi qui me demandais comment ce mec pouvait dormir avec des baies vitrées partout chez lui, j'avais ma réponse. *C'est un psychopathe. Comment pourrait-il avoir peur d'attirer ses semblables ?*

J'entrepris de regarder autour de moi, à la recherche de quelque chose d'autre qu'un vulgaire matelas que je supposais sale. Il n'y avait rien, excepté la porte en fer qui contenait une trappe en bas. *Oh non, on dirait une prison.*

En entendant des pas au plafond, je levai la tête. Il était peut-être dans la pièce au-dessus ? Un souffle quitta mes lèvres. Même si la fatigue s'emparait doucement de moi, j'étais incapable de dormir à cause de mon esprit, qui n'arrêtait pas de passer en boucle les derniers événements.

Après quelques heures à fixer le plafond et à me perdre dans mes pensées, mes paupières devinrent lourdes. J'essayai de trouver le sommeil, recroquevillée sur moi-même pour me réchauffer.

Finalement, je commençais presque à regretter John.

CHAPITRE DEUX

FEMME D'AFFAIRES

La nuit me parut affreusement longue, presque interminable. En plus d'être morte de faim, j'avais une folle envie d'aller aux toilettes. Cependant, je devais attendre qu'on m'ouvre cette foutue porte.

Les rayons du soleil, qui traversaient à peine la petite fenêtre tout en haut, me laissaient enfin voir l'intégralité de la pièce, où il n'y avait, comme je m'y attendais, rien de plus qu'un vieux matelas.

Je priais pour sortir très rapidement de cette cave, mais plus le temps passait, plus je perdais espoir. Le jeune homme qui logeait dans l'énorme maison n'avait pas bougé. Du moins, n'avais-je pas entendu ses pas résonner comme hier soir. Pendant ce temps, moi, je tournais en rond, dans une vaine tentative pour calmer ma vessie douloureuse.

J'aurais pu exploser de joie lorsque j'entendis *enfin* ses pieds taper contre le plafond. Impatiente de sortir, je me positionnai face à la porte en sautillant presque. J'entendais sa voix sourde depuis la cave. Je ne comprenais pas ce qu'il disait, mais une chose était sûre, il était vivant.

C'était déjà un bon début.

L'attente me torturait. Les minutes s'écoulaient comme des heures, et toujours rien.

Qu'est-ce qu'il attend pour venir ? Va-t-il me laisser mourir de faim ? Est-ce qu'on peut mourir parce qu'on n'a pas pissé ? Cette pensée me retournait l'estomac.

Il ne s'était pas beaucoup réjoui de mon arrivée. Compte-t-il m'achever pour que je lui foute la paix ? Oh, bordel.

De la part d'un putain de psychopathe qui dormait sans rideaux, il fallait s'attendre à tout. Moi non plus, je ne voulais pas être ici. Alors, pourquoi ne pas conclure un pacte, afin que je reprenne ma vie là où je l'avais laissée ?

Au moins une heure était passée depuis que j'avais entendu ses pas. Ce n'était pas possible autrement. Peut-être m'avait-il oubliée ? Comment le pouvait-il ? Fallait-il que je crie ? Mes questions s'évaporèrent au moment où le bruit de la serrure résonna. Je remerciai le ciel, sauf que ce ne fut pas la porte qui s'ouvrit, mais la trappe. Laissant passer un plateau contenant de l'eau et un pain au chocolat.

— Non, non, non ! Ne partez pas, s'il vous plaît, j'ai besoin d'aller aux toilettes ! m'exclamai-je en tapant contre la porte, dans l'espoir que ce mec m'ouvre.

Un nouveau déclic retentit, laissant ensuite apparaître une fille du groupe. *Kiara.* Je reconnaissais ses boucles brunes et ses yeux bleus.

Avec un sourire triste, elle me prit par la main.

— Mon Dieu, tu es gelée ! s'horrifia-t-elle en touchant ma peau.

Je ne répondis rien. Mon cerveau n'avait qu'un seul objectif : soulager ma vessie au plus vite possible avant qu'elle explose. Nous sortîmes de la cave et empruntâmes un couloir qui nous mena à une salle de bains. Elle me laissa entrer et referma la porte.

Je poussai un soupir de soulagement, une fois ma vessie vidée. Après m'être lavé les mains, je toquai à la porte. Elle, au moins, m'ouvrit aussitôt.

— Je vais demander à Ash de te ramener des couvertures, il fait très froid ici ! Comment as-tu réussi à dormir ?

Oh, tu sais, je n'ai pas fermé l'œil. J'attendais impatiemment que le jour se lève pour que ton « Ash » me ramène à manger et m'emmène aux toilettes.

Je haussai les épaules en guise de réponse. Elle me fit comprendre qu'Ash ne se réveillait pas tôt le matin, et que c'était elle qui le remplaçait. *Mais il était debout, ce psychopathe, je l'avais entendu !*

— Comment tu t'appelles ? me demanda-t-elle, curieuse.

— Captive ? répondis-je sans trop de conviction.

— Je veux dire, ton vrai prénom ? s'amusa-t-elle.

— Ella, je m'appelle Ella.

— C'est joli. Moi, c'est Kiara !

Cette fille était joyeuse dès le matin, elle pétillait d'énergie. Ça faisait longtemps que je n'avais pas parlé à une fille de mon âge, du moins de ma génération, ou qu'on ne m'avait pas demandé mon vrai prénom.

Nous nous dirigeâmes vers ma prison. Avec un petit sourire gêné, elle m'indiqua :

— Ne t'inquiète pas, ça ne sera pas toujours comme ça. Ash te traitera bientôt comme tu devrais l'être. Il lui faut seulement une période « d'acceptation ».

Elle finit sa phrase en grimaçant. Je hochai la tête, peu convaincue de la fiabilité de son information, et repris place sur le matelas. Elle me sourit une dernière fois avant de refermer la porte à clé.

J'avalai le pain au chocolat et bus le verre d'une traite. Je n'étais pas du tout rassasiée, mais c'était mieux que rien. Les rayons du soleil montraient les poussières et les particules flottant dans la pièce. Malgré leur faible chaleur, il faisait froid.

— C'est l'éclate ici… chuchotai-je en regardant autour de moi.

Enfermée entre quatre murs, j'écoutais des voix parler au-dessus de ma tête. Je m'allongeai en ressassant mon arrivée ici, passant du blond que je dégoûtais et qui, par chance, n'était autre que mon possesseur à l'homme plus âgé.

Que me voulaient-ils ? John m'utilisait, me vendait à ses clients qui n'étaient que de gros porcs à la recherche de jeunes filles pour se soulager. Bien sûr, sans consentement. Mais eux, qu'attendaient-ils vraiment de moi ?

Je soupirai en repensant aux mots crus de ce déchet qui répétait que j'étais un « un sac à problèmes ». À qui la faute ? Il était responsable de tous mes maux, de tous mes viols, de tous les traumatismes psychologiques et physiques ancrés dans mon esprit.

Ce cauchemar avait commencé avec lui.

Je me demandais si j'allais quitter la cave. En temps normal, lorsque John n'était pas là, je pouvais traîner dans la maison, sans jamais en sortir. Il fermait les portes et engageait des personnes pour me surveiller, jour et nuit.

J'avais déjà essayé de m'échapper, plusieurs fois même. Mais à chaque fois, c'était la même mascarade : ses hommes me retrouvaient, me frappaient et me laissaient guérir de mes blessures sans médicament. Histoire que la douleur perdure.

Il disait que mon visage innocent attirait trop ses clients pour qu'il me laisse partir. La question était : pourquoi ? Merde, je ne m'étais jamais montrée entreprenante, ils me dégoûtaient.

J'étais une fille qui avait été donnée contre son gré à des animaux en proie à des pulsions malsaines, pour *elle*, pour *sa* sécurité, pour *sa* santé. J'imaginais qu'à présent, il n'avait plus besoin de moi. Et j'espérais que ma tante non plus. C'était pour elle que je m'étais laissé entraîner là-dedans. Mais elle n'avait plus jamais demandé de mes nouvelles depuis que j'avais quitté son appartement. Je me demandais si elle avait enfin terminé son sevrage et payé toutes ses dettes grâce à mon travail.

Du haut de mes vingt-deux ans, j'avais donc été la captive d'un homme qui m'avait vendue aux êtres les plus ignobles, de gros dégueulasses qui avaient assez d'argent pour financer ses projets illégaux partout dans le pays. Puis, j'avais été envoyée chez un autre homme, pour d'autres projets. *Quelle femme d'affaires je fais !*

Mes réflexions m'achevèrent. Je fermai les yeux et me laissai emporter par le sommeil que je n'avais pas réussi à trouver la veille.

Je fus réveillée par le bruit de la serrure. Je me relevai et attendis de voir ce qui allait s'ouvrir. La trappe répondit à ma question en laissant entrer un plateau avec une assiette de pâtes presque cramée et de l'eau.

La pièce était plus sombre. Je compris que la nuit était tombée et que j'avais dormi pratiquement toute la journée.

Je grimaçai lorsque je sentis les pâtes brûlées contre mon palais. Mais il fallait que je mange. Je me forçai à finir mon assiette et mon verre avant de remettre le plateau près de la trappe. Je repris ensuite place sur mon matelas, les yeux rivés sur le mur.

Si ma mère voyait ce que sa fille était devenue, elle qui aurait sûrement voulu que je sois médecin ou fleuriste… Ou peut-être vétérinaire. Heureusement qu'elle n'était plus là. J'avais tellement honte.

Mon séjour en Floride ne devait pas s'éterniser. J'avais prévu de retourner, dès ma majorité, en Australie, mon pays natal. Visiblement, les États-Unis avaient voulu me garder plus longtemps.

— Ella ? m'appela une voix derrière la porte.

Je fronçai les sourcils et tournai la tête.

— O… oui ? demandai-je.

— C'est Kiara. Je vais te faire sortir pour la soirée, d'accord ? Ash travaille cette nuit, alors je me suis dit que ça serait sympa si tu restais autre part que dans ce trou à rat…

Je ne pus m'empêcher de rire doucement. Je hochai la tête, mais me rendis compte qu'elle ne me voyait pas. Je levai les yeux au ciel face à ma propose bêtise.

— Alors, ça te dit ?

— Oui… d'accord ! m'exclamai-je avec une pointe d'excitation dans la voix.

Elle ouvrit la porte, un sourire chaleureux sur les lèvres. Elle me tira ensuite loin de cette cave. Nous montâmes les marches qui menaient au hall.

Kiara m'amena dans une salle de séjour tout en sobriété. Les meubles sombres se mariaient parfaitement avec le blanc des murs, créant un décor moderne et harmonieux. Un gigantesque écran mural était allumé sur une émission télé qui comblait le silence de la pièce. Le canapé en cuir noir, sur lequel étaient éparpillés des oreillers dans les mêmes tons, était si grand qu'on pouvait, sans l'ombre d'un doute, dormir à trois dessus. Il paraissait tellement confortable.

Il y avait un foyer en marbre blanc juste en dessous de l'écran. Les flammes dansaient et se mouvaient de manière désynchronisée, rendant la vue encore plus envoûtante. Un plateau avec deux verres en cristal et trois paquets de cigarettes vides étaient posés négligemment sur la table basse noire laquée.

— Je t'en prie, installe-toi, je nous ai préparé du chocolat chaud ! déclara Kiara en m'invitant à m'asseoir.

Je m'exécutai sans broncher. Comme je l'imaginais, ce canapé était terriblement confortable. Elle m'offrit ma tasse de chocolat chaud, et je la remerciai avant de jeter un œil sur l'émission que je ne connaissais pas.

À vrai dire, je n'en connaissais pas beaucoup. Je regardais principalement les dessins animés lorsque j'étais chez John. Je bus une gorgée de ma boisson chaude, et après une éternité, mes papilles redécouvrirent le doux goût du chocolat.

— J'adore cette émission, c'est un concours pour savoir qui est le meilleur cuisinier !

— Je ne la connais pas, avouai-je presque honteusement, mais… elle paraît bien !

Kiara commentait chaque scène, ce qui me faisait beaucoup rire. Pour une fois, je me sentais bien. Elle me partageait sa bonne humeur, que je ne pouvais qu'accepter avec joie, moi qui n'avais pas parlé à une fille depuis mes 16 ans.

— Alors, parle-moi un peu de toi, me demanda Kiara en posant sa tasse sur le plateau. Comment tu t'es retrouvée à faire ça ? Je sais que la captive de Ben est motivée par l'argent, et celle de Rick a commencé pour son fils, mais toi ? Tu as un fils comme Ally ? Ou peut-être aimes-tu l'argent comme Sabrina ?

Je m'étouffai presque. Moi, un fils ? John ne leur avait donc pas raconté comment j'en étais venue à devenir sa captive. Devais-je le faire ? Je pensais qu'ils le savaient déjà.

Je me raclai la gorge. Honteuse, j'essayai de trouver les bons mots.

— Ma tante m'a demandé de… travailler pour John afin qu'elle puisse remonter la pente et payer ses dettes, avouai-je nerveusement.

Kiara me regarda, incrédule. Puis, elle se mit à rire. Qu'y avait-il de si drôle ?

Je fronçai les sourcils, contrariée. Elle se foutait littéralement de ma gueule.

— Oh, mon Dieu, tu es drôle, toi ! s'amusa-t-elle en secouant la tête. Maintenant, dis-moi vraiment pourquoi tu as voulu te lancer.

Ah, elle pensait que je rigolais ? *Quelle innocence.*

— Je… C'est la vérité, répondis-je plus sérieusement.

Elle me dévisagea, essayant de déceler la moindre trace de mensonge. Lorsqu'elle réalisa que j'étais sincère, ses yeux s'écarquillèrent et son visage perdit toutes ses couleurs. Elle ne s'attendait forcément pas à une cause aussi… horrible ou insensée ?

— Tu… tu… Je suis désolée… je pensais… Désolée… je m'excuse, je… Oh, mon Dieu, bafouilla-t-elle en me regardant avec compassion.

Ou peut-être était-ce de la pitié. Je détestais attiser la pitié.

— Ce n'est pas grave, la rassurai-je.

Elle prit ma main et commença à me poser multiples questions sur mon passé et sur ce que j'avais vécu avec le clochard. Je répondis en un monologue :

— J'habitais Sydney. Après la mort de ma mère, j'ai été contrainte de vivre avec ma tante. Elle m'a ramenée chez elle, en Floride. Elle devait me garder jusqu'à ma majorité. Seulement, les drogues l'ont séduite… et à force, elle n'a plus eu d'argent pour payer quoi que ce soit. J'étais encore jeune… mais je la voyais s'effacer doucement. On était en danger, à cause de son fournisseur qui menaçait de s'en prendre à nous si elle ne payait pas ses dettes à temps.

Je marquai une pause, me rappelant brusquement nos nuits troublées par la peur.

— Mon possesseur, John, était un ami de son fournisseur. Il lui a alors proposé de me prendre « sous son aile ».

Ma gorge se noua. Pour ma tante, je ne valais rien. J'étais probablement un fardeau dont elle voulait se débarrasser.

— Ce qu'elle a accepté… Elle me disait que c'était pour notre bien. Je ne m'étais pas rendu compte que j'allais sacrifier ma vie pour la sienne. John me « louait » à des hommes aussi vieux et dégoûtants que des cadavres en décomposition.

Cette remarque fit doucement rire Kiara. Je l'imitai avant de continuer mon récit. Un récit que je racontais pour la première fois. Et sans lâcher une seule larme. Étais-je si vide que ça ?

— L'argent que je lui apportais n'était pas seulement destiné à ma tante, il était aussi consacré à ses affaires. Ces hommes adoraient me faire mal. Plus je pleurais, plus ils devenaient brutaux.

Kiara frémit de dégoût et m'observa tandis que je détournais le regard. Je n'étais pas à l'aise avec cette partie de mon histoire. Je me sentais si sale, si brisée.

Mais je ne pleurais plus. J'avais versé trop de larmes avant d'accepter mon sort. Et je n'aimais pas pleurer devant des inconnus, je détestais la pitié qui se lisait par la suite dans leurs yeux.

— C'est horrible… Je suis tellement désolée… Tu… Maintenant, tout est fini. J'en toucherai deux mots à Rick, pour ta tante. Je ne sais pas s'il est au courant… Putain, ce chien de John !

— C'est à cause de lui que je suis comme ça, marmonnai-je en pointant du doigt mon visage pâle et mon corps maigre recouvert de cicatrices qui n'avaient que très mal guéri.

Kiara écarquilla les yeux avant de s'exclamer :

— Pardon ? Tu rigoles ! Tu es tellement belle, Ella ! Si Ash n'était pas aussi buté, il t'aurait gardée rien que pour lui !

Une question me brûlait les lèvres. Je savais que ce n'étaient pas mes affaires, mais je voulais savoir.

— Pourquoi est-ce qu'il ne veut pas de captive ?

Kiara se racla la gorge dans une vaine tentative pour reprendre une expression neutre alors que ses yeux l'avaient trahie.

— C'est compliqué, mais ne le prends pas pour toi. Ash est du genre à en vouloir à la terre entière quand il est contrarié…

J'acquiesçai en comprenant qu'elle n'allait pas me donner plus d'informations. Au final, ce psychopathe n'était qu'un gosse en colère et capricieux.

Nous continuâmes à discuter. Elle me parla des deux autres captives, Ally et Sabrina, que j'avais déjà rencontrées. Kiara n'en était pas une, elle gérait les stocks avec Ben. Ce boulot lui plaisait parce qu'elle faisait partie intégrante, comme elle le disait, « d'un des plus grands réseaux des États-Unis », tenu par Rick et Ash. Et aussi parce qu'elle pouvait se payer les meilleures places lors des concerts sans craindre les fins de mois difficiles.

Alors, maintenant, je suis rentrée dans un gang, et toujours sans mon consentement ? De mieux en mieux.

Kiara se crispa lorsqu'elle entendit la porte d'entrée s'ouvrir. Je l'observai sans trop comprendre. Elle tourna la tête lentement, et je suivis son regard. Mon pouls s'accéléra lorsque j'aperçus le psychopathe à l'entrée, la mâchoire crispée et les poings serrés.

Oh, bordel.

— Qu'est-ce qu'*elle* fout ici, Kiara ?

CHAPITRE TROIS

PSYCHOPATHE SADIQUE

Je me levai d'un bond, suivie par Kiara. Elle se mit devant moi afin de me protéger de son ami, qui m'assassinait du regard.

— C'est-à-dire que… je ne voulais pas… tu sais… elle est comme Ally et Sabrina, alors… bafouilla Kiara en tentant de s'expliquer.

— Elle reste dans la cave, Kiara, elle ne recevra pas le même traitement que les deux autres. Vous avez décidé pour moi, elle en paiera les conséquences.

À la fin de sa phrase, il fonça dans notre direction, le regard rivé sur nous. Ou plutôt, sur moi. Au moment où il attrapa mon poignet, Kiara le repoussa avec force.

Le prénommé « Ash » me toisa méchamment. Puis, il tourna les talons en jurant. Une fois dans les escaliers, il ordonna sans se retourner :

— Ramène-la à sa place. Je vais déposer ces putains de dossiers. Si je redescends et que je la trouve encore assise sur *mon* putain de fauteuil, je l'enterre putain de vivante. Et toi avec.

Je frissonnai en entendant ces menaces mortelles ponctuées de « putain ». Il était vraiment dérangé.

Son corps disparut rapidement de mon champ de vision. Nous nous retrouvâmes une nouvelle fois seules.

Kiara m'adressa un regard triste, l'air désolé. Sûrement à cause de sa psychose.

— Excuse son comportement, il va s'habituer à toi… C'est juste une période-

— D'acceptation ? la coupai-je, agacée de l'entendre me répéter la même chose que ce matin.

— On va dire ça comme ça, oui, répondit-elle nerveusement.

— Je n'aime pas l'idée d'être sa captive.

— Ça tombe bien, parce que tu ne l'es pas pour moi ! lança une voix rauque derrière nous. Je ne te considérerai *jamais* comme mienne.

Kiara m'accompagna jusqu'à la cave, sous le regard hostile de mon nouveau possesseur. Elle m'informa qu'elle reviendrait m'apporter une couverture et un oreiller sous peu.

L'instant d'après, des cris explosèrent en haut. Une dispute avait sûrement éclaté entre les deux. Plusieurs minutes s'écoulèrent avant que Kiara revienne vers moi, l'air excédé. Elle déposa une couverture blanche ainsi qu'un oreiller sur le matelas et referma la porte derrière elle sans un mot.

Je me laissai tomber sur le lit en contemplant le plafond. La porte d'entrée claqua fortement, puis les pas de mon aimable possesseur se firent entendre. Sa voix sourde me faisait comprendre qu'il parlait, peut-être seul.

Possible, il est dérangé.

Pourquoi réagissait-il aussi mal en ma présence ? Que n'aimait-il pas chez moi pour se montrer aussi impitoyable ? Moi non plus, je ne voulais pas être ici !

Moi qui étais sûre que personne ne pouvait égaler John, je m'étais trompée. Ce mec était encore pire que lui, il voulait me voir morte. Littéralement morte.

Cette conclusion m'arracha des frissons, si bien que je décidai de penser à autre chose qu'au mystère que représentait mon nouveau possesseur, le psychopathe de service. En me remémorant les paroles de Kiara et sa façon de me parler des deux autres captives, Ally et Sabrina, je comprenais qu'elles faisaient tout, sauf coucher avec des inconnus comme je l'avais fait pendant mes années de calvaire. Même lorsque c'était la seule option restante, elles avaient le choix.

Leur travail consistait avant tout en de l'espionnage interne et externe, des négociations, du repérage, de la veille de concurrence. Elles représentaient leur possesseur quand ces derniers n'étaient pas là et tissaient des liens entre leur réseau et celui des autres via d'autres captives. Elles étaient leur ombre, celles qui faisaient marcher les réseaux mieux que quiconque. Elles étaient constamment confrontées au danger lors de leurs missions, mais l'argent qu'elles en tiraient par la suite était incroyablement élevé et constituait une source de motivation.

D'après Kiara, les captives étaient une manière d'optimiser les « ressources humaines ». On confiait les tâches de différents postes à une seule personne performante, minimisant ainsi le risque de faire capoter le plan.

Souvent, les captives étaient des femmes. Il y avait des captifs, mais c'était rare. J'avais même appris l'origine du terme « captive » : les personnes qui avaient créé le poste avaient adopté ce terme pour mettre le gouvernement sur une fausse piste de kidnapping et séquestration, afin de faire passer leurs affaires de trafics d'armes sous son nez.

C'était donc ça, les captives. Les vraies.

Je fus interrompue dans mes réflexions par la porte d'entrée qui claqua une nouvelle fois. Quelqu'un venait d'entrer.

Puis, de nouveau, le silence.

Soudain, après une vingtaine de minutes, ce silence fut remplacé par une voix sourde, mais ce n'était pas celle du psychopathe. Je portai ma main à ma bouche lorsque je compris qu'il s'agissait d'une voix féminine, gémissant comme une dingue.

Alors, pour vider sa colère, il baise une fille ? Charmant.

Je me demandai si c'était une captive. En tout cas, une chose était sûre : elle prenait son pied. L'entendre hurler le prénom de mon possesseur m'empêchait de fermer l'œil.

J'attendis impatiemment la fin de leurs ébats. Lorsque le silence revint, je soupirai de satisfaction. Je m'enveloppai dans la couverture blanche et me laissai emporter par le sommeil.

« L'air était lourd. J'ignorais où j'étais, mais cet espace confiné m'était insupportable.

Dès que j'entendis au loin les rires des gros porcs qui avaient abusé de moi pour leur plaisir, je me mis à courir aussi vite que je le pouvais. J'essayais de m'échapper, mais leurs voix se rapprochaient encore et encore.

Ils étaient rapides. Trop rapides.

— Allez-vous-en ! Partez ! Je vous en supplie, laissez-moi !

Je hurlais en sentant leurs mains sales sur ma peau, leur toucher était le pire des supplices. Je me sentais prisonnière, entièrement à leur merci.

Pendant que leurs rires continuaient de résonner dans ma tête, ils me tiraient les cheveux, me blessaient, me laissant terrorisée, incapable du moindre mouvement. Ma tante se tenait près d'une porte. Elle me demandait de me laisser faire pour elle. Je voulais lui crier de m'aider, mais aucun son ne sortait de ma bouche, à présent fermée par des doigts inconnus. »

— FERME-LA, PUTAIN !

Je me réveillai en sursaut et hoquetai de surprise lorsque je sentis de l'eau perler sur ma peau. On m'avait sortie de mon cauchemar en me jetant un verre d'eau à la figure.

Je reconnus aussitôt la silhouette face à moi, ses traits durs et ses sourcils froncés. Je l'avais réveillé ? Ça m'en avait tout l'air, vu sa mine fatiguée.

Ma gorge était sèche, mes lèvres gercées. Le psychopathe me détailla sans retenue, de mon air perdu à ma respiration encore saccadée à cause de mon cœur affolé.

— Recommence une seule fois cette merde, et je t'étrangle, captive ! grinça-t-il rageusement. J'ai mieux à faire que de t'entendre chialer et crier dans ton sommeil.

Sa voix était tranchante, ses paroles aussi. Alors qu'il se retournait pour remonter dormir, je lui demandai d'une voix à peine audible :

— Est ce que je pourrais avoir de l'eau ?

Ma gorge est complètement sèche, il n'a pas le droit de me refuser un verre d'eau.

Le psychopathe s'arrêta avant de me répondre sournoisement :

— Tu viens de la gaspiller, il fallait prendre tes précautions.

Et il referma la porte, me laissant à nouveau seule dans cet espace aussi angoissant que mon cauchemar.

Je me mis debout pour enlever mon haut mouillé. Après avoir enfilé mon second pull, je partis me rallonger sur mon matelas, également trempé. Quelle ironie pour une assoiffée ! *Fait chier.*

Plusieurs jours passèrent, et c'était toujours la même routine : Kiara venait le matin me rapporter à manger, puis je passais l'après-midi enfermée dans la pièce. Je pouvais prendre une douche dans la salle de bains adjacente lorsque le psychopathe était dehors, grâce à la discrétion de Kiara. Cette dernière s'était renseignée sur ma tante suite à ce que je lui avais confié. Il y a deux jours, elle m'avait annoncé qu'ils allaient retrouver sa trace pour lui envoyer la moitié de ce que je gagnerais. L'argent allait enfin servir à son sevrage.

Je dormais très mal, la nuit, tant je prenais garde à ne pas m'endormir profondément. Mon possesseur avait menacé de m'étrangler à mains nues si je faisais un nouveau cauchemar. Et je savais qu'il en était capable. *Je tiens un minimum à ma misérable vie.*

— J'ai une merveilleuse nouvelle pour toi ! s'enthousiasma Kiara en m'apportant le petit déjeuner, à mon réveil. J'ai parlé à Rick de l'hospitalité peu fameuse que tu reçois ici. Comme tu es l'une des nôtres, tu dois bénéficier des mêmes soins que les autres captives !

— Donc, je suis libre ? lançai-je, sarcastique.

— Oui ! déclara-t-elle, un grand sourire aux lèvres. Ash va devoir l'accepter, un point c'est tout. Viens, maintenant. Tu vas prendre une bonne douche dans la salle de bains principale !

Elle me fit sortir de la pièce. Nous montâmes ensuite les marches en direction de la salle de bains qu'elle qualifiait de « principale ».

Mes yeux s'écarquillèrent dès notre entrée, peu habitués à autant de luxe. Celle de John, exiguë et sale, ne contenait qu'une douche miteuse et un lavabo, là où celle de mon nouveau possesseur était nettement plus spacieuse. Le grand miroir renforçait, par ailleurs, encore davantage cette impression. Les murs sombres, les vasques et la grande baignoire en marbre blanc créaient un contraste des plus plaisants. Je devais l'admettre, il avait bon goût.

Je me dirigeai vers la douche italienne, sous le regard bienveillant de Kiara, qui déposa des vêtements avant de refermer la porte derrière elle.

Je m'empressai de me déshabiller pour profiter de l'eau chaude. Un soupir d'aise m'échappa lorsque je la sentis couler le long de mes membres endoloris à cause du vieux matelas. Je me sentais revivre. Mes cheveux se gorgeaient d'eau, au point de paraître plus longs qu'ils ne l'étaient. Après m'être lavée, je quittai la cabine et me recouvris d'une serviette blanche.

J'enfilai des sous-vêtements propres ainsi que le jean et le débardeur que Kiara m'avait prêtés. Puis, j'ouvris la porte discrètement. Elle sortit sa tête d'une chambre plus loin et me fit signe de la rejoindre. Je la retrouvai allongée sur un lit, les yeux rivés sur le plafond.

— Désormais, tu dormiras ici, m'informa-t-elle simplement.

J'acquiesçai en laissant mon regard curieux parcourir la chambre, peu convaincue par ses paroles. Le psychopathe allait forcément péter un câble et détruire tous les objets sur son passage, ou baiser une fille de rage, ça dépendait du degré de sa colère.

La chambre était simple mais magnifique. Un grand lit aux draps blancs et des murs de la même couleur enveloppaient la pièce de douceur. On retrouvait les mêmes tons noirs et blancs présents dans le reste de la maison.

Mon attention se porta automatiquement sur la baie vitrée face à ma porte. Je grimaçai, pas très à l'aise à l'idée d'être aussi visible depuis l'extérieur. Je n'étais pas une psychopathe, *moi.*

— Il y a des rideaux ? demandai-je en pointant du doigt les fenêtres.

— Non, Ash n'aime pas les rideaux.

Je hochai la tête, même pas surprise. C'est un psychopathe, ça se confirme de jour en jour.

— Demain, je te ramènerai des affaires neuves. Dis-moi ce que tu aimes, et je verrai ce que je peux te trouver au centre commercial.

— Ne te dérange pas, j'ai deux jeans et deux pulls, c'est suffisant.

— Non ! Ce n'est jamais suffisant quand il s'agit de vêtements, plaisanta-t-elle.

En bas, nous entendîmes une porte claquer fortement. Kiara reporta son attention sur moi en soufflant.

— Le retour de la bête... s'exaspéra-t-elle. Bouche-toi les oreilles, tu pourrais perdre l'ouïe dans quelques secondes.

Je déglutis et entendis au loin des portes s'ouvrir et se refermer violemment. Il criait le prénom de Kiara partout dans la maison. Finalement, il parvint jusqu'à nous.

Il hurlait tellement que je ne compris pas un seul mot, sans oublier les jurons qui hachaient sa phrase. Quelle apaisante conversation ! Il nous fusillait de ses yeux gris perçants tandis que la veine de son cou palpitait au même rythme que ses vociférations.

— T'as fini ? lui demanda Kiara, blasée.

— Elle. Dormira. Dans. La. Cave, déclara le psychopathe d'un ton cinglant.

— Rick a été très clair, Ash, elle recevra le même traitement que les autres captives, que tu le veuilles ou non. Elle travaille avec nous, et tu n'as pas ton mot à dire là-dessus.

Mon possesseur serra les poings. Kiara restait impassible face à la furie qui voulait notre mort. Elle se tourna vers moi et reprit très calmement :

— Tu dormiras ici, Ella. Sa maison est la tienne, désormais.

Le propriétaire de cette maison souffla de frustration.

— C'est *ma* putain de baraque, je décide de ce qu'elle a le droit de faire ou non ici ! grogna-t-il.

— Peut-être, mais Rick décide aussi pour le groupe. Groupe dont elle fait désormais partie.

Elle se rapprocha de moi pour m'enlacer. Surprise de son geste, je ne lui rendis pas son étreinte. Elle me murmura dans l'oreille :

— Je te promets que nous ne sommes pas John.

Sa phrase me fit l'effet d'une bouffée d'oxygène. Elle pensait à moi et à mon bien-être.

Kiara s'éloigna en m'informant qu'elle serait occupée cette nuit, mais qu'elle essaierait de passer plus tard. Il ne restait plus que le psychopathe et moi dans la chambre, psychopathe dont la présence hostile me nouait l'estomac.

Il me fixa tandis que j'évitais son regard, prétendant être captivée par des décorations minimalistes sans importance. Mais lorsque j'aperçus le sourire mauvais qui incurvait le coin de ses lèvres, mon cœur se mit à pomper rapidement à l'intérieur de ma poitrine, convaincu que j'allais mourir dans les prochaines minutes.

— Va faire à manger, captive. Que tu serves au moins à quelque chose.

— Je ne sais pas faire à manger... dis-je en écarquillant les yeux.

— C'est l'occasion d'apprendre. Alors, applique-toi.

Sur ce, il quitta la pièce, m'annonçant au passage que si je ne faisais pas ce qu'il demandait, je pourrais dire adieu à ma chambre et à ma vie « de rêve ».

Je descendis les marches en réfléchissant à ce que je pourrais bien préparer. Des pâtes à la sauce tomate, ça, je savais faire, non ?

Arrivée dans le hall, je retrouvai la cuisine sans trop de difficulté. Elle était équipée d'appareils dernier cri : un réfrigérateur américain, un évier en marbre ainsi qu'un lave-vaisselle. Je fis glisser ma main sur l'îlot de couleur noire, me demandant s'il avait une femme de ménage. C'était si propre. Face au comptoir se trouvait une baie vitrée qui illuminait la pièce, donnant vue sur le jardin.

Après avoir fouillé dans les placards pendant près de trente minutes, je trouvai les pâtes et disposai tous les ingrédients sur le plan de travail afin de m'organiser. Je déposai la casserole sur une des plaques électriques et laissai bouillir l'eau pendant que je préparais la sauce.

Il arrivait que John me force à cuisiner. Or, c'était la seule recette que je connaissais. Je jonglais entre les deux préparations en espérant ne pas me foirer, essayant tant bien que mal de rendre la sauce plus ou moins acceptable.

Je n'ai aucune envie de mourir ou de retourner dormir dans la cave.

Au bout de quelques minutes, mon plat était enfin prêt. Je sursautai lorsque j'aperçus le psychopathe adossé contre le mur, en train de me fixer de ses yeux gris avec un sourire en coin. On restait là, à se scruter en silence, chose que je n'avais jamais osé faire lorsqu'il était en colère.

Son visage était légèrement allongé. Il avait des traits fins et une mâchoire bien définie. Ses yeux en amande d'une couleur d'acier étaient si perçants qu'on aurait cru qu'il pouvait percevoir mon âme à travers mon maigre corps.

Ses joues creuses faisaient ressortir ses pommettes tandis qu'une barbe de trois jours lui donnait un air négligé, à l'instar de ses cheveux clairs, complètement désordonnés, dont quelques mèches tombaient sur son front.

En trois mots : un horrible psychopathe.

Je l'entendis émettre un rire moqueur.

— Finalement, je n'ai plus faim, dit-il en quittant la pièce.

— Quoi ? ne pus-je m'empêcher de m'exclamer.

— Je ne me répéterai pas ! cria mon possesseur depuis le deuxième étage.

J'étais abasourdie. Il s'amusait vraiment à me mener la vie dure par pur plaisir.

Debout, je goûtai mon plat, à la base destiné à celui qui venait de changer d'avis. Je le vis toutefois rapidement redescendre, une enveloppe à la main. Il se dirigea vers moi, le regard soudain plus sombre. Je reculai instinctivement, jusqu'à ce que mon dos touche le plan de travail. Mon espace vital était envahi par sa présence. Il me prit brutalement le poignet en me fusillant du regard.

En quatre mots : un horrible psychopathe lunatique.

— Tu ne sortiras pas d'ici. Il y a des caméras de surveillance partout, et tout est envoyé sur mon téléphone. Si je te vois entrer dans une autre pièce que la tienne, ou la salle de bains, ou encore le salon, je te promets une douleur encore plus atroce que celle-ci.

Celle-ci ? Comment ça, « celle-ci » ?

Il répondit à mes questions silencieuses en prenant ma main et en la déposant sur la plaque de cuisson encore chaude, me laissant crier de douleur et me débattre sous son regard sadique. Son corps imposant pressé contre le mien, il bloquait mes mouvements.

Les larmes me montèrent aux yeux lorsqu'il pressa un peu plus ma main, avant de l'enlever de la plaque d'un coup sec.

— Ce n'est qu'un avertissement, *captive*.

Il sortit de la cuisine, me laissant seule avec ma main qui tremblait de douleur. J'ouvris le robinet et laissai l'eau froide apaiser la brûlure. Je restai comme ça pendant de longues minutes en espérant que la douleur disparaisse.

Je n'arrivais plus à bouger les doigts sans gémir. Je me dirigeai vers la salle de bains, cherchant désespérément quelque chose qui pourrait m'aider.

La respiration saccadée, j'étais en panique. J'avais mal, ma paume me brûlait. Alors que j'ouvrais le placard, j'entendis la porte claquer une nouvelle fois, coupant ma respiration et comprimant ma cage thoracique. Il était revenu.

— Ella ? m'appela une voix en bas que je reconnus. Putain, Ella, t'es où ?

C'était Kiara.

Elle me retrouva assise par terre, incapable de bouger l'intérieur de ma main rougie. Elle se précipita dans une autre pièce, dont elle revint avec une trousse remplie de pommades et de compresses.

Elle s'excusa d'avance avant d'appliquer de la pommade sur ma brûlure. Je me tortillais de douleur chaque fois que sa peau entrait en contact avec la mienne tandis qu'elle s'excusait encore et encore. Après quelques secondes, la crème apaisante s'infiltra à l'intérieur de ma peau, et je soufflai, soulagée.

— Je suis désolée, souffla-t-elle, je t'assure que c'est juste une-

— Période d'acceptation ? la coupai-je sans pouvoir me retenir. Je paie pour cette putain de période d'acceptation ! Pourquoi vous ne le laissez pas sans captive ?

Les larmes me montaient aux yeux, j'étais excédée par le comportement sadique de mon possesseur.

— C'est plus compliqué que ça… lâcha-t-elle doucement en examinant ma main.

Elle appliqua une seconde couche de crème puis protégea ma paume avec un tissu. Elle m'assura qu'elle parlerait à Rick du comportement violent du psychopathe.

Nous restâmes assises par terre encore quelques minutes. Lasse, je la laissai se confondre en excuses. Finalement, elle m'aida à me lever et m'emmena dans ma nouvelle chambre.

— J'aimerais tellement te dire tout ce que tu as besoin d'entendre, mais Ash pourrait se montrer très violent s'il apprenait que je t'ai raconté, avoua-t-elle d'une petite voix. Un jour, tu sauras, je te le promets, mais pas maintenant.

Je ne répondis rien. Au lieu de ça, je jetai un coup d'œil à ma paume. Des violences physiques, j'en avais reçu, mais jamais avec un tel degré de sadisme, c'était inhumain.

Et il n'était pas près de s'arrêter là.

Je le savais.

CHAPITRE QUATRE

MISSION

Deux jours étaient passés depuis l'altercation violente avec mon possesseur, qui n'avait plus pointé le bout de son nez. *Les deux plus beaux jours de ma vie.* Kiara avait eu pour ordre de rester avec moi jusqu'à son retour.

Mais ma petite dose de vacances fut de courte durée, car d'après elle, il devait revenir aujourd'hui.

— Alors, tu fais du quatre pour les jeans, du S pour les pulls. Je te prendrai des sweat-shirts en M ou L, tout dépendra du modèle. Bien ! s'exclama-t-elle en notant mes mesures. Maintenant, j'ai besoin de connaître ta taille de bonnet pour le soutien-gorge.

— Je ne la connais pas, rétorquai-je en me brossant les dents et en regardant son reflet s'offusquer dans le miroir.

Elle détailla ma poitrine, me mettant mal à l'aise, avant d'écrire de nouvelles notes sur son téléphone.

— T'as une préférence ? Sur le tissu ou la couleur, peut-être ?

Je secouai négativement la tête, et elle me sourit furtivement. J'essayai ses chaussures afin de connaître ma pointure, et par chance, c'était la même.

Kiara sortit de la pièce me disant qu'elle reviendrait demain avec mes achats. Lorsqu'elle quitta la maison, je me sentis tout à coup très seule. Seule l'eau qui coulait du robinet rompait le silence.

Bien que ce sentiment de solitude ne m'ait jamais dérangée auparavant, ici, je me sentais oppressée. Savoir que j'étais seule et qu'un individu qui voulait ma mort, jour et nuit, pouvait débarquer à n'importe quel moment me rendait parano.

Je descendis au salon afin d'allumer la télé. Je décidai de regarder un dessin animé que j'aimais tout particulièrement, *Teen Titans.*

Soudain, j'entendis un bruit derrière moi qui me fit sursauter et me retourner rapidement.

— Je vois qu'il est déjà passé aux avertissements physiques, nota l'homme en découvrant mon bandage. Quel con…

C'était le pervers de la dernière fois : Ben, je crois. Je ne savais pas comment il était rentré, mais il était là, dans le salon. Les sourcils froncés, je m'éloignai de lui. Il s'était approché un peu trop près du canapé à mon goût.

— Je ne peux pas te toucher, ma jolie. Tu es la petite protégée de Rick, pour l'instant, mais je ne te cache pas que j'en ai bien envie, dit-il en se léchant les lèvres.

Son regard sur mon corps me retourna l'estomac. J'affichai une mine dégoûtée qui le fit rire aux éclats. Il s'affala sur le canapé en jetant un œil sur le dessin animé que j'avais choisi.

— Tu regardes ça ? se scandalisa-t-il. Qui, de nos jours, regarde encore les *Teen Titans* ?

J'étais vexée, et la vue de Changelin, mon personnage préféré, n'y changeait rien. Le pervers sortit son téléphone de sa poche et pianota sur l'écran tactile avant de lever la tête vers moi.

— Tu peux t'asseoir, tu sais ? Le canapé est immense, et je ne vais pas te manger…

Je le fixai, hésitante, et décidai de prendre place sur l'autre extrémité du canapé afin de garder une certaine distance.

— Du moins, pas pour l'instant…

Cette phrase me fit me lever d'un bond une seconde fois, sous ses éclats de rire.

— Détends-toi, je rigole, t'aurais vu ta tête ! s'esclaffa-t-il en reprenant son téléphone, qui sonnait.

Le pervers décrocha avec une moue exaspérée. Après quelques minutes de conversation, il le posa et se tourna vers moi.

— En attendant le retour de notre cher Ash, parle-moi un peu de toi ! Déjà, je ne connais même pas le timbre de ta voix. Tu es muette ? Une nouvelle spécialité chez les captives ?

Je fronçai les sourcils en secouant la tête. Il était un peu dérangé, lui aussi, non ?

— C'est quoi, ton petit nom ?

— Ella, répondis-je doucement, encore debout.

— Ella… répéta le pervers en laissant ses yeux noirs se perdre sur la télé. D'où viens-tu, jolie Ella ?

— De Sydney.

Il haussa les sourcils.

— Tu viens d'Australie ? s'horrifia le pervers. Votre pays me fait franchement flipper, putain ! Les animaux, là-bas, sont possédés ou un truc dans le genre !

Sa crainte des animaux d'Australie m'arracha un sourire. Il était vrai que s'y trouvaient les espèces les plus dangereuses du monde, mais ça variait d'un endroit à un autre.

Je me rassis sur le canapé, rassurée de voir qu'il n'avait aucunement l'intention de me « dévorer », comme il le prétendait au début.

— Pas à Sydney, l'informai-je avec un sourire en coin en défendant mon pays natal. Et puis, je n'y ai vécu que les premières années de ma vie, avant d'aller en Floride.

— Je vois qu'on discute bien ici, fit une voix rauque derrière nous, ce qui coupa court à notre vraie discussion.

Je me retournai en même temps que le pervers et tombai sur le psychopathe, qui nous toisait du regard, un sac à dos à la main.

— Mec ! Tu savais que Rick t'avait ramené une captive importée d'Australie ! s'écria-t-il en me pointant du doigt.

Mon possesseur concentra son attention sur moi en arquant un sourcil, puis la reporta sur le pervers.

— J'ai déposé ce que tu cherchais, *chez toi*, l'informa mon possesseur, les bras croisés.

— T'es en train de me foutre dehors, *Scott ?* demanda le pervers d'un ton faussement outré.

— Absolument, *Jenkins*.

C'étaient leurs noms de famille. Ash Scott. Et Ben Jenkins.

Psychopathe Scott. Et Pervers Jenkins.

Le garçon aux cheveux noirs m'adressa un clin d'œil avant de se lever et de quitter la maison, nous laissant seuls dans le salon. Je déglutis et me crispai lorsque je sentis le corps de mon possesseur s'écrouler sur le canapé, près de moi.

— Tu regardes de la merde, commença-t-il en tirant une cigarette de son paquet afin de la griller.

— Tu peux changer, si tu veux, rétorquai-je doucement en espérant qu'il ne le fasse pas.

Il pouffa.

— Je vais me gêner.

Il termina sa phrase en prenant la télécommande. Il zappa avant de tomber sur une série qu'il appréciait. Je sentis son regard perçant sur moi. Ne voulait-il pas se concentrer sur sa série plutôt ? Il aurait pu me laisser regarder la mienne si elle ne l'intéressait pas à ce point.

— Va me faire du café, ordonna-t-il en posant son regard sur la cigarette qu'il allait bientôt terminer.

— Je ne sais pas en faire, déclarai-je, l'air faussement désolé, alors que j'avais envie de le gifler.

— Il y a une putain de machine à café dans la cuisine. Il suffit de foutre une capsule à l'intérieur, m'expliqua-t-il sèchement.

Sans un mot, je me levai pour lui préparer sa boisson en priant pour qu'il s'étouffe avec. Ça avait l'air simple. Je fis ce qu'il me dit. Mais ce con n'avait pas précisé que je devais appuyer sur un bouton pour que ça marche. On aurait pu m'éviter cinq minutes d'attente à regarder l'appareil comme une débile.

J'apportai la tasse au salon, où je la déposai sur la table. Je pouvais sentir son regard me détailler. Me suivant de près, analysant tous mes gestes. Exactement comme un psychopathe le ferait.

— Tu as remis les *Teen Titans*, remarquai-je, un sourire satisfait aux lèvres.

Peut-être n'était-il pas si méchant ?

— Il n'y avait rien d'intéressant. Ne crois pas que je l'ai fait en pensant à toi, répliqua-t-il d'une voix tranchante, avant de changer de chaîne pour la énième fois.

Quel homme aimable.

Le reste de la soirée se passa de la même manière : nous étions restés assis côte à côte face à des émissions ennuyantes, sans échanger un mot. Ça nous arrangeait tous les deux.

Je me surpris à le scruter, justifiant mon acte par l'ennui qui m'animait. La peau de son avant-bras était recouverte d'encre. Je n'arrivais pas à détailler entièrement ses tatouages à cause de leur nombre, mais j'aperçus une rose prisonnière de ronces, un œil larmoyant ainsi qu'une boussole brisée, au niveau de son coude. Un serpent remontait également le long de son bras, mais la manche de son pull blanc m'empêchait de distinguer autre chose que sa queue.

— Tu vas arrêter de me mater ? me réprimanda-t-il froidement, ce qui me fit sursauter.

Je détournai rapidement le regard, les joues rouges de honte. Il souffla d'agacement avant de prendre son téléphone, qui vibrait. L'appel ne dura pas très longtemps.

Lorsqu'il prit fin, mon possesseur se retourna vers moi, les sourcils froncés et les traits durs.

— Tu as du travail pour demain, déclara-t-il.

Je me glaçai sur place en entendant le terme de « travail ». Le calvaire allait-il recommencer ? Je ne me sentais pas prête à revivre tout ce que j'avais subi auprès de John. Je fermai les yeux, essayant de calmer ma respiration qui commençait déjà à s'affoler.

La boule au ventre, j'acquiesçai nerveusement.

— Tu seras avec Sabrina. Vous infiltrerez une réception caritative qui aura lieu demain soir, dans la demeure de James Wood. Tu te chargeras de l'occuper pendant que Sabrina fera sa partie du plan.

Ma mâchoire menaçait de se décrocher. Puis, je me rappelai les explications de Kiara sur les captives. Je n'allais plus me donner à des hommes répugnants contre de l'argent.

Alors que j'étais à deux doigts de lui sauter dans les bras, une question me laissait perplexe :

— Comment ça, « l'occuper » ? demandai-je en redoutant sa réponse.

— Ça, c'est ton travail, captive. Utilise ton cerveau, je ne sais pas, débrouille-toi. Tout ce qu'il faut, c'est que Sabrina ait assez de temps pour accomplir sa mission.

J'acquiesçai en silence, même si je ne comprenais pas quelle était la mission de Sabrina. Que devait-elle faire ? De mon côté, allais-je être à la hauteur ? Je n'étais pas une personne intéressante, ça allait être compliqué de le garder à mes côtés le temps d'une soirée.

— Personne ne sait que tu es une nouvelle captive du réseau, alors tu n'auras pas besoin d'une transformation extrême. Kiara se chargera de te ramener une robe que tu porteras pour l'occasion.

Ça te tuerait de dire que je suis TA captive, espèce de psychopathe ?

— D’accord.

Je me tournai vers lui. Nos regards se croisèrent, et de façon synchronisée, nous détournâmes les yeux.

— Je… je peux te poser une question ?

— Non, me dit-il en tirant une nouvelle cigarette de son paquet, qu’il lança négligemment sur la table basse.

— Pourquoi tu ne veux pas mettre de rideaux chez toi ? demandai-je quand même.

Il m’ignora, occupé à pianoter sur son téléphone ou à considérer l’écran géant. Je me levai du canapé avec un soupir pour me diriger vers ma chambre.

Allongée sur mon lit, je fixais le plafond en laissant mes pensées prendre le dessus. Cet homme était violent avec moi, méchant, méprisant. Je ne comprenais pas comment lui et Kiara pouvaient être amis. Kiara était gentille alors que lui… *Un putain de psychopathe sadique, lunatique, colérique et égocentrique sur les bords.*

— Lève-toi ! ordonna une voix rauque, ce qui me fit sursauter pour la centième fois.

Quand on parlait du loup… Je n’avais même pas remarqué son entrée dans la pièce. Une trousse en main, il appuya sur l’interrupteur. La lumière me fit plisser les yeux une seconde.

Je lui lançai un regard rempli d’incompréhension lorsqu’il me tira vers lui. Assis à l’extrémité du lit, il enleva mon bandage. Par réflexe, je retirai ma main de la sienne, mais il la retint en me fusillant du regard.

— Arrête de bouger.

Il déroula le tissu, me faisant grimacer. J’étouffai un gémissement de douleur face à la force de sa poigne. Son sourire en coin était purement sadique, il savait pertinemment qu’il me faisait mal. Et c’était exactement ce qu’il voulait.

Il passa lentement son pouce sur la brûlure au creux de ma paume, un geste qui paraissait doux, mais pas lorsqu'il venait de lui. Puis, tout à coup, il appuya dessus. Je me tortillai de douleur.

Tout en me contemplant, un rictus diabolique collé aux lèvres, il déposa une noisette de crème apaisante sur ma peau. Il étala le produit et le laissa pénétrer quelques instants avant d'enrouler un nouveau bandage autour de ma paume.

— Le bandage est trop serré, l'informai-je en le regardant quitter la pièce après avoir terminé son œuvre.

— Tu n'as qu'à le défaire toute seule, je ne suis pas ton infirmier, rétorqua sèchement le psychopathe.

— On aurait pu éviter ça si tu n'avais pas eu la brillante idée de me brûler.

C'était la réponse de trop.

Il tourna la tête et laissa tomber la trousse au sol avant de s'approcher dangereusement de moi, prêt à me sauter dessus.

— Répète ? grogna-t-il à quelques centimètres de mon visage.

Son corps imposant et ses traits fermés m'intimidaient, mais je ne devais pas le lui montrer.

Je devais lutter.

— J'ai dit qu'on aurait pu éviter ça si tu n'avais pas eu la brillante idée de me brûler, chuchotai-je en soutenant son regard assassin.

Je ne voulais plus commettre la même erreur qu'avec John : en d'autres termes, me faire marcher dessus comme une merde. Je voulais lui tenir tête, malgré son air menaçant.

Il serra ma mâchoire sans me quitter des yeux, visiblement très en colère. Ses dents grinçaient presque. Je commençais à regretter mon élan de courage.

Je ne savais pas jusqu'où il pouvait aller pour me voir me soumettre.

— Si, demain, il n'y avait pas cette putain de mission, je t'aurais arrangé ce visage monstrueux avec lequel tu te trimballes, captive.

Le psychopathe empoigna mes cheveux pour faire basculer ma tête en arrière. Puis, il emprisonna ma mâchoire entre ses doigts une nouvelle fois et serra tellement fort que j'eus peur qu'il la brise.

— Ne te permets plus de me reprocher quoi que ce soit, captive, dit-il, le ton agressif. Tu n'es rien pour le faire.

Il enleva sa main de mon visage pour la presser contre ma brûlure, me laissant gémir de douleur. Il me lâcha finalement, l'air mauvais. En quittant la pièce, il claqua la porte, au point qu'elle faillit sauter hors de ses gonds. Je posai ma main sur ma mâchoire en soufflant bruyamment, excédée par cette violence injustifiée.

Il fallait que ça s'arrête. J'effaçai mes larmes d'un revers de main et reniflai une dernière fois. Je ne devais pas céder à ses caprices.

À présent, deux choix s'offraient à moi : lui tenir tête, au risque de me faire casser la gueule, ou me taire et me faire casser la gueule quand même.

Dans les deux cas, il n'était pas près de cesser de me faire du mal. Alors, autant continuer à m'opposer à lui.

CHAPITRE CINQ

MAUVAIS(E)

« J'ignorais où j'étais, il faisait froid. Quelque chose en moi me hurlait de m'enfuir aussi loin que je pouvais, mais j'étais incapable de bouger. J'entendais au loin des rires, ces mêmes rires résonnaient dans ma tête, encore et encore.

J'étais à nouveau piégée.

Je sentais quelqu'un me toucher, m'agripper le bras et me tirer vers le gouffre derrière moi. Je me débattais et criais de toutes mes forces.

— Allez-vous-en ! Partez ! Je vous en supplie, laissez-moi ! Lâchez-moi !

Mais aucun son ne sortait de ma bouche alors que je hurlais. Les mains étaient plus nombreuses, plus violentes. Étouffantes. Je suffoquais. J'étais en panique, n'entendant autour de moi que leurs rires, ne ressentant sur ma peau que leurs doigts.

— Laissez-moi… sanglotai-je en espérant qu'ils m'écoutent.

— Fais-le pour moi, ma chérie, chuchota la voix de ma tante, se répétant en écho dans ma tête.

— Tu vas aimer ce que je vais te faire, petite salope, murmura une autre voix près de mon oreille.

Je me débattais, au bord de la crise cardiaque. Une main agrippa mes cheveux et me les tira fortement, m'arrachant un cri de douleur. Je n'arrivais plus à respirer, la fatigue commençait à se ressentir dans mes mouvements. J'étais incapable de continuer à me débattre, incapable de me défendre.

Je manquais d'air. Quelque chose m'étranglait. »

Je me réveillai en sursaut lorsque je sentis une forte pression autour de mon cou, coupant ma respiration. La première chose que je vis fut le visage de mon possesseur, presque collé au mien. Les yeux à moitié clos, il desserra sa prise.

— TU NE VEUX VRAIMENT PAS LA FERMER ? s'écria-t-il.

— Je... je... j'ai... bafouillai-je en essayant de calmer ma respiration saccadée.

Il souffla bruyamment avant de sortir de la pièce en claquant fortement la porte, me faisant sursauter une nouvelle fois. Ma main se posa sur mon cou.

Il allait m'étrangler. Ce psychopathe était sur le point de m'étrangler.

Je me levai du lit, encore chamboulée, et quittai doucement la chambre en faisant attention à ne faire aucun bruit qui pourrait me rayer de la planète. Une fois dans la salle de bains, je me dirigeai vers le lavabo. J'aspergeai mon visage d'eau pour avoir les idées plus claires.

J'inspectai ensuite la peau de mon cou. Les doigts de mon possesseur avaient déjà laissé une trace. Je grimaçai en consultant mon reflet. Une main brûlée, et maintenant, des marques de strangulation.

Je le haïssais.

En sentant la fatigue me revenir, je rejoignis ma chambre sur la pointe des pieds. Je verrouillai la porte doucement et m'enfouis sous les couvertures blanches de mon lit.

Ses yeux gris perçants vinrent brusquement me hanter. Ma main glissa sur mon cou pour me rappeler sa menace d'il y avait quelques jours.

« Recommence une seule fois cette merde, et je t'étrangle. »

Sa voix rauque et son ton cinglant m'avaient fait froid dans le dos, mais le pire, c'était qu'il était très sérieux. Il avait vraiment essayé de m'étrangler. Ce psychopathe était, sans l'ombre d'un doute, un futur meurtrier. À moins qu'il en soit déjà un. *Oh, putain, et si c'est un meurtrier ?*

L'horloge numérique sur ma table de chevet indiquait qu'il était 6 h 30. Le ciel commençait à s'éclaircir. Je redoutais la mission de ce soir, que je devais réaliser avec la captive que j'avais croisée lors de mon arrivée ici.

Comment voulait-il que j'occupe un homme dont je ne connaissais rien, à part le nom ? Je ne savais même pas à quoi il ressemblait !

J'entendis, en bas, quelque chose se fracasser contre le sol, m'extirpant de mes réflexions. Je me levai et déverrouillai la porte de ma chambre, la curiosité animant tous mes mouvements.

Hâte de voir le corps sans vie de mon possesseur.

Je manquai de crier lorsque je tombai nez à nez avec la silhouette du psychopathe, bien vivant, face à ma porte. Il plaça très rapidement son doigt sur ma bouche.

Les sourcils froncés, il me regardait. Puis, il posa son autre index sur ses lèvres, me faisant signe de me taire. Je hochai doucement la tête, les yeux écarquillés.

Il enleva ensuite tout doucement son doigt de ma bouche, à présent tremblante. *Si ce n'est pas lui en bas… qui est-ce* ?

Soudain, il sortit une arme qui était retenue par l'élastique de son pantalon de survêtement et me força à retourner dans ma chambre. Il m'intima l'ordre de verrouiller la porte dans un murmure. Il la referma délicatement, et je fis ce qu'il me dit.

Après trois minutes, le silence fut remplacé par des cris qui attirèrent ma curiosité. Je déverrouillai la porte et l'ouvris délicatement, essayant de comprendre qui pouvait bien rentrer chez le psychopathe à 6 h 30, à part un autre psychopathe.

Oh, putain, mes pires angoisses nées des films d'horreur reviennent !

— Je suis venu déposer les cartons de ce soir avant mon vol pour Londres, programmé dans deux heures, et-

— T'AURAIS DÛ LES LAISSER À KIARA ! cria la voix de mon possesseur. J'allais tirer, putain !

— Je n'y avais pas pensé… mais comme t'as l'air pleinement réveillé, j'imagine que c'est un moindre mal !

— L'autre retardée m'a réveillé avant toi, répondit la voix rauque de mon possesseur.

D'où je suis retardée, sale blaireau ?

Son interlocuteur rit à gorge déployée, un rire que je reconnus aussitôt. C'était celui du pervers. Ben. Pas d'autre psychopathe dans les parages, j'étais soulagée.

— Elle t'a demandé quoi ?

— Elle fait des cauchemars, et ça me casse les couilles.

Je décidai de refermer la porte et de la verrouiller, faisant comme si j'avais suivi ses ordres à la con. Je repris place sur mon lit en me tournant face à la baie vitrée, qui commençait déjà à laisser pénétrer la lumière dans la pièce.

Rien que pour ça, je détestais ces baies vitrées.

Un nouveau bruit me réveilla. Quelqu'un toquait à la porte. Mes pas lents s'en approchèrent, et je l'ouvris.

— J'ai trouvé des petites pépites rien que pour toi ! s'exclama joyeusement Kiara en entrant.

Je la vis débouler dans ma chambre avec des sacs plein les mains, qu'elle déposa sur mon lit.

— Je t'ai pris des jeans, des pulls, des sweat-shirts, des gilets, deux manteaux, des chaussures – mon Dieu, j'en ai trouvé une paire merveilleuse ! – et des petits sous-vêtements sympas, parce que j'aime la lingerie et qu'on a de l'argent à dépenser !

J'écarquillai mes yeux fatigués. À en juger par le sourire scotché à ses lèvres et ses yeux brillants, Kiara était fière de ses achats.

— De la lingerie fine ? fit une voix rauque derrière moi. Ces pièces méritent un meilleur corps que le sien.

Connard.

— OH, ASH ! s'écria la brune en sautant dans les bras du psychopathe. T'es revenu !

— Dégage, tu m'étouffes ! protesta-t-il, un sourire aux lèvres.

C'était le premier sourire sincère que je voyais sur ses lèvres depuis mon arrivée ici. J'en concluais, sans trop de conviction, qu'il l'aimait bien.

Mais pouvait-on aimer quand on n'avait pas de cœur comme lui ?

— Comment s'est passée la mission ? demanda-t-elle en sortant les articles des sacs.

— Bien, je pensais que ce serait plus difficile pour moi d'obtenir des informations sur la réception, mais apparemment, je me suis trompé. James se fait plus d'ennemis que je ne le croyais.

— Ella, va les essayer, m'ordonna-t-elle gentiment en me lançant deux robes au visage, que j'attrapai maladroitement, l'esprit encore somnolent.

Je sortis de la pièce, non sans me faire embêter par le connard, qui ne voulait pas bouger de l'embrasure de la porte. Je me dirigeai vers la salle de bains, où je me déshabillai pour enfiler la première robe. Blanche, avec un dos nu plongeant, elle m'arrivait à mi-cuisse.

Je m'arrêtai derrière le psychopathe, qui était encore dans l'encadrement de la porte.

— Bouge de là, Scott, tu me gâches la vue ! fit Kiara en essayant de regarder ce que la robe donnait sur moi.

Le psychopathe se tourna alors vers moi. Il scruta la robe en plissant légèrement les yeux, analysant chaque détail. Mal à l'aise, je me raclai la gorge et entrai dans ma chambre afin de la montrer à Kiara. Cette dernière jeta un coup d'œil à son ami par-dessus mon épaule avec un sourire en coin, avant de reporter son attention sur moi.

— Elle va à une réception caritative, pas à une after-party, grogna le psychopathe derrière moi.

— Si tu la croisais à un after et que ce n'était pas ta captive, ça ne te dérangerait pas, dit-elle malicieusement en lui adressant un clin d'œil complice.

— Très peu pour moi, rétorqua-t-il.

Elle me demanda de tourner sur moi-même, puis m'envoya essayer l'autre robe. Celle-ci était plus chic. Longue, échancrée, elle dévoilait la quasi-totalité de ma jambe droite. Elle moulait mes hanches avant de s'évaser tandis que les manches longues recouvraient mes bras de dentelle. Kiara avait très bon goût.

En regagnant ma chambre, où m'attendait cette dernière, je remarquai que le psychopathe ne bloquait plus la porte. Il était posté, les bras croisés, face à la baie vitrée. Dos à moi.

À mon arrivée, Kiara entrouvrit la bouche en tapant le lit sur lequel elle était assise, ce qui attira alors l'attention du psychopathe. Ce dernier pivota, examinant une nouvelle fois la robe. Il balaya du regard chaque centimètre de tissu. Je pouvais sentir ses yeux gris perçants effleurer ma peau. Il me détailla des pieds à la tête, s'attardant sur ma cuisse exposée à la vue de tous.

— Elle ira avec celle-ci, déclara-t-il, les yeux toujours braqués sur ma robe.

Kiara hocha la tête, laissant apparaître un sourire au coin de ses lèvres.

— Ally passera plus tard pour te maquiller, s'enthousiasma-t-elle en me tendant deux nouveaux articles.

— Qu'est-ce que-

— Un nouveau pyjama, ne me remercie pas, Ash, fit-elle malicieusement en se retournant vers le psychopathe, qui leva les yeux au ciel en soupirant d'exaspération.

Le pyjama était composé d'un legging de sport et d'un débardeur blanc. Je compris qu'il n'y avait pas de vrai pyjama.

Je me changeai rapidement et redéposai les robes dans la chambre. Il était midi, je commençais à mourir de faim. Kiara le remarqua et m'invita à descendre avec elle. Dans le salon, elle composa un numéro, puis me demanda :

— Tu aimes les sushis ?

Je haussai les épaules, n'ayant pas vraiment d'avis.

Après plusieurs minutes, le psychopathe nous rejoignit. Ses cheveux humides tombaient sur ses yeux, laissant quelques gouttes d'eau s'écraser au sol. Il portait un jean de couleur sombre ainsi qu'un pull dont les manches étaient remontées sur ses avant-bras, exposant ses tatouages.

— Tu as de la bave qui coule, juste là, se moqua gentiment Kiara en me montrant le coin de sa bouche.

Je levai les yeux au ciel dans une vaine tentative pour cacher ma gêne, mais mes joues s'empourprèrent. Je lançai une œillade furtive au psychopathe, qui avait la mâchoire contractée et son regard d'acier rivé sur moi.

— Arrête de me regarder, captive ! Je vaux mieux que ça, grogna-t-il, l'air écœuré.

Sa remarque me fit écarquiller les yeux. Je tournai la tête, espérant m'intéresser à autre chose qu'à mon possesseur doté d'un ego surdimensionné.

Kiara pouffa. Est-ce qu'elle se moquait de moi ?

— J'ai demandé à Ally de ramener des sushis, l'informa-t-elle.

Le connard haussa les épaules en guise de réponse. Je restai dans mon coin, à tordre mes doigts. Kiara et le psychopathe discutaient affaires, me laissant de côté, jusqu'à ce qu'on sonne à la porte.

Il se leva de la chaise haute pour regarder l'écran accroché au mur à côté de la porte d'entrée. Il appuya sur un bouton entouré d'une lumière rouge, lequel, je devinai, était le même que celui près du portail en bas.

Quelques minutes plus tard, une blonde déboula dans la maison avec, à ses côtés, une femme aux cheveux noir ébène. C'était Sabrina, que j'avais rencontrée le premier jour en même temps que tout le groupe. Et j'imaginais que la blonde était Ally, la deuxième captive qui travaillait avec Rick.

— Je meurs de faim ! s'écria Kiara en se jetant sur les fameux sushis.

— Alors, c'est toi, la nouvelle ! Mais tu es tellement belle ! Ash, tu m'as menti tout ce temps ! s'exclama Ally en tournant la tête vers le con de service.

Je vis du coin de l'œil que Sabrina était très proche du psychopathe. Ses mains étaient posées sur son torse tandis qu'il avait les yeux rivés sur sa cigarette, le sourire en coin, ne prêtant même pas attention aux paroles de la jeune blonde.

— Je m'appelle Ally, m'informa-t-elle, le sourire aux lèvres, et toi ?

— Ella.

— Mange. Ensuite, on va s'amuser un peu avec tes jolis cheveux, j'ai ramené plein de maquillage. Je ne savais pas à quoi tu ressemblais ni le teint que tu avais, il n'a rien voulu me dire.

Je lui souris gentiment et mangeai mes sushis en l'écoutant râler parce que cette nouvelle maison était beaucoup trop loin de celle de Rick et qu'elles avaient mis trop de temps à arriver.

Alors, mon possesseur venait d'emménager.

Sabrina nous rejoignit lorsque le psychopathe la repoussa pour quitter la pièce, le téléphone à la main.

— C'est avec toi que je vais faire ma mission ? demanda-t-elle en admirant ses ongles presque aussi longs que mon bras.

— Oui, je crois, dis-je en haussant les épaules.

Elle détourna les yeux de ses ongles pour les poser sur moi. Un téléphone se mit brusquement à vibrer sur la table.

C'était le sien. Elle décrocha, puis, après quelques secondes, elle se retourna vers nous.

— Ash n'est pas sorti ? demanda-t-elle en observant Kiara.

— Non, je ne pense pas. Il est sûrement dans le jardin, ou peut-être dans sa chambre.

À ces mots, Sabrina quitta la pièce pour partir à la recherche du psychopathe. Ally et moi commençâmes à parler de tout et de rien, jusqu'à arriver au sujet de son fils, Théo. Il avait cinq ans et vivait avec elle et Rick. Elle me racontait qu'avant, elle croulait sous les dettes et le loyer. Et puis, elle avait entendu parler du travail de captives et avait eu la « chance » de trouver Rick. Elle me confia que Rick était son sauveur, ainsi que celui de son fils. Ils avaient une définition très éloignée de ma définition du terme « captive ».

Ally ne pouvait plus faire machine arrière, désormais. Rentrer dans ce réseau représentait un aller sans retour. Même si ça ne lui avait jamais traversé l'esprit de quitter le réseau de Rick et du psychopathe, elle était maintenant dans l'incapacité de le faire.

Il était nettement plus difficile de sortir de ce monde dangereux que d'y entrer. À vrai dire, on n'en sortait jamais vraiment.

Sabrina descendit les escaliers et ouvrit la porte d'entrée à l'aide du bouton. Elle revint nous informer que Ben était arrivé.

— Il ne devait pas partir pour Londres, lui ? la questionna Ally.

— Rick a reporté son vol. La mission d'aujourd'hui était plus importante que les affaires à régler à Londres. Ash et lui vont travailler sur les documents à remplacer.

J'eus la boule au ventre lorsque j'entendis le mot « mission ». J'ignorais encore ce que je devais faire, et comment je devrais le faire.

Kiara posa sa main sur la mienne en me voyant stresser.

— Ma jolie, tu as rencontré Ally ! s'écria le pervers en pénétrant à l'intérieur de la cuisine.

Il s'assit près de Kiara. En apercevant sa main sur la mienne, il lui lança un regard malicieux, avant de me considérer.

— Où est ton possesseur ?

Je haussai les épaules en guise de réponse, ce qui fit ricaner Sabrina. Au même instant, les pas de l'intéressé résonnèrent, et il nous rejoignit à la cuisine.

— Qui les accompagne ? l'interrogea le pervers.

— Carl. Il les déposera à l'entrée, puis les récupérera quand Sabrina nous appellera.

— D'ailleurs, expliquez-moi en quoi consiste la mission, demanda la fameuse Sabrina.

— C'est simple, commença le psychopathe, pendant que la captive ira faire copain-copain avec James Wood, toi, tu entreras dans son bureau et effaceras toutes les infos qu'il détient sur notre réseau. Tu les remplaceras par d'autres données qu'on te donnera avant que tu partes. Les clés de son bureau et les documents à retrouver sont entre les mains de notre taupe, elle t'attendra près du buffet et t'accompagnera jusqu'à ce que tu finisses le travail. Je veux que tout soit terminé avant l'after.

— J'espère qu'elle sera à la hauteur, fit Sabrina en me toisant du regard, le sourcil arqué.

Le psychopathe émit un rire, puis tira une latte. Décidément, cette Sabrina était aussi mauvaise que lui, si bien que je n'avais aucunement hâte de travailler avec elle, ce soir.

CHAPITRE SIX

VOL ET CHARITÉ

— Ferme les yeux, m'ordonna Ally en m'appliquant du fard à paupières.

Ça faisait maintenant plus d'une heure qu'elle me préparait. Il était 18 h 45, et il ne restait plus que mon maquillage à faire. Je remarquai, au toucher, que mes cheveux bruns étaient restés ondulés, mais avec des boucles beaucoup plus définies et volumineuses. La jeune mère effectuait un travail remarquable, je n'avais jamais trouvé mes cheveux aussi beaux.

Pendant qu'Ally réalisait mon maquillage à la perfection, Kiara m'expliquait le plan, assise sur une chaise près de nous, les yeux rivés sur les pinceaux qui passaient sur mon nez.

— Et pendant que Sabrina effacera quelques dossiers du bureau, toi, tu essaieras de le garder à tes côtés, le temps qu'elle finisse. Tu le trouveras très facilement, il possède une gigantesque cicatrice sur la joue gauche.

— On remercie Ash, pouffa Ally en choisissant un pinceau.

— Tu parles ! rit Kiara, à la réflexion de son amie. D'après ce qu'on m'a récemment dit, il s'est teint les cheveux en blond. Alors, trouve un gars avec les cheveux blonds et une cicatrice sur la joue. C'est un charmeur. Si tu vois plusieurs filles rassemblées autour d'une personne, c'est forcément lui.

Je hochai la tête, essayant d'assimiler ses instructions. Kiara m'expliqua que pendant la soirée, je ne serais pas Ella, mais Mona Davis. Que je faisais partie d'une grande association qui collectait des dons afin de les reverser à plusieurs causes. La réception caritative à laquelle j'assistais œuvrait pour la recherche contre le cancer. Kiara me tendit un papier sur lequel était écrite toute la vie de ma fausse identité. Elle me demanda d'apprendre les informations surlignées.

Toute la page l'était. *Super.*

— Être membre d'un réseau d'armes et organiser une réception caritative, c'est contradictoire, non ? fis-je remarquer à Kiara, les sourcils froncés.

— C'est pour camoufler leurs vraies activités. La cause ne prend que 30 % des dons collectés. Le reste va au réseau de James.

— Mais c'est du vol !

Kiara acquiesça. Elle appliqua un vernis noir sur mes ongles avec soin. Après quelques minutes à apprendre mon personnage, j'étais fin prête. Enfin, techniquement.

— Regarde-toi, maintenant, dit Ally, les yeux pétillants.

En apercevant mon reflet, j'écarquillai les yeux. Je n'avais pas les mots pour décrire ce que je voyais. J'étais métamorphosée, littéralement.

J'avais un teint de porcelaine, mes iris bleus étaient mis en valeur par des fards sombres, le trait d'eye-liner me dessinait des yeux de chat à la perfection, et mon rouge à lèvres d'une couleur naturelle se mariait parfaitement avec le reste du maquillage. Mes cheveux descendaient en une cascade de boucles souples jusqu'au bas de mon dos.

Tout était parfait.

Je remerciai Ally. Je ne m'étais jamais sentie aussi belle qu'aujourd'hui. Elle le remarqua et me sauta dans les bras.

— Tu es époustouflante. Kiara, regarde-la !

Elle cligna plusieurs fois des yeux avant de passer son doigt dans l'une de mes ondulations. Elle sourit de toutes ses dents en affirmant que j'étais magnifique.

Les deux amies m'aidèrent à enfiler la robe et me donnèrent des chaussures à talons, que j'enfilais. Sabrina était prête, elle aussi. Enfin, je le supposais. J'ignorais où était mon acolyte de ce soir, et honnêtement, je n'en avais rien à faire.

Les filles me guidèrent vers le salon, où discutaient le psychopathe et son ami le pervers.

Quel duo de choc.

Kiara se racla la gorge afin d'obtenir leur attention. Ils se retournèrent, l'air interrogateur, puis leurs yeux se posèrent sur moi. Du moins, sur la moi transformée.

Le psychopathe me détailla, sans laisser aucune expression ou émotion se peindre son visage. Il analysa en silence chaque cheveu ainsi que chaque centimètre de mon épiderme. Alors que le pervers, lui, me fixait, les yeux écarquillés et la bouche grande ouverte, ébahi.

— A… Ash ? Je peux te l'emprunter pour la semaine ? demanda le pervers sans me lâcher du regard.

— Ma proposition de te l'offrir n'est plus valable, répondit-il en se tournant vers la baie vitrée.

Le claquement de talons sur le sol résonna, et une jeune femme fit son apparition. Après quelques minutes passées à la dévisager, je reconnus le personnage de Sabrina, qui était complètement à l'opposé de la vraie Sabrina.

Ses cheveux foncés étaient à présent rouge pétant, sa peau bronzée scintillait et elle portait une robe affreusement moulante. Ses iris verts étaient camouflés par des lentilles noires tandis que ses lèvres d'une couleur rouge sang lui donnaient l'apparence d'une femme fatale. Sa démarche digne des plus grands mannequins m'effaçait du salon.

Je vis du coin de l'œil que le psychopathe restait anormalement neutre face à la captive. Tout en allumant sa cigarette, il continuait de me fixer. Son regard hostile parcourut mon corps, de mes pieds jusqu'à mes cheveux, en passant par les courbes de mes hanches. Je frissonnai, le voir me détailler de la sorte me dérangeait. Il s'imaginait sûrement comment il me découperait en morceaux si j'échouais dans cette mission.

Kiara leva les yeux au ciel lorsque Sabrina s'approcha du psychopathe et retira la cigarette de sa bouche afin d'en tirer une latte de la manière la plus insolente qui soit.

— Ça va, je ne te dérange pas ? demanda le pervers, un sourire en coin.

— Excusez mon insolence, possesseur, je devrais être punie, répondit-elle, le ton aguicheur.

Le pervers s'esclaffa, imité par sa captive. Le psychopathe écrasa la cigarette que lui avait rendue Sabrina dans le cendrier et en tira une autre de son paquet. La brune ouvrit la bouche et haussa les sourcils, outrée par son geste.

Ben donna à sa captive une clé USB, après l'avoir retirée d'un ordinateur portable.

— Carl est dehors ?

— Oui, Sabrina, tu connais le plan. Attention, ne te fais pas repérer par le fils de pute ni par James. Captive, essaie de le garder avec toi le plus longtemps possible. S'il faut que tu baises avec lui pour qu'il te porte un minimum d'intérêt, tu le feras, compris ? m'ordonna le psychopathe.

Je déglutis en hochant la tête péniblement. C'était trop beau pour être vrai. Je me doutais bien qu'il profiterait de mon corps à un moment ou un autre. Il fallait que je fasse tout mon possible pour ne pas en arriver là.

— Ça ne devrait pas être une tâche difficile pour toi, étant donné ta précédente carrière avec ton ancien possesseur, lança Sabrina, moqueuse.

— La ferme, Sabrina, grogna Kiara en la fusillant du regard.

J'avais confié à Kiara ce que j'avais vécu avec John, du moins, un résumé. Je compris qu'elle en avait parlé au reste du groupe. L'impression d'avoir été mise à nu me dérangeait fortement. Je n'aimais pas parler de mon passé.

Je restai de marbre en fixant le sol. Ses mots venaient remuer des souvenirs que je voulais enfouir, jusqu'à les oublier. J'attendais avec impatience qu'on sorte de cette maison tant je n'arrivais plus à supporter les regards braqués sur moi.

— Qu'est-ce qu'il y a, Kiara ? Tu n'aimes pas qu'on touche à ta nouvelle petite protégée ? Dommage qu'elle soit la captive de Ash, pas la tienne, la provoqua la brune.

— Vous me fatiguez, lâcha le psychopathe, exaspéré. Vous deux, sortez d'ici et tâchez de revenir en ayant accompli votre travail si vous tenez à vos vies.

Sabrina leva les yeux au ciel et se rapprocha du psychopathe. Elle posa ses mains sur son torse avant de lui murmurer quelque chose à l'oreille. Mon possesseur esquissa un sourire en coin qui disparut aussi vite qu'il était arrivé. Il la repoussa et quitta le salon, suivi du pervers.

Ally m'arrangea les cheveux une dernière fois. Elle me prit dans ses bras pour me rassurer. Kiara fit de même, puis nous accompagna dehors. Nous nous dirigeâmes vers la sortie de la gigantesque maison en passant par l'allée sans fin que j'avais empruntée lors de mon arrivée ici. Je manquai de tomber plusieurs fois à cause des talons hauts, ce qui me valut de supporter les gloussements de Sabrina.

Une berline noire nous attendait à l'entrée principale. Adossé contre la portière, le chauffeur baraqué de la dernière fois fumait une cigarette.

— Carl ! s'exclama Sabrina en lui adressant un signe de main.

— Salut, beauté, dit-il avant de porter son regard sur moi. Tu es encore vivante, toi ? Je pensais qu'Ash t'aurait achevée la première nuit.

Son rire me glaça le sang.

— Il ne la supporte pas du tout, si tu savais à quel point elle le dégoûte ! lança cyniquement la brune.

Je levai les yeux au ciel, ce qui redoubla l'hilarité du conducteur.

Le trajet était animé à la fois par les gloussements hystériques de Sabrina, qui me donnaient mal au crâne, et par les anecdotes de Carl.

Ce dernier se gara à quelques mètres de l'endroit où se déroulait la fameuse soirée et nous laissa sortir. Malgré l'air frais qui fouettait mes cheveux, la pression formait comme une boule dans mon ventre. Nous marchâmes sans échanger un seul regard, jusqu'à repérer au loin la grande demeure de ce James Wood.

L'entrée était surveillée par trois gardes. Je remarquai que les invités montraient leurs invitations ainsi que leur carte d'identité avant de rejoindre la réception. *Attendez... des cartes d'identité ?*

— Bonsoir, messieurs, fit Sabrina en cherchant les deux invitations qui nous étaient dédiées ainsi que deux pièces d'identité dont je n'avais pas connaissance.

Après avoir pris les cartes et les avoir examinées avec soin, ils nous laissèrent rentrer en nous souhaitant une bonne soirée. *Une magnifique soirée, même.*

Les rires et les tintements des verres créaient un brouhaha étouffant. Du coin de l'œil, je vis que Sabrina avait trouvé la taupe.

— Ne fais pas tout foirer, m'avertit-elle méchamment avant de me laisser seule au milieu de la foule.

OK, Ella, c'est pas si difficile de draguer. Bon, c'est vrai, il faudrait peut-être commencer par le trouver, ce James.

Un serveur m'offrit une coupe de champagne, que j'acceptai avec un faible sourire. Je balayai du regard la salle remplie de visages inconnus. Je ne distinguais aucun homme avec une cicatrice sur le visage.

— Vous êtes perdue ? m'interrogea une voix derrière moi, qui me fit sursauter.

Je me retournai en espérant que ce soit celle de James Wood, mais l'homme en face de moi ne correspondait pas à la description qu'on m'en avait fait. C'était un jeune homme d'une trentaine d'années, les cheveux clairs et les yeux bleu océan.

— Non, répondis-je en essayant de garder un maximum d'assurance.

— Nous nous sommes déjà croisés auparavant, non ?

— Vous faites erreur, rétorquai-je, un sourire poli sur les lèvres.

J'étais littéralement en panique. Personne ne savait que j'étais la captive du psychopathe, ou l'ex-captive de John, si ?

— C'est vrai qu'un si joli visage est presque inoubliable, excusez mon manque de politesse. Je m'appelle William, se présenta-t-il en me tendant doucement sa main.

— Mona Davis, répondis-je en déposant ma main dans la sienne.

Il me surprit en la portant à sa bouche afin de la baiser. Par réflexe, je rompis notre contact.

— James n'invite que des personnes importantes lors de ce genre de réceptions, ou ses amis. Dans quelle catégorie dois-je vous situer, mademoiselle Davis ?

Mon estomac se noua. Ce n'était pas écrit dans les notes, ça.

— Je travaille pour une association qui a fait un don pour la réception, mentis-je, la boule au ventre. D'où ma présence ici.

Il hocha la tête, peu convaincu par mes paroles. Une voix derrière lui l'interpella.

— James ! s'exclama-t-il avant de se rapprocher de lui, me laissant apercevoir ma cible de la soirée.

C'était le James Wood que je devais séduire, à quelques mètres de moi. Sa cicatrice, bien que camouflée par sa barbe, restait ostensible, et ses cheveux n'étaient pas blonds comme me l'avait dit Kiara, mais aussi noirs que mon avenir si je foirais cette mission.

— Mademoiselle Davis, je vous présente l'homme de la soirée : James Wood !

Ma cible me fit un clin d'œil. Il me tendit ensuite la main, m'invitant à y déposer la mienne, ce que je fis. Il s'abaissa pour la baiser en me fixant avec un rictus charmeur. Je restai crispée, mais ne laissai rien paraître.

— Mes invités vous trouvent resplendissante, très chère. Vous n'êtes jamais venue à cette réception auparavant, je me trompe ?

— En effet, c'est ma première fois, répondis-je, un faux sourire aux lèvres.

— J'espère que la soirée vous plaira. D'ailleurs, il y aura un after. Mais vous avez peut-être d'autres projets ?

— Tout dépend du déroulement de la soirée et de ce que vous avez à me proposer, soufflai-je.

James inclina sa tête sur le côté, étonné par mon numéro de charme. *Je suis aussi étonnée que toi.*

— J'ai un discours à faire dans quelques minutes, m'honorerez-vous en me laissant emmener ce joli minois avec moi ? demanda-t-il en me tendant le bras. Vous n'êtes pas passée inaperçue, alors je voudrais bien en profiter pour rendre jaloux certains de mes convives.

— Oh… Volontiers !

Enfoiré.

Je le suivis tandis que nous nous dirigions vers la grande salle où bavardaient tous les invités de ma cible. Il s'arrêtait régulièrement afin de saluer des amis. J'étais gênée, crispée, et la boule au creux de mon ventre ne faisait que grossir. Je priais intérieurement pour que Sabrina fasse son apparition et me tire de cette situation. J'ignorais ce qu'il attendait de moi, ou ce que j'avais fait pour qu'il désire ma compagnie.

Il m'invita à choisir un siège avant de partir faire son discours.

Applaudissements et acclamations pour James Wood, l'homme au grand cœur qui organise cette réception caritative !

Deux filles à côté de moi parlaient de lui comme d'un ange tombé du ciel, d'une âme généreuse et humanitaire. Si elles savaient où allait tout cet argent... Plusieurs minutes passèrent. Le discours qu'il tenait n'était que mensonge sur mensonge, mais la conviction dans ses paroles me donnait presque envie de le croire.

Puis, vint le tour d'un homme âgé qui raconta son périple en Afrique. Je suivis James du regard alors qu'il quittait la scène. Soudain, je sentis quelqu'un s'asseoir à côté de moi. Je lançai un coup d'œil furtif à l'inconnu et reconnus l'homme de tout à l'heure, William.

— Comment vous êtes-vous blessée ? chuchota-t-il en pointant du doigt ma main protégée par le bandage.

Oh, c'est une histoire formidable ! Je suis une captive, et pour ne rien vous cacher, mon possesseur est un putain de sadique violent qui n'attend qu'une chose : que je me foire pour me tuer.

— J'ai... glissé, et par réflexe, je me suis rattrapée à la plaque chauffante de ma cuisine, répondis-je en cachant ma main de son regard inquisiteur.

Un petit sourire suspicieux incurva ses lèvres.

— Regardez, mademoiselle Davis, dit-il en me désignant la femme qui prenait la parole. Vous voyez comment elle est mal à l'aise ? On distingue très vite qui est habitué à baratiner et qui ne l'est pas...

Sa phrase me fit déglutir. Bon sang, où était l'allumeuse de service ? Jamais là quand on a besoin d'elle !

— Vous n'êtes pas de mon avis ? me susurra-t-il en se rapprochant de mon oreille.

Je me figeai, tétanisée. Des applaudissements résonnèrent dans la salle, mettant un terme à notre conversation. Il applaudit sans savoir pourquoi, et je le suivis dans son idiotie. Mes yeux fixaient un point imaginaire. Je sentais mon cœur battre si fort qu'on pouvait l'entendre à des kilomètres.

James invita ses convives à déguster le buffet avant de quitter la scène et de s'avancer vers nous.

— Venez, ne perdons pas de temps, un célèbre groupe de jazz joue pour nous, ce soir, nous annonça le jeune homme en me prenant la main, laissant William derrière moi.

Sauvée par la cible.

La plupart des invités étaient encore présents, buvant et savourant les petits fours qui semblaient succulents. Rien ne me donnait particulièrement envie, cette situation angoissante me coupait l'appétit.

Lorsque James me tendit une coupe de champagne, je le gratifiai d'un sourire. Il salua et discuta brièvement avec ses convives, me présentant quelques fois à ceux qui voulaient connaître mon identité. Près du buffet, le fameux William me fixait avec un sourire en coin, sourire qui me fit frémir. Je priais intérieurement pour ne pas me faire repérer.

Je me demandais pourquoi le psychopathe ne s'était pas lui-même présenté. Il aurait fait un merveilleux couple avec Sabrina.

— Je vais vous laisser un court instant, je dois récupérer quelque chose dans mon bureau, déclara James en me lâchant le bras.

— D'acc... Non ! le retins-je en réalisant ce qu'il venait de dire.

Il se tourna vers moi, les sourcils froncés.

— Je… je vais bientôt devoir quitter la réception, et ça serait dommage de ne pas pouvoir profiter un peu plus de votre compagnie.

Il m'observa, perplexe, avant de sourire de toutes ses dents et de me tendre la main.

— Alors, accompagnez-moi, je ne récupérerai que mon paquet de cigarettes !

Il ne me laissa pas le temps de répondre. Il prit ma main et se faufila entre les invités. C'était foutu, j'en étais sûre. Je venais de signer mon arrêt de mort. *Supplément souffrance garanti.*

Arrivé près des escaliers, il détacha la corde rouge qui formait une barrière pour les invités et me céda le passage avant de la remettre en place. Je montai les marches, les jambes tremblantes. La peur s'infiltrait dans mes veines.

— Pourriez-vous d'abord me montrer où sont les toilettes ?

— Bien sûr, je vais vous y conduire !

J'espérais au fond de moi que cette petite minute suffirait à Sabrina pour quitter le bureau. James me lâcha la main lorsque nous arrivâmes à l'étage. Il m'indiqua alors le chemin vers les toilettes, avant de se retourner, probablement pour récupérer son paquet de cigarettes.

— Je n'ai aucun sens de l'orientation, monsieur Wood, dis-je en riant, faussement honteuse.

Hors de question de mourir ce soir.

— Je commence à croire que vous me voulez avec vous, plutôt, rétorqua-t-il d'un ton plein de malice.

Il posa brusquement sa main dans le bas de mon dos, me coupant le souffle. Je le sentis me pousser délicatement jusqu'à l'endroit où je voulais l'emmener.

La panique me saisit lorsqu'il s'éloigna. Un frisson me parcourut, vite remplacé par l'adrénaline, qui se propagea dans mes veines. Je l'arrêtai d'un geste sec.

Ces quelques secondes étaient précieuses pour la mission, et surtout pour ma vie.

Il se retourna, surpris. Sans me laisser le temps de réfléchir, je laissai mes angoisses de côté et plaquai mes lèvres contre les siennes. Mon corps se crispa violemment. Je tentais de calmer mon cœur qui semblait sur le point d'exploser tant il pompait vite. Après quelques petites secondes, je me détachai finalement de lui.

Je n'osais même pas relever la tête tant ma gêne et mon angoisse étaient palpables. Je ne l'avais pas senti répondre à mon baiser, sûrement parce qu'il avait été surpris. Ce n'était pas plus mal, après tout. Je n'avais aucune envie l'embrasser. Ni lui, ni aucun homme, d'ailleurs.

— Il fallait me dire que c'était ce que vous vouliez, mademoiselle Davis, me murmura-t-il avec un sourire en coin.

— Je… je ne sais pas ce qui m'a pris, bafouillai-je en détournant le regard.

Je devais donner le change.

— Plusieurs invités auraient bien voulu être à ma place, à cet instant. Vous avez attiré les regards avec votre doux visage et cette somptueuse robe. Hélas, vous ne m'attirez pas. Pas moi.

Je savais que je n'étais pas au goût des hommes, aucun d'eux ne s'était un jour réellement intéressé à moi. Toutefois, l'entendre dire que je ne l'attirais pas me soulagea.

— Vous voulez toujours utiliser les toilettes ? Ou vous venez avec moi ? me demanda James Wood d'un ton moqueur.

Les joues rouges, je fis un pas vers lui. Il reprit son chemin vers le bureau. Mon cœur tambourinait contre ma cage thoracique à mesure qu'on s'approchait de la porte. James chercha rapidement la clé dans la poche de sa veste et déverrouilla la serrure.

Oh. Bordel.

Mon souffle saccadé s'arrêta net lorsque James entra dans la pièce, avant d'en ressortir rapidement, un paquet de cigarettes à la main.

Comme si de rien n'était.

J'écarquillai les yeux. Sabrina était déjà partie ?

Je soupirai de soulagement, me détendant d'un coup. À présent, il fallait que je retrouve la captive afin de quitter cet endroit oppressant au plus vite.

Nous descendîmes les marches, sous les œillades curieuses des invités, et quittâmes la demeure en direction du jardin, où James alluma sa cigarette. Il avait l'air amusé par ma gêne.

— Vous me fuyez du regard, Mona ? demanda-t-il.

— Pas du tout, rétorquai-je doucement. Je crois que l'heure est venue pour moi de partir…

Putain, où est Sabrina ?

— Ne prenez pas mal ce que je vous ai dit à l'étage. Vous êtes divine, je ne peux dire le contraire. Même William semblait être tombé sous votre charme ! Mais vous ne m'attirez pas, ni vous, ni aucune femme.

J'entrouvris la bouche. Est-ce que j'ai vraiment embrassé-

— Oui, je suis gay, rit-il en me regardant me décomposer.

La colère monta en moi comme le rouge sur mes joues. Les rôles allaient s'inverser. J'allais tuer Kiara et le psychopathe.

CHAPITRE SEPT

PRÉFÉRENCE TACTILE

James était gay. Avec des cheveux noirs. Tout le contraire de sa description. Ils m'avaient foutue dans une merde sans pareille.

Aucun mot ne sortit de ma bouche après sa confidence. Tout ce qu'il voyait était mon teint livide et mes yeux encore écarquillés.

— Je… je ne savais… pas, bégayai-je.

Et pour la première fois depuis le début de la soirée, je ne jouais plus la comédie. J'étais très gênée par ce que je venais de faire.

— La prochaine fois, évitez d'embrasser le premier venu. Vous pourriez tomber sur n'importe qui, même les plus grands psychopathes, s'amusa-t-il en écrasant sa cigarette au sol. Cela dit, je dois admettre que j'aurais bien voulu voir la tête de William s'il nous avait surpris.

Il termina sa phrase en jetant un coup d'œil par-dessus mon épaule. Je tournai la tête par curiosité et vis l'intéressé à quelques mètres de nous. Il nous fixait de ses yeux bleus. Il était étrange, voire oppressant. Il me faisait presque peur avec son sourire en coin.

Il était temps de déguerpir, maintenant que la mission était finie. Du moins, j'espérais.

— Il se fait tard, je dois malheureusement quitter votre agréable soirée, déclarai-je d'un ton faussement déçue.

— Vous nous quittez déjà, mademoiselle Davis ? demanda une voix derrière moi.

Je me raidis en entendant William.

— Mademoiselle Davis a des choses plus urgentes à faire, mais nous remercie pour cette *palpitante* soirée, me devança James, le regard complice.

— Quel genre d'urgences ? me questionna William en déposant sa main dans le bas de mon dos.

Au contact de ses doigts, mon corps frissonna de dégoût. Mes jambes commencèrent à trembler. Son regard insistant me laissait penser qu'il *savait.*

Il le savait, c'était sûr. Il savait que Mona n'était qu'une couverture.

— Je… je dois rentrer chez moi pour rédiger un compte-rendu à l'intention de mon supérieur, rétorquai-je en essayant de montrer un minimum d'assurance.

— On se reverra bientôt, j'espère, souffla-t-il en plaçant une carte à l'intérieur de ma paume.

Je tremblais comme une feuille en l'enfouissant dans mon petit sac. Je leur souris poliment une dernière fois avant de m'éclipser.

William me suivait du regard.

Je me fondis rapidement dans la masse d'invités. J'étais submergée par les vapeurs d'alcool, les parfums et par le kaléidoscope de robes plus brillantes les unes que les autres.

Je me faufilai entre les invités, à la recherche de mon « acolyte », lorsqu'on me tira violemment en arrière. J'aperçus une crinière rouge, et mon angoisse redescendit d'un coup.

Je n'avais jamais été aussi contente de la voir, celle-là.

Sabrina nous fit sortir en grommelant. On retrouva bien vite notre chauffeur, ce bon vieux Carl. Je me retournai furtivement vers la grande salle, où le brouhaha se faisait de moins en moins entendre. Certaines personnes venaient tout juste d'arriver, sûrement pour l'after.

Mes yeux balayèrent les invités et s'arrêtèrent sur un regard bleu qui me fit froid dans le dos. William était loin derrière, à l'entrée. Son verre à la main, il me regardait quitter la réception précipitamment. Je crus même le voir lever son verre en ma direction avec un sourire.

Sabrina me lâcha pour ouvrir la lourde portière de la voiture. Je m'engouffrai à l'intérieur. L'odeur de neuf de la berline me procura un sentiment de sécurité. On avait fini. J'étais à présent loin de toute cette dangereuse affaire.

— Vous en avez mis du temps, bordel !

— Elle s'est perdue dans les draps de James, pouffa méchamment Sabrina.

— Oh, vraiment ? Tu as usé de tous tes atouts ? me demanda Carl en m'observant depuis le rétroviseur.

— Non, rétorquai-je sèchement, je n'ai pas eu besoin de le faire.

Sabrina roula des yeux. Puis, se tournant vers lui, elle lui fit un compte-rendu de sa mission, et j'appris qu'elle s'était finie rapidement, car elle avait eu le temps de fumer deux cigarettes après.

J'ai des envies de meurtre.

Les lumières de la villa étaient encore allumées à notre arrivée. La porte d'entrée s'ouvrit, laissant le pervers me jauger du regard. Je fronçai les sourcils lorsqu'il détailla mes cheveux et mon cou nu avant de soupirer en fermant les yeux.

— KIARA ! cria-t-il en s'écartant de la porte. Tu as gagné…

Cette dernière dévala les escaliers et adressa deux doigts d'honneur au pervers. Il lui donna un billet de 100 dollars, qu'elle enfouit dans la poche arrière de son jean. *Ils avaient parié ?*

— Alors, racontez-nous comment ça s'est passé !

Je laissai mon « acolyte » narrer sa partie de la mission, préférant enlever d'abord ces talons qui rendaient mes pieds horriblement douloureux. Je rejoignis ensuite le reste du groupe sur le canapé.

— Et toi, Ella ? Comment était la compagnie de James ?

Je relevai la tête vers Ben, le pervers, qui attendait une réponse à sa question.

— C'était *palpitant*, répondis-je en repensant aux mots de James.

Ben échangea un regard avec Kiara, qui secoua négativement la tête. Le psychopathe fit son entrée, une cigarette aux lèvres et les yeux rivés sur son téléphone. Comme d'habitude.

— ASH ! cria de joie la brune en le voyant arriver.

Il enfouit son téléphone dans sa poche et grilla sa cigarette avant de relever la tête vers nous.

— Comment ça s'est passé ? demanda-t-il à Sabrina d'un ton autoritaire.

Sabrina étira ses lèvres dans un sourire satisfait et raconta brièvement :

— Les fichiers étaient assez faciles à trouver grâce à notre taupe, mais il avait un code pour les ouvrir et seulement deux chances avant qu'ils s'autodétruisent et notifient l'erreur de mot de passe. Parmi les trois codes potentiels, j'ai réussi à trouver le bon !

Cette manière qu'elle avait de se vanter me donnait la nausée.

— C'était quoi ? la questionna Kiara.

— Les coordonnées géographiques d'un bar qu'il fréquente, soupira Sabrina. J'ai tout supprimé et remplacé par les nouveaux fichiers, comme tu me l'as dit.

Le psychopathe acquiesça.

— Bien, tu ne t'es pas fait repérer par James ? Ou l'autre ?

— Non, la captive a servi pour le coup, je n'ai pas été dérangée une seule fois.

Mon possesseur ne m'avait pas adressé un seul regard depuis qu'il était arrivé, comme si j'étais inexistante, ce qui ne me dérangeait absolument pas.

— Sabrina, on y va, annonça le pervers à sa captive, qui esquissa une moue d'enfant. Tu dois faire un compte-rendu à Rick, alors ne le fais pas attendre, il est déjà très tard.

Sabrina roula des yeux et se leva du canapé. Elle s'avança vers mon possesseur, prit une latte de sa cigarette et l'expira quelques secondes après. Il tourna la tête en grognant avant de la repousser.

Les sourcils froncés, elle tourna les talons pour revenir auprès de son possesseur. Ce dernier me fit un clin d'œil en soufflant un « *on se voit demain, ma jolie* », puis quitta la maison avec sa captive.

— Je peux emprunter une voiture du garage ? Je dois rentrer chez moi, et je n'ai pas pris la mienne tout à l'heure, demanda Kiara.

Le psychopathe acquiesça brièvement, sans la regarder. Il était captivé par la vitre, qui ne reflétait rien de plus que la lune et les nuages sombres. Mais en me concentrant un peu plus, je pouvais jurer que ses yeux étaient posés sur mon reflet.

Cette vision me crispa instantanément, et je détournai la tête pour observer Kiara, qui s'approchait de moi. Elle déposa un petit baiser sur mon crâne en me félicitant du succès de ma première mission.

Une mission que j'avais réussie malgré beaucoup de stress, comparée à Sabrina.

Elle descendit des escaliers qui menaient à un endroit que je n'avais pas encore visité : le garage. Quelques minutes plus tard, j'entendis le grondement puissant d'un moteur de voiture. Mon possesseur émit un petit rire, puis tira son téléphone de sa poche.

Sans un mot, je quittai le salon et montai dans ma chambre. Pyjama à la main, je me rendis dans la salle de bains. Sur le lavabo, il y avait une tonne de produits démaquillants, masques et crèmes en tout genre, accompagnés d'un petit mot :

« Je ne serai sûrement pas là ce soir, alors efface mon chef-d'œuvre avec ces produits. Bisous, Ally. »

Je souris bêtement face au geste attentionné de la captive de Rick, elle était tellement douce et bienveillante. Je pris un coton pour me démaquiller. Le mascara et le rouge à lèvres partiellement effacés me donnaient le look du méchant dans *Batman*, ce qui m'arracha un petit rire.

La douche me revigora automatiquement. Je remarquai qu'Ally avait aussi déposé des shampooings et un savon parfumé à la vanille. Je revivais enfin, moi qui en avais assez de sentir la même odeur que mon possesseur.

Après m'être séchée, je m'habillai rapidement. Je hoquetai de surprise lorsque je trouvai mon possesseur adossé au mur face à la salle de bains, le regard insistant. Il se redressa et croisa les bras.

— Approche, ordonna-t-il sèchement.

Je fis ce qu'il me dit et m'approchai d'un pas hésitant. Il contracta la mâchoire, agacé par ma lenteur. Une fois face à lui, je l'entendis humer mes cheveux avant de souffler d'agacement. Puis, il dégagea mon cou, provoquant en moi un frisson d'angoisse. Je le sentis examiner chaque millimètre de mon épiderme, de ma nuque à l'arrière de mes oreilles.

— Qu'est-ce que tu fais ? murmurai-je lorsque ses doigts fins frôlèrent mon cou nu. Arrête… s'il te plaît…

Il m'observa sans rien dire et cessa ses mouvements. Pendant plusieurs minutes, il fixa mon visage crispé.

— Tu n'as pas couché avec Wood, confirma-t-il, le regard toujours aussi glacial. Si tu l'avais fait, il se serait permis de marquer ta peau.

Il vérifiait vraiment si James m'avait fait un suçon ?

— Tu aurais pu me poser la question, rétorquai-je en croisant les bras.

Je n'aimais pas être touchée, ni par lui ni par aucun autre. Mais surtout pas par lui, à cause de ce qu'il m'avait fait subir.

— Je n'avais pas envie de te parler, et c'est toujours le cas, grogna-t-il en s'éloignant de moi.

— Tu ne veux pas me parler, mais tu préfères me toucher. C'est quoi le pire, pour toi ?

Il n'allait pas répondre, tout ce qu'il faisait n'avait aucune logique. Pourtant, tout en me toisant du regard par-dessus son épaule, il répliqua :

— Te voir encore vivante chez moi.

Il reprit sa route dans le couloir sombre, me laissant seule face à ses mots meurtriers. Mes angoisses reprirent de plus belle, et ma respiration se saccada.

Un frisson de terreur parcourut ma colonne vertébrale. Pendant plusieurs minutes, je n'osai plus bouger, m'imaginant les pires et les plus douloureuses manières de mourir sous ses mains et ses foutus yeux gris qui hantaient plus mon esprit que mes cauchemars. Au pas de course, je me réfugiai dans ma chambre, espérant ne plus le recroiser pour le reste de la nuit.

Mais au moment où j'allumai la lumière et me tournai, un hoquet d'effroi m'échappa. Celui que j'évitais était ici.

Assis.

Sur mon lit.

Il m'assassinait du regard, la mâchoire contractée et les poings serrés.

À ses côtés se trouvait le sac que j'avais pris pour la soirée, vidé sur le lit.

— Qui t'a donné ça ? m'interrogea-t-il d'un ton glacial en me montrant une carte qu'il tenait du bout des doigts.

La carte. Moi-même je ne savais pas ce qui était écrit dessus, mais une chose était sûre : le psychopathe n'aimait pas ça du tout.

— Un homme… prénommé… William, balbutiai-je en avalant difficilement ma salive.

— Pourquoi il t'a donné sa merde ?

Sa voix était calme, beaucoup trop calme pour quelqu'un d'aussi colérique que lui. C'était encore plus flippant de le voir enfouir sa rage plutôt que de l'extérioriser, comme il le faisait depuis mon arrivée.

— Il m'a collée une bonne partie de la soirée, c'est lui qui m'a présentée à votre James Wood. Je ne sais pas ce que contient cette carte, me défendis-je en croisant les bras.

— Continue à ne pas le savoir, lança-t-il avant de placer son briquet juste au-dessous du coin de la carte, la laissant brûler sous ses doigts fins.

L'odeur du papier brûlé envahit la pièce. Le psychopathe jeta les débris de la carte par terre et s'approcha dangereusement de moi.

— Tu ne prononceras plus jamais le prénom de ce fils de pute, tu m'entends ? m'avertit-il, ce qui me fit sursauter.

Ses pupilles dilatées et ses jointures presque blanches reflétaient la colère qu'il essayait de garder en lui. Je hochai la tête rapidement en déglutissant, dans l'espoir qu'il s'éloigne de mon corps tremblant. Il souffla de frustration et déverrouilla la porte de ma chambre sans me lâcher du regard.

Il claqua la porte derrière lui, me faisant sursauter une nouvelle fois. Les pensées se bousculaient violemment dans ma tête. Le connaissait-il ? Et pourquoi William m'avait-il donné cette carte ? Qu'y avait-il d'écrit dessus ?

Je ne comprenais plus rien, et cela m'agaçait.

Mes émotions me fatiguaient tellement que je me laissai tomber sur le lit. Je l'entendis parler au téléphone en criant sur son interlocuteur, ce qui m'arracha un long soupir. Ce psychopathe était une boule de nerfs ambulante, et c'était éprouvant à supporter.

Une lumière troubla mon sommeil, celle du matin.

Qu'est-ce que je détestais ces baies vitrées.

Qu'est-ce que je détestais celui qui les avait placées.

Qu'est-ce que je détestais celui qui les avait achetées.

Il était 9 h. En bas, j'entendais les voix de Ben et de Kiara ainsi que des rires que je pouvais qualifier d'hystériques. *Un rire hystérique*… Oh non, pas elle.

Je me levai nonchalamment et me dirigeai vers la salle de bains. En quittant la pièce après quelques minutes, je remarquai que la porte de mon possesseur était grande ouverte. C'était bizarre, parce que depuis que j'habitais ici, je ne l'avais jamais vue ouverte.

Je m'approchai de la chambre du psychopathe et vis son corps tatoué allongé sur le ventre. Ses cheveux couvraient la moitié de son visage. À en juger par sa bouche entrouverte, il dormait à poings fermés. Je rougis à la vue de son corps peu vêtu et décidai de refermer la porte doucement, la faisant grincer légèrement au passage.

— Merci…

Mon cœur sortit presque de ma cage thoracique lorsque je l'entendis souffler ce mot.

Moi qui pensais qu'il allait me tuer pour avoir eu l'audace de m'approcher de sa chambre… Peut-être imaginait-il que c'était l'un de ses amis ? Je m'éloignai discrètement avant qu'il sache que c'était moi.

Le rire de Sabrina était indéniablement pire que la lumière du matin. Je comprenais pourquoi le psychopathe m'avait remerciée.

Je descendis doucement dans le salon, où je tombai nez à nez avec le chef du groupe, Dick, si je me rappelais bien...

— Oh, Rick, la voilà ! s'exclama Ben en se retournant rapidement vers moi.

Rick. Ah, merde, je n'étais pas loin.

— Ma petite, j'attendais ton réveil, assieds-toi !

Je m'exécutai. Sabrina fumait une cigarette dans un coin du salon en me jaugeant du regard tandis que Kiara et Ben jouaient à un jeu vidéo sur l'écran géant en se chamaillant comme des enfants.

Des fois, je me demandais s'ils appartenaient vraiment à, comme le disait Kiara, « l'un des plus grands réseaux de trafic de drogue et d'armes du pays ».

— Raconte-moi comment s'est passée ta première mission !

— Eh bien, je-

— Elle a tapé dans l'œil du fils de pute, grogna une voix rauque derrière moi.

Mais... il n'était pas en train de dormir, lui ?

Le psychopathe arborait une mine fatiguée. Il ne portait qu'un bas de survêtement, dévoilant son torse imposant et ses tatouages. Par contre, il avait un corps d'athlète. Peut-être faisait-il beaucoup de sport ? Ses muscles étaient parfaitement dessinés et-

— Quoi ? lâcha Kiara en mettant son jeu en pause.

— Pardon ? s'écria Sabrina.

— Comment ça se fait ? me demanda Rick, curieux.

Tous les regards étaient braqués sur moi, tous avides de réponses face à cette nouvelle qui les choquait un peu trop à mon goût. William avait pour surnom « le fils de pute » ici, donc j'imaginais qu'ils le connaissaient tous.

— J'étais au buffet, je cherchais la cible quand il est arrivé.

— Mais encore… ? demanda Ben, le regard insistant.

— Il m'a présentée à James Wood. Ensuite, je ne l'ai revu que pendant le discours et avant mon départ. Dans les deux cas, c'est lui qui venait vers moi, de préférence quand James n'était pas dans les parages.

— James est un tombeur, il adore recevoir l'attention des femmes. Ça m'étonne qu'il ne t'ait laissée que si peu de fois, douta Rick en arquant un sourcil.

— James est aussi gay, et non, il est resté avec-

Je ne pus finir ma phrase face à leurs réactions. La mâchoire de Ben manqua de se décrocher. Kiara se laissa tomber dramatiquement sur le canapé. La cigarette de Sabrina lui glissa entre les doigts, atterrissant au sol. À l'inverse, le tocard qui me servait de possesseur incarnait l'impassibilité même. Il pianotait sur son téléphone. Peut-être ne m'avait-il pas entendue.

— Et toi, ça ne te choque pas ? s'écria Ben en le regardant.

— J'étais déjà au courant, marmonna-t-il.

— QUOI ? cria Kiara.

— Passons, coupa Rick en reportant son attention sur moi. Il faut que tu saches que tu n'as pas le droit de te lier d'amitié avec d'autres personnes que les membres du réseau, pour le moment. Nous ne reproduirons pas la même erreur deux fois.

Comment ça ?

— J'espère qu'Ash s'occupe bien de toi, ajouta-t-il en jetant un coup d'œil dans sa direction. Si tu as besoin de quelque chose, n'hésite pas à venir m'en faire part.

Rick pivota finalement vers Ben et Kiara, leur ordonnant d'un ton autoritaire :

— Retournez travailler ! Aujourd'hui et demain, vous avez des caisses à déplacer pour les nouvelles cargaisons.

Les deux se levèrent en râlant et suivirent Rick vers la porte d'entrée. Sabrina récupéra la cigarette au sol, l'écrasa dans le cendrier, puis partit en refermant la porte derrière elle. Nous laissant seuls.

La psychopathe tourna les talons, et je l'interpellai. Son annonce de tout à l'heure faisait bouillonner mon sang.

— Tu savais pour James, et tu ne m'as rien dit. Je me suis tapé la honte en l'embrassant !

Ses sourcils se haussèrent, et ses lèvres s'étirèrent en un sourire narquois.

— Tu l'as embrassé ? Le but de mon silence était de te foutre dans la merde. Content que ça ait marché, captive.

CHAPITRE HUIT

QUE LE MEILLEUR GAGNE.

Quatre jours étaient passés depuis ma première mission. Mes journées se résumaient à traîner devant la télé, grignoter le peu de nourriture qu'il y avait dans le frigo et, bien entendu, me disputer fréquemment avec le psychopathe. Au lieu de commander à manger, il m'obligeait à préparer des repas auxquels il ne touchait pas, ainsi que son *maudit* café. J'étais devenue sa servante, et il adorait cela.

20 h. Je luttais contre le sommeil en regardant un documentaire animalier. Je refusais de dormir, car si je faisais une sieste maintenant, je ne pourrais pas m'endormir, ce soir. Or, je ne voulais pas errer dans les couloirs et risquer de croiser le psychopathe au sommeil léger.

— Habille-toi, on sort.

Sa voix rauque me fit sursauter. Il sortait de la douche, des mèches de cheveux encore humides tombaient devant ses yeux. Une cigarette entre les lèvres, il quitta le salon sans m'adresser un seul regard. J'éteignis la télévision, puis partis me changer rapidement. Rares étaient les fois où je quittais cette maison, au point que ça me faisait du bien lorsque je le faisais.

Alors que j'enfilais mes chaussures, j'entendis le psychopathe dévaler les escaliers. Je me précipitai de finir pour éviter son courroux.

Règle numéro 1 dans cette maison : Toujours éviter la mort. Toujours.

Je descendis quelques minutes après lui, non sans l'entendre râler de mon retard. Il leva les yeux vers moi et me reluqua de la tête aux pieds. Comme d'habitude.

Je le suivis vers d'autres marches. Nous passâmes à côté de la porte qui menait à la cave, ce qui me fit déglutir, et continuâmes encore jusqu'au sous-sol de la maison Il piocha une clé sur une étagère, puis déverrouilla la porte en composant un code secret.

Les lumières éclairèrent automatiquement l'immense garage. Pas une, pas deux, mais des dizaines de voitures étaient garées. Toutes plus luxueuses les unes que les autres. Il s'engouffra dans une berline aux vitres teintées.

Je m'assis sur le siège passager, crispée à l'idée d'être aussi proche de lui. Il mit le contact et fit gronder le moteur. Aussitôt, je m'enfonçai dans le siège de cette voiture un peu trop puissante à mon goût.

Une fois sur la route principale, il roulait vite, beaucoup trop vite. Mais ses yeux restaient concentrés sur la route. Ses sourcils froncés et ses mains agrippées au volant me rassuraient quelque peu, il paraissait savoir ce qu'il faisait.

— Tu n'es pas obligé de rouler aussi vite, fis-je remarquer en me cramponnant à la poignée intérieure de la portière.

Sa langue claqua contre son palais.

— Tu n'es pas obligée de l'ouvrir, rétorqua le psychopathe sans me lancer un seul regard.

Je soupirai d'agacement et pris sur moi, malgré mon malaise.

— Où est-ce qu'on va ? demandai-je.

— En enfer.

J'arquai un sourcil, dans l'attente d'une réponse plus construite de sa part, mais il ne rajouta rien. Une voiture apparut sur la route en face de nous, et il la frôla agilement. Même s'il contrôlait la situation, je ne pus m'empêcher de pousser un petit hoquet d'effroi. Le psychopathe se moqua ouvertement de ma réaction, pourtant *complètement* justifiée.

Lorsque nous arrivâmes à l'entrée d'une résidence, il appela quelqu'un pour qu'on vienne lui ouvrir. Les grilles du portail s'écartèrent doucement, et nous nous engouffrâmes dans cette mystérieuse propriété privée.

Je vis plusieurs voitures garées à l'extérieur, ainsi qu'une grande maison à quelques mètres de nous. Une fois la fusée enfin à l'arrêt, j'ouvris la portière, heureuse comme jamais d'en sortir.

À l'entrée, Ally nous accueillit avec un grand sourire aux lèvres. Le psychopathe pénétra à l'intérieur sans prendre la peine de saluer la jeune maman, qui ne semblait pas dérangée par son manque de politesse.

— Bienvenue chez moi ! Théo, viens dire bonjour !

Elle referma la porte derrière nous. Deux mains couvrirent soudain mes yeux, accompagnées d'un rire que je reconnus aussitôt.

— Salut, toi ! J'espérais qu'Ash ne te laisserait pas chez lui, aujourd'hui ! Je suis contente que tu sois là, dit Kiara en m'enlaçant.

Elle m'emmena à la cuisine, où se trouvait Ben, les mains occupées par les différents plats sur le plan de travail.

— Ella, ma jolie ! s'exclama-t-il en me voyant arriver. Ash a bien fait de te ramener, il y a plein de bouffe, ce soir !

— Où est Théo ? demanda Ally, inquiète.

— Il joue à la balançoire dehors, dit-il en montrant du doigt le jardin.

Je zieutai la grande pièce. Elle était moins vide que celle de mon possesseur. Les tons beiges et les étagères en bois la rendaient plus chaleureuse, plus lumineuse.

Ben était assis sur l'une des chaises hautes près du comptoir. Il me fit signe de le rejoindre en tapotant une chaise.

— Ça fait un moment qu'on ne t'a pas revue ! Ash est toujours chiant avec toi ? me demanda-t-il d'un ton blagueur.

J'acquiesçai, ce qui l'amusa.

— Le contraire m'aurait étonné !

Je le vis fourrer son doigt discrètement dans un bol rempli de guacamole.

— Repose ton doigt de gros dégueulasse dans la bouffe, et je le coupe avec ça, le menaça Kiara, un gros couteau à la main.

Ben émit un rire moqueur face à la menace de Kiara. Puis, passant par-dessus mon épaule, un autre doigt vint plonger à l'intérieur du plat. Je devinai aux tatouages sur l'avant-bras qui était à l'origine de cette ultime provocation. Sans surprise, le psychopathe.

Je me tournai vers lui. Il passa sa langue lentement sur son doigt, l'air joueur. Kiara souffla d'agacement, ce qui lui arracha un rire.

— Ah, d'accord ! Donc, lui, tu le menaces pas ?! s'indigna Ben.

La porte coulissante qui donnait vue sur le grand jardin s'ouvrit, laissant un petit garçon pénétrer à l'intérieur de la cuisine. Haut comme trois pommes, avec des boucles claires qui retombaient devant ses yeux. Alors, c'était lui, le petit Théo.

— Enlève tes chaussures ! La femme de ménage est passée ce matin ! gronda Ally. Ella, je te présente mon fils, Théo !

Il m'adressa un signe de main, suivi d'un petit « bonjour », que je lui rendis en souriant. Il ressemblait beaucoup à sa mère.

— Je crois que c'est l'heure de dîner, allez, dépêchez-vous ! Théo, va te laver les mains !

Le ton autoritaire que prenait Ally m'amusait. Son fils marmonna des paroles incompréhensibles, puis disparut dans la maison. Je suivis Kiara, qui ramenait des plats dans la salle à manger. La pièce comportait une grande table entourée d'une quinzaine de chaises marron. Sur les étagères en bois s'étalaient des décorations, comme des cadres avec des photos de Théo, tandis qu'un grand lustre au plafond illuminait la pièce. C'était indéniable, cette maison dégageait beaucoup plus de chaleur que celle du tocard qui me servait de possesseur. Je vis le petit enfant revenir les mains propres, suivi de Rick, qui me salua.

Sabrina fit son apparition aux côtés du psychopathe. Je suivis le mouvement en m'asseyant au bout de la table. Kiara, à côté de moi, se servait sans prendre la peine d'attendre les autres.

— Ma petite ! Le plan de la soirée a fonctionné comme on le voulait, personne ne se doute de rien, bravo ! me félicita Rick en levant son verre dans ma direction.

Je hochai la tête sans un mot. Tout ce à quoi je pensais était que l'autre tocard savait que James était gay et qu'il ne m'avait pas prévenue. Je le fusillai du regard, encore contrariée par son plan sadique.

Nos yeux se croisèrent, et il esquissa un sourire satisfait, avant de prendre une bouchée de ses pommes de terre sautées. *J'espère que c'est ta cervelle qui ne va pas tarder à sauter, enfoiré.*

— Si je n'avais pas été là, la mission aurait été un échec, rétorqua Sabrina, les bras croisés, n'est-ce pas, Ash ?

— Tu devrais manger, ça t'éviterait de dire de la merde.

Kiara pouffa ouvertement, de même qu'Ally et moi, mais je me fis discrète quand je remarquai le regard assassin de Sabrina sur nous.

Le reste de la soirée se passa calmement. Ce dîner était l'occasion de proposer un bilan approfondi de la situation du réseau. *Quoi de mieux que de parler de drogues et d'armes autour d'un bon rôti et de légumes sautés ?*

Rick distribuait les tâches de la semaine tandis que le psychopathe se désintéressait de la conversation, comme s'il n'était pas concerné. On m'assigna à mon tour une mission, que j'allais réaliser avec Ally, la semaine prochaine.

Il était 23 h 30 lorsque nous décidâmes de quitter la maison. Je remerciai Ally, et Kiara me prit dans ses bras une dernière fois avant que je suive le psychopathe jusqu'à sa voiture.

Face à sa démarche rapide, je fronçai les sourcils. La maison de Rick et d'Ally était accueillante, mais lui la fuyait presque. Alors que je n'étais plus qu'à quelques mètres de la voiture, il monta et démarra sans m'attendre.

— Sois chez moi à minuit, ou je te promets que tu dormiras à la cave ! cria-t-il en me laissant derrière lui.

Attends, quoi ?

Je pensais qu'il me faisait marcher, j'espérais que c'était une blague de mauvais goût pour me fatiguer, mais ce connard était vraiment parti, et très vite. Mon cerveau n'assimilait pas encore ce qu'il venait de se passer.

Il me demandait d'être chez lui à minuit alors qu'il était 23 h 45 et qu'on avait fait presque une heure de trajet à l'aller et-

Oh, mon Dieu… la cave.

Mon cerveau s'embrouilla, et la panique me gagna. Dormir dans la cave n'était vraiment pas une partie de plaisir, testée et désapprouvée par mon corps et mon esprit. La boule au ventre, je me demandai comment j'allais rentrer dans cette baraque à l'heure.

— Regardez qui s'est fait abandonner par son maître, lança une voix dans une voiture.

Sabrina.

— Ma jolie, Ash est encore là ? Je le cherchais, me demanda Ben.

— Il est parti, l'informai-je, excédée par son comportement.

Sabrina se moqua ouvertement de moi, ce qui mettait mes nerfs à rude épreuve. Kiara klaxonna, demandant à Ben d'avancer. Quand elle m'aperçut, elle me fit signe de venir.

— Ella, où est Ash ?

Je lui expliquai ce qu'il s'était passé tandis que ma colère ne faisait qu'augmenter.

— Qu'est-ce qu'il est lourd des fois, putain !

— Non, tout le temps, corrigeai-je.

Elle accepta que je monte, elle allait me déposer. Pendant le trajet, elle me fit une leçon de morale.

— Tu ne dois pas te laisser faire, c'est tout ce qu'il attend, lui. Il te mène la vie dure parce qu'il veut que tu dises à Rick que tu n'en peux plus de lui et que tu souhaites changer de possesseur ! Il faut que tu t'imposes, ce con va tout faire pour gagner.

J'acquiesçai une nouvelle fois. Elle avait raison, et je le savais. Mais depuis la brûlure, j'essayais de moins en moins de lui tenir tête, même si, au début, j'étais déterminée à le faire. *C'est ce qu'il veut, que je baisse les bras.*

Nous arrivâmes chez lui à 0 h 40. Kiara entra à l'intérieur de la propriété. Les lumières étaient encore allumées. Une silhouette se tenait face à la baie vitrée du salon. Rien que l'apercevoir m'attendre au loin me donnait la chair de poule.

Kiara roula jusqu'au garage, qui était fermé, bizarrement.

— Tiens-lui tête, ne laisse pas gagner le grand Asher Scott, termina-t-elle dans un souffle en reculant, parce que c'est tout ce qu'il veut. Et on n'en peut plus.

Asher Scott… Alors, « Ash » n'est qu'un surnom ? Intéressant.

Je déglutis à l'idée de devoir me confronter à lui. La porte était déverrouillée, je l'ouvris et entrai.

Ma respiration se coupa, tout était trop silencieux. La télé était éteinte, aucun bruit ne résonnait autour. Je repoussai la porte derrière moi avec tellement de discrétion qu'on aurait pu penser qu'elle n'était pas fermée.

Mes sens s'affolèrent lorsque la maison plongea dans l'obscurité totale. J'entendis un bruit… comme… des pas dans les escaliers. *Ses* pas.

— Tic-tac, tic-tac, fit une voix rauque, au loin.

Chaque pas était accompagné d'un « tic » ou d'un « tac » prononcé par le démon qui jouait avec mon angoisse. J'aperçus sa silhouette imposante au milieu des escaliers, les bras croisés. Je tremblais comme une feuille, mes jambes ne supportant presque plus mon maigre poids.

Il rit cyniquement avant de descendre doucement le reste des marches, tel un prédateur rôdant autour de sa proie. Menaçant et oppressant.

— Tu es arrivée en retard…

Il s'approcha lentement de moi tout en allumant sa cigarette.

— J'aurais pu arriver à l'heure si tu m'avais prise avec toi, rétorquai-je sans trop d'assurance, les lèvres aussi tremblantes que mes jambes.

Il émit un petit rire.

— Tu as peur, captive ?

— N-Non…

Je le sentis tourner autour de moi, il était proche, beaucoup trop proche.

Instinctivement, je reculai, jusqu'à ce que mon dos touche la porte d'entrée. Un gloussement mauvais lui échappa. J'étais vulnérable, et ce psychopathe le savait. Il jubilait.

— Tu devrais avoir peur, je peux te tuer… t'arracher les membres un à un et les enterrer dans mon jardin… Personne n'en saura rien, me glissa-t-il à l'oreille.

J'écarquillai les yeux et déglutis en sentant son souffle chaud contre ma joue. L'odeur de son parfum mélangée à celle de la cigarette emplissait mes narines. Mon estomac se tordit violemment, incontrôlable. Je ne supportais pas de le sentir si près de moi.

— Tu ne veux pas dormir en bas ? me demanda-t-il doucement en plaçant une mèche derrière mon oreille. Tu peux me dire si tu ne veux pas… Je ne vais pas te forcer…

Quoi ?

J'inspirai profondément, essayant de ne pas m'évanouir ou de ne pas succomber à une crise de panique. J'avais une chance de lui dire ce que je voulais, alors en aucun cas, je ne devais la rater.

— Je… je ne veux pas, murmurai-je en espérant qu'il était sérieux.

— Que tu es naïve… lâcha-t-il avant d'ouvrir subitement la porte d'entrée.

Il me poussa violemment à l'extérieur, manquant de me faire trébucher.

— Ma maison, mes règles. Tu ne fais pas ce que je veux ? Très bien ! À demain, captive.

Et il referma la porte, me laissant seule dehors. Mes poings cognèrent contre la porte d'entrée tandis que je le suppliais de m'ouvrir. Il faisait très froid dehors, et c'était trop calme. Ne résonnait que le bruit de mon acharnement.

— OUVRE-MOI ! criai-je.

Les minutes passèrent, et rien n'y faisait, il ne venait pas. Et il n'allait pas venir.

Le froid fouettait mon visage, mes membres se crispaient. Je contournai la maison à la recherche d'une seconde porte. Cet enfoiré avait fermé le garage juste pour m'empêcher de rentrer.

Je revins sur mes pas et me laissai tomber sur la pelouse fraîche. J'en avais plus qu'assez de ses conneries d'enfant pas content, je n'avais pas à subir ces tortures. Tout était la faute de Rick. S'il ne l'avait pas forcé à avoir une captive, rien de tout cela ne serait arrivé. John était l'un des pires, mais lui…

C'est alors que je sentis un liquide se déverser sur mes cheveux. C'était de l'alcool.

En relevant la tête, je découvris le tocard qui me servait de possesseur. Il arborait un sourire narquois tandis qu'il m'admirait, trempée par l'alcool qu'il avait laissé couler sur moi.

— Je voulais arroser la pelouse, dit-il d'un ton sarcastique.

Je baissai la tête afin de laisser mes cheveux s'égoutter. Je levai ensuite mon majeur dans sa direction. Il rit avant de vider son verre sur la pelouse. Il alluma une cigarette et me fixa depuis son balcon.

— Fume. Comme ça, tu mourras vite, crachai-je, excédée.

Il haussa les sourcils, visiblement étonné par la pique que je venais de lui lancer. Et il rétorqua :

— Continue à l'ouvrir comme ça, tu mourras encore plus vite.

Je levai les yeux au ciel et m'allongeai sur l'herbe. J'étais fatiguée, je collais et j'avais froid, pendant que lui était sur le balcon, à fumer et à jubiler de me voir frôler l'hypothermie. Quelque chose heurta mon front, puis j'entendis un « touché ».

— ARRÊTE, PUTAIN ! criai-je lorsque je compris que c'était son mégot de cigarette.

Il explosa de rire, s'étouffant presque. Mes yeux brûlaient de fatigue, je n'en pouvais plus. J'allais craquer. Et il était encore là, avec ce putain de sourire satisfait.

— Je meurs de froid, je te laisse, mon lit m'attend !

— JE TE DÉTESTE ! hurlai-je, tremblante de rage.

— C'est réciproque !

J'entendis la porte coulissante se refermer derrière lui. Après encore quelques minutes par terre, je remarquai la piscine. Je partis m'allonger sur l'un des transats. Le matelas blanc n'était pas aussi confortable que mon lit, mais c'était mieux que l'herbe.

Je ramenai mes jambes à ma taille, essayant de garder un minimum de chaleur. Le manteau que je portais ne réchauffait pas autant que ma couverture, si bien que je grimaçai en tremblant légèrement.

J'espère qu'il crèvera pendant son sommeil.

Je ne me rappelais ni comment je m'étais endormie ni à quel moment, mais le chant des oiseaux et la lumière du jour me réveillèrent. Je pestai contre le soleil et me levai sans oublier d'étirer mes muscles endoloris.

— La porte est ouverte, et j'ai besoin d'un café, dit une voix rauque, au loin.

Je relevai mon regard vers le balcon de sa chambre, où je l'aperçus, les yeux encore à moitié clos, seulement vêtu d'un boxer noir. D'un geste de la main, il dégagea les quelques mèches blondes qui dérangeaient sa vue.

— Arôme eau de Javel ? demandai-je sèchement.

Un sourire incurva le coin de ses lèvres, qui emprisonnaient sa cigarette, et il répliqua :

— Dans le tien, de préférence.

Je n'ai jamais été aussi heureuse de rentrer chez lui.

Le pas rapide, je partis directement prendre une douche chaude. Je me changeai avant de m'enfermer dans ma chambre.

— Va te faire foutre ! l'insultai-je en verrouillant la porte et en m'affalant sur mon lit.

— Je t'ai entendue ! s'exclama sa voix à travers le mur. J'attends mon café !

J'émis un rire moqueur et m'enfouis sous les couvertures en soupirant. Kiara avait raison, je devais tenir tête à ce psychopathe. De toute évidence, il n'en avait pas l'habitude et il ne supportait pas que quelqu'un le fasse.

Que le meilleur gagne, Asher Scott !

CHAPITRE NEUF

LISA OU LINDA ?

15 h. J'étais encore sonnée par la sieste de six heures que je venais de faire. Mon corps avait besoin de récupérer le sommeil négligé la veille. Comparée à l'autre connard, qui avait dormi paisiblement, moi, j'avais frôlé l'hypothermie près de la piscine. D'ailleurs, je ne l'avais pas entendu toquer à ma porte, peut-être étais-je trop fatiguée pour que le moindre bruit me réveille.

Une fois dans la salle de bains, je repris mes esprits. Je faisais presque peur : mes cernes étaient creux et ma peau complètement sèche. Je farfouillai dans le sac qu'Ally m'avait laissé et y trouvai des produits qui m'aidèrent à me sentir plus humaine.

Après l'effort, le réconfort. Je mourais de faim. Tout en descendant les marches, j'inspectai chaque recoin du rez-de-chaussée : le hall était vide, la cuisine également. Quant au salon, il était aussi silencieux qu'une morgue. Aucun signe du psychopathe.

Suspicieuse, je continuai mon enquête sur la pointe des pieds. Je remarquai une tasse de café à moitié terminée sur la table basse du salon ainsi qu'un verre de whisky. Vide.

— Il faut croire que tu sais te débrouiller tout seul, connard, murmurai-je, satisfaite de ne pas lui avoir préparé son café du matin.

Mon ventre criait famine, je n'avais pas mangé depuis le dîner d'hier soir, chez Ally. Le frigo ne contenait pas grand-chose, non… il n'y avait rien. Ni même dans les placards.

— Ce n'est pas vrai…

Je rouvris le frigo, espérant trouver quelque chose à manger, mais à part une bouteille de bière et du ketchup, il ne restait rien. Sauf son maudit café.

La porte d'entrée s'ouvrit sur le psychopathe.

— Il n'y a rien à manger, l'informai-je en croisant les bras.

— Est-ce que ça m'intéresse ? Il fallait te réveiller pour manger. Pas de réveil, pas de bouffe. Mais maintenant que t'es là, j'ai besoin d'un café.

— Tu vas me laisser mourir de faim ?! m'exclamai-je.

— Arrête de dramatiser, tu peux vivre trente jours sans manger, malheureusement. Occupe-toi de mon café, si tu ne veux pas que tes trente jours de survie se transforment en trente petites secondes.

Sur ce, il monta à l'étage. Tout en rouspétant, je m'approchai de la machine et remarquai qu'elle ne contenait plus de capsules. Je me tournai vers le tiroir pour en sortir une nouvelle boîte.

Soudain, une idée me vint en tête. Pas de réveil, pas de bouffe ? Pas de bouffe, pas de café.

— Si je ne mange pas, tu n'auras pas ton putain de café, connard, murmurai-je.

Je vidai la boîte de capsules dans la poche de mon sweat-shirt. Le sourire en coin, je m'affalai sur l'énorme canapé en allumant la télé.

Quelques minutes plus tard, je le sentis s'écrouler à côté de moi et pouffer de rire.

— Obéissante… souffla-t-il en prenant la tasse sur la table basse, qu'il porta à ses lèvres.

Il grimaça de dégoût avant de la reposer rapidement. Je ne pus retenir un rire moqueur en le voyant m'assassiner du regard. Il venait de boire le café qu'il avait laissé ce matin.

— Je n'en ai rien à foutre que tu crèves la dalle, où est mon putain de café ? s'impatienta le psychopathe.

— Au supermarché ! Avec toute la nourriture que tu n'as pas chez toi.

Il arqua un sourcil, puis se rendit dans la cuisine. Je l'entendis alors lâcher un « putain ». Le sourire satisfait, je repris ma position de départ face à l'écran et attendis qu'il me dise qu'il sortait faire les courses.

— Habille-toi, on sort.

Mes jambes me guidèrent vers ma chambre. Après m'être habillée rapidement, je l'attendis en bas. Il enfila son habituelle veste en cuir, et nous nous dirigeâmes vers le garage, où il prit une voiture, beaucoup plus simple que celle qu'il avait conduite la nuit dernière.

On roula jusqu'à la route principale dans le silence le plus total. Ni lui ni moi ne voulions discuter, et c'était bien mieux comme cela.

À travers la vitre teintée, mes yeux se perdaient dans la contemplation du cœur de la ville, aux abords d'un parc, devant les cafés situés à chaque coin de rue, apparaissaient un jeune couple, un enfant, une vieille dame promenant ses chiens, un groupe de filles sortant du centre commercial avec des sacs plein les bras. Les gens vivaient. Et je n'avais pas vu ces images depuis si longtemps. Mon regard s'embua. Je n'avais pas contemplé un endroit aussi animé depuis des années. J'enviais tout le monde, du couple aux chiens.

Leurs vies étaient tellement plus simples, tellement plus banales. Cette banalité que j'aspirais à retrouver depuis le début de mon cauchemar. Je les enviais. Je les enviais tellement.

Un sanglot s'échappa de mes lèvres lorsque j'aperçus une mère et sa fille en train d'acheter de la barbe à papa. Elle me manquait. Elle me manquait tellement.

J'essayai tant bien que mal de me contrôler. Je ne voulais pas laisser mes démons me ravager, pas encore une fois. C'était du passé. Elle était bien plus heureuse, maintenant.

— Arrête de chialer comme une gosse, tu vas bouffer ta merde, claqua la voix du psychopathe.

Je le fusillai du regard. Il ne savait même pas de quoi il parlait, et son air dédaigneux m'agaçait au plus haut point.

Après avoir garé la voiture, nous entrâmes dans un hypermarché. Il m'ordonna de prendre un chariot et de le suivre, je m'exécutai sans trop poser de questions. *Soumission, bonjour.*

Nous nous faufilâmes entre les rayons, piochant sur les étagères. Il me refusait tout, alors je prenais discrètement des céréales et des nouilles. *Oui, je suis une enfant.* Cela faisait presque six ans que je n'avais pas été dans un supermarché, il fallait en profiter.

Le psychopathe prenait tout et n'importe quoi, et surtout, en double ! Sûrement pour ne plus faire ses courses pendant au moins trois mois. Les tonnes de produits formaient une montagne face à moi. Je me battais avec le chariot, mes bras n'arrivaient plus à pousser, mais bien sûr, l'autre connard ne bougeait même pas le petit doigt pour m'aider, trop occupé à consulter son téléphone et à me dire d'avancer plus rapidement.

À la sortie, le psychopathe prit les sacs les moins lourds, me laissant ceux qui faisaient presque mon poids actuel.

— Avance, putain ! Ce n'est pas le moment de traîner ! s'exclama-t-il en mettant les courses à l'intérieur de la voiture. À moins que tu veuilles rentrer à pied ?

Un sourire machiavélique s'afficha sur son visage avant qu'il rentre dans la voiture. Ma mâchoire se contracta, et j'accélérai le pas lorsque j'entendis le moteur gronder. Alors que je déposais négligemment le reste des courses sur les sièges arrière, la voiture avançait.

Ma main serra la poignée de la portière dans l'espoir de la faire s'arrêter. Avec un sourire narquois, le psychopathe freina, me laissant l'opportunité de m'engouffrer dans l'habitacle.

— Tu te sens obligé d'être aussi lourd ? lui demandai-je en l'assassinant du regard.

— À défaut de faire de toi ma captive, ce que je refuse, je fais de toi mon passe-temps, et tu t'en sors plutôt bien, pour l'instant.

— Trouve-toi un autre passe-temps, je n'ai pas le temps de satisfaire tes pulsions de psychopathe et-

Il alluma la radio en mettant le volume au maximum pour m'empêcher de finir ma phrase. Je serrai les poings. *Je veux le tuer, non, je vais le massacrer.*

Je posai ma tête contre la vitre et laissai mes yeux regarder le paysage défiler. Les voitures dégageaient le passage lorsque le psychopathe klaxonnait comme un sourd. *Quel con.*

Nous arrivâmes chez lui en peu de temps. Il sortit de sa voiture sans prendre la peine de se retourner, me laissant seule avec les courses. Je le vis ouvrir la porte qui menait à la maison avant de revenir, une autre clé à la main.

J'arquai un sourcil, dans l'attente d'une explication. Il s'approcha d'une voiture, qu'il démarra et arrêta à mon niveau.

— Si jamais tu t'aventures dans-

— D'autres endroits que le salon et ta chambre, je t'étripe ? Oui, je connais la chanson, répondis-je en levant les yeux au ciel.

Il esquissa un sourire en coin, ses yeux gris rivés sur moi.

— Gentille fille, j'espère que tu t'étoufferas en bouffant la merde que tu vas préparer.

Il accéléra.

— J'espère que tu partiras vivre là où est ta place ! criai-je en le voyant s'éloigner.

— Je t'emmènerai en enfer avec moi ! hurla-t-il en quittant le garage.

Je me retournai et déglutis à la vue des sacs blancs que je devais porter.

— Je te déteste.

21 h. Un bol de nouilles à la main, je regardais une émission en appréciant le moment de confort et de silence que je passais sans l'être le plus détestable et le plus sournois de cette maison. *Asher Scott.*

Depuis que je glandais dans ce salon, je n'avais jamais remarqué la bibliothèque. Du moins, je n'avais pas accordé plus d'importance à ces étagères noires disposées d'une manière aussi minimaliste que le reste de la maison. Des livres les remplissaient, le psychopathe bouquinait ? Je ne pouvais pas le croire.

Je m'approchai des œuvres : Stephen King, Lovecraft, Edgar Poe et plein d'autres grands auteurs du genre horreur et fantastique.

— Et moi qui me demandais d'où tu tirais ton côté sadique… murmurai-je en passant mon doigt sur les différents livres. *Harry Potter* ? Tu n'as pas si mauvais goût, finalement.

Je sursautai lorsque la porte s'ouvrit. Kiara lança son sac sur le canapé avant de s'affaler dessus.

— Je meurs de faim ! dit-elle en se tenant le ventre.

— Il reste des nouilles dans la cuisine, t'en veux ? lui proposai-je en souriant.

— Ne te dérange pas, je vais le faire, je ne suis pas Ash !

Elle se leva de sa place et quitta le salon. Kiara revint quelques instants après, un bol de nouilles à la main.

— Comment s'est passée ta journée ?

— Magnifique ! Entre mon réveil dehors et l'après-midi courses, c'était très physique.

— T'as dormi dehors ? s'offusqua-t-elle.

— Il m'a foutue dehors parce que je ne voulais pas dormir dans la cave !

Kiara souffla d'agacement. Je lui racontai ma nuit. Elle se retint de rire lorsqu'il fut question du moment où il s'était amusé à me jeter de l'alcool sur la tête en me disant qu'il voulait « arroser la pelouse ». *L'enfoiré.*

— Moi, j'ai passé la journée à trier des archives. Ce n'était pas la grande joie, mais ce soir, j'ai abandonné Ben pour passer la nuit avec toi !

— Vraiment ?

Mon sourire s'élargit lorsqu'elle hocha la tête, ses yeux bleus pétillaient. Je ne pus m'empêcher de penser au psychopathe. Le savait-il ? Serait-il d'accord ? Il aimait gâcher toutes les belles choses qui m'arrivaient, alors…

Le temps passait, et on s'amusait à zapper. Le psychopathe revint vers minuit. Il enleva sa veste en cuir et se tourna vers nous. Lorsqu'il aperçut Kiara, il fronça les sourcils :

— Tu as besoin de quelque chose ? lança-t-il en s'approchant du salon.

Kiara ne le regardait pas, préférant son émission.

— Depuis quand je dois avoir besoin de quelque chose pour venir glander ici ? dit-elle en souriant.

— La voiture ? l'interrogea le psychopathe.

— En bas, répondit-elle du tac au tac, toujours dos à lui.

Il reporta son attention sur moi et me toisa du regard avant de gagner l'étage. Kiara m'invita à monter avec elle. J'éteignis la télé et les lumières pour la suivre.

Elle s'allongea sur mon lit.

— La captive avant toi a eu la chance de ne passer qu'une seule nuit ici, tu en es à ta troisième semaine !

Je fronçais les sourcils.

— Il y avait une autre captive avant moi ?

— Bien sûr ! Elle s'appelait Linda, ou Lisa, je ne me rappelle plus. Elle n'est restée que deux jours avec Ash.

— Comment ça ? Qu'est-ce qu'il a fait ?

J'étais curieuse de savoir jusqu'où il avait pu aller pour qu'elle prenne ses jambes à son cou.

— Je ne suis pas sûre que tu veuilles le savoir, souffla-t-elle, gênée, en examinant mon visage.

Au même moment, le psychopathe déboula dans ma chambre, une cigarette aux lèvres, comme à son habitude.

— Savoir quoi ? demanda-t-il en apportant des papiers, qu'il déposa sur le ventre de Kiara.

Cette dernière écarquilla les yeux et répondit très rapidement :

— Rien du tout, des trucs de fi-

— Qu'est-ce que tu as fait à la captive avant moi ? osai-je demander en défiant mon possesseur des yeux.

Kiara s'étouffa avec sa salive, puis se leva d'un bond. Elle poussa mon possesseur afin de le faire sortir de la pièce.

Lorsqu'il prit la parole, un sourire machiavélique aux lèvres, Kiara cria de toutes ses forces, au point de couvrir les mots qui sortaient de sa bouche. Elle verrouilla la porte, l'empêchant de rester une seconde de plus avec nous.

— Non, fit-elle simplement en me pointant du doigt.

Je croisai les bras, contrariée. Maintenant, je devais savoir ce qu'il avait bien pu faire pour qu'elle s'en aille.

— Je le saurai, dis-je, déterminée à obtenir les réponses à mes questions.

CHAPITRE DIX

REGARD MEURTRIER

— Tu savais que le psychopathe lisait *Harry Potter* ? demandai-je en fixant le plafond.

— Oh, l'enflure, c'était donc lui ! J'avais accusé mon ex de me l'avoir volé ! s'offusqua Kiara.

Nous étions allongées sur mon lit depuis deux heures maintenant, occupées à nous poser des questions existentielles, ou des questions tout court. Cependant, elle ne répondait plus dès que cela concernait le psychopathe.

— Pourquoi tu ne veux rien me dire sur lui ?

— Parce que je tiens un minimum à ma vie. Et il y a des choses que tu ne dois pas savoir, ou du moins, pas pour l'instant, m'expliqua-t-elle sans me regarder.

J'affichai une mine renfrognée et croisai les bras, ce qui provoqua son rire. Ses yeux bleus légèrement plissés trahissaient sa fatigue. Pas étonnant, il devait être 3 h du matin.

— Un jour, je te promets que tu sauras toute la vérité. Mais pas maintenant, c'est trop tôt. Sache seulement qu'Ash n'est pas mauvais, m'avoua-t-elle en ramenant la couverture à elle. Tu es la seule qui est restée aussi longtemps… depuis…

— Depuis quoi ? la questionnai-je en me redressant à moitié. Depuis quoi, Kiara ?

Elle ne répondit rien. Ses yeux étaient clos et sa respiration profonde. Je me laissai retomber sur le lit avec un soupir de frustration. Morphée venait de m'arracher la seule opportunité d'en savoir un peu plus sur le connard dans la chambre d'à côté. Vivre en compagnie d'une boule de nerfs et de mystères, prête à vous bondir dessus simplement parce que vous êtes sa captive, était terriblement stressant. Mais le pire était de ne pas savoir pourquoi.

Asher Scott était l'être le plus détestable et impénétrable que j'avais pu croiser. Il était mauvais, sournois, prétentieux, narcissique et exécrable. C'était un connard qui prenait un malin plaisir à me faire souffrir. Et le pire, c'était qu'il réussissait à tous les coups.

Je me frottai les yeux et me levai du lit. Mes pas me guidèrent vers la baie vitrée, sur laquelle je posai délicatement mes mains. L'obscurité s'évaporait au fil des minutes. La nuit, tout était plus calme, sauf nos pensées lorsqu'elles s'entremêlaient.

Que s'était-il passé dans sa vie pour qu'il soit comme ça ? Et surtout, pourquoi me détestait-il autant ?

Enfin, qui était cette Linda ? Ou Lisa ? Merde.

Quand on parlait du loup… il apparut face à moi. Accoudé au garde-corps en verre de son balcon, il fumait une cigarette en contemplant le jardin. Pour une fois, il ne regardait pas son téléphone. Il paraissait loin, très loin dans ses pensées. Ses mouvements étaient lents, son regard ne dérivait pas du point imaginaire qu'il fixait au loin.

À quoi pouvait-il bien penser, en ce moment ? Où était parti son esprit ?

Il était si… énigmatique, c'était un puzzle dont les pièces étaient éparpillées, introuvables. Je ne comprenais presque rien à son sujet. Mais bientôt, j'allais y remédier. Bientôt, j'aurais les réponses à mes questions, je m'en faisais la promesse.

— Je le saurai, espèce de psychopathe, murmurai-je avant de m'éloigner de la baie vitrée.

Je me laissai tomber sur mon lit et ramenai les couvertures sur mes épaules. Seulement là, je me laissai emporter par le flot de mes pensées et de mes interrogations.

— Debout, Ella ! cria une voix près de mon oreille.

Je grimaçai avant de me retourner et de rabattre la couverture sur ma tête. J'entendis des rires féminins, deux rires que je reconnus aussitôt. Je souris en gardant les yeux clos.

— Tu crois qu'elle est morte ?

— Ally, elle vient de bouger, ne sois pas bête ! s'exaspéra Kiara. Bon, allez, j'apporte l'eau.

Je me redressai d'un bond. Mon mouvement trop rapide me donna le tournis.

— Ah, bah, enfin ! s'exclama joyeusement Ally. Il fait beau, il y a une piscine en bas, tu n'as rien à faire de ta journée-

— Et je t'ai acheté un maillot de bain ! s'enthousiasma Kiara en me mettant le vêtement sous le nez. Alors, habille-toi et descends !

Elles quittèrent la chambre, me laissant une chance de me réveiller doucement. Après une douche revigorante, j'enfilai le maillot et descendis les rejoindre. Le psychopathe était absent. Du moins, aucun signe de lui dans les parages. *Parfait.*

Ally était assise au bord de la piscine avec Kiara. Toutes deux m'invitèrent à les rejoindre. L'eau était froide. Une chance qu'il faisait chaud, aujourd'hui !

— Comment va Théo ? la questionna Kiara en buvant sa boisson.

— Bien. Depuis qu'on a trouvé Franklin, il n'arrête pas de jouer avec lui dans le jardin !

— Franklin ? demandai-je, perplexe.

— C’est une tortue qu’on a découverte dans l’herbe, hier matin ! m’expliqua Ally. Kiara a pris une photo.

Cette dernière rit doucement en me montrant la photo sur son téléphone.

— Tu devrais avoir un téléphone, me lança Ally.

— C’est trop tôt, Rick ne lui fait pas encore assez confiance pour la laisser en utiliser un, rétorqua Kiara.

J’acquiesçai brièvement. Ça ne me dérangeait pas de ne pas en avoir. Je ne m’en étais pas servi depuis des années, si bien que maintenant, je ne savais même plus comment ça fonctionnait. Et que dire des réseaux sociaux ?

— Je suis si contente que tu sois encore parmi nous ! Depuis le *drame*, aucune captive n’a survécu plus de deux jours ! déclara Ally en levant sa boisson.

Kiara s’étouffa avec sa gorgée tandis que je fronçais les sourcils d’incompréhension. *Le drame ?*

Lorsqu’Ally vit nos réactions respectives, elle afficha une mine outrée.

— Tu ne lui as rien dit ? demanda-t-elle à Kiara, qui ferma les yeux. Merde…

— Je veux savoir, déclarai-je en les regardant toutes les deux. J’ai le droit de savoir pourquoi il se comporte comme ça avec moi !

Kiara lança un regard accusateur à Ally, qui haussa les épaules, désolée. Elle soupira et ferma les yeux quelques secondes avant de les poser à nouveau sur moi.

— Je pourrai répondre à quelques questions seulement, pas toutes.

Ce ton ferme me laissa perplexe. Que souhaitait-elle me cacher ?

— J’aimerais savoir combien de captives ont travaillé avec lui avant moi, et pourquoi elles sont parties, commençai-je.

Ally déglutit, et Kiara me fixa longuement. Elle remua ses jambes sous l'eau, nerveuse.

— J'aimerais que tu me promettes que tu ne quitteras pas la maison après ça. Je ne veux pas que tu deviennes craintive vis-à-vis d'Ash parce que, de toutes les captives, tu es la seule qui lui tient tête.

— Je te le promets, lâchai-je, impatiente.

Kiara hésita encore un petit moment, puis s'avoua vaincue.

— Il y a eu trois captives avant toi.

— Tu ne comptes pas-

Elle lança à Ally un regard qui me fit froid dans le dos. La jeune maman s'excusa et la laissa terminer sans l'interrompre.

— Ash a connu certains… problèmes qui l'ont poussé à haïr les captives. La première captive a goûté à sa haine-

— Et à la terre ! s'exclama une voix rauque près de nous.

Kiara écarquilla les yeux en regardant derrière moi. Je me retournai et aperçus le psychopathe. Bien qu'au téléphone, il n'avait pas hésité à s'immiscer dans la conversation.

— Hé, Jenkins, lança-t-il à son interlocuteur, t'as déjà vu une ogresse en train de nager avec des sirènes ? Parce que c'est exactement ce que j'ai à la piscine.

Une ogre –… Oh, il parle de moi. Quelle enflure.

— Ne l'écoute pas, je suis sûre que c'est sa manière de te dire que tu ne passes pas inaperçue à ses yeux, me rassura Ally en souriant malicieusement.

— Je n'en ai rien à foutre de ce qu'il peut penser ou dire de moi.

Kiara essaya de changer de sujet, mais j'attendais de pied ferme la suite.

— T'es tenace, putain ! rit Kiara. Tu es sûre que tu ne voudrais pas plutôt qu'on parle de musique… ou de séries, tiens ! Il y a une nouvelle série Netflix que t'aimerais sûrem-

— Non, affirmai-je, le sourire en coin. Comment a-t-elle fait pour partir ?

— Partir ? demanda Kiara en fronçant les sourcils. Tu n'as pas compris...

Comment ça ? Je réfléchis quelques minutes, puis déglutis lorsque je crus comprendre le sous-entendu du psychopathe. Non, ce n'était pas possible, il n'aurait quand même pas pu...

— Elle manigançait des choses... et bref, il l'a tuée, souffla-t-elle d'une toute petite voix.

Une boule se forma dans mon ventre à une vitesse fulgurante. De toutes les fois où le psychopathe m'avait fait peur, jamais il n'avait autant réussi qu'à cet instant.

Savoir qu'il avait tué quelqu'un était une chose, savoir que c'était une captive en était une autre. Et savoir que son seul tort avait été d'être *sa* captive était l'information de trop, celle qui me fit perdre à la fois mon sang-froid et mon courage.

Mon corps se mit à trembler. Kiara secoua sa main devant mon visage en espérant obtenir une réaction de ma part.

— Tu veux toujours connaître la suite ?

J'acquiesçai, sans trop de conviction cette fois-ci. En avais-je vraiment envie ? Jusqu'où pouvait aller sa haine contre les captives ?

— Je ne me rappelle pas leurs prénoms, mais appelons la seconde Katy : elle a débarqué quelques semaines après la première. Rick a préféré ne pas lui en parler, mais Ash n'était pas du même avis. Il lui a avoué qu'il avait tué la première sans scrupules et qu'il n'hésiterait pas à la tuer, elle aussi. Katy a pris peur et s'est enfuie de la maison, on ne l'a jamais retrouvée. Elle n'est restée que trois jours.

— La troisième aussi a connu la mort... Pauvre fille. On ne sait pas bien comment ça s'est produit, mais Ash lui faisait si peur... C'était un arrêt cardiaque, je crois, dit Ally en baissant les yeux. Je n'ai même pas eu le temps de la rencontrer...

Alors, l'une avait été assassinée, l'autre s'était enfuie, et la dernière était morte de peur. *De pire en pire.*

— Après ça, Ash est resté sans captive pendant plus de six mois. Avant que tu arrives.

Je restai stoïque, ne sachant plus quoi penser. Tout se mélangeait dans ma tête, je ne savais plus quoi dire. En fait, je ne m'attendais pas à ce genre de confidences.

Il tuait par haine, c'est tout.

C'était un meurtrier.

Un psychopathe meurtrier.

Mais ce qui me fit froid dans le dos, c'était l'insensibilité des filles par rapport à la situation. Elles me racontaient ces événements avec une note triste dans la voix, mais sans plus. Elles ne montraient aucune réaction, comme si c'était habituel pour elles de contempler des meurtres partout.

Je vivais peut-être dans un monde parallèle, mais je n'étais pas encore prête à affronter les actes inhumains et cruels que le commun des mortels sanctionnait. Et dire que Kiara m'avait assuré qu'Ash « n'était pas mauvais » hier !

— Je comprends que ça puisse te pétrifier, mais je t'en supplie, reste comme tu es. Il ne doit pas te faire peur, me supplia Kiara. Ça le rend dingue quand tu lui tiens tête, en dépit de tout ce qu'il essaie de te faire, et ça l'agace de voir que tu n'as pas peur de lui.

— On veut qu'Ash redevienne comme avant…

Je les dévisageai une à une en silence. Tout ce que je voyais, c'étaient *ses* yeux gris. J'entendais sa voix dans ma tête. Je sentais le monde tourner autour de moi, ou peut-être était-ce juste moi ?

— Ella ? Ella, ça va ?

— Kiara, je crois que…

Leurs voix paraissaient loin, trop loin de moi.

Je clignai des yeux en essayant d'apercevoir quelque chose de net, mais rien n'y faisait, tout était flou. Je n'arrivais plus à supporter mon propre corps. Je sentis l'eau rentrer dans mes narines. Puis, plus rien, sauf le néant bleu.

Et ses yeux gris.

CHAPITRE ONZE

QUE LA SOIRÉE COMMENCE !

— … Ash, on doit… peler Cole.

— … Non, elle va se réveil…

— … on doit appeler Ric…

— … ce n'est pas néces…

J'entendais leurs voix résonner dans mon esprit comme un écho lointain. Les yeux encore clos, je les plissais légèrement, essayant de reprendre le contrôle de mon corps.

— … je viens d'avoir Cole au… éphone, il arrive tout de suite…

— … sa tête a tapé contre…

Je ne pouvais pas les rassurer, je me sentais trop fatiguée pour ouvrir ne serait-ce qu'une seule paupière. J'étais encore sonnée. J'avais affreusement mal à la tête, si bien que je n'arrivais même pas à suivre complètement la conversation que tenaient Kiara et Ally.

Bordel, qu'est-ce qui s'était passé ? Pourquoi la douleur dans mon crâne était-elle si forte ?

J'entendis la porte claquer, puis des pas. Alors que je commençais à reprendre peu à peu mes esprits, une voix inconnue prit la parole :

— Expliquez-moi comment ça s'est passé. C'est toi, Scott ? gronda une voix masculine près de moi.

— C'est moi, admit Kiara avec une petite voix. Je lui ai dit des choses qu'elle n'était pas encore prête à entendre, elle est devenue pâle avant de s'évanouir. Dans sa chute, sa tête a tapé contre le bord de la piscine. On l'a rattrapée à temps. J'avais peur qu'elle souffre d'une commotion cérébrale.

— Elle est comme ça depuis combien de temps ?

— Peut-être une heure. Tu penses que c'est grave ? Elle va mourir ? s'affola Ally.

— Seigneur, tu réponds enfin à mes prières, souffla la voix rauque du psychopathe.

Je ne te donnerai pas le plaisir de me voir mourir, espèce de psychopathe.

J'ouvris délicatement mes paupières pour permettre à ma vue de s'habituer à la lumière qui traversait la pièce. Heureusement, j'étais dans ma chambre.

— Elle se réveille enfin. Ella, comment tu vas ? Tu as mal quelque part ? Tu veux quelque chose-

— Laisse-moi m'occuper d'elle, Kiara, elle va bien. Descendez. Je viendrai vous voir dès que j'aurai fini, dit l'inconnu à mon chevet.

Les deux jeunes femmes s'exécutèrent sans me quitter du regard. Elles sortirent de la pièce, suivies de près par le démon qui me servait de possesseur.

— J'osais espérer te rencontrer dans d'autres circonstances, me confia-t-il en ouvrant son sac, mais ce n'est pas plus mal. Enchanté, je m'appelle Cole.

— E… Ella, dis-je à voix basse en grimaçant.

— Je sais qui tu es, m'assura Cole, tout le monde parle de toi au réseau. Tu es fidèle à la rumeur, je ne suis pas déçu.

Alors, il travaillait, lui aussi, pour le réseau. C'était une véritable secte, nous n'avions aucun contact avec le monde extérieur.

Attends, quelle rumeur ?

— Est-ce que tu te rappelles pourquoi tu t'es évanouie ? demanda-t-il en allumant une petite lampe de torche et en la pointant sur mon œil droit.

— Vaguement, admis-je. J'ai quelques flashs, mais dans le désordre.

— Tant mieux.

Il continua à m'examiner en silence, puis se racla la gorge.

— Est-ce que tu peux te lever ? Je dois vérifier que tu arrives à garder l'équilibre.

Mes jambes étaient lourdes, et mon poids comme dédoublé. Je saisis la main qu'il me tendait et essayai de me lever, non sans un léger étourdissement au début. Après quelques pas, j'y parvins. Mon crâne continuait à me faire très mal, cela dit.

— Tu es encore un peu sonnée, mais pas de commotion à première vue. Juste une petite bosse sur le crâne, dit-il en souriant. Tu vas prendre des médicaments pendant quelques jours, et tout rentrera dans l'ordre. J'aimerais que cette nuit, tu restes éveillée. S'il y a des complications, comme des vomissements, tu m'appelles le plus rapidement possible.

Ils avaient leur propre médecin. Un médecin qui travaillait dans un réseau d'armes. Un *médecin.*

— Repose-toi, je dirai à Ash ce qu'il doit faire pour te remettre sur pied avant la prochaine mission. Bon courage, en tout cas.

Il était beaucoup trop avenant.

— Merci, dis-je doucement en m'asseyant sur le lit.

Il quitta la pièce, emportant avec lui toute la gentillesse qui émanait de son sourire.

Les flashs se bousculaient dans ma tête. Ils se repositionnaient doucement en une ligne chronologique. J'éternuai plusieurs fois à cause du maillot encore mouillé que je portais et enfilai des vêtements plus chauds. Mais je n'avais aucune envie de descendre.

Je ne voulais pas me confronter à la réalité, pas encore. Je n'étais pas prête à me dire que je vivais sous le même toit qu'un véritable assassin de captives. Et puis, mon esprit, se disant sans doute que je n'étais pas assez stressée, en rajouta une couche, me rappelant la fois où il avait essayé de m'étrangler.

Et la fois où il m'avait brûlée.

Ou cette fameuse soirée, après la mission, où il m'avait dit qu'il voulait me voir morte.

Je me remémorais les confessions de Kiara.

« De toutes les captives, tu es la seule qui lui tient tête. »

Je regrettais d'avoir demandé à Kiara de tout me raconter. Finalement, je n'étais pas prête à connaître la vérité. J'ignorais comment me comporter avec lui, désormais.

Avant, j'osais me confronter à lui, parce que putain, il m'énervait avec ses airs égocentriques et tyranniques. Mais maintenant, je ne pensais pas quitter ma chambre, sauf en cas de mission.

Je sursautai lorsque la porte s'ouvrit doucement. Je ne pris pas le risque de me retourner, ma respiration se coupa. J'attendais une preuve que ce n'était pas lui.

— Ella ?

Subitement, la pression que j'avais accumulée pendant ces quelques secondes disparut, la voix de Kiara agissant sur moi comme un calmant. Je la vis plantée dans l'embrasure, accompagnée d'Ally.

— Comment tu te sens ? demanda-t-elle.

— J'ai encore mal au crâne, mais ça peut aller, admis-je en souriant doucement.

— On s'excuse, on ne voulait pas te faire peur ni-

— Ce n'est pas votre faute, c'est moi qui ai demandé.

Elles s'avancèrent vers moi, le pas hésitant. Elles s'assirent sur l'extrémité du lit, et Ally prit la parole :

— Cole nous a dit que tu n'avais rien de grave, mais que tu ne devais pas dormir cette nuit, au cas où il se tromperait dans son diagnostic rapide.

J'acquiesçai doucement. Kiara restait sans voix. Je voyais qu'elle culpabilisait. Doucement, je posai ma main sur sa cuisse et lui murmurai que ce n'était pas grave.

— Il commence à se faire tard, je dois rentrer pour Théo, dit la jeune mère en se levant. Si je ne peux pas passer cette semaine, on se verra pour la mission.

— J'avais un concert, aujourd'hui, mais je vais annuler. Je veux rester avec toi et-

— Non ! rétorquai-je. Amuse-toi ! Je vais bien, Kiara, je te le promets.

Je ne voulais pas qu'elle annule ses plans. J'allais bien, elle n'avait pas à s'inquiéter.

— Tu es sûre ? Qui va prendre soin de toi, dans ce cas ? Non, ne sois pas bête, je reste !

— Cole a dit qu'Asher s'occuperait de moi, mentis-je.

Je gardai un rictus vissé sur mes lèvres, espérant ainsi la faire sortir.

— Par rapport à Ash... Ella, il ne te fera aucun mal. Pour une raison qui m'échappe, mais qui me convient parfaitement, il t'a acceptée. S'il te plaît, n'aie pas peur de lui. C'est en se comportant de cette manière que tu auras plus de chances de t'en sortir.

Je déglutis. Une boule se forma dans mon ventre à nouveau. La peur s'empara de moi, la peur de mourir.

— Ne l'effraie pas plus qu'elle ne l'est déjà. Ella, tu es forte et tenace, continue d'être avec lui comme tu le fais. C'est ce qui te sauve de sa haine envers les captives, je crois. Tu viens, Kiara ? Je te dépose, fit Ally en ouvrant la porte.

Kiara hésita. Avec un soupir, elle finit par se lever et déposer un baiser sur mon crâne. Elle me promit de passer le lendemain matin. Je redoutais leur absence. Si elles pensaient que leurs propos m'avaient rassurée, en réalité, c'était tout le contraire. Comment voulaient-elles que je lui tienne tête maintenant que je savais ?

D'ailleurs, j'ignorais encore la raison de sa haine envers les captives. Je connaissais la conséquence, mais la cause était encore floue pour moi. Toutefois, hors de question de demander, je préfère ne jamais le savoir. Son passé était trop sanglant pour moi, trop *noir*.

Je sursautai et ma respiration se coupa lorsque j'entendis la porte s'ouvrir doucement, grinçant un peu plus à mesure qu'elle se rapprochait du mur. Ma peau se couvrit de chair de poule. La boule au ventre, j'attendis un mot de la part de celui qui hantait mes pensées.

Il ne bougea pas, pas un seul mouvement. Je sentis son regard dans mon dos, qui faisait pression sur moi. J'étais mal à l'aise. Je respirais doucement, comme si j'avais peur qu'il m'entende. Je perdais tous mes moyens, l'inverse de tout ce que Kiara et Ally m'avaient recommandé de faire. Ce qu'il me restait de détermination s'était évaporé au moment où il avait ouvert cette porte.

— T'es encore en vie ?

Sa voix rauque résonnait dans ma tête comme un disque rayé.

— O-oui… articulai-je avec beaucoup de difficulté.

— Dommage, dit-il simplement. Descends manger, je ne vais pas te faire monter la bouffe.

Il a cuisiné ? Kiara l'avait peut-être forcé à prendre soin de moi ? Ou peut-être était-ce Cole ?

J'acquiesçai, et il quitta la chambre. Je respirai doucement afin de calmer mes angoisses. Les filles avaient raison. Si je continuais sur ma lancée, j'éviterais probablement la mort.

Je le rejoignis dans la cuisine, où j'entendais des bruits d'assiettes qui s'entrechoquaient. Et il était là, à remplir un bol de soupe avant de le déposer sur le comptoir. Je le vis prendre le sel et marmonner avec un air mesquin.

— J'espère que t'aimes le sel, parce que tu vas être servie, lâcha-t-il.

Je me précipitai dans la cuisine pour l'empêcher de mettre son plan démoniaque à exécution. En m'apercevant, il secoua la tête.

— Tu débarques toujours au mauvais moment, soupira le psychopathe en posant le sel. Mange et prends tes médicaments. La soirée ne fait que commencer, *captive.*

Je déglutis en fronçant les sourcils. Le sourire qui se dessinait sur ses lèvres était mauvais, ses yeux pétillaient d'excitation. Il avait une idée sadique derrière la tête.

Il s'avança jusqu'à ma hauteur. Ma respiration se coupa tandis que mes jambes tremblaient. Là, il se pencha vers moi. Ses doigts dégagèrent mes mèches de cheveux, et son souffle s'écrasa au creux de mon oreille lorsqu'il murmura :

— J'ai hâte de te tenir éveillée, on va bien s'amuser.

Sur ce, il s'éloigna, me laissant seule avec cette information.

Oh, putain de bordel de merde ! Il s'était porté volontaire pour m'empêcher de dormir. J'étais foutue.

CHAPITRE DOUZE

LA SOIRÉE DES CAPTIVES

— Tu ne vas pas te cacher très longtemps, tu sais ? La nuit est encore longue, fit sa voix rauque derrière la porte.

Je m'étais enfermée dans ma chambre depuis maintenant vingt bonnes minutes.

Après avoir mangé et pris les médicaments qu'il avait déposés près de mon assiette, j'ai aperçu son visage rempli d'excitation. Ses yeux brillants et son sourire en coin tandis qu'il me guettait comme le prédateur sadique qu'il était m'avaient suffi pour accourir à l'étage, avec lui à mes trousses.

Quoi ? Il me fait peur ? Lui ? Totalement.

— Je ne sortirai pas ! criai-je, au bord de la crise cardiaque, en voyant la poignée de porte bouger rapidement.

— Soit tu sors de ton plein gré, soit je te fais sortir de force, captive. Je perds patience très rapidement, alors ouvre cette foutue porte.

— Dans tes rêves, espèce de psychopathe !

Le fait qu'une porte nous sépare me redonnait un peu confiance en moi. Cette protection me donnait envie de lui tenir tête à nouveau, sans craindre sa réaction. Et putain, ça m'avait manqué.

— Le décompte débute à partir de 5, déclara-t-il d'une voix anormalement confiante.

— La magie, ça n'existe pas, arrête de croire ce que tu lis dans *Harry Potter* !

— 5, commença le psychopathe en pensant me faire peur.

— 4, 3, 2, 1, rétorquai-je, le défiant dans sa tentative de m'intimider.

— 0, termina-t-il dans un petit rire moqueur.

— Je t'avais dit que la magie, ça n'existait-

Je fus stoppée dans ma phrase par le bruit du verrou de la porte. Mes yeux s'écarquillèrent lorsque je la vis s'ouvrir lentement sur le psychopathe.

Son épaule appuyée contre le cadre de la porte, il leva les yeux au ciel avant de me montrer une clé qu'il tenait entre son index et son pouce.

— Tu es vraiment désespérante, souffla-t-il en s'approchant de moi. C'est ma maison, j'ai toutes les clés.

Je déglutis et me crispai lorsque sa main attrapa mon bras. Il me tira avec lui en bas, et je le suivis sans un mot, les jambes tremblantes, des sueurs froides dans le dos. Je m'attendais au pire, cette soirée promettait d'être affreuse.

— J'aurais bien voulu t'arracher les cheveux un à un pendant des heures, ou encore te faire des tatouages avec un couteau, commença-t-il, mais pourquoi ne pas lier l'utile à l'agréable ?

Son sourire diabolique en disait long sur l'idée qu'il avait derrière la tête, je n'arrivais pas à calmer ma respiration. D'une main ferme, il me tirait dans des couloirs que je n'avais jamais pu explorer.

Maintenant que j'y pensais, cette maison était immense, et je n'avais jamais eu la chance ni l'occasion de la visiter à cause des caméras que le psychopathe avait installées. Il surveillait tous mes faits et gestes. Or, honnêtement, loin de moi l'idée de subir sa colère. Surtout pas maintenant.

Il me conduisit dans une espèce de grand sous-sol, dont les murs étaient en béton, et le sol lisse. Il alluma un interrupteur qui fit retentir un bruit de ventilation. Les lumières éclairèrent l'endroit. Je distinguai alors... des cibles ?

Ce n'est quand même pas un-

— Un stand de tir, et tu es ma cible pour ce début de soirée.

Tout en prenant un pistolet, il m'ordonna de me placer dos à la cible plus loin. Je ne bronchai pas. Mes pieds étaient, de toute façon, cloués au sol. Des frissons parcoururent mon corps tandis que j'avalais difficilement ma salive.

— Tu préfères passer au tatouage avec le couteau ? Ce n'est pas si excitant...

Je me tournai vers lui. Il était très sérieux.

Son sourire malsain n'avait pas quitté son visage. D'un geste, il dégagea les mèches blondes qui dérangeaient sa vue bloquée sur moi et attendit patiemment que je me mette dos à la cible.

Je déglutis et m'en approchai lentement, comme on avance vers une guillotine. Je sentais la mort roder autour de moi, certaine qu'elle me prendrait au premier tir.

Mes lèvres devinrent sèches. Tout mon corps tremblait lorsque je le vis charger le pistolet. Son visage paraissait concentré alors qu'il pointait son arme sur moi, avec un rire mauvais. Mon cœur frôla l'explosion.

Et j'entendis le premier tir.

Le son strident me fit crier et sursauter. Par réflexe, mes mains recouvrirent mon visage. En inclinant la tête, je remarquai un trou sur la cible, assez proche de mon bras. Le stress était à son comble, et ça ne faisait que commencer, si j'en croyais son sourire satisfait.

— On dirait bien que je t'ai ratée, dit-il d'un ton sournois.

— Arrêt-

— Si tu parles encore une fois, je viserai ta tête, me menaça-t-il. Et crois-moi, je ne rate jamais ma cible. Quand je veux.

Ma bouche se referma aussitôt. Des larmes de peur dévalèrent mes joues. J'étais prisonnière et impuissante face à l'arme, face à lui.

— J'adore te voir si vulnérable…

Soudain, un second tir se fit entendre, suivi d'un écho. Je criai de peur une nouvelle fois. Adossée contre la cible, je sentis l'impact de la balle. Il était plus proche de mon corps que la première fois. Il se rapprochait.

Encore un autre coup de feu, et je tremblais comme une feuille, proche de la crise de panique. Je n'arrivais plus à me calmer, mes pieds ne parvenaient plus à supporter autant de peur.

— J'adore avoir le dessus sur toi, captive…

Un autre son strident fit écho. Je sentis mes membres me lâcher. Ma respiration se coupait à chaque tir qui retentissait, j'osais à peine bouger. Sans que je m'y attende, une autre balle sortit du pistolet, et cette fois-ci, le son fut nettement plus bruyant. Mon oreille bourdonna.

Mon cœur était sur le point d'exploser dans ma cage thoracique. Je tournai la tête à la recherche du trou, et je fus horrifiée de constater que la balle avait littéralement frôlé mon crâne. Par instinct et curiosité, mes doigts effleurèrent mon oreille. Elle était blessée.

Il m'avait touchée.

Je levai les yeux dans sa direction. Son sourire s'élargit dès lors qu'il détailla mon visage, pâli par la peur et l'angoisse.

— On va s'arrêter là. Je ne veux pas que tu meures, pour l'instant, déclara-t-il en rangeant l'arme.

Il s'approcha ensuite de moi. Il se posta près de mon oreille et dégagea une mèche de mes cheveux avant de me susurrer :

— Parce qu'il faut savoir faire durer le plaisir. Et là, putain, je prends mon pied.

Sur ce, il s'éloigna de mon corps, encore sous l'emprise de la peur. Il éteignit la ventilation et me demanda de le suivre, avec toujours ce sourire narquois aux lèvres.

C'est un démon.

J'obéis en priant tous les dieux pour que ce massacre s'arrête, pour que tout ça ne soit rien de plus qu'un cauchemar. J'inspirais et expirais profondément, essayant d'apaiser mon cœur qui n'arrivait plus à rester en place. Le démon m'attendait, les bras croisés, impatient.

Lorsque j'arrivai à sa hauteur, il prit mon poignet. Je ne compris pas quel était son but, quand il me fit sortir de la maison en direction de la piscine.

Il s'arrêta au bord et se tourna vers moi, un sourire en coin.

— J'espère que tu sais nager. Surtout au milieu de serpents.

— Quoi ?

Et il répondit à ma question en me poussant brutalement dans l'eau.

Je fus immédiatement submergée. Je m'étouffai presque avant de remonter à la surface, où je pris une grande inspiration.

Frénétiquement, j'examinai les alentours. De quels serpents parlait-il ?

Je découvris soudain deux corps qui zigzaguaient à la surface à une vitesse phénoménale. Mes sens s'alarmèrent une nouvelle fois, et je les repoussai en les aspergeant d'eau. Pas très ingénieux, mais la peur nous faisait faire des choses incompréhensibles. Mon cœur battait la chamade tandis que la panique guidait mes mouvements brusques. Tout ce que je voyais, c'étaient ces serpents qui se mouvaient, que je pouvais sentir m'encercler.

Le psychopathe s'esclaffait dans son coin, un objet curieux à la main. Il était assis sur l'herbe, près de la piscine, où il profitait du spectacle, impatient que je me noie après une morsure.

Son rire fut coupé par la sonnerie de son téléphone. Il soupira et leva les yeux vers moi.

— On va faire une petite pause. Sors de la piscine, je ne veux pas qu'elle devienne radioactive, conclut-il en se redressant et en s'éloignant.

Ma mâchoire se contracta. Je regagnai à grande vitesse la petite échelle. Ma haine envers lui ne faisant qu'augmenter, son arrogance et son insolence me rendaient complètement folle.

Je sortis de la piscine en grelottant. L'air frais fouettait mon corps mouillé, si bien que je sentais mes membres se congeler petit à petit. Qui avait chez lui des putains de serpents ? Je me tournai vers la piscine, où ils étaient… immobiles ?

Peut-être étaient-ils morts ? *Oh non.* Est-ce que je venais de tuer des animaux ?

À l'intérieur de la maison, tout était silencieux. J'accourus vers ma chambre et claquai la porte derrière moi, en veillant à ce qu'elle soit verrouillée, avant de me changer.

J'entendais le démon parler au téléphone. Puis, plus rien.

— Captive ! m'interpella-t-il. On sort.

Quoi ?

— Si tu ne descends pas dans les cinq minutes qui viennent, je ne te raterai pas, cette fois, ajouta-t-il, au pied de ma porte.

J'avalai difficilement ma salive et l'ouvris aussitôt. Mon cœur ne pourrait pas supporter une autre séance de tirs. Il descendit les marches rapidement, et mes jambes le suivirent machinalement. Mon cerveau venait de passer en mode instinct de survie.

Dans le garage, il piocha une clé. Il s'avança ensuite vers une voiture de sport noire. Mes yeux sortirent presque de leurs orbites lorsqu'il alluma le moteur et le fit gronder.

— Monte. Plus vite on sortira d'ici, plus tôt on reviendra pour la suite des hostilités.

Sa voix était un mélange d'impatience et d'excitation. Sans lui répondre, je grimpai dans cette fusée. Je me pressai contre mon siège en le voyant déjà accélérer dans l'allée.

À cette heure-ci, on n'entendait rien aux alentours, excepté le vrombissement du moteur. Le démon à côté de moi plaqua ses mains sur le volant et appuya sur la pédale, me laissant me cramponner à mon siège. Sur le tableau de bord numérique, la vitesse de la voiture ne faisait qu'augmenter, et mon stress avec.

— ON VA MOURIR ! criai-je à en perdre haleine.

Il rit, sans ralentir pour autant. Mon corps se crispa encore davantage. Depuis ma fenêtre, je ne pouvais même plus apercevoir les arbres tant il allait vite.

Et là, un camion. Un putain de camion devant nous. Il était proche, beaucoup trop proche.

Le camion frôla presque la voiture. Je couvris mon visage par réflexe, là où il ne cilla pas et changea de file à la vitesse grand V, esquivant de près une mort certaine. Mon cœur allait lâcher en le voyant accélérer de plus belle. Ses yeux gris fixaient la route avec une concentration presque palpable, ses mains ne quittaient pas le volant. Soudain, il emprunta un virage serré, et je sentis mon corps se coller brusquement à la portière. J'étais à deux doigts d'être expulsée hors de la voiture. Il jouait avec ma vie.

Enfin, nous arrivâmes près d'une bâtisse fermée. Des murs entouraient l'immense lieu tandis que des hommes armés de kalachnikovs se tenaient au garde-à-vous devant un haut portail. Le démon à côté de moi ouvrit la fenêtre de la voiture. L'un des deux hommes acquiesça, puis fit signe à un autre homme plus haut, assis à son poste de garde, d'ouvrir le portail automatique. Est-ce qu'il m'avait emmenée au sein de sa secte ?

Derrière le mur d'enceinte, d'un côté, j'apercevais des voitures garées, de l'autre, un entrepôt. Des hommes et des femmes remplissaient des camions de cartons fermés, quand d'autres déchargeaient des marchandises.

Le psychopathe gara sa voiture et sortit, je le suivis sans broncher. Tous les regards étaient braqués sur moi. Chaque personne qui passait à côté de nous me jaugeait. J'entendais des murmures sur mon passage. Ma tête se tourna automatiquement vers le psychopathe, qui gardait les yeux rivés sur le bâtiment. Mâchoire serrée et regard noir, il était terrifiant.

Une fois à l'intérieur, nous grimpâmes jusqu'au deuxième étage. L'ambiance était silencieuse. Derrière les vitres, on pouvait observer les personnes qui travaillaient encore à cette heure tardive, ceux qui, je le supposais, constituaient le réseau du psychopathe devant moi.

Il ouvrit une porte et me fit signe de le suivre. Je fus agréablement surprise de découvrir Kiara et Ally, assises sur le divan près de l'immense table de réunion qui remplissait presque toute la pièce.

— Tu l'as ramenée ! s'agaça Ally. Comment tu te sens ? Est-ce que tu as encore mal ? Tes cheveux sont humides, tu vas tomber malade !

— Elle va très bien ! N'est-ce pas, captive ? insista l'enfoiré qui me servait de possesseur avec un sourire mauvais.

Je hochai la tête, n'ayant aucune envie de le contredire. Dieu savait ce qu'il pouvait me faire, une fois seuls.

— On peut savoir pourquoi tu nous as obligées à annuler nos plans ? marmonna Kiara.

Asher ignora sa question. Il prit place sur l'une des grandes chaises et feuilleta des documents posés sur la table. Je m'assis à côté de lui.

— Alors, c'est vous, cette année ? les questionna-t-il en lisant des papiers.

— Ça devait être les sœurs Linn, mais les affaires se portent mal pour leurs possesseurs, alors elles ont préféré passer leur tour.

— Et tu crois qu'on a du temps et de l'argent à perdre dans cette merde ? demanda-t-il en levant la tête vers elles.

— Tu as plus à y gagner que nous, Ash, rétorqua Kiara en haussant les épaules.

Ce dernier ne répondit rien et tira son paquet de cigarettes de sa poche.

— Où est Rick ?

— Descendu ramener des cartes, des archives et d'autres papiers, l'informa Ally. J'espère que tu viendras à la soirée, ajouta-t-elle en se tournant vers moi. Le thème sera « *Bloody goddesses* » !

— Non, fit sèchement le tocard de service, elle n'ira pas.

— Arrête de la priver de ses droits, putain ! s'exclama Kiara en se levant. Elle a le droit de participer à la soirée des captives comme tout le monde, bon sang !

— Une soirée des captives ? demandai-je en fronçant les sourcils.

— Chaque année, une soirée des captives est organisée dans le but de garder des contacts, de se raconter les petits potins et, pourquoi pas, de tisser des liens entre les réseaux.

— Et chaque année, les captives d'un réseau sont choisies pour l'organiser, expliqua Ally. Cette année, ça sera nous !

— Du moins, c'était la mission des captives d'un autre réseau, mais faute de fonds, elles ne sont pas en mesure de le faire. Alors, à nous la soirée des captives de cette année !

La porte s'ouvrit sur Ben, Rick et Sabrina. Les deux hommes déposèrent des cartons remplis de papiers sur la table.

— Ma jolie, tu es là ! Bienvenue au réseau ! s'enthousiasma le brun.

— Ella, ma petite, on m'a dit que tu avais fait une chute dans la piscine. Comment tu te sens ? demanda Rick. Ash a pris soin de toi ?

— Absolument, me devança le démon en crachant de la fumée et en m'adressant un clin d'œil.

Tout le monde s'assit autour de la grande table. Rick vida les cartons, déposa des documents ainsi que des cartes sur la table avant de prendre la parole :

— Bien, maintenant que tout le monde est là, nous pouvons commencer. Quand aura lieu la soirée ?

— Le mois prochain, répondit Kiara. Nous n'avons pas encore réparti les tâches, mais on doit être rapides, les invitations seront envoyées demain matin. J'ai chargé un gars de faire les achats nécessaires et d'appeler nos fournisseurs.

— Excellent ! Ella, j'aimerais que tu participes à cette soirée. Ce sera une bonne occasion pour toi d'intégrer le réseau des captives et-

— Elle n'ira pas, le coupa le psychopathe. C'est non négociable, personne n'est au courant encore que j'ai une nouvelle captive, si on oublie les rumeurs qui courent au réseau, et c'est bien mieux comme ça.

Les sourcils froncés, Rick demanda :

— Pourquoi tu ne veux pas que les membres des autres réseaux sachent que tu as une captive ?

— Ce n'est pas votre putain de problème ! s'agaça-t-il. Elle n'ira pas, un point c'est tout.

J'étais énervée. J'en avais marre de le voir me dicter tout ce que je devais faire ou non alors que lui n'était même pas foutu de m'accepter.

— Je viens, le défiai-je en croisant les bras. Je suis une captive, après tout.

Je vis le sourire de Kiara s'élargir. Le démon à côté de moi rit cyniquement en secouant la tête. Puis, le regard meurtrier, il me murmura :

— Tu es sûre d'en avoir envie ?

Je sentis soudain sa main sur la mienne, appuyant sur ma brûlure. Je déglutis et éloignai ma paume de son emprise malveillante.

— Elle pourrait y aller en tant qu'exception... comme Kiara ? demanda Ally en haussant les épaules.

— On en parlera plus tard, rétorqua Rick. Expliquez-moi plutôt vos plans pour cette soirée. Qu'est-ce que vous avez l'intention de faire ?

— Ash a besoin des localisations des réseaux de Aaron, Chase et Luther. Comme ils ont été les complices de William, on doit trouver leurs planques afin de les détruire, développa Ally.

William ?

— Vous avez invité leurs captives ? demanda Ben.

— Évidemment, nous allons inviter tout le monde, rétorqua Kiara en jetant un coup d'œil au psychopathe.

Il détourna le regard. Rick acquiesça, puis s'adressa à Ally et moi :

— Étant donné la situation, on va avancer votre mission, dit-il. Vous serez chargées de faire un saut au réseau de Londres à la place d'Ash et moi. Veillez à remettre ces documents à Kyle et surveillez de près les faits et gestes de votre cible, Carlos. Je pense qu'il marchande avec l'un de nos fournisseurs exclusifs, et je veux en avoir le cœur net.

Le psychopathe écrasa son mégot de cigarette dans un cendrier et demanda sèchement :

— Pourquoi tu n'enverrais pas les hommes de Kyle ?

— Carlos les a déjà croisés. Ally et Ella ne sont pas connues des réseaux de Londres, alors elles iront et reviendront le lendemain matin. Un jet vous attendra pour le départ dans deux jours, soyez prêtes.

J'acquiesçai en même temps qu'Ally. Sabrina, dans son coin, souriait bêtement. Elle déclara, ironique :

— Hâte d'être à la soirée pour revoir l'original de cette copie qu'est Ella.

Le démon la foudroya du regard. Sa mâchoire était tellement contractée qu'elle semblait sur le point de se briser.

L'original ?

— La réunion est terminée, annonça le psychopathe. Sabrina, tu restes là.

CHAPITRE TREIZE

LES SCOTT

— Et derrière cette porte, ce sont les archives. C'est tellement immense qu'on s'y perd souvent quand on cherche quelque chose, mais ça nous aide beaucoup quand on veut retrouver des plans et des accords passés.

Kiara m'offrait la visite guidée du quartier général de leur réseau, j'avais eu « l'honneur » de m'aventurer dans ses différents entrepôts.

— Et voilà de quoi est constitué le quartier général du réseau de la grande famille des Scott ! s'enthousiasma-t-elle.

Je m'arrêtai net après cette phrase. *Pardon ?*

De tous les gangs et réseaux existants en Amérique, il fallait que je tombe sur celui-ci ? *Vraiment ?*

Je n'avais pas reçu de leçons d'histoire à ce sujet, mais lui, je le connaissais grâce à mon cher et tendre ex-possesseur, John. John revendait leurs marchandises, il idolâtrait cette dangereuse famille comme s'il en faisait partie. Et c'était fascinant de voir tous ses hommes craindre ce gang, du plus baraqué au plus méchant. Tous avaient la même pâleur et le même frisson dès qu'on prononçait ce nom de famille.

Les Scott.

Et un détail qui m'avait jusqu'alors échappé revenait tambouriner dans ma tête.

Asher Scott. Bien sûr.

Il faisait donc partie de la dynastie des Scott. J'étais bien curieuse de connaître sa position dans l'arbre généalogique de cette famille au passé sanglant et sombre, mais au présent tout aussi intouchable et influent.

— Tu m'écoutes ? demanda Kiara, ce qui me tira de mes réflexions.

— Pardon, je réfléchissais… Tu disais ?

— Tu dois convaincre Ash de te laisser venir avec nous à la soirée. Ça ne se produit qu'une fois par an !

Je hochai la tête. Le psychopathe avait été très clair : il ne voulait pas que j'y aille. *Mais devinez qui va y aller quand même ?*

Cependant, il me fallait une bonne stratégie, ou une excuse, pour justifier ma présence à cette soirée sans craindre trop de représailles. Parce qu'aux dernières nouvelles, c'était un meurtrier.

Je commençais à fatiguer. Il était à peine 2 h du matin, encore trois longues heures à tenir avant de retrouver mon lit. Nous marchâmes encore un petit moment dans les couloirs du bâtiment avant de voir deux jeunes hommes s'avancer vers nous en faisant de grands signes à Kiara. Ils semblaient la connaître. En même temps, elle travaillait ici.

— On ne t'a pas vue de la journée, Smith, lui dit l'un des garçons.

Kiara Smith. C'était son nom de famille.

— J'ai une vie à l'extérieur, moi, plaisanta-t-elle en le prenant dans ses bras.

— Et qui est ce joli bout de femme avec toi ? demanda l'autre garçon en me lançant un regard.

— Elle s'appelle Ella, me devança-t-elle.

— Elle ressemble vachement à l'autre salope de J-

— *Et* on doit y aller, Rick nous attend, le coupa Kiara en me poussant à avancer. Oh, et mec ?

Il leva la tête tandis qu'elle souriait de toutes ses dents.

— C'est la captive d'Ash, je lui dirai que tu trouves qu'il a très bon goût !

Il devint aussi blanc qu'un cachet d'aspirine. Son sourire narquois se changea en grimace, ses yeux allaient sortir de leurs orbites à tout moment. Le second me regardait en haussant les sourcils, visiblement étonné.

Le premier avait plutôt l'air effrayé. En même temps, qui n'aurait pas peur d'un meurtrier sadique descendant de la grande famille des plus dangereux gangsters et mafieux du pays ? Comme j'avais déjà entendu John dire : « Je préfère creuser ma tombe et m'enfermer dans mon propre cercueil qu'être entre les mains d'un Scott. »

— Elle… il… bégaya-t-il. Ash… captive…

— On se voit demain ! Si tu es toujours vivant, bien sûr, le taquina-t-elle avant de m'emmener loin d'eux.

Nous nous faufilâmes dans les couloirs du bâtiment en direction de la grande salle de réunion. Mes pas suivirent ceux de Kiara, mon attention attirée par les différentes peintures et cadres qui ornaient les murs sombres du quartier général.

— Pourquoi tous ces tableaux ? Ça ne rend pas plus chaleureux l'endroit, vous savez.

Elle rit à mon commentaire.

— L'arrière-arrière-grand-père d'Ash et de Ben, à la création de ce nouveau QG, n'avait pas le temps ni l'énergie pour le décorer. Sa femme, en revanche, voulait rendre cet endroit plus vivant. Il était fou amoureux d'elle, Judy Scott, tu sais, la peintre ?

Ash… et Ben ?

— J'ai déjà entendu parler d'elle quand j'étais jeune, ses œuvres sont époustouflantes.

— Eh bien, tu as devant toi les œuvres méconnues de Judy. Son mari était dévasté quand elle est morte, il les a donc accrochées en hommage à la femme qu'il aimait. Il voulait même acheter toutes celles qui avaient déjà étaient vendues aux enchères de son vivant.

— C'est triste, ces murs possèdent tous une histoire, fis-je remarquer en touchant le mur du bout des doigts.

— Chaque brique et chaque centimètre de ce sol raconte une histoire, le réseau existe depuis des générations. C'est plus qu'un simple gang, c'est une famille.

Je hochai la tête, silencieuse. La voir parler du réseau comme si c'était la plus belle chose au monde me laissait perplexe, mais elle avait raison sur un point : ce n'était pas un simple gang, c'était une entreprise familiale.

— Les œuvres de Judy rappellent que l'esprit de famille est au cœur du gang. C'est la famille d'abord, et l'argent ensuite, précisa-t-elle en effleurant la vitre qui protégeait les cadres. Ma mère est la meilleure amie de celle de Ben, Gemma Scott. J'ai grandi ici avec Ash et Ben ainsi que d'autres Scott, mais eux, ils sont comme mes frères.

Je comprenais mieux la vision conviviale que Kiara avait du réseau, elle avait littéralement grandi au sein de cette grande famille.

Mais… ça voulait dire que Ben et Asher étaient quoi ? des cousins ?

— Tu viens ? Ash nous attend.

J'acquiesçai. Le démon était encore dans la salle de réunion, en compagnie de Rick. Tous deux s'arrêtèrent de parler lorsque nous passâmes la porte.

— Nous n'avons qu'à lui demander de faire un choix, lança Rick en me regardant. Ella, souhaiterais-tu participer à la soirée des captives ?

— Non, je refuse. Captive, si tu dis oui, je te promets que-

— Oui, fis-je en le défiant du regard avec un sourire insolent.

— Bien. Alors, dans ce cas, pour des raisons que tu dois pour l'heure ignorer, tu ne dévoileras ton identité à aucune

des captives présentes. Tu garderas ton prénom, mais tu ne seras qu'une employée venue aider, comme Kiara.

Cette dernière sautilla de joie et m'enlaça, sous le regard assassin du démon-psychopathe-meurtrier-sadique… *Un surnom qui lui convenait parfaitement, mais peut-être trop long.* Je ne me laissai pas intimider, même si, à l'intérieur de moi, tout ce que je voulais, c'était me tirer une balle dans la tête avant de lui donner la chance de le faire à ma place.

— Vous avez des questions ? demanda à nouveau Rick.

Personne ne répondit. Le psychopathe alluma une cigarette et sortit de la pièce en prenant soin de claquer la porter derrière lui.

— Ne t'en fais pas, il s'en remettra. En attendant, prépare-toi pour le voyage. Ash te donnera ton passeport tôt avant le départ, et à 6 heures, Carl te récupérera.

J'acquiesçai en mémorisant toutes les formalités, mais mon esprit ne pouvait s'empêcher de penser au psychopathe absent. Alors qu'on s'apprêtait à sortir, Rick m'interpella une dernière fois. Je me retournai, et il me tendit un document.

— Ash ne va pas revenir ici, alors prends-le et donne-le-lui lorsque tu le verras.

Il me remercia avant que je quitte la pièce avec Kiara.

— Ally est rentrée ? la questionnai-je en constatant que la jeune maman n'était plus là.

— La baby-sitter n'a pas pu rester plus longtemps, et comme Rick est ici, elle ne pouvait pas se permettre de laisser Théo seul.

Nous rejoignîmes les voitures. Kiara prit place dans la sienne.

— Bonne chance pour retrouver Scott, il rôde toujours, s'esclaffa-t-elle en mettant sa ceinture.

— Prie pour que je sois vivante demain, rétorquai-je avec une pointe de sincérité dans la voix. Déjà qu'il m'a jetée dans la piscine avec des serpents pour me forcer à rester éveillée !

— Des serpents ? me demanda-t-elle en fronçant les sourcils. OH ! Il les a gardés !

Elle explosa de rire.

— Quoi ?

— Pour Noël dernier, Ben lui a offert des serpents téléguidés waterproof, je pensais qu'il les avait jetés depuis le temps. Contente que ça ait servi, enfin… presque ?

Elle se moquait gentiment de moi. Je la fusillai du regard, et elle rit avant de me faire un signe et quitter le QG des Scott.

Des serpents téléguidés… C'était donc la télécommande qu'il tenait lorsqu'il était en train de hurler de rire près de la piscine… *Connard*. Je soupirai. Maintenant seule, je ne savais pas quoi faire ici. Je m'adossai contre la voiture du psychopathe en attendant son retour.

Je demandai l'heure à des personnes encore dans les parages. Il était à présent presque 3 h. Mes paupières étaient lourdes. Le psychopathe avait disparu, et je commençais à m'impatienter.

— Ça, alors ! Il a accepté de sortir son petit bijou, en fin de compte, fit une voix derrière moi.

Je me retournai et vis un homme asiatique que je reconnus aussitôt, Cole. Le médecin. Il était accompagné du démon.

— Le seul bijou que j'ai accepté de sortir, c'est cette voiture, docteur, déclara-t-il, le ton froid.

Cole esquissa un sourire.

— Un bijou n'en est un que lorsqu'on connaît sa valeur, Scott. (En s'adressant à moi :)Tu n'as pas de problèmes, des maux de tête ou autre ? s'enquit-il.

Je secouai la tête. Tout ce que je voulais, c'était dormir. Et être loin du démon, qui me toisait du regard depuis son arrivée.

— Tu peux rentrer chez toi et te reposer. Reprends des forces, ton corps a besoin d'énergie, maintenant, déclara-t-il avant de s'éloigner. Et Ash ?

Il tourna la tête légèrement vers lui.

— Tu connais sa valeur si tu la ramènes ici, dit-il par-dessus son épaule avant de rejoindre un groupe qui nous épiait.

— Je l'ai ramenée uniquement parce qu'elle… Et puis merde, je n'ai pas à me justifier. Retourne travailler ! fit-il avant de monter dans sa voiture.

— Je n'ai pas de travail, patron.

Asher émit un rictus mesquin.

— Hé ! Viens ici, toi !

Le psychopathe interpella un homme qui écarquilla les yeux en le voyant.

Il s'approcha doucement, prêt à s'enfuir. Et sans même perdre une seconde, le psychopathe lui colla un gros coup de poing dans la mâchoire, me faisant hoqueter de surprise.

— Maintenant, t'as du boulot.

Cole secoua la tête, un sourire en coin, et m'adressa un clin d'œil discret avant d'emmener l'homme loin du psychopathe.

Lorsque la voiture démarra, je pris place sur le siège passager et me rapprochai au maximum de la portière pour m'éloigner de lui.

— Pourquoi tu l'as frappé ? lui demandai-je.

— Il était là au mauvais endroit au mauvais moment. Est-ce que le document que t'as sur les genoux, c'est celui que Rick t'a donné ?

J'acquiesçai, et le trajet se fit en silence.

Une fois chez lui, je descendis de la voiture, sentant le poids de son regard sur moi. J'avais la chair de poule. Je hoquetai de surprise lorsqu'il me retourna brusquement pour me plaquer contre le mur du garage, face à lui. Sa main s'enroula autour de mon cou et émit une légère pression. Son corps collé au mien m'empêchait de me débattre tandis que ses yeux gris rivés sur mon visage me clouaient sur place.

— Si jamais pendant la soirée, tu instilles ne serait-ce qu'une once de doute aux autres captives sur le fait que tu es mienne, tu prieras tous tes dieux pour pourrir en enfer toute l'éternité plutôt que de rester sous le même toit que moi pendant trois minutes. C'est clair ?

J'acquiesçai doucement, et il me relâcha. Je portai la main sur mon cou, reprenant mon souffle saccadé pendant que lui rentrait à l'intérieur. Après quelques minutes à combattre mes angoisses, je montai les marches à la vitesse grand V et rejoignis ma chambre en prenant soin de verrouiller la porte derrière moi. Je m'attachai les cheveux et enfilai un pyjama.

Mon lit m'avait manqué. L'absence du psychopathe me redonnait confiance en moi. Il était violent, et putain de flippant. Mais il était hors de question que je le laisse prendre le dessus sur moi. Il pouvait me faire peur autant qu'il voulait, me menacer de m'étrangler, je ne lui serais jamais soumise.

Doucement, la lumière de la baie vitrée me sortit de mon coma. Il fallait que j'installe des rideaux, c'était impossible de dormir.

Il était midi. Je me levai en m'étirant avant de déverrouiller la porte. Là, je m'arrêtai net. Je me rappelais l'avoir verrouillée la nuit dernière, mais elle ne l'était pas. *Oh, putain.* Je fis volte-face pour examiner la chambre. Rien n'avait bougé, rien n'était suspect. Il fallait que je reste calme. Peut-être était-ce Kiara ? Ou Ally ?

Je quittai la pièce sur la pointe des pieds. La chambre du psychopathe était close. Je tendis l'oreille près des escaliers et n'entendis aucune voix. Peut-être ne l'avais-je pas fermée, en fin de compte. J'étais pourtant sûre de l'avoir fait.

Je descendis et pris un bol de céréales avant de m'asseoir devant ma série, *Teen Titans*. Le psychopathe me rejoignit quelques minutes plus tard, une pomme à la main. Monsieur mangeait *healthy*.

— Tu regardes de la merde.

Il avait dit la même chose la première fois qu'on s'était retrouvés sur ce canapé, devant le même dessin animé.

— Tu lis de la merde, le provoquai-je en pointant du doigt sa bibliothèque.

Ses livres n'étaient absolument pas merdiques, mais je n'avais pas d'autre pique. Il émit un rire mauvais.

— Non, captive, je n'en ai lu aucun, je devais seulement remplir la bibliothèque.

— C'est encore pire, déclarai-je en prenant une cuillérée de mes céréales.

— Je n'ai pas de temps à gaspiller, dit-il en croquant sa pomme.

— C'est vrai qu'avoir à sa charge l'entreprise familiale n'est pas facile tous les jours, répondis-je d'une voix mielleuse en sachant pertinemment que c'était Rick qui s'occupait de tout.

Il cessa de mâcher et pivota vers moi. Il esquissa un sourire moqueur, que je lui rendis volontiers. *Quel con.*

Il était presque minuit. Je m'allongeai dans mon lit. J'avais bien pris soin de verrouiller la porte, cette fois-ci. Je savais au fond de moi que je l'avais également fait la nuit dernière.

Plusieurs scénarios du psychopathe ou d'un voleur en train de s'introduire dans ma chambre m'avaient taraudée.

J'entendis d'ailleurs la voix du psychopathe résonner dans sa chambre. Il était rentré après avoir été absent toute la journée. Asher Scott, l'un des humains les plus lunatiques et démoniaques sur cette terre, faisait partie de la lignée des Scott, *les* Scott.

Leur nom était sur toutes les bouches depuis des siècles. Une famille beaucoup trop riche et influente, aussi dangereuse qu'invisible. D'après John, tous les gangs voulaient suivre leurs pas, le chemin sanglant et obscur qu'ils avaient dû emprunter pour arriver en haut de l'échelle.

Je me demandais une fois de plus où il se situait sur l'arbre familial, et s'il était vraiment à la tête de l'entreprise, maintenant. De ce que je voyais, c'était Rick qui prenait les décisions. Était-il un Scott, lui aussi ?

Mes questions s'évaporèrent au moment où j'entendis la porte se déverrouiller délicatement. Mon ventre se serra. Je fermai tout de suite les yeux. Un léger grincement retentit, puis j'entendis les pas silencieux du psychopathe. Il prit la chaise à côté de mon armoire pour s'asseoir près de la vitre. Il me dévisageait tout en fumant sa cigarette.

Mon cœur battait la chamade.

Je gardais les yeux partiellement clos, surveillant ses moindres faits et gestes. Ma respiration était anormalement saccadée, je ne m'attendais pas à le voir me surveiller à cette heure. Mon angoisse reprit de plus belle lorsque je compris qu'hier aussi, il était venu.

J'avais bien fermé la porte.

Il resta dans son coin, à me fixer, pendant encore quelques minutes, puis soudain, il se leva et s'approcha de mon lit. Je me crispai lorsque son doigt effleura ma joue, avant de descendre doucement vers mes cheveux, tout en dessinant chaque trait de mon visage, si doucement que je pensais rêver. Il prit délicatement une mèche de mes cheveux. Ses gestes étaient aussi flous que ma vue, en ce moment. Qu'est-ce qu'il foutait, merde ?!

Je me tournai, et il recula rapidement d'un pas. Je soufflai légèrement. Il resta encore pendant un petit moment statique. Son téléphone vibra dans sa poche, il décrocha et quitta ma chambre à pas feutrés.

— Je suis chez moi, tu veux quoi ? chuchota-t-il, devant ma porte.

Je me redressai dans mon lit. Pourquoi tu ne dis pas que t'es un putain de voyeur ? Espèce de psychopathe.

— La captive... Je ne sais pas, elle dort, peut-être ? Je n'ai aucune envie de lui parler... Tu la verras demain matin, avant le vol... Ferme-la, Kiara. J'ai hâte qu'elle quitte la baraque... Je ne veux pas qu'il sache que j'ai une captive, pas encore.

De quoi parlait-il ?

— J'ai un plan, je l'ai expliqué à Ben. Et j'aurai besoin de son silence pour que ça fonctionne.

Est-ce qu'il était question de la soirée des captives ? Il avait une idée derrière la tête ? Qui m'incluait ?

Mesdames et messieurs, prenez un siège et du pop-corn pour assister au plan foireux du psychopathe. Vous êtes prêts ? Pas moi.

CHAPITRE QUATORZE

DOUBLE ESPIONNAGE

Je ne me rappelais plus à quel moment je m'étais endormie, mais je savais très bien comment on m'avait réveillée.

Le psychopathe venait de me verser un bol de glaçons sur le visage, de quoi me réveiller en sursaut. Je les sentais se coller contre ma peau et fondre doucement, laissant le froid de l'eau glisser derrière mon oreille.

Enfoiré !

Il s'esclaffa face à mon cri de rage.

— Allez, debout ! T'as un vol dans deux heures, annonça la voix rauque du psychopathe. J'espère que tu as fait ta valise, parce que je n'ai aucun problème à t'envoyer en Angleterre sans rien.

Il ponctua sa phrase d'un agaçant rire moqueur avant de sortir de ma chambre, en prenant bien soin de claquer fortement la porte. Je balayai rageusement les glaçons de mon visage.

— MEURS ! hurlai-je.

J'étais encore à moitié endormie. Il était 5 h, Carl devait me récupérer dans une heure. Je me préparai et mangeai à la va-vite. Puis, je descendis, chaussures dans une main, valise dans l'autre. Je m'arrêtai lorsque je le vis prendre son habituel blouson en cuir et me dévisager.

— T'as fini, on y va ?

— C'est Carl qui doit me déposer, pas toi, lui rappelai-je en descendant les dernières marches.

Il s'avança doucement vers moi, et je déglutis. Chaque pas résonnait dans le hall encore sombre et silencieux, et, une fois son corps imposant presque collé au mien, il murmura :

— Tu ne comprends pas que je fais ce que je veux, que c'est moi qui décide ?

Il commença à s'éloigner de moi sans attendre ma réponse.

— Et tu as envie de me déposer ? Toi ?

— Je ne raterais pour rien au monde une dernière petite virée en voiture avec une peureuse de la vitesse, captive. Dépêche-toi, il est 5 h 55 !

Sur ce, il reprit son chemin en direction du garage. Je soupirai en me pinçant l'arête du nez. *Fait chier.*

Je m'empressai d'enfiler mes chaussures afin de suivre ses pas. Je déglutis lorsque je le vis monter dans une autre voiture de sport. *Oh, putain.* Son moteur qui grondait me faisait froid dans le dos.

D'un pas hésitant, je m'avançai vers la voiture. Je posai la petite valise derrière avant de prendre place à côté du psychopathe, qui semblait impatient. J'angoissais lorsque la voiture quitta le garage. Il appuya sur l'accélérateur, et nous voilà partis pour une nouvelle tournée de cris et de « ATTENTION » à tout-va.

Il jubilait tandis que mon cœur tambourinait si fort que j'avais le sentiment qu'on pouvait l'entendre à des kilomètres. Le tableau de bord numérique affichait la vitesse, qui ne cessait d'augmenter.

J'eus un haut-le-cœur lorsque je le sentis zigzaguer d'une file à l'autre, évitant les gros camions du matin et certaines voitures sorties tôt de chez eux.

Et bien sûr, comment oublier les virages serrés qu'il prenait à chaque fois en pensant que sa voiture était une fusée ? Après encore quelques kilomètres de souffrance, nous arrivâmes enfin dans une espèce de hangar géant. Plus loin, je pouvais voir le fameux jet privé qui nous attendait.

Nous étions dans un aérodrome.

J'aperçus alors Ally, adossée contre la portière de la voiture de Carl, en train de discuter avec lui. Elle esquissa de grands signes en me remarquant.

Je sortis ma valise et me ruai jusqu'à ses bras grands ouverts, soulagée. Pendant que je saluais Carl, le psychopathe discutait avec une autre personne, loin de nous. *Faites qu'il parte aussi vite qu'il est arrivé.*

— On part dans vingt minutes. Ash s'occupe d'enregistrer ton passeport sur la base de données de la compagnie. Tu veux qu'on entre dans le jet, maintenant ? Ou tu préfères lui dire au revoir ? demanda-t-elle malicieusement.

Je secouai la tête, affichant une mine dégoûtée, ce qui la fit rire. Après nous avoir souhaité bon voyage, Carl quitta les lieux. Au dernier moment, le démon nous interpella toutes les deux.

— Faites attention à vous, tenez-vous-en au plan et ne faites rien qui pourrait vous faire tuer. Surtout toi, captive, je veux te tuer de mes propres mains.

Son sourire malsain avant d'entrer dans la voiture me donna la chair de poule. Ally lui adressa un dernier signe d'au revoir tandis que moi, je contemplais ce jet qui m'appelait. Elle me tira finalement vers l'engin. Deux hôtesses nous accueillirent et prirent nos petites valises.

L'intérieur était magnifique, quoique tout en simplicité. Les sièges en cuir beige semblaient aussi confortables que le canapé du psychopathe. Et en parlant de canapé, un immense sofa trônait sur le côté, ainsi qu'un grand écran et une table déjà bien garnie. La moquette grise et le plafond beige conféraient à la pièce un aspect épuré très luxueux, rehaussé par des touches de bois verni. Chaque siège avait son hublot ainsi que des prises et ports USB.

Ally s'allongea sur le canapé et saisit la télécommande du grand écran pour zapper entre les différents programmes intégrés.

— On en a pour sept heures de vol, m'informa-t-elle en se levant pour prendre une viennoiserie. Les toilettes sont au fond, à gauche. Si tu as besoin de quoi que ce soit, n'hésite pas à le dire aux filles. Oh, et regarde !

Elle s'accroupit près de moi et baissa un levier qui rabattit mon siège.

— Au cas où tu voudrais dormir.

— Qu'est-ce qu'on fera, une fois arrivées là-bas ?

— Ash m'a envoyé une dizaine de papiers à transmettre à son cousin, Kyle, le gérant du réseau des Scott à Londres. On a aussi une panoplie de documents sur nos fournisseurs exclusifs à étudier, dont plusieurs sur notre cible, Carlos. Un de nos fournisseurs marchande avec lui, mais on ignore encore lequel.

— Et qui est Carlos ?

— Un gars d'un réseau d'armes, un outsider qui veut déjà se confronter aux plus grands. Un con, quoi ! se moqua-t-elle.

— Les documents au sujet de nos fournisseurs, ils contiennent leur profil ? demandai-je en fronçant les sourcils.

— Pas que. Les endroits qu'ils fréquentent, leur famille, leur entourage professionnel, leurs antécédents, les points de rencontre, tout. Ash a rassemblé toute leur vie dans ces pages, ce qui va grandement faciliter notre recherche, m'expliqua-t-elle.

J'acquiesçai et croquai dans ma viennoiserie. Ally répondit à un appel sur son téléphone.

— Bonjour, trésor, pourquoi tu t'es réveillé maintenant ? demanda-t-elle d'une voix douce.

— Où est-ce que tu es, maman ? l'interrogea une voix enfantine qui n'était autre que celle de Théo.

— Je serai absente jusqu'à demain, je te l'ai dit hier. Papa va rester avec toi toute la journée en attendant mon retour. Tu aimes bien aller au travail avec lui.

Papa ? Ally ne m'avait pas dit que Rick était le père !

Je n'entendis pas distinctement la réponse de Théo.

— Je suis avec tata Ella, on revient bientôt ! Je dois y aller, maintenant. Demande à Isma de te donner ton petit déjeuner, et n'oublie pas de te laver les mains ! Bisou, mon cœur, sois sage !

Et elle raccrocha, un sourire aux lèvres. Je lui souris, attendrie par cet amour maternel qu'elle portait à son fils.

— J'espère que Rick va bien s'occuper de lui. Il est pas mal occupé, en ce moment, alors lui rajouter un enfant est assez compliqué.

— Comme c'est son père, il fera ce qu'il faut, ne t'inquiète pas, la rassurai-je.

— Non, ce n'est pas son père, rit-elle. Théo l'appelle papa parce que c'est plus simple pour lui. Rick est très paternel, alors il ne voit aucune différence entre un père et Rick.

— Oh, je m'excuse, je… je croyais que-

— Ne t'excuse pas, le père de Théo est parti bien avant que j'accouche. Il n'assumait pas d'avoir un enfant alors qu'on croulait déjà sous les dettes. Il m'a laissée seule, avec notre enfant.

— Ça ne devait pas être facile pour toi, au début.

— J'ai accouché dans ma salle de bains. Ce n'était pas très joli à voir, mais l'entendre crier pour la première fois m'avait soulagée de toutes mes souffrances. J'étais à présent dévouée à ce petit bout d'humain, et tout est devenu plus simple lorsque Rick est entré dans notre vie.

Je hochai la tête, sans savoir quoi répondre. Finalement, je n'étais pas la seule à avoir eu une vie de merde. Mais depuis que je les avais rencontrés, ces dernières semaines étaient les meilleures que je passais depuis très longtemps, si on oubliait la présence du psychopathe.

Une des deux hôtesses vint nous informer que le jet allait décoller. Je bouclai ma ceinture tandis qu'Ally restait allongée sur le canapé. La tête contre le hublot, je regardais le paysage changer sous mes yeux : la ville rétrécit, puis les montagnes et les forêts nous encerclèrent, et enfin, les nuages, magnifiques, s'amassèrent sous l'avion.

Je ne pouvais m'empêcher de penser à ma tante, elle qui m'avait enlevée de mon pays natal et qui m'avait donnée à un gangster qui travaillait pour le réseau le plus populaire et influent du continent américain. Je me demandais ce qu'elle pouvait bien faire, maintenant. Avait-elle un jour essayé de me contacter ? Peut-être s'en fichait-elle, je n'étais pas sa fille, après tout.

J'avais tellement de questions à lui poser : comment est-ce que ça avait pu être si facile pour elle de me confier à un milieu aussi dangereux que celui-ci ? Est-ce qu'elle culpabilisait ? Est-ce qu'elle pensait à moi quand elle voyait des filles de mon âge profiter de leur vie alors qu'elle m'avait envoyée mourir lentement chez un dangereux et exécrable personnage ?

J'aimerais la revoir et lui poser toutes ces questions. Mais je lui en voulais tellement. *Tellement...*

— À quoi tu penses ? demanda Ally, me tirant de mes pensées.

— À rien, je me suis perdue dans la contemplation du paysage...

— Tiens. (Elle me tendit des documents.) On n'a qu'une nuit pour confirmer ou effacer les soupçons de Rick et d'Ash, alors il n'y a pas de temps à perdre.

J'acquiesçai et pris l'énorme pile de papiers, que je feuilletai avec concentration. Après presque quatre heures d'étude, nous avions appris quels étaient les fournisseurs susceptibles de marchander avec Carlos, ou le contraire.

Des similitudes au niveau des endroits fréquentés et de l'entourage professionnel nous guidaient vers leurs possibles points de rencontre, qu'on nota sur le GPS du téléphone d'Ally. Soudain, son téléphone sonna. J'écarquillai les yeux.

— Comment c'est possible que tu aies du réseau ?

— Connexion satellite, répondit-elle simplement.

Elle brandit son écran avec la photo du psychopathe, armé de son éternel sourire en coin.

— On dirait bien qu'il n'arrive pas à se passer de toi, pouffa-t-elle avant de décrocher.

— Épargne-moi, rétorquai-je en secouant la tête.

Elle mit son téléphone en haut-parleur. Et merde, sa voix était encore plus rauque au téléphone.

— D'après Kyle, Carlos essaie d'acheter à notre fournisseur des armes russes. Vous avez parcouru les documents ?

— Oui, et on en a déduit que ça pourrait être lui ou l'exportateur vers l'Europe.

— Tu as toutes les coordonnées, arrangez-vous pour faire votre repérage rapidement et discrètement. Kyle te donnera les clés du manoir et de la voiture.

Elle sourit de toutes ses dents, et ses yeux pétillèrent d'excitation.

— Parfait, il nous reste moins de trois heures de vol. Londres est avancé de huit heures par rapport à Los Angeles, il est actuellement 19 h chez eux, on devrait donc arriver vers 22 h. Le temps de récupérer les clés de la voiture, il sera 23 h, pile dans les temps.

— J'espère bien. Dormez un peu pour rester éveillées pendant cette soirée, tu m'enverras un compte-rendu à la fin.

Il raccrocha. Or, de tout ce qui s'était dit durant la conversation, je n'avais retenu qu'une seule chose : Los Angeles !

Alors, j'étais à Los Angeles. Depuis tout ce temps, j'ignorais où le conducteur de John m'avait emmenée. Je me rappelais que la route jusque chez le psychopathe avait été longue, très longue… mais je pensais que nous étions encore en Floride. Je m'étais lourdement trompée.

Los Angeles !

— J'ai tellement entendu parler de la demeure londonienne des Scott, j'ai hâte de la voir en vrai, dit-elle, excitée.

— Qu'est-ce qu'elle a de si spécial ? demandai-je.

— C'est l'une des plus anciennes. Elle date du XVIIe siècle. La famille l'a toujours gardée, comme un monument historique et familial. Les Scott me fascinent tellement.

— Je vois ça, oui, plaisantai-je en secouant la tête.

Les rues lumineuses chassaient l'obscurité de la nuit. Un chauffeur nous attendait près de la piste d'atterrissage pour nous emmener au QG de Londres. Sur le chemin, j'aperçus le London Eye et Big Ben, que je rêvais d'admirer de plus près. Mais je n'étais pas une touriste, seulement une personne de passage. Je ressentis une pointe d'amertume lorsque je vis les deux monuments de la ville s'éloigner.

Après quelques minutes, nous arrivâmes près d'un immense entrepôt. Nous descendîmes, et je suivis Ally de près, effrayée à l'idée de me perdre. Un jeune homme aux yeux noisette et aux cheveux châtains nous attendait à l'entrée, un sourire malicieux aux lèvres. Ally lui fit un signe de la main, qu'il lui rendit aussitôt en s'exclamant :

— SALUT, LA COMPAGNIE !

Ally s'approcha de lui en riant. Et moi, je remarquai qu'il ressemblait à Rick. Ils n'avaient pas les mêmes yeux, mais les mêmes traits du visage.

— Je m'attendais à voir Kiara avec toi, avoua-t-il en la prenant dans ses bras. (Puis, en s'adressant à moi :) Mais toi, qui es-tu ?

— Ella, répondis-je simplement.

— C'est la nouvelle captive d'Ash !

— Ah, c'est elle ! Je suis honoré de t'avoir vue en premier à Londres, me dit-il avec un clin d'œil.

Je lui souris timidement, et sans trop tarder, Ally lui remit les documents qu'Asher nous avait donnés. Il nous confia deux clés essentielles pour ce très court séjour.

— Faites attention à vous. Mes hommes m'ont rapporté que Carlos avait quitté la capitale en partant vers le nord il y a quelques minutes. Faites vos calculs, déclara Kyle.

Je me remémorai les informations que j'avais lues sur nos fournisseurs. Si Carlos était parti vers le nord, alors il se dirigeait vers l'exportateur.

— Watford, soufflai-je en les regardant, il se dirige vers Watford.

Kyle eut un sourire en coin.

— Je l'aime déjà, la nouvelle. Allez-y, la Bentley vous attend !

— Oh, mon Dieu, la Bentley ! s'écria Ally, avant d'accourir vers la voiture.

Je m'empressai de la rejoindre, de peur de la voir partir sans moi. Elle était déjà à l'intérieur, les yeux remplis d'étoiles, surexcitée à l'idée de conduire cette voiture. Je m'assis côté passager et la vis appuyer sur la pédale d'accélération. *Oh, bordel, ça recommence ! Ils partageaient tous une histoire d'amour avec la vitesse ?*

Très vite, nous atteignîmes la route principale, puis l'autoroute vers le nord. Un appel s'afficha sur le tableau de bord, c'était Kyle. Ally décrocha avec joie.

— J'adore ce petit bijou ! cria-t-elle en pressant une nouvelle fois la pédale.

— Je sais, moi aussi. On l'a achetée cet après-midi, alors ramène-la-moi intacte, si ce n'est trop te demander. Je t'envoie les coordonnées GPS de la voiture de Carlos.

— Quoi ? Comment vous avez fait ça ? demanda-t-elle en fronçant les sourcils.

— Ce con a mis un traceur GPS antivol dans sa voiture, on vient de le pirater à l'instant.

La voiture afficha des coordonnées GPS et bascula l'itinéraire en temps réel sur l'écran.

— Bien joué ! le félicita-t-elle. À nous deux, le mexicain.

— Fais attention à la voiture, surtout ! Je suis peut-être un Scott, mais je ne suis pas aussi riche que mes cousins, précisa-t-il avant de terminer l'appel.

La voiture se faufila à toute allure entre les files. Notre cible était à quelques kilomètres de notre emplacement. On la vit s'arrêter près d'une zone d'entrepôts. Ally accéléra, et nous arrivâmes près du point de rencontre. Elle éteignit les phares et roula presque silencieusement jusqu'à atteindre l'allée. On pouvait apercevoir au loin la voiture blanche de Carlos. Elle gara la voiture juste à l'entrée de la fameuse ruelle, cachée derrière un gros van noir.

— Baisse-toi, ordonna-t-elle.

Après plusieurs minutes, une voiture s'avança dans l'allée vide. C'était l'une des voitures de l'exportateur européen. Il se gara plus loin et sortit. Dehors, il prit son téléphone afin d'appeler quelqu'un. Il s'adossa à sa voiture, lorsque le fameux Carlos se décida à sortir de sa cachette, une mallette à la main.

Ally en profita pour prendre des photos, histoire de garder des preuves pour Ash. Pendant que les deux hommes discutaient, elle ouvrit discrètement la fenêtre pour essayer d'entendre des bribes de leur conversation. L'exportateur se mit soudain à crier :

— C'est moins que ce que je gagne avec Scott ! On a conclu un marché, tu me payes le double ! Tu m'as fait venir ici pour de la merde ! Putain !

— Mec, ce n'est que le début. Après, on augmentera et-

— On n'augmente que dalle ! Je risque ma vie si Ash apprend que je joue double et toi, tu me ramènes pour 25 000 livres ? C'est tout ?

Il sortit son arme et la pointa sur Carlos. Ce dernier leva les mains en l'air en lui demandant de se calmer. Nous n'en entendîmes pas plus. L'exportateur regagna sa voiture et quitta la ruelle. Carlos reprit la mallette, qu'il balança à l'intérieur de son véhicule.

On attendit presque trente minutes avant qu'il se décide enfin à repartir à son tour.

Mais alors qu'on le regardait partir, le van derrière lequel nous étions cachées se lança lentement à sa poursuite. Mon ventre se serra violemment.

Ally écarquilla les yeux, et je fis de même. Qu'est-ce-

— Il les surveillait, lui aussi, déclara doucement Ally. Merde, on doit partir. Maintenant !

CHAPITRE QUINZE

ENFER LONDONIEN

— Kyle ? On a un problème.

Ally restait à moitié baissée, la tête dépassant légèrement pour regarder le van s'éloigner de sa cachette, suivant de près la voiture de Carlos.

— Restez à votre place et ne bougez surtout pas. Si vous roulez maintenant, ils vont vous suivre. Si vous entendez un coup de feu, foncez directement vers Londres, on vient vous chercher tout de suite.

Les sourcils froncés, Ally restait concentrée sur les consignes émises par Kyle. Moi, par contre, la boule d'angoisse et de terreur qui s'était formée dans mon ventre ne faisait qu'augmenter face au danger imminent.

Après quelques minutes, elle raccrocha et inspira profondément. Nous restâmes silencieuses. Je n'osais même pas respirer tant le risque de se faire repérer était grand. Ally essaya de reprendre le contrôle de la situation. Pour ce faire, elle ralluma le GPS et retrouva la trace de Carlos, qui roulait à une vitesse folle.

Une course-poursuite avait démarré. On voyait qu'il tournait entre les rues proches de notre emplacement. Carlos n'essayait pas de les semer en passant par l'autoroute. Bien au contraire. C'était comme s'il attendait quelqu'un. Comme… *des renforts.*

Les deux voitures repassèrent près de nous, à vive allure, avant de partir dans une autre ruelle. Un autre appel de Kyle retentit dans la voiture.

— Ally ? Dans le coffre de la voiture, il y a une bouteille d'essence, tu la vides sur la Bentley. On est à quelques minutes de votre emplacement.

— Entendu.

Elle détacha sa ceinture, puis se tourna vers moi, une expression sérieuse sur le visage.

— Si tu vois qu'il s'approche, appuie sur le bouton des feux de détresse une seule fois et éteins-les juste après.

J'acquiesçai. Elle courut en direction du coffre et l'ouvrit pour prendre la grosse bouteille d'essence, qu'elle versa sur la voiture. Soudain, je vis le point qui représentait Carlos s'approcher de nous. Je donnai le signal. Ally se précipita alors à l'intérieur de la caisse, versant de l'essence au passage sur ses vêtements.

La voiture roulait plus vite encore, et je compris pourquoi lorsque nous vîmes deux hommes munis d'armes à feu en train de vider leurs chargeurs sur le pare-chocs de Carlos. Cette vision, ainsi que le bruit qui l'accompagnait, m'horrifièrent. Nous allions assister à un meurtre.

Ally ressortit et termina de vider la bouteille un peu partout. L'intérieur de la voiture empestait l'essence. Kyle appela, et je décrochai à la première sonnerie.

— Sortez vite de la voiture, on est là ! annonça-t-il avant de raccrocher, sans me laisser le temps de lui répondre.

Je prévins Ally. L'instant d'après, deux grosses motos s'arrêtèrent près de nous et les conducteurs nous firent signe de grimper. Nous nous exécutâmes très rapidement. Nous enfilâmes des casques pendant que l'un des deux motards jetait un briquet allumé sur la Bentley, qui s'enflamma en un rien de temps. Pauvre Bentley, elle venait à peine de voir le jour. Enfin, la nuit.

Le moteur en marche, je m'accrochai au flanc du conducteur. Je sursautai violemment en entendant l'explosion de la Bentley.

— *À gauche !* hurla le motard avant de se précipiter dans une ruelle.

Nous nous faufilâmes entre les ruelles en espérant de pas tomber sur la course-poursuite qui prenait place quelques mètres plus loin. Mais bien sûr, rien ne se passa comme nous l'espérions.

D'un coup sec, les deux motos freinèrent en voyant la voiture de Carlos au milieu de la route. Son corps sans vie était étalé sur le sol.

— *Hé, là-bas !* hurla un homme en sortant sa tête du van.

— Oh, merde. KYLE, FONCE !

Mon chauffeur accéléra aussitôt. Il emprunta la première ruelle sur sa droite, suivi par Kyle.

Le van était à nos trousses, les hommes à bord tiraient dans tous les sens. Kyle ordonna une dispersion. Séparés, on avait une chance sur deux d'esquiver le van, et ainsi la mort. Je m'accrochais comme si ma vie en dépendait au corps devant moi tellement nous allions vite. Il accéléra de plus belle lorsqu'il entendit des tirs derrière nous.

Oh, putain.

Nos poursuivants visaient nos pneus et nos têtes, mais le motard les perturbait en zigzaguant, ne leur laissant aucune chance de nous atteindre.

— *Regarde le matricule ! me cria le conducteur.*

Il me parle à moi, là ? Oh non.

— *Vite*, BORDEL ! reprit-il.

Je me retournai, la peur au ventre.

— *Il n'y a rien !* hurlai-je en espérant qu'il m'entende.

— *Près du phare droit !* Regarde s'il y a un symbole, ou n'importe quoi !

Je soufflai, angoissée. Je m'apprêtais à mourir sous les tirs incessants des meurtriers à nos trousses. Je balayai la surface du regard et distinguai le fameux symbole sur le feu droit, comme il me l'avait dit. Un symbole d'une couleur rouge sang représentant un arbre sans feuille et un aigle, le symbole d'un gang.

Mon cœur était sur le point d'exploser. Mon adrénaline et ma peur de mourir, ici et maintenant, devaient se sentir à des kilomètres à la ronde. Mon conducteur se faufilait entre les ruelles, aussi étroites les unes que les autres, minimisant les chances du van de passer convenablement. Je sentis le sol me frôler lorsque nous prîmes un virage serré, mais rien n'arrêtait l'individu, qui roulait à une vitesse folle.

Soudain, il réalisa sa meilleure accélération et s'engouffra dans un passage souterrain, un tunnel très bas qui empestait les égouts et qui débouchait quelques ruelles plus loin, sur la route principale. Entre les camions et les voitures, la moto passait d'une file à une autre, avec toujours cette même vitesse qui me rappelait le psychopathe.

Dans ma tête, je bombardais d'insultes le démon qui nous avait envoyées ici.

Quelques minutes plus tard, nous roulions sur une route vide. Seul le bruit de la moto se faisait entendre, c'en était presque effrayant. Une peur sournoise s'infiltra dans mon esprit : et si cet homme comptait m'emmener dans une forêt et me violer avant de me laisser pourrir ici ?

Il tourna finalement à droite, en direction d'un sentier, et je vis un grand portail où était inscrit : « SCOTT ».

Nous étions dans le domaine des Scott. C'était moins une.

— C'est toi qui as les clés, ou Ally ? demanda l'homme d'une voix essoufflée.

Il enleva son casque et tira ses cheveux longs en arrière. Il avait la peau brune et une mâchoire définie qui me rappelait vaguement celle de mon possesseur.

— Ally, répondis-je, encore à moitié chamboulée.

Il prit son téléphone pour composer un numéro, puis attendit une réponse.

— Ouvre-nous, dit-il avant de raccrocher et de faire gronder le moteur de sa moto un peu trop puissante à mon goût.

Nous attendîmes cinq petites minutes avant de voir Ally ouvrir le portail, ses mains ensanglantées. Elle paraissait terrifiée.

— Kyle a été touché ! s'exclama-t-elle en accourant vers le manoir. On essaie de stopper l'hémorragie.

J'écarquillai les yeux. L'homme acquiesça avant d'accélérer et de se garer près de la grande demeure.

« Grande » était un euphémisme. C'était un gigantesque manoir, d'apparence ancienne. Je compris Ally, qui était impatiente de venir ici. Je n'imaginais même pas à quoi devait ressembler l'intérieur.

Nous arpentâmes une allée parsemée de graviers, entourée d'arbres, de buissons très bien taillés et d'une pelouse impeccable. Contrairement au château de glace de mon possesseur, cette demeure n'avait pas de baie vitrée, mais de nombreuses fenêtres qui dataient probablement de la création du manoir. Près des jardins, j'aperçus différentes sculptures ainsi qu'une fontaine. *Putain, c'est immense.*

Diverses voitures de collection étaient garées près de l'entrée principale. En comparaison, la moto de l'homme qui nous avait amenés jusqu'ici faisait presque tache.

Notre entrée un peu hâtive m'empêcha de détailler le manoir. À l'intérieur, un blessé à moitié allongé sur un drap par terre tenait fermement sa blessure, sa tête posée contre les cousins du canapé blanc. Il semblait souffrir le martyre.

— Plus de peur que de mal, c'est ce qu'on dit, dit-il en grimaçant.

— Savannah arrive dans deux minutes pour t'enlever la balle, continue à appuyer dessus pour stopper l'hémorragie, dicta Ally avec une expression sérieuse. Ella, est-ce que tu pourrais appeler Ash et lui dire ce qui s'est passé ? Prends mon téléphone.

Machinalement, je pris son téléphone posé sur le canapé et cherchai dans son répertoire, jusqu'à trouver un « Ash S ». Je m'éloignai de la salle de séjour, me dirigeant vers le somptueux hall qui aurait pu faire office de musée grâce aux sculptures et aux œuvres qui y étaient exposées.

J'hésitais à l'appeler. Même si cette soirée était riche en dangers, lui était sans l'ombre d'un doute la plus grande menace. Mon doigt appuya tout de même sur l'écran tactile. J'attendis qu'il décroche en priant pour qu'il ne le fasse pas.

Mais bien sûr, rien ne se passe jamais comme je l'espère.

— Alors, Carter ? demanda la voix rauque du psychopathe.

Il pensait que c'était Ally.

— C'est Ella, commençai-je en grimaçant. On a eu un petit problème.

— Qu'est-ce qui s'est passé ?

Je lui fis le récit de la soirée, et il resta silencieux tout le long. Il me demanda une seule chose, pour laquelle, pour une fois, j'avais la réponse.

— Est-ce que tu as pu voir un symbole sur le van ?

— Un arbre rouge avec un aigle sur le côté.

Je l'entendis pester. Je perçus la voix de Rick et Kiara en fond. Le démon parlait avec eux en même temps.

— Écoute-moi, captive : ne bougez pas du domaine, tu diras à Kyle de-

— Kyle est blessé, l'informai-je alors que ce tocard commençait déjà à donner des ordres. Les hommes qui nous tiraient dessus ont touché Kyle avant qu'on se sépare.

— Savannah ? Elle n'est pas encore avec vous ?

— Elle arrive bientôt, répondis-je en me remémorant les paroles d'Ally.

Il souffla bruyamment.

— Bien, je te rappelle dans quelques minutes.

Et il raccrocha. Je soupirai, soulagée de ne plus avoir à lui parler.

La lourde porte du manoir s'ouvrit sur une jeune rousse avec un grand sac à la main. Ses cheveux crépus volumineux, d'un rouge flamboyant, s'harmonisaient parfaitement avec sa peau bronzée et ses yeux verts.

— Où est Kyle ?

— Dans la salle de séj-

Et elle passa son chemin sans même me laisser finir. Une migraine atroce me fit grimacer. *J'ai atteint le fond, il n'y a pas pire.*

Je restai de longues minutes dans le hall, à contempler l'extérieur sans un mot, percevant au loin les gémissements de douleur de Kyle. En regagnant la salle de séjour, je le trouvai en train de tenir son bras, duquel on avait à présent retiré la balle. Le jeune homme qui m'avait accompagnée jusqu'ici était allongé par terre près de l'immense cheminée, son téléphone entre les mains, ses longs cheveux étendus sur le sol blanc.

— Carter, c'est qui, elle ? demanda-t-il en tournant la tête vers moi. Elle est nouvelle ?

— Sam, je te présente Ella Collins, la captive de ton cousin.

La médecin fit volte-face et me reluqua de haut en bas. Ses yeux écarquillés étaient rivés sur mon corps encore chamboulé.

Sam était le cousin d'Ash ? Lui aussi ?

— Depuis quand Kyle a le droit d'avoir une captive ? Je pensais qu'il n'y avait qu'Ash, Ben et Rick, pour l'instant, qui pouvaient en avoir, l'interrogea l'homme prénommé Sam.

— C'est le cas, mec, parce que ce n'est pas la mienne, mais celle d'Ash, rétorqua Kyle en grimaçant. Aïe ! Doucement, mon bras.

La médecin termina son intervention après plusieurs longues minutes à envelopper sa blessure. Elle enleva ses gants et les jeta dans un sac près d'elle.

— Tu es comme neuf !

Elle se tourna vers Ally et lui demanda comment s'était déroulée la mission tandis que je balayais l'impressionnante pièce du coin de l'œil. De nombreuses lumières illuminaient le salon, notamment un immense lustre en cristal qui pendait au plafond, absolument époustouflant. La cheminée, également très imposante, ressemblait vaguement à celle du psychopathe, en marbre, avec des filets d'or incrustés. Sur l'étagère trônaient diverses photos et vieux clichés qui rappelaient l'histoire de la famille. En face se trouvait un grand canapé blanc, entouré de sièges dans le même style ancien. Enfin, près de la fenêtre, un grand piano blanc prenait la poussière.

Près de la cheminée, un escalier menait à un second niveau du salon, dédié à une bibliothèque gigantesque qui s'étalait le long du mur, dans laquelle des livres étaient soigneusement rangés. Le sol brillant reflétait presque mon image comme un miroir, et au fond de la salle, juste en dessous de la bibliothèque, se trouvait une toile encadrée par des étagères. C'était un arbre généalogique. Cette famille s'idolâtrait.

Le téléphone entre mes mains se mit à sonner, affichant « Ash S ». Je levai la tête et cherchai du regard Ally, espérant la trouver, mais cette dernière était aux abonnés absents.

Je soupirai.

— Ally est absente-

— Captive, nous allons prendre un vol pour Londres, ne rentrez pas.

Et il raccrocha.

« Nous ». Je pensais avoir atteint le fond, et pourtant, je creuse encore…

— Ella ? m'appela la voix d'Ally derrière moi. Tu as eu Ash ?

— Il… il va venir, répondis-je avec une pointe de déception dans la voix. Avec Rick, je crois.

Sam s'esclaffa depuis sa position et se retourna vers le blessé, qui avait le regard perdu sur le feu de cheminée.

— T'entends ça, Kyle ? J'en connais un qui va revoir son paternel, le taquina Sam, encore allongé.

Kyle était donc le fils de Rick, d'où sa ressemblance avec ce dernier.

— Ash m'a plus manqué que mon père, plaisanta-t-il. T'as de la chance, Ella, Ash est le plus idolâtré chez les captives !

J'affichai une mine dégoûtée. Lui, idolâtré ? Et moi, je suis mannequin pour les plus grandes agences d'Amérique.

— M. Scott va venir ? demanda Savannah en désinfectant ses derniers outils de travail.

J'acquiesçai tandis que Kyle souriait malicieusement. Il avait la même manière de sourire que le psychopathe, mais bizarrement, lui, ça lui allait bien.

— Comment va ton fils ? s'enquit ce dernier en s'adressant à la jeune maman.

— Très bien, ton père prend soin de lui comme si c'était le sien, rétorqua Ally avec un sourire fier.

— Et il te considère comme la fille qu'il n'a jamais eue… Tu sais, on pourrait toujours goûter à l'inceste, toi et moi, ajouta-t-il d'un ton plein de sous-entendus.

— Encore une fois, c'est un non, rit-elle en secouant la tête.

Encore une fois ? Kyle ne cachait pas son intérêt pour Ally, on dirait.

— Tu rates la plus belle nuit de ta vie, chérie. Parole d'un Scott.

Et ils gloussèrent à nouveau avant de se raconter les dernières nouvelles. Mon regard se posa sur Savannah, qui n'arrêtait pas de me dévisager. Ses yeux perçants m'intimidaient.

— Ella et moi allons dormir, déclara Ally en bâillant. Où est-ce que tu as mis nos valises ?

— Aile gauche, la troisième porte pour toi, et Ella, c'est celle du fond, à droite.

Nous le remerciâmes et grimpâmes l'un des escaliers du hall. L'aile gauche était silencieuse. L'ambiance tamisée aurait pu être effrayante si j'avais été seule. Des photos de famille s'étalaient de part et d'autre des couloirs sans fin.

Ally ouvrit la porte d'une chambre.

— La tienne est au fond. Si t'as besoin de quelque chose, n'hésite pas, dit-elle. Cette soirée était très fatigante, tu dois te reposer. Heureusement, demain sera une lente et ennuyeuse journée.

Après lui avoir souhaité une bonne nuit, je partis en direction de la pièce que j'allais occuper. En allumant la lumière, je découvris une chambre digne des plus grands rois, décorée dans un style anglais, avec un lustre en cristal, un lit King size et un petit siège près de la fenêtre.

J'ouvris ma petite valise et enfilai un pyjama avant de m'enrouler dans la grosse couette dorée et de m'endormir aussitôt.

« J'étais seule dans un couloir sombre et délabré. J'entendais des hommes parler, rire. Ces rires, leurs rires. Une porte s'ouvrit, et leurs

ombres étaient là, face à moi. Je me retournai et courus dans ce couloir sans fin. Impossible de leur échapper.

— Ma chérie, fais-le pour moi ! s'écria une voix féminine.

Ma tante.

— Petite salope, tu vas aimer ça, j'entendais derrière mon oreille.

Je me figeai lorsqu'une main effleura ma peau, puis deux, puis trois. Des mains venant de toutes parts m'étouffaient. »

Je me réveillai en sursaut. L'oxygène me manquait, je suffoquais. Je passai une main tremblante sur mon visage et balayai mes cheveux collés sur mon front en sueur.

J'ouvris la fenêtre de ma chambre pour laisser l'air frais s'y engouffrer tandis que j'essayais de calmer mon cœur qui battait de manière erratique. Mes cauchemars, mes démons étaient là, encore et toujours. À me hanter. À m'épuiser.

L'entrée d'Ally dans ma chambre m'arracha à mon sommeil. Sa mine radieuse me prouvait qu'elle était debout depuis un moment. Elle sentait bon le shampooing. Bordel, j'avais besoin d'une douche.

— Il est 10 h 30. Ash m'a demandé de te réveiller avant qu'il le fasse lui-même. Je ne voulais pas que tu souffres dès le matin, rit-elle en arrangeant sa queue-de-cheval.

Je vois qu'on ne change pas les bonnes vieilles habitudes du matin.

Le psychopathe était revenu, bien décidé à me faire chier.

Bienvenue en enfer. Nous vous souhaitons un agréable séjour.

CHAPITRE SEIZE

HAINE ET RANCŒURS

Ça faisait presque vingt minutes que j'étais dans cette immense salle de bains. Je ne voulais pas croiser le psychopathe, mon cerveau n'était pas encore prêt. Pourquoi fallait-il qu'il se ramène ?

Même à des milliers de kilomètres, il me suivait. Un putain de virus.

— Ella ? m'interpella Ally derrière la porte. On t'attend pour manger, ça va ?

— Oui, j'arrive bientôt ! rétorquai-je.

Mon angoisse monta d'un cran.

J'ignorais comment il allait se comporter avec moi. J'étais toujours sur le qui-vive, car c'était un putain de lunatique qui ne m'acceptait pas en tant que captive. *Sa* captive, qui plus est.

Je passai les mains sur mon visage une dernière fois avant d'expirer lourdement.

— Ella, bienvenue en Angleterre.

Je quittai la pièce et descendis les grandes et luxueuses marches à pas feutrés. Le sol froid sous mes plantes de pieds me fit frissonner. J'entendis des voix, mais pas *cette* voix rauque que je redoutais depuis notre dernier appel. Et si Ally m'avait menti rien que pour me réveiller ?

Mon cœur se gonfla d'espoir à l'idée de ne pas voir sa tête. Mon angoisse s'envola définitivement lorsque j'embrassai l'espace du regard, sans tomber sur les yeux gris du psychopathe. Il était absent. Putain, il était absent ! Une bouffée d'oxygène emplit mes poumons. J'avais eu tellement peur ! Il n'y avait que Rick.

Kyle était affalé sur le canapé, Ally était sur son téléphone et Rick regardait de près les photos de famille accrochées au mur depuis maintenant des années, voire des siècles. Aussi, deux filles discutaient près de la cheminée avec Sam, qui, si je comprenais bien, était aussi le cousin de Kyle, Asher et Ben. C'était vraiment une entreprise familiale, au sein de laquelle les quatre cousins travaillaient.

— Et elle est enfin réveillée ! s'exclama Kyle en levant son bras.

Sa remarque fit tourner la tête des personnes présentes dans ma direction, génial.

— Ma petite Ella, lança Rick, la nuit a été mouvementée, on dirait ? Heureusement que tu n'as pas été touchée.

— Mais moi, si ! déclara son fils. Ils m'ont défoncé le bras !

— Tu n'en mourras pas, Kyle ! Enlève-moi cet air malade de ton visage, ça ne marche pas, pas de vacances.

J'assistais à la discussion père-fils qui se déroulait sous mes yeux avec un sourire. Un bras se fraya brusquement un chemin sur mes épaules. Je tournai la tête et vis le tatouage d'un grand oiseau qui déployait ses ailes. Il ne pouvait appartenir qu'à Ben.

— Ma jolie ! Je pensais qu'ils avaient touché ton petit visage, commença-t-il en posant sa main sur ma joue.

— Mon bra-

— Je n'en ai rien à foutre de ton bras, Kyle ! s'agaça Ben en le coupant. On t'attendait pour manger, je crève de faim !

Les deux filles qui discutaient près de la cheminée n'avaient pas ouvert la bouche depuis mon arrivée, mais me dévisageaient sans gêne.

Ben me tira jusqu'au manoir. Le hall débouchait sur une immense salle à manger. La table qui trônait au milieu faisait presque la taille de la grande piscine de mon possesseur, des dizaines de chaises blanches étaient disposées autour. Un village pourrait venir se nourrir ici qu'il resterait encore de la place disponible.

Sur la table, il y avait de tout : des œufs préparés de différentes manières, des viennoiseries, des fruits, des fromages, des céréales et j'en passais. Nous n'étions que huit, ça faisait donc beaucoup pour si peu de monde.

— D'habitude, tout est réparti au bout de la table. Je suis heureux de voir que tout est près de moi. Souvent, j'ai la flemme d'aller chercher un autre croissant, déclara Ben.

Il commença à remplir son assiette tout en commentant chaque mets qu'il prenait. Les autres prirent place un à un. Rick se mit face à nous, avec Kyle. Ally nous rejoignit peu de temps après, suivie par Sam et les deux filles.

— Ella, commença Rick en se raclant la gorge, tu connais Sam, mon neveu, et ces deux jeunes femmes sont ici pour vous protéger, toi et Ally, pendant ces prochains jours.

Comment ça, « nous protéger » ? Et comment ça, « ces prochains jours » ? Les deux filles me sourirent rapidement avant de se concentrer sur les paroles de Rick.

— On peut très bien se protéger toutes seules, Rick ! répliqua Ally en prenant une cuillérée de son yaourt.

— Je n'en doute pas, mais elles ont été formées pour ça, dit-il en les regardant.

Je portai mon verre rempli de jus d'orange à mes lèvres. Je me demandais ce que Rick entendait par « formées » ? Étaient-elles entraînées pour ce genre de situations ? Forcément.

— Et puis, je suis sûr que tu ne voudrais pas avoir Ben et Ash dans les pattes pendant votre shopping, ajouta-t-il, le sourire en coin.

Je m'étouffai avec le liquide qui venait de parcourir ma gorge. Comment ça, « Ash » ?

Au même moment, dehors, on entendit un moteur gronder avant de s'arrêter. Oh, putain, faites que ce soient les mecs d'hier, revenus pour nous tuer.

— Il est de retour ! déclara Kyle, un grand sourire aux lèvres, les yeux brillants.

On entendit la grande porte s'ouvrir et se refermer dans un claquement qui fit presque trembler les vieux murs du manoir. Or, lorsqu'il claquait la porte, ça n'annonçait souvent rien de bon.

— Et il est très en colère, termina Sam en croquant dans son croissant.

La porte de la pièce s'ouvrit, c'était lui. Il était là.

Kyle se leva de sa chaise en criant :

— Fumier ! J'avais presque oublié ton visage !

Le psychopathe se détendit. Il s'avança vers son cousin et lui offrit une brève accolade. Sam esquissa un sourire à son tour, avant de faire de même. Ils paraissaient tous beaucoup trop l'apprécier.

Il prit place au milieu et se servit un jus d'orange, sans un regard pour moi.

— Ash, ce sont elles qui ont été choisies pour protéger Ally et Ella, précisa Rick en présentant les deux filles au démon qui paraissait s'en foutre royalement.

Les deux jeunes femmes lui sourirent timidement, et il acquiesça brièvement.

— Je voudrais savoir tout ce qui s'est passé la nuit dernière, on ne restera ici que trois jours. Nous avons d'autres choses à faire en Amérique. En plus, je ne veux pas laisser Kiara crouler sous l'organisation de la soirée des captives, dit la voix rauque du psychopathe.

Kyle afficha une moue boudeuse et termina d'un trait son café. Il se leva lorsque la sonnerie de son téléphone rompit le silence de la pièce. Pendant ce temps, le tocard donnait des ordres à Sam et aux deux filles.

— En d'autres termes, maintenant, vous restez vigilants, résuma-t-il en sortant son paquet de cigarettes de sa poche. Nous resterons ici jusqu'à notre retour en Amérique, le manoir est plus sécurisé que toutes les autres résidences.

Ally hocha la tête tandis que je restais silencieuse, mes yeux rivés sur le verre vide face à moi. Je n'avais pas mon mot à dire, de toute façon.

— Est-ce que je pourrais poser un congé maladie ? demanda Kyle. Loin de moi l'idée de prendre des vacances direction les îles, mais-

— Non, le coupa le psychopathe en recrachant la fumée de sa cigarette. Les seules vacances auxquelles tu auras droit seront celles que tu passeras au cimetière.

Ben et Sam s'esclaffèrent. Kyle leur offrit son majeur en guise de réponse et se renfrogna sur sa chaise en marmonnant des paroles incompréhensibles.

Je compris qu'Asher décidait pour eux. Intéressant.

Le reste du petit déjeuner passa rapidement, animé par les anecdotes de Ben sur l'enfance des trois cousins voués à devenir ce qu'ils étaient aujourd'hui : des hors-la-loi.

— Savannah est là ! annonça Kyle. Elle doit changer mon pansement !

Le psychopathe hocha la tête et se leva. Tous firent de même. Dans le grand salon, attendait effectivement la médecin d'hier. Elle écarquilla légèrement les yeux en apercevant le tocard qui remettait son blouson en cuir, avant de se ressaisir. Elle se racla la gorge et lui serra la main de manière professionnelle.

— Bonjour, monsieur Scott, je n'ai jamais eu l'honneur de vous rencontrer, je suis Savannah-

— Je sais qui vous êtes, la coupa le psychopathe. Son rétablissement prendra combien de temps, à votre avis ?

— Peut-être une semaine ? Il devra faire attention à ne pas trop forcer sur son bras en attendant la régénération des tissus, sinon tout devrait bien se passer.

— Tu vois, Kyle, dit-il en regardant par-dessus son épaule, tu n'as pas besoin de vacances.

L'intéressé leva les yeux au ciel et se dirigea vers le canapé, où il s'assit en attendant que Savannah fasse son travail.

— Captive, m'interpella le psychopathe pour la première fois depuis son arrivée. Suis-moi.

Et moi qui espérais passer une journée sans qu'il m'adresse la parole… Lui veut un tête-à-tête.

L'anxiété toqua à ma porte et forma comme une boule dans mon ventre. Je le suivis sans broncher dans le dédale des couloirs. Il rentra dans un bureau. Je le rejoignis et entendis la porte se refermer dans mon dos. Il se tenait derrière moi.

Il se rapprocha, comme un meurtrier prêt à me bondir dessus et à me vider de mon sang. Ses pas lourds résonnaient dans la pièce comme un écho terrifiant. Et puis, une seconde, une seconde de calme, durant laquelle son souffle effleura ma nuque. Un frisson parcourut mon corps. J'étais terrifiée de me retourner. L'idée d'être seule avec lui dans un bureau, éloigné des regards, me rendait si nerveuse que je voulais m'enfuir là, maintenant, tout de suite.

Son bras frôla mon épaule lorsque son corps passa devant moi pour se positionner derrière le bureau. Toute la pression qui me comprimait se dissipa. La table qui nous séparait me mettait plus à l'aise. *Je ne suis qu'une froussarde.*

Je m'assis sur une des deux chaises face à lui.

— Raconte-moi ce qu'il s'est passé, en détail.

Je commençai à lui faire un résumé détaillé des faits, passant du fournisseur qui avait pété les plombs au van. Pendant mon récit, il restait concentré. Je ne l'avais jamais vu aussi attentif qu'à cet instant.

— Rappelle-moi, et ne te trompe pas : quel genre de symbole as-tu vu ?

Je lui avais déjà dit. Ne me faisait-il pas confiance ?

— C'était un arbre avec un aigle ou un oiseau sur le côté.

Sa mâchoire se contracta, et ses sourcils se froncèrent. Je pouvais presque l'entendre grincer des dents. Il posa ses coudes sur la table et entrelaça ses deux mains près de sa bouche.

— Tu portais un casque pendant que tu te retournais ? demanda-t-il en levant les yeux vers moi.

— Oui.

— Bien, maintenant, dessine-moi le symbole que tu as vu.

Il me tendit une feuille et un stylo. Je dessinai approximativement le symbole que je gardais en mémoire. À en juger par la réaction de mon possesseur, il lui était un peu trop familier.

Pendant ma tâche, je sentais son regard sur moi. Un regard qui exerçait une réelle pression sur mon épiderme.

Lorsque je lui montrai mon dessin terminé, il ferma les yeux un instant avant de les rouvrir. Tout en soufflant bruyamment, il alluma une clope.

— Tu iras à la soirée des captives, m'informa-t-il en aspirant la fumée.

— J'allais y aller avant que tu le dises, rétorquai-je, les bras croisés.

Il pouffa.

— Absolument pas, je t'ai laissée croire que tu irais, sinon tu m'aurais cassé les couilles, et je n'aurais pas eu d'autre choix que de te tuer, dit-il simplement.

Je déglutis, mais je ne voulais pas me laisser intimider par ce psychopathe arrogant. Il me fixa avec un sourire en coin, puis détourna le regard.

— Tu peux t'en aller, maintenant, me congédia-t-il en écrasant son mégot de cigarette dans un cendrier.

Je me dirigeai vers la sortie avec plaisir, lorsque je l'entendis m'interpeller une nouvelle fois. *Putain.*

— Tiens, ajouta-t-il en me lançant deux grosses liasses de billets à la figure, en attendant de recevoir ton salaire sur ton nouveau compte en banque, tu as ça pour te dépanner à Londres.

Je les ramassai, surprise. J'avais oublié que j'avais un salaire ! Et ça, c'était beaucoup d'argent.

— Et pas de téléphone. Maintenant, sors, tu pollues l'air.

— Dit-il alors qu'il gaspille l'oxygène, rétorquai-je en ouvrant la porte.

Il lança une boîte en bois qui heurta le mur près de moi. Même si je savais bien qu'il allait jeter quelque chose, je pensais qu'il n'allait pas me rater.

— Raté, comme d'habitude, le provoquai-je.

Il fulmina. Lorsqu'il se leva de son siège, je déglutis. Me voilà une fois de plus contrainte d'affronter ce diable alors que j'aurais pu me la fermer et sortir. Les poings serrés et la mâchoire tellement crispée qu'elle était prête à se briser, il avança vers moi.

— Dis *un* mot de plus, et ce n'est pas un bout de bois que tu vas recevoir dans le crâne, mais du plomb, me menaça-t-il. Tu vois… je déteste qu'on me défie, et toi, tu le fais pour te prouver à toi-même que tu es forte et que tu ne te laisses pas marcher dessus, mais ce que tu as tendance à oublier, pour une raison qui m'échappe fortement d'ailleurs, c'est que tu n'es rien, bordel de merde !

Il saisit mon poignet pour me retourner face à lui. Là, sa main s'enroula autour de mon cou et le serra tandis que l'autre plaquait l'une de mes mains contre le mur.

— T'aimes quand on te fait du mal ? T'aimes avoir mal, captive ?

Il pressa mon cou encore plus. L'oxygène me manquait, et ma main libre se battait contre la sienne en espérant pouvoir défaire ses doigts. Son corps se colla au mien, rendant tout mouvement impossible. J'étais à sa merci, et putain, j'avais horreur de ce sentiment de faiblesse. J'étais faible.

Ses yeux étaient plantés dans les miens, qui se remplissaient de larmes. Je n'arrivais plus à respirer convenablement.

— Pourquoi tu fais ça ? Pourquoi tu veux me rendre dingue ? T'as envie que je te tue ? Je ne te ferai pas ce plaisir, parce que la mort, c'est trop simple. Non, il y a pire que la mort. Il y a moi, captive, et tu le sais.

— Je… resp… plus, articulai-je péniblement.

— Tu n'arrives plus à respirer ? murmura-t-il en serrant un peu plus mon cou. Ne t'avise plus jamais de me parler comme tu le fais en ce moment. Je te ferai vivre un enfer, et crois-moi, tu n'as aucune idée de ce dont je suis capable.

Et il me lâcha violemment. Mon corps ne me soutenait plus, si bien que je tombai à terre. Ma main se porta instinctivement à mon cou, et je pris enfin une grande inspiration. Étourdie, je le vis sortir du bureau.

Pendant dix minutes, je ne bougeai pas de ma place. Terrorisée à nouveau. Cet homme était le pire être à avoir foulé la terre. À ce stade, j'aurais pactisé avec le diable pour pourrir en enfer pendant une éternité plutôt que de rester avec lui ne serait-ce qu'une seconde supplémentaire.

Je quittai la pièce qui semblait maintenant se refermer sur moi. Il me fallait de l'air, je suffoquais. Je dévalai les escaliers. Il fallait que je sorte d'ici, je ne pouvais pas rester, pas avec *lui*. Tout tournait autour de moi. Encore ce sentiment. Je n'avais plus le contrôle de mes angoisses. De moi.

Mes jambes tremblaient, mon cœur palpitait, et j'étouffais. Des sueurs froides et des bouffées de chaleur. Je ne me supportais plus. Mes pas me guidèrent jusqu'au hall, où j'ouvris la grande porte.

J'étais faible.

— Ella, ça va-

Je bousculai la personne qui était face à moi. J'ignorais qui m'avait appelée, mais je ne voulais pas le savoir. *Ses* mains sur mon cou, je les sentais encore. Pire, je les sentais *toutes*. Celles de ces démons qui hantent mes nuits, et maintenant, les siennes.

Je n'entendais plus rien autour de moi, seulement *leurs* rires. Un étau comprimait ma gorge, exactement comme il l'avait fait, exactement comme *ils* l'avaient fait. Mes cauchemars devenaient réalité. Ces putains d'yeux gris m'épiaient.

Mes jambes me lâchèrent. Je tombai sur l'herbe fraîche du manoir, les mains collées à mes tympans, recroquevillée sur moi-même, la respiration saccadée. Mon cœur frôla l'explosion à l'intérieur de mon corps.

— Elle fait une crise d'angoisse ! Ella, tu m'entends ? Ella, concentre-toi sur ma voix, écoute-moi…

Je n'arrivais plus à parler. On se regroupait autour de moi. Ally me tenait la main en me demandant de contrôler ma respiration.

Puis, vinrent les sanglots. Je venais d'exploser.

— Ce n'est rien, Ella, tout va bien, respire. Savannah, qu'est-ce qu'on doit faire ?

— Rien… il faut qu'elle se calme. Ella, concentre-toi sur ma voix, respire… Compte avec moi : 1… 2… 3… 1… 2… 3… 1… 2… 3…

Mon cerveau se remettait en marche lentement tandis que je me concentrais sur les chiffres qu'elle répétait. Après quelques minutes, j'étais partiellement calmée. Ally me prit dans ses bras et me rassura comme elle le pouvait.

— C'est Ash ? C'est lui, pas vrai ? demanda-t-elle en fronçant les sourcils.

Elle se leva sans même me laisser le temps de lui répondre et hurla le nom du démon. Savannah me fit rentrer à l'intérieur en gardant ses bras autour de moi.

— Arrête de me crier dessus, Carter ! Regarde, elle est encore en vie, je ne vais pas la tuer, lâcha le psychopathe d'un ton blasé en rangeant son téléphone.

Si détaché. Si froid.

— *TOI ! cria Ally. Tu arrêtes de rejeter la faute sur tout le monde, d'accord ?! On a tous été touchés par ce qui s'est passé, mais on s'est tous relevés ! Tous, sauf toi !*

Mon cœur fit un bond lorsque je le vis se lever, prêt à se jeter sur Ally. Son regard m'effrayait. Sa main lança le verre d'alcool qu'il tenait sur le mur plus loin. Sa respiration était lourde et saccadée, je ne l'avais encore jamais vu dans cet état.

— Tu ne sais rien, PUTAIN DE MERDE ! hurla-t-il, au point de faire ressortir les veines de son cou. Je vous avais prévenus, vous ne m'avez pas écouté, maintenant, elle paie votre choix.

Il me pointa du doigt en parlant, sa voix rauque résonnait comme un rugissement. Il nous dévisagea tour à tour.

Lorsqu'il posa les yeux sur moi, autre chose luisait dans ses pupilles.

C'était du dégoût.

C'était de la haine.

C'était de la vengeance.

CHAPITRE DIX-SEPT

CORPS À CORPS

— Mademoiselle Collins, vous voulez manger quelque chose ?

La voix de la gouvernante de la maison me fit sortir de mes pensées. Il ne restait qu'elle et moi dans l'immense demeure des Scott, le démon ayant demandé à tous de l'accompagner au QG de Londres. Tous, sauf moi.

Bien sûr, moi non plus, je ne voulais pas rester une seconde de plus en sa présence. Je ne le supportais plus, autant que je ne me supportais plus, je me sentais faible.

Non. Je suis faible.

Ma main couvrait mon cou sur lequel les traces des doigts de mon possesseur étaient imprimées, ce cou qui avait était maltraité de la même manière par beaucoup d'hommes.

Je suis faible. Si faible.

— Mademoiselle Collins ? m'interpella une nouvelle fois la voix derrière la porte.

— Merci, mais je n'ai pas faim, Dorothéa, répondis-je en espérant qu'elle m'entende.

— Très bien. Alors, lorsque l'envie vous en prendra, n'hésitez pas à venir me voir, je ne serai pas très loin.

Elle était adorable. Je m'en voulais d'avoir refusé, mais je n'avais pas faim. Rien ne pouvait passer, pour l'instant. Je repris la poche de glace que Savannah m'avait donnée et la posai sur les marques afin de les atténuer. Putain, je le détestais.

Je suis faible.

Je le déteste.

Je ne devais plus rentrer dans son jeu, je refusais d'être esclave de son divertissement sournois et malsain plus longtemps. Il voulait me voir souffrir, il voulait me voir perdre pied. Il désirait que je sois à sa merci. Exactement comme toutes ses anciennes captives, qu'il avait fini par tuer.

Mais ce ne serait pas mon cas.

Je n'avais pas peur de lui. Je le détestais, mais je n'avais pas peur. Et je ne lui serais jamais soumise. Je m'en faisais la promesse.

Asher Scott était peut-être un homme arrogant et malveillant qui avait toujours eu ce qu'il voulait en un regard ou un claquement de doigts, qui n'hésitait pas à utiliser la force et à tuer pour le plaisir, mais pas avec moi. Je le savais borné et nerveux. J'allais peut-être jouer avec le feu, mais *jamais*, je ne lui laisserais la chance de croire qu'il avait gagné.

Jamais.

Je ne suis pas faible.

Je ne devais plus me laisser faire par lui. Ni par aucun homme. J'allais me reconstruire. J'allais guérir de mes choix et de mon passé. Plus jamais les mêmes erreurs, plus jamais les mêmes choix. Je n'allais plus sombrer dans le silence.

Je n'allais plus me laisser faire.

Armée de cette nouvelle détermination, je me levai du lit et sortis de la chambre, avec l'envie de me changer les idées. Je dévalai les escaliers et tombai nez à nez avec le majordome, Anderson.

— Ella, vous allez mieux ? s'enquit-il avec une expression inquiète.

— Mieux, merci, Anderson. Vous n'auriez pas vu madame Dorothéa ?

— Elle se trouve derrière la maison. Suivez-moi, je ne veux pas que vous vous perdiez, plaisanta-t-il en me précédant.

Je souris. Anderson était celui qui m'avait ouvert la porte à mon arrivée chez le psychopathe. Il ne m'avait pas souri, froid et hostile, mais ce n'était rien de plus qu'un jeu d'acteur. D'après Ally, c'était un ordre du grand Asher Scott. Et je n'avais aucun doute là-dessus.

— Vous dormez toujours à la cave ? me demanda-t-il, curieux.

— Pas depuis un moment, maintenant, et heureusement ! Il faisait très froid, ris-je doucement. Vous pensiez vraiment que j'allais rester enfermée là-bas ?

— À vrai dire, je ne pensais pas vous revoir vivante, c'est agréablement étonnant.

Je souris, bien que ses mots m'aient glacé le sang. Alors, tout le monde pensait que j'allais finir enterrée, sauf moi ?

— Je tenais à m'excuser pour la façon avec laquelle je vous ai ouvert la porte à Los Angeles-

— Ne vous en faites pas, Anderson, le coupai-je, c'est votre travail.

Il me pointa du doigt une pièce cachée par des arbres, tout en verre.

— C'est là, Dorothéa est sûrement à l'intérieur. Un peu de compagnie lui ferait grandement plaisir, m'assura-t-il avant de tourner les talons.

Je m'approchai de la véranda, où je trouvai, sans surprise, la gouvernante assise sur un des canapés blancs de la pièce, les yeux rivés sur la vitre, son thé à la main. Elle sourit de toutes ses dents en me remarquant.

— Venez donc près de moi, j'ai ramené une tasse en plus, au cas où vous voudriez venir prendre le thé !

— Et vous avez vu juste, dis-je en m'asseyant face à elle.

Elle me versa un peu de thé, et nous restâmes quelques minutes silencieuses, à nous lancer des regards et des sourires, jusqu'à ce qu'elle décide de briser la glace.

— Comment vous vous sentez ?

— Je vais mieux, maintenant, l'informai-je. Ce thé est délicieux !

Les joues rouges, elle me remercia. Décidément, cette petite dame était vraiment adorable.

— Vous travaillez ici depuis longtemps ? demandai-je, curieuse.

— Oui, je travaille avec les Scott depuis maintenant 35 ans. J'ai connu les deux dernières générations de la dynastie, ajouta-t-elle fièrement en buvant son thé.

J'ouvris grand les yeux, étonnée.

— Les deux dernières générations ?

— Celle de M. Scott, et celle de son père.

Maintenant qu'elle en parlait, je n'avais jamais vu les parents du psychopathe. Je savais que Rick était son oncle, mais je ne connaissais ni son père ni sa mère. Peut-être était-il orphelin, mais s'il était, aurait-il eu le droit de diriger l'entreprise familiale ?

Je me demandais comment la dystasie fonctionnait. Comment se partageaient-ils le trône ? Comment avaient-ils décidé que c'était le psychopathe qui allait diriger, et pas Ben ou Kyle, qui étaient des Scott, eux aussi ? Et puis, s'ils avaient des frères et sœurs ? Comment tous ces paramètres étaient pris en compte ?

— C'est très calme ici, remarquai-je en regardant par la vitre.

— Plutôt, en effet. On s'y habitue, à force. Mais lors des grands repas et des réunions de famille, on sent vite la différence. Vous le constaterez par vous-même, ce soir !

— Ce soir ?

— Un repas de famille a été organisé par Rick, alors profitez de ce calme avant le grand soir !

D'un geste théâtral, elle ferma les yeux et soupira d'aise, ce qui me fit rire doucement. Je réfléchissais à ce que j'allais porter, je n'avais rien emmené avec moi pour ce type d'événements.

— Il y a un code vestimentaire pour le repas ?

— La plupart du temps, les Scott favorisent des tenues chics. Les filles Scott aiment beaucoup porter des robes faites sur-mesure par les grandes maisons de couture pour les repas et les soirées de ce genre.

Je grimaçai. J'allais faire tellement tache avec mon pyjama koala qui mangeait une pizza. Je m'attendais à un repas simple et familial, pas à un repas des plus extravagants, avec des coupes de champagne et des robes à paillettes. Connaissant Ally, elle ferait un saut dans un magasin pour s'acheter une petite robe qui serait de loin bien plus belle que les « robes faites sur-mesure par les grandes maisons de couture ».

— Mademoiselle Collins ? m'interpella Dorothéa.

— Appelez-moi Ella, lui demandai-je en buvant son thé absolument délicieux.

— Ella, se reprit-elle, je sais bien que ce ne sont pas mes affaires, mais j'aimerais vous donner un conseil avec M. Scott. Vous êtes une femme forte et très courageuse, mais s'il vous plaît, faites attention, ne jouez pas avec le feu.

Un voile d'inquiétude traversa son regard. Elle avait raison, je le savais, pourtant, j'étais incapable de lui obéir comme il voulait que je le fasse. Le plus important n'était pas de jouer avec le feu, mais de ne pas se brûler, non ?

Nous discutâmes de tout et de rien en quittant la véranda. J'appris ainsi que Dorothéa appréciait quelques membres de la grande famille Scott, quand certains étaient un peu trop arrogants à son goût. Ça promettait.

— Et là-bas, au fond, il y a le premier cimetière des Scott, qui est trop petit maintenant, gloussa-t-elle en marchant sur l'herbe entretenue. Ne venez pas ici, le soir, ils ne sont plus très amicaux depuis leur mort.

— De qui vous parlez ? lui demandai-je en fronçant les sourcils.

— Eh bien, des fantômes, répondit-elle le plus naturellement du monde.

Ah, j'aurais dû m'en douter. Trente-cinq ans à travailler au service des Scott, on finissait par perdre la tête. Pauvre Dorothéa, je n'imaginais même pas comment étaient les autres membres de la famille pour l'avoir rendue comme ça.

— Souris, m'ordonna Ally en passant du blush sur mes pommettes.

Nous étions toutes les deux prêtes pour ce repas familial auquel nous avions été conviées. Ally avait tout prévu et m'avait même acheté une petite robe en satin crème pour l'occasion. Elle allait à merveille avec mon teint. Ally était la meilleure pour trouver la robe parfaite, ainsi que le maquillage parfait. Pour la deuxième fois, grâce à elle, je me sentais belle.

— Tu es incroyable, me murmura-t-elle en passant son pouce sur le coin de ma lèvre afin d'enlever le surplus de rouge à lèvres.

— Je te retourne le compliment, dis-je en souriant.

Elle me fit un clin d'œil, et je me levai de la chaise en prenant les talons à brides crème qui complétaient ma tenue. Ally avait opté pour une robe échancrée, longue jusqu'à mi-cuisse, serrée à la taille grâce à une fine ceinture. Ses cheveux étaient lissés tandis que les miens cascadaient en boucles bien définies, comme lors de la réception caritative de James Wood.

— Si Kiara avait été là, on l'aurait entendue râler au sujet de cette soirée pendant au moins quatre heures.

— Pourquoi ? l'interrogeai-je en mettant des boucles d'oreilles.

— Les filles Scott : des pestes, des putes, des Sabrina, l'imita-t-elle. Tu verras le défilé de mode qui se fera à l'entrée, sans oublier les commentaires sur la tenue, les ongles, les cheveux…

— J'ai compris, ris-je alors je redoutais ce moment. La Fashion Week au manoir.

— La Fashion Week au manoir ! reprit-elle avec un sourire en coin. La seule raison qui me pousse à ne pas m'enfermer dans ma chambre avec toi en attendant la fin des festivités, c'est de revoir le grand Asher Scott avec un costume !

Je souris. Je m'étais habituée à voir le psychopathe avec un jean sombre et son blouson en cuir. Quelqu'un toqua à la porte, c'était Dorothéa qui nous informait que Rick et les garçons nous attendaient en bas, signe qu'on devait finir de se préparer rapidement. Ally acquiesça et se retourna vers moi en souriant.

— Et comme le dit si bien Ash avant chaque repas familial : « que l'enfer commence ! »

J'émis un léger rire. La fois où nous avions été conviés chez Rick, il m'avait presque dit la même chose.

Nous descendîmes les marches de la grande demeure des Scott, qui allait se remplir rapidement. En entrant au salon, j'aperçus Rick, Ben, Sam et Kyle vêtus de leurs plus beaux costumes. Ally sourit, fière d'elle, aux quatre garçons, qui restèrent bouche bée face à nos tenues, sauf Rick qui se râcla la gorge.

— Rincez-vous l'œil, on ne joue pas dans la même catégorie, lança-t-elle en prenant deux coupes de champagne sur l'une des tables.

Elle m'en tendit une. Kyle me contempla de haut en bas, les lèvres entrouvertes.

— Ella, putain, si tu n'étais pas la capti-

— Ne me prends pas comme excuse, tu ne feras rien dans tous les cas, lâcha la fameuse voix rauque du psychopathe derrière moi.

Il passa devant moi en frôlant mon épaule. Désormais dos à moi, je pouvais voir qu'il portait une chemise blanche et le bas d'un costume noir taillé parfaitement. Il se retourna pour me faire face. Sa chemise était déboutonnée jusqu'à la naissance de ses pectoraux, laissant entrevoir sa musculature et la moitié de son tatouage sur la clavicule. Je déglutis. *Oui, il est horrible, encore plus horrible.*

Mes yeux qui détaillaient sa tenue remontèrent jusqu'à son visage, et je vis un coin de ses lèvres s'incurver lorsque je croisai les siens. Sans me lâcher du regard, il sortit une clope, qu'il alluma, et se racla la gorge.

— Qui est-ce que tu as invité ? demanda-t-il à Rick.

— Tous ceux qui pouvaient venir, répondit-il du tac au tac.

— J'espère que tu ne l'as pas appelée, le menaça le tocard en buvant son verre d'alcool d'un trait.

— Non, je ne l'ai pas appelée, le rassura Rick en pianotant sur son téléphone.

Asher ne voulait visiblement pas voir certains membres de sa famille. Anderson entra dans la pièce pour nous informer que tout était prêt dehors. Rick nous annonça que le dîner se ferait en extérieur, dans le « jardin blanc », et nous invita à nous y rendre en premier afin de prendre les meilleures places.

Ally et moi suivîmes Kyle, qui connaissait le manoir comme sa poche, jusqu'au fameux jardin blanc. La vision était presque irréelle. Au milieu de l'immense espace rempli de fleurs blanches et de sculptures grises, se trouvait un chapiteau illuminé par des lumières douces. Au centre, il y avait une table presque aussi grande que celle de l'immense salle à manger, entourée de nombreuses chaises. Ce qui signifiait beaucoup d'invités. Enfin, sur le côté se trouvait un étang calme, aussi calme que l'ambiance à cet instant. Si l'on ne prenait pas en compte pas les paroles salaces de Kyle envers Ally, bien entendu.

— Où vas-tu te mettre, Carter ? demanda ce dernier.

— Près de ton père, Scott, et Ella se mettra à côté d'Ash. C'est non négociable.

— Mais ! bouda Kyle en prenant place.

Ally me pointa du doigt le siège que je devais occuper en ignorant les paroles de Kyle. Je m'assis à la place désignée.

Ben arriva et se mit près de moi. Je soufflai de soulagement. J'avais eu peur de devoir m'asseoir entre une personne que je ne connaissais pas et le démon. Mais avant que les invités viennent, je m'éclipsai aux toilettes. À l'entrée se tenait le psychopathe, qui passait un coup de fil, et Rick, qui transmettait des ordres à Anderson concernant la soirée.

Lorsque je redescendis peu de temps après, il n'avait pas bougé d'un pouce, mais avait raccroché. Je me faufilai sans un bruit afin qu'il ne m'adresse pas la parole, mais le bruit de mes talons me trahit.

— Captive, m'interpella le démon alors que je commençais déjà à m'éloigner.

Je grimaçai. Mes yeux se fermèrent, et je soufflai avant de me retourner.

— Quoi ?

— Reste ici, m'ordonna-t-il en pointant du doigt l'espace libre à côté de lui. Si je n'ai pas le droit de m'asseoir, alors toi non plus.

Je pouffai de rire, puis tournai les talons en lui répondant haut et fort :

— Tu peux toujours espérer.

Et je continuai mon chemin jusqu'à ce que je sente une pression sur mon poignet. Il me tira vers lui, et mon corps fut plaqué contre le mur.

Il recommençait.

Ses mains sur mes poignets empêchaient toute tentative pour lui échapper. Mais même si mon cœur battait la chamade, je n'avais pas peur, et j'étais prête à tenir ma promesse. J'allais lui tenir tête dès à présent.

Je me débattis, mais son torse bloqua le mien, m'empêchant de me défaire de son emprise. Sa mâchoire était contractée et ses yeux scrutaient mon visage comme s'il ne l'avait jamais vu auparavant. Il me détailla, le souffle bruyant, les sourcils froncés, prêt à m'avaler comme la bête toujours en colère qu'il était. Et qui ressortait encore plus en ma présence.

Il m'intimidait, je l'admettais volontiers. Personne ne m'avait jamais plongé dans mon regard aussi profondément qu'il le faisait. Comme s'il percevait mon âme ainsi que mes pensées effrayées par sa proximité dangereuse.

Je sentis alors sa main desserrer mon poignet et se frayer un chemin vers mon cou. À ce moment, je me tétanisai. *Pas mon cou.*

Il effleura ma peau à l'aide de son pouce. En sentant ma crispation, il releva les yeux vers moi et me détailla encore quelques secondes avant d'esquisser un sourire en coin.

— Je l'ai enfin trouvé, murmura-t-il fièrement.

J'avalai difficilement ma salive. Ma nuque et mon cou étaient mes points faibles. Ces deux parties maltraitées de mon corps me rendaient beaucoup trop vulnérable. Et maintenant, il l'avait compris.

— Tu vois, je déteste qu'on me résiste comme tu le fais, captive. J'en ai même horreur.

Mon pouls s'accéléra lorsque je le vis se rapprocher lentement de mon cou. Un défilé de souvenirs douloureux traversa mon esprit lorsque son nez toucha ma peau encore rougeâtre et huma le parfum que je portais.

— Et avec tout ce que je t'ai fait, tu n'arrêtes pas, ça me frustre… mais bordel, qu'est-ce que ça m'excite.

Mon souffle se coupa au son de sa voix chaude et rauque ainsi que devant ses mots sans filtre.

— Je déteste ça. Mais si la seule manière de te rendre docile, c'est de faire appel à tes angoisses…

Sur ce, il se tut et laissa sa langue finir la phrase en parcourant doucement l'épiderme de mon cou, me faisant hoqueter de surprise. Ma peau se couvrit de chair de poule tant j'étais dégoûtée. Il essayait de me contrôler par mes traumatismes. Il était horrible.

— Sois sûre que je n'hésiterai pas à te rappeler que tu es très vulnérable au corps à corps…

Il remonta très lentement jusqu'à mon oreille et me susurra :

— … et les coups ne seront pas donnés avec les poings, finit-il en mordillant doucement mon lobe d'oreille et en se collant un peu plus contre moi.

Ses lèvres caressèrent ma peau humidifiée par sa langue tandis que mes yeux s'embuaient. *Ne te laisse pas faire, ressaisis-toi !* Sa deuxième main lâcha mon poignet, il était confiant. Il savait que j'étais en train de combattre mes démons, et il en profitait. *Je devais agir.*

Il leva la tête vers moi.

— Tu vois, reprit-il en déposant sa main sur ma pommette pour effacer une larme qui glissait doucement, ne joue pas avec mes nerfs, je n'ai que très peu de tolérance.

Je devais le faire, et maintenant. *Je devais agir.*

D'un coup, je sortis de ma tétanie, canalisai mon courage ainsi que ma force, et de mes mains libres, le repoussai violemment. Il s'éloigna de moi, mais ne vacilla pas. Comme s'il savait que j'allais enfin avoir assez de courage pour le faire. Il lisait en moi comme dans un livre ouvert, et je détestais ça.

— Ne me touche plus jamais ! lui ordonnai-je avec rage, le corps tremblant de colère.

— Ne me tente plus jamais, rétorqua-t-il avec un sourire mauvais aux lèvres.

Exactement comme le psychopathe qu'il était.

Je n'avais pas bougé de ma place, mais je le fusillais du regard tandis qu'il jubilait. *Je le déteste, putain.*

— Tu es écœurant, lâchai-je, ce qui le fit rire.

— Tu trouves ? Permets-moi d'en douter, répliqua-t-il en me montrant la chair de poule encore présente sur ma peau.

Il se détourna avec un clin d'œil et un sourire narquois. Il allait me rendre folle, j'allais bientôt commettre un meurtre.

On sonna à la porte, et Anderson dévala les escaliers. Il l'ouvrit en souriant aux premiers invités.

— Ash putain de Scott, viens dans mes bras ! s'écria l'un d'eux en offrant une accolade au psychopathe.

D'autres suivirent, beaucoup trop heureux de le voir. Je ne comprenais pas comment ils pouvaient aimer un être aussi détestable que lui. La troupe de cirque me jaugeait du regard. Celui qui avait ouvert sa bouche en premier était, sans aucun doute, le plus joyeux à la vue du psychopathe.

— Bonjour, jolie demoiselle-

— Laisse tomber, Tom. Tu as mieux ailleurs, le coupa le psychopathe.

— Carter est ici aussi ? demanda-t-il, les yeux pétillants.

Le psychopathe acquiesça et le laissa courir à l'extérieur pour rejoindre Ally. Décidément, moi qui pensais que Kyle était le seul à avoir le béguin pour la captive de Rick. En même temps, elle était magnifique. Je ne pouvais que les comprendre.

Ils s'éloignèrent de nous. Les deux filles proposèrent au démon de venir avec elles, mais il déclina gentiment. Une première.

Rick refit surface et attendit près de la porte le reste des invités, qui arrivaient au compte-gouttes. Il me sourit, puis pivota vers le démon, qui regardait l'entrée du manoir.

— T'as tes clopes sur toi ? lui demanda-t-il en sortant son paquet de sa poche.

— Non, pourquoi ?

Le moteur d'une grosse voiture rugit à l'extérieur. Les membres de cette famille adoraient se montrer.

— Tiens, tu vas en avoir besoin, lui assura Rick en lui tendant non pas une, mais deux cigarettes.

Ce n'était pas bon. Pas bon du tout.

— Qu'est-ce que tu racon-

— Mon chériiiii ! s'écria la femme qui sortait de la voiture au moteur aussi assourdissant que terrifiant.

Je me tournai vers le psychopathe, qui venait de faire tomber les deux cigarettes. Ses yeux sortaient presque de leurs orbites, et sa bouche était entrouverte.

Le seul mot qui put sortir de sa bouche me fit écarquiller les yeux à mon tour.

— M-Maman ?

CHAPITRE DIX-HUIT

SÉCURITÉ DÉMONIAQUE

Le psychopathe fulminait depuis qu'il avait revu sa mère, ce qui annonçait déjà la couleur.

— Et vous êtes ? dit-elle en se retournant vers moi, après avoir salué Rick.

Sa manière de me parler était un peu hautaine, mais je n'y faisais pas attention. En réalité, l'expression du psychopathe occupait déjà mon esprit.

Ce dernier la fusillait du regard.

— Je suis-

— La copine de Kyle, m'interrompit-il dans mon élan, tu ne l'as jamais rencontrée.

La copine de Kyle ? Moi ?

Rick rit discrètement et pivota vers moi en haussant les sourcils. La pression de ce moment me donnait envie de faire comme si je n'avais rien entendu et de partir très vite. Tous attendaient une réponse.

— Euh… je-

— Elle est timide, mais oui, tu as devant toi la seule fille qui a voulu de Kyle, renchérit le connard.

Il prit une nouvelle cigarette que Rick venait de lui tendre. Mais-

— Et moi qui pensais qu'il finirait seul, il se tape une jolie fille ! Et tu t'appelles ?

— Ella… lançai-je, encore abasourdie, en fixant son fils.

— Ella, murmura-t-elle en passant sa main sur mon épaule avec un sourire aussi faux que les paroles du psychopathe. Bien, où sont tous les autres ?

Rick l'invita à les rejoindre dans le jardin blanc, qui était déjà assez rempli.

— Je vous attendrai au grand salon, je ne me sens pas à ma place sans mon fils, annonça-t-elle avec une pointe de tristesse dans la voix.

Lorsqu'elle quitta le hall, le psychopathe demanda à Kyle de se ramener, je cite : « et tout de suite, sans parler à Chris. Si tu la croises, tu dis oui à tout ce qu'elle te dira. »

Sa mère s'appelait Chris. Après avoir raccroché, il ne lui fallut pas une seconde de plus pour exploser en assassinant du regard son oncle.

— Tu m'avais dit que tu ne l'avais pas appelée ! s'exclama-t-il soudainement en faisant de grands gestes.

Son timbre de voix me fit sursauter, mais Rick resta à contempler sa cigarette sans ciller. Je le vis esquisser un sourire en coin avant de lui répondre calmement, avec une pointe d'humour :

— En effet, je l'ai textée.

Kyle nous rejoignit peu après le début de la dispute initiée par le tocard et scruta autour de lui. À ce moment, le psychopathe se pinça l'arête du nez en murmurant des choses que je ne pouvais pas entendre depuis ma position.

— Vous n'auriez pas vu une jolie fille prétendre être ma copine ? Parce que, la semaine dernière, j'ai couché avec deux trois filles, et Chris vient de me féliciter.

Rick pouffa de rire en regardant le psychopathe se taper le front et me désigner d'un signe de tête. *Ah ? Non seulement je dois mentir, mais je dois aussi jouer la petite amie de Kyle ?*

La situation ne pouvait pas être pire.

— Chris ne doit pas savoir que la captive est ma captive, alors tu vas couvrir le statut, dit-il en essayant d'être le plus pédagogue possible. La captive sera ta copine pour la soirée.

Kyle se figea un instant, avant de lentement se retourner vers moi. Il me lança un large sourire qui semblait beaucoup trop machiavélique à mon goût.

— C'est la meilleure idée que tu as eue de la journée, Ash ! déclara-t-il en passant son bras autour de mon épaule. Ma nouvelle petite copine est absolument divine !

Lorsqu'il me pinça la joue, je faillis faire un malaise. Cette soirée s'annonçait longue. Très longue.

— C'est quoi, la limite du jeu ? demanda Kyle avec un petit sourire en coin.

— Si vous devez baiser sur la table devant tout le monde pour que ça soit un minimum crédible, vous le ferez.

Vous vous rappelez lorsque j'ai dit que la situation ne pouvait pas être bien pire ? Je me suis trompée. On s'enfonce un peu plus chaque seconde.

— Tu rigoles, j'espère ? m'agaçai-je tandis qu'il fumait comme s'il nous avait annoncé la météo de ce soir.

— C'est la limite, captive, insista-t-il. Tenez, regardez, le Carnaval de Rio est arrivé.

Un homme du même âge que Rick débarquait, accompagné de trois femmes habillées de robes bariolées, pleines de plumes.

Chacun salua le psychopathe. Kyle me présenta, avec une pointe de fierté dans la voix, comme sa copine, et ils me félicitèrent en me demandant comment je pouvais le supporter. *Bonne question.*

Ils échangèrent un peu avec le psychopathe et Rick à propos du réseau et de l'avancement du repérage du gang qui surveillait notre fournisseur tandis que Kyle et moi restions silencieux.

Pendant que les invités défilaient, je me demandais ce qu'on attendait. À l'intérieur, ils étaient environ une quinzaine.

— Qui reste-t-il encore ?

— Hector et Sienna.

— Bah, voyons ! lâcha Kyle en levant les yeux au ciel. Oncle Hector, je veux bien, mais depuis quand on doit attendre cette pute ? Ou lui donner ne serait-ce qu'un peu d'importance ?

— On ne l'attendra pas, déclara le démon en écrasant son mégot de cigarette au sol.

Il tourna les talons, et Kyle le suivit en me prenant la main. Il nous demanda de patienter tandis qu'il allait chercher Chris. Ils revinrent ensemble quelques secondes plus tard. *Il prend sa maman avec lui, c'est trop chou.*

Je pouvais admirer l'air satisfait collé au visage de sa mère comme un panneau fluorescent. Elle ne voulait être accompagnée que par son fils. Toutefois, la lueur vicieuse qui brillait dans ses pupilles me dérangeait.

Lorsque nous arrivâmes au jardin blanc, tous les regards se braquèrent sur nous. Ceux qui buvaient leurs verres étaient à un cheveu de s'étouffer. Les couverts tombèrent sur les assiettes blanches.

— Putain.

— Oh, bordel de merde.

Je pensais, au début, que c'était par rapport à Kyle et moi, mais je remarquai par la suite que c'était la présence de Chris qui avait généré cette réaction.

— Bon appétit ! lança le psychopathe sarcastiquement en allant s'asseoir au bout de la table, comme s'il était le chef de bande.

Je suivis Kyle, qui ne tarda pas à demander à Sam de se déplacer à côté du psychopathe pour me céder la chaise, ce qu'il fit sans trop poser de questions. Le silence pesait lourd. Tous dévisageaient Chris comme un ennemi alors qu'elle faisait comme si de rien n'était. Elle demanda à une serveuse un verre vin comme la duchesse qu'elle n'était pas.

La pression retomba peu à peu, et chacun commença à trouver des sujets de discussion assez intéressants pour faire participer toute la table. Inutile de préciser que le seul centre d'intérêt était l'entreprise familiale.

Arriva alors Hector, accompagné de la fameuse « pute », Sienna. L'oncle des quatre cousins paraissait âgé. Son expression fermée me laissait penser qu'il était assez sévère, mais ça restait à voir. Quant à elle, elle avait tout de la femme fatale qu'on voit dans les films, avec une coupe au carré et une bouche pulpeuse aussi rouge que du sang.

Rick et les deux nouveaux venus prirent place. Rick porta un toast à la famille et les remercia d'avoir répondu présents à son invitation. Seulement là, le repas put commencer.

Pendant le dîner, Kyle faisait semblant de me caresser la main sur la table. Son geste en apparence mignon me mettait vraiment très mal à l'aise. *Oh, que je te déteste, Asher Scott !*

— Et vous êtes ensemble depuis combien de temps ? le questionna l'homme venu avec les trois femmes. Je ne savais pas que tu avais enfin trouvé l'amour, Kyle !

À ces mots, Ben s'étouffa avec son champagne. Sam arqua un sourcil en faisant volte-face, et Ally continua à manger son plat tout en écarquillant les yeux. Kyle répondit fièrement :

— Quelque temps, maintenant.

Ally toussa en avalant de travers une bouchée de son plat. Ben et Sam eurent la même réaction et se tournèrent vers le psychopathe, qui semblait regarder ailleurs, l'air innocent.

— Elle est délicieuse, Kyle, je te félicite ! le complimenta un garçon en passant sa langue sur ses lèvres.

Écœurant.

— Merci, Dylan.

— Je n'arrive pas à croire tu as enfin une copine, je suis sûre que c'est juste une de tes amies qui joue le jeu ! s'écria une des femmes autour de la table en riant.

— Exactement comme à la réception de Noël de l'an dernier, tu te rappelles ? se moqua l'autre fille.

Et voilà, la mascarade débutait. Tout ça sous le regard amusé du démon, qui n'hésitait pas à me narguer en jouant avec ses bagues.

— L'an dernier, c'était différent ! se défendit-il avec le sourire. Et je n'ai pas besoin de te prouver que c'est ma copine, j'ai déjà fait mes preuves auprès d'elle.

Il posa sa main sur ma joue et déposa un léger baiser sur ma pommette. Instinctivement, je reculai. Cette proximité m'insupportait. Je n'arriverais peut-être jamais à la supporter. Je sentis les regards moqueurs des invités sur moi.

Kyle rattrapa le coup en prenant ma main pour y déposer un baiser. Il essayait de me rassurer, et ça marchait. Je le regardais faire. Son doigt caressait le dos de ma main tandis qu'il me contemplait en attendant une réaction de ma part.

Je lui souris doucement et acquiesçai. La pression redescendit d'un cran.

Le psychopathe nous fixait, ses deux coudes posés sur la table et ses doigts entrelacés devant sa bouche.

Il se pencha vers Sam et lui glissa quelque chose à l'oreille, puis se leva et quitta le chapiteau avec lui.

Quand ils revinrent quelques minutes plus tard, Ben les dévisagea, un sourire scotché aux lèvres. Asher lui retourna un regard noir.

Hector parlait de ses projets tandis que Kyle commentait à voix basse les paroles de son oncle, ce qui me faisait beaucoup rire. Pour finir, Kyle était drôle, je m'en tirais plutôt bien. Le psychopathe se désintéressa de leurs discussions, lançant des œillades furtives à Kyle tout le long.

— Alors, voilà, pour résumer.

Tout en me démaquillant, je venais d'expliquer à Ally comment et pourquoi Kyle et moi devions jouer la comédie.

— C'était quoi, la limite ? demanda-t-elle en plissant légèrement les yeux.

— Il a dit que s'il fallait baiser sur la table pour rendre ça crédible, on devrait le faire, fis-je en haussant les épaules.

Elle rit, puis son visage devint pensif. Moi non plus, je ne comprenais pas. Si on pouvait baiser, alors il n'y avait pas de limite, non ? De toute manière, personne ne pouvait le comprendre, il était beaucoup trop compliqué.

— Vous avez bien joué le jeu, parce qu'on aurait vraiment pu croire que vous étiez ensemble, plaisanta-t-elle en se lavant les mains. On lisait une forme de complicité dans vos regards. Et vu la réaction d'Ash, je pensais que lui aussi n'était pas au courant.

— La réaction d'Asher ?

Elle leva les yeux du lavabo et me lança en souriant :

— Tu sais que tu es la seule à l'appeler « Asher » ? Mais oui. Pendant qu'ils remettaient en question votre « couple », Ash observait sans un mot. Et quand il a vu votre petit rapprochement, il est sorti fumer avec Sam.

Je hochai la tête. Voilà pourquoi il était si énervé. Monsieur voulait juste sa pause clope, pas étonnant. Par contre, sa remarque me fit réaliser que c'était vrai, je ne l'appelais jamais « Ash » comme tout le monde, mais « Asher ».

— Ash ne prend jamais de clope pendant les repas de famille, Ella. Toujours avant ou après. Jamais pendant.

Ally me lança un regard malicieux tandis que je secouais la tête, comprenant très bien où elle voulait en venir.

— Tu ne crois quand même pas vraiment que ça le fait chier, rassure-moi ? lui demandai-je en posant une main sur mon cœur, redoutant sa réponse.

— Tu peux penser ce que tu veux, mais moi, je ne crois que ce que je vois.

Et elle sortit de la salle de bains, me laissant seule avec sa théorie insensée. Il voulait juste une clope. Si ça le faisait chier, il n'aurait pas demandé à Kyle de jouer le petit copain. Je pouffai de rire en secouant la tête. « Ça le fait chier. » *Quelle idée.*

Je terminai de me changer rapidement et quittai à mon tour la pièce afin de rejoindre les autres. Il était peut-être minuit ou 1 h du matin, tout le monde était parti, la fête était finie. Dans le hall, je tombai nez à nez avec Kyle, qui me tendit sa main avec un rictus.

— C'était drôle de jouer ton petit copain.

Je déposai ma main dans la sienne en hochant la tête. Il me détailla du regard tout en gardant son petit sourire.

— Si on devait continuer pendant encore deux petits mois, ça ne me dérangerait pas, murmura-t-il en replaçant une de mes mèches derrière mon oreille.

Un rire s'échappa de mes lèvres. J'étais gênée par ses mots, personne ne m'avait dit ça auparavant.

— Mais je sais que si ça avait été le cas, j'aurais dépassé la limite imposée, conclut-il en caressant ma joue doucement.

— C'est quoi, la limite ?

L'avait-il comprise ?

— Les sentiments, Ella, me répondit-il en déposant un baiser sur ma joue. Les sentiments sont la limite.

Je ne cillai pas, mais pendant une seconde, le temps de cette proximité, j'aperçus *ses* yeux gris. Asher était plus loin derrière Kyle, et il nous fixait sans un mot.

Cette vision disparut, laissant le visage de Kyle prendre le relais.

— Ash va me tuer, murmura-t-il en fixant dangereusement mes lèvres, mais c'est trop…

La panique me gagna, je n'aimais pas cette proximité. Un frisson me parcourut lorsque je sentis ses lèvres frôler les miennes. Je le repoussai doucement en essayant de rester le plus calme possible, même si, au fond, j'étais terrorisée.

— Captive, m'interpella la voix rauque du psychopathe. Viens ici.

Sauvée par le diable.

Je m'excusai et rejoignis le génie qui m'avait foutue dans cette situation. Il se tenait à l'entrée du salon, les bras croisés. Je me positionnai face à lui, et il me prit le poignet afin de me tirer derrière lui.

— La fête est finie, déclara-t-il en regardant Kyle.

— Tu ne peux pas me prêter un bolide et me demander de ne pas l'utiliser quand je veux !

Ah, je suis une voiture, maintenant ?

— Je n'ai jamais aimé qu'on joue avec mes jouets, et tu le sais, termina-t-il en lui tournant le dos. Ne teste pas ma patience.

Ah non, je suis un jouet. Génial.

Kyle passa une main sur sa nuque sans rien rajouter, sauf un sourire en coin. Asher m'entraîna jusqu'au salon, où se trouvaient Rick et Ben, encore sur son téléphone.

Rick m'invita à monter me coucher. Je leur souhaitai alors une bonne nuit et regagnai mon lit en un rien de temps. Alors que je fermais les yeux afin de trouver le sommeil, les paroles du psychopathe prononcées plus tôt dans la soirée me revinrent en mémoire.

« Ça me fruste… mais bordel, qu'est-ce que ça m'excite. »

C'était écœurant. Il avait compris mes traumatismes, et il en jouait pour que j'arrête de lui tenir tête. Il touchait la corde sensible pour me soumettre. Mais jamais ça n'arriverait.

Je ne pouvais également m'empêcher de penser à ce que Kyle avait dit sur la limite imposée par le psychopathe.

« Les sentiments, Ella. »

On avait le droit de tout faire, sauf d'éprouver des sentiments ? Mais cette limite était-elle imposée à moi ou à Kyle ? Au vu de ce qui venait de se passer, la réponse était évidente.

Asher savait que j'étais mal à l'aise lorsqu'un homme était un peu trop proche de moi. Avec James Wood, je m'étais préparée psychologiquement. Mais avec Kyle, je n'y arrivais pas, et le psychopathe le savait. Je le remerciai intérieurement d'être intervenu avant que son cousin ne commette une erreur.

Je pensais à cette femme, Sienna. Je me demandais pourquoi ils ne l'aimaient pas. Et même Chris. Cette famille possédait nombre d'histoires et de secrets enfouis. Il me faudrait des années pour en découvrir quelques-uns. Si j'étais encore vivante.

Depuis mon lit, j'entendis l'écho de pas dans le couloir. Des pas qui se rapprochèrent de ma chambre, avant de s'arrêter net près de la porte. Je ne bougeai pas, mon souffle s'était coupé.

Peut-être était-ce Kyle ? Revenu pour terminer ce qu'il avait commencé ?

Mon cœur battit la chamade lorsque la poignée tourna doucement.

Si quelqu'un veut me faire peur, c'est gagné. Déjà que je ne me sentais pas en sécurité ici.

Les pas s'éloignèrent brusquement de ma porte, ne laissant qu'un simple écho dans le couloir. Prenant mon courage à deux mains, je quittai doucement mon lit afin d'ouvrir délicatement la porte. Par chance, aucun signe de Kyle.

Mais quelque chose venait de tomber au rez-de-chaussée. J'imaginais que les membres de la famille qui étaient restés pour la nuit étaient à l'origine de ce bruit, comme certains invités avaient décidé de dormir ici et de repartir tôt le matin.

J'ignorais combien de temps j'étais restée, allongée dans mon lit avec mes pensées, mais je supposais que ça avait duré un long moment. Personne ne devait être debout à cette heure tardive. Curieuse, je descendis sur la pointe des pieds en surveillant mes arrières.

Oui, je suis une trouillarde.

Et si c'était un fantôme Scott qui hantait les lieux, comme l'avait dit Dorothéa ? Mon cœur palpitait. Les fantômes, ça n'existait pas. Dorothéa n'avait plus toute sa tête, et c'était tout à fait justifiable.

Mes pas me guidèrent vers les bruits bizarres qui provenaient du salon et, putain, j'aurais préféré voir un fantôme plutôt que *lui*.

— On dirait que tu viens de voir un fantôme, me fit-il remarquer, sûrement à cause de la peur qui s'était peinte sur mon visage.

— Crois-moi... j'aurais voulu, répondis-je sarcastiquement.

— T'aimerais être à ma place, alors, parce que c'est exactement ce que je vois en ce moment, se moqua-t-il en prenant une gorgée de son verre d'alcool.

Touché. Enfoiré.

— Pourquoi t'es encore debout ? demanda le psychopathe.

— Parce que tu as voulu t'introduire dans ma chambre, peut-être ?

Il n'y avait que lui qui était encore éveillé.

— Qu'est-ce que tu racontes ?

— Quelqu'un a essayé d'ouvrir la porte de ma chambre. Je ne vois personne d'autre, hormis toi, capable de faire une chose pareille, d'autant que tu es le seul encore debout.

Soudain, des pas se firent entendre derrière moi. En me retournant, je découvris le jeune homme qui était resté ici pour la soirée.

— Ça, alors… souffla-t-il en nous regardant. C'est bizarre, Ella, je ne t'ai pas vue dormir avec Kyle, dont la chambre est en face de la mienne, mais je te vois avec son cousin au beau milieu de la nuit ?

— Ce n'est pas sa copine, Dylan, affirma le psychopathe.

C'était celui qui avait félicité Kyle à table.

— Tu parles, elle est trop belle pour lui, se moqua-t-il en prenant un verre, qu'il remplit d'alcool. Alors, qui est-elle ?

— Elle travaille pour le réseau, rien d'important.

Le fameux Dylan hocha la tête, son regard braqué sur moi, ce même regard qui m'avait donné la nausée pendant la soirée.

— Rien d'important, mais elle dort au deuxième étage ? s'étonna-t-il. Intéressant.

Oh, mon Dieu, c'était donc lui qui était venu plus tôt ? Mon cœur palpita, et un frisson parcourut ma colonne vertébrale. En remarquant mon état d'alerte, le psychopathe s'approcha de moi et déposa sa main dans le bas de mon dos.

— Mêle-toi de tes affaires, sauf si tu veux faire un tour au cimetière.

Sur ce, il me raccompagna jusqu'à ma chambre. J'avais les mains moites. Je ne me sentais plus en sécurité maintenant que je savais que c'était lui qui avait voulu rentrer dans ma chambre. Il me regardait de la même façon que les vieux porcs qui avaient abusé de moi. Et j'avais peur.

Le psychopathe m'ouvrit la porte. Pourtant, je restai à l'entrée. Je jetai un coup d'œil de l'autre côté du couloir pour vérifier que ce Dylan ne nous avait pas suivis. Il n'y avait pas de verrou, ce constat me terrorisait.

J'hésitais à lui demander ça, mais je ne pouvais faire autrement.

— Je…

— Tu ?

J'étais quand même sa captive ! Il fallait qu'il soit là pour moi, cet enculé. Et ça me rassurerait vraiment qu'il veille sur moi. Même si je disais que je le détestais, ce qui était le cas, je me sentais plus en sécurité avec lui que toute seule.

— Quoi, merde ? s'impatienta le psychopathe en fronçant les sourcils.

— Est-ce que tu peux rester avec moi, ce soir ?

CHAPITRE DIX-NEUF

LE TEMPS D'UNE NUIT

Ma question était sortie toute seule, de manière irréfléchie et spontanée. Animée par la peur de me faire violer par le mec bizarre qui faisait du repérage quelques minutes plus tôt. Ma demande sembla apparemment ridicule au psychopathe. Il explosa de rire comme si je venais de lui raconter la blague de l'année.

J'arquai un sourcil, et il comprit que ce n'était pas une plaisanterie. Il se calma et se racla la gorge, avant de répondre d'un ton froid :

— Non.

— Je refuse de dormir ici toute seule alors que ton cousin bizarre rôde dans les parages ! m'exclamai-je en pointant du doigt les escaliers.

— Tu n'as pas le choix.

Il me laissa à l'embrasure de la porte et commença à s'éloigner dans le couloir sombre. Mais je rêve ! Il est fou, ou quoi ? Il faut qu'il reste ! C'est une question de vie ou de mort !

— Alors, je lui dirai que je suis ta captive, le menaçai-je, ce qui arrêta ses pas.

J'espérais que ça marcherait. Le connaissant, il pouvait très bien se payer ma tête et m'envoyer balader, même si ça compromettait ses plans.

Juste pour avoir le dernier mot.

— Tu n'oserais pas ? demanda-t-il en tournant la tête vers moi avec un sourcil arqué.

Quoique…

— Je vais me gêner, le provoquai-je en espérant qu'il prenne ma menace en considération.

Pitié.

Il me fixa sans bouger, on se défiait du regard silencieusement. Il souffla bruyamment avant de me demander de l'attendre, la porte fermée. Et pour une fois, j'obéis avec plaisir en attendant que monsieur revienne.

J'avais gagné. Bordel, j'avais gagné contre Asher Scott.

Je savais qu'il reviendrait. Je ne savais pas où il était allé, mais il allait revenir. Il était obligé. Je m'adossai contre la tête de lit et attendis bien sagement que le démon réapparaisse. Une première.

Le temps passait encore, encore, et encore. Aucun signe de lui. Et s'il était vraiment parti ? Et s'il m'avait fait croire qu'il viendrait alors qu'il n'en avait pas du tout l'intention ?

Au moment où j'entendis des pas, la panique me gagna. J'étais prête à crier. Mais la porte s'ouvrit sur le psychopathe, venu avec un oreiller. Ma pression descendit d'un coup.

— Ce n'est pas trop tôt ! J'aurais pu me faire violer douze fois ! râlai-je.

— La ferme.

Il me lança l'oreiller sur le visage et croisa les bras en disant très sérieusement :

— Tu dors par terre, hors de question que je partage le même lit que toi.

— Mais il fait froid !

— Est-ce que ça m'intéresse ? Par terre, ou je me barre.

Et il attendit que je bouge de ma place, ce que je refusais de faire. Il perdit patience et rouvrit la porte, prêt à partir.

— C'est bon ! cédai-je en prenant l'oreiller.

Je le déposai le plus près possible du lit et m'allongeai. Je pouvais voir les pieds du psychopathe encore au sol alors qu'il était assis sur le lit. Il se leva et enleva son tee-shirt. La musculature imposante de son torse m'impressionnait toujours autant.

Il s'allongea et éteignit la lampe, nous plongeant dans le noir complet. Seule la porte laissait passer un très bas faisceau de lumière provenant du couloir. Je savais qu'il ne dormait pas encore. Du moins, j'espérais m'endormir avant lui.

Bah quoi ? J'ai peur.

Le sol était tout sauf confortable, et j'avais très froid. Je l'entendis poser son téléphone sur la table de nuit, puis je vis la couverture bouger, signe qu'il s'apprêtait à dormir.

— Il fait froid, déclarai-je, comme s'il ne le savait pas.

Il ne répondit rien. Je soupirai bruyamment. Qu'est-ce qu'il pouvait être chiant ! C'était facile pour lui de dormir. Il était dans un grand lit, avec des couvertures qui le réchauffaient, alors que moi, j'étais par terre comme une moins que rien.

— J'ai froid, répétai-je en espérant qu'il me donne une des couvertures du lit.

Rien du tout.

— Il fait trop froid !

— Et tu veux que je fasse quoi ? Appeler Dylan pour qu'il te réchauffe ? demanda-t-il, excédé.

Son sous-entendu me fit déglutir et m'intima au silence. Il se releva à moitié avec un soupir d'agacement. Son coude sur le lit, il me fusilla du regard. Je compris qu'il valait mieux que je me la ferme maintenant si je voulais qu'il reste.

Il se rallongea et s'endormit comme si de rien n'était. Tandis que moi, j'essayais par tous les moyens de me réchauffer, recroquevillée sur moi-même, mes bras fourrés à l'intérieur de mon pull.

Plus le temps passait, plus j'étais fatiguée, et plus j'avais froid. Lorsque je me redressai, ma tête cogna contre la table de chevet et réveilla le psychopathe, qui n'hésita pas à marquer son mécontentement par un grognement. Il était dos à moi, alors je lui montrai mon majeur, cherchant du regard ne serait-ce qu'un drap.

Mais rien.

Dans la pièce silencieuse, je ne trouvais pas le sommeil. Ni la chaleur. Et moi qui pensais que ramener le psychopathe ici m'aiderait à dormir. *Laissez-moi rire de ma connerie.*

Il se mit face au plafond. Ses mèches de cheveux châtain clair cachaient ses yeux clos, sa respiration était lente et régulière, et je pouvais apercevoir les divers tatouages dessinés sur son bras, de son épaule jusqu'à son poignet.

Mais je ne pouvais bien les analyser à cause de l'obscurité de la pièce. D'ailleurs, le seul tatouage que je reconnaissais était celui sur son cou, en dessous de son oreille. Celui de la rose transpercée par la fine lame d'un couteau. Un dessin qui en disait beaucoup.

Je me rallongeai sur le sol. C'est alors que je remarquai que la porte ne laissait plus passer ce filet droit de lumière en provenance du couloir. Il était coupé par deux ombres, deux pieds. Ma cage thoracique se comprima lorsque j'entendis la porte s'ouvrir en grinçant doucement.

Je ne respirais plus, je restais immobile. Je tremblais comme si j'avais vu la mort.

— Qu'est-ce que tu fous là, Dylan ? demanda la voix endormie mais froide de mon possesseur.

— Toi, qu'est-ce que tu fous là ? Je pensais que c'était la chambre de-

— Elle dort avec Carter, barre-toi avant que j'ouvre l'œil.

Le fameux Dylan marmonna un « OK » et se plia à l'autorité de mon possesseur.

— Tu vois ! chuchotai-je en me levant. Putain, je le savais ! J'avais raison !

Il ne répondit rien, me laissant savourer mon heure de gloire toute seule.

— Je ne pourrai pas dormir sans draps, et j'ai mal au dos, tu ne peux pas-

— Monte, me dit-il, le dos tourné.

Je m'arrêtai net.

— Quoi ?

— Tu vas me casser les couilles encore longtemps, et je veux dormir. Alors, monte et dors, sinon je te bute pendant ton sommeil, et tu dormiras toute l'éternité.

Je me levai d'un bond, ne prenant pas en compte ses menaces, et m'allongeai sur le bord du lit. Je ne voulais pas que mon corps touche le sien.

Je ramenai les couvertures sur mon corps froid et soupirai d'aise instantanément. Je m'assoupis quelques minutes, puis me réveillai une nouvelle fois. Je n'arrivais pas à dormir. En vérité, j'avais peur de succomber au sommeil. Je n'avais jamais partagé mon lit avec un homme, encore moins un psychopathe qui détestait les captives. Qui me détestait.

J'avais également peur d'être hantée par mes démons, de le réveiller, et qu'il m'étrangle comme il l'avait fait la dernière fois. J'étais trop compliquée.

Je bougeai dans le lit, essayant de trouver une position qui m'aiderait à dormir. Rien n'y faisait.

Lorsque je me tournai une nouvelle fois sur le côté, dos au psychopathe, deux bras s'enroulèrent autour de ma taille, bloquant mes mouvements. Je hoquetai de surprise tandis que la voix endormie du psychopathe résonnait dans la pièce.

— Arrête de bouger, tu m'énerves.

Mon souffle se coupa, et tous mes membres se crispèrent d'un coup. J'avais du mal à réaliser ce qui se produisait. J'essayais de me calmer, car je ne tenais pas à faire une crise d'angoisse à cette heure. Mes doigts enveloppèrent ses bras afin de me défaire de son emprise.

Mais il me surprit une nouvelle fois.

— Calme-toi, murmura-t-il en serrant doucement ma taille. Calme-toi, je ne te ferai rien.

« Je ne te ferai rien. »

Cette phrase se répétait dans mon esprit comme un écho censé apaiser mon angoisse et dissiper mes peurs. J'avais du mal avec les contacts physiques, surtout avec les hommes.

Encore plus avec lui.

Pourtant, je me surpris à me calmer lorsque ce dernier passa son doigt sur mon flanc. Ce geste, qui, j'imaginais, me dégoûterait, m'aida, au contraire, à baisser ma garde et me fit l'effet d'un sédatif. Il me rassurait.

Asher me rassurait.

Personne ne m'avait jamais rassurée avec un contact physique, mais lui… Lui, il le faisait.

La fatigue qui s'était manifestée au début de la nuit revint, et je m'endormis sous ses caresses timides et lentes. Pour une fois, je n'étais pas dans les bras de Morphée, mais dans les bras du psychopathe qui voulait constamment ma mort.

« Le froid, encore le froid. Ce froid qui me donnait la nausée et formait un nœud dans mon ventre, je me souvenais de cette sensation. Mais je ne voulais pas y croire. Comment était-ce possible ?

Je regardai autour de moi, je reconnaissais ces murs. Je reconnaissais cette ambiance lugubre. La pluie et l'orage dehors. Je vis ma porte. C'était ma chambre. À Sydney.

Je connaissais la suite, je connaissais le déroulement par cœur. Je paniquai. J'étais prisonnière, prisonnière de mes propres souvenirs, prisonnière de ce soir.

Sans que je le veuille, machinalement, je me levai de mon lit. J'entendais les cris de ma mère au rez-de-chaussée. Doucement, j'ouvris la porte de ma chambre et descendis la voir. Son visage était baigné de larmes… Elle se disputait avec quelqu'un au téléphone.

— C'est terminé ! Je m'en vais avec ma fille ! hurla-t-elle en raccrochant au nez à son interlocuteur.

Elle se retourna vers moi et s'agenouilla. Sa main caressa doucement ma joue tandis que l'autre main était posée dans mes cheveux. Elle me souriait, malgré ses sanglots.

— Ma puce, prends tes affaires. On va faire un tour, d'accord ?

Et je lui obéis. Je ne comprenais pas ce qui se passait, tout se déroulait si vite. Que des fragments de souvenirs qui se jouaient encore dans ma tête.

Je me retrouvai dans la voiture, ma peluche verte à la main. La pluie, je voyais la pluie. J'entendais le bruit du moteur et les sanglots de ma mère, qui tremblait en tenant fermement le volant.

L'orage, je voyais l'orage. Je voyais ma mère affolée accélérer sur la route glissante. Quelqu'un la suivait.

— Où est-ce qu'on va, maman ? demandai-je en regardant par la fenêtre.

— Juste ici, ma puce. Ne t'inquiète pas, d'accord ?

Elle consultait le rétroviseur pour la énième fois en dix secondes.

— Est-ce que c'est le renard ? Maman ?

Elle ne répondit rien. Tout s'enchaîna très vite. Je ne compris pas ce qui venait de se passer, tout était flou. Une seule chose restait gravée dans ma mémoire : le visage de ma mère en sang. Son regard vide de vie. Elle était morte, et je ne le comprenais pas.

— Maman ? Maman… ? J'ai peur, maman…

Soudain, son visage se transforma, laissant place à celui de l'homme que j'appelais le renard. Il me souriait, ce sourire glacial.

— Oh, Ella... On rentre à la maison, ma souris. »

Je me réveillai en sursaut, le corps en sueur et tremblant, comme si j'avais vu la mort. L'air me manquait. Le psychopathe, qui s'était levé en même temps que moi, me regardait reprendre mes esprits en silence. Ma tête était remplie de souvenirs que je voulais étouffer.

L'image de ma mère morte était figée, je ne voyais qu'elle. Et *lui*. Le renard était revenu hanter mon sommeil. Et je ne comprenais pas pourquoi. Je n'avais pas fait ce cauchemar, mon pire cauchemar, depuis mes débuts en tant que captive chez John. Depuis six ans.

En sentant l'attention du psychopathe sur moi, je me retournai, encore désorientée.

Un sanglot s'échappa de mes lèvres lorsque je repensai au visage ma mère. Je repliai mes jambes et me recroquevillai pour mieux me protéger de mes souvenirs. Pas lui. Je ne le supporterais pas.

— Tu...

Il s'arrêta et me scruta sans rien rajouter. Je n'osais même pas le regarder. Je fixais le sol en essayant de me calmer. *Ce n'était qu'un cauchemar, Ella. Rien qu'un cauchemar.* Il n'était plus là. Je n'étais plus entre ses mains.

Il est loin de toi, maintenant.

Je levai lentement la tête vers Asher. Ce dernier fronçait les sourcils. Je sentis une larme descendre le long de ma joue. Alors qu'il la regardait couler, son visage ne changea pas d'expression. Il se racla la gorge et s'approcha, hésitant, me demandant la permission de venir.

Il me demandait. Asher me *demandait* la permission.

Devant mon silence, il murmura :

— Je... je peux ?

Il gardait une certaine distance entre nous. J'acquiesçai lentement, et il s'approcha encore davantage. Ses mains décroisèrent délicatement mes bras et m'attirèrent doucement à lui.

— Je ne te ferai rien, *Ella*, me rassura-t-il une seconde fois en voyant mes bras se crisper.

Ella.

Mon cœur rata un battement. Il ne m'avait jamais appelée par mon prénom.

Je cédai silencieusement à mes larmes. Je tentais tant bien que mal d'étouffer mes sanglots, peut-être afin de paraître forte, mais je perdais pied. Ce cauchemar était le pire de tous, parce que ça n'en était pas un.

C'était l'accident, c'était *ce* soir.

Et c'était *lui*.

Asher posa sa main sur ma tête et la pressa contre son torse. Je nous sentis basculer en arrière. Il resserra son étreinte tout en reculant et s'adossa contre la tête de lit, me laissant extérioriser mes peurs sans rien dire.

Comme s'il savait qu'il ne devait pas briser le silence.

Sa main gauche remontait lentement le long de ma colonne vertébrale pendant que son menton trouvait appui sur le haut de mon crâne. Son pouce effectuait des aller-retour sur ma joue humide.

Nous restâmes ainsi, moi entre ses jambes, ma tête sur son torse, écoutant ses battements de cœur anormalement rapides, essayant de calmer mon âme brisée, tandis que lui ne parlait pas.

Je ne réalisais pas, je ne m'étais pas rendu compte à quel point… à quel point j'avais besoin de ce réconfort.

Ce sentiment méconnu agissait comme un remède contre mes maux, contre mes cauchemars, contre mon passé. Contre les blessures que j'étouffais avec des :

« Je m'en remettrai. »

« Il y a pire. »

« Ce n'est rien. »

« Ce n'est pas grave. »

Ce sentiment que venait de m'offrir celui que je redoutais, celui que je détestais, lui qui m'avait fait vivre un enfer depuis que nos regards s'étaient croisés. Lui qui venait de me réconforter, il me protégeait sans rien demander en échange.

Peut-être était-ce de la pitié ?

Peut-être attendait-il silencieusement que je m'éloigne de lui ? Mais je n'en avais pas envie.

Je ne voulais pas quitter ses bras qui me faisaient me sentir en sécurité, ce sentiment bizarre pourtant si fort.

— Ne bouge pas, chuchota-t-il en resserrant son étreinte tout en s'allongeant sur le lit, moi avec.

Après quelques minutes apaisantes, je m'étais calmée. Je pouvais enfin quitter ses bras, et il ne s'y opposa pas.

Bien au contraire, il me tourna le dos. Comme si de rien n'était. Je fis de même. Cependant, je sentis qu'un mur glacial venait d'être érigé. Ce sentiment brisa instantanément quelque chose que je ne comprenais pas encore.

Je ne retenais qu'une seule chose : il m'avait protégée. Asher m'avait protégée de mes démons.

Je fus réveillée par un chatouillement sur le bout de mon nez. Ma tête était collée à quelque chose… quelque chose qui bougeait doucement…

Oh, bordel… non…

J'ouvris les yeux et remarquai que j'étais bel et bien collée au torse du psychopathe. Ce qui me chatouillait le nez n'était autre que la croix fine accrochée à la chaîne en argent autour de son cou.

Ses bras autour de ma taille mirent en alerte tous mes sens. Je me détachai de lui rapidement, ce qui le réveilla.

Il se rendit vite compte de ce qui venait de se passer et me considéra l'espace de trois secondes avant d'adopter à nouveau son regard vide et impassible. Il se retourna, l'air de rien. Encore.

Je restai debout face à son dos pendant encore quelques minutes avant de passer ma main dans mes cheveux, encore déboussolée par la proximité qu'on avait partagée pendant le reste de la nuit, et que nous venions de rompre.

Sans le vouloir, je me rappelai ses gestes pour me calmer, sa façon de m'enlacer. Je sentais encore son étreinte, ses doigts, et les sentiments qui m'avaient parcourue. Cette sensation de sécurité et de réconfort qu'il avait fait naître en moi après mon cauchemar.

Mais je ne voulais pas. Je m'interdisais d'imaginer ne serait-ce qu'une seconde qu'il pouvait être doux. Il ne l'était pas. Et il ne l'avait jamais été.

C'était de la pitié, c'est tout. D'ailleurs, il me l'avait prouvé.

Trousse de toilette à la main, je quittai doucement la chambre, encore perdue dans mes pensées, pour aller me laver le visage et les dents. Je savais que je n'avais pas beaucoup dormi, mes cernes pouvaient le prouver au premier venu.

Au même moment, Ally sortit de sa chambre, rayonnante. Elle fronça les sourcils en me dévisageant avec interrogation.

— T'as une mine affreuse, m'informa-t-elle, comme si je ne le savais pas.

— Je sais, je viens de me voir dans le miroir, lâchai-je en bâillant.

— T'es sûre que t'as dormi ?

Je hochai la tête pour éviter qu'elle me pose d'autres questions. J'espérais qu'elle ne me demanderait pas d'aller dans ma chambre. Le psychopathe dormait encore, et si elle le voyait dans mon lit… *Oh, merde.* Que pourrais-je lui dire ? La vérité. Rien que la vérité. Sans évoquer les détails.

Mais lorsque je vis ses yeux devenir ronds comme des boules de billard en découvrant quelque chose derrière mon épaule, je fronçai les sourcils d'incompréhension et me retournai. Et j'eus la même réaction.

Il resta impassible alors qu'il sortait de ma chambre. Ce mec était un iceberg.

— Tu… il… vous, bégaya-t-elle en nous pointant du doigt.

— Calme tes hormones, répondit le psychopathe, la voix endormie. Je suis juste venu récupérer mon paquet de clopes, que j'avais laissé ici hier.

Ally soupira de soulagement, et je hochai la tête pour appuyer son mensonge. Je ne pourrais jamais lui dire qu'on avait passé la nuit ensemble.

Pendant le petit déjeuner, le psychopathe ne me lança pas un seul regard. Il faisait comme si je n'existais pas. Et pendant toute la journée, il m'ignora, évitant toute conversation avec moi. Aucune pique, aucune attaque, rien.

L'après-midi, nous prîmes la direction du QG de Londres. Il demanda à Ally de m'emmener avec elle et Rick alors que sa voiture était vide. Ou, du moins, il n'y avait que Ben. Je ne comprenais pas pourquoi il évitait tant ma présence. Ça m'agaçait de le voir me fuir comme la peste alors que moi non plus, je ne voulais pas parler de la nuit dernière. C'était une erreur, une erreur due à la peur, à la fatigue et au manque de réconfort.

Le reste de la journée se déroula rapidement. Je sortis avec Ally et les deux filles qui nous servaient de gardes du corps pour acheter quelques vêtements et des petits cadeaux à Kiara. Elle me manquait affreusement. Je réalisais qu'elle était devenue l'amie que je n'avais jamais eue.

Elle m'avait soutenue depuis le début, et pour ça, je lui en serais éternellement reconnaissante.

Après le dîner, le psychopathe fit quelque chose qui me donna enfin l'occasion de le confronter. Il sortit son paquet de clopes et quitta la table. Je m'excusai et sortis de table à mon tour, dans le but d'avoir une petite discussion avec Ignore-Man.

Il se posta à l'entrée, sans faire attention à qui était à ses trousses. Je restai à quelques mètres de lui, avant de briser le silence.

— Je peux savoir quel est ton problème ? demandai-je en croisant les bras.

Il continua à m'ignorer.

— Tu m'évites depuis ce matin ! m'exclamai-je.

Ce n'étaient plus des vents que je me prenais, mais des ouragans.

— Arrête de m'ignorer !

Bien malgré moi, j'avais haussé le ton.

— Depuis quand tu réclames mon attention ? m'interrogea-t-il en me toisant du regard par-dessus son épaule.

— Depuis que tu agis comme si j'étais un jouet que tu jettes dès que l'envie t'en prend.

— Mais tu es un jouet pour moi, captive. Tu ne l'as toujours pas compris ? Je te pensais plus maligne…

Captive. Ce nom me fit l'effet d'une gifle.

Retour à la case départ.

— Ne le prends pas mal, enfin, même si tu le fais, je n'en ai rien à branler, mais hier, j'ai simplement eu pitié en te voyant chialer comme une môme qui venait de perdre sa maman au parc d'attractions.

Ma gorge se noua, et mon souffle se coupa. Il cherchait à me blesser, je voyais clair dans son jeu. Sa façon de me regarder avait changé, c'était le même regard que celui qu'il m'avait accordé la toute première fois. Plein de dégoût, d'arrogance et de haine.

Et il savait où il fallait appuyer pour faire mal.

— Sache que j'aurais fait ça pour n'importe qui. Même un rat aurait suscité ma pitié dans cet état. Tu en es la preuve.

Mon ego en prit un coup. Je me laissai dépasser par mes émotions et fis ce qu'il voulait que je fasse : je partis.

Je repris place à table et passai le reste de la soirée le plus normalement possible. Ella Collins, ou l'étouffeuse de sentiments. J'étais forte pour ne rien laisser paraître, pour cacher mes sentiments. Les ensevelir au fond de moi était devenu un jeu d'enfants, même si je restais sensible. Bien trop sensible.

Cette nuit-là, je m'endormis tandis que ses paroles tournaient dans ma tête comme un disque rayé.

« Tu n'es qu'un jouet pour moi... »

« J'ai simplement eu pitié... »

« J'aurais fait ça pour n'importe qui... Tu en es la preuve. »

Je le détestais. Je le détestais tellement. De toute façon, qu'est-ce que je croyais ? Qu'après cette nuit, nous allions devenir les meilleurs amis du monde ? Qu'il deviendrait mon protecteur contre mes angoisses ?

J'étais trop naïve. Pourtant, je le savais. À l'instant où il m'avait tourné le dos, j'avais su que son geste n'avait été motivé que par de la pitié. Mais je ne voulais pas l'entendre. Je ne voulais pas qu'il m'atteigne avec des mots. Pire encore, je ne voulais pas qu'il sache qu'il détenait ce pouvoir-là.

Je refusais de perdre au jeu silencieux auquel nous jouions inconsciemment : percer la carapace de l'autre. Et tout ça pour une simple histoire de satisfaction personnelle et d'ego.

Mais pour l'instant, et j'en avais conscience, il venait de prendre le dessus.

CHAPITRE VINGT

PRÉSENCE NOCTURNE SEULEMENT

Nous venions d'atterrir sur les terres américaines. À presque 3 h 30, une voiture nous attendait, le psychopathe et moi, sur le parking de l'aéroport.

Pendant le vol, je n'avais jamais ressenti autant d'hostilité de sa part. Du moins, pas depuis notre première rencontre. Maintenant, sans que j'y sois préparée, nous étions revenus à la case départ.

Le Asher qui m'avait réconfortée ce soir-là n'était pas le Asher en face de moi. Ce soir-là, il avait été *Asher* et moi, *Ella*. Aujourd'hui, il était le *psychopathe* et j'étais la *captive*.

— Mets ta valise derrière, m'ordonna-t-il d'un ton sec.

Je levai les yeux au ciel, agacée par ce comportement froid et détaché qu'il avait à mon égard. Je fis néanmoins ce qu'il me dit avant de grimper côté passager pendant qu'il fumait une cigarette dehors en écoutant Ben parler.

Ally avait remarqué cette tension entre nous. Lorsqu'elle lui avait malicieusement demandé de me donner sa veste parce que j'avais froid et que le jet n'avait pas de couverture, il avait répondu, d'un ton aussi mauvais que sérieux : *« Laisse-la crever de froid, Ally. »* Des frissons avaient parcouru ma colonne vertébrale tandis qu'Ally avait adopté une expression outrée.

Quelques minutes plus tard, il ouvrit la portière et s'engouffra à l'intérieur de la berline aux vitres teintées. Il sentait la cigarette et le parfum pour homme. Son odeur emplissait l'habitacle.

Il démarra en laissant derrière lui le reste du groupe. Sur le chemin du retour, je m'assoupis. Je ne rouvris les yeux que lorsque je sentis la voiture s'arrêter. Nous étions de retour chez lui.

Je pris une bonne douche avant de m'écrouler sur mon lit en rabattant les couvertures sur mon corps.

« La maison. La maison était froide et silencieuse. J'étais prise au piège. Encore.

J'avais peur, je me sentais horriblement seule dans ma chambre. Lorsque j'entendis la porte d'entrée claquer, mon cœur fit un bond.

Il était là. Et il n'y avait personne pour me protéger du monstre.

J'étais seule. Encore.

— Ella ? m'interpella l'homme en bas, ma petite souris…

La peur tordit mon ventre. Je partis me cacher dans le placard, derrière les manteaux, où je me recroquevillai sur moi-même.

J'entendis ses pas lourds dans l'escalier en bois. Il s'avança lentement, avant de faire grincer la porte de ma chambre. Le son de la porte qui se refermait était pour moi l'un des plus terrifiants.

— J'ai vu ton sac rose en bas, ma petite souris, me dit-il, le ton sournois.

Mes mains se resserrèrent autour de mes jambes tremblantes.

Il ouvrit subitement la porte du placard. Son sourire s'élargit en me voyant alors que mes larmes inondaient mon visage. Il empestait l'alcool, c'était très mauvais signe.

— Petite souris joue à cache-cache, on dirait…

Je vis sa main se rapprocher de moi. J'étais prise au piège, le renard venait de m'attraper. »

Je me levai d'un bond. Mon cœur était sur le point de sortir de ma poitrine tant il battait la chamade. Je me mis debout, sans savoir si j'étais encore dans mes rêves, et me pris la tête entre les mains. Quand deux mains encerclèrent soudain ma taille, je sursautai en hurlant d'effroi.

— Lâche-moi, me débattis-je en sanglotant et en essayant par tous les moyens de me libérer de l'emprise du renard. Laisse-moi partir… je t'en supplie ! Je n'en peux plus… s'il te plaît…

— Ella, c'est moi ! s'exclama une voix grave. C'est moi, Ella.

Je cessai tout mouvement. Cette voix rauque n'était pas celle de l'homme qui hantait mes nuits, mais celle de celui qui hantait mes journées.

Mes sanglots de désespoir redoublèrent, alimentés par le soulagement d'être sortie de ce cauchemar. Sans que je comprenne vraiment comment, il me tourna face à lui. Doucement, sa main chemina dans mes cheveux, caressa doucement ma nuque à l'aide de son pouce pendant que je trouvais refuge sur son épaule. Ma lèvre tremblait et mes yeux larmoyaient, inarrêtables.

— C'est moi… *Asher*… murmura-t-il.

Son menton sur mon crâne, ses bras qui m'emprisonnaient et sa façon délicate de me rassurer en caressant doucement mes cheveux m'aidèrent à calmer la crise d'angoisse qui menaçait de faire surface.

— Comment tu as su ? lui demandai-je.

— Je t'ai juste entendue, me répondit-il, le ton froid.

Il desserra son étreinte, et je compris qu'il allait partir. Sans m'accorder un seul regard, il s'éloigna de moi. Je restai au milieu de ma chambre, seule. Et perdue.

14 h. J'attendais que le psychopathe revienne pour lui demander de faire les courses. La matinée avait été, comme je l'avais imaginé, froide et hostile. Comme si ce qui s'était passé la nuit dernière n'était que le fruit de mon imagination.

Ça m'agaçait parce qu'il n'assumait pas ce qu'il faisait, ça m'agaçait parce que j'avais l'impression d'être folle. Quand on parlait du démon, on voyait apparaître ses cornes… J'entendis la porte claquer fortement et son souffle bruyant dans l'espace silencieux qu'était le hall.

Je déglutis, il était énervé. Finalement, pas de courses, aujourd'hui.

Mon corps se crispa lorsque ses pas se firent entendre à l'intérieur du salon, derrière le canapé. Je le vis, sourcils froncés, mâchoire serrée. Une veine palpitait sur son cou. J'aperçus également des taches rouges sur son pull blanc qui me laissèrent perplexe. Serait-ce du sang ?

— Ça va ? osai-je lui demander.

— Toi, ne me parle pas, grogna-t-il sans me regarder.

Je haussai les épaules et me retournai face à la télé. Son téléphone vibra, et il répondit :

— Ouais ?… Je l'ai buté… J'ai laissé le corps à la réserve, il aura une petite surprise… On ne touche pas à mes affaires, Rick. Je t'avais prévenu, je ne suis pas ton frère.

Et il raccrocha.

Je levai une nouvelle fois la tête dans sa direction. Il me lança un regard mauvais avant de grogner :

— Je vais te crever les yeux et te les faire bouffer si tu me regardes encore une seconde de plus.

— Qu'est-ce que tu peux être lourd, des fois ! râlai-je.

— La ferme !

Je me mis face à lui.

— Tu vas arrêter de passer tes nerfs sur moi, à la fin !

Il me fusilla du regard, prêt à me bondir dessus, mais contre toute attente, il tourna les talons.

— Tu n'es vraiment pas croyable !

— Si je reste une minute de plus avec toi, soit je te tue, soit je te démonte sur ce putain de canapé ! s'exclama-t-il en le pointant du doigt. Et bordel, je n'ai plus envie de tuer, aujourd'hui.

J'entrouvris la bouche et écarquillai les yeux. Il quitta la pièce, me laissant me heurter à ses mots crus. Je ne comprenais jamais rien avec lui, c'était le mec le plus lunatique que j'aie rencontré. Je passai une main sur mon visage en essayant d'oublier ses paroles.

Plus tard dans la soirée, la porte d'entrée s'ouvrit sur Kiara. J'accourus dans ses bras. Elle m'avait vraiment manqué !

— Bordel, on dirait que ça fait plus de cinq mois qu'on ne s'est pas vues ! me dit-elle avec un grand sourire scotché aux lèvres.

— Tu m'as tellement manqué, lui avouai-je en l'enlaçant une nouvelle fois.

— Qu'est-ce que tu fous là ? lança la fameuse voix rauque du psychopathe, du haut des escaliers.

— Ah, mais non, je ne viens pas te faire la morale, j'ai voté pour que tu le butes ! Je viens récupérer les cartons d'invitation pour la soirée, l'informa-t-elle.

Je la regardai sans trop comprendre. Puis, je me rappelai que la soirée des captives avait lieu dans quelques jours.

— Prends la captive avec toi, je ne veux pas la voir ici, ce soir.

Mon souffle se coupa. Il n'était pas sérieux, si ?

Kiara le dévisagea, incrédule, puis me lança un regard interrogateur, auquel je répondis par un haussement d'épaules. Si elle savait combien il pouvait être imprévisible !

— Tu peux venir m'aider ? me demanda-t-elle, et j'acquiesçai.

Le psychopathe était reparti dans sa chambre.

— Ça pue la tension sexuelle ici, murmura-t-elle, le regard malicieux.

J'esquissai une mine dégoûtée tandis qu'elle riait en montant les escaliers. Je la suivis jusqu'au troisième étage.

Je n'avais jamais eu le courage de visiter la maison dans son intégralité. J'appréhendais déjà la réaction excessive du psychopathe, qui n'attendait qu'un faux pas de ma part pour m'étrangler.

Elle nous entraîna dans un grand bureau, où se trouvaient une bibliothèque contenant divers documents archivés, des papiers éparpillés sur la table et un petit canapé noir sur le côté. Sur un planisphère accroché au mur blanc étaient épinglés des fils qui reliaient certains continents à d'autres. Ils représentaient comme des flux.

— Prends les cartons là-bas, m'ordonna-t-elle en pointant le coin de la pièce.

Je m'exécutai. Nous les déposâmes à l'intérieur de sa voiture. En montant, je vis le psychopathe sortir de sa chambre. Il repoussa de la main les cheveux qui lui tombaient devant les yeux, une clope entre les lèvres. Nos regards se croisèrent une seconde. Puis, je tournai la tête en montant pour continuer ma tâche. J'entendis ses pas derrière moi, et mon corps se crispa.

Arrivée au bureau, Kiara jeta un coup d'œil par-dessus mon épaule avant de pointer du doigt un autre gros carton. Je le sentis frôler mon dos lorsqu'il passa derrière moi, son bras effleurant mon épaule. Le psychopathe venait de prendre le gros carton. Ses muscles se contractaient dans une démonstration de force. Je m'écartai de son passage, et il esquissa un sourire satisfait avant de descendre.

Kiara me toisa du regard avant de sourire. Elle trouva un papier par terre, recouvert de gribouillis, qu'elle froissa mais garda en main.

On entendit brusquement des voix s'élever en bas. Kiara descendit, et je la suivis sans un mot. Elle s'arrêta au deuxième étage, qui surplombait le hall où le psychopathe discutait avec Ben.

— Ce n'est pas trop tôt, putain, j'ai déjà fini ! s'exclama-t-elle, les mains posées sur le garde-corps en verre qui nous séparait du vide.

Ben leva la tête en souriant de toutes ses dents.

— Tu n'avais pas besoin de moi, t'as vu !

Il lui souffla un baiser, et en réponse, elle lui jeta la boule de papier qu'elle avait en main et qui atterrit sur son crâne.

— Ella, tu prends tes affaires ? me demanda-t-elle. Je vais dehors pour répartir les cartons avec Ben.

J'acquiesçai et m'éclipsai dans ma chambre. Je les entendais se chamailler comme des enfants, ce qui m'arracha un sourire. Ensemble, Ben et Kiara étaient tellement drôles. Je déposais les vêtements sur le lit à mesure que je les piochais. J'ignorais combien de temps j'allais rester chez Kiara.

Tandis que je fouillais dans mon placard, j'entendis la porte s'ouvrir et se refermer une nouvelle fois. Je tournai la tête. Qu'est-ce qu'il me voulait, *encore* ?

— Tu t'es trompé de chambre, lui fis-je remarquer d'un ton railleur.

Il s'avança vers le lit et détailla les vêtements que j'avais étalés dessus. Un sourire étira ses lèvres lorsqu'il accrocha une bretelle autour de son index avant de la faire remonter doucement.

— Tu prends ça pour une soirée entre filles ? Je ne savais pas que tu voulais faire autre chose que discuter, dit-il en exhibant le soutien-gorge en dentelle avec un sourire pervers aux lèvres.

— Rends-moi ça ! m'exclamai-je en le lui ôtant des doigts. Et pour ta gouverne, ce n'est pas moi qui ai rempli ma garde-robe, tu te rappelles ?

Il s'esclaffa en voyant le rouge me monter aux joues et reprit d'un ton moqueur :

— Je ne te pensais pas pudique, c'est bizarre pour une captive.

— Sache que je n'ai jamais voulu être captive, alors ne la ramène pas avec tes conclusions hâtives, rétorquai-je en enfouissant les affaires dans mon sac.

— Je suis au courant, m'informa-t-il, le ton neutre.

C'était prévisible. Kiara lui avait sûrement raconté ce que je lui avais confié lors de mes premières nuits ici. Elle avait dû le faire pour expliquer pourquoi il était nécessaire d'envoyer de l'argent à ma tante.

— Tu prends tout ça ? Tu crois que tu vas rester une éternité chez Kiara ?

— Je ne comprends pas pourquoi je dois partir chez elle, pour commencer.

— Parce que je ne veux pas te voir ici, ce soir.

— Moi, je ne veux pas te voir tout le temps et pourtant, je ne dis rien, lui rappelai-je en repartant fouiller dans mon placard.

— Ah bon ?

Il termina sa phrase sur un ton sournois et s'avança doucement. Dos à lui, je ne voyais rien, mais je sentis son doigt se poser sur mon épaule et remonter doucement. Mon corps se crispa une nouvelle fois.

— Et pourtant… ça te frustre quand je ne t'accorde pas l'attention que tu souhaites…

Il écarta délicatement mes cheveux, laissant la peau de mon cou offerte à sa vue.

— Arrête, articulai-je difficilement, sachant très bien ce qu'il prévoyait de faire.

Il ne m'écouta pas. Ses lèvres frôlèrent ma peau.

— C'est pour ça que je préfère que tu partes aujourd'hui, murmura-t-il très près de mon oreille. Tout ce que je veux, maintenant, c'est calmer mes désirs. Et encore une fois, je ne parle pas de celui de te tuer…

— Laisse-moi tranquille…

Un souffle s'échappa de ma bouche lorsque ses dents emprisonnèrent mon lobe. Ses lèvres frôlèrent l'arrière de mon oreille. Il souriait.

— Si tu restes encore une soirée, je ne vais pas réussir à me contrôler.

Il s'arrêta net et recula avant de conclure, le ton froid :

— Et je ne commettrais jamais une erreur pareille.

Sur ce, il s'éloigna comme si de rien n'était.

Je me retournai vers lui, encore déboussolée par son comportement. Il jouait avec moi comme un enfant avec son jouet, pour me lâcher aussitôt après. J'avais horreur de sa bipolarité à deux balles.

— Tu vas arrêter d'agir comme un gros psychopathe lunatique, bordel ! m'écriai-je tandis qu'il quittait ma chambre.

Il me lança un regard noir.

— Tu n'en vaut pas la peine. Ta tante avait raison de te donner au premier venu. Maintenant, dégage de chez moi.

Et il sortit, sans m'adresser un regard, pendant que mon cœur se fissurait en entendant ses mots tranchants. Encore une fois, il m'avait touchée. Je soufflai de frustration et passai ma main dans mes cheveux pour calmer mes envies de meurtre.

Je pris mes affaires et quittai la chambre rapidement. Dehors, je retrouvai Kiara, qui avait achevé sa tâche avec Ben.

— Depuis quand Ash laisse Ella sortir de-

Et il se tut en écarquillant les yeux. Il se tourna ensuite vers Kiara, qui arborait un regard malicieux.

— Tu penses que… ? Les paris sont ouverts ! s'exclama-t-il. Je te parie 1000 $ qu'il est amoureux d'elle !

Je grimaçai de dégoût en entendant l'objet du pari. Soudain, le rire mesquin du psychopathe depuis le balcon de sa chambre me fit lever la tête. Une clope emprisonnée entre ses lèvres, il nous toisait du regard, arrogant.

— Et toi, Kiara, tu dis quoi ? s'esclaffa-t-il. Qu'elle est enceinte ?

Elle eut un moment de réflexion. Puis, avec un léger sourire en coin, elle nous dévisagea une seconde avant de dire :

— Je parie qu'il s'est passé un truc entre les deux, Jenkins.

Je me crispai l'espace d'un instant, puis croisai les bras en secouant la tête. Je feignis d'être désespérée par leurs gamineries.

Le psychopathe gloussa, puis rentra dans sa chambre. Le sourire de Kiara s'élargit.

— On verra bien qui gagnera 1000 $.

Elle me demanda ensuite de la suivre. Nous montâmes dans la Range Rover noire contenant une flopée de cartons. Lorsque Ben l'interpella, elle ouvrit la vitre. Il déposa son bras sur la portière et lui demanda :

— Tu seras chez toi vers 2 h ou 3 h du matin ?

— Sûrement, pourquoi ? dit-elle en fronçant les sourcils.

— Je dois récupérer les affaires de Sabrina dès que je termine le boulot.

Kiara acquiesça. Il s'éloigna de la portière en me faisant un clin d'œil, avec ce sourire qu'il disait « ravageur ». Je secouai la tête en étirant les lèvres.

Sur la route, Kiara avait mis de la musique. J'aimais bien ses goûts musicaux, assez rock. Tout à coup, elle diminua le son et me lança un regard avant de se reconcentrer sur la route.

— Tu comptes me dire ce qui se passe, maintenant ?

Je prétendis ne pas comprendre ce qu'elle me demandait.

— Avec Ash ! s'exaspéra-t-elle.

— Rien du tout. Pourquoi ?

— Ally m'a dit que quelque chose avait changé, me confia-t-elle, mais je n'y croyais pas avant qu'il me demande de te prendre avec moi.

Je ne répondis rien et tournai la tête vers la vitre afin d'échapper à sa question. Je n'allais sûrement pas lui raconter ce qui se passait la nuit. Ça ne ferait qu'empirer les choses.

— J'attends, insista Kiara.

— Il ne s'est rien passé, mentis-je en soufflant. J'imagine qu'il voulait simplement rester seul aujourd'hui. Et ça m'arrange, je ne voulais pas le voir non plus.

Elle me considéra avec un air suspicieux, puis soupira. Elle se contenta toutefois de cette explication pour satisfaire sa curiosité. Je ne pouvais pas lui dire que le psychopathe et moi avions passé une nuit dans le même lit, que nous avions eu des rapprochements tout sauf normaux, et qu'il jouait avec mes émotions en me balançant des phrases cruelles juste après. La nuit, tous les chats étaient gris et pour Asher Scott, nous l'étions aussi.

Néanmoins, je savais une chose : il menait un combat contre lui-même, et j'en étais la cause.

CHAPITRE VINGT ET UN

COMPAGNIE

— Vide le carton où il est marqué « invitations » sur le lit, me demanda Kiara en redescendant. Je reviens tout de suite !

Nous venions d'arriver chez elle. Moi qui m'étais habituée au fait que tout le monde possédait de grandes villas luxueuses, j'étais surprise de voir que la maison de Kiara était un petit hangar aménagé en loft.

L'espace était grand et lumineux. Depuis l'entrée, on pouvait embrasser tout l'espace du regard, du grand salon dans les tons blancs, gris et rouges en face de nous à la cuisine ouverte dans un style plutôt moderne, sur le côté, qui ressemblait étrangement à celle du psychopathe. Des escaliers blancs menaient directement à une mezzanine.

À l'étage, comme je l'imaginais, il y avait sa chambre, avec pour simple décoration une bibliothèque contenant une multitude de CD, cassettes et vinyles. Je fus surprise de constater qu'elle dormait sur un grand matelas à même le sol. Mais ce qui m'impressionnait le plus était le toit en verre à travers lequel on pouvait admirer le ciel étoilé. Elle avait très bon goût, l'endroit était vraiment chaleureux.

J'entendis ses pas dans les escaliers. Entre-temps, je m'étais changée et j'avais vidé le carton, comme elle me l'avait demandé. Elle me tendit une feuille.

— Voilà la liste des personnes qui ont confirmé leur présence, m'expliqua-t-elle. On doit séparer celles qui viendront de celles qui ne sont pas sûres.

— Il y a ton invitation, remarquai-je. D'ailleurs, pourquoi tu es invitée à la soirée alors que tu n'es pas une captive ?

Kiara haussa les épaules.

— Je n'allais quand même pas rater une soirée avec toutes mes copines. Ça aide de travailler pour les Scott, j'ai quelques passe-droits, me dit-elle avec un clin d'œil, de plus je l'organise avec Ally, à mon plus grand bonheur !

J'acquiesçai et commençai à énoncer les noms inscrits sur la liste pendant qu'elle distinguait les invitées potentielles des confirmées.

— Qui a décidé de dresser une liste en commençant par les prénoms ? D'habitude, ce sont les noms qu'on range par ordre alphabétique, non ? l'interrogeai-je, curieuse.

— Le génie de Ben Jenkins ne finira jamais de m'impressionner. Si tu veux mon avis, il voulait simplement me faire chier.

Je ris doucement.

— Maintenant, Hannah Yard, continuai-je.

Kiara leva les yeux au ciel en soupirant.

— Tu la connais ?

— C'est mon ex, me confia-t-elle, l'air blasé, et elle est très chiante.

Je terminai la longue liste des « H ». À vrai dire, j'ignorais qu'il y avait autant de prénoms débutant par un H. Heureusement, la section « I » ne contenait qu'une personne.

— La seule avec un « i », remarquai-je en étirant mes lèvres, Isobel Jones.

Kiara arrêta ses mouvements et leva la tête vers moi. Les sourcils froncés, elle me demanda :

— C'est bien la liste des invitées qui sont sûres de venir, n'est-ce pas ?

— Euh… oui, pourquoi ? demandai-je en examinant sa réaction. C'est ton ex aussi ?

— Oh, Dieu merci, non ! s'étouffa-t-elle. Je suis juste curieuse de savoir pourquoi cette salope est là, cette année.

Je haussai les sourcils.

— Elle ne vient jamais ?

— Rarement, sauf si elle y trouve un intérêt, précisa-t-elle, suspicieuse.

Je hochai la tête. Après encore presque une heure à séparer les cartons d'invitation, nous rangeâmes les papiers éparpillés sur le lit. Puis, nous descendîmes commander à manger.

Le livreur nous apporta deux pizzas, qu'on termina devant une série Netflix. *Stranger Things*, il me semble.

— Tu veux faire un tour dehors ? Il y a un parc à quelques minutes d'ici, et j'aime beaucoup marcher, le soir, me proposa Kiara.

Marcher ? Le soir, dans un parc ? Je ne l'avais jamais fait. Il était presque 23 h. Bien qu'hésitante, j'acquiesçai, me laissant guider par les envies de mon amie. Peut-être trouverais-je ça thérapeutique, qui sait.

— On n'est jamais trop prudentes, déclara-t-elle en chargeant son arme, qu'elle cacha à l'intérieur de sa veste.

Kiara verrouilla la porte d'entrée et se retourna vers moi, un petit sourire aux lèvres. Il faisait froid. Heureusement, elle m'avait prêté une veste qui me tiendrait chaud pendant notre balade nocturne. Et pour le moment, j'aimais bien. La rue était calme et silencieuse, si on oubliait les bruits de nos pas. Mon regard examina le quartier résidentiel de Kiara, et je remarquai qu'elle était la seule à détenir un petit hangar en guise de maison, les autres possédant des villas.

Elle en profita pour m'offrir une visite guidée de son quartier. Elle me montra tous les voisins qu'elle trouvait chiants.

— Avant, ce n'était pas un quartier résidentiel comme tu le vois maintenant, juste un terrain avec des hangars. Et puis, regarde ce que c'est devenu. L'argent rend beau, Ella.

Je ris doucement. Elle avait raison.

Encore quelques mètres, et nous pénétrâmes à l'intérieur du fameux parc. Régnait un silence de mort qui m'effrayait presque ; heureusement qu'il y avait des lumières.

— Je venais souvent ici avec Ash, me confia-t-elle. C'est d'ailleurs lui qui m'a donné cette habitude de marcher, le soir, et je l'en remercie.

— Qu'est-ce que ça t'apporte ? lui demandai-je, confuse.

— Je trouve ça relaxant, ça m'aide à digérer, rit-elle. Ça m'aide à réfléchir aussi. Maintenant, moi, je marche et lui, il boxe. Des fois.

D'où son corps bien bâti, il pratiquait la boxe. *Des fois.*

Je hochai la tête. C'était, en effet, assez relaxant de marcher sans personne autour.

Kiara me raconta tout ce qu'elle avait dû faire pendant notre absence, ou du moins, les tâches que Ben, qui travaillait avec elle, lui avait confiées avant de partir pour Londres. Elles n'étaient pas de tout repos.

— Et ensuite, la soirée des captives me tombe dessus ! s'écria-t-elle en râlant. J'avais hâte de vous voir revenir.

— J'avais hâte de rentrer aussi, répondis-je en comprenant sa détresse.

Elle me lança un regard malicieux.

— En es-tu sûre ? J'aimerais bien savoir pourquoi Ash et toi vous comportez aussi bizarrement, en ce moment.

— Il a toujours été bizarre, c'est ton ami, tu devrais le savoir depuis le temps, rétorquai-je en essayant de paraître la plus innocente possible.

Elle émit un rire franc.

— Oh, mais je dis ça parce que c'est mon ami, justement.

Je ne pipai mot, même si j'avais envie de tout lui raconter. Toutes ces choses qu'il avait faites que je n'arrivais pas à comprendre, sans compter son comportement lunatique et ses paroles à double sens.

Je voulais tout lui dire, mais je ne pouvais pas. Parce que je savais que si j'osais, Kiara se ferait de fausses idées, si bien que je retournerais encore une fois à la case départ. Sans possibilité d'avancer, cette fois-ci.

— J'espère juste qu'il sait ce qu'il fait, dit-elle dans un murmure à peine audible.

Et voilà, elle venait de rendre encore plus floue ma situation actuelle.

Nous marchâmes encore quelques minutes avant que Kiara décide que le moment était venu de rebrousser chemin. Sur le trajet du retour, l'ambiance un peu trop silencieuse me faisait froid dans le dos. Même avec Kiara à mes côtés, je ne me sentais pas en sécurité. Mon imagination fertile nourrissait divers scénarios dans lesquels nous nous faisions kidnappées par des individus cagoulés.

Le téléphone de la brune sonna, et elle me montra son écran.

« Hacheur Scotch »

Nous éclatâmes de rire. Kiara avait définitivement un très grand sens de l'humour. Elle décrocha en mettant le haut-parleur.

— Bonsoir, monsieur Scott, dit-elle en se raclant la gorge et en adoptant un ton faussement grave.

— La captive est avec toi ? demanda-t-il, visiblement très sérieux.

— Elle vous manque déjà ?

— Non, assure-toi qu'elle ne dorme pas seule.

Puis, il raccrocha.

Alors que Kiara attendait une réaction de ma part, je restai stoïque. Elle me lança un regard insistant, dans l'espoir que je lui explique ce je n'arrivais pas à comprendre moi-même.

Se pourrait-il qu'il parle de mes cauchemars ? Ou pensait-il que j'allais avoir peur, seule, chez Kiara ?

— T'as peur du noir ? demanda-t-elle en fronçant les sourcils.

— Non, soufflai-je, encore perdue dans mes pensées.

Une fois chez elle, nous prîmes place sur le canapé. Kiara m'annonça qu'elle allait profiter d'une douche rapide en attendant l'arrivée de Ben.

Son téléphone sonna à nouveau.

— Kiara ! Tu as un autre appel de Hacheur Scotch ! m'exclamai-je en riant à moitié face à ce surnom ridicule.

— Réponds-lui ! s'écria-t-elle depuis la salle de bains.

Je déglutis, et mon doigt appuya sur le bouton vert.

— Kiara est sous la douche, l'informai-je rapidement, avec une grimace sur les lèvres.

— Vos robes viennent d'arriver.

Et il raccrocha, sans même me laisser le temps de répondre.

Kiara sortit de la salle de bains, vêtue d'une serviette. Je lui transmis le message.

— Enfin ! J'ai hâte de les voir, dit-elle avec une pointe d'excitation dans la voix.

Je me tournai lorsque j'entendis sonner. Kiara partit ouvrir. Elle se décala pour laisser Ben entrer. Il me lança un clin d'œil et vint s'installer près de moi sur le divan.

— Pourquoi t'as tardé ? l'interrogea-t-elle en montant les escaliers.

— Ton patron m'a demandé de lui ramener les robes pour la soirée, elles viennent seulement d'arriver, dit-il en haussant la voix pour qu'elle l'entende depuis sa chambre.

— Ils en ont mis du temps !

— Le mec m'a dit qu'entre les nouvelles collections et les événements des célébrités, ils étaient débordés. Toute l'équipe s'excuse du retard.

Elle redescendit avec un sac marron appartenant à Sabrina, qu'elle jeta sur le canapé. Il se leva en la remerciant.

— Quand a lieu la soirée ?

— Après-demain. D'ailleurs, prends les cartes et va les envoyer, on n'a plus beaucoup de temps.

Elle remonta prendre la boîte des confirmations. Ben lui demanda malicieusement :

— Surprise par les invitées ?

— J'étais étonnée, et je suis très curieuse de savoir pourquoi, répondit-elle en croisant les bras.

— Moi aussi, rétorqua-t-il avant de prendre son téléphone, qui venait de vibrer.

Il esquissa un petit sourire et se tourna vers nous.

— Bonne nuit, les filles. Pensez à moi, surtout !

Sur ce, il quitta la maison. Je ne comprenais pas leur conversation, mais une chose était sûre : je n'étais pas au bout de mes surprises avec ce groupe.

— Oh, Ella, tu es sublime ! s'exclama Ally en me regardant entrer dans ma chambre.

Nous étions revenues chez le psychopathe en début d'après-midi. Ally nous y attendait pour les essayages. Les robes nous avaient été envoyées par trois grandes maisons de couture.

Je portais une longue robe rouge à fines bretelles, surprise qu'elle m'aille comme un gant. Kiara m'informa qu'elle leur avait communiqué mes mensurations.

— Pourquoi sommes-nous toutes les trois en rouge ? demandai-je en détaillant leurs tenues.

— Rappelle-toi le thème : « *Bloody Goddesses* ». Tout sera aussi rouge que la semelle des chaussures à talons que tu vas porter !

— Et pourquoi ce thème ?

— Choix unanime entre captives, dit simplement Kiara.

Sans poser plus de questions, je repartis me changer. Cette robe était l'une des plus belles que j'aie jamais portées, au point que j'avais presque hâte de la remettre lors de la soirée.

Le psychopathe était au réseau. Je ne l'avais pas encore croisé, et je n'en avais pas envie. J'espérais seulement qu'il n'avait pas changé d'avis et me laisserait toujours assister à cette fameuse soirée. Même si, au fond, j'ignorais pourquoi il voulait m'en empêcher. Je devais y aller sous le profil d'une autre. Prétendre que je n'étais pas sa captive était devenu une habitude, mais les raisons pour lesquelles il avait si honte de moi m'échappaient.

Les essayages terminés, les filles quittèrent la maison du psychopathe, m'annonçant qu'elles reviendraient demain en fin d'après-midi pour qu'on se prépare ensemble.

19 h. Je me préparais un sandwich lorsque j'entendis le doux grondement de la voiture.

Il est de retour.

Monsieur me rejoignit dans la cuisine quelques minutes plus tard. Il s'appuya contre l'encadrement de la porte. Je fis comme s'il n'existait pas, même si je ne pouvais pas le rater, vu sa carrure et son aura démoniaque.

— Sers-moi la même chose, lança-t-il en désignant mon sandwich.

Je pouffai.

— Tu connais les formules de politesse ? Ça peut aider, quand on demande quelque chose.

— Je ne demande pas, j'ordonne, déclara-t-il avant de s'éloigner. Si tu ne fais pas ce que je veux, attends-toi à passer la soirée avec moi, demain. Même si tu ne te rends pas compte de la chance que tu aurais.

Je levai les yeux au ciel. Je détestais lorsqu'il avait l'avantage, et qu'il l'utilisait contre moi.

Après lui avoir préparé son sandwich, je m'installai dans le salon, un plaid sur les jambes et les yeux braqués sur mon émission de télé-réalité. Il revint une trentaine de minutes plus tard, vêtu uniquement d'un bas de survêtement noir, les cheveux mouillés. Il sentait son gel douche pour homme, celui que j'utilisais au tout début, lorsque je prenais ma douche en cachette.

Tout en riant discrètement, il prit l'assiette que j'avais préparée pour lui et l'examina avant de déclarer dans un murmure assez fort pour que je puisse l'entendre :

— Obéissante.

Je roulai des yeux sans répondre à ses idioties, qui n'étaient que pure provocation. Il ne réalisait pas qu'il réussissait à m'agacer seulement en respirant.

— Tu es passé des Teen Titans aux Kardashian ?

— Il n'y avait pas *Teen Titans* à la télé, et je m'ennuyais, me justifiai-je en prenant une bouchée de mon sandwich.

— C'est vrai que la vie de Kim est plus intéressante que les autres programmes, dit-il sarcastiquement.

Je soufflai. Tôt ou tard, il allait se fatiguer et fermer sa gueule.

Mais non. Il n'arrêtait pas de commenter : chaque scène était la cible de ses commentaires.

Lorsque la pub d'une nouvelle gamme de croquettes pour chien apparut à la télé, mes yeux s'ouvrirent en grand, et je me retournai vers le psychopathe avec un regard insistant. J'avais toujours rêvé d'avoir un chien !

Il me lança un regard furtif avant de lâcher froidement :

— Non.

— Mais allez ! le suppliai-je. Je me sens trop seule pendant la journée !

— T'as déjà vu un animal de compagnie vouloir un animal de compagnie ? Non, alors arrête.

Les bras croisés, j'exprimai mon mécontentement sous forme d'insultes qui le firent rire.

— Vous avez envoyé les confirmations ? demanda-t-il soudainement.

— Ben les a envoyées hier, marmonnai-je.

— Nombreuses ?

— Presque cent personnes, spécifiai-je.

Il semblait réfléchir, les sourcils légèrement froncés. Il leva la tête vers moi.

— Demain, tu seras la salariée, pas la captive, me dit-il d'un ton très sérieux.

— Je sais, répondis-je, exaspérée.

Il se dirigea vers la petite table sur laquelle étaient posées différentes carafes d'alcool. Il se servit, revint à sa place, puis sortit son paquet de clopes. Je le vis du coin de l'œil monter et revenir quelques instants plus tard, une boîte noire à la main. Il la lança sur le canapé. Elle rebondit près de moi.

— Pour demain, dit-il en détournant le regard. Au cas où.

J'ouvris la boîte : c'était un téléphone. Je n'avais pas eu de téléphone depuis mes 16 ans, et il venait de m'en ramener un plus grand que ma main. En le retournant, je remarquai quelque chose de très étrange.

— Pourquoi il y a trois caméras ? demandai-je en fronçant les sourcils.

Il haussa les épaules, puis étira ses lèvres dans un sourire narquois.

— Comme ça, si tu te prends en photo, t'as trois fois plus de chances de casser le téléphone, dit-il en s'esclaffant presque.

Haha. Quel humoriste. Je me plie de rire.

— Merci, soufflai-je.

Il me lança un regard en coin, mais ne répondit rien. Le reste de la soirée se passa assez calmement. Pas de comportement lunatique, pas de ton mauvais de sa part, pas d'insultes ni de gestes violents. Pour la première fois, c'était paisible. Pour la première fois, sa compagnie ne me déplaisait pas.

À 23 h 30, j'étais dans ma chambre, sur mon nouveau téléphone. *Et putain, qu'est-ce qu'il était compliqué !* J'avais encore beaucoup à apprendre sur la nouvelle technologie, que j'avais délaissée depuis des années.

Le psychopathe rentra dans la pièce, une puce à la main.

— Donne-moi ton téléphone, m'ordonna-t-il d'un ton ferme.

Je m'adossai contre la tête de lit en cuir. Il s'assit sur le bord et prit mon téléphone afin d'y insérer la puce. Il me demanda de m'approcher et me montra comment le déverrouiller, non sans se moquer de moi.

— T'as les numéros de tout le groupe, m'informa-t-il. Si jamais il se passe quelque chose, envoie-moi un message, ou appelle Rick.

Il me le tendit et quitta ma chambre. Le téléphone déverrouillé, je m'empressai de découvrir toutes les options qu'il contenait. À 2 h du matin, j'avais fait le tour de ses options, et je me m'étais amusée à prendre des photos comme Kiara et Ally. C'était ridicule, mais très drôle.

Aussi, j'avais mis un code. On n'était jamais trop prudent avec le psychopathe.

Le lendemain matin, j'étais devant la télé avec mon bol de céréales et *Scooby-Doo* en fond alors que le psychopathe faisait les cent pas dans le salon.

— Là, je sors avec la captive... disait-il au téléphone. Elle doit signer des papiers pour le réseau... Ouais, je reviendrai avant 14 h... Ça marche.

Il raccrocha. Je lui lançai un regard interrogateur.

— Termine et habille-toi, t'as des papiers à signer.

— Mais... je n'ai pas de signature, avouai-je en grimaçant.

Il se pinça l'arête du nez et souffla d'agacement.

— Prends une feuille, un stylo et trouve-toi une signature.

Puis, il quitta la pièce.

Je m'empressai de faire ce qu'il me disait et dessinai des semblants de signatures aussi compliquées à retenir les unes que les autres. Mais une signature revenait à chaque fois. Je décidai de la garder.

Nous prîmes la direction du réseau. J'étais impatiente. Dans moins de dix heures, la fameuse soirée dont tout le monde parlait aurait lieu, et j'étais très curieuse de voir comment ça allait se dérouler.

CHAPITRE VINGT-DEUX

L'ATTENDUE

— Cette paire, ou celle-ci ? demanda Ally.

Je pointai du doigt les chaussures à talons rouges, et Kiara fit de même. Nous étions en pleine préparation pour la fameuse soirée des captives.

Rien qu'à l'euphorie qui animait les filles, je comprenais à quel point elles l'attendaient avec impatience chaque année. Si bien que ça faisait presque deux heures qu'on se préparait : les cheveux, le maquillage, les ongles, les robes… Tout prenait du temps. C'en était presque chiant.

Sans oublier que ma chambre ressemblait, comme l'avait dit Kiara, « aux coulisses d'un défilé de mode lors de la Fashion Week ». En d'autres termes, c'était le bordel.

20 h 30. Nous étions presque prêtes. Ma robe longue et échancrée dévoilait l'intégralité de mes jambes, qui paraissaient plus longues grâce aux talons que je portais. J'avais décidé de garder mes cheveux ondulés et de redéfinir quelques boucles, sans qu'elles paraissent trop travaillées, même si à côté de Kiara et Ally, je faisais tache. C'étaient de véritables déesses.

— Approche, me dit Kiara en souriant. Rouge à lèvres pour la touche finale !

Je m'exécutai. Elle colora ma bouche d'une couleur rouge sang. Un peu de parfum, et je m'admirai une dernière fois dans le miroir afin de vérifier que je n'avais rien oublié. Mais heureusement, j'étais fin prête.

Je me retournai vers les filles qui, elles aussi, avaient fini.

— Je ne me lasserai jamais de te voir avant une soirée, Ella, souffla Ally.

— Tu es époustouflante, me complimenta Kiara en mettant ses chaussures.

Les joues rouges, je les complimentai à mon tour. Ben nous interpella du rez-de-chaussée. Kiara roula des yeux et passa ses mains sur sa robe une dernière fois avant de dire :

— Allons-y !

En descendant les escaliers, j'entendis Ben rire avec le psychopathe. Son rire franc me faisait vraiment bizarre, parce qu'il riait rarement. Je parlais d'un vrai rire, pas de ce rire moqueur ou cynique auquel j'avais droit tous les jours.

Lorsque nous entrâmes dans le salon, ils étaient debout près de la cheminée, un verre à la main. Ils levèrent la tête vers nous. Ben nous détailla toutes les trois tandis que le psychopathe, lui, s'attardait uniquement sur ma silhouette. Rien n'échappait à son regard perçant. Ma robe, mes jambes, chaque membre de mon corps étaient scrutés sans retenue.

Face à mon œillade perplexe, il esquissa un infime sourire et tourna la tête vers Ally.

— Vous partez quand ? demanda-t-il.

— Dans trente minutes, répondit-elle en admirant ses ongles.

— Mais ça commence dans trente minutes ! s'exclama Ben.

Kiara lui fit un clin d'œil.

— Le meilleur pour la fin, chéri !

— Autant ne pas y aller, dans ce cas, rétorqua le psychopathe d'un ton las, avant de poser son verre sur la table basse. En plus, vous ressemblez aux Totally Spies.

Kiara leva les yeux au ciel. Nous nous assîmes sur le canapé, d'où j'épiai le démon, qui s'abîmait dans la contemplation de ses bagues.

Ben but le reste de son verre avant d'allumer une clope. Le psychopathe en fit autant. Puis, il me détailla une nouvelle fois. J'étais intimidée par ses yeux gris qui ne faisaient que me fixer depuis mon entrée dans la pièce. Son sourire triomphant jouait avec mes nerfs.

Ben, Kiara et Ally faisaient des messes basses pendant que je demeurais muette, occupée à défier le psychopathe du regard en jouant à qui détournerait la tête le premier.

Ally me demanda de prendre une photo de nous trois. Comme je ne savais pas comment faire, je déléguai la tâche à Kiara, qui s'en donna à cœur joie.

— Putain, demain, je vais me pointer au magasin ! déclara-t-elle, en extase devant mon téléphone. Admire cette qualité, bordel !

Je ris. Kiara pianota sur le clavier avant de me le rendre. Elle me lança un clin d'œil malicieux et se leva.

— Où est notre carrosse, cocher ? demanda-t-elle sur un ton royal.

Ben lui lança un regard assassin avant de marmonner des paroles incompréhensibles. Le psychopathe eut un rire moqueur et tourna la tête vers moi.

— Captive, suis-moi.

Il s'avança vers la sortie du salon tandis que je me levais du canapé, sous les œillades curieuses. Mes talons claquaient sur le sol. Je le suivis sans un mot jusqu'en haut des marches. Nous arrivâmes dans ma chambre, où il ferma la porte derrière moi. Sans un mot, il s'avança pour se positionner face à moi.

Je savais très bien ce qu'il allait me dire, et pour cause : ça faisait plus d'une semaine que je l'entendais me répéter sa merde comme un disque rayé.

— Je sais, je suis-

— Ferme-la un peu, soupira-t-il, exaspéré. Si on parle de moi, ou si on te demande quelque chose à mon propos, ne dis rien.

Je le regardai sans trop comprendre.

— Cette soirée est faite pour regrouper les captives afin de leur permettre de récupérer diverses informations sur les autres réseaux. Des fois, on peut créer des relations avec certains d'entre eux à cette occasion… ou le contraire. Alors, si on te demande quelque chose en rapport avec moi, Ben ou encore le réseau, tu dis que tu es encore nouvelle et que tu ne sais rien.

J'acquiesçai, et il croisa les bras.

— Allez, dégage, tu m'aveugles.

— Parce que je suis sublime ? Je suis au courant, ripostai-je en tournant les talons.

Il s'esclaffa.

— C'est ça. Et moi, je suis un frigo.

Je ris en secouant la tête, il était vraiment désespérant.

Dans le garage, une incroyable berline noire nous attendait.

Le chemin était court, mais l'excitation des filles bien présente.

— Ton téléphone ne fait que vibrer, Ben, remarqua Kiara malicieusement.

— Les réseaux sociaux, tu connais ? rétorqua-t-il, un sourire scotché aux lèvres.

Nous arrivâmes près de ce qui semblait être une résidence privée. L'entrée était protégée par cinq gros molosses en costume noir qui nous bloquaient le passage. Ben baissa la vitre pour leur donner les cartons d'invitation. Ils nous laissèrent ainsi entrer.

Une immense fontaine trônait au milieu d'un rond-point autour duquel les voitures circulaient pour déposer les invitées.

Kiara sortit en premier et nous ouvrit la porte. J'arrangeai ma robe tout en balayant les lieux du regard. Ça ressemblait à un manoir moderne. Un long tapis pourpre était déroulé à l'entrée, éclairé par des spots. Je suivis les filles dans le hall, décoré dans des tons rouge, or et noir.

La soirée se déroulait à l'étage. La plupart des invitées étaient déjà arrivées. De la musique, des rires et des voix féminines emplissaient la grande salle.

— Montez, je vais m'assurer que rien ne manque auprès des équipes.

Kiara s'éloigna. Ally me tira avec elle en haut. Au fur et à mesure qu'on montait les marches recouvertes d'un tapis rouge, sur lequel étaient éparpillés des pétales de roses, le bruit se faisait de plus en plus fort.

Nous arrivâmes dans une grande salle bondée de têtes qui m'étaient inconnues. Malgré les murs blancs, les lumières tamisées conféraient à la pièce une ambiance presque intime. Les tables étaient enveloppées de nappes qui me paraissaient être en soie. Au fond, j'aperçus une scène où jouait un groupe de musique. Derrière lui, sur un panneau au néon rouge, était écrit : « *Welcome to our bloody goddesses!* »

Les baies vitrées donnaient sur la ville, lumineuse et éveillée. C'était l'avantage d'avoir une propriété privée construite au sommet d'une colline. Le décor était extravagant, mais je n'en attendais pas moins de cette soirée.

Le regard curieux, j'analysais les personnes présentes dans la salle. Aucune ne m'était familière. Certaines dansaient, d'autres discutaient autour d'un verre. J'entendais des rires, des hoquets de surprise, des intonations malicieuses. C'était comme assister à une riche soirée organisée par une sororité, sans les étudiantes.

Quelques faisceaux de lumière rouges discrets rendaient l'atmosphère comme Kiara l'avait voulue : sanglante. D'ailleurs, les tenues des femmes autour de moi, dignes des plus grands défilés de mode, étaient basées sur le thème de l'extravagance : des plumes, des bijoux plus gros et plus brillants que des cristaux, des tissus de qualité. Sans oublier la touche de rouge commune à toutes, qui était l'essence même de la soirée.

Ally s'arrêta devant deux filles, une blonde et une brune. Elles émirent des cris de surprise en la remarquant. Elles s'enlacèrent, ravies de ces retrouvailles.

— Ella, je te présente Romee et Jazz ! Les filles, Ella, une nouvelle dans le réseau !

Les jeunes femmes me sourirent chaleureusement. Puis, la brune, Jazz, me dévisagea.

— Tu as une sœur ?

Je secouai négativement la tête.

— Tu ressembles vachement à Jones !

Jones… Ce prénom me disait quelque chose. Je l'informai gentiment que je ne la connaissais pas.

— C'est vrai qu'elles se ressemblent, confirma la blonde, Romee. Peut-être est-ce pour cette raison qu'elle a été embauchée…

L'air malicieux qu'elle afficha ensuite me rendit confuse. La tournure que prenait cette conversation m'échappait.

— Crois-moi, si c'était le cas, elle n'aurait pas eu sa place, dit Ally avant de m'emmener avec elle. On va trouver notre table, on se voit plus tard !

Nous la trouvâmes près de la scène, sur laquelle étaient parsemés des pétales de roses de couleur noire, rouge et or. Je m'assis près d'Ally. Quelques invitées me dévisageaient tandis que d'autres souriaient faussement à ma voisine. Elle leur servit son fameux sourire éclatant, sûrement dans le but de les narguer. Elles se connaissaient toutes entre elles, c'était flippant.

Un serveur nous apporta divers verres d'alcool. Ally commença à me présenter les captives présentes, de la plus drôle à la plus chiante. Et en parlant de chiante, j'aperçus soudain Sabrina. Plantée à l'entrée de la salle, elle attendait visiblement quelqu'un.

Romee, la blonde qu'on avait croisée à l'entrée, s'assit à notre table. Elle nous lança un regard insistant avant d'interroger Ally :

— Bon, maintenant, tu veux bien me dire qui c'est ? Pas à moi, votre comédie !

— Pourquoi tu dis ça ? demanda innocemment Ally.

— J'étais à la soirée de James Wood pour parler affaires, annonça-t-elle, me faisant alors me crisper sur mon siège. D'après mes souvenirs, elle s'appelait Mona, et elle ne passait pas inaperçue, agrippée au bras de James, si tu vois ce que je veux dire…

Ally éclata de rire. La minute d'après, leurs poings s'entrechoquèrent.

— Bravo, Sherlock ! la félicita la jeune maman.

Elle me considéra plus sérieusement avant de reprendre la parole :

— Si c'est ce que je crois, alors… depuis quand ?

Ally but une gorgée de son champagne et lui répondit vaguement :

— Peut-être un mois ou deux.

Ça faisait déjà deux mois que j'étais la captive du psychopathe ? Je passais plus de temps chez lui qu'à l'extérieur. J'imaginais que c'était la raison pour laquelle je n'avais pas senti le temps passer.

Deux mois… Deux mois.

— Elle lui ressemble drôlement, remarqua-t-elle, d'où, peut-être, le fait qu'elle soit restée aussi longtemps… L'enfoiré m'a pas appelée pour m'annoncer la nouvelle !

— Ella, m'interpella Ally, Romee est une très bonne amie à nous, et son gang a une excellente relation avec le nôtre. C'est aussi l'amie d'enfance d'Ash.

Cette dernière me lança un sourire angélique.

— Je m'appelle Romee, captive de Noah Kindley, chef de gang des frères Kindley. Notre réseau est presque aussi vieux que celui des Scott, d'où la très bonne relation que nous entretenons, même si ça n'a pas toujours été le cas. Et toi alors, tu es la nouvelle captive du grand Asher Scott ?

Ally posa son index sur sa bouche en la priant de parler moins fort. Moi, je ne répondis rien. Si le psychopathe apprenait que j'avais désobéi à ses ordres, il me truciderait.

Kiara nous rejoignit peu de temps après. Elle prit Romee dans ses bras dès qu'elle l'aperçut. Peut-être était-ce vrai, peut-être était-elle très proche du réseau du psychopathe.

— Alors comme ça, personne ne me prévient qu'il a une nouvelle captive ! s'exclama Romee.

— Chut, moins fort ! murmura Kiara. Je pensais qu'il l'avait dit à ton gars.

— Je suis sûre qu'il l'a dit à Noah, ils sont amis depuis des années, renchérit Ally.

Romee haussa les épaules. Au fur et à mesure que je découvrais des informations sur Asher « blaireau » Scott, je comprenais que je ne savais rien de lui. À part qu'il fumait comme il respirait et qu'il me faisait chier du matin au… *bah, sans limites.*

— Regardez qui se ramène, soupira Kiara, le regard fixé sur quelque chose.

Ou plutôt, quelqu'un.

Je tournai la tête en même temps que les filles. Je découvris alors une femme à la silhouette élancée qui s'avançait d'une démarche féline. Elle était intimidante. En plus des cheveux lisses et plaqués, attachés en une queue-de-cheval basse, du maquillage parfait, des yeux verts et du teint mat, elle avait un visage sans défauts. C'était la fameuse personne que Sabrina attendait.

Avec un sourire narquois, elle s'arrêta près de notre table. L'air hautain, elle s'exclama :

— Quelle nostalgie ! Vous avez bien changé, les petites.

— On ne peut pas en dire autant de toi, pesta Ally.

L'inconnue toisa Romee du regard, avant de s'intéresser à moi. Pendant presque une minute, elle me scruta comme si j'étais une extraterrestre.

Soudain, elle ricana.

— C'est ta nouvelle petite copine ? demanda-t-elle à Kiara. Tes goûts ont changé. Je pensais que tu avais une préférence pour les blondes, non ?

Kiara se leva de son siège et posa ses mains sur la table en la défiant du regard. Cette ambiance électrique me mettait très mal à l'aise.

— C'est-

— Tu as sûrement mieux à faire autre part, la coupa Romee, l'air blasé. Tu nous déranges.

Elle me dévisagea avec un sourire insolent aux lèvres. Elle avait l'air d'une démone tout droit sortie de l'enfer pour la soirée. Je devrais peut-être la présenter au psychopathe. Il la trouverait sûrement à son goût, vu son aura machiavélique.

Comme on dit : qui se ressemble s'assemble.

Son clin d'œil me fit tressaillir. Je détournai mon attention d'elle lorsqu'elle s'éloigna de nous. À l'inverse, Kiara gardait ses poings serrés en la suivant du regard.

— Qu'est-ce que je donnerais cher pour la voir mourir dans les pires conditions ! grinça-t-elle entre ses dents serrées.

— Pourquoi tu ne l'aimes pas ? osai-je demander en espérant qu'elle ne me saute pas dessus.

Romee haussa les sourcils, comme si ma question était stupide.

— Elle-

— C'est la pire des salopes, la coupa Ally. Elle nous a causé beaucoup de problèmes. Et de pertes.

— Tu parles… soupira Kiara en passant la main dans ses cheveux.

Je me tus, ne cherchant pas à en savoir plus. Mais je ne pouvais m'empêcher de l'observer. Elle paraissait tellement confiante. Trop confiante.

Sabrina la suivait comme un petit toutou, ce qui me fit lever les yeux au ciel. Qu'est-ce qu'elle pouvait être désespérante, celle-là !

Au cours de la soirée, je fis la connaissance de plusieurs autres captives par le biais de Kiara et Ally. Romee restait souvent à côté de moi, elle me racontait les secrets les plus croustillants qu'elle avait pu récolter. Elle était drôle et spontanée, c'était le genre de copine sympa qu'on aimait avoir dans son entourage.

Je vis plusieurs captives à l'œuvre : elles étaient en quête d'infos et de données intéressantes à rapporter à leurs possesseurs. Leur approche était fine, discrète et très maligne. La plupart étaient là pour faire du repérage, et parmi elles, Kiara et Ally n'étaient pas en reste : elles aussi étaient parties à la pêche aux informations.

Au bout d'un moment, j'étouffai. J'informai les filles que j'allais prendre l'air.

Je rejoignis l'entrée du manoir pour inspirer une bonne bouffée d'air frais. Mes cheveux volaient au vent, fouettant mon visage. Un frisson me parcourut soudain. Je restai presque cinq minutes à contempler la fontaine, quand je sentis une présence derrière moi. Comme si on m'observait.

Je tournai la tête discrètement, mais ne vis personne. Étais-je sujette à des hallucinations ? À force de me coltiner le psychopathe, je devenais paranoïaque.

— Quelle belle soirée, non ?

Je sursautai lorsque j'aperçus la fameuse Jones près de moi.

Une fine cigarette entre ses doigts manucurés, des bagues en or blanc serties de diamants... elle avait l'allure d'une vraie femme fatale.

— Oui, articulai-je en essayant de paraître la moins intimidée possible.

— Je ne t'ai jamais vue auparavant, me dit-elle, curieuse. Tu es une nouvelle captive ?

Sa question sonnait comme une affirmation, mais je m'en tins aux ordres du psychopathe et lui répondis de la manière la plus neutre possible :

— Non, je travaille juste dans un des réseaux.

— Lequel ? insista-t-elle. Je pense t'avoir déjà croisée quelque part, je me trompe ?

— Je suis une nouvelle recrue chez les Scott.

Je pus déceler de la surprise dans son regard. Un mince sourire se dessina ensuite sur ses lèvres pulpeuses.

Elle cracha la fumée de sa cigarette.

— Les Scott ! s'exclama-t-elle, faussement ébahie. J'en garde de très bons souvenirs. As-tu déjà rencontré Liam ?

Liam ? Depuis que j'étais avec les Scott, je n'avais jamais entendu ce nom. Peut-être était-ce un piège et ce Liam n'existait-il pas ? Sans doute cherchait-elle la confirmation que j'étais bien l'une des leurs.

Je secouai négativement la tête en soulignant que je ne connaissais pas encore tous ceux qui travaillaient pour les Scott.

— Je n'en doute pas une seconde, affirma Jones dans un souffle. Au passage, si un jour tu rencontres ton chef, Ash Scott, passe-lui le bonjour.

Elle écrasa sa cigarette au sol, puis tourna les talons. Dévorée par la curiosité, je rompis le silence pour lui demander :

— De la part de qui ?

Elle pouffa, puis tourna la tête dans ma direction pour me répondre d'un ton insolent :

— Isobel… Isobel Jones.

CHAPITRE VINGT-TROIS

ANGE(S)

1h du matin. Nous étions en route vers la maison du psychopathe. Ben conduisait, attentif à ce que les filles lui racontaient. Elles avaient pu dégoter des informations pour leurs prochaines missions ainsi que plein de petits potins très croustillants sur les autres réseaux.

Moi, au contraire, je restais dans mon coin, n'écoutant que d'une oreille leur discussion. Mon esprit était ailleurs, encore happé par les vicieux yeux verts d'Isobel Jones. Alors, c'était elle, Jones, le fameux nom sur la liste. Notre soi-disant ressemblance ne m'avait pas frappée. On avait la même couleur de peau – ou presque – et des yeux clairs, mais ça s'arrêtait là.

Je me rappelai la réaction de Kiara lors de notre nuit à trier les invitations. Tout devenait plus clair. Je compris que la courte discussion qu'elle avait eue avec Ben le même soir portait sur elle.

Les questions sans réponses s'accumulaient dans ma tête. Qui était-elle ? Le psychopathe la connaissait-il vraiment, ou était-ce juste une ruse pour me faire parler ?

Vu l'hostilité des filles, elle ne leur était pas inconnue. Bien au contraire. Ally m'avait dit qu'elle leur avait causé beaucoup de problèmes, mais sur quel plan ?

Je savais que si je demandais à Kiara, soit elle se fermerait comme une huître, soit elle s'agacerait. La solution s'appelait Asher Scott. Seul lui pouvait m'expliquer pourquoi

Kiara et Ally la détestaient tant. De plus, elle lui passait le bonjour, ce que me donnait l'occasion de l'interroger.

Nous nous arrêtâmes à l'entrée de la propriété privée du psychopathe. Ben et les filles me souhaitèrent une bonne nuit et me laissèrent près du portail automatique qui protégeait la maison. J'appuyai sur le bouton d'un rouge lumineux, signalant mon arrivée afin qu'il m'ouvre.

Et j'attendis.

2… 3… 5 minutes, toujours aucune réponse.

Je me rappelai alors l'existence de ce nouveau téléphone que je n'avais pas allumé de la soirée. Sur l'écran, je découvris deux messages et un appel manqué de-

— « Mon homme » ! m'exclamai-je, horrifiée.

Les sourcils froncés, j'ouvris les messages. Je levai les yeux au ciel d'exaspération en me souvenant du regard malicieux de Kiara, qui avait utilisé mon téléphone avant le départ pour la soirée.

De Mon homme :

> Captive, j'espère que tu n'as pas foutu la merde.

> Si je t'ai acheté un téléphone, c'est pour que tu me répondes, bouffonne.

La porte s'ouvrit à cet instant. Soulagée, je pénétrai d'un pas rapide à l'intérieur de la propriété, où je trouvai, trois minutes plus tard, le psychopathe en train de me toiser du regard depuis le balcon de sa chambre. Sans lui accorder la moindre attention, je tentai de tourner la poignée. Devant mes efforts, il émit un rire moqueur.

OK, Ella. On se calme. Il est con, tu le connais.

C'était prévisible, la porte d'entrée était verrouillée. Les yeux fermés, je soufflai, dans l'espoir de calmer mon début de colère, avant de reculer de quelques pas.

— Juliette, ouvre-moi la porte, tu veux ? lançai-je sarcastiquement.

— Pourquoi n'as-tu pas répondu à mes messages ? me demanda-t-il froidement.

Il était sérieux ?

— Je n'ai pas allumé mon téléphone de la soirée, lui expliquai-je en croisant les bras. Allez, ouvre, j'ai froid !

— T'as foutu la merde comme je te l'ai interdit ? me questionna-t-il sur le même ton.

— Tu le sauras si tu m'ouvres la porte, l'informai-je en allant m'asseoir sur le transat au bord de la piscine.

Un soupir s'échappa de mes lèvres lorsque je le vis quitter le balcon et rentrer à l'intérieur. J'allais encore dormir dehors parce que je n'avais pas répondu à môssieur. Agacée, je tapais du pied en attendant impatiemment son retour.

Le vent soufflait et me donnait la chair de poule. Je n'avais pas prévu de rester dehors, d'autant que ma robe n'était vraiment pas faite pour dormir à la belle étoile en hiver.

— Ouv-

Je m'interrompis lorsqu'il revint me lancer son trousseau de clés, qui atterrit près du bord de la piscine. Un instant, je priai pour ne pas être forcée de plonger dans cette eau glacée récupérer ce foutu trousseau. Grelottante, je mis bien cinq minutes à essayer toutes les clés avant de trouver la bonne.

Un soupir de soulagement s'échappa de ma bouche lorsque j'arrivai enfin à ouvrir la porte. Là, je tombai nez à nez avec le psychopathe, qui m'attendait près des escaliers, seulement vêtu d'un bas de survêtement, un verre à la main.

Je le fusillai du regard et refermai la porte derrière moi tandis qu'il avalait les dernières marches.

— Je veux tout savoir.

Je m'avançai dans le salon en retraçant vaguement les événements de la soirée : mes rencontres avec les autres captives et Romee. Lorsqu'il esquissa un petit sourire, je compris qu'elle disait la vérité : ils étaient proches.

Mes explications terminées, il tourna les talons pour retourner à sa chambre à l'étage.

— Au fait, une femme te passe le bonjour, l'informai-je.

Il se stoppa net pour m'interroger du regard par-dessus son épaule, avec une expression un peu trop sévère à mon goût.

— Isobel Jones, elle a déjà-

Son corps à moitié dénudé se crispa en un rien de temps, ce qui me coupa dans mon explication. Il serra le verre dans sa main, si fort que j'eus l'impression qu'il allait se briser sous ses doigts.

Ça ne sent pas bon.

— Ashe-

— Elle t'a parlé ? me demanda-t-il d'une voix tranchante.

— O-oui… lui répondis-je alors que je commençais déjà à regretter d'avoir évoqué son nom.

Il se planta face à moi. Son regard chargé d'animosité me fit aussitôt déglutir. Le canapé était la seule chose qui nous séparait. Or, sa réaction me laissait penser qu'il ne représentait pas la meilleure des protections.

Son sang-froid s'amenuisait à vue d'œil, me faisant frissonner.

— Elle t'a dit quoi ?

Je gardai le silence, ne comprenant pas sa réaction. J'avais peur de lui quand il était dans cet état, je le connaissais assez pour savoir qu'il était aussi impulsif qu'imprévisible.

— Elle t'a dit quoi, *Ella* ? répéta-t-il en haussant la voix alors qu'il s'avançait dangereusement vers moi.

« Ella. »

Rares étaient les fois où il m'appelait par mon prénom, alors, lorsqu'il le faisait, c'était que le sujet était très sérieux.

Il s'approcha de moi jusqu'à me surplomber avec son air menaçant. Tout allait se jouer sur ce j'allais dire. Est-ce que je devais lui mentir ? Je n'en avais pas le courage.

— Elle m'a parlé du réseau-

— Vite, Ella, s'agaça-t-il en saisissant un verre d'alcool sur la table basse. Elle t'a dit quoi ?

Je déglutis, effrayée. Il inspira profondément en fermant les yeux. Sa main trembla légèrement lorsqu'il but d'une traite son whisky. Devant son air mauvais, je restai muette, pétrifiée.

— Mais réponds, merde ! hurla ce dernier.

Je sursautai avant de lâcher nerveusement :

— Qu'elle en gardait de très bons souvenirs.

Il avait suffi d'une phrase, une seule phrase, pour qu'il lance le verre qu'il avait entre les mains sur le mur de l'entrée, avec une rage telle qu'elle m'arracha un hoquet de surprise.

Devant moi se tenait à présent un Asher plongé dans une colère sourde.

Son regard me transperçait. Je ne savais pas quoi faire, à part admirer le verre maintenant brisé en mille morceaux. D'un coup, il se tira les cheveux. Sa respiration était forte et saccadée.

L'instant d'après, son poing heurta violemment la bibliothèque près de lui. Un cri de rage qui ne m'avait jamais été donné d'entendre de sa part suivit. Il cognait encore et encore, à s'en meurtrir les phalanges.

Je le vis renverser la table basse, ainsi que tout ce qui lui passait sous la main.

Il était incontrôlable. Terrifiant.

Il n'était pas lui-même.

Et il allait s'exploser les os si je ne faisais rien.

— Arrête, putain ! m'exclamai-je en le tirant loin de la bibliothèque, qui était sa cible.

Mais sa force n'égalait pas la mienne, si bien que je ne sus pas le retenir. Il s'arrêta seulement lorsque les étagères tombèrent au sol. Il insulta de tous les noms la jeune femme, déversant la haine qu'il gardait en lui. Puis, je le vis serrer ses poings en sang, de nouveau prêt à cogner.

— Dégage de là, Ella, m'ordonna-t-il sans me regarder.

Il tremblait. Il tremblait de rage. Cette rage qu'il enfouissait au fond de lui était ressortie à l'évocation d'un seul prénom.

— Arrête, tu vas te faire mal ! Asher ! m'écriai-je en l'éloignant du meuble éclaboussé par son propre sang.

Soudain, ses yeux croisèrent les miens, et il me dévisagea comme si j'avais dit quelque chose qu'il ne fallait pas. Il esquissa ensuite un rictus mauvais qui me fit froid dans le dos.

— Me faire mal ? Tu te prends pour qui ? Mon ange gardien ? m'interrogea-t-il, narquois.

Je grimaçai. Mon cœur battait la chamade face à cette colère démesurée.

— Tu as peur pour moi, *mon ange* ?

Ce surnom me fit tressaillir, autant que le ton de sa voix et son rictus mesquin. Il n'était pas lui. Il était trop sauvage, trop enragé, trop violent.

Sa main se posa sur ma joue et, à la vitesse de l'éclair, il me plaqua contre le mur. Ses doigts s'enroulèrent fermement autour de ma mâchoire. La veine qui palpitait dans son cou semblait sur le point d'exploser.

Ce n'était pas Asher qui se tenait face à moi.

Je tapais son bras contracté afin de le faire revenir à lui. Mais il était dans un état second, trop furieux pour se rendre compte qu'il me faisait peur. Des flashs me revinrent en tête. Avec un seul geste, mes cauchemars avaient pris vie.

Contre toute attente, il me lâcha. Son poing cogna près de mon visage apeuré. Je sursautai à nouveau en entendant le bruit près de mon oreille. J'étais désormais tétanisée, incapable du moindre geste. Son regard me détaillait avec cette même lueur de dégoût et de haine qu'il me réservait.

— Pourquoi a-t-il fallu que tu lui ressembles, putain de merde ! hurla-t-il à m'en exploser les tympans. Je ne veux plus que tu prononces le prénom de cette salope devant moi ! Tu as compris ?

Il soutint mon regard larmoyant dans l'attente d'une réponse, mais je n'y arrivais pas, il me terrorisait. Le monde tournait autour de moi, ses yeux d'acier étaient mon seul point d'ancrage.

— Réponds !

Son front vint se coller au mien, ses mains m'emprisonnaient contre lui.

— Asher… Arrête… ça me fait… *peur*, murmurai-je, presque suppliante.

J'avais peur de ceux qui se défoulaient sur moi. Sa fureur faisait resurgir des souvenirs que mon cerveau s'efforçait d'enfouir, vestiges de situations que je n'avais que trop vécues. Et ce, depuis tout jeune.

Je le sentis s'immobiliser, puis me lâcher. Je rouvris les paupières. Il me dévisageait comme s'il ne m'avait jamais vue auparavant, pendant que moi, je laissais mes sanglots prendre le dessus.

Son visage s'adoucit alors que le mien se noyait dans la terreur.

Mes mains étaient encore autour de mon cou pour me protéger de lui. *Me protéger de mes souvenirs.*

Je ne me sentais pas prête à revivre cet enfer, pas encore. Tout me revenait, aussi vivace qu'au premier jour : chaque nuit, chaque coup, chaque claquement de porte, chaque bruit de pas, chaque grincement d'escaliers. Tout se rejouait dans ma tête, je vivais un cauchemar éveillé.

Mes mains tremblaient. Mon corps glissa lentement le long du mur avant de se recroqueviller sur lui-même pour mieux se protéger de celui qui avait ravivé mes tourments.

Mon esprit ne voyait désormais que *lui*, l'homme qui avait créé ces images toxiques ancrées en moi et qui continuait à me détruire. *Le renard.*

Asher souffla bruyamment. De mon côté, plus aucun souffle n'arrivait à sortir.

— Cap… *Ella* ?

J'entendais sa voix, mais je ne pouvais pas lui répondre.

Lorsque deux mains se posèrent sur mes épaules, mes tremblements redoublèrent.

— Ella, murmura mon possesseur en les retirant rapidement. Ella… parle-moi.

Je secouai rapidement la tête, mes yeux fixaient encore un point imaginaire sur la porte d'entrée.

Je ne pouvais pas parler.

Je n'y arrivais pas.

Je ne devais pas.

Je l'entendis pester, mais je ne pouvais rien lui dire.

J'en étais incapable.

— Regarde-moi, s'il te plaît, souffla-t-il. Ella, c'est moi, c'est Ash… *Asher.*

Mes lèvres tremblèrent lorsque j'entendis son prénom, et des larmes dévalèrent mes joues. Il fallait que je l'entende me dire que c'était lui, Asher, et non le responsable de tous mes maux.

— C'est moi, répéta-t-il afin de me rassurer. C'est moi, Ella.

Je n'arrivais pas à lui faire face, par peur ou par instinct.

Hésitant, il s'agenouilla pour se mettre à ma hauteur. Je repliai encore plus mes jambes et secouai la tête en espérant qu'il s'en aille. Mais il n'en fit rien. Il m'observait sans savoir quoi faire.

Presque timidement, il posa sa main sur ma joue mouillée. Je me crispai aussitôt.

— N'aie pas peur, murmura-t-il sans enlever sa main. N'aie pas peur de moi, s'il te plaît.

La chair de poule n'avait pas quitté ma peau. Asher gardait les yeux rivés sur moi, essayant de provoquer une réaction chez moi. Mais à part de la crainte, rien d'autre ne se peignait mon visage. Il fallait que je me calme. Que je me dise que c'était Asher en face de moi.

Et pas le *renard.*

— OK, OK, commença Asher en passant une main sur son visage, je... C'est... Je ne suis pas énervé... Ella... regarde-moi.

Je ne répondis rien, je tentais de me calmer sans son aide.

— Je... je suis désolé.

« *Je suis désolé.* » Il était désolé que j'aie surpris cet aspect de sa personnalité.

Il était désolé.

Mon corps commença à se décrisper, et mes tremblements se dissipèrent graduellement. L'entendre se confondre en excuses me rassurait.

Finalement, je tournai la tête vers lui. Il me fixait toujours, avec une lueur d'inquiétude dans ses yeux gris qui m'effrayait presque.

Sa main sur ma joue descendit lentement, jusqu'à agripper la mienne, encore posée autour de mon cou. Je me crispai une nouvelle fois, et il souffla :

— N'aie pas peur, mon... *ange.* S'il te plaît.

Le surnom qu'il me donna me fit frissonner à nouveau. Sa main s'enroula autour de la mienne et la détacha de mon cou avec une délicatesse que je ne lui connaissais pas. Comme si j'étais faite de glace et que je pouvais me briser à tout moment.

Il dirigea ma main vers son torse dénudé, attirant tout mon corps progressivement contre lui, tandis que je me laissais faire. Comme lors de cette fameuse nuit.

Ma tête se posa sur son épaule lorsque ses bras enveloppèrent presque tout le haut de mon corps. Je fermai les yeux, et il relâcha une lourde expiration. Son cœur battait à toute allure, à cause de sa rage.

J'étais avec Asher, pas avec *lui*. Asher me protégeait de *lui*.

Ses doigts traçaient un sillon le long de ma colonne vertébrale, un geste qui me rappelait une nouvelle fois la nuit que nous avions passée ensemble à Londres. Ce geste m'aida à me détendre et à ne plus penser au renard. Ce même geste me tira de la crise d'angoisse qui avait pris possession de mon corps.

Asher avait explosé, et je m'étais interposée. Je voulais l'aider, comme il m'avait aidée ce soir-là. Il m'avait ordonné de partir, mais j'étais restée, en dépit de ma peur. Je ne me comprenais plus.

Pourquoi avais-je agi de la sorte ? Comment réussissait-il à changer jusqu'à ma façon de penser ?

J'ignorais combien de temps nous étions restés enlacés sur le sol du salon, mais je savais que j'étais extrêmement fatiguée, tant et si bien que mon crâne semblait sur le point d'exploser.

— Tu veux vraiment dormir ici ? chuchota-t-il en balayant la pièce du regard. Ce n'est pas si confortable…

Je secouai négativement la tête avec un petit sourire en coin avant de lever les yeux vers lui. Nos têtes étaient à quelques centimètres l'une de l'autre, je ne l'avais jamais vu d'aussi près. Nous n'avions jamais été aussi proches.

On se regardait comme si on se découvrait. Je le voyais parcourir mon visage en s'attardant sur mon rouge à lèvres, qui s'était forcément estompé. Je le détaillais, moi aussi, et je ne pouvais plus le nier : cet enfoiré était beau. Très beau. Même si je ne me l'étais jamais avoué à cause de sa personnalité exécrable.

Il ferma les yeux et secoua la tête avant de desserrer son étreinte. Je me levai, et il fit de même.

— Monte te coucher, m'ordonna-t-il sans me regarder.

Et encore une fois, il redevenait froid.

Je m'y attendais, je le savais, ce n'était pas la première fois que ça arrivait. Quand il quitta le salon, je le suivis sans un mot et entrai dans ma chambre.

Dans la pièce régnait un bordel sans nom. Mon lit était caché sous le tas de robes, vêtements, sacs et accessoires que les filles avaient ramenés avec elles. Je pris une douche rapide et m'habillai. Comme j'avais la flemme de ranger la chambre à 2 h 30, surtout après ce que mon corps venait d'endurer, j'empoignai mon oreiller et ma couette et descendis dans le salon. Je déposai le tout sur le canapé, sous le regard perplexe du psychopathe.

Je l'avais entendu ranger le bordel qu'il avait foutu pendant que je me changeais. Il restait des débris de verres par terre et les étagères étaient encore au sol, mais il avait sauvé un verre et une bouteille de whisky.

— T'as une chambre, fit-il remarquer en buvant une gorgée de son alcool préféré.

— Une chambre en bordel, que je n'ai pas la force de ranger.

Il ne répondit rien. Son regard suivait mes gestes pendant que je m'installais sur le canapé en ramenant la couette sur mon corps, qui réclamait de la chaleur depuis mon arrivée.

— Tu n'as pas peur de dormir ici, toute seule ?

Asher l'humoriste, le retour.

— Je n'ai pas peur des monstres sous le canapé, Scott, rétorquai-je sur le même ton sarcastique.

— Même les monstres ont peur, la nuit, lança-t-il trop calmement. Et tu sais pourquoi ?

— Pourquoi ? lui demandai-je, sceptique.

— Parce que je rôde.

Je levai les yeux au ciel, l'air blasé. Il esquissa un petit sourire en coin avant de poser son verre sur la table basse et de s'en aller en éteignant la lumière. Mais je savais qu'il était toujours là, je le sentais. Je commençais à le connaître, il était derrière.

— Monte te coucher, ce n'est pas bon pour la santé de manquer de sommeil.

J'entendis son rire discret. Il répondit, l'air faussement étonné et d'une voix remplie de sarcasme :

— J'hallucine, ou tu te soucies vraiment de moi ? Tu es devenue quoi, ma bonne conscience ? Mon ange ?

— Non, tu me stresses à rester derrière moi comme un psychopathe. Et à cause de toi, je manquerai de sommeil.

Ses pas résonnèrent dans la grande pièce. J'observai sa silhouette se déplacer, jusqu'à s'asseoir sur le siège en cuir près de la cheminée, qui réchauffait et illuminait l'espace.

— Je suis face à toi, maintenant. Tu stresses toujours autant ?

Avec un soupir d'exaspération, je me tournai dos à lui. Mes sens se décuplaient, à l'affût du moindre bruit de pas ou de celui d'une clope qu'il allait forcément allumer à un moment.

— Pourquoi ?

Je pivotai.

— De quoi tu parles ? le questionnai-je alors que la fatigue alourdissait mes paupières.

— Pourquoi tu as réagi comme ça, tout à l'heure ?

Oh, je ne sais pas, moi ! Peut-être parce que t'allais lâcher ta colère sur moi ?

Je fermai les yeux afin de me remettre les idées en place. Je savais qu'il ne parlait pas du fait qu'il s'en était pris à moi, mais de cette angoisse constante qui m'étreignait. Je ne voulais pas me livrer entièrement à lui. Je ne l'avais jamais fait, et c'était compliqué de le faire.

... *Parce que les choses les plus marquantes, les plus traumatisantes, celles qui nous siphonnent de l'intérieur, sont souvent les plus silencieuses, et la plupart du temps, ne sortent jamais de notre bouche.*

— J'ai... vécu des choses qui m'ont marquée et que je n'arrive pas encore à oublier.

C'était tout ce que j'étais en mesure de lui confier, à cet instant. Je ne me sentais pas prête à lui en expliquer davantage.

Il me dévisageait, sans doute dans l'attente d'une suite ou de détails, mais il respecta mon choix de garder le silence et ne me posa aucune question supplémentaire.

— Isobel est une personne mauvaise, très mauvaise.

Le ton sérieux qu'il avait employé me fit déglutir, j'avais peur qu'il plonge à nouveau dans une colère noire.

— Elle a beaucoup compté pour le réseau, mais le réseau ne comptait pas pour elle.

— Qu'est-ce qu'elle a fait ? lui demandai-je, avide d'informations.

— Des choses qui ont marqué les esprits et que le réseau n'arrivera jamais à oublier.

Il esquissa un petit sourire en coin, malgré son air sévère. Il venait de répéter ma phrase, tuant ma curiosité en seulement quelques mots. Exactement comme je l'avais fait.

Mes yeux se fermaient doucement. Quant à Asher, il était toujours assis, bien éveillé, comme à son habitude.

— Pourquoi tu ne dors jamais ? soufflai-je en commençant déjà à partir dans un sommeil profond.

— Parce que c'est plus simple, *mon ange.*

Le sommeil m'emporta, si bien que je m'endormis sans lui poser la question qui me brûlait les lèvres : « Pourquoi est-ce plus simple ? »

Le bruit de la télévision me réveilla, sans oublier la voix féminine qui s'élevait dans la pièce. Je plissai les yeux, encore plus fatiguée que la veille.

— Debout ! s'exclama Kiara en s'approchant de mon oreille couverte par la couverture blanche.

Je grognai.

— La femme de ménage vient de finir le rangement de ta chambre, et de la maison, aussi. Elle est comme neuve !

Que j'aimais quand la femme de ménage passait !

J'acquiesçai et m'enfouis sous ma couverture. Kiara s'amusa à la tirer pour me faire sortir du canapé, mais pas de chance, je refusais bouger. Il était trop confortable.

— Allez, réveille-toi ! me supplia Kiara d'un ton enfantin.

Avec un soupir, je me tournai vers elle. Tout en souriant de toutes ses dents, elle s'écroula sur moi, sa tête posée sur mon ventre.

— Ash m'a dit que la salope t'avait parlé pendant la soirée.

— Effectivement.

— Qu'est-ce qu'elle t'a posé comme question ?

— Elle m'a demandé qui j'étais, et j'ai répondu ce qu'Asher voulait que je réponde : je lui ai dit que je venais d'intégrer le réseau.

Kiara murmura que c'était la meilleure chose à faire, pour l'instant. Elle changea ensuite de sujet.

— J'ai une superbe nouvelle à t'annoncer ! Devine qui va partir en mission très prochainement avec Ashou ?

Je souris en entendant ce surnom ridicule.

— Toi ? la questionnai-je, sans accorder trop d'importance à son annonce.

— Faux, c'est toi ! s'exclama-t-elle en enroulant ses bras autour de ma taille. Vous allez être parfaits !

Je soufflai en me pinçant l'arête du nez. Qu'est-ce qu'il ne fallait pas entendre dès le matin !

Soudain, une question tambourina dans ma tête. Je devais la lui poser afin de savoir si j'avais bien fait ou pas.

— Kiara ? l'interpellai-je. Est-ce qu'il y a un Liam dans le réseau ?

Elle me répondit sans me regarder, sa tête toujours sur mon ventre :

— Ouais, c'est lui qui embauche et qui forme tous les petits nouveaux du QG. Pourquoi ?

Je fermai les yeux tout en essayant de paraître le plus calme possible alors que mon esprit s'embrouillait et que mon cœur battait la chamade. *Fait chier.*

— Pour rien.

Isobel était maligne, et j'étais tombée dans son piège en quelques secondes.

Asher allait me tuer.

CHAPITRE VINGT-QUATRE

AIDE-MOI

23 h.

Assise autour de la grande table du QG, je regardais le psychopathe donner des ordres à son équipe en vue de notre future absence pour une mission qui m'était à ce jour inconnue.

— Vous suivez mes instructions, pas plus, pas moins, dit-il sévèrement. Maintenant, la mission.

Et ça, ça me concernait.

— Je suis invité à une vente aux enchères à Monaco, organisée secrètement par les Addams, nous informa-t-il.

Les sourcils froncés, Ben posa son téléphone avant de prendre la parole :

— Pourquoi les Addams t'inviteraient-ils à leur vente ?

Le psychopathe tira une latte de sa cigarette.

— Parce qu'il s'avère que nous avons un ennemi en commun. Un ennemi qu'on va descendre.

Kiara se redressa et posa ses coudes sur la table, l'air très intéressé par ce qu'il venait de dire.

— William ? demanda-t-elle.

Parlaient-ils du même William que celui que j'avais rencontré lors de la soirée caritative ?

Le psychopathe secoua la tête et lui répondit très sérieusement :

— James Wood.

Mon cœur fit un bond dans ma poitrine. Mes yeux s'écarquillèrent lorsque j'entendis son nom sortir de la bouche de celui qui allait le tuer. *James Wood.* L'organisateur de la soirée caritative, celui que j'avais embrassé et qui volait les dons pour alimenter ses réserves.

Ben lâcha un petit rire, visiblement surpris, mais pas déçu. Ally et Rick n'eurent aucune réaction, si ce n'est un faible sourire en coin.

— Le plan n'était pas de tuer James, Ash ! gronda Kiara. On déclencherait une guerre avec-

— William ? la coupa l'intéressé. C'est exactement ce que je veux.

Kiara se tut pendant que moi, j'essayais de comprendre le plan sans détenir toutes les informations.

— Une vie pour une vie, murmura Ben en regardant son cousin.

Asher hocha lentement la tête et ferma les yeux, perdu dans ses pensées. Je le vis serrer les poings et serrer la mâchoire l'espace de deux minutes, avant de souffler et de rouvrir les yeux.

— Et la captive dans l'histoire ? l'interrogea Sabrina.

— J'aurai besoin d'elle pendant la soirée. D'autres questions ?

Tous secouèrent la tête. Le psychopathe conclut donc la réunion, laissant les membres de l'équipe quitter la salle de réunion.

— Sabrina, l'interpella le psychopathe sans lui adresser un regard.

Elle se tourna vers lui, l'air interrogateur.

— Tâche de l'appeler par son prénom la prochaine fois, lui ordonna-t-il sèchement. Je *t'interdis* de l'appeler comme moi, je le fais.

Elle le dévisagea, incrédule, avant de poser ses yeux verts sur moi et de les lever au ciel. Elle sortit de la pièce en claquant la porte.

Il ne restait plus que nous deux : lui qui fumait et buvait en feuilletant des dossiers et moi qui suivait ses moindres mouvements. Je le remerciai dans un murmure auquel il ne répondit pas.

Je voyais qu'il était très concentré. Sourcils froncés, il saisit un stylo pour entourer divers endroits sur la carte près de lui. À l'aide de son téléphone, il la prit ensuite en photo.

— Pourquoi je dois venir avec toi ? lui demandai-je, curieuse.

Il releva la tête vers moi en esquissant un léger sourire.

— Pour m'apporter des cocktails et me trouver de jolies filles pour la nuit, rétorqua-t-il malicieusement.

Je levai les yeux au ciel, et il pouffa. Les bras croisés, j'attendais une véritable réponse, et non les conneries qu'il me balançait à la figure pour se payer ma tête.

Il reprit la parole, un peu plus sérieux :

— Tu me serviras d'appât. James te reconnaîtra, et il me sera plus accessible grâce à toi. Il se doute bien que tu n'es pas celle que tu prétendais être à sa soirée. Et il fera tout pour savoir qui tu es vraiment.

— Il se doutait que je mentais ?

— Il se doute que tu es une captive, mais il n'imagine certainement pas que tu es la mienne. Alors, arrange-toi pour qu'il te remarque, et laisse sa curiosité faire le reste.

Sa phrase sonnait bizarrement, ça ne sentait pas bon.

— Est-ce que ça signifie que je vais devoir me mettre en danger ? lui demandai-je en sentant l'angoisse noyer mon corps.

— En partie.

Je déglutis. J'appréhendais cet événement. Mais une petite voix dans ma tête me rassura en me disant que James n'essayerait pas de coucher avec moi étant donné qu'il était gay. Et ça, c'était déjà un poids en moins à supporter.

Silencieuse, je réfléchissais à tout ce qui pourrait arriver. Au pire des cas… j'y laisserais la vie. Un frisson parcourut mon corps. Je soufflai doucement en me répétant que tout allait bien se passer.

Anxieuse, je jouais avec mes doigts. À l'inverse, mon possesseur ne partageait pas du tout le même état d'esprit. Il semblait calme et confiant. Il était sûrement habitué à se mettre en danger et à risquer de se faire tuer par ses ennemis…

— Asher ? l'interpellai-je.

Il releva la tête vers moi en arquant un sourcil.

— Est-ce que t'as des ennemis ?

— Évidemment, répondit-il en souriant. Les ennemis sont synonymes de réussite dans ma famille. Plus t'as d'ennemis, plus tu as réussi.

— Et est-ce que tu as bien réussi ?

— Oui.

Je hochai la tête sans rien ajouter, et il retourna à ses occupations.

La porte s'ouvrit soudain, laissant apparaître Kiara, avec des documents qu'elle avait dénichés dans les archives du QG. Même si elle paraissait essoufflée, elle nous lança un large sourire.

— Elles sont là ! (Elle les posa sur la table.) Voilà toutes les cartes des planques de William et de James, les gars ont fait du repérage. James a changé de réserve et a tout déplacé avant-hier en Floride.

Ma gorge se noua instinctivement. La Floride, là où mon cauchemar avait commencé.

Le psychopathe analysa les cartes ainsi que les dates inscrites sur ces dernières.

— Et le fils de pute ? l'interrogea-t-il froidement.

— Depuis le double espionnage de Londres, il est porté disparu. Tu veux qu'on lance d'autres recherches ?

Le double espionnage ?

Le psychopathe répliqua cyniquement :

— Ça ne sera pas nécessaire, un chien revient toujours vers son maître.

J'arquai un sourcil, une expression blasée sur le visage, tandis que Kiara laissait résonner un rire franc.

Asher la remercia. Elle nous salua une dernière fois avant de quitter le bureau.

— Tu le connais bien, ce William ? le questionnai-je, curieuse.

— Malheureusement.

En quittant le grand bâtiment du QG, je surpris les regards aussi craintifs qu'admiratifs que posaient les employés du réseau sur le psychopathe, mais aussi l'interrogation qui s'y lisait lorsqu'ils le tournaient vers moi.

En levant la tête vers le psychopathe, je remarquai qu'il arborait une tout autre expression : plus sérieuse, plus sévère et surtout, impassible. Il se dirigeait vers sa voiture, sans accorder la moindre attention aux autres. Sa manière de marcher aussi avait changé.

Bordel, il dégageait beaucoup trop de charisme, à cet instant.

Et il le savait.

2 h du matin.

Je tournais dans mon lit afin de trouver une position qui pourrait m'aider à dormir. Sans succès.

Alors que j'essayais de rassembler les pièces du puzzle qu'était Asher Scott, une vague de questions m'embrouillait l'esprit et me gardait éveillée. Il y avait trop de vides, trop de pièces manquantes. Je devais savoir ce qui s'était passé dans sa vie, *dans leurs vies.* Je savais qu'ils avaient tous été touchés par un drame, ou plusieurs, mais je n'arrivais pas à trouver *la* pièce du milieu, celle qui relierait toutes les autres entre elles.

Pourquoi détestaient-ils tous tant Isobel ? Ou William ? Et maintenant, ils prévoyaient de tuer James Wood ? Pourquoi William viendrait-il à Asher s'il tuait James ? D'ailleurs, pourquoi voulait-il qu'il vienne ?

Ainsi que tout un tas d'autres questions sur Asher Scott qui restaient en suspens depuis mon arrivée…

Pourquoi détestait-il les captives ? Comment cela se faisait-il qu'il m'ait acceptée, finalement ?

Je me levai et sortis de ma chambre, la gorge sèche. J'avais soif. Quand soudain, la sonnette du portail retentit dans le hall, plusieurs fois. L'air interrogateur, je me dirigeai vers le petit écran afin de découvrir qui pouvait bien déranger les gens à cette heure-ci. D'habitude, Ben et Kiara entraient sans sonner, ils avaient leurs clés.

Deux hommes au visage dissimulé par un chapeau se tenaient en bas de la propriété, attendant qu'on leur donne l'accès. Très vite, j'entendis les pas du psychopathe. Il se positionna à côté de moi pour consulter à son tour le petit écran. En apercevant les deux individus, il serra la mâchoire, avant de pester. Il me donna une liste d'instructions tout en passant nerveusement la main dans ses cheveux :

— Monte dans ma chambre et verrouille la porte. N'ouvre pas jusqu'à ce que je toque *quatre fois.* Pas plus, pas moins. Même si t'entends des coups de feu, ne sors surtout pas, et appelle Rick.

Prise de panique, j'acquiesçai. À travers ses mots, je compris que ces hommes derrière la porte étaient très dangereux. Il prit mon visage entre ses mains et me regarda, l'air sévère.

— Je suis sérieux, *Ella*. Donne-moi ta parole que tu ne sortiras pas, sauf si je toque *quatre fois*.

« Ella. »

— Je te donne ma parole.

Après m'avoir lâchée, il appuya sur le bouton à la lumière rouge pour leur ouvrir la porte, ce qui accéléra mon rythme cardiaque.

J'accourus vers ma chambre, où je débranchai mon téléphone qui chargeait, avant de m'enfermer dans celle de mon possesseur en prenant bien soin de verrouiller la porte à double tour.

Je pris place sur son lit, d'où on pouvait admirer le jardin. Au loin, deux hommes traverseraient l'allée, analysant la grande maison du psychopathe. Mon ventre se tordit.

— Putain…

Je m'allongeai pour mieux me dérober à leur vue. L'odeur de mon possesseur qui imprégnait les draps et les oreillers me permit instinctivement de me calmer. Je n'étais pas seule face à ces intrus.

Tous mes membres tremblaient et se crispaient à m'en faire mal. Vingt minutes passèrent sans aucun signe du psychopathe. Hésitante, je me levai et m'approchai doucement de la porte. Je collai mon oreille contre le battant dans le but d'entendre leur conversation.

Soudain, je sentis la poignée s'abaisser, à plusieurs reprises. Lentement, je m'éloignai, le regard fixé sur la porte qui bougeait. Puis, on toqua doucement, trois fois d'affilée. Pas quatre. La panique me submergea : ce n'était pas Asher. C'était forcément l'un des hommes. Comment avaient-ils pu monter ?

Et s'ils l'avaient tué ? *Oh, putain de merde.*

Je portai la main à ma bouche, horrifiée par cette pensée. Je ne savais pas quoi faire. Je me devais de rester calme tant que j'ignorais si c'était vrai.

Mais si Asher était mort ?

Quelques minutes s'écoulèrent encore dans le silence le plus total. Je me positionnai contre la porte, à l'affût de n'importe quel bruit. Juste un seul, qui me rassurerait, me prouverait que le psychopathe était encore vivant. J'attendais le moindre indice qui chasserait la peur qui m'habitait et qui calmerait les battements effrénés de mon cœur.

Et là.

Deux coups de feu brisèrent ce silence pesant. Je criai de surprise et m'éloignai très rapidement de la porte. Mes yeux se remplirent de larmes à l'idée qu'Asher puisse être la cible de ces tirs stridents.

Non. Il ne pouvait pas mourir.

Je me jetai sur mon téléphone en repensant à ses mots : « Même si t'entends des coups de feu, ne sors surtout pas, et appelle Rick. »

Mes mains tremblaient si violemment que je n'arrivais pas à le tenir correctement. Je cherchai le numéro de Rick, que j'avais dû manquer une dizaine de fois à cause de la panique.

Des bruits suspects en bas me firent frémir, et mes sanglots redoublèrent. Ils l'avaient tué. Ils avaient tué Asher.

J'entendis une voix sourde, puis plus rien… Non. Des pas. Des pas dans les escaliers.

Mon souffle se coupa. Les yeux écarquillés, je scrutais la seule chose qui me séparait de ces hommes.

Tout à coup, on toqua à la porte. Quatre fois d'affilée, cette fois-ci.

Je me figeai sur place.

— Captive ? fit une voix rauque. Ouvre, c'est Ash… *Asher.*

Dans un élan de soulagement, mes muscles se décontractèrent, et je laissai les larmes couler sur mes joues.

Ma lèvre inférieure tremblait encore, mais j'étais soulagée d'entendre *sa* voix.

— Captive ?

Doucement, je me levai du lit pour déverrouiller la porte. Il était bien vivant. Il lui restait quelques taches de sang dans le cou, même si les quelques gouttes qui parsemaient son visage humide suggéraient qu'il venait de le nettoyer. Il me regarda en fronçant les sourcils.

— Pourquoi tu chiales ? me demanda-t-il, presque blasé.

Mes yeux continuèrent de larmoyer. J'étais tellement rassurée de voir ce con encore vivant et face à moi que je me ruai dans ses bras. Il se crispa aussitôt.

Je n'en avais rien à foutre de ce qu'il pouvait penser de ce geste. Tout ce que je voulais, maintenant, c'était le sentir contre moi afin d'oublier cet épisode. Après quelques secondes durant lesquelles il resta stoïque, ses bras s'enroulèrent autour de mes épaules, et son menton se posa sur mon crâne.

— Pour une fille qui en a vu de toutes les couleurs avec les mecs, je te trouve très attachée, me souffla-t-il sarcastiquement.

Un mince sourire se dessina sur mes lèvres. Qu'est-ce qu'il pouvait être con ! Mais il avait raison. Même s'il m'énervait au plus haut point, j'étais quand même un tout petit peu attachée à ce psychopathe sans cervelle qui me servait de possesseur, Asher Scott.

Et je ne le réalisais que maintenant, qu'alors qu'il avait frôlé la mort. Car on ne ressentait l'amour que lorsqu'on était sur le point de le perdre.

Je me dégageai de lui et relevai la tête. Un petit sourire en coin se dessina sur ses lèvres. Sa main se posa sur ma joue tandis qu'il examinait mon visage.

— C'est très rare, mais je me suis trompé, murmura-t-il doucement. Tu es différente.

Puis, il s'éloigna de moi, sans rien ajouter.

— Tu… tu les as tués ? chuchotai-je.

Je redoutais sa réponse, même si je la connaissais. Son corps s'arrêta soudainement. Puis, sans se retourner, il acquiesça en silence. Je le suivis, et il s'arrêta à mi-chemin entre sa chambre et la mienne pour pianoter sur son téléphone. Son regard était vide, et sa mâchoire serrée. Je ne comprenais pas les émotions qui le traversaient.

Le téléphone collé contre l'oreille, il se pinça l'arête du nez en attendant que son interlocuteur décroche.

— Rick, j'ai eu des invités chez moi… les mercenaires… ils allaient me descendre… C'est bon, je m'en suis occupé… Ouais, je vais bien… Non, elle va bien, elle aussi… D'accord, je t'attends.

Il raccrocha. Lorsqu'il posa à nouveau son regard sur moi, il était dépourvu de toute lueur. Nous nous dévisageâmes un instant. Puis, je m'aperçus que ses doigts tremblaient. Que se passait-il ?

— Je ne l'ai pas fait par plaisir.

Sa phrase ne m'était pas destinée. Je le compris en me concentrant sur ses yeux vides d'émotions.

— Pourquoi voulaient-ils te tuer ?

— Je me fiche de savoir pourquoi, je veux juste savoir qui les envoie, cracha-t-il subitement.

Je hochai la tête et déglutis. Il s'accouda sur le garde-corps de l'étage, et je le rejoignis sans un mot.

— Ne regarde pas, m'ordonna-t-il en levant la tête vers le plafond.

Mais c'était trop tard.

J'étouffai un cri lorsque je surpris un corps sans vie juste en dessous de nous, par terre, baignant dans son propre sang.

Mon estomac se souleva. J'accourus aux toilettes, où je vomis presque mon âme dans la cuvette. J'avais rarement vu des cadavres dans ma vie. À vrai dire, c'était le deuxième, après celui de ma mère. Ce souvenir me bouleversa à nouveau, si bien que je vomis une seconde fois.

Je tirai la chasse d'eau avant d'aller me laver les mains et la bouche en réprimant mon dégoût.

La porte s'ouvrit au moment où je rejoignis le psychopathe, toujours accoudé sur le garde-corps.

— Je t'avais dit de ne pas regarder, me rappela-t-il.

Son cousin haussa les sourcils en découvrant le corps inanimé.

— D'après ce que je vois là, il est vraiment mort, constata Ben en s'agenouillant près de l'homme.

Il était d'une perspicacité exemplaire.

— Sans blague, rétorqua le psychopathe.

— Ma jolie, t'as vu ça ? Ils avaient de beaux costumes, ces ploucs.

La situation était alarmante, mais pas pour Ben, qui semblait être très à l'aise à la vue du cadavre.

— Des mercenaires ? demanda-t-il en haussant la voix.

— Hm, fit le psychopathe en fermant les paupières un instant.

La porte s'ouvrit une nouvelle fois, laissant Rick entrer. Ses yeux se posèrent sur le cadavre, et il déclara fièrement :

— Une balle dans la tête. Bien joué.

Asher acquiesça avant de souffler de frustration.

— J'ai besoin d'un verr-

Le bruit d'une chute, puis d'un gémissement de douleur, le coupa. Ben jura en expliquant qu'il venait de glisser sur le sang du second cadavre présent dans le salon.

— Ou d'une bouteille, termina Asher, exaspéré par la connerie de son cousin.

Il descendit rapidement. Rick releva la tête vers moi.

— Ça va ? me questionna-t-il.

J'acquiesçai sans trop de conviction. En retour, il me sourit faiblement, avant de rejoindre ses deux neveux. Je descendis aussi, le pas hésitant et le regard rivé sur le cadavre qui se vidait de son sang. J'accélérai le pas jusqu'à pénétrer dans le salon, où gisait le second cadavre.

Alors que mes yeux allaient se poser sur lui, une main couvrit mon regard. Des bagues, c'étaient celles d'Asher.

Il me protégeait de la vision du corps.

— Je vais demander aux hommes d'entamer des recherches afin que tu disposes de toutes les informations après ta prochaine mission.

Le ton de Rick était sérieux. Ce n'était pas quelque chose à prendre à la légère, et il le savait.

Lorsque j'enlevai sa main, Asher s'éloigna. Il fuma sa cigarette en fixant le corps, sans répondre à son oncle, avant de porter son verre lentement à ses lèvres.

Il reporta ensuite son regard vide sur moi. Il paraissait perdu dans ses pensées.

Ben tira le premier cadavre vers la sortie en créant derrière lui une traînée de sang.

— T'as de l'ammoniaque ? demanda Rick.

— Cuisine, sous l'évier.

Ben revint et suivit Rick à la cuisine. Il ne restait plus que nous deux dans le salon qui empestait le sang et le plomb. Je l'entendis pester et remplir une nouvelle fois son verre de whisky, vidant presque la bouteille. Les yeux fermés, il emprisonna une nouvelle cigarette entre ses lèvres.

Rick revint avec une bouteille d'ammoniaque, un masque et des chiffons. Il nous invita à sortir à cause de l'odeur. Je m'exécutai, mais pas Asher. Je montai les marches et restai près du garde-corps de l'étage, près duquel Ben me rejoignit.

— Ash n'a fait que se défendre, défendit-il son cousin alors que je n'avais rien dit.

— Je sais.

Il me sourit faiblement.

— Rends-toi service, et évite de l'énerver cette nuit. Il est *très* irritable quand il bute quelqu'un.

Je réalisai que c'était vrai. Il se comportait étrangement, mais pas au début, lorsque nous nous étions retrouvés. Il n'avait commencé à agir d'une manière aussi… vide que depuis que je lui avais demandé s'il les avait tués.

Les deux hommes restèrent encore une bonne trentaine de minutes avant de quitter la maison, désormais calme et propre, dépourvue de cadavres et de sang. Cependant, le bruit strident des coups de feu résonnait encore dans ce silence pesant, et le froid planait dans les pièces où les deux mercenaires avaient perdu la vie.

Le psychopathe quitta le salon et monta les marches silencieusement. Ses mouvements lents me firent comprendre qu'il était absent mentalement.

— Ça va ? lui demandai-je doucement.

— Oui.

Sec, froid et méchant. Une seule réponse qui en cachait plusieurs, et parmi elles, « ne me parle pas » s'y trouvait.

Je le laissai regagner sa chambre sans un mot. Il claqua la porte derrière lui, me faisant sursauter au passage. Je soufflai de frustration, impuissante.

Une fois assise sur mon lit, je passai ma main dans mes cheveux, avant de me tourner vers la baie vitrée. Ce devait être une nuit calme. Mais le calme ne durait jamais très longtemps dans cette grande maison chargée de secrets.

Je m'avançai vers la vitre, où j'aperçus une nouvelle fois le psychopathe, accoudé sur le garde-corps en verre de son balcon, sa cigarette aux lèvres. Cette scène me rappelait la fois où je m'étais promis de comprendre ce personnage énigmatique qu'était Asher Scott. Je me demandais s'il allait dormir cette nuit, tout en sachant que ça ne serait pas le cas.

Je voulais l'aider, comme il m'avait aidée durant cette nuit, à Londres. Je voulais le comprendre, mais il ne me laissait pas l'atteindre. Il ne voulait pas se faire aider, quand bien même je savais qu'il en avait besoin.

Je le sentais.

Soudain, il jeta violemment sa cigarette et se tira les cheveux. Ses mains se posèrent brutalement sur le garde-corps, et il respira très fortement.

Trop fortement.

Ses muscles dénudés étaient crispés, il semblait en colère.

Non.

Il était en colère.

— PUTAIN ! hurla-t-il en tapant furieusement le garde-corps en verre.

Il recommençait.

D'un pas rapide, je quittai ma chambre pour rejoindre la sienne. Il remarqua mon arrivée et fronça les sourcils, l'air sévère.

— Ella, retourne dormir, grinça-t-il entre ses dents serrées depuis son balcon.

— Ce n'est pas ta faute, lui dis-je doucement. Tu n'as fait que te défendre, Asher.

Il s'avança dangereusement vers moi. Par instinct, je reculai au fur et à mesure qu'il s'approchait.

Mon dos toucha la porte. Il m'était désormais impossible de me soustraire à son regard gris perçant. Il me fixait, provoquant une multitude de frissons dans mon corps stimulé par l'adrénaline.

— Tu le penses ? Tu crois que ce n'est pas ma faute ?

Brutalement, son corps heurta le mien, et sa main emprisonna ma mâchoire. Il tremblait de rage, sa respiration était saccadée.

— Tout est ma faute.

Je ne comprenais pas : ces hommes s'en étaient pris à lui, pas le contraire. Que se reprochait-il ?

Je préférai garder le silence, vu qu'il pouvait réagir au quart de tour pour n'importe quoi.

Soudain, il grogna :

— Et puis merde…

Sans me laisser le temps de réagir, il plaqua ses lèvres brûlantes contre les miennes.

J'écarquillai les yeux et me figeai. Ce baiser me fit l'effet une décharge électrique. Asher putain de psychopathe de Scott m'embrassait.

Lorsque je réalisai ce qui se passait, mes mains se posèrent sur son torse et par réflexe, tentèrent de le repousser, mais je ne faisais que le rendre plus acharné. De sa main libre, il emprisonna mes poignets, qu'il remonta au-dessus de ma tête.

Ses lèvres affamées dévoraient les miennes, avides et sauvages. Il mordilla et tira ma lèvre inférieure doucement, demandant l'accès à ma bouche. Son souffle saccadé se mélangeait au mien.

Je sentis qu'il n'avait plus aucun contrôle sur lui-même, ses gestes dépassaient ses pensées. Et mon corps était secoué d'émotions que je ne maîtrisais pas non plus. Pour la première fois, ce n'était pas la peur qui faisait trembler mes cellules.

Oh, putain.

— Aide-moi, me murmura-t-il, suppliant. J'en ai besoin… *Ella…*

Le ton qu'il avait employé heurta mon esprit. Il cherchait à oublier son meurtre, à fuir sa réalité.

Sa main tremblante s'éloigna de ma mâchoire pour empoigner mes cheveux, qu'il tira doucement vers le bas. Mon cou était désormais à sa merci.

— A… Ash… er, murmurai-je en sentant son souffle chaud frôler la zone sensible de mon cou. Il ne faut… pas…

Il continuait à torturer mon cou de ses lèvres brûlantes. Je sentis sa langue effleurer lentement ma peau, puis remonter jusqu'à l'arrière de mon oreille, où il mordilla mon lobe.

Mon esprit était chamboulé par ses gestes, par ces sensations intenses. Je fermai les yeux. Mon corps n'essayait plus de le repousser, mon cerveau avait le contrôle, et je me laissais emporter.

Je me rendis compte que mon corps n'était pas crispé. Son toucher ne me provoquait aucun dégoût, il ne me faisait pas repenser aux hommes qui avaient, par le passé, posé leurs mains sur moi. Et ça, c'était une nouvelle expérience dont les effets m'étaient encore inconnus.

Il leva la tête. Ses yeux étaient plissés et sa respiration irrégulière. Il caressa ma bouche de son pouce avant de sceller une nouvelle fois nos lèvres.

À cet instant, et pour la première fois, je lui rendis son baiser, avide d'émotions. Je le voulais. Je voulais découvrir jusqu'où je pouvais aller, jusqu'où Asher pouvait franchir les barrières que j'avais érigées avec le temps.

Jusqu'où je le trouvais différent des autres hommes.

Jusqu'où je lui faisais confiance.

Sa main lâcha mes poignets et se posa sur ma mâchoire tandis que les miennes s'enroulaient autour de sa nuque. Lorsque mes doigts tirèrent doucement sur ses cheveux, il frissonna en se collant un peu plus contre moi.

Le baiser sauvage du début se transforma en un baiser passionné et fiévreux, libérant les sentiments qui étaient enfouis en nous. Après quelques instants, il rompit notre contact. Son front se colla contre le mien. Haletants, nous n'osions plus nous regarder dans les yeux, mais nous nous comprenions.

À travers ce baiser, on combattait nos réalités, nos passés et nos démons, nos angoisses et nos interdits.

Et par-dessus tout, on hurlait à l'autre de nous aider.

CHAPITRE VINGT-CINQ

QUESTION D'EGO

La douleur. La détresse.

Ces deux sentiments qui avaient animé le moment qu'on venait de partager étaient si forts.

Si puissants.

Nos fronts étaient collés l'un contre l'autre, nos respirations se mélangeaient, et les battements de mon cœur pouvaient s'entendre à des kilomètres. Nous étions comme vidés ; notre trop-plein d'émotions avait trouvé une faille dans notre contact et s'était déversé autour de nous comme un océan invisible.

Mais ce n'était qu'une question de temps.

— Merde.

Cet océan se vida aussi rapidement qu'il s'était rempli lorsqu'Asher se détacha de moi en gardant les yeux clos.

Son geste nous avait permis de retrouver la réalité et de nous sauver d'une noyade imminente, je le sentais.

— Ce n'était… qu'une erreur, souffla-t-il en passant la main dans ses cheveux.

Le rejet.

Mon souffle se coupa, et je me crispai en entendant ses mots. Il repartit s'accouder sur le balcon, d'où il me lança un regard noir.

— Pourquoi tu ne m'as pas repoussé ? m'accusa-t-il d'un ton cinglant.

Prise de court, je bafouillai. Il rejetait la faute sur moi.

— Euh… je… tu…

— C'est bon, laisse tomber, cracha-t-il. N'en parlons plus.

La colère prit le contrôle de mon corps. Il me reprochait quelque chose que lui avait commencé ! Je croyais rêver. Ou plutôt, j'aurais préféré rêver.

— Tu te fous de moi ? Tu me sautes dessus et tu fais comme si c'était ma faute ? lui demandai-je rageusement.

Il émit un rire mesquin avant de répliquer, mauvais :

— Te sauter dessus ? Ne te pense pas différente, j'aurais pu embrasser n'importe qui à cet instant.

Sa phrase brisa quelque chose en moi.

J'étais naïve de croire qu'il était différent. Putain. J'étais si bête.

Il m'avait utilisée comme un jouet jetable, comme tous les autres.

— Mais pas toi… constata-t-il en me fixant, l'air étonné. C'est la différence entre toi et… moi.

C'était la phrase de trop. Mes jambes s'avancèrent rapidement vers lui. La rage animait mes mouvements, si bien que dans un geste irréfléchi, ma main faillit heurter sa joue.

Elle fut arrêtée dans son élan par ses doigts, qui emprisonnèrent violemment mon poignet. Il me fusillait du regard tandis que son autre main serrait ma mâchoire.

— Ne t'avise plus jamais de faire ça, menaça-t-il, les dents serrées.

— Je te déteste, rétorquai-je sur le même ton en me défaisant de son emprise.

Un petit rire s'échappa de ses lèvres. Il ouvrit la bouche mais se ravisa, préférant ne rien dire.

— Pourquoi m'as-tu embrassée ? l'accusai-je. Pourquoi ?

Je vis ses muscles se crisper. Puis, il emprisonna une clope entre ses lèvres. Il ignora ma question. Comme s'il ne l'avait pas entendue. Ou comme si je n'en valais pas la peine.

— Je viens de te poser une quest-

— Parce que ta voix m'agaçait, me coupa-t-il sèchement en me tournant le dos.

Il fuyait. Il fuyait depuis le début.

Rien n'avait de sens. Je commençais à perdre patience.

— C'était une erreur, c'est tout, répéta-t-il en haussant les épaules.

Les poings serrés, je retournai m'enfermer dans ma chambre. Ma colère menaçait de réapparaître sous la forme de pensées meurtrières.

Là, je lâchai toutes les larmes que je ravalais depuis plusieurs minutes afin de paraître insensible face au rejet de l'homme que je pensais différent.

Je m'étais trompée.

Mon opinion avait changé face à ses attentions lors de ce fameux soir à Londres. Mais tout n'était qu'illusion.

La réalité me frappait, me hurlait que j'avais été naïve de penser qu'Asher Scott serait celui qui pourrait m'aider à changer l'image noire que j'avais des hommes. Que je pourrais l'aider tout autant.

J'étais la seule à blâmer, parce qu'au final, je n'avais aucune confiance en cet homme, seulement en l'image erronée que je m'étais faite de lui.

Un déclic sonore me réveilla. Je levai les yeux vers l'horloge : il était 11 h. La porte s'ouvrit doucement, laissant apparaître le psychopathe dans l'embrasure.

— Réveille-toi.

Je gardai les yeux plissés et lui tournai le dos en m'enfouissant sous les couvertures. Il murmura un « tu l'auras voulu » avant de s'éloigner, sûrement à la recherche de quelque chose.

Il voulait jouer au sadique dès le matin, mais je ne lui laisserais pas cette opportunité. Je me levai rapidement et partis en direction de la salle de bains, où ma sale gueule m'accueillit. Devant mes cernes creux et mes yeux bouffis, la réalité me rattrapa. Je le détestais.

L'eau froide du robinet m'aida à me réveiller. La porte d'entrée s'ouvrit, et les voix de Ben et de Kiara emplirent le hall silencieux.

Le reflet du psychopathe apparut dans le miroir ; il me fixait avec un sourire triomphant. Je levai les yeux au ciel et décidai de ne plus lui accorder la moindre attention. Il ne la méritait pas après son comportement d'hier. En réponse, il pouffa.

Je dévalai ensuite les escaliers afin d'échapper à l'homme le plus lunatique et le plus sadique de cette maison.

Je pris un bol de céréales dans la cuisine et rejoignis Ben et Kiara, en pleine discussion.

— C'était juste là, dit Ben en se positionnant à l'endroit exact où le meurtre s'était produit la nuit dernière.

Lorsqu'elle me remarqua, la jeune femme me sourit, rayonnante. Après une brève étreinte, elle admira mes traits fatigués.

— T'as une sale gueule, me fit-elle remarquer.

Je lui répondis par un haussement d'épaules.

— J'ai passé une sale nuit.

Elle me lança un regard désolé, pensant peut-être que c'était à cause des deux mercenaires, alors que la réalité était tout autre.

Nous nous installâmes sur le canapé. Le psychopathe s'affala à son tour dessus et sortit son paquet de cigarettes de la poche de son bas de survêtement.

Kiara suivait ses mouvements de près. Elle lui demanda, les sourcils froncés :

— T'as dormi ?

— Comme un bébé, répondit-il avec sarcasme.

Ben, en entendant sa réponse, s'assit sur la table basse face à lui et approcha sa tête de la sienne. Suspicieux, il examina son visage.

— Il a baisé avant de dormir, déclara-t-il, me faisant presque recracher mes céréales.

Le psychopathe émit un rire moqueur.

— Je n'irais pas jusque-là.

Kiara secoua la tête, blasée, lorsque Ben commença à énumérer les potentielles filles que le psychopathe aurait pu baiser à 3 h.

— Oh, ta gueule, Ben ! s'agaça Kiara avant de se retourner vers nous. Allez, vous êtes prêts ?

Je levai la tête vers elle en fronçant les sourcils. Comment ça, « prêts » ?

— Pas encore, déclara le psychopathe en coinçant une cigarette entre ses lèvres. On part dans une heure.

Une boule se forma dans mon ventre. Il parlait de la mission suicide.

Au fil de leur discussion, je compris que Kiara et Ben allaient rester ici, au cas où quelque chose se produirait pendant notre absence. Kiara m'invita à monter avec elle dans ma chambre et commença à faire ma valise. Nous allions rester à Monaco pendant deux jours.

— Il a couché avec une fille ? s'enquit-elle, curieuse.

Mon souffle se coupa pendant un court instant. Je lui répondis le plus naturellement possible :

— Je n'en sais rien, je dormais.

Suspicieuse, elle m'informa tout en sortant des vêtements de l'armoire :

— Quand il bute quelqu'un, Ash ne dort pas super bien la nuit, et ça se voit. Mais aujourd'hui, on dirait qu'il a passé une nuit paisible.

Je haussai les épaules et esquissai une mine désintéressée alors que je paniquais de l'intérieur.

— Alors, il s'est drogué, conclut-elle, contrariée, en pliant un pull.

Je faillis lâcher un rire en l'écoutant spéculer. Si elle avait su la vérité, elle aurait préféré qu'il se drogue.

Une fois la valise bouclée, je partis prendre une bonne douche, avant d'enfiler les vêtements avec lesquels j'allais faire ce long et éprouvant voyage en compagnie du diable.

Kiara était en bas avec les deux hommes. Je la rejoignis, valise à la main.

— Prêts ? s'enthousiasma Ben.

Il paraissait tellement impatient à l'idée de rester ici sans Asher.

— T'es vraiment en train de me chasser de chez moi, là ? demanda le psychopathe en écrasant sa clope à l'intérieur du cendrier.

— C'est très bien me connaître, cher cousin !

L'intéressé secoua la tête, blasé, et réitéra ses menaces :

— Si vous cassez quelque chose, je vous brise les os. Ne dormez pas dans ma chambre et par pitié, pas de fête.

Les deux acquiescèrent comme des adolescents face à leur père. Ben renchérit :

— Est-ce que je peux-

— Non.

Je ris doucement face à la mine renfrognée de Ben. Puis, je relevai un sourcil, étonnée, lorsque je vis le psychopathe se diriger vers les escaliers qui menaient au garage en portant sa valise, mais aussi la mienne.

Asher le faux gentleman : épisode un.

J'adressai un dernier signe d'au revoir à Kiara et Ben, avant de suivre l'enculé à qui je n'adressais plus la parole.

Je le retrouvai en train d'enfouir les valises dans le coffre. Nous prîmes place à l'intérieur de la voiture, sans un mot.

Comme je m'en doutais, il démarra sur les chapeaux de roues, créant alors un vacarme monstre dans le garage.

Je croisai les bras et soupirai d'agacement, prête encore une fois à être bringuebalée dans tous les sens avec ce fou du volant qui n'avait pas peur d'y laisser la vie, et la mienne en cours de route.

Pendant le trajet, je sentais qu'il me lançait des regards furtifs en appuyant sur la pédale, attendant peut-être une réaction de ma part, mais je restais muette, même si je criais de peur au fond de moi.

— Oh… tu boudes, se moqua-t-il en accélérant.

Je ne répondis rien.

Amusons-nous à compter les vents qu'il se prendra pendant cette conversation à sens unique. Et d'un.

— Tu t'es réveillée du mauvais pied ? Ou peut-être que t'as tes règles ?

Deux vents.

— Tu sais, captive, il y a une secte pas très loin d'ici. Tu veux faire office de sacrifice ?

Trois vents.

— Ça te dit de rouler en sens inverse ? Je suis sûr que ça pourrait être marrant, dit-il malicieusement.

Quatre vents.

— J'ai envie de conduire avec mes genoux, on va tester.

Cinq vents.

— Ou on va voir si la voiture est étanche en faisant un petit plongeon dans une rivière pas loin.

Six vents.

Et il continua encore et encore à me faire chier. Mais je ne cédai pas et le laissai parler pour ne rien dire tout en regardant par la vitre afin d'éviter toute confrontation visuelle.

Encore quelques minutes à ne me sortir que des conneries pour attirer mon attention, et je le sentis s'irriter face à mon mutisme.

— OK, j'ai mieux, on va s'arrêter ici.

Il freina sec au beau milieu de l'autoroute. J'écarquillai les yeux.

— On ne bougera pas d'ici tant que tu ne parleras pas, déclara-t-il.

Des voitures roulant à toute allure nous évitaient d'un cheveu en klaxonnant. Mon cœur battait la chamade face au danger autour de nous.

— Démarre ! lui ordonnai-je sèchement tout en jetant un coup d'œil en arrière.

— Maintenant, tu parles, dit-il, fier de son coup.

Mais il ne bougeait pas, les bras croisés, le regard sévère.

— Démarre, on va crever ici, et loin de moi l'envie de mourir avec toi.

Il émit un petit rire moqueur face au ton froid et sec que j'employais. Le même qu'hier soir.

— Tu ne sais pas l'honneur que tu rates, alors.

— C'est bon, je t'ai parlé, on peut démarrer ?

Il se tut un instant, avant de soupirer avec un petit sourire en coin.

— De toute manière, la route est encore longue.

Sur le coup, je ne compris pas sa remarque. Puis, je me rappelai que nous étions sur le point de nous envoler pour Monaco dans à peine vingt minutes. Soit onze putains d'heures de vol.

Lorsque la voiture s'arrêta une nouvelle fois, je levai la tête de mon téléphone. Nous étions arrivés près du jet du psychopathe. Il sortit, et je le suivis. Chargé de sa valise et de la mienne, il se dirigea vers le jet.

Asher le faux gentleman : épisode deux.

Dès que nous nous engouffrâmes à l'intérieur, les deux hôtesses lui ôtèrent nos valises des mains avec un sourire chaleureux, ce qui leur valut, en guise de réponse, le visage fermé du psychopathe. Les pauvres.

Aussitôt assise sur l'un des sièges en cuir beige, aussitôt tournée vers le hublot. J'évitais ainsi toute confrontation avec celui qui m'avait rejetée après avoir eu ce qu'il voulait.

Je l'entendis pouffer. De mon côté, je soupirai d'agacement à la perspective d'encore subir les gamineries et les sautes d'humeur de l'indécis qu'il était.

— T'es vraiment en train de faire la gueule, captive ? demanda-t-il, un brin moqueur. Certains sont morts pour moins que ça, tu sais ?

Je pris mon téléphone en l'ignorant complètement.

— Je suis sûr que ça te brûle les lèvres de me balancer toutes les insultes que tu as conservées dans ton esprit depuis *hier soir,* se moqua-t-il encore.

Ce n'étaient pas mes lèvres qui brûlaient, c'était tout mon être qui bouillonnait tant je me retenais de le gifler là, maintenant, tout de suite, pour lui faire fermer sa gueule pour de bon. Mais je devais rester en retrait. Il ne méritait pas que je lui accorde de l'importance. Je devais garder le contrôle.

Soudain, sa main m'arracha le téléphone qui m'aidait à canaliser mes pulsions. Je le fusillai du regard lorsqu'il enfouit l'appareil dans sa poche.

— Tu veux faire la gamine ? Alors, attends-toi à être punie comme telle.

— Va te faire foutre, lâchai-je rageusement.

Il reprit d'un ton faussement aguicheur :

— Sauvage, en plus... Je connais d'autres manières de te punir... termina-t-il en se léchant les lèvres.

J'écarquillai les yeux en avisant sa langue, et il explosa de rire.

Je fixai le hublot pendant le décollage tandis que le psychopathe fouillait dans ses poches. Puis, le son de son briquet retentit. Je l'entendis souffler lentement. Il fumait. À l'intérieur du jet.

Sa fumée ne tarda pas à envahir mon espace, encore pur quelques secondes auparavant. Je compris alors qu'il venait de me cracher son poison.

Je balayai son air toxique en l'entendant pouffer.

— Tu boudes encore ?

Je laissai sa question sans réponse.

— Si tu ne veux pas me parler, libre à toi, soupira-t-il. Ça m'aide, parce que je veux me confier à toi.

Le ton grave et presque triste qu'il avait utilisé me fit tourner la tête. Est-ce qu'il était sérieux ? Il souhaitait enfin se livrer ?

Il esquissa un sourire narquois en reprenant une latte.

— On m'a toujours dit que je pouvais être acteur, tu ne trouves pas ?

Je serrai aussitôt les poings. Il se payait ma tête. Mais c'était plus fort que moi, je devais le remettre à sa place.

— Sauf pour jouer les scènes du baiser, parce que t'es vraiment incompétent.

Il me fusilla du regard en vérifiant qu'aucune hôtesse n'avait pu surprendre notre conversation. Par chance, aucune n'était dans les parages. Avec un petit rictus, il ajouta ensuite :

— Tu as perdu.

Devant mes sourcils froncés, il me murmura fièrement :

— Je te ferai toujours perdre le contrôle, c'est fou.

Il venait de gagner en me faisant parler.

Bordel, pourquoi lui avais-je adressé la parole ? L'arrogance qui émanait de lui à présent qu'il avait atteint son objectif m'insupportait. Je l'entendis pouffer, ce qui ne fit qu'accroître ma colère.

Soudain, ça fit tilt dans ma tête. Il voulait jouer à celui qui poussait l'autre à perdre le contrôle ? Je voyais qu'il avait la mémoire courte. On allait la lui rafraîchir.

— Alors, pour une fois, on est quittes, déclarai-je en croisant les bras et en souriant sournoisement.

Pendant un court instant, il cessa tout mouvement. Il se tourna vers moi, l'air interrogateur.

— Tu penses m'avoir déjà fait perdre le contrôle ? Toi ? Vraiment ?

Il me regardait, incrédule. Comme si c'était la chose la plus stupide qu'il ait jamais entendue. Il émit un faux rire moqueur et me cracha :

— Même un rat me ferait plus d'effet que ta stupide tête de retardée.

Même si sa phrase m'avait blessée, je n'en laissai rien paraître. À la place, je demandai innocemment :

— Pourquoi tu t'emportes ? Je ne comprends pas... Aurais-je dit une vérité que tu n'arrives pas à t'avouer ?

Il serra la mâchoire un instant. Puis, un petit rire cynique s'échappa de ses lèvres lorsqu'il répliqua :

— Oh, *mon ange*, je ne m'emporte pas. Je suis simplement en train de t'aider à ne pas nourrir de faux espoirs.

Mon souffle se coupa face au surnom qu'il venait de me donner, ce surnom qui était sorti de sa bouche pour la première fois la nuit de la soirée des captives.

— Tu ne me feras jamais perdre le contrôle. Jamais.

Sa phrase sonnait comme une affirmation, comme une vérité que je ne pourrais jamais démentir, et comme un défi que j'allais bientôt relever.

— Ce n'est pas parce qu'aucune femme ne t'a encore fait perdre le contrôle qu'elle n'existe pas pour autant, lançai-je.

Il me défiait du regard, sans se départir de son sourire malicieux.

— Ne joue pas avec le diable, mon ange, me prévint-il. Ne t'aventure pas là où tu le regretteras.

Mais c'était déjà trop tard. La malice s'empara de moi, suivie d'une folle envie de le voir perdre le contrôle et de détruire son ego surdimensionné. Lui qui paraissait si insensible, lui qui ne faisait que jouer avec moi depuis le début. Lui qui pensait ne jamais perdre.

Lui allait voir toutes les idées qu'il s'était faites sur lui-même s'évaporer exactement comme moi, hier. Et son ego allait en prendre un sacré coup.

On disait que la vengeance était un plat qui se mangeait froid. Mais dans ma situation, il serait brûlant.

— Pourquoi tu souris comme une débile, encore ? me demanda-t-il, suspicieux.

Je secouai la tête avec ce même sourire scotché sur les lèvres. Devant mon silence, il continua :

— Tu me traites tout le temps de psychopathe, mais là, c'est toi qui me ferais presque flipper, me confia-t-il en examinant mon visage encore noyé dans l'excitation.

— On verra qui de nous deux perdra le contrôle, lâchai-je en me tournant vers le hublot, déjà en pleine élaboration d'un plan.

« Même un rat me ferait plus d'effet. »

Ça, c'est toi qui le dis, Scott.

CHAPITRE VINGT-SIX

JEU DE CONTRÔLE

— Bienvenue à Monte-Carlo, monsieur Scott, dit le chauffeur d'une voiture incroyablement luxueuse, à notre sortie du jet. J'espère que votre voyage s'est bien passé.

— Assez, rétorqua-t-il.

Dès notre descente, je sentis mes muscles se décrisper suite aux onze heures de vol que je venais de me taper avec l'être le plus narcissique et enfantin que je connaissais, qui avait passé le plus clair de son temps à me faire chier. En d'autres termes, j'étais bien heureuse d'être venue à bout de ce vol, merci de demander.

Nous étions en route pour je ne savais quel endroit. Pendant que le chauffeur roulait à vive allure, j'admirais les rues, les passants, les paysages, les voitures. Tout était différent, tout était plus beau, magnifique même. Je décidai de prendre quelques photos avec mon téléphone, malgré les rires moqueurs de mon possesseur, qui ne semblait pas du tout être impressionné par la ville comme je l'étais.

Rien ne l'impressionnait, de toute façon.

Mais ce n'était qu'une question de temps.

Nous arrivâmes très vite à l'intérieur d'une propriété privée au sommet d'une colline. J'aperçus au loin un loft, un loft des plus luxueux. Ses nombreuses baies vitrées me rappelaient la demeure du psychopathe.

— Et nous y sommes, déclara le chauffeur en se garant près de la porte d'entrée.

— Demain soir, 20 h, ordonna le psychopathe d'un ton neutre. Apportez nos tenues tôt le matin.

Le chauffeur acquiesça et sortit de la voiture pour nous ouvrir la portière. Le psychopathe le devança. Je remerciai gentiment le chauffeur lorsqu'il me tendit ma valise, là où l'autre démon la prit sans un mot.

L'intérieur de la maison était épuré. Le bois se mêlait aux tons bleus et blancs, des couleurs sublimées par les lumières tamisées. Les rayons du soir entraient par les grandes baies vitrées, à travers lesquelles on pouvait admirer la baie.

Guidée par ma curiosité, je découvris cet espace dont l'aménagement me laissait sans voix, un véritable plaisir pour les yeux.

— T'as fini de baver sur le canapé ? demanda la voix rauque du psychopathe.

Je levai les yeux au ciel et me tournai vers lui.

— Suis-moi, m'ordonna-t-il en se dirigeant vers les escaliers qui menaient à l'étage.

Je m'exécutai. Je remarquai au passage qu'il avait pris nos deux petites valises.

Asher le faux gentleman : épisode trois.

Il posa la mienne à l'entrée de la chambre dans laquelle j'allais dormir. Il pénétra ensuite dans la chambre collée à la mienne. Ainsi, seul un mur nous séparerait pendant notre sommeil. Enfin, il ne dormait jamais, ce psychopathe.

Après avoir fermé la porte derrière moi, j'inspectai la pièce. Au premier regard, elle était basique. Cependant, quelque chose me fit relever la tête. Une partie du plafond dévoilait le ciel étoilé au-dessus de nous, ce qui me rappelait la maison de Kiara.

Je continuai mon exploration en ouvrant une porte discrète dans le coin de la pièce.

Une salle de bains. Une immense salle de bains.

Rien que pour moi.

Mes yeux s'arrêtèrent sur cette baignoire trop grande, avec des produits disposés sur le rebord. J'avais besoin d'un bon bain moussant !

Je la laissai se remplir et m'y plongeai en laissant un soupir s'échapper de mes lèvres. Je me détendis, les yeux fermés. J'avais besoin de ça, après ce long vol à côté du psychopathe. Je plongeai la tête sous l'eau, jusqu'à ne plus rien entendre autour de moi. Juste le silence amplifié.

Ce son relaxant m'aida à me détacher de la réalité pendant un petit moment et à me remettre les idées en place en me permettant de me retrouver avec une partie de moi-même.

La pilule n'était pas encore passée, je devais l'admettre. Son rejet avait anéanti en moi cet espoir qu'il soit différent des autres. Je sentais que lui aussi était brisé, mais j'ignorais pourquoi. Il était un mystère que je voulais percer, mais en même temps…

J'avais peur.

J'avais peur de ses réactions imprévisibles et nerveuses, celles-là mêmes qui me poussaient à m'intéresser à lui.

Que s'était-il passé dans sa vie ?

Pourquoi se comportait-il ainsi ?

Pourquoi me rejetait-il constamment ?

Pourquoi ne voulait-il pas se faire aider ?

Kiara m'avait dit qu'il n'avait pas toujours été comme ça : si froid, si distant, si cruel. Mais je savais quelque chose que Kiara ignorait, et qu'il refusait d'admettre par les paroles. Je le savais, car ses gestes le trahissaient.

Ma présence ne le laissait pas indifférent, comme il nous le faisait croire. Il agissait de manière trop contradictoire, sa raison en conflit avec ses envies. Il m'embrassait pour mieux me repousser. Il me traitait comme un objet, puis réclamait mon attention.

Je commençais à croire nous étions comme des aimants : on s'attirait, mais il suffisait d'un rien pour créer de la répulsion.

Je savais que quelque chose avait changé en moi vis-à-vis d'Asher, que j'étais tout autant en contradiction lorsqu'il s'agissait de lui. J'ignorais comment je pouvais qualifier ce que je ressentais. Mais tout s'était amplifié lors du baiser.

Cette nuit-là, c'était comme si nous avions tout laissé de côté pour nous concentrer sur *nous-mêmes*. Pour la première fois, je n'étais plus la seule à batailler avec mes démons et mes angoisses. Pour finir, j'avais l'impression que nous n'étions pas si différents.

Et Asher ne me laissait pas indifférente.

Peut-être parce qu'il paraissait aussi brisé que moi. Que je me retrouvais en lui comme dans personne d'autre. Que j'avais trouvé une fine lumière dans son âme noircie par des événements qui m'étaient inconnus.

Grâce à lui, je ne me sentais plus vulnérable. Grâce à ce con égocentrique, je me sentais en sécurité.

À court d'oxygène – de toute évidence, je n'étais pas une sirène –, je sortis la tête de l'eau. En ouvrant les yeux, j'aperçus quelque chose qui me causa presque une crise cardiaque.

La douche à l'italienne face à moi était en marche et heureusement, la vitre était opaque. Cependant… Le psychopathe prenait sa douche en même temps que je prenais mon bain.

À quel moment était-il rentré ? M'avait-il vue nue ? Oh, mon Dieu.

Sans pouvoir me contenir, je m'exclamai :

— Tu ne pouvais pas attendre que je finisse ?!

Je ramenai la mousse à moi, dans l'espoir de me couvrir. Il éclata de rire et arrêta le jet d'eau.

— Il n'y a qu'une salle de bains, je ne vais pas me gêner pour l'utiliser.

— L'intimité, tu connais ? lui demandai-je, encore choquée par sa présence. Ça ne t'a pas traversé l'esprit que je pouvais être toute nue ?!

— Mais tu ne l'étais pas, remercie la mousse.

Il tendit son bras vers une serviette blanche, qu'il enroula autour de sa taille. Je vis sa silhouette élancée sortir de la douche avant de me faire face avec un petit sourire narquois.

Ses cheveux humides répandaient des gouttes d'eau sur son torse sculpté. Il s'approcha, ses yeux brûlants posés sur moi.

Par réflexe, et tant j'étais intimidée par sa présence, je me laissai glisser doucement sous l'eau. Il s'accroupit près de la baignoire. Son doigt pénétra délicatement la surface de l'eau et fit remonter mon menton noyé à l'intérieur.

Nos têtes étaient très proches.

— Et heureusement pour toi, parce que tu auras besoin de marcher, demain soir, murmura-t-il.

Mes yeux s'écarquillèrent et mon cœur fit un bond lorsque je compris le sous-entendu. Il éclata de rire face à ma réaction, puis rebroussa chemin vers la porte. Sans se retourner, il me lança d'un ton arrogant :

— Et je vais avoir besoin de ma vue, tu m'aurais aveuglé avec autant de laideur.

Il sortit avec ce même air orgueilleux. Son ego surdimensionné venait de refaire surface. Cet ego que je voulais détruire pour lui montrer qu'il n'était pas celui qu'il prétendait. Qu'il n'était pas aussi intouchable et froid. Et que je pouvais lui faire perdre le contrôle de cette image indifférente qu'il me renvoyait.

Une image que j'allais très prochainement brûler.

Et son corps avec.

Lorsque je quittai la salle de bains, mon ventre criait famine. Je descendis dans la cuisine que j'avais remarquée à mon arrivée.

Le frigo était vide. *Excellent.*

Je rejoignis le psychopathe, qui était en train de fumer sur le balcon près du salon.

— Il n'y a rien à l'intérieur du frigo ! râlai-je.

— Encore heureux ! La dernière fois que quelqu'un a mangé ici, c'était en 2013.

— Eh bien, là, on n'est en plus en 2013, et il n'y a rien à l'intérieur, lui dis-je en croisant les bras.

Il se tourna vers moi en arquant un sourcil.

— Tu penses que je vais faire les courses pour deux jours ? Si tu veux manger, tu n'as qu'à sortir.

Je me tus une seconde afin de réfléchir sérieusement à cette idée, mais j'avais peur de me perdre dans une ville que je ne connaissais pas.

— Je vais me perdre, tu sais ? Imagine qu'on me kidnappe ? Ou qu'on me viole ?

Avec une expression blasée, il termina sa cigarette avant de l'écraser au sol.

— Habille-toi, on sort, soupira-t-il.

J'esquissai un sourire triomphant et tournai les talons pour aller m'habiller. Je décidai d'enfiler la petite jupe en cuir que Kiara m'avait forcée à prendre, au lieu d'un jean. Munie de mes bottines et d'une veste, je descendis au salon en attendant l'arrivée de monsieur.

Il dévala les escaliers et ralentit lorsqu'il me vit. Ses yeux se posèrent sur moi, ou plutôt, sur mes jambes nues, avant de remonter jusqu'à mon visage.

— Tu vas avoir froid, me dit-il en ouvrant la porte. On va marcher.

Je haussai les épaules et le suivis.

On marchait silencieusement en direction du centre-ville, situé un peu plus loin. Je croisais les bras afin de me réchauffer un peu. Il avait raison, il faisait froid. En le remarquant, il émit un rire moqueur et me lança un « je te l'avais dit » qui me fit lever les yeux au ciel.

Arrivée au centre-ville encore animé de Monte-Carlo, je profitai de la vue sur la magnifique baie. Les lumières des magasins ouverts à cette heure tardive rendaient les rues plus vivantes que jamais. Nous croisâmes un groupe de jeunes filles un peu plus jeunes que moi qui lançaient, au loin, des œillades aguicheuses à mon possesseur. Ce dernier semblait néanmoins plus intéressé par mon malheur face au froid que par leurs regards.

— Ne compte pas sur moi pour te donner ma veste, elle coûte cher.

Elles haussèrent le ton lorsqu'elles s'approchèrent de nous, dans le but d'attirer son attention. Je grimaçai en entendant leurs voix aiguës qui me rappelaient étrangement celle de Sabrina.

La plus courageuse d'entre elles s'arrêta à notre niveau et demanda au psychopathe, le regard innocent :

— Bonsoir, mes copines et moi sommes perdues et on-

— Il y a une carte de la ville là-bas, répondit-il d'un ton neutre en continuant son chemin sans se retourner.

Je pouffai face à l'expression outrée de la jeune fille qui venait de voir ses espoirs être détruits par mon possesseur. Il tourna la tête vers moi.

— Quoi ?

Je lui dis avec un sourire moqueur :

— Tu ne fais mouiller que les mineurs, c'est insultant pour ton ego.

Il rit.

— Tu n'es pas mineure, toi, je me trompe ? répliqua-t-il.

Je secouai la tête.

— Alors, je ne fais pas mouiller *que* les mineurs, termina-t-il avec un sourire triomphant.

J'arquai un sourcil, blasée.

— Dans tes rêves, Scott.

— Mes cauchemars, Collins.

Nous nous arrêtâmes devant un restaurant assez chic, visiblement bien rempli. Le psychopathe entra, et je le suivis de près. Le réceptionniste, élégamment habillé, écarquilla les yeux lorsqu'il nous vit, ou plutôt, lorsqu'il vit le psychopathe. Il lui offrit son plus beau sourire, devant lequel mon possesseur resta de marbre. Je ne comprenais pas la réaction du réceptionniste jusqu'à ce qu'il déclare, à la fois admiratif et surpris :

— Monsieur Scott ! Quel honneur de vous revoir ici !

— Bonsoir, ma table est toujours disponible ?

— Mais bien sûr !

Le réceptionniste interpella un jeune homme, qui nous amena dans une pièce à l'étage. Au centre de la salle vide et silencieuse était dressée une table, illuminée par de faibles lumières ainsi que par l'éclairage extérieur, que les grandes fenêtres laissaient rentrer.

— Laissez-moi vous débarrasser, dit le jeune homme en m'enlevant délicatement ma veste, sous le regard du psychopathe.

Je fronçai les sourcils en feuilletant le menu. Je ne connaissais pas la plupart des ingrédients, mais j'étais gênée de lui demander ce qu'était une « truffe ». Ou encore, ce que signifiait « sans gluten ».

Je l'entendis rire, son sourire moqueur en disait long sur ce qu'il pensait.

— On dirait que tu parcours un livre de maths.

Je sentis mes joues chauffer, embarrassée par mon manque de culture.

— C'est quoi la différence entre des pâtes sans gluten et des pâtes basiques ? demandai-je en sentant ma gêne monter à une vitesse fulgurante.

Amusé, il répondit :

— Le prix ?

Je secouai la tête, blasée. Comme je ne comprenais toujours pas la différence, je décidai de prendre les basiques.

Le jeune serveur revint vers nous. Il posa les yeux sur moi avec un petit sourire chaleureux avant de regarder le menu que je tenais entre les mains. Le psychopathe se racla la gorge afin d'attirer son attention et lui énonça nos commandes d'un ton froid.

Après les avoir notées, l'homme quitta la pièce sans un mot.

— Tu lui as tapé dans l'œil, me dit le psychopathe en sortant son paquet de cigarettes de sa poche.

Je haussai les sourcils. Il parlait du serveur ?

— Il regardait tes mains, continua-t-il, sûrement pour savoir si t'étais prise.

Je levai les yeux au ciel.

— Tu dis n'importe quoi, il regardait la carte ! Mais bon, au moins, ce n'est pas un mineur.

Il esquissa un faible sourire.

— Qu'est-ce que tu es naïve ! lâcha-t-il.

— C'est toi qui dis n'importe quoi.

— Tu penses que je dis de la merde ? On parie ?

Avec un air de défi, il posa ses coudes sur la table. J'entrai dans son jeu : quoi de mieux pour détruire son ego que de commencer par un pari que lui-même avait lancé ?

Le serveur s'était simplement montré gentil, une chose que lui ne faisait que lorsque quelqu'un lui tapait dans l'œil, apparemment.

— On parie.

Je vis ses yeux pétiller, signe que ça ne sentait pas bon pour moi si je perdais ce pari. Il retira ensuite l'un des anneaux qu'il avait autour de ses doigts. Il me le tendit et me demanda de le porter à mon annulaire gauche. Je m'exécutai, et il suivit mon geste du regard.

Sa bague en argent était un peu grande pour mon doigt. Ni trop grosse ni trop fine, elle comportait un mot gravé. Ou plutôt, un nom.

« R. Scott »

— C'est quoi, l'objet du pari ? lui demandai-je en relevant la tête.

— Toi, me répondit-il du tac au tac.

Je frôlai la crise cardiaque. Comment ça, moi ? Mes muscles se crispèrent, ma gorge devint sèche. Une vague de scénarios aussi horribles les uns que les autres s'accumulèrent dans mon esprit. Le connaissant, il pouvait m'ordonner de sauter du haut d'une falaise, ou de rester au milieu d'une autoroute.

Ma peau se couvrit de sueurs froides.

— Je refuse ! m'écriai-je devant son sourire en coin.

— Il fallait demander avant, c'est trop tard, mon ange.

Au même moment, le serveur arriva avec nos plats.

— Pour monsieur, dit-il en posant le plat du psychopathe, et pour m-

— Madame, le coupa le psychopathe.

Le jeune serveur se crispa et lança une œillade furtive en direction de mon annulaire. Avec un petit sourire gêné, il posa mon plat, puis quitta la pièce en toute hâte.

Le psychopathe lâcha un petit rire en secouant la tête. Le regard fier, il déclara :

— Ash : 1 – Ella : 0.

Je croisai les bras en fronçant les sourcils. Alors que j'allais enlever sa bague, il m'ordonna :

— Garde-la jusqu'à la fin du dîner.

Je dévorai mon plat, qui était absolument succulent. Notre dîner s'acheva dans un silence naturel. Asher paya la note au nom des « Scott », et nous quittâmes le restaurant. Je ne savais pas ce qu'il me réservait. Mais je savais une chose : j'étais l'objet d'un nouveau plan machiavélique.

Je remarquai pendant notre marche nocturne qu'on reprenait le chemin que nous avions emprunté quelques heures plus tôt pour rejoindre la ville, signe que nous retournions à la maison. Je m'abstins de mentionner son petit pari à la con. Peut-être l'avait-il oublié ?

Nous arrivâmes très vite au loft. Dès que le psychopathe ouvrit la porte, je montai les marches deux à deux en priant pour qu'il ne m'arrête pas. Sauf que j'entendis derrière moi son petit rire.

Je déglutis et, arrivée à ma chambre, je fermai la porte en soupirant un bon coup. Je percevais le bruit de ses pas dans les escaliers. La porte de sa chambre grinça. Il avait laissé tomber, c'était moins une.

— Bouh ! fit la voix rauque d'une tête qui sortait du… *COIN DE LA PIÈCE ?*

Je criai de surprise tandis que le psychopathe explosait de rire. La main sur le cœur, je m'approchai de lui. Sa tête sortait d'une porte coulissante secrète, presque totalement fondue dans le mur blanc.

— T'as fait une tête, bordel ! s'esclaffa-t-il.

Je passai ma main dans mes cheveux et soufflai afin de calmer mon cœur qui battait la chamade. Il posa un pied dans la pièce, puis l'autre, s'avançant dangereusement vers moi.

— Tu pensais vraiment m'échapper ? souffla-t-il avec un sourire machiavélique.

Je reculais à mesure que ses jambes venaient vers moi. Le souffle saccadé, je redoutais le pire. Mon dos heurta finalement la porte de la salle de bains. Il s'arrêta face à moi. Quelques centimètres nous séparaient, à présent.

Lorsque sa main se posa sur mon avant-bras, je me crispai. Sans me lâcher du regard, il descendit ses doigts lentement jusqu'aux miens, avant d'attraper son anneau et de le retirer délicatement de mon annulaire.

— J'adore te voir vulnérable, bordel…

Son visage se rapprocha du mien, et nos respirations se mélangèrent. Ses yeux balayèrent mes traits, s'attardant sur mes yeux écarquillés.

— Qu'est-ce j'aime ça…

Sa main se fraya un chemin jusqu'au bas de mon dos tandis que l'autre emprisonnait ma hanche, me forçant à diminuer la distance entre nous.

— J'ai commis une erreur avant-hier, murmura-t-il, une belle erreur.

Sa main dans le bas de mon dos remonta pour se poser sur ma mâchoire. Son pouce caressa mes lèvres doucement.

— Une erreur que je voulais que tu fasses avant moi, continua-t-il en scrutant mes lèvres avec insistance, cette erreur que je voudrais que tu fasses maintenant.

Mon cœur rata un battement. Était-ce sa manière de me dire qu'il voulait que je l'embrasse ?

Lorsqu'il passa la langue sur ses lèvres, je sentis mon cœur défaillir.

Mais ma quête pouvait débuter. Toute la situation changeait, à présent. J'avais enfin l'occasion de retourner ce jeu contre lui. Après m'être m'approchée comme il le désirait, je m'éloignai lorsqu'il tenta de sceller nos lèvres.

Son souffle se coupa lorsque mes mains se posèrent sur sa taille. Son regard d'acier rivé sur mes lèvres remonta jusqu'à mes yeux. Je sentais son poids sur moi.

Il voulait m'embrasser. Il en avait envie, une envie que trahissait son toucher brûlant.

Ma main se plaqua contre son torse. Je sentais son cœur battre la chamade contre ma paume, si bien qu'un petit sourire s'afficha au coin de mes lèvres. Il fronça légèrement les sourcils.

— Même un rat te ferait plus d'effet ? lui demandai-je en répétant ses mots crus.

Seulement, je ne lui laissai pas le temps de répondre. J'éloignai mon visage du sien afin de me rapprocher de son oreille. Lorsque j'emprisonnai son lobe dans ma bouche, je le sentis commencer à perdre le contrôle. Il nous colla brutalement contre la porte. Sa main libre descendit sur ma cuisse, qu'il caressa doucement.

Sa main brûlante contre ma peau me rendait vulnérable, mais je ne devais pas céder. Je continuai à titiller son oreille, lorsqu'il attrapa mes cheveux pour doucement me tirer la tête en arrière, me rappelant qu'il n'aimait pas se laisser faire.

Fière de moi, je lui assénai le coup final dans un murmure :

— J'aurais voulu commettre cette erreur avec le serveur, mais t'as gâché toutes mes chances.

Je le repoussai ensuite pour me positionner près de mon lit. J'ouvris ma valise, un sourire triomphant scotché aux lèvres. Je le vis se retourner et fixer le mur face à lui avec un sourire mauvais.

Il se dirigea vers sa chambre. Avant de passer la porte coulissante, il m'avertit :

— Je t'avais pourtant prévenue de ne pas jouer avec le diable, mon ange. Tu vas perdre la tête en enfer.

Il venait d'accepter mon défi. À présent, nous prenions tous les deux part à un jeu dont les règles étaient tacites mais claires : le premier à perdre le contrôle serait le plus faible de nous deux. Et je refusais de perdre face à lui, pour la même raison que je m'étais lancé ce défi personnel, hier : une question d'ego.

CHAPITRE VINGT-SEPT

PLAN CACHÉ

— Les choses peuvent changer, m'expliqua le psychopathe d'une voix rauque en posant une lentille de couleur noire sur l'une de ses pupilles grises.

Il cligna plusieurs fois des yeux, s'habituant au corps étranger qui lui servait à cacher son identité. Ses cheveux blonds, d'habitude désordonnés, étaient à présent plaqués en arrière, ne laissant qu'une petite mèche retomber sur son front. Son tatouage dans le cou était camouflé avec du fond de teint qui couvrait impeccablement l'encre sous sa peau. Il était presque méconnaissable.

— Je dois juste marcher ? demandai-je en essayant de comprendre le plan.

— La présentation des bijoux se fera avec des modèles. James sera au premier rang. C'est comme ça que tu attireras son attention, tu seras celle qui portera le dernier bijou.

Ma robe en main, je déglutis. Être le centre de l'attention n'était pas ce que je préférais, et en toute honnêteté, j'appréhendais cette soirée. J'avais un mauvais pressentiment.

Je savais qu'elle s'annonçait dangereuse, très dangereuse. Nous étions sur le point de tuer quelqu'un. J'étais au milieu d'un stratagème sanglant qui consistait à attirer le futur cadavre loin des regards curieux pour laisser le faucheur prénommé Asher Scott lui prendre la vie.

De plus, je devais jouer les modèles pour une vente aux enchères. *Excellent.*

Il posa ses yeux devenus noirs sur moi et arqua un sourcil.

— T'attends quoi pour mettre ta robe ?

— Que tu quittes la salle de bains ? rétorquai-je en levant les bras comme si c'était évident.

Pour mieux me narguer, il boutonna les manches de sa chemise en prenant tout son temps.

— La cravate est trop serrée...

Je soufflai d'exaspération en le regardant défaire sa cravate pour la quatrième fois et la nouer à nouveau. Agacée par sa lenteur, je me précipitai vers lui et le tournai face à moi.

Il avait encore volontairement trop tiré dessus. Je desserrai le tissu doucement, sous son œil attentif. J'arrangeai une dernière fois le col de sa chemise blanche et tapotai son torse.

— Voilà. Elle est bien, maintenant. Même pas foutu de bien nouer une cravate !

Il sourit malicieusement.

— Je suis doué dans d'autres domaines, tu sais...

Je m'éloignai de lui en le narguant. Les bras croisés, j'attendis que monsieur se décide à sortir pour me laisser m'habiller. Pourtant, au lieu de quitter la pièce, il s'approcha dangereusement de moi. Avec un sourire en coin, il posa ses mains sur ma taille.

— Mes doigts ne sont peut-être pas habiles pour nouer une cravate, mais ils seront très doués pour te faire-

— Allez ! le coupai-je en le poussant, sors d'ici.

Mes joues chauffaient. Amusé, il se détacha de moi. Son épaule frôla la mienne.

— Fais vite, on sort bientôt.

Sur ce, j'entendis la porte se refermer derrière moi. Je la verrouillai et me changeai rapidement. J'appliquai soigneusement les produits de maquillage que m'avait donnés Ally afin de paraître plus ou moins potable. Inutile de préciser qu'Ally était beaucoup plus forte que moi, même si elle m'avait appris à utiliser ce maquillage avant mon départ.

Au bout de presque trente minutes, je terminai, assez fière de moi. Le rendu était plus naturel que ce que j'avais l'habitude de porter durant les soirées. Mon rouge à lèvres était assez rosé, et mon fard à paupières plus clair que d'habitude. Avec un peu de rose sur mes joues, et grâce aux paillettes qu'Ally appelait « *highlighter* », mon teint paraissait plus frais et lumineux.

La robe que je devais porter était entièrement dorée, aussi magnifique que précieuse. Je décidai de m'attacher les cheveux en un chignon bas tout en lâchant quelques mèches sur le devant. J'étais prête, enfin presque.

Je ne pouvais pas fermer la robe, du moins pas toute seule. La fermeture Éclair se trouvait dans mon dos, inaccessible. J'essayai tant bien que mal de la remonter, mais elle ne se fermait pas jusqu'au bout.

Je soufflai de frustration en fermant les yeux. Je devais demander l'aide du psychopathe. *Quel cliché.*

Mes pas me menèrent jusqu'à la porte, que j'ouvris avec beaucoup d'hésitation. Aucun signe du psychopathe dans ma chambre. Je décidai donc de toquer à la porte coulissante.

— Ouais, entendis-je.

Je poussai lentement le battant. Il se tenait là, sur son lit défait, un verre de whisky à la main.

Il détailla ma tenue, s'arrêtant sur les courbes de ma taille dénudée à cause des découpes que proposait le modèle. Je sentais ses yeux brûlants sur moi parcourir ma peau avec l'intensité qui les caractérisait lorsqu'il les laissait se perdre sur mon épiderme.

Je me raclai la gorge afin d'attirer son attention sur ce que j'allais dire :

— J'ai besoin que tu m'aides à fermer la robe, s'il te plaît.

Il me dévisagea avec un petit sourire en coin. Puis, il se leva et s'approcha lentement de moi. Ses pas constituaient le seul bruit autour de nous.

— Voyez-vous ça… dit-il sournoisement.

En fuyant son regard de prédateur, je remarquai que son lit était à l'opposé du mien. Seul un mur séparait nos têtes de lit. Et il avait le même plafond étoilé que moi, qui rendait l'architecture de cette maison si créatif.

Je le sentis passer derrière moi. Son doigt frôla le tissu transparent qui couvrait mes épaules. Il en suivit la courbe en remontant délicatement jusqu'à mon cou.

— Voilà, tes cheveux ne sont plus dans le passage, souffla-t-il en caressant ma nuque de son pouce. Et tu demandes mon aide…

— La *fermeture*, Scott, on va être en retard ! m'exclamai-je en essayant de rester calme alors que son toucher déclenchait en moi des frissons incontrôlables.

— Tu me donnes des ordres, captive ? murmura-t-il derrière moi.

— Ella, corrigeai-je en fermant les yeux à l'instant où ses lèvres frôlèrent ma nuque.

Il était en train de jouer. Sa bouche s'étira contre ma peau lorsque ma respiration commença à se saccader. Je sentis son index descendre le long de ma colonne vertébrale. Il emprisonna la fermeture délicatement tandis que les doigts de sa main libre caressaient ma taille dénudée dans un geste lent.

— Je déteste qu'on me donne des ordres… chuchota le psychopathe tout en remontant la fermeture jusqu'en haut.

Il m'attira à lui. Son souffle lourd effleurait mon oreille.

— Mais tu as l'audace de le faire, et en criant, en plus, continua-t-il en pressant ma taille. C'est terriblement excitant…

Il allait gagner. Je me sentais perdre le contrôle, ce qui me ramena à la réalité. Je me défis brusquement de son emprise et me tournai vers lui. Il esquissa un petit sourire malicieux.

— Crie-moi dessus encore une fois, et je te donnerai une bonne raison de le faire, me prévint-il en passant sa langue sur ses lèvres.

J'écarquillai les yeux, et il s'esclaffa. Je quittai rapidement la pièce, sous son regard brûlant.

Après avoir arrangé mes cheveux une dernière fois, j'enfilai mes talons hauts. Je m'admirai dans le miroir en soufflant. La soirée allait être longue.

Une pochette à la main, je descendis, suivie du psychopathe. Dehors, nous tombâmes nez à nez avec le chauffeur. Ce dernier nous adressa un sourire des plus chaleureux.

— Bonsoir, monsieur Scott. Madame.

Il me lança un bref regard avant de baisser la tête.

En bouclant ma ceinture, j'entendis le psychopathe lui demander son arme.

— La voici, dit-il en sortant un petit coffre de la boîte à gants.

Le psychopathe ouvrit la mystérieuse boîte noire, qui contenait non seulement une arme, mais aussi deux minuscules objets dont j'ignorais la fonctionnalité.

— Les oreillettes serviront à vous coordonner, nous informa le chauffeur. Avec le micro intégré, vous pourrez communiquer, ce qui minimisera vos chances de vous croiser pendant la soirée.

Le psychopathe m'en tendit une avant d'insérer la sienne à l'intérieur de son oreille. Je reproduisis son geste.

Il commença à tester le gadget. Nous vérifiâmes que nous nous entendions bien, même à voix basse. Du regard, il explora ensuite chaque centimètre de l'arme avant de la sortir du coffre. Il l'admirait comme s'il la découvrait. Elle était chargée, prête à ôter la vie à sa prochaine cible.

Il la cacha à l'intérieur de sa veste noire, puis tourna la tête vers la vitre teintée. Si je suivais le plan de la soirée, nous allions commencer par repérer James, chacun de notre côté. Pour ma part, ma tâche était simple : je devais me faire remarquer.

Et pour ce faire, j'allais jouer le rôle d'un modèle qui présenterait un bijou aux enchères. C'est lorsqu'il me remarquerait que la seconde partie de ma tâche débuterait : l'isoler de la foule.

Et ça, c'était autrement plus difficile. James n'était pas de ceux qu'on piégeait dans nos filets en leur faisant les yeux doux et un sourire aguicheur. Du moins, j'en étais incapable. En plus, je ne l'intéressais même pas ! Mais bien sûr, je devais suivre le plan foireux du psychopathe sans broncher.

J'aperçus au loin le lieu de la vente, grâce au tapis rouge et aux lumières disposées à l'entrée. C'était un événement privé, au cours duquel des personnes hautaines et arrogantes, aux robes extravagantes, se pavaneraient. Leurs soirées habituelles.

Je fronçai les sourcils lorsque le chauffeur continua son chemin sans nous déposer.

— On vient de passer l'entrée, l'informai-je en regardant la salle s'éloigner de mon champ de vision.

— La nôtre se trouve derrière, m'annonça Asher.

Derrière la grande salle régnait une tout autre atmosphère.

Des hommes en costume étaient postés devant une porte en fer. On pouvait croire que ce n'étaient que des invités qui fumaient leurs cigares, mais la vérité était bien différente.

— Les Addams, souffla le psychopathe en les toisant du regard depuis ma vitre.

Je déglutis. La boule d'anxiété dans mon ventre ne faisait que grossir au fil des secondes. Ça allait commencer. Nous étions sur le point de commettre un meurtre.

Je ne suis pas prête à avoir du sang sur les mains.

Le chauffeur s'arrêta, et nous quittâmes la luxueuse berline. En plus de son expression sévère, Asher arborait son regard le plus noir. En l'apercevant, des hommes appelèrent leurs collègues, qui se précipitèrent pour nous accueillir.

Un individu coiffé d'un fedora s'avança ensuite vers nous en s'appuyant sur sa canne. Une expression similaire à celle de mon possesseur sur le visage, il ne se laissa pas intimider par l'hostilité qu'Asher dégageait.

— Voilà bien des années que je ne t'avais pas revu, petit, dit-il en s'arrêtant face à nous. Ton père m'a toujours dit que tu serais meilleur que lui. Et il avait raison.

Son père ? Je n'avais jamais entendu parler de son père.

— Ce sont tes hommes ? demanda mon possesseur en jetant un coup d'œil par-dessus l'épaule de son interlocuteur.

— En effet, répondit-il avant de pointer sa canne vers moi. C'est elle qui travaillera avec toi ?

Asher me lança un regard furtif avant de répondre :

— En effet.

— C'est une jolie créature que tu nous as ramenée, Ash.

Sa remarque me fit tressaillir. L'homme, visiblement plus âgé que Rick, me déshabilla du regard, ce qui me retourna l'estomac. Lorsqu'il le remarqua, Asher s'interposa entre nous. Seule la moitié de mon corps était désormais visible. La réaction de mon possesseur arracha un sourire à l'homme.

— Tu as toujours été très possessif.

— On ne peut pas en dire autant de toi, rétorqua-t-il froidement.

Où voulait-il en venir ? L'homme approuva d'un hochement de tête.

— C'est quoi, ton plan ? demanda mon possesseur.

— Faire en sorte que le tien fonctionne, l'informa-t-il simplement. Nous garderons un œil sur Wood et sur le déroulement de la soirée. Lorsque tu seras à l'étage, je ferai sortir les invités à l'extérieur. Tu te chargeras du reste.

— Entendu.

L'homme se tourna vers un de ses toutous de service qui, après un seul regard, ouvrit la porte qui menait à la salle.

— Je te garantis la sécurité, Scott.

— Je te garantis sa mort, Addams.

— Une vie pour une vie, c'est ce que vous dites.

Asher hocha la tête et s'avança vers la porte, sous les regards examinateur des hommes d'Addams. Je le suivis de près, peu à l'aise parmi eux.

Dans les coulisses de l'événement, c'était l'euphorie. Des maquilleurs, des modèles, des robes accrochées, c'était un véritable défilé. Asher me poussa vers une femme qui, après l'avoir reconnu, m'emmena avec elle. Elle m'invita à m'asseoir sur un siège et m'étudia dans le miroir.

— Je vais m'occuper de toi, me dit-elle gentiment. Tu passeras en dernier. C'est monsieur Scott qui l'a demandé.

Je hochai la tête, perplexe. Tout ce que je devais faire maintenant, c'était suivre les instructions. Or, pour l'instant, ma seule instruction était de rester assise sur ce siège en cuir en attendant mon tour.

Je sursautai lorsque l'oreillette se mit en marche et que la voix du psychopathe emplit mon oreille.

— Je suis sûre que je passe une meilleure soirée que toi, en ce moment.

Au petit sourire en coin que je devinais dans sa voix, je compris qu'il buvait son meilleur verre en toisant les gens du regard.

— J'avoue que ce n'est pas la meilleure partie du plan pour moi, lui confiai-je en baissant la tête, de peur que les jeunes modèles pensent que je parlais toute seule.

— Je l'ai en visuel, me prévint-il sur un ton sérieux. Les gens commencent à se diriger vers la salle des enchères. Prépare-toi, ça commence.

Comme une débile, j'acquiesçai, avant de me rendre compte qu'il ne pouvait pas me voir.

— Ça marche, répondis-je donc.

Les mannequins présentes portaient toutes les parures qu'elles allaient présenter sur elles. Toutes sauf moi.

La dame m'apporta soudain un bijou protégé par une boîte transparente. Je compris son importance rien qu'aux efforts fournis pour le garder à l'abri.

— Ne t'inquiète pas, ça ira très vite, me rassura-t-elle. Les enchères ont débuté, je vais simplement rajouter un peu de poudre sur ton petit visage d'ange.

Ses paroles me rappelèrent le psychopathe, et le surnom qu'il me donnait. Elle me prépara sans un mot tandis que, dans l'oreillette, je pouvais entendre Asher pester contre les personnes hautaines qui le dévisageaient, ce qui était assez drôle.

Il était encore au bar, en train d'épier de loin un James qui s'intéressait à l'événement sans y participer. Le commissaire-priseur faisait monter les enchères afin de créer une concurrence entre les invités.

Vint le tour des bijoux et pierres précieuses. J'avais le trac.

La dame ouvrit la boîte et détacha délicatement le collier ainsi que les boucles d'oreilles, avant de m'aider à les mettre. Ils étaient incroyablement lourds à porter.

— À toi de jouer ! m'encouragea-t-elle en ouvrant un peu le rideau qui menait au podium. Vas-y, ma belle ! Avance lentement, et garde une expression neutre. Tout va bien se passer.

Je soufflai, dans l'espoir d'évacuer un peu la pression. Chaque minute supplémentaire nous rapprochait de la mort.

Puis, le rideau se tira délicatement. En me voyant arriver, le commissaire-priseur présenta la dernière pièce de la soirée.

— Et voici notre plus belle et dernière pièce, et je ne parle pas de notre jeune modèle, bien évidemment, dit-il, ce qui fit rire les invités.

— Elle n'est pas à vendre, lâcha la voix du psychopathe à l'intérieur de l'oreillette.

Je m'arrêtai au niveau de celui qui animait la vente, qui raconta alors l'histoire des bijoux que je portais.

— Cette parure a été offerte par le roi George VI à la reine Elizabeth Bowes-Lyon. Elle est composée de plus de mille diamants…

Il déblatérait tandis que moi, j'essayais de garder mon sang-froid en évitant du regard James Wood, qui m'avait sûrement remarquée, à présent.

J'étais crispée. Je détestais être au centre de l'attention, si bien que mon angoisse monta d'un cran. Je baissai la tête dans le but d'éviter les œillades des invités tout en m'efforçant de calmer les battements de mon cœur.

— Regarde-moi, me souffla le psychopathe. Tout se passera bien, je te le promets.

Je le cherchai des yeux et le trouvai adossé contre le bar. Il leva son verre dans ma direction. J'esquissai un petit sourire, quand soudain :

— 45.000 $, déclara James Wood.

— Regarde-le, m'ordonna le psychopathe d'un ton neutre.

J'obéis. En réponse, James esquissa un sourire, ce même petit sourire qui me rappelait ma première mission.

Pendant près de dix minutes, les acheteurs s'arrachèrent ce bijou, avant de le laisser au plus offrant pour une modique somme de 120.000 $.

— Ils se l'arrachent, c'est fou, constata le psychopathe. Moi, je préfère celle qui les porte.

J'esquissai un sourire discret et secouai la tête en entendant Asher pouffer discrètement face à mon expression tendue.

À la fin de la séance, la plupart se dirigèrent vers le buffet. Le commissaire-priseur annonça que la soirée se poursuivrait à l'extérieur pour que tous puissent profiter du feu d'artifice, ce qui en étonna plus d'un, dont James, et moi.

— C'est malin, Addams, approuva le psychopathe. Très malin.

Dans la grande pièce, il ne restait plus que James et moi. Je descendis les marches et le vis croiser les bras avec un petit sourire en coin.

— Si on m'avait dit que je vous recroiserais ici, je n'y aurais pas cru.

Je lui répondis, souriante :

— Le hasard fait bien les choses.

Lorsqu'il me tendit sa main, j'y déposai la mienne. Il s'inclina pour la baiser. Un geste familier qui me rappela à nouveau cette maudite soirée.

— Mona, ne me dites pas que vous êtes ici pour votre association.

— Il faut croire que j'ai plus d'une corde à mon arc.

Il admira ma robe. Je le vis s'humidifier les lèvres devant les courbes qu'elle révélait.

— Vous êtes ravissante, comme à votre habitude. Permettez-moi de vous offrir un verre, nous avons tellement de choses à nous dire.

Son bras s'enroula autour de ma taille, et je ne pus m'empêcher de me crisper un instant. Mais je me souvins alors que je n'étais pas en danger. Il n'avait aucune arrière-pensée, je ne l'intéressais pas.

Au bar, il commanda un verre avant de me questionner :

— Alors, expliquez-moi : que faites-vous ici ?

— Je présente des bijoux ? lui répondis-je, mutine.

Il rétorqua, curieux :

— C'est bizarre que l'on se croise à cette soirée assez privée. J'ose imaginer que vous avez reçu une invitation par le biais de quelqu'un. À vrai dire, moi non plus, je ne suis pas venu seul.

Son regard avait changé, il était devenu plus suspicieux. Il me prenait de court, je ne connaissais personne ici.

Au même moment, le barman nous servit nos boissons. Je bus mon verre en songeant rapidement à une réponse.

— Peut-être.

Oui, c'était la seule qui m'était venue à l'esprit.

Je tournai la tête pour mieux fuir son regard inquisiteur tandis que la voix d'Asher dans l'oreillette m'ordonnait :

— Mon ange, fais-le monter à l'étage. Les invités vont bientôt sortir.

Je pivotai alors de nouveau vers James, dont les yeux étaient toujours rivés sur moi.

— Vous êtes incroyablement belle, Mona, me complimenta-t-il en posant sa main sur ma joue.

Un geste qui me déstabilisa. Il observa mes lèvres un court instant et murmura :

— Et incroyablement mystérieuse.

Je bus une autre gorgée avant de lui répondre :

— Allons à l'abri des regards, je pourrais peut-être me montrer moins mystérieuse.

Il émit un petit rire et me lança un « je vous suis ».

James enroula une nouvelle fois un bras autour de ma taille. Je l'éloignai de la foule en empruntant une porte discrète. Sa proximité me laissait perplexe. Même si je connaissais son orientation sexuelle, je ne pouvais m'empêcher de douter de ses pensées.

À l'étage, nous pénétrâmes dans une pièce où le silence régnait. On pouvait voir, depuis une fenêtre, les invités former une foule impatiente d'assister au feu d'artifice.

— Porte du fond, m'ordonna Asher. Occupe-le le temps que j'arrive, je ne serai pas long.

Je me tournai vers James et lui lançai un petit sourire, qu'il me rendit.

— C'est bizarre que vous connaissiez cette partie de l'étage, avons-nous seulement le droit d'être ici ? demanda-t-il.

— Bien sûr que non ! lui dis-je en riant faussement.

— Nous allons rater le feu, ma belle, me dit-il en regardant par les fenêtres.

Sans répondre, je le conduisis à l'intérieur de la pièce en question. C'était une salle spacieuse, pourvue d'un grand canapé et d'une table basse.

— Nous sommes mieux-

James me prit de court en me plaquant contre la porte qu'il venait de fermer. Sa main s'enroula autour de mon cou tandis qu'il me fusillait d'un regard hostile que je ne lui connaissais pas. De la rage émanait de lui.

— Maintenant, dis-moi qui tu es ?! me hurla-t-il au visage. Qui t'envoie ?!

Mes mains tentaient de me dégager des siennes, il m'étouffait. Il me repoussa brusquement, et mon dos heurta la table basse. Il accourut vers moi pour me prendre par la taille et me porter jusqu'au canapé. Je me débattais, mais il était beaucoup trop fort.

Je tentai de crier à l'aide, mais il plaqua sa main contre ma bouche et bloqua mes mouvements en s'asseyant à cheval sur moi. Des larmes de détresse dévalèrent mes joues. Mes poignets me faisaient horriblement mal à cause de la pression qu'il exerçait dessus.

— Tu me chauffes depuis le début ! lança-il d'un ton cinglant. Tu mens sur ton identité et moi, sur mon orientation.

Cette information me fit écarquiller les yeux. De violents tremblements assaillirent mon corps déjà malmené par mon agresseur.

Son visage se colla au mien. Il déposa ses lèvres sur ma joue en me disant :

— Quoi, tu pensais que je ne t'avais pas vue venir avec ton petit minois angélique ? J'ai tout de suite flairé la nouvelle recrue. Et non, je ne suis pas gay, chérie. Celui qui t'envoie le sait. Parce que, dans le cas contraire, il n'aurait pas retenté l'expérience.

Son aveu me fit réaliser que mon possesseur le savait, et que son plan était même basé sur cet élément.

— Et tout le monde le sait, la détresse m'excite, me susurra-t-il à l'oreille. Maintenant, je vais te baiser jusqu'à ce que tu cries le nom de celui qui t'a envoyée, ainsi que les raisons pour lesquelles il l'a fait.

Je me débattis. En retour, il me gifla. Il déchira ensuite le haut de ma robe. À cet instant, j'aurais préféré la mort.

Asher savait que ça se déroulerait ainsi, et il ne m'avait pas prévenue. Il était au courant de mon passé et ne m'avait pas prise en considération. Maintenant, j'allais me faire violer, une nouvelle fois.

Et ça faisait partie de son plan.

CHAPITRE VINGT-HUIT

AFFAIRE DE FAMILLE

Sa main couvrait l'intégralité de mes lèvres, m'empêchant ainsi d'émettre le moindre son qui puisse alerter quelqu'un à l'extérieur. Je gesticulais sur le canapé. Je ne voulais pas revivre ça. Je ne voulais pas me laisser faire. Je voulais me libérer, mais mes petits poignets étaient emprisonnés dans sa large main, et son corps était à califourchon sur le mien.

— Ton patron te donne en présent, et apparemment, il sait très bien ce que j'aime…

Me donner en présent ?

J'essayai de mordre sa paume, mais rien n'y faisait. Il attendait que je me fatigue, comme un félin regarde tranquillement une proie se vider de son sang avant de la dévorer. Il m'admirait en se léchant les lèvres.

— Tu es divine ! Je connais une fille qui te ressemble beaucoup et que je veux sauter depuis au moins cinq ans, ajouta-t-il avec un sourire mauvais scotché aux lèvres. Elle m'a accompagné aujourd'hui, d'ailleurs.

Je ne répondis rien et me débattis encore afin de me défaire de son emprise. Je priai intérieurement pour que le psychopathe surgisse et me sorte de son plan tordu.

James baissa la tête vers moi, et son nez se colla au mien. Sa bouche remplaça sa main dans un baiser forcé. Je pinçai les lèvres pour me protéger de ses assauts tandis qu'il souriait.

— Tu veux passer les préliminaires, chérie ? murmura-t-il.

Lorsque sa main remonta ma robe, mes cuisses se serrèrent. Mes sanglots redoublèrent, mes tremblements se firent encore plus violents.

Là, l'instinct de survie prit possession de mon corps, si bien que j'arrêtai de me lutter. Plus aucun mot ne sortit de ma bouche. Comme dans mes cauchemars. Comme dans mon passé.

Ses doigts dégagèrent mes cheveux, et je grimaçai. Ses yeux s'écarquillèrent brusquement.

— Ça, alors ! Tu n'es donc pas un présent…

Il retira l'oreillette que j'avais gardée depuis le début et tenta d'écouter le moindre son qui pouvait en sortir, en vain. Asher avait désactivé la sienne peu de temps avant que je rentre ici, contrairement à moi.

Au même moment, la porte se fracassa, et le bruit strident d'une balle emplit la pièce.

C'était *lui.*

C'était mon possesseur, dans une colère noire.

James ne parut pas étonné. Avec une rapidité inouïe, il sortit son arme, qu'il pointa sur moi.

— Un pas de plus, et je l'envoie sous terre, menaça-t-il en collant le canon contre mon front.

Asher tremblait de rage. Ses narines étaient dilatées, et sa mâchoire serrée.

Il ne bougeait pas d'un poil, son arme toujours pointée vers mon agresseur, qui me tira violemment vers lui pour m'emprisonner entre ses bras. Alors que Asher suivait ses moindres mouvements, James pointa l'arme sur lui. Les deux hommes se défièrent du regard. Asher ne parlait pas, alors, mon agresseur brisa le silence :

— Tu nous as dérangés, ricana James en pressant son bras contre mon cou.

Au lieu de lui répondre, mon possesseur continua à le fixer avec cette même lueur de rage dans les pupilles.

Même si je ne pouvais pas voir le visage de mon agresseur, je sentais sa respiration saccadée.

Asher évitait mon regard tandis que je le cherchais, dans l'espoir de m'accrocher à quelque chose et de ne pas succomber à la crise de panique qui menaçait de m'emporter à chaque minute.

Seuls mes sanglots résonnaient dans la pièce. Je n'arrivais pas à contrôler mes tremblements.

— C'est ta première mission, petit ?

Aucune réponse. Il prenait Asher pour un débutant.

— Pose ton arme, tu veux ?

Rien, mais l'expression sur son visage était différente : il réfléchissait. Je le devinais à ses traits tendus et ses yeux, qui balayaient le visage de James.

Soudain, l'arme de mon agresseur n'était plus pointée sur lui. Mais sur moi. Contre ma tempe.

— Pose. Ton. Arme.

Trois mots. Un ordre. Une menace.

Il esquissa un rictus sans ciller et continua à se rebeller en jouant avec ma vie.

— Tu ressembles étrangement à quelqu'un que je connais, confessa James à Asher. Mais il n'a pas les mêmes yeux que toi.

Et pour la première fois depuis le début de notre confrontation, Asher répondit :

— Et de quelle couleur sont ses yeux ? demanda-t-il, faussement intéressé.

Banale comme question, mais elle eut l'effet escompté. Il le savait.

La respiration de James se coupa au moment où il entendit sa réponse. Il avait reconnu la voix de mon possesseur. La voix d'Asher.

L'ambiance changea. Ce n'étaient plus deux personnes qui se défiaient en jouant avec la vie de l'autre. Il raffermit sa prise autour de mon cou, au point qu'il m'était encore plus difficile de respirer. Ses poils se hérissèrent, et ses muscles se crispèrent.

Mon possesseur esquissa un rictus mesquin, ce même rictus qui me faisait froid dans le dos lorsqu'il me l'adressait. Il s'avança lentement, doucement, et je me sentis reculer.

— Ne t'approche pas, menaça mon agresseur, ou je la tue sur-le-champ !

L'arme tremblait contre ma tempe. Je retins mon souffle, jamais je n'avais frôlé la mort d'aussi près. Ma respiration se coupa lorsque le psychopathe déclara :

— Tu peux la tuer, je n'en ai que faire.

« Je n'en ai que faire. »

Il était prêt à me voir mourir. Comme si je n'étais rien.

Absolument pas intimidé par le chantage de James, il continua d'avancer lentement. Mes sanglots se firent encore plus bruyants quand je compris qu'il ne comptait pas se plier aux ordres de celui qui tenait ma vie entre ses mains.

— Tu veux une preuve ? demanda mon possesseur. Je peux la tuer, maintenant.

Je commençais à voir flou. Je n'arrivais même plus à supporter mon poids.

— Tue-la, finit mon agresseur, histoire qu'on se retrouve seul à seul.

Asher me lança un regard, suivi d'un petit sourire en coin. L'air concentré, il pointa l'arme sur ma gorge.

Ma gorge ?

Mais… une seconde-

— James, j'ai une question pour toi, avant, déclara Asher. Est-ce que tu crois aux anges ?

Ce dernier resta silencieux. Il tenta de garder une respiration calme, sans succès. Son cœur battait au même rythme effréné depuis l'arrivée fracassante de mon possesseur.

Soudain, derrière nous, on entendit le fameux feu d'artifice qui venait d'illuminer le ciel sombre de Monte-Carlo.

— Non.

Asher rit.

— Eh bien, moi, si.

À peine sa phrase terminée, tout s'enchaîna très vite.

Il tira en visant ma gorge, protégée par le gros bras de mon agresseur, qui hurla de douleur en la recevant.

Ce dernier me relâcha. Les cinq premières secondes, le souffle coupé, je ne bougeai pas. Ma main restait bloquée sur mon cou indemne.

Puis, un autre bruit strident retentit, et mon corps se mit en alerte. Je tentai de m'éloigner de leurs tirs mortels en accourant vers un coin de la pièce, mais Asher me tira violemment à lui. Il nous conduisit vers l'extérieur en évitant les balles de mon agresseur, qui tirait dans tous les sens.

Une fois en dehors du bureau, derrière un mur qui nous séparait des balles mortelles de James, Asher tira plusieurs fois à l'intérieur et toucha la main de James, qui, dans un cri de douleur, lâcha son flingue.

C'était l'opportunité qu'attendait mon possesseur pour lui tirer dans la jambe, avant de loger deux autres balles à l'intérieur de son corps sans aucun scrupule. Et à une rapidité fulgurante.

La main libre d'Asher me protégeait et enveloppait le haut de mon corps. Ma tête était pressée contre son torse. Je tremblais en appréhendant la douleur d'une balle qui pouvait me transpercer la peau à tout moment.

À présent, seule la respiration haletante de mon possesseur et les gémissements de James, à terre, se faisaient entendre. Asher me lâcha pour entrer de nouveau dans la pièce. Il se rapprocha de James, et d'un coup de pied, éloigna son arme. Puis, il empoigna ses cheveux noirs afin de le forcer à relever la tête.

— Et on ne touche pas à mon ange, dit-il rageusement.

Sans que je m'y attende, son poing cogna la mâchoire de mon agresseur. Une, deux, trois, quatre fois… Il ne s'arrêtait plus. Il ne pouvait pas s'arrêter.

— Stop, lui murmurai-je en sentant ma voix trembler, tu vas le tuer…

Il ne m'écoutait pas. Son pied heurta les côtes de James, qui se recroquevilla sur lui-même.

— Arrête ! m'exclamai-je en le voyant continuer à déverser toute la colère qu'il avait enfouie.

Je grimaçai en découvrant James, le nez et le visage en sang, les yeux gonflés. Il était méconnaissable.

Je me rapprochai d'Asher et posai ma main sur son épaule, dans l'espoir de le calmer. Son cœur allait bientôt exploser à l'intérieur de sa poitrine à en juger par son souffle court et rapide.

— Mon visage sera la dernière chose que tu verras, fils de pute.

James ricana faiblement entre deux gémissements de douleur, il ne tenait plus en place. Cependant, il lui répondit quelque chose qui me heurta l'esprit :

— On sera quittes, j'ai été l'une des dernières personnes que ton père a vues avant de crever.

J'écarquillai les yeux et entrouvris la bouche. Je n'avais jamais entendu parler de son père avant ce soir. Et maintenant, je comprenais pourquoi.

Il était mort.

— Ferme les yeux, Ella.

La seconde qui suivit son ordre, Asher braqua son arme sur lui et, d'un geste rapide, presque irréfléchi, animé par sa rage et sa haine, il tira une balle entre les yeux du meurtrier de son père. Puis deux… trois, quatre… Il ne s'arrêtait plus.

Un cri d'effroi s'échappa de ma bouche lorsque le sang éclaboussa la chemise et le visage de mon possesseur. Il fusillait du regard le corps sans vie de James Wood, la mâchoire contractée et ses poings en sang serrés.

Ma main se porta à ma bouche tandis que mes yeux ne pouvaient se détacher du cadavre à mes pieds. Cette vision me noua l'estomac et me donna une violente envie de vomir. Mon possesseur, qui restait là à fixer le corps, me dit d'une voix neutre :

— Je t'avais dit de fermer les yeux.

La porte s'ouvrit sur Addams. D'un geste de sa canne, il ordonna à ses hommes d'emmener le cadavre hors de la chambre, mais Asher les arrêta et sortit une balle de la poche de sa veste.

Il la contempla un instant, les sourcils froncés, puis l'enfouit à l'intérieur de la poche du corps de James.

— Déposez-le chez lui, ordonna mon possesseur.

Du regard, ils questionnèrent leur chef, qui leur répondit sévèrement :

— Faites ce qu'il vous dit.

Ils l'emmenèrent loin, ne laissant derrière eux que nous trois. Addams examina le haut de ma robe déchirée, laissant apercevoir la naissance de ma poitrine, heureusement cachée par mon soutien-gorge.

D'un geste rapide, Asher enleva sa veste pour la poser sur mes épaules, m'aidant à me soustraire entièrement au regard avide de son collaborateur.

— Elle était là, dit Addams en reportant son attention sur Asher.

Ce dernier acquiesça et lui répondit d'un ton neutre :

— Je sais. Je l'ai croisée, elle m'a reconnu.

Je relevai la tête vers mon possesseur, qui semblait encore en colère, en essayant de comprendre de qui ils parlaient. Mais je savais que la couverture d'Asher était cramée.

— Pourtant, je ne l'ai pas vue arriver. Wood est entré seul, déclara Addams en fronçant les sourcils.

Soudain, je me rappelai la confession de James, peu avant l'entrée de mon possesseur.

— Il m'a dit qu'il était accompagné, informai-je les deux hommes.

James parlait d'une femme, une femme qui, selon lui, me ressemblait.

— *Jones* n'est jamais très loin, ce n'est pas une légende, cette femme est un vrai virus, souffla Addams en regardant la fenêtre. Les affaires de famille des Scott sont toujours aussi-

— On s'en va, le coupa le psychopathe, sans m'accorder un regard.

Il commençait déjà à s'avancer vers la sortie, et je le suivis sans un mot. Mais son nom restait dans ma tête, *Jones*. Elle était là, elle était présente. Et peut-être même qu'elle savait qu'on avait tué James. En repensant aux paroles de ce dernier, il m'avait dit qu'il la connaissait depuis cinq ans. Mais se connaissaient-ils vraiment ?

Et me voilà avec de nouvelles pièces manquantes dans mon puzzle.

Mais maintenant, le seul à qui j'en voulais face à toutes ces questions sans réponses était Asher. Il m'avait envoyée en enfer sans que je le sache. Il m'avait caché son plan, il avait joué avec ma vie.

Silencieuse, je le suivis jusqu'à la sortie de la grande salle. Les invités étaient partis, la fête était finie, tout comme notre mission. Notre chauffeur était garé à l'entrée. Nous nous engouffrâmes dans sa voiture sans un mot.

Asher alluma une cigarette et expira lourdement, laissant s'échapper les sentiments qui l'habitaient. Nous restâmes silencieux tout au long du trajet. Je n'avais pas la force de parler. Je ne savais même plus comment je me sentais.

Une fois arrivé dans la propriété privée, Asher ouvrit la porte. Je la refermai derrière moi. Un silence pesant nous entourait. Avec un grognement, il déboutonna sa chemise tachée de rouge, avant de l'enlever rapidement. Devant ses jointures en sang, il m'ordonna de lui ramener la trousse de secours dans la salle de bains, puis de le rejoindre dans sa chambre, ce que je fis sans broncher.

Il me détaillait du regard, là où j'évitais le sien. J'examinai ses blessures, les sourcils froncés. Il sortit tout ce dont il avait besoin tandis que j'observais le moindre de ses gestes en pensant à son mensonge.

— Tu t'es bien débrouillée, ce soir, me dit-il en passant un coton imbibé d'alcool sur ses blessures.

Ma mâchoire se serra. Quel culot !

— Tu m'as menti, l'accusai-je en sentant encore les mains de James sur ma peau.

Il leva la tête vers moi et inspecta mon visage. Je fis de même en soutenant son regard.

— Si tu avais su que James n'était pas ce qu'il prétendait être, tu aurais fait foirer le plan en restant sur tes gardes. Il fallait que je te le cache.

Mon sang ne fit qu'un tour. James avait raison, Asher savait.

— Tu m'as envoyée là-bas alors que tu savais qu'il allait me violer ?!

Il fronça les sourcils de colère et répliqua en haussant le ton :

— Oui, mais j'avais prévu d'arriver avant qu'il pose les mains sur toi !

Sa réponse détachée me mit hors de moi.

— Pourquoi tu n'es pas arrivé, alors ? hurlai-je en tremblant de colère. POU-

— Parce qu'Isobel m'a retenu !

Mon souffle se coupa, je m'arrêtai net.

J'en restai bouche bée. Il était avec *elle*. Pendant que je me faisais agresser, il était en bas, avec *elle*.

Face à mon expression, il s'adoucit. Il passa nerveusement la main dans ses cheveux en bataille.

— Ce n'est pas ce que tu-

— J'étais… entre les mains… d'un gars qui… qui allait me violer par ta faute, repris-je, hébétée, pendant que toi… tu… tu étais avec Isobel ?

Des larmes de colère sillonnèrent mes joues. Comment avait-il pu me faire ça ? Putain, pourquoi était-il resté avec elle alors qu'il savait que j'allais me faire agresser ?

— *Ella*, elle ne faisait pas partie du plan, souffla-t-il en se levant et en s'approchant de moi.

Je reculai, par réflexe. Et il le remarqua. Ses sourcils se froncèrent. Lorsqu'il s'approcha encore de moi, je secouai la tête. Je refusais qu'il me touche.

— Comment as-tu pu…

— Tout est fini, murmura-t-il doucement. J'étais là avant qu'il le fasse, Ella.

— Tu m'as menti, Asher. Putain, tu m'as caché ça !

— Je suis désolé.

« *Je suis désolé* », une phrase que je n'avais entendue qu'une fois sortir de sa bouche. Il s'excusait. Asher Scott s'excusait.

Je me demandais pourquoi et comment elle l'avait retardé, et en même temps, je ne voulais pas le savoir. Je me rappelai

sa réaction virulente le soir où je lui avais parlé d'elle. Maintenant, il me disait qu'ils s'étaient « rencontrés » ?

Et s'il y avait eu quelque chose entre eux ?

— Je n'ai pas baisé avec elle, si c'est ce que tu penses, me confia-t-il en me regardant droit dans les yeux. À vrai dire, je ne la toucherais même pas avec un bâton.

Je ne répondis rien, puisque je ne savais pas quoi dire. Tout se mélangeait dans ma tête. Je lui en voulais de m'avoir laissée entre les mains d'un violeur, mais je savais qu'il disait vrai. Je savais que son plan avait été mis à mal par l'entrée d'Isobel. Je me demandais ce qu'il s'était produit entre eux, et pourquoi elle avait été là.

Il s'approcha de moi prudemment, très lentement, comme si j'étais un vase sur le point de se briser.

— Je te donne ma parole que *personne* ne pourra t'atteindre quand je suis dans les parages, promit-il en posant ses mains sur mes bras.

Lorsque ses doigts entrèrent en contact avec ma peau, je frissonnai. Je fermai aussitôt les yeux afin de chasser de ma tête les souvenirs de l'autre porc.

— Je ne suis pas James, me rassura-t-il dans un murmure. C'est moi. *Asher.*

Sa tête se rapprocha de la mienne, et je déglutis. Dans mon esprit, le visage de James remplaçait celui d'Asher. Je reculai en détournant le regard.

— Je l'ai tué, Ella, ne le laisse pas te hanter. Il n'est plus là.

Mes yeux s'embuèrent. Il n'était plus là. Pourtant, je me rappelais encore son toucher, sa violence, ses yeux remplis d'excitation face à ma détresse.

— Décris-le-moi, me demanda Asher, ce qui me fit froncer les sourcils. Décris-moi comment il était. Dis-moi ce qu'il t'a fait.

Je ne compris pas sa demande. Où voulait-il en venir ?

— Fais-le, *mon ange.*

Et je le vis reculer d'un pas. Laissant de l'espace entre nous. Recréant la distance qu'il avait effacée quelques secondes plus tôt.

— Il… il me regardait comme… comme une proie, commençai-je difficilement. Il était excité à l'idée de… de me baiser.

Il acquiesça en silence. Sa mâchoire se serra, mais il me demanda de continuer.

— Il m'a sauté dessus.

Il esquissa un pas un avant en m'interrogeant du regard. Je compris alors qu'il me demandait la permission.

Je la lui donnai d'un hochement de tête. Je ne savais pas ce qu'il cherchait à faire.

— Continue.

— Ses gestes… il… il était brutal, décrivai-je en grimaçant. Ses mains se baladaient sur… moi, et ses doigts comprimaient ma peau.

Soudain, sa main s'approcha de moi. Du bout des doigts, il caressa mon avant-bras. Lentement, sans émettre la moindre pression.

Il examina mon expression, mais mes yeux étaient bloqués sur sa main.

— Ne t'arrête pas.

— Il… il m'a forcée à l'embrasser, lui dis-je, dégoûtée. Je… sens encore sa bouche sur moi.

Tout doucement, sa tête se rapprocha de la mienne. Il regardait mes lèvres avec insistance tandis que je me battais contre les scènes de mon agression qui tournaient en boucle dans mon esprit.

— Est-ce que tu l'as touché ? me demanda-t-il.

Je secouai négativement la tête. J'aurais été incapable de poser mes mains sur mon agresseur.

— Touche-moi, Ella.

Je me crispai.

— Je ne suis pas James. Regarde mes doigts… regarde-moi.

Et je compris. Il me montrait qu'il n'était pas comme lui, il me montrait que je n'avais pas à avoir peur de lui. Il faisait tout le contraire que ce que m'avait fait subir James.

— Pose tes mains sur moi, mon ange.

J'hésitai encore quelques secondes. Puis, mes doigts se posèrent sur son torse. Je sentis son autre main se frayer un chemin à l'intérieur de sa veste pour se positionner sur ma taille. Je frissonnais tandis qu'il effleurait un bout de peau dénudé.

— C'est moi. C'est moi, Ella, me rassura-t-il une nouvelle fois. *Asher.*

Ma main, hésitante, remonta lentement sur son torse, parcourant la surface de sa peau en silence afin de me rassurer intérieurement. La sienne glissa le long de ma colonne vertébrale et me rapprocha de lui. Je me laissais difficilement faire, mais me répétais que c'était Asher.

— N'aie pas peur, c'est moi.

Sa bouche s'entrouvrit, je sentis sa respiration devenir un peu plus lourde et plus bruyante qu'au départ.

— Putain ! jura-t-il dans un murmure.

Sa tête se rapprocha de la mienne une nouvelle fois, détruisant le peu d'espace qui subsistait entre nous.

— C'est moi, répéta-t-il dans un souffle. Personne ne posera plus jamais les mains sur toi, je te donne ma parole.

— Je ne veux plus qu'on me touche, lui avouai-je faiblement en ravalant mes larmes. Je n'en peux plus.

— Je te promets que plus personne ne te touchera, murmura-t-il.

Ses lèvres se posèrent sur mon front pour y déposer un baiser. En le sentant reculer, je me défis de son emprise. Il passa sa main dans ses cheveux et souffla bruyamment.

Alors qu'il s'apprêtait à partir, une question dont je voulais avoir la réponse sortit toute seule de ma bouche :

— Qui est Isobel, Asher ?

Ce dernier se retourna vers moi en haussant les sourcils, visiblement pris au dépourvu.

— Une salope qui fout la merde partout où elle va. On a un vol dans quarante-cinq minutes, prépare tes valises.

— Ne change pas de sujet, repris-je, agacée. Dis-moi la vérité.

Il soupira :

— Mon ex.

CHAPITRE VINGT-NEUF

AMOUR FRATERNEL

Le lendemain.

3 h 15 du matin. Nous venions de nous garer près du sombre bâtiment du QG. Rick avait exigé notre présence à une réunion dès notre retour de Monte-Carlo, et à en juger par l'expression blasée du psychopathe, je compris que Rick ne rigolait pas.

Je déglutis, mal à l'aise. Rick était ferme lorsqu'il s'agissait du réseau, et je redoutais le motif de cette réunion.

Nous marchâmes jusqu'à arriver face à la porte qui nous séparait de la confrontation. Alors que j'allais l'ouvrir, le psychopathe m'en empêcha d'une main sur mon poignet. Il sortit son paquet de clopes avant d'emprisonner une cigarette entre ses lèvres.

— Maintenant, tu peux ouvrir.

Je levai les yeux au ciel et poussai la porte du bureau, derrière laquelle était réuni tout le groupe.

— Hé ! s'exclama Kiara en se levant de sa chaise, un grand sourire aux lèvres.

Elle se jeta dans mes bras.

— C'est comme si je ne t'avais pas vue depuis un mois ! me dit-elle en collant sa joue contre la mienne.

Je lui rendis son étreinte en souriant. Cette fille m'avait tellement manqué.

Lorsque Rick se racla la gorge, nous nous éloignâmes l'une de l'autre. Je m'aperçus qu'il avait l'air tout sauf content. Il était même carrément en colère.

Le psychopathe passa à côté de nous, le pas nonchalant. Ally lui fit un petit signe, mais il l'ignora pour mieux défier du regard son oncle. Les membres présents n'osaient pas prendre la parole. L'ambiance devint tout à coup glaciale.

Kiara me prit la main et m'incita à m'asseoir à côté d'elle. Ben me fit un clin d'œil. En retour, j'esquissai un petit sourire, sourire qui s'effaça dès lors que Rick prit la parole.

— Tu n'en fais vraiment qu'à ta tête ! commença-t-il d'un ton lourd de reproches.

— Ce n'est pas nouveau, rétorqua Asher.

Rick posa ses poings sur la table, les sourcils froncés.

— On avait dit que tu devais suivre le plan !

Le psychopathe resta indifférent face à la colère de son oncle. Il lui répondit sur le même ton neutre en fumant sa cigarette d'une manière des plus arrogantes :

— En effet. Mais personne ne m'a interdit d'élaborer un plan secondaire.

Rick tapa du poing sur la table, ce qui me fit sursauter, mais ne suscita pas la moindre réaction chez mon possesseur, aucunement intimidé par la colère de son oncle.

— Tu as jeté ta captive dans la gueule du loup ! Elle ne devait que se faire remarquer ! Et toi, tu prévoyais de la laisser se faire violer ?!

Soudain, les doigts d'Asher craquèrent sa cigarette en deux. Ne s'attendant pas à ce reproche, il se crispa, et sa mâchoire se serra.

Il bondit aussitôt, le regard noir.

— Mon plan était de ne pas le laisser penser qu'il était la cible d'un futur meurtre, lança-t-il d'un ton cinglant. Il fallait lui faire croire que la captive n'était qu'un putain de pot-de-vin, parce que ceux qui veulent créer des alliances avec Wood lui envoient *des putains de présents*.

Rick regardait son neveu avec ce même air sévère, sans un mot. Le psychopathe se rapprocha de lui et continua sur le même ton :

— Et si j'avais suivi ton plan, renchérit-il en contournant lentement la table. À l'heure actuelle, je n'aurais plus de captive. Il l'aurait tuée.

Mon cœur fit un bond.

Rick s'arrêta à son niveau. Asher bouillonnait, mais son oncle gardait les yeux rivés sur lui sans se laisser intimider.

— Si je suivais tous tes plans, je serais déjà enterré à Londres avec mon père.

Ben se leva et prit la parole.

— A-

— La ferme, s'écria-t-il sans se retourner, ne joue pas les chefs avec moi ! N'oublie pas que c'est moi qui dirige. Pas le contraire.

Asher s'éloigna de son oncle. Ce dernier resta sans voix tandis qu'il reprenait place. Le psychopathe emprisonna une nouvelle cigarette entre ses lèvres et feuilleta rapidement les documents posés sur la table.

Personne n'osait parler dans la pièce, tous évitaient de lancer un quelconque sujet. Rick se rassit finalement avec un soupir. Je vis Ben lever le doigt comme un enfant dans une classe, ce qui fit autant rire moi qu'Ally et Kiara.

— Quoi encore ? demanda le psychopathe, irrité.

— Je te préviens, commença Ben, je n'y suis pour rien. Ce n'était pas mon idée.

Je fronçais les sourcils d'incompréhension. Kiara écarquilla les yeux et lui fit immédiatement signe de se taire.

— Qu'est-ce que vous avez cassé ? demanda Asher en les dévisageant tour à tour.

— Rien du tout ! s'exclamèrent-ils tous les deux en même temps.

Asher se pinça l'arête du nez et souffla bruyamment. Rick se racla la gorge une nouvelle fois, reprenant son rôle d'animateur de la réunion. Il me demanda doucement :

— Ella, que t'a dit James avant qu'Ash arrive ?

Une boule se forma dans mon ventre. Les images, glaçantes, défilaient : lui sur moi ; puis, lui derrière moi ; et enfin, lui loin de moi, loin de ce monde.

— Il… il m'a dit qu'il était accompagné d'une-

— Isobel, me coupa Asher, Isobel était là. D'ailleurs, sans elle, James n'aurait jamais eu le temps de poser un doigt sur ma captive.

« Ma captive. »

J'entendis Ben rire et lancer un petit clin d'œil à Kiara, qui secoua la tête. Elle lui tendit un billet de 100 dollars.

— Donne-moi ce putain de billet ! ordonna le psychopathe à son cousin.

Ce dernier s'exécuta en grimaçant. Asher plaça la flamme de son briquet en dessous du billet et le laissa brûler doucement entre ses doigts. Cette scène me laissait sans voix. Il brûlait de l'argent ! Ben, lui, marmonna un « Tu n'es pas drôle. »

— Le prochain qui fait un pari sur moi se verra à la place de ce billet, menaça-t-il avant de jeter les débris dans un coin de la pièce.

Tous restèrent muets, ne sachant pas quoi répondre au démon assis sur sa chaise, occupé à feuilleter des documents en fumant sa cigarette.

— Isobel ne savait pas que son collègue allait bientôt mourir, continua Ash, mais une chose est sûre : elle le sait sûrement, maintenant.

— Où as-tu déposé le corps ? demanda Ben.

— Chez lui. J'ai même laissé un petit indice pour celui qui découvrira le corps en premier.

Je me rappelais avoir vu le psychopathe glisser une balle à l'intérieur de la poche du cadavre. Kiara l'interrogea, curieuse :

— Quel genre d'indice ?

— Du plomb, gravé.

Rick passa une main dans ses cheveux avec nervosité. Asher jouait avec ses bagues sans un mot, l'esprit ailleurs.

Peut-être encore dans la salle, auprès d'Isobel.

Depuis son aveu, ma vision d'elle avait changé. Rien qu'au souvenir de son insolence lorsqu'elle avait voulu que je fasse passer un message à Asher, je réalisai à quel point elle était sadique. À quel point elle était mauvaise.

Il écrasa sa cigarette dans le cendrier près de lui et cracha la fumée en étudiant tous les membres de son équipe.

— On vient de déclarer une guerre, annonça-t-il d'un ton sérieux, et connaissant William, il s'attaquera à vos points faibles en premier.

Il termina sa phrase en regardant Ally, faisant référence à son fils. Cette dernière arbora une expression inquiète.

— Tu devras quitter le continent, demain, déclara-t-il en la regardant droit dans les yeux. Tu iras avec Théo en Écosse.

Ally acquiesça, les mains tremblantes. Elle devait protéger sa famille du danger qui rôdait autour d'elle.

— Kiara, reprit-il en s'intéressant à son amie, tu déplaceras ta mère à Paris. Elle prendra le premier vol, demain matin.

Elle émit un « compris » sans négociation. En même temps, elle n'avait pas le choix.

— Tu penses qu'ils ont retrouvé le corps ? demanda Rick.

Ash leva la tête vers lui.

— Sans l'ombre d'un doute. Ils sont peut-être même en route pour l'annoncer à William. Si ce n'est pas déjà fait.

Cette situation me donnait la boule au ventre, j'étais terrifiée. Et pour la première fois depuis que je les connaissais, nous étions tous en danger de mort.

Le psychopathe se leva de sa chaise pour se positionner face à nous tous. Son regard avait changé. Il ouvrit la bouche, mais ne dit rien pendant un court instant. Il serra la mâchoire et ferma les yeux.

— Mon père… commença-t-il avant de les rouvrir et d'admirer ses bagues, mon père était l'un des meilleurs dirigeants de ce réseau. Et je tuerai tous ceux qui ont participé de près ou de loin à sa mort.

Le ton de sa voix était ferme et déterminé, à l'instar de ses paroles.

— William et toute sa bande paieront pour ce qu'ils nous ont enlevé, je n'ai qu'une parole. Celle d'un Scott.

Ben se leva, suivi de Rick. Les deux membres de la famille Scott rejoignirent le dirigeant de la dynastie.

— Je sais qu'il est présent, dit Ben, peut-être pas physiquement, mais il est là. (Il marqua une courte pause et pointa du doigt le canapé plus loin.) Sur ce canapé, où il avait l'habitude de se poser. Il est aussi ici. (Il montra l'un des sièges vides.) Et là. (Il désigna la fenêtre.) Il est avec nous, ce soir. Il l'a même toujours été.

Les yeux de Rick devinrent humides pendant le discours de son neveu.

— Mon père ne méritait pas de mourir de cette manière. Je leur réserve une mort des plus atroces.

Il était déterminé à tenir sa promesse : celle de tuer tous ceux qui avaient eu l'audace et avaient commis l'erreur de s'approcher de sa famille.

— Vengez-le, demanda Ally, la voix cassée. C'était un incroyable père, un oncle et un frère pour chacun de nous. Il méritait de vivre.

Une larme coula le long de sa joue, puis une autre, et encore une autre. Elle pleurait la mort de l'homme que je n'avais pas eu la chance de rencontrer.

— Même si oncle Robert n'aurait pas aimé qu'on se venge… confia Ben en jetant un coup d'œil à son cousin. Il aurait même détesté.

Asher lui lança un regard complice.

— Eh bien, on continuera à faire des bêtises. Et il est sûrement en train de nous traiter de-

— « P'tit cons », le coupa Ben.

— « Bougez-vous le cul, bande de p'tits cons » ! plaisanta Asher en regardant sa bague.

Là, un sanglot s'échappa de la bouche de Rick, qui serra ses neveux dans ses bras. Ally semblait émue, et honnêtement, on l'était tout autant. Cette scène montrait à quel point la famille était importante aux yeux des Scott, à quel point ils étaient tous soudés.

Cependant, elle montrait également que le deuil était fait pour certains. Mais pas pour d'autres.

— Je suis sûr qu'il est très fier de vous, les garçons, affirma Rick.

Je ne pus m'empêcher de lâcher quelques larmes tandis que cette scène se jouait sous mes yeux. C'était à la fois beau et triste.

C'était humain.

— Je me rappelle encore quand il nous envoyait faire le tri des archives en guise de punition parce qu'on s'était encore battus en jouant à FIFA, lâcha Ben.

Kiara lâcha un petit rire en essuyant les larmes qui roulaient sur ses joues.

— Quand il m'apprenait à tirer, je ne devais jamais rater ma cible…

— Parce que la cible peut ne pas te rater, termina Ash. Après ça, il nous jetait dans le lac glacé.

Elle reprit la parole, rongée par la tristesse et les souvenirs qui lui revenaient en tête :

— Il… il m'avait encouragée à parler de ma bisexualité à ma mère, et à vous…

Ses bras encore sur les épaules de son oncle et de son cousin, Asher arborait la même expression de joie mêlée à de la tristesse. Même absent, Robert les faisait sourire.

Rick leva la tête au plafond et laissa couler ses larmes dédiées à son frère.

— J'espère que tu roules ton meilleur joint en nous regardant chialer pour toi, fumier.

Cette phrase déclencha le rire de tout le monde et installa une ambiance moins triste dans la pièce chargée en émotions.

— Merci pour tout, papa, murmura Asher en admirant sa chevalière.

C'était la chevalière qu'il m'avait demandé de porter au restaurant, à Monte-Carlo. « R. Scott », Robert Scott.

Ceci marqua la fin de la réunion.

Ally nous offrit une longue accolade. Elle allait me manquer. L'Écosse était loin, mais heureusement que la technologie nous permettait de rester en contact avec ceux qu'on aime.

La salle se vidait. Rick et Ally quittèrent le bâtiment afin de préparer le déménagement hâtif d'Ally. Kiara et Ben les rejoignirent. Il ne restait plus que moi. Et Asher.

— Je suis désolée, soufflai-je tandis qu'il enfilait sa veste en cuir.

Ce dernier me lança un regard d'incompréhension.

— Pour la mort de ton père, précisai-je.

Ses lèvres s'étirèrent en un petit sourire, mais il ne dit rien. Je remarquai qu'aborder ce sujet l'avait changé. Il me paraissait plus vulnérable. Il n'avait plus cette carapace froide, l'hostilité constante dans son regard avait disparu.

Il était lui, il était Asher.

— Tu viens ? Je suis impatient de découvrir ce qu'ils ont foutu chez moi.

J'acquiesçai et le suivis en souriant. Moi aussi, j'avais envie de savoir.

Nous montâmes les marches de la grande maison silencieuse et sombre du psychopathe. Enfin, jusqu'à ce que l'éclairage automatique allume toutes les pièces, et là... Des aboiements se firent entendre. Un chien accourut vers nous.

Oh, bordel !

Kiara et Ben avaient ramené un chien ici.

Je ne pus m'empêcher d'émettre un petit cri de joie face à cette petite boule de poils marron.

— Oh, le bordel ! lâcha la voix hébétée d'Asher derrière moi.

Il ne partage visiblement pas ma joie.

Je m'assis par terre, et il me sauta dessus. Ce chien était adorable. J'entendis le téléphone de Grincheux sonner. Lorsqu'il décrocha, il hurla, me faisant tressaillir :

— Tu me ramènes un chien, Kiara ? Un putain de sac à puces dans ma maison ! Je vais te tuer, Smith ! Oh, je vais t'arracher-

— Chut ! Tu fais peur au chien !

Je le fusillai du regard, et ce psychopathe fit de même en continuant à se disputer à propos de ce chiot qui était beaucoup trop pur pour lui.

Après avoir raccroché, il souffla en me regardant jouer avec l'animal.

— N'y pense même pas, m'avertit-il alors que je levais la tête vers lui en commençant déjà à préparer mes arguments pour qu'on le garde.

— S'il te plaît ! le suppliai-je. Tu ne peux quand même pas le jeter à la rue !

— Tu veux qu'on parie ? rétorqua-t-il en le considérant avec dégoût. Il ne restera pas une seconde de plus ici !

Je me mis debout face à lui afin de protéger le chien de ce monstre qui voulait le jeter à l'extérieur.

— Si tu le fous dehors, je... j'irais avec lui !

Il pouffa de rire.

— Raison de plus pour le faire sortir.

Ma bouche forma un « O » offusqué. Il s'esclaffa avant de reprendre plus sérieusement :

— Il dégage. Si tu veux dégager avec lui, c'est ton choix. Mais il dégage. Je n'aime pas les chiens.

Je croisai les bras et secouai la tête. Il était hors de question de laisser ce pauvre chien sans défense dehors.

— Il reste.

— Ma maison, mes règles.

— Je vis aussi ici ! m'exclamai-je, irritée.

— Tu es aussi à moi, termina-t-il simplement en me regardant droit dans les yeux.

Le chien se frottait contre mes jambes. Plus je l'observais, plus je voulais qu'il reste. Ma parole contre celle de Scott. Ce chien allait rester. J'allais en faire une affaire personnelle.

Le jeu allait commencer.

— Je connais ce regard, me dit-il. Tu ne me feras pas changer d'avis.

Lorsque je m'approchai de lui, il croisa les bras. Ma main se fraya un chemin à l'intérieur de sa veste et se posa sur son flanc.

— S'il te plaît, susurrai-je.

Ma tête se rapprocha de la sienne. Je fixai ses lèvres avec cette même fausse insistance en lançant des œillades furtives à son visage, visiblement indifférent à mes avances.

Ça s'annonçait plus compliqué que prévu. On allait donc passer à la vitesse supérieure.

— Si… tu m'embrasses, chuchotai-je en frôlant ses lèvres, on garde le chien.

Il pouffa et décroisa ses bras avant de les poser sur ma taille, me faisant frissonner au passage. Il esquissa un petit sourire en coin.

— Tu testes mon contrôle ? Ce n'est pas du jeu, ça…

Quand il m'attira un peu plus contre lui, un sourire triomphant étira mes lèvres.

— Si *tu* m'embrasses, il dégage.

Mes mains se faufilèrent à l'intérieur de son pull. Je le sentis se crisper sous mes doigts, et son souffle devint lourd. Ses yeux brûlaient mon épiderme. Il entrouvrit la bouche lorsque mes ongles caressèrent son flanc délicatement. Puis, il retira mes mains de son pull.

— Tout ça parce que je t'ai dit non ? Oh… mon ange.

Il allait perdre, je le sentais, et je me réjouissais déjà de la tournure que prenait cette partie.

— Je devrais le faire plus souvent.

Il me colla un peu plus contre lui. Mes mains se posèrent instinctivement sur sa nuque. Ses lèvres effleurèrent les miennes, mais il éloigna sa tête. Il ne comptait pas se laisser faire si rapidement. Cette torture aussi physique que psychologique me rendait dingue.

— Je t'avais promis que t'allais perdre la tête en enfer, mais sache que c'est parce que j'y suis déjà.

Je hoquetai de surprise lorsque ses mains emprisonnèrent brutalement mes cuisses et les soulevèrent pour les enrouler autour de sa taille. Il plaqua mon dos contre le mur derrière moi.

Bordel.

Je n'étais pas sûre de résister.

J'avais des papillons dans le ventre, ce sentiment agréable qui parcourait mon corps lorsqu'il s'agissait de lui. J'étais tiraillée entre la peur de baisser ma garde et l'envie de le faire.

Parce que c'était Asher.

Ma bouche s'entrouvrit lorsque la sienne entra en contact avec la peau de mon cou, où il déposa une multitude de baisers insatiables. Les yeux clos, je profitais de ses lèvres brûlantes, qui me procuraient un sentiment qui m'était inconnu auparavant. Dieu que j'aimais cette sensation !

— Tu me rends... dingue, murmura-t-il entre deux baisers. Putain... de... dingue.

Son pouce caressa l'arrière de ma cuisse lentement. Je le sentis remonter jusqu'à mes fesses, qu'il pressa légèrement. Ses lèvres continuèrent à torturer ma peau en la suçotant, ce qui m'arracha un soupir.

— A... Asher...

En réponse, ses lèvres s'étirèrent contre ma peau humide.

Je perdais, à mon propre jeu. Mais je ne pouvais plus l'arrêter, je ne voulais pas qu'il arrête. Son désir s'exprimait à travers ses baisers et ses mouvements.

Il leva la tête vers moi, les pupilles dilatées, rivées sur mes lèvres avides des siennes. Je ne devais pas l'embrasser. Je refusais de l'embrasser en premier, même si j'en avais follement envie.

Sa langue passa sur ses lèvres entrouvertes, et son nez se frotta contre le mien. Nos respirations étaient lourdes. Les puissants battements de mon cœur étaient tout ce qu'on entendait.

Et là.

— Je refuse qu'il mette une seule patte dans ma chambre, déclara-t-il avant d'écraser ses lèvres sur les miennes.

Ma main se posa sur sa mâchoire, et je lui rendis son baiser passionné. Bordel.

Ses lèvres.

Je n'avais jamais ressenti autant de passion à travers un simple baiser.

Il avait raison. Je perdais la tête en enfer.

Et il y était déjà.

Je sentis mon dos s'éloigner du mur. Il me mordilla la lèvre inférieure, demandant un accès à ma bouche que je lui accordai. Il marcha avec moi dans ses bras. Sa langue entra en contact avec la mienne dans une danse sensuelle et affamée.

On se découvrait à nouveau. Ses lèvres étaient à la fois douces et insatiables. Avides de cette frénésie qu'on réclamait, avides de ces sentiments qu'on éprouvait et qu'on cherchait à ressentir à travers l'autre. Comme un tsunami dans lequel on voulait plonger.

Il s'assit sur le canapé. J'étais à présent à califourchon sur lui. Nous continuâmes à perdre le contrôle, à nous perdre dans l'autre. À s'attirer mutuellement. Comme des aimants.

Sa main se fraya un chemin à l'intérieur de mon pull, qu'il remonta doucement, mais son geste spontané, bien qu'empli de désir, me crispa violemment, si bien que j'arrêtai tout mouvement.

Son toucher ranimait mes démons. Je tentais d'étouffer mon angoisse dévorante en me répétant que c'était Asher, mais ce n'était pas aussi simple.

— Bordel, murmura-t-il dans un souffle.

La bouche encore entrouverte, la respiration lourde, je chassais les démons qui menaçaient de resurgir.

Il n'est pas eux.

Il n'est pas eux.

Il n'est pas eux.

— Tu m'enivres beaucoup trop, mon ange.

Les mains sur mes hanches, il fixait mes lèvres avec cette même envie palpable qu'au début, comme s'il n'était pas entièrement rassasié. Comme si, au contraire, son appétit n'en était que plus grand.

— Et si, dans les trois prochaines secondes, t'es encore sur moi, sache que je ne pourrai plus me contrôler.

J'acquiesçai avant de me décaler. Je m'assis sur le canapé et tournai la tête vers le chien, qui reniflait quelque chose par terre sans se soucier de nous.

S'il savait…

— On l'appelle comment ? demandai-je.

— Connard. Ou Ben.

Sa réponse m'arracha un sourire. Qu'est-ce qu'il pouvait être méchant !

— Tate ? lui proposai-je. Pourquoi pas Tate ?

— C'est nul, marmonna le psychopathe, je préfère Connard.

— Va pour Tate.

11 h. Je me levai du lit en m'étirant. La lumière à l'intérieur de la chambre m'arracha un grognement.

Comme chaque matin que je passais ici.

La porte de ma chambre était entrouverte. Il n'y avait aucun bruit dans la maison, sauf les pas de Tate qui se faisaient entendre pendant qu'il montait les marches.

— Salut, toi, dis-je en lui caressant la tête. Je suis sûre que le psychopathe ne t'a pas donné à manger. Il fait ça au début, mais ne t'en fais pas, c'est juste une « période d'acceptation ».

J'achevai ma phrase sur un sourire, me rappelant que Kiara me disait ça pour m'aider à supporter le psychopathe, au début.

Je descendis en lisant les messages que j'avais reçus hier sur mon téléphone.

De Kiara :

> Coucou, toi ! J'espère que vous avez gardé le chien. :(Si c'est le cas, sa bouffe et une gamelle l'attendent dans la cuisine, hihi.

Après avoir rempli sa gamelle de croquettes, je lui ouvris la porte du jardin pour qu'il aille courir.

Je souris comme une enfant en regardant l'animal gambader dehors. Je me demandais comment ils l'avaient trouvé. Je devrais poser la question à Kiara.

Je remontai dans ma chambre pour prendre une bonne douche qui m'aida à me réveiller. Alors que j'étais en train de m'habiller tranquillement, j'entendis soudain Tate aboyer dans le hall.

J'empressai de le rejoindre, décidée à voir ce qu'il voulait. Aussitôt, mon cœur s'arrêta. La porte était ouverte, et une inconnue se tenait dans l'embrasure. Dire qu'elle était bruyante aurait été un euphémisme.

— Ash enculé de Scott ! Putain, je vais te tuer !

Mes yeux s'écarquillèrent face à cette jeune femme en colère contre mon possesseur.

— Où est mon enculé de frère ?! cria-t-elle en me fusillant du regard.

CHAPITRE TRENTE

EX-CAPTIVE

Après avoir claqué la porte d'entrée dans un geste rageur, la jeune femme ferma les yeux un instant. Elle fit mine de se calmer en inspirant profondément. Elle leva ensuite la tête vers moi.

C'était sa putain de sœur. Et elle était aussi colérique que lui.

— Je suppose que tu dois être une de ses putes, déduit-elle en me reluquant. Où est le mec avec qui t'as baisé hier ?

Je la dévisageai, incrédule. La facilité avec laquelle elle en était venue à une telle conclusion me fit réaliser que le psychopathe ne cachait pas ses conquêtes.

— T'as perdu ta langue dans sa bouche ?

C'était sans l'ombre d'un doute sa sœur. Aussi crue qu'Asher.

— Je-

— Ça, c'est ce que j'appelle une entrée tout en sobriété, fit une voix rauque derrière moi. Qu'est-ce que tu fous encore ici ?

En tournant la tête, je découvris avec étonnement le psychopathe, qui descendait du deuxième étage. Depuis quand était-il là, lui ?

— Si tu penses que je vais quitter le pays pour tes beaux yeux, tu te trompes lourdement sur mon compte, mon frère ! lâcha-t-elle d'un ton cinglant.

Il pouffa avec insolence et se gratta la nuque. La jeune femme continua sur le même ton :

— Dégage, toi ! Tu ne vois pas qu'on a un problème de famille à régler ?

Ça, c'était pour moi.

Lorsqu'il arriva à ma hauteur, Asher enroula son bras autour ma taille. Il la fusilla du regard tandis qu'elle haussait les sourcils.

— Je vois… souffla-t-elle. Je ne quitterai pas les États-Unis, Ash.

— Je ne me rappelle pas t'avoir demandé ton avis dans mon message.

Elle rit cyniquement. Je compris alors qu'elle devait quitter le pays, comme Ally et Théo, ainsi que la mère de Kiara.

— Je. N'irai. Nulle. Part, articula-t-elle. Ce n'est pas difficile à comprendre pour toi qui te vantes d'être si intelligent.

— Abby, s'exaspéra-t-il, je n'ai vraiment pas le temps, là. Ton vol t'attend depuis deux heures, maintenant.

— Si papa était encore en vie, il aurait été d'accord avec moi !

— Oui, oui, parfait. S'il était en vie, on n'en serait pas là, renchérit-il. Je vais appeler Carl.

— NON ! cria-t-elle, ce qui me fit sursauter. Je ne partirai pas.

Asher se pinça l'arête du nez. Sa patience commençait à s'émousser face à la tête de mule qu'était sa sœur.

— Si tu restes ici, tu seras plus en danger que nous, Abby.

— Tu vois, c'est ça, ton problème. Tu ne penses qu'à toi ! s'exclama-t-elle rageusement. J'ai une putain de vie, ici : un copain merveilleux, un appartement merveilleux et un travail, devine comment ? Merveilleux ! Et toi, tu veux m'enlever tout ça parce que… parce que… je ne sais pas, merde !

La main de mon possesseur se crispa sur ma taille. En le voyant serrer la mâchoire, je déglutis. Il commençait à s'énerver, et je n'aimais pas être dans les parages lorsqu'il était énervé.

— J'ai tué James Wood, Abby, grinça-t-il froidement. Je vais venger notre père.

Cette révélation eut le don de la calmer aussitôt. Elle resta sans voix quelques instants.

Quand elle reprit ses esprits, elle croisa les bras.

— Je ne partirai pas quand même, s'opposa-t-elle. Je refuse de fuir.

— Oh, Seigneur ! s'agaça-t-il en levant la tête vers le plafond. OK, tu veux faire un choix ? Je te donne le choix.

— Je t'écoute.

— Soit tu meurs, soit tu restes en vie, lui exposa-t-il. Si tu choisis la seconde option, tu te barres en Grèce. Si tu préfères la première, alors, surtout, ne bouge pas des États-Unis et reste avec ton copain merveilleux dans ton appartement merveilleux avec ton travail merveilleux.

Elle ricana.

— Tu veux que je te dise un truc ? Va te faire foutre. Allez tous vous faire foutre. Vous ne me dicterez pas quoi faire de ma vie. J'en ai assez.

Il prit son paquet de clopes et s'alluma une cigarette.

— Je ne te dicte pas quoi faire, Abby. C'est pour te protéger que je fais ça. Je ne veux pas que William te kidnappe et te bute pour venger son meilleur pote.

— William ne me fait pas peur, Ash, je peux me défendre !

Il se massa les tempes. La fameuse Abby tourna sur elle-même en levant les bras, ne sachant sûrement pas quoi faire pour convaincre son frère d'accepter sa requête.

— Et si tu faisais surveiller ma maison ?

— Ça ne suffirait pas, répondit-il du tac au tac.

— Gardes du corps ?

— Non plus.

— J'emménage ici ?

— Alors, là ! s'emporta-t-il en la regardant droit dans les yeux. C'est non négociable. Tu t'en vas.

Abby me lança une œillade emplie de détresse, face à laquelle je grimaçai, impuissante. À vrai dire, si j'essayais de l'aider, je signais mon arrêt de mort.

De plus, Asher avait raison : elle devait quitter le pays pour sa sécurité.

— Aide-moi, toi aussi, au lieu de rester plantée là, à nous regarder ! s'écria-t-elle à mon intention. Tu n'es pas sa copine pour rien !

Je m'étouffai avec ma salive. Asher enleva sa main de ma taille presque aussitôt.

— Ce n'est pas ma copine, dit-il à ma place. Regarde-la, je vaux mieux que ça.

Elle me scruta des pieds à la tête tandis que j'entrouvrais la bouche, blessée profondément par ses mots crus. On en était encore à ce stade ?

— Non, je ne crois pas, c'est exactement ton genre de filles. Et d'après l'expression sur son visage, tu viens de blesser son petit cœur.

Il tourna la tête dans ma direction et fronça les sourcils.

— Ce n'est pas ma copi-

— Ce n'est personne, le coupai-je en tournant les talons.

Si je restais encore une minute de plus dans cette pièce, j'allais le tuer. Lui et son ego de merde.

Putain. Je le détestais.

— Finalement, je crois que je vais rester ici, l'entendis-je dire à son frère, faisant presque sortir mes yeux de leurs orbites.

Elle voulait rester ici, elle voulait vivre ici.

Oh, non. Pas deux Scott dans une même maison, *pitié*.

Je laissai la porte de ma chambre entrouverte afin d'écouter la négociation qui se déroulait dans le hall en espérant de tout cœur que ce con n'allait pas accepter.

— Pas question ! trancha-t-il, ce qui m'arracha un soupir de soulagement. Tu iras chez Rick si tu veux, mais pas ici.

— Et pourquoi pas ? Je ne risquerai rien chez toi. En plus, je ferai plus ample connaissance avec ta copin-

— Ce n'est pas ma putain de copine, rétorqua-t-il, très irrité.

— T'es sûre ? Parce que je ne pense pas qu'elle soit du même avis.

Je levai les yeux au ciel. Cette fille était aussi chiante que son frère.

— Tu ne veux pas plutôt vivre avec Kiara ? suggéra-t-il. Elle vit seule, et vous vous aimez bie-

— Je ne veux pas déranger Kiki et lui imposer ma présence !

— Mais à moi, si, peut-être ?

— Bien sûr que oui, t'es mon frère ! Sauf si…

Elle se tut un instant.

— Sauf si quoi ? l'interrogea-t-il, suspicieux.

— Sauf si tu m'avoues que c'est vraiment ta copine, ricana-t-elle malicieusement, et que ma présence va déranger votre petite vie de couple.

Je l'entendis souffler de frustration. Elle pensait vraiment qu'on était ensemble ?

Laissez-moi rire doucement. Monsieur valait mieux que ça. Et moi aussi.

— C'est ma copine, admit-il, me faisant une nouvelle fois m'étouffer avec ma salive, et tu vas nous déranger.

Abby savourait sa victoire. J'étais persuadée qu'elle arborait un air triomphant identique à celui de son frère, ce même air qui m'agaçait au plus haut point.

— Je m'en doutais, confirma-t-elle fièrement. Elle est au courant ? Pour la vipère ?

— Oui, dit-il, irrité. Personne ne sait qu'on est ensemble, alors garde ça pour toi.

C'est normal, peut-être parce qu'ON N'EST PAS ENSEMBLE ?!

— Ne t'inquiète pas, Roméo. Motus et bouche cousue, parole d'une Scott !

— Même pas à Kiara, ni aucun autre. Maintenant, décide : Rick ou la Grèce ?

Je n'entendis plus rien pendant l'espace de quelques minutes, puis :

— Je veux un jet privé, exigea-t-elle, et une grande maison en Grèce. Pas un appart, une putain de villa aussi grande que celle-ci, et de l'argent. Parce que je ne compte pas travailler.

— Tu n'as pas besoin d'une grande villa-

— Je suis une Scott, je fais ce que je veux, et ce je veux maintenant, c'est une grande villa en Grèce.

Il la laissa dresser la liste de ses exigences en silence.

— Et une voiture, continua-t-elle, deux chats… Il faut aussi que tu privatises une plage pour-

— OK, on s'arrête aux chats, Abby, l'interrompit-il. Dégage de chez moi, et va faire tes valises.

Je m'éloignai de mon lieu d'espionnage et m'allongeai sur mon lit. La porte de ma chambre grinça, laissant entrer Tate, qui monta à mes côtés. Il renifla mes vêtements et me lécha le visage.

J'entendis la grande porte d'entrée claquer, signe que la tornade Abby Scott venait de sortir de la maison. Des pas résonnèrent ensuite à l'étage. Je fermai les yeux en essayant de calmer ma nervosité, qui menaçait de faire irruption au même moment que-

— Elle est partie.

Que lui.

Je restai muette. Je ne voulais pas lui parler, sauf si c'était pour l'insulter et le traiter de tous les noms tant ses conneries me rendaient folle.

— Tu boudes ?

Je continuai à caresser Tate sans un mot. Il ne méritait pas que je lui parle. *Il vaut mieux que ça, n'est-ce pas ?*

— Oh, ça va ! lâcha le psychopathe d'un ton las en s'avançant vers moi.

Il s'assit à l'extrémité du lit, d'où il me fixait avec un petit sourire en coin. Lorsque sa main se posa sur ma cuisse, je me décalai rapidement.

— Ne me touche pas, dis-je froidement.

— Abby va venir passer la nuit ici. Elle est partie préparer ses affaires et chercher son copain. Elle s'envole pour la Grèce, demain matin.

J'acquiesçai sans un mot, même si, dans ma tête, tout s'embrouillait à cause de la tornade qui allait revenir.

— Et j'ai… menti, admit-il en se grattant la nuque. Je lui ai dit qu'on était ensemble. Parce que, sinon, elle m'aurait imposé sa présence chez moi, et pendant très longtemps.

J'écarquillai faussement les yeux, faisant semblant de ne pas avoir entendu leur conversation. Mais il n'avait pas menti que pour ça. *Connard.*

— Et quand j'ai dit que je valais mieux que ça, reprit-il en esquissant un sourire, là aussi, j'ai peut-être… un peu menti ?

Je ris jaune en lui tournant le dos. Il s'approcha, et son doigt dessina la courbe de ma taille, jusqu'à ma hanche.

— Pourquoi ? lui demandai-je sèchement, toujours dos à lui.

— Pour donner tort à ma sœur ?

Son doigt remonta délicatement sur mes épaules. Me faisant frémir.

— Pourtant, ton second mensonge lui a donné raison, fis-je remarquer.

Je le sentis s'approcher encore de moi, puis perçus son souffle au creux de mon cou.

— Peut-être, mais je ne voulais vraiment pas qu'elle vive ici. Je serais limité dans ce que j'aime faire… quand personne ne regarde.

Il susurra cette phrase en posant ses lèvres sur mon oreille. Je frissonnai une nouvelle fois.

— J'ai hâte que tu joues ma petite copine pour la soirée, *mon ange.*

Et il se leva.

— Quoi ?! m'exclamai-je en espérant avoir mal entendu.

— Allez, Connard, on s'en va ! cria-t-il au chien en claquant des doigts et en sifflant.

Animé par sa curiosité, Tate quitta la pièce en courant vers celui qui l'appelait depuis les escaliers.

Je vivais avec un homme-enfant. Ce n'était pas possible.

Je zappais pour mieux combler le vide qui habitait ma journée. Tate dormait sur le canapé. Le psychopathe avait quitté la maison quelque temps après sa sœur. D'ailleurs, j'ignorais à quelle heure cette tornade allait revenir, qui plus est avec son copain.

Je sursautai lorsque mon téléphone se mit à sonner. L'appareil qui venait de me sortir de mes pensées affichait « Psychopathe ». Je décrochai et attendis qu'il prenne la parole.

— Dis-moi, commença-t-il d'un ton neutre, est-ce que ma sœur est revenue ?

— Non, pas encore, rétorquai-je froidement.

— Quand elle rentre, envoie-moi un message.

Et il raccrocha, sans me laisser le temps de répondre à sa demande. Avec un soupir, je reposai mon téléphone. J'appréhendais le retour de sa sœur. Elle m'intimidait, et m'avait mise très mal à l'aise, ce matin.

Ma main se posa sur la tête du chien, qui dormait paisiblement près de moi, sans se soucier de ce qui l'entourait. Il vivait pleinement sa nouvelle vie parmi nous.

— Je me demande comment tu t'es retrouvé chez Kiara, chuchotai-je en le regardant. Toi, au moins, tu n'as pas un enfant à gérer et un rôle à jouer pour ce soir.

Il inclina la tête et prit une grande inspiration. Les yeux encore clos, il siestait, imperturbable.

— Tu vois, c'est ça, le problème avec Asher, il ne dit rien ! Et à cause de ses petits secrets, je me retrouve toujours coincée, me confiai-je à l'animal.

Et c'était vrai : je ne faisais que jouer des rôles en cachant la réalité, tout ça pour le plaisir de monsieur Scott. Et pour garder ses secrets. Ainsi que pour suivre ses plans foireux.

Je me levai. Je voulais prendre un bain et me détendre. En arrivant à la salle de bains, je laissai l'eau couler, le temps que je ramène mes produits. Lorsque je plongeai dans l'eau chaude de la baignoire, qui couvrait à présent l'intégralité de mon corps, je soupirai d'aise. La porte était verrouillée. Je ne faisais pas confiance au psychopathe, qui pouvait rentrer ici à n'importe quel moment dès lors qu'il passerait le seuil de la porte d'entrée.

Comme à Monte-Carlo.

Les yeux fermés, je fis le vide dans ma tête. Jouer les petites copines, j'avais déjà fait avec Kyle, le cousin du psychopathe. Mais le psychopathe ? Je le connaissais, il allait profiter de cette situation. Je ne savais pas encore comment, mais je le savais. Au final, ça ne pouvait pas être pire qu'avec James.

Tout à coup, j'entendis Tate aboyer. Je me rinçai rapidement et sortis de la baignoire. Peut-être qu'il avait faim ? Où qu'il voulait sortir ?

J'enroulai une serviette autour de mon corps, puis, les cheveux encore mouillés, quittai la salle de bains pour accourir vers le chien qui n'arrêtait pas de crier en bas.

Mais une voix résonna.

— Tu vas arrêter de gueul-

Je m'arrêtai dans mon élan. Lui aussi.

Ses yeux se posèrent sur mes jambes et remontèrent jusqu'au haut de ma poitrine. Il me déshabillait du regard sans aucune gêne.

— Tu devrais m'accueillir comme ça plus souvent, souffla-t-il, un petit sourire en coin, mais... sans la serviette, de préférence.

Tate vint à moi en secouant la queue. Je soupirai d'exaspération avant d'aller piocher une tenue dans ma chambre et de redescendre retrouver cet homme exaspérant qui rangeait les courses.

— Oh, merci, lui dis-je en constatant qu'il avait pris un nouveau shampooing sans que je lui demande. Ta sœur va dormir où ?

— Il y a au moins cinq chambres dans la maison, elle a l'embarras du choix.

— Sérieux ? m'étonnai-je. Je pensais qu'il n'y en avait que deux.

Il pouffa. L'instant d'après, je le sentis se coller contre mon dos en rangeant des produits dans le placard au-dessus de ma tête.

— Je peux t'offrir une visite guidée, si tu veux, me susurra-t-il en collant un peu plus son bassin contre moi.

Je me décalai et calmai ma respiration, qui commençait à s'agiter à cause de notre proximité.

— Très peu pour moi, marmonnai-je en me tournant.

— Tu dis ça parce que tu n'as jamais essayé avec moi.

On entendit la porte s'ouvrir, et Tate aboya une nouvelle fois. Le psychopathe souffla d'exaspération.

— Elle est de retour.

— On est là ! l'entendis-je crier depuis le hall.

— Quelle surprise ! murmurai-je en rangeant la dernière bouteille de lait.

À ces mots, le psychopathe émit un rire franc. Je tournai la tête vers l'entrée de la cuisine.

— Ash, commença-t-elle, tu connais Ryan. Mon chéri, je te présente…

— Ella.

Asher et moi venions de compléter la présentation de sa sœur en même temps, ce qui la fit sourire.

— La copine de mon frère.

Ryan me sourit gentiment, sourire que je lui rendis.

— Prenez la chambre que vous voulez, dit le psychopathe, sauf la mienne.

Les deux tourtereaux acquiescèrent et quittèrent la pièce. On pouvait les entendre chuchoter, même loin de nous.

— Ce plan est foireux, murmurai-je en fronçant les sourcils, contrariée.

— Lequel ? demanda-t-il malicieusement. Je ne vois pas de quoi tu parles.

— Toi et moi, répondis-je en nous pointant du doigt. Ta sœur verra que tu lui as menti.

— Que tu crois, mon ange ! lâcha-t-il en enroulant ses bras autour de ma taille. Je vais tout faire pour qu'elle gobe ce petit mensonge. Une vraie partie de plaisir.

Il me força à lever le menton pour croiser son regard d'acier rempli de malice à l'idée de jouer la comédie.

— Et toi, continua-t-il d'une voix chaude, tu vas faire la même chose. Tu verras, tu vas en redemander.

— J-

Il me coupa en déposant un baiser furtif sur mes lèvres. Je l'observai s'éloigner, sceptique.

— Je ne suis pas un jouet ! m'exclamai-je finalement.

— Si tu le dis, lâcha-t-il.

Je me tapai le front. La nuit s'annonçait mouvementée.

— Alors, comment tu as rencontré mon frère ? me demanda-t-elle en posant les fourchettes sur la table de la cuisine.

Je faillis m'étouffer avec ma salive. Elle me prenait au dépourvu avec ces questions auxquelles je n'avais pas de réponses déjà toutes faites !

— Par... par le biais d'une amie, mentis-je en versant le contenu des boîtes de nouilles qu'on venait de commander à l'intérieur des assiettes.

Ryan aidait sa copine sans un mot. Et je ne savais pas où était caché mon possesseur... enfin, mon copain.

Le psychopathe aux plans foireux.

— Ah oui ? Laquelle ? me questionna-t-elle en posant ses yeux curieux sur moi.

— Kiara, lui répondis-je du tac au tac. C'était Kiara.

C'était la première personne qui m'était venue à l'esprit. En même temps, je n'avais pas d'autre amie.

— Oh, Kiki ! s'exclama-t-elle. Ça fait au moins trois mois que je ne l'ai pas vue !

— Qui ? demanda une voix rauque derrière moi.

J'écarquillai les yeux lorsqu'il passa sa main autour de ma taille avec un faux sourire tendre et déposa un baiser sur ma tempe.

— Kiki. Viens manger, ça va refroidir ! le réprimanda-t-elle.

Je ne m'étais jamais assise sur les chaises de cette table avant aujourd'hui. Cette partie de la cuisine était inutilisée par le psychopathe et moi. Abby et Ryan prirent place face à nous. L'ambiance fut étonnement silencieuse pendant quelques minutes, avant qu'elle recommence sa foire aux questions.

— Et vous deux, vous êtes ensemble depuis ?

— Trois mois, dit le psychopathe le plus naturellement possible.

— Tu ne veux toujours pas d'une captive ? demanda-t-elle en prenant une bouchée de ses nouilles.

Encore une fois, je manquai de m'étouffer avec mon verre d'eau. Cependant, le psychopathe resta de marbre.

— Ella est jalouse, lui répondit-il en me jetant un coup d'œil. Et je n'en ai pas besoin, pour l'instant.

Menteur.

— Tu ne devrais pas rester sur une mauvaise expérience, Ash, commença-t-elle d'un ton très sérieux.

Je vis sa mâchoire se contracter. Il posa sa fourchette sur la table et se racla la gorge.

— Tu devrais manger, Abby, lui conseilla-t-il sèchement.

— Je suis sérieuse, Ash-

— Je ne veux pas que tu termines ta phrase, la coupa-t-il en la fusillant du regard. On est-

— Isobel ne doit pas pourrir l'image que tu te fais des captives, merde ! s'exclama-t-elle.

Et mon cœur s'arrêta l'espace d'un instant. Isobel était non seulement son ex, mais aussi son ancienne captive.

CHAPITRE TRENTE ET UN

RETOUR DANS LE PASSÉ

Silencieuse, je débarrassai la table en appréhendant la suite de cette soirée.

Le psychopathe avait quitté la cuisine en rogne. Sa sœur avait alors su qu'elle venait de faire une grosse connerie et s'était réfugiée dans les bras de son copain, désormais tous deux assis au salon.

Isobel.

Encore et toujours Isobel.

Cette femme, même absente, réussissait de par son prénom seulement à rendre l'atmosphère froide et hostile, empoisonnant les pensées et tuant peu à peu la moindre petite étincelle de bonheur que pouvait connaître Asher.

Son ancien possesseur, mais aussi son ex-petit copain.

Elle l'avait brisé, elle l'avait changé, elle l'avait rendu exécrable.

Et maintenant, tout s'expliquait un peu mieux dans ce tourbillon de questions. Il ne supportait plus les captives, à cause d'elle. Elle était peut-être la cause même de la mort des deux autres captives avant moi. Et aussi de tout ce qu'il m'avait infligé au début de notre rencontre.

Qu'avait-elle pu faire de si horrible ? Qu'avait-elle pu faire de si grave et de si traumatisant à Asher Scott pour le rendre aussi froid, aussi hostile et aussi mauvais envers les captives ? Mais pas que lui, non, ils étaient tous touchés par ce virus, cette maladie sans médicament.

Isobel Jones.

Son fantôme planait encore, je pouvais la sentir ici alors qu'elle n'y était pas vraiment.

— T'as fini ? demanda la voix rauque du psychopathe en me tirant de mes pensées.

Je me retournai vers lui et fermai le lave-vaisselle en hochant la tête. Toujours une cigarette emprisonnée entre ses lèvres, il me toisa du regard sans un mot. De toute manière, je ne voulais pas vraiment qu'il parle.

— Abby a pris ta chambre, tu dormiras dans la mienne.

Je n'avais pas envie de manifester mon mécontentement. Alors, j'acquiesçai, et il tourna les talons. Il paraissait inaccessible, et chez Asher, ce comportement était synonyme de « *ne me parle pas et ne me pose pas de questions, sinon t'es morte* ».

Abby pénétra dans la cuisine, un petit sourire désolé sur visage, un sourire que je lui rendis. Elle se sentait sûrement coupable d'avoir plombé l'ambiance, qui ne tenait déjà qu'à un cheveu.

— Un ami de Ryan va passer prendre notre voiture, m'informa-t-elle. Il ne restera pas très longtemps.

Je hochai la tête.

— J'aimerais, s'il te plaît, que tu le dises à Ash, continua-t-elle. Je n'ai pas envie de lui parler maintenant. Tu sais, il est facilement irritable et-

— Je sais, la coupai-je, l'empêchant de se justifier davantage. Ne t'en fais pas, je m'en occupe.

Elle me sourit une nouvelle fois et me prit soudainement dans ses bras. Je me raidis quelques secondes, avant d'accepter son étreinte. Elle me susurra à l'oreille :

— Il a vraiment beaucoup de chance de t'avoir. C'est mon frère, et à en juger par sa façon de te regarder, il t'aime beaucoup.

Sa façon de me regarder ? Ma pauvre, tout ceci n'était que comédie. Si elle savait !

— Je suis heureuse qu'il ait enfin trouvé quelqu'un de bien après Isobel, mon frère était en dépressi-

— Je sais, la coupai-je une nouvelle fois alors que je n'en savais rien, mais elle est loin de lui, maintenant. Et il faut que ça reste ainsi.

Je ne voulais pas qu'elle me parle de son passé, je voulais que ça soit lui qu'il le fasse. Or, je respectais son choix de garder le silence. Il avait ses raisons, je ne pouvais que le comprendre. Je n'aurais pas aimé que quelqu'un parle de mon passé alors que je n'étais pas prête à me dévoiler.

Elle me lâcha en souriant de toutes ses dents. Je lui chuchotai un « je reviens » et partis en direction de la chambre du psychopathe. Au fur et à mesure que je montais les marches, une boule se forma à l'intérieur de mon ventre. J'appréhendais ses paroles et ses gestes lorsqu'il était dans cet état. Mais je redoutais encore plus son silence.

Face à cette porte qui me séparait du démon, j'hésitai. Je me sentais beaucoup trop mal à l'aise par rapport à ce qui s'était produit quelques heures plus tôt.

Prenant mon courage à deux mains, je toquai doucement.

Une fois.

Le silence.

Deux fois.

Toujours rien.

Trois fois.

Mais il est mort ?

— Asher ? appelai-je en collant mon oreille contre le bois.

— Ouvre.

Je soupirai afin de réprimer la pointe d'angoisse qui me retournait le ventre, avant d'ouvrir doucement la porte. Il était allongé sur le dos, les yeux rivés au plafond. Il paraissait calme. Un peu trop calme.

Mais ce que je vis me glaça le sang, ou plutôt, *ce que je ne vis pas*. Aucune cigarette sur ses lèvres. Ni même emprisonnée entre son index et son pouce, comme il avait l'habitude de la tenir. Rien.

Un Asher sans nicotine était encore plus dangereux qu'un Asher avec.

— Qu'est-ce que tu veux ? demanda-t-il froidement.

— Euh… je… bafouillai-je

— Mais parle ! lança-t-il, irrité.

Exactement ce que j'évitais. Bravo, Ella.

— Ta sœur-

— Ne me parle pas de ma sœur, Ella, grinça-t-il. Ne prononce même pas son nom.

— Un de leurs amis va passer prendre leur voiture, lui indiquai-je rapidement.

Il tourna la tête vers moi et souffla bruyamment avant de se lever du lit. Je reculai jusqu'à refermer la porte doucement devant moi.

Oui. J'échappais à *Asher la terreur*. Ce surnom lui allait bien aussi.

— Viens, dit-il d'un ton neutre, si bien que je faillis défaillir.

J'espérais avoir rêvé, mais non, il m'avait bien appelée. Mes pas hésitants me dirigèrent vers lui, et je lui fis face sans un mot.

Il examina mon visage, les sourcils froncés. Il remarqua ensuite que mes mains bougeaient nerveusement.

— Qu'est-ce que tu as ? me demanda-t-il en désignant du menton mes doigts qui s'entortillaient.

— Rien du tout, pourquoi ? répondis-je en faisant mine de ne pas avoir compris.

— On dirait presque que je te rends nerveuse, déduit-il avec un léger sourire en coin.

Ce signe réussit à calmer mes angoisses, qui étaient nées de sa colère lorsqu'on évoquait le prénom d'Isobel à côté de lui. Sa main emprisonna ma taille et me rapprocha davantage vers lui. Bizarrement, sa respiration était calme. Son autre main caressa mon épaule, et machinalement, je me retrouvais à enrouler mes deux bras autour de sa taille.

Silencieuse et détendue, c'était l'atmosphère qui planait autour de nous. Une ambiance à laquelle je ne m'attendais pas avant de rentrer dans cette chambre.

— Ma sœur pense toujours qu'on est ensemble ? m'interrogea-t-il avec un petit rire moqueur.

J'acquiesçai. Il esquissa un sourire triomphant tandis que je secouais la tête, exaspérée.

— Alors, j'ai le droit de profiter de ce rôle. On fait une pause dans notre petit jeu.

Il ne me laissa pas le temps d'ajouter quoi que ce soit. Ses lèvres se posèrent sur les miennes, les rencontrant dans un baiser doux et… délicat.

Nous n'avions jamais partagé ce genre de baiser. Une sensation inconnue se forma dans mon ventre, une sensation que je ne pouvais décrire, mais qui me procurait un bien fou, comme je n'imaginais pas ressentir un jour.

Il approfondit notre baiser. Sa respiration s'alourdit tandis que la mienne devenait saccadée. Nous nous perdions encore une fois dans l'autre, et putain, qu'est-ce que j'aimais me perdre avec lui !

J'aimais cette sensation de m'ancrer dans son esprit à travers un baiser, et de le laisser s'ancrer en moi. Ma main se posa sur son torse, et ce que je découvris me fit l'effet d'une décharge électrique.

Son cœur.

Son cœur battait la chamade.

Exactement comme le mien, à cet instant.

Les aboiements de Tate et un bruit provenant de la porte interrompirent notre baiser. Asher soupira de frustration.

— Quoi ? cria-t-il depuis sa position, ce qui me fit sursauter.

— Tu viens saluer Eric ? hurla sa sœur, en réponse.

Sans le vouloir, mon cœur fit un petit bond en entendant ce prénom. Autrefois, j'avais connu un Eric. Un Eric que je préférais oublier.

Il leva les yeux au ciel et me confia, l'air blasé :

— Je ne l'ai jamais blairé, ce mec. Tu viens ?

J'acquiesçai et le suivis. Il me prit la main avant de descendre les marches nonchalamment, ce qui m'amusa.

— Ashe-

Mon rire s'interrompit au moment où j'aperçus le visage de l'invité.

Eric.

Je me figeai sur place. De violents tremblements recouvrirent soudain l'intégralité de mon corps. Mes jambes avaient de plus en plus de mal à soutenir mon poids, je me sentais peser une tonne. Sans que je le veuille, ma main serra très fort celle du psychopathe.

Trop fort.

Mes yeux restaient bloqués sur *lui*, ce n'était pas possible.

Mon passé était là, face à moi.

Eric était un habitué qui venait prendre son pied, abuser de moi pendant que je devais me tenir calme et détendue. Ses yeux s'étaient écarquillés en m'apercevant. Il m'avait reconnue.

Asher se retourna vers moi dans un premier temps, étonné par la forte pression que j'exerçais sur sa main. L'interrogation se peignit dans ses yeux gris. J'étais tétanisée, incapable d'émettre le moindre son.

Ils me l'avaient interdit.

Mon regard terrifié restait braqué sur *lui*. Toutes *ses* paroles, *ses* gestes violents, *ses* murmures et *ses* baisers dégueulasses sur ma peau, je les sentais une nouvelle fois, encore et encore.

Et encore.

Ma vue s'embua. J'entendais au loin Asher m'appeler. Mais je ne pouvais pas détourner les yeux, *lui* non plus.

— Ella, insista la voix rauque de mon possesseur. Ça va ?

— Eric, je vais te donner la voiture.

C'était la voix du copain d'Abby. Eric hocha la tête en gardant les yeux rivés sur moi, tout aussi surpris de me voir ici. Lorsqu'un sanglot s'échappa de ma bouche, les mains d'Asher se posèrent sur ma taille.

Erreur.

Instinctivement, je m'éloignai en le repoussant violemment de moi. Son toucher me renvoya dans le passé, un seul geste qui avait suffi à mon corps pour déclencher cette crise d'angoisse qui menaçait d'apparaître depuis que je l'avais vu.

Mes palpitations cardiaques pouvaient s'entendre depuis l'entrée du hall. Je respirais difficilement. Très vite, je ne pouvais plus tenir tant j'étais étourdie. Mon corps se laissa tomber sur le côté, et les larmes emplirent mes yeux. Je ne voyais que *lui*. Je ne voyais que *son* visage, que *ses* mains, que *son* corps bloquant le mien sur le lit de John.

Par chance, quelqu'un me rattrapa. Je n'arrivais plus à parler, seuls des gémissements terrifiés pouvaient dépasser la barrière de mes lèvres.

— Ella, entendis-je. Regarde-moi, Ella !

Sa voix. Je devais m'accrocher à *sa* voix.

Il devait me parler.

Asher devait me parler.

Je ne devais plus rester bloquée dans mon passé. Je ne voulais plus laisser mes démons prendre le contrôle de mon corps, tout ceci était derrière moi. J'étais forte. Je n'étais plus avec John. Ni avec Eric.

Il était temps de reprendre le contrôle. Mais la petite voix angoissée dans ma tête me rappela que l'un d'eux était bien présent. Je me recroquevillai sur moi-même en essayant tant bien que mal de lutter. Mon ventre était tellement crispé que c'en était douloureux, terriblement douloureux.

— Ella, chuchota une voix féminine, écoute-moi : on va respirer lentement, d'accord ? Respire avec moi.

Abby me guida. Je suivis ses consignes : je calquai ma respiration sur la sienne en comptant.

1… 2… 3… 1… 2… 3… 1… 1… 3… 2…

Je me détendis peu à peu, mes tremblements diminuèrent doucement. Mon cœur reprit un rythme moins rapide. L'arrière de mon crâne toucha finalement le mur auquel j'étais adossée.

— OK, c'est parfait, souffla-t-elle de soulagement. Continue, ne t'arrête pas.

Elle se leva et descendit les escaliers. Je fermai les yeux un instant pour me remettre de ma crise alors que je sentais encore le monde tourner autour de moi. Toutefois, mes pensées s'entremêlaient. J'essayais de retrouver la raison au milieu de cet océan d'angoisse qui venait de s'abattre sur moi. Je passai ma main dans mes cheveux et soufflai lourdement une dernière fois avant de me lever lentement.

Une main tenant un verre d'eau s'arrêta sous mes yeux, une main que je reconnus à ses bagues et son tatouage.

— Bois, ordonna-t-il doucement.

Ma gorge sèche ne demandait que ça. J'ingurgitai l'eau en levant les yeux vers lui. Son regard perçant et silencieux me détailla sans retenue.

Il hésitait à me toucher, mais je n'avais pas envie qu'il hésite. Je ne voulais pas que mon passé détruise tout ce que j'avais réussi à accomplir jusqu'ici et, en partie, grâce à lui. Je ne voulais pas revenir au point de départ et craindre tous les hommes qui pourraient poser la main sur moi.

Je lui fis face. Puis, sans réfléchir une seconde, je me ruai dans ses bras, qui se crispèrent. J'avais besoin de le sentir près de moi, j'avais besoin de me sentir protégée. Et je n'en avais rien à foutre de ce qu'il pouvait en penser.

À mon plus grand étonnement, ses bras s'enroulèrent autour de mon corps fébrile, me mettant à l'abri de mes propres démons. Il posa ses lèvres sur le haut de mon crâne, silencieux.

— Ne me lâche pas, s'il te plaît, le suppliai-je.

— Je n'allais pas le faire.

Lorsqu'un sanglot s'échappa de ma bouche, il me serra un peu plus fort en me chuchotant que tout était fini. *Tout est fini, Ella. Tu n'es plus là-bas. C'est terminé, Ella.*

— Tout est fini, mon ange, murmura-t-il.

Il réussissait à me calmer, rien qu'en me répétant cette phrase. Et c'en était presque effrayant de savoir qu'il avait ce pouvoir sur moi, un pouvoir plus puissant que ce que j'imaginais.

— Eric est parti, annonça doucement la voix d'Abby. Comment tu vas, Ella ?

— Laisse-la tranquille, dit sèchement Asher à sa sœur.

Je l'entendis murmurer des phrases à peine audibles et quitter le hall sans répéter sa question. En même temps, j'étais incapable de lui répondre.

— Tu veux t'allonger ? m'interrogea-t-il.

Sans réfléchir, j'acquiesçai et me détachai de lui, même si mon corps ne demandait qu'à revenir contre son torse. Il me prit la main pour me guider à l'intérieur de sa chambre. Une fois assis sur le lit, il m'invita à le rejoindre.

Il s'adossa contre la tête de lit tandis que je trouvais refuge une nouvelle fois contre son torse. Le corps à moitié allongé sur le matelas, je sentis ses doigts se poser dans mon dos. Et un souvenir me revint en mémoire. Cet instant, nous l'avions déjà vécu. La façon dont ses doigts caressaient ma colonne vertébrale… Tout ceci me rappelait Londres. Cette nuit où il m'avait protégée de mes démons, exactement comme il le faisait à présent.

Je profitai de ce moment paisible. Ma respiration se fit de plus en plus lente, et mes paupières s'alourdirent.

— Oh non, putain, souffla-t-il en entendant les pleurs de Tate derrière la porte.

Sa réaction m'arracha un sourire. Je m'éloignai presque difficilement de lui pour ouvrir la porte. Le chien se rua aussitôt sur moi, puis sur Asher.

— Dégage, putain de sac à puces ! le chassa-t-il. On avait dit : pas dans ma chambre !

Je repris place et caressai le chien, qui trouva un minuscule espace entre mon corps et celui du psychopathe pour s'y installer.

— C'est une blague ! s'exclama le psychopathe, ahuri, en regardant le chien glisser sa tête entre son bras et ma poitrine.

Je ris doucement face à la fausse colère du psychopathe avant de poser ma tête sur le chien. Je fermai les yeux quelques minutes pour mieux apprécier le doux son du silence et de nos respirations calmes et détendues.

— Est-ce que tu peux m'expliquer ce qui s'est passé ? chuchota la voix rauque du psychopathe.

Je savais qu'il allait me poser cette question, c'était inévitable.

— Je le ferai, si tu m'expliques ce qui s'est passé avec Isobel.

Il se tendit quelques secondes, avant de rire nerveusement, surpris par ce compromis. Il raffermit son étreinte.

— Bien, soupira-t-il.

Je fronçai les sourcils. C'est tout ? Il acceptait mon compromis aussi simplement ? Je voyais qu'il faisait des efforts pour ne pas se montrer aussi chiant et sadique qu'avant.

— Promis ? insistai-je, suspicieuse.

Il pouffa.

— On n'est pas des enfants-

— *Promis* ? répétai-je.

— Promis, souffla-t-il, exaspéré.

Je soufflai à mon tour. J'ignorais s'il allait tenir sa promesse. C'était peut-être trop beau pour être vrai, de la part d'un homme aussi secret, mais je sentais que quelque chose venait de changer. Il allait peut-être me livrer quelques fragments de son passé.

Je donnerais tellement cher pour rentrer dans sa tête, tellement cher.

— Eric, commençai-je en déglutissant, Eric était l'un des… clients de mon ancien possesseur.

— John ?

— Oui. Il travaillait pour le réseau, c'est ça ?

Il ferma les yeux et inspira profondément.

— En effet, me confirma-t-il, mais je ne savais pas qu'il te considérait comme une… *captive* ?

— Il disait que j'étais sa captive. Mais je ne faisais pas ce que je fais avec toi. Il m'utilisait pour gagner de l'argent.

En entendant cette phrase, mon possesseur se crispa et serra plus fort mon corps agité de spasmes.

— Eric venait plusieurs fois par mois. Il… il était… violent… comme les autres.

Sa respiration se coupa un instant. Ma main se posa sur son bras contracté.

— Je ne pensais pas le revoir un jour, et aujourd'hui, j'ai eu l'impression de replonger dans ce cauchemar.

Il restait silencieux tandis que moi, je continuais à lui montrer la face cachée d'Eric, et de certains hommes dans ce monde. Avant Asher, et Ben, je pensais que tous les hommes étaient pareils, avec les mêmes vices et violences. Mais je m'étais trompée. J'avais encore beaucoup à apprendre de cette vie.

Mon monologue fini, je restai là, à attendre ne serait-ce qu'un commentaire de sa part. Ou n'importe quoi qui pouvait me rendre moins honteuse de cette partie de ma vie.

Cette partie qui m'avait vidée, salie et qui m'avait rendue si instable émotionnellement.

— Je suis désolé, dit-il dans un souffle presque inaudible.

J'écarquillai les yeux. Pourquoi serait-il désolé ?

— Je suis désolé qu'il t'ait fait croire que tu étais une captive alors que tu n'étais rien de plus que la victime de son proxénétisme.

Je déglutis. Il venait de donner un tout autre sens à mon expérience avec John. Il était clair que je n'avais jamais été une captive. John avait manipulé ma tante, et moi.

Je ne m'étais pas rendu compte de l'impact que ça avait sur moi et sur mon avenir. Je ne m'étais pas rendu compte que ce n'était pas normal, que ce n'était pas ça, le « travail ».

Le réaliser me retourna l'estomac et fit trembler ma lèvre inférieure. J'avais de la peine, pour ma propre personne, ainsi que pour tout ce que j'avais vécu. Mais j'étais encore vivante. Brisée… mais encore vivante.

J'étais si fière. Si fière de moi.

— Je me ferai un plaisir de l'achever personnellement, dit-il très sérieusement.

Je levai la tête vers lui.

— Il a sûrement trouvé quelqu'un d'autre pour te remplacer, il est dangereux. Et je déteste savoir que ce mec travaille pour moi.

Il me considéra un moment.

— Mais surtout, je ne pense pas être capable de tolérer le fait qu'il soit encore en vie en sachant ce qu'il t'a fait subir, acheva-t-il en me regardant droit dans les yeux.

Je ravalai difficilement mes larmes, j'étais émue par ses paroles. Je me sentais tellement en sécurité auprès de lui. Pour la première fois, un homme me faisait me sentir en sécurité.

Et cet homme, c'était lui. *Asher Scott.*

— Asher… je…

Il voulait me protéger. Moi. *Ella Collins.*

— Tu ? demanda-t-il en fronçant les sourcils.

Je me nichai à l'intérieur de son cou. Ce contact le surprit, mais il ne me repoussa pas. D'ailleurs, il ne le faisait plus depuis un bon moment. Intérieurement, je le remerciais tellement, tellement pour ce qu'il me faisait ressentir.

Bordel, Asher.

— Je me sens tellement en sécurité avec toi, chuchotai-je en enroulant mes bras autour de son cou, non sans mouiller sa peau de mes larmes de soulagement.

Et de bonheur.

Il ne réagit pas l'espace de quelques secondes. Puis, il s'accrocha à ma taille en murmurant d'une voix à peine audible :

— … *Moi aussi.*

C'était la phrase que je crus entendre sortir de sa bouche, mais je ne la comprenais pas vraiment. Comment pouvait-il se sentir en sécurité avec moi ?

Tout à coup, je sentis quelque chose se frayer un chemin entre mon ventre et celui du psychopathe.

— Je rêve, putain ! Barre-toi, pesta-t-il contre le chien, qui venait de se nicher entre nous.

J'émis un rire franc pendant que le psychopathe continuait de jurer contre l'animal, qui ne demandait rien de plus que… d'être avec nous ? Je positionnai mon visage face au sien, malicieuse.

— La dernière à m'avoir regardé comme ça sur ce lit était déjà… à poil, m'informa-t-il simplement.

Mes yeux s'écarquillèrent, et il pouffa face à ma réaction.

— Je ne me lasserai jamais de voir tes réactions quand je te dis des choses obscènes.

Je levai les yeux au ciel, exaspérée.

— Ton innocence me fait rire, me susurra-t-il à l'oreille, et putain, qu'est-ce qu'elle peut me faire bander !

Je hoquetai de surprise en sentant ses doigts se presser contre mes hanches. Aussitôt, je me dégageai de lui. Il explosa de rire en resserrant ses bras autour de moi, m'empêchant ainsi de prendre mes distances.

Il se remit de sa blague pas drôle et s'éclaircit la voix.

— Tu m'as promis, lui rappelai-je en essayant de changer de sujet.

Il soupira et ferma les yeux.

— T'as vraiment le don pour plomber l'ambiance, mon ange.

Les bras croisés, j'attendais la suite. Il me lança un regard, puis me demanda de m'allonger sur le dos. Je fis ce qu'il me dit, et je le sentis faire de même. Il décida enfin de rentrer dans le vif du sujet.

— Je vais te dire ce qui s'est passé avec Isobel. Mais ne me pose pas de questions et ne m'interromps pas jusqu'à la fin. Et surtout, ne me regarde pas.

CHAPITRE TRENTE-DEUX

L'AMOUR SANS « U »

— Isobel… souffla-t-il. Au départ, c'était l'idée de mon père, de me prendre une captive. Il voulait que je m'entraîne à travailler en duo, et rien de mieux qu'une captive pour commencer.

Il se tut un instant, avant de reprendre :

— C'était ma première captive. Par contre… je n'étais pas son premier possesseur.

Il pouffa, sans que je comprenne pas en quoi la situation était risible.

— Elle était douée. On avait, grâce à elle, accès à de nombreuses bases. On gagnait beaucoup de négociations, elle était futée. Très futée. Et beaucoup trop vicieuse. Ce qui constituait chez elle un grand atout.

Ça, j'étais au courant.

— Pas une once de naïveté ne coulait dans ses veines, même si elle nous faisait croire le contraire, me confia-t-il d'un ton amer. On entretenait une relation typique d'un supérieur avec son employé. Puis, très vite, c'est devenu… plus amical.

Tu m'étonnes ! Deux psychopathes qui se rencontrent, ça ne pouvait que coller.

— Elle me plaisait bien, m'avoua-t-il. Bizarrement, elle était mon idéal féminin physiquement. Quant à sa personnalité, ce n'était pas ce que je préférais chez elle, même si elle avait un côté rebelle et insolent qui m'excitait.

Je me tournai vers lui et écarquillai les yeux. Sa main me força à tourner la tête vers le plafond. Je soupirai.

— Isobel a très vite précipité les choses en m'avouant que je l'attirais, et comme je te l'ai dit, elle me plaisait, mais *que* physiquement. Elle voulait une vraie relation, une relation sérieuse et sincère avec moi.

Elle, demander quelque chose de sincère ? Laissez-moi rire.

— Je n'étais pas du genre à me mettre avec fille, encore moins sérieusement. Donc, j'ai refusé. Par la suite, elle a commencé à parler des sentiments qu'elle éprouvait pour moi au groupe, dont mon père. De là, la pression a débuté.

Il marqua une courte pause, durant laquelle je n'osai pas le regarder. Comme si le fait de le voir aller briser la fine ligne qui me connectait à son passé.

— Elle voulait tellement qu'on se mette ensemble qu'elle faisait croire à tout le monde qu'elle était en dépression par ma faute, qu'elle n'arrivait plus à travailler avec moi « sans penser au fait que je l'avais rejetée ».

Il émit un faible rire. Se moquait-il d'elle… ou de lui-même ?

— Mais elle avait tellement apporté au réseau qu'il était inconcevable pour Robert Scott de la laisser partir, il m'a donc forcé à accepter sa demande, pensant sûrement que j'allais changer de point de vue.

J'ouvris grand les yeux, abasourdie. Elle avait forcé leur relation ! Mon dieu, cette femme était la pire de toutes.

— Elle faisait tout pour que je tombe amoureux d'elle, des parfums qu'elle mettait aux manières qu'elle adoptait. Elle a mis toutes les chances de son côté pour me plaire. Et elle a réussi.

Il prit une longue inspiration et expira lourdement.

— J'étais… enfin, je pensais, corrigea-t-il rapidement, être tombé éperdument amoureux de cette fille. Je me rappelle que Kiara me disait de faire attention, que c'était trop rapide. Là où Isobel me disait qu'elle était jalouse de notre relation. Je m'étais éloigné de Kiara, puis de Ben, et même de mon père, qui commençait à se méfier. (Il se tut un court instant.) Mais je ne voyais rien. Sauf elle. Exactement comme elle le voulait.

Elle l'avait éloigné de tout son entourage. Elle était toxique. Je ne pensais pas qu'Asher pouvait être manipulé, mais elle avait réussi. Cette femme avait manipulé celui qui manipulait tout le monde.

Je comprenais pourquoi il riait, pourquoi il se moquait. Il se moquait de lui-même.

— Ensuite, une crise silencieuse a éclaté au réseau. On a découvert qu'une taupe envoyait des documents confidentiels à un « réseau » qui nous volait nos fournisseurs et qui attaquait nos bases secondaires. Isobel et Ally, ainsi que Sabrina, avaient fait leur maximum pour savoir qui pouvait bien être l'intrus. Elles n'avaient rien trouvé.

Il alluma une cigarette, avant de prendre une latte.

— Tu suis toujours ?

— Oui, rétorquai-je, impatiente de connaître la suite.

Il laissa échapper un petit rire en crachant la fumée de sa clope.

— Ce réseau était tenu par un homme qui se disait être mon *demi-frère*. Et qui, avec des documents très importants, mettait la pression sur mon père pour qu'il change le nom de son successeur, c'est-à-dire moi.

Oh, merde. Asher avait un demi-frère ?

— Isobel, de son côté, me disait de céder la place, sous prétexte qu'elle avait peur pour moi, mais son insistance me faisait beaucoup réfléchir, et j'ai commencé à la soupçonner.

Je fronçai les sourcils d'incompréhension.

— Elle voulait absolument que je cède ma place. Alors, je lui ai fait croire que mon père avait changé les papiers, et qu'il les avait mis au nom de mon demi-frère, m'expliqua-t-il. J'avais écrit ces papiers, il ne manquait plus que sa signature et le sceau familial. Mais en faisant ça, je ne réalisais pas l'ampleur du danger auquel j'exposais mon père.

Il tira une nouvelle latte.

— J'espérais avoir tort, je voulais avoir tort. Mais non, j'avais découvert que la taupe n'était autre que ma salope de petite copine. Elle était la seule à connaître l'endroit où j'avais caché ce faux papier.

Ma bouche s'entrouvrit. Elle était à l'origine de la grande crise du réseau. Il l'avait piégée.

— Depuis le début, c'était elle qui envoyait les documents à mon « demi-frère ». Or, elle avait disparu, avec ce faux papier. Et mon père.

Il cracha sa fumée en un long souffle tandis que j'avalais difficilement ma salive.

— Mais je ne voulais pas croire à ça. Con comme j'étais, je me disais qu'elle avait fait ça pour me protéger et qu'elle avait été kidnappée avec mon père.

Il se leva à moitié. En lui lançant une œillade furtive, je surpris sa mâchoire serrée. Il était contrarié.

— Alors, on les a cherchés, tous les deux, pendant près de cinq jours, reprit-il toujours en fixant un point imaginaire. Ma copine et mon père étaient entre les mains de mon prétendu demi-frère, et tous les soirs, à exactement 3 h 48 du matin, je recevais des photos d'elle, complètement mutilée, avec mon père. Emprisonnés et maltraités pour une putain d'histoire de famille.

Il termina sa phrase en grinçant des dents.

— Si je voulais les revoir vivants, il fallait que je me plie à ses ordres. Mon père et ma copine contre le sceau officiel de la famille Scott et de son réseau. Parce que, sans le sceau, la signature de mon père était insignifiante.

Son père avait été séquestré par l'homme qui se disait être son fils.

— Et j'y suis allé, seul, continua-t-il, comme il le voulait. Mon père était là, lui, complètement affaibli. Je garde encore cette image en tête. Il tenait à peine sur ses jambes. Il était blessé et tremblait de froid. Sauf que je ne la voyais pas à ses côtés. Isobel n'était pas avec lui.

Je fronçai les sourcils. Où était-elle, alors ?

— Puis, je la revois... sortir de ce putain de 4 x 4 noir... Elle était maquillée, sans une seule blessure, me décrivit-il lentement la scène. Elle s'est approchée du fils de pute alors que je lui criais de s'éloigner de lui, et ils se sont embrassés, devant moi.

Oh, mon D-

— C'était son gars, clarifia-t-il d'un ton moqueur, mais encore mieux, c'était *son possesseur.*

Ma main se porta automatiquement à ma bouche. J'étais horrifiée. Comment pouvait-on jouer avec les sentiments d'une personne comme ça ? Et être aussi mauvais ?

Il avait été dupé depuis le début. Et il ne s'en doutait pas une seule seconde.

— Il me l'a fièrement balancé à la gueule en se vantant d'avoir réussi son plan. Puis... il a pointé... l'arme sur mon père en me demandant le sceau familial.

Je me redressai tandis qu'il jouait avec ses bagues en racontant ce qui s'était produit dans sa vie. Et ce qui l'avait rendu si... brisé. Aussi brisé que moi.

— J'avais créé un faux sceau avec Ben, dont le défaut ne pouvait être connu que d'un véritable Scott. Je le lui ai donné en échange de la vie de mon père. Mais quand j'allais tirer sur le seul homme que je voulais voir mort, mon père m'en a empêché, me confia-t-il en grimaçant.

Il s'avança vers la petite table pour prendre un verre, qu'il remplit de whisky. Il se retourna ensuite vers moi, le regard vide.

— Il l'a relâché. Mon père s'est précipité dans ma direction… Je me souviens encore du bruit, et de son corps qui s'est écroulé dans mes bras. Son sang sur ma chemise, sur mes mains. Il avait lâchement tiré sur mon père, même après avoir obtenu ce qu'il voulait de lui.

Je hoquetai de surprise. Il finit son verre en grimaçant.

— Isobel a fait des choses qui ont marqué les esprits et que le réseau n'arrivera jamais à oublier : l'assassinat du dirigeant Robert Scott. Mon père.

J'étais sous le choc. Je savais qu'elle était mauvaise, je me doutais bien qu'elle avait fait quelque chose d'horrible, mais pas ça.

Elle avait tué le père d'Asher, elle aussi.

— Voilà, tu connais l'histoire. Tu peux poser tes questions.

— Et ta mère, dans tout ça ?

Sans répondre, il s'avança vers la baie vitrée.

— Je t'ai posé une question, fis-je remarquer à mon possesseur.

— Je t'ai dit que tu pouvais poser tes questions, pas que j'allais y répondre.

Je soupirai d'exaspération. Il esquissa un sourire triomphant avant de sortir de la pièce sans rien ajouter.

Seule dans sa chambre, je repensais à toute l'histoire qu'il venait de me raconter. Son histoire.

Et je compris enfin pourquoi il s'était créé cette carapace. C'était sa façon de rester détaché de tout de ce qui pouvait l'attacher. De garder une barrière. Sa réticence envers les captives, envers moi, tout était devenu plus net à présent.

Après plusieurs mois passés avec lui, il venait enfin de se livrer à moi. Et il venait de m'aider à assembler ce puzzle aux pièces manquantes qu'était son personnage. Asher Scott n'était pas mauvais, Kiara disait vrai, il n'avait pas toujours été comme ça.

Mais il s'était laissé consumer par les événements qui l'avaient marqué et qui l'avaient poussé à devenir cet être insensible, cruel, qui ne faisait confiance à personne d'autre qu'aux membres de son groupe. Et encore…

Il était devenu méchant, froid et surtout indifférent. J'aurais voulu rencontrer le Asher Scott d'avant. Celui qui avait son père à ses côtés et une vie pleine de succès au sein du réseau, dont le statut était déjà établi dans les quatre coins du pays. Me serais-je entendue avec lui comme avec l'Asher actuel ? Je n'en savais rien.

Cependant, j'étais heureuse d'avoir enfin pu découvrir le vrai Asher. Sous ce masque glacial et invulnérable se cachait un homme brisé. Son âme et la mienne étaient si similaires, nos fragments d'humanité se complétaient, je le comprenais autant que je me comprenais.

Et des fois, j'avais l'impression qu'il avait le même sentiment à mon égard.

Je m'étais trompée sur son compte : Asher Scott n'était pas mauvais, juste en morceaux.

— Finalement, on n'est pas chez un vrai psychopathe, m'adressai-je au chiot, qui dormait paisiblement près de moi, la tête posée sur ma cuisse. Même si ce surnom lui va comme un gant.

La porte s'ouvrit une nouvelle fois sur l'intéressé, qui se brossait les dents. Il s'avança près de la table de chevet, où était posé son téléphone, pianota quelque chose dessus et le verrouilla avant de le lancer sur le lit et de repartir sans un mot.

J'entendis des rires derrière le mur. L'espace de deux secondes, je crus que des fantômes assistaient à un one-man show. Mais ce n'était qu'Abby et Ryan qui riaient dans ma chambre.

— T'as pris ton téléphone ? demanda mon possesseur en revenant.

J'acquiesçai et me levai pour me brosser les dents. La porte de ma chambre était grande ouverte. J'aperçus dans le reflet du miroir de la salle de bains le couple en train de s'embrasser. Ils paraissaient tellement amoureux, tellement heureux. Ce sentiment que je n'avais jamais connu, c'était beau.

Mais j'avais compris, grâce aux Scott, que l'amour pouvait être aussi beau que destructeur. Ça, on ne le montrait pas dans les films, où tout était bien qui se finissait bien. L'amour était pour certains comme une arme chargée qu'on donnait à l'être aimé en espérant qu'il ne nous tire pas dessus, nous rassurant avec la confiance qu'on leur portait. Pour d'autres, c'était l'objet le plus précieux, ce qui les rendait vivants et plus humains que jamais.

Asher s'était fait tirer dessus tandis qu'Abby profitait de l'amour sous son plus beau jour.

En entrant dans la chambre du psychopathe, j'aperçus ce dernier sur le lit, en train de pianoter sur son téléphone, comme à son habitude. Je contournai le matelas afin de m'allonger de mon côté. Ce lit était immense, on pouvait dormir à quatre sans problème.

— Pourquoi t'utilises tout le temps ton téléphone ? demandai-je.

— Ordonner des tâches, créer des plannings, répondre aux messages chiants de Ben.

Je souris. J'étais curieuse de savoir ce que pouvait bien envoyer Ben.

— Tu vois, ça, c'est un message chiant de Ben, me dit-il, comme s'il avait entendu mes pensées.

Il me montra l'écran de son téléphone. J'explosai de rire lorsque je vis « Toc, toc ! », et Asher qui lui répondait « Non ».

Il pointa du doigt la bulle de message de Ben, qui comportait le message suivant :

> TOC, TOC ! Allez, stp. Je m'ennuie.

Je ris une nouvelle fois. Ben était sans conteste l'un des plus drôles du groupe. Le psychopathe se leva du lit une nouvelle fois et, d'un geste rapide, il retira son tee-shirt, qu'il balança à l'autre bout de la pièce.

Alors qu'il s'apprêtait à enlever son bas de survêtement, je criai :

— NON !

— Quoi ? me demanda-t-il en me lançant un regard d'incompréhension.

— Tu... tu ne peux pas dormir en sous-vêtement !

— Si tu n'es pas contente, tu connais la sortie, lança-t-il d'un ton las en baissant son bas de survêtement.

Il ne portait plus qu'un boxer noir. Je lui tournai le dos pour voir autre chose que son corps très peu vêtu, bien qu'affreusement musclé.

— Tu oses détourner le regard de ce corps de rêve ? s'exclama-t-il, faussement outré, avant de s'allonger sur le lit.

— Tu es trop prétentieux !

— J'ai le droit ! Regarde-moi, bordel, j'ai des raisons de l'être, dit-il en pointant du doigt son visage, puis son torse sculpté.

Je levai les yeux au ciel face à l'être le plus vaniteux qui existe, et il pouffa.

— Ne sois pas jalouse. Dans un couple, même s'il est faux, il est impératif de garder un certain équilibre...

J'écarquillai les yeux. Était-il vraiment en train de suggérer que-

— Et avec toi, j'ai cet équilibre, vu que... tu n'es pas aussi belle que moi, conclut-il sur un ton théâtral.

Je lui tapai le bras en fronçant les sourcils, mais son sourire malicieux et la lueur dans ses yeux me fit comprendre quelque chose : il n'était pas près de s'arrêter là.

Alors, je rentrai dans son jeu.

— Au moins, je n'ai pas une arme comme prénom, moi.

Il rétorqua :

— Le R dans « Asher » n'est pas silencieux. Mais bien joué, essaie encore. T'as du chemin à faire, mon ange.

J'affichai une mine faussement désespérée.

— E-l-l-a, épela-t-il. Ce sont les lettres qui restent à la fin d'une partie de Scrabble.

Ma bouche s'ouvrit exagérément, et il la fixa en se léchant les lèvres, ce qui me fit la refermer automatiquement.

— Tu sais, commença-t-il en croisant les bras derrière sa tête, t'es la première femme que je ramène dans mon lit sans pour autant la baiser.

— Contente de ne pas être à ton goût, repris-je fièrement.

— Je n'ai jamais dit que je n'en avais pas affreusement envie, souligna le psychopathe en me lançant un petit sourire malicieux.

Je faillis m'étouffer avec ma salive tandis qu'il explosait de rire.

Pour mieux éviter son regard, j'entrepris d'examiner les tatouages sur son bras, auxquels je n'avais jamais vraiment prêté attention, même si j'en avais déjà mémorisé quelques-uns, dont celui du serpent à la queue aussi pointue qu'une dague. Il partait du haut de son épaule et descendait jusqu'à son bras.

La rose transpercée par une lame s'étalait sur son cou, juste en dessous de son oreille, et maintenant, je pouvais distinguer divers dessins, comme celui d'une horloge sans aiguilles, ou encore des phrases dans une langue que je ne connaissais pas.

Le rendu était époustouflant, comme si tous ces tatouages étaient connectés entre eux et racontaient la même histoire. Son histoire.

— Tu t'es perdue dans les roses ? me demanda-t-il en voyant que mes yeux étudiaient les fleurs tracées sur son avant-bras.

— Le crâne, rétorquai-je en examinant le motif suivant.

— Dors.

Avec un soupir, je lui tournai le dos. Pendant que mes yeux profitaient de la vue que m'offrait la baie vitrée, je laissai partir mes pensées toxiques et mes angoisses.

Je fus réveillée lorsqu'Asher sursauta et se leva à moitié du lit, la respiration bruyante et saccadée. Ses yeux écarquillés fixaient le mur face au lit.

Je posai mes coudes sur le matelas afin de me redresser. Je le voyais reprendre lentement ses esprits. Il passa les mains dans ses cheveux en bataille, dont plusieurs mèches retombaient négligemment sur son visage en sueur. Son torse bougeait rapidement, encore animé par l'adrénaline et la peur.

— Ça va ? lui demandai-je doucement alors qu'il était encore perdu.

Lorsqu'ils se posèrent sur moi, ses yeux grands ouverts reprirent une forme normale. Il desserra doucement la mâchoire. Puis, il prit une longue inspiration, avant d'expirer tout aussi lentement.

— T'as fait un mauvais rêve ?

— Ce n'est rien, reprit-il en s'asseyant sur le coin du lit. Rendors-toi.

Je me levai du matelas sans prendre en considération ce qu'il venait de me dire. J'avais souvent très soif après un cauchemar. Or, il paraissait trop déboussolé pour s'occuper de son hydratation.

Je descendis les escaliers en direction de la cuisine afin de lui remplir un verre d'eau, mais quelque chose résonnait dans la pièce en question. Des grognements, les grognements de Tate.

Je l'ignorais, mais… ce que j'entendis juste avant de rentrer me cloua sur place et me glaça le sang.

— Boucle-la, sale clébard.

Cette voix n'appartenait à personne ici, c'était celle d'un inconnu. Il y avait un intrus chez le psychopathe.

CHAPITRE TRENTE-TROIS

BRUIT

J'étais blême, incapable de bouger. Je redoutais ce moment depuis mon arrivée ici. Il y avait quelqu'un chez le psychopathe, c'était indéniable.

— Ella ? m'interpella la voix rauque de mon possesseur, à l'étage.

Dans le plus grand des silences, je m'avançai prudemment vers la cuisine. Tate accourut vers moi dès lors qu'il sentit ma présence dans la pièce. Mais lorsque j'allumai la lumière, le souffle coupé, je fus troublée par ce que je vis… ou plutôt, ce que je ne vis pas.

Il n'y avait personne.

Un frisson remonta le long de ma colonne vertébrale. J'étais certaine d'avoir entendu une voix inconnue. C'était insensé, je croyais rêver. J'espérais rêver.

Je poussai un cri de surprise en sentant une main se poser sur mon épaule. Je lançai une œillade furtive aux doigts, que je reconnus aussitôt. Je n'avais jamais été aussi contente de voir le psychopathe. Enfin, si, quelques fois seulement.

— Qu'est-ce que t'as ? me demanda-t-il, les sourcils froncés.

— Je… je, balbutiai-je, encore moi-même dans l'incompréhension. Rien.

Il me toisa du regard une seconde et passa à côté de moi. Il ouvrit ensuite le placard pour en sortir un verre, le verre que j'étais descendue lui rapporter.

Asher s'accouda sur l'îlot et m'examina sans un mot tandis que j'essayais de comprendre ce qui venait de se produire.

— T'es bizarre, remarqua-t-il en se redressant. On dirait que t'as croisé un fantôme tellement t'es pâle.

Je levai la tête vers lui en soupirant. C'était peut-être le fruit de mon imagination. Après tout, je venais à peine de me réveiller. Il était possible que j'hallucine… Seulement, comment pouvait-on halluciner à ce point ?

— Remonte te coucher, me conseilla-t-il en sortant de la cuisine.

De son côté, il gagna le salon. Un soupir s'échappa une nouvelle fois de mes lèvres. En montant les marches, je jetai un coup d'œil furtif à la cuisine, juste au cas où, et comme je m'y attendais, il n'y avait rien. De toute manière, s'il y avait vraiment quelqu'un, le psychopathe l'entendrait.

6 h.

J'avais très mal dormi. J'angoissais encore à propos de cette voix. Et l'absence du psychopathe dans le lit n'arrangeait rien. J'entendis des bruits provenant du couloir, Abby et Ryan devaient quitter les lieux très tôt ce matin pour prendre leur vol.

En quittant la chambre, je tombai nez à nez avec Abby, qui descendait.

— Désolée pour le bruit, s'excusa-t-elle avec un petit sourire sur les lèvres.

— Ce n'est rien, je ne dormais pas, la rassurai-je en lui rendant son sourire.

Le psychopathe, adossé contre le mur près de la porte d'entrée, nous toisait du regard, des valises à ses pieds.

— Carl est là, informa-t-il sa sœur.

Lorsqu'elle s'arrêta face à lui, il arqua un sourcil, ce qui m'arracha un sourire. Je savais pertinemment ce que comptait faire sa sœur.

Et comme je le pensais, elle enroula ses bras autour de son corps et le serra fortement contre elle. Aussitôt, il éloigna sa tête avec une mine dégoûtée.

— Dégage, je ne veux pas attraper la rage ! pesta-t-il en la repoussant.

Tout en riant, elle se colla davantage contre lui, avant de se retourner vers moi. Elle remonta les marches pour refermer ses bras autour de mon corps.

— On se reverra bientôt, j'espère, me glissa-t-elle à l'oreille. Promets-moi que tu prendras soin de mon frère.

Alors que j'écarquillais les yeux, je croisai le regard du psychopathe.

— C'est promis, lâchai-je sans trop de conviction.

Est-ce que j'allais tenir ma promesse ?

— Et ne doute pas du pouvoir que tu as sur lui, il est déjà à tes pieds, reprit-elle en me faisant un clin d'œil.

Elle était plus gentille que son frère, mais si elle avait su que nous jouions une mascarade, elle n'aurait pas eu la même attitude avec moi.

— Carl est là, répéta le psychopathe.

Elle s'amusa de la manière dont son frère l'expulsait de chez lui. Son copain l'attendait déjà dehors.

Asher l'arrêta en passant un bras sur ses épaules pour la rapprocher de lui. Il déposa un petit baiser sur son front, puis la relâcha rapidement.

— Fais attention, souffla-t-elle. Il ne me reste plus que toi, et je ne veux pas qu'il t'enlève à moi.

Il la fixa sans un mot, peut-être à la recherche d'une réponse. Mais il garda le silence, comme je m'en doutais.

Elle m'adressa un dernier signe de main avant d'ouvrir la porte et de sortir de la maison. Son frère la suivit en refermant la porte d'entrée derrière lui.

Très vite, je m'approchai de la baie vitrée afin d'inspecter l'extérieur. À vrai dire, cette voix restait encore dans mon esprit. J'étais persuadée que je ne l'avais pas inventée. On ne pouvait pas inventer une voix qu'on ne connaissait pas.

Mais si le psychopathe n'avait rien vu, ni même entendu quoi que ce soit qui puisse le rendre suspicieux, alors je ne devais pas m'inquiéter. Il était plus fort que moi lorsqu'il s'agissait de rester attentif à ce qui l'entourait. D'autant que sa maison était protégée, personne ne pouvait entrer sans qu'il le sache.

Enfin, je crois.

Son retour m'arrêta dans mes réflexions.

— Elle est partie, souffla-t-il, soulagé.

Je hochai la tête sans un mot. Tate nous rejoignit, et je m'abaissai afin de le caresser. J'étais certaine de l'avoir entendu grogner, lui aussi.

— Tu peux retourner dans ta chambre, maintenant qu'ils sont partis, lâcha-t-il froidement avant de remonter sans me laisser le temps de lui répondre.

Je fronçai les sourcils, assez contrariée qu'il me dise ça. Mais pourquoi étais-je contrariée ? Ce n'était pas comme si c'était la première fois qu'il jouait les lunatiques avec moi. Il fallait s'y attendre, c'était Asher.

Je soupirai d'exaspération. Mes pas me guidèrent jusqu'à ma chambre, à présent vidée de la présence du couple.

Il commençait à faire jour. À 6 h 45, le soleil allait m'empêcher de continuer ma nuit. Je m'avançai vers la baie vitrée de ma chambre et, sans surprise, croisai le regard du psychopathe, accoudé sur le garde-corps de son balcon. Une cigarette entre les doigts, il détourna la tête lorsque j'arrivai.

Cette scène me rappela la promesse que je m'étais faite à son sujet, lors de mes premières nuits ici : « Je le saurai, espèce de psychopathe. »

Avant, je lui en voulais de me faire vivre un enfer sans aucune raison valable. Désormais, je me retrouvais à lui en vouloir, car il ne m'accordait pas l'attention que j'espérais.

En l'espace de quatre mois, beaucoup de choses avaient changé. La vision que j'avais de lui était complètement différente. Et pour cause : maintenant, je savais ce qui s'était passé dans sa vie. Maintenant, je connaissais le Asher Scott dont tout le monde me parlait.

La vision que j'avais de moi-même aussi avait beaucoup changé, j'étais fière de moi. En quelque sorte. Si, autrefois, je me détestais, je haïssais mon corps pour ce qu'on m'avait obligée à en faire, à présent, j'étais fière de savoir que je guérissais peu à peu de cette partie de ma vie. Que je ne l'avais pas laissée me consumer et empoisonner mon présent, ainsi que mon futur.

Je le devais au groupe. Sans Rick et les filles, je n'aurais jamais pu m'intégrer aussi rapidement. Sans eux, je n'aurais jamais pu passer le cap de « captive », ou du moins, passer le cap de « victime d'un proxénète ». Sans Ben, je n'aurais jamais pu rire avec un homme, ni même m'entendre avec lui sans avoir la crainte qu'il me viole. Et enfin, sans Asher, je n'aurais jamais pu avoir une autre vision des possesseurs… et des hommes, en général. Je n'aurais jamais pu m'autoriser à créer des liens à cause de cette peur de retomber dans le gouffre qui hantait mon sommeil depuis si longtemps.

Sans Asher, je n'aurais pu avoir le courage que j'avais à présent. Je n'aurais jamais cru un jour être attirée par un homme, qui plus est mon possesseur. Sans lui, j'aurais toujours cette vision aussi horrible de moi-même. Et je lui serais éternellement reconnaissante pour l'aide qu'il m'avait apportée.

Il m'avait changée. Il me guérissait. Doucement, mais il le faisait. Et je l'avais choisi pour.

— Pourquoi tu ne dors pas ? demanda une voix rauque derrière moi, ce qui me fit sursauter.

Appuyé contre l'encadrement de la porte, les bras croisés et les sourcils froncés, il me toisait du regard en attendant ma réponse. Je ne l'avais pas vu quitter son balcon.

— Je n'ai pas sommeil, lâchai-je en passant une main dans les mèches qui me retombaient sur le visage.

— Moi non plus, avoua-t-il.

Je le fixai sans un mot alors que mes lèvres brûlaient d'envie de lui demander de me raconter son cauchemar. Je n'avais pas osé, parce qu'il ne m'avait pas posé cette question lorsque j'avais fait mon cauchemar en Angleterre. Et je comprenais pourquoi il était resté silencieux ce soir-là. Parce qu'il ne voulait pas faire ce qu'il n'aimerait pas qu'on lui fasse.

— Tu devrais dormir un peu, me conseilla le psychopathe.

— Toi aussi, rétorquai-je. Tu ne dors pas beaucoup depuis que je te connais.

Il émit un léger rire. Puis, il s'avança vers moi. Ses bras s'enroulèrent autour de ma taille tandis que je levais la tête vers lui. Un petit sourire étira ses lèvres.

— Je t'ai vue m'espionner, tout à l'heure, dit-il d'un ton malicieux.

— Tu regardais dans cette direction avant que je vienne, lançai-je, exaspérée.

— Peut-être, dit-il en rapprochant mon corps du sien. En tout cas, maintenant que ma sœur est partie, le jeu peut reprendre.

Je ris en entendant sa phrase taquine.

— Tu perdras toujours, et tu le sais, lâchai-je sournoisement.

Il pouffa.

— Je peux gagner, tu sais, mais je préfère céder à mes pulsions que flatter mon ego, parfois.

Je passai mes bras autour de sa nuque, ce qui lui arracha un énième sourire en coin.

— J'ai été con de penser que tu lui ressemblais, souffla-t-il en posant son menton sur le haut de mon crâne.

Une question me revint à l'esprit, maintenant qu'il parlait d'elle.

— Tu l'as vraiment vue à Monte-Carlo ?

J'entendis un « hm » d'approbation.

— Tu cherches une parcelle de moi dans chaque femme, murmura-t-il.

Je fronçai les sourcils d'incompréhension. De quoi parlait-il ?

— C'est ce qu'elle m'avait dit lorsqu'elle m'avait croisé : « Tu cherches une parcelle de moi dans chaque femme, et tu le sais. »

Elle le hantait encore, même après tout ce qu'elle avait fait. Elle empoisonnait sa vie. Son jeu malsain pour le manipuler ne fonctionnait plus, du moins, j'espérais pour lui.

— Ce n'est pas vrai, affirmai-je en le regardant droit dans les yeux. Sauf si t'es maso, bien sûr.

Je l'entendis rire, un vrai rire dont je ne me lasserais jamais.

— Je sais, mon ange… sinon…

Il allait dire quelque chose, mais se tut en resserrant un peu plus son étreinte.

— Pendant la soirée des captives, lâchai-je en grimaçant, Isobel m'avait demandé ce que je faisais au réseau…

— Qu'est-ce que tu as répondu ?

— Que je travaillais juste comme salariée, sauf qu'elle m'a demandé si je connaissais un certain Liam-

Sa mâchoire se contracta, et ses yeux se fermèrent en même temps. Je déglutis avant de continuer en bégayant :

— Je ne savais pas si c'était… un piège, je ne voulais pas qu'elle crame ma couverture, alors j'ai dit… que je ne le connaissais pas, et c'est vrai-

— Fait chier ! jura-t-il entre ses dents serrées. Liam est celui qui gère les nouveaux, c'est impossible qu'une salariée ne le connaisse pas.

Il me repoussa, son visage à présent déformé par la colère.

— Putain, tu ne pouvais pas juste l'éviter ?! me demanda-t-il en haussant le ton. Tout ce que t'avais à faire, c'était rester avec les filles, bordel !

— Mais je n'étais pas au courant ! ripostai-je en le voyant se pincer l'arête du nez.

— Putain, je le savais ! s'écria-t-il en levant la tête vers le plafond. Tu n'aurais pas dû partir… Putain, je le savais !

Je sursautai lorsqu'il hurla la fin de sa phrase. Il m'assassinait du regard.

— Quand est-ce que tu comptais me le dire ? grogna-t-il.

— Je… j'allais le faire, mais-

— Mais quoi, putain ?! Tu n'as pas jugé ça important ?

— Si ! me défendis-je. Mais quand j'ai parlé d'elle, tu es devenu complètement fou de rage, alors j'ai eu peur d'aborder à nouveau le sujet après !

Il passa nerveusement la main dans ses cheveux, puis tapota énergiquement les poches de son jogging. Il quitta la chambre telle une furie, sans manquer de jurer. J'étais irritée par sa réaction. Bordel, je n'étais pas au courant de l'existence de ce Liam !

Il revint, une clope entre ses doigts, presque terminée. Il me regardait sévèrement tandis que je fronçais les sourcils.

— Qu'est-ce que ça peut bien faire qu'elle ne me croie pas ? m'agaçai-je.

— Ne l'ouvre même pas, menaça-t-il. Tu n'avais qu'une chose à faire : ne rien dire sur le réseau.

Je le dévisageai, sceptique. Est-ce qu'il avait vraiment un cerveau ?

— La question qu'elle m'a posée ne concernait pas le réseau, Asher !

Il s'assit sur le rebord de mon lit. Son pied qui martelait le sol trahissait sa nervosité.

— Liam, c'est qui ? L'épicier du coin ? questionna-t-il ironiquement. Même les choses les plus insignifiantes sont importantes lorsqu'il s'agit du réseau, Ella !

— D'accord. Et maintenant, qu'est-ce que ça peut faire qu'elle soit au courant que je ne connais pas ce Liam ? l'interrogeai-je en posant les mains sur mes hanches.

Il me lança un regard noir.

— Maintenant, tu es peut-être, toi aussi, en danger, Ella.

Sa phrase m'exaspérait, il était parano. Isobel n'était pas à ce point soucieuse du moindre détail sur le réseau des Scott, sinon elle m'aurait posé beaucoup plus de questions. Tate arriva et monta sur les genoux d'Asher, qui faillit le jeter par la fenêtre. Il grimaça de dégoût en le repoussant.

— Il n'y a pas de quoi avoir peur, le rassurai-je en levant les bras. Je suis toujours ici, et les rares fois où je sors, c'est en compagnie de l'un de vous. Il ne m'arrivera rien, et tu sais pourquoi ?

— Épate-moi.

— Parce que Isobel ne se souciera pas d'une fille qu'elle a rencontrée à une soirée qui date d'au moins un mois et qui ne présente presque aucun intérêt.

Il se moqua ouvertement de moi.

— Ta naïveté me surprendra toujours. Autre chose que je devrais savoir ?

Je secouai négativement la tête tandis qu'il gardait son regard rivé sur moi.

— Mais… je suis touchée de savoir que le psychopathe Asher Scott s'inquiète pour ma sécurité, ajoutai-je dans une tentative pour détendre l'atmosphère.

Il continua à me fixer, puis lâcha un soupir.

— J'avais oublié que tu m'appelais « le psychopathe », remarqua-t-il. Pas très recherché comme surnom, mon ange.

— Il te va à la perfection, et j'en ai plein d'autres, lui indiquai-je en repensant aux multiples surnoms que je lui avais attribués depuis notre rencontre.

Une lueur curieuse traversa son regard, et ses lèvres s'étirèrent.

— Tu sais lequel te va à la perfection ? demanda-t-il malicieusement.

Je haussai les épaules.

— Captive.

Je le fusillai du regard tandis qu'il souriait de toutes ses dents. Il savait que je détestais ce surnom.

Je le vis tourner la tête vers la baie vitrée, silencieux, plus calme que tout à l'heure. Je restai debout, les bras croisés, à attendre qu'il parle ou quitte la pièce.

— Je serai peut-être absent deux jours, m'informa-t-il.

J'arquai un sourcil.

— Tu prépareras la bouffe pour une personne, sois contente, reprit-il.

— J'espère qu'un jour, je tomberai tellement malade que tu seras obligé de faire le dîner et le ménage sans mon aide.

— Tu ne fais jamais le ménage, souffla-t-il, c'est toujours propre chez moi. Et ce n'est pas comme si je ne cuisinais jamais.

Je haussai les sourcils. Comment osait-il ?

— C'est toujours propre parce que je nettoie quand je m'ennuie, lançai-je. Toi, tu ne fais pas la différence parce que ta maison, c'est juste un endroit où tu dors avant de ressortir ! Et toutes les fois où tu cuisines, tu réussis à te rater.

— Au moins, je n'ai pas à embaucher de gouvernante, rétorqua l'intéressé en faisant un clin d'œil. Et je ne crame *que* les pâtes.

— Une gouvernante m'aiderait énormément, personnellement, lâchai-je.

Il pouffa.

— Non, je ne vais pas payer quelqu'un pour faire un truc que je peux faire, ou que tu peux faire.

— Imagine qu'un jour je sois malade, et que tu ne sois pas là, comment je fais pour manger, champion ?

— Tu appelles Kiara et tu lui dis de venir ?

Je secouai négativement la tête et jetai un coup d'œil au chien, contrariée par le refus de Monsieur Je-n'en-ai-rien-à-foutre-de-toi.

— Tu auras une gouvernante seulement si, et je dis bien seulement si, je ne suis pas là et que tu n'es pas apte physiquement à faire son travail.

Je levai les yeux au ciel. Il garda le regard sur moi avec un petit sourire en coin.

Il se leva finalement de la place qu'il occupait pour se diriger vers la porte.

— Je pars aujourd'hui, finalement, décida le psychopathe. Je reviendrai après-demain.

J'acquiesçai, et il quitta la pièce.

Il était à présent 7 h 30, je n'avais plus sommeil. Je décidai de descendre préparer mon petit déjeuner, à côté du psychopathe qui faisait son café. Je posai mon plateau contenant du jus de fruits, un bol de céréales et deux tartines pour le psychopathe et moi dans le salon.

En silence, il prit la télécommande et mit une chaîne pour enfants que j'avais l'habitude de regarder. Surprise, je tournai la tête dans sa direction et le vis aspirer légèrement ses joues pour dissimuler le sourire qui menaçait d'étirer ses lèvres.

La porte d'entrée s'ouvrit sur Kiara.

— Bibiiii ! s'exclama-t-elle en voyant Tate arriver vers elle. Où sont tes maîtres ?

Dès qu'elle nous aperçut, elle nous rejoignit avec un grand sourire aux lèvres.

— Bonjour, monsieur Scott. Avez-vous décidé de votre journée d'absence ? demanda-t-elle, faussement professionnelle.

Il sourit faiblement et garda les yeux rivés sur la télé en lui répondant :

— Aujourd'hui, secrétaire.

Le chien revint vers nous et s'assit sur mes genoux. Tandis que je lui caressais la tête, une question me vint à l'esprit, animée par ma curiosité.

— Comment t'as eu Tate ? demandai-je.

— Vous l'avez appelé Tate ? D'accord ! dit-elle en souriant. Quelqu'un l'avait donné à un des membres du réseau, mais il ne pouvait pas le garder.

— Qui ? demanda Asher, soudainement intéressé.

— Liam, répondit-elle simplement.

CHAPITRE TRENTE-QUATRE

INVESTIGATEURS

Sa réponse déclencha chez mon possesseur une réaction que je n'avais pas anticipée. Une réaction tout sauf calme.

— Quoi ?! hurla-t-il en faisant volte-face vers Kiara, qui sursauta en même temps que moi.

Il se leva d'un bond et attrapa Tate, qui allait s'enfuir face à son changement d'humeur. Sa main fouilla *littéralement* son pelage bouclé. Il examina chaque membre de son corps. Or, il ne lui fallut pas plus de cinq minutes pour trouver un minuscule gadget accroché à son collier.

— Oh, mon Dieu… murmura Kiara, les yeux écarquillés.

Il fouilla encore pendant que Tate essayait de s'échapper de son emprise. L'animal apeuré émettait maintenant des petits pleurs.

— Ashe-

— Non, menaça-t-il en me fusillant du regard. Appelle Cole.

Kiara s'empressa de prendre son téléphone pour chercher le numéro du médecin. Asher se leva, le chien dans les bras, pour le conduire à l'extérieur. Lorsqu'il revint, il étudia le gadget. Ses yeux s'écarquillèrent, et il se tourna vers nous en nous faisant signe de nous taire.

Un micro. Un micro était collé sous le collier de Tate, camouflé dans ses poils bouclés. Quelqu'un nous espionnait.

Le psychopathe jeta le gadget dans un verre d'alcool, noyant ainsi les chances pour l'espion d'écouter encore nos conversations à notre insu.

— Passe-le-moi, ordonna-t-il avant de lui prendre le téléphone des mains. Viens chez moi avec des outils. Tu vas opérer un chien.

Et il raccrocha sans laisser le temps au médecin de répondre.

Son regard noir fixait Kiara, tout à coup mal à l'aise.

— Tu ne t'es pas posé la question ? demanda-t-il d'un ton froid. Ce n'était pas aussi flagrant pour toi ?

Elle bafouilla des paroles inintelligibles.

— Il n'y est pour rien, j'en suis sûr-

— Tu étais sûre aussi que le chien n'avait rien, grinça-t-il. Et pourtant…

Je me retenais de me mêler de leur discussion, même si cela me brûlait les lèvres de la défendre. Ça ne servait à rien de la gronder, elle n'était pas au courant. Mais je savais que si je disais quelque chose, il pouvait nous noyer dans la piscine comme il avait noyé le gadget.

— Ils ne se parlent plus, dit-elle doucement.

— Qui te l'a dit ? Lui ? Cette salope a demandé à Ella si elle connaissait Liam !

« Ella » ! Il ne m'avait jamais appelée par mon prénom devant elle, ni même devant aucun membre du groupe. Si bien qu'elle écarquilla les yeux en me lançant un regard furtif.

Je pouvais mettre ma main à couper que sa réaction était due au fait qu'il avait prononcé mon prénom, et non à l'information qu'il avait donnée : Isobel était bien l'amie en question de Liam.

— Je suis désolée, je ne savais pas, s'excusa-t-elle en passant une main dans ses cheveux. Je pensais qu'ils ne se parlaient plus… depuis…

Il se pinça l'arête du nez, puis se laissa tomber sur le canapé. La tête entre ses mains, il murmura :

— Réfléchis, réfléchis, réfléchis…

Il était dépassé. Je découvris une nouvelle facette de sa personnalité : un Asher en alerte, et surtout, un Asher pris par surprise. Lui qui planifiait tout, qui veillait sur tout, qui avait le contrôle sur tout, venait de tomber dans un piège auquel il n'était pas préparé.

On sonna au grand portail. Je partis ouvrir au médecin.

— Il est là ? demanda Asher en se tournant vers moi.

J'acquiesçai silencieusement. Il se dirigea vers le hall, mais revint sur ses pas pour prendre un verre d'alcool, qu'il but d'un trait.

— Ça, c'est pour ne pas tuer le chien, lâcha-t-il en désignant son verre vide. Et ça… (Il emprisonna une cigarette entre ses lèvres.) C'est pour ne pas vous tuer toutes les deux avant d'expédier vos membres en Sibérie. Séparément.

En temps normal, je me serais fait un malin plaisir de lui répondre sarcastiquement, mais actuellement, je savais que ses menaces n'avaient rien de sarcastique.

Cole entra. Son visage encore à moitié réveillé prouvait que l'appel urgent du psychopathe l'avait tiré d'un sommeil profond.

— C'est le chien qui est dehors que je dois opérer ? demanda-t-il, essoufflé.

Asher acquiesça.

— Mais… il paraît en bonne santé, Scott, lâcha-t-il, hébété.

— Trouve-moi une puce, il en sûrement une sous la peau.

Le docteur réfléchit quelques secondes.

— Je serai obligé de l'emmener avec moi. Je n'ai pas le matériel nécessaire pour opérer un animal, sans compter que je dois trouver l'endroit où la puce a été insérée. Si elle y est.

Asher hocha la tête sans rien ajouter et accompagna Cole dehors. Je me tournai vers Kiara tandis qu'elle s'affalait sur le canapé. Un soupir s'échappa de ses lèvres rouges.

— Il n'arrive plus à faire confiance à qui que ce soit, souffla-t-elle, et des fois, il a tellement raison.

Je la pris dans mes bras afin de la réconforter. Elle n'y était pour rien.

— Tu n'en savais rien, la rassurai-je. Tu ne pouvais pas savoir que William déclarerait la guerre, avant même que James soit mort.

— Ash non plus, mais il a pigé au bon moment. Pas moi.

Elle avait raison. Cependant, Asher était aussi très méfiant, parfois sans raison. Mais la plupart du temps, sa paranoïa n'était pas injustifiée.

Ce dernier revint au salon, son regard noir toujours braqué sur son amie.

— Je vais revenir après-demain, ou un peu avant, étant donné la merde que tu as foutue. Pendant ce temps, tu vas rester avec elle.

Il me pointa du doigt. Elle acquiesça sans poser de questions. Elle savait que si elle ronchonnait, il se ferait un plaisir de l'étriper sur-le-champ tant il était énervé.

— Appelle Carl, et dis-lui que je veux le voir ici dans trente minutes, ordonna-t-il en empruntant les escaliers qui menaient à l'étage.

Kiara soupira et me lança un regard désolé. Elle se détacha rapidement de mon étreinte. Elle devait ramener quelques affaires étant donné qu'elle allait venir ici pour « surveiller » la maison.

À présent seule, je rejoignis le psychopathe, déjà vêtu de sa veste en cuir. Lorsqu'il se retourna vers moi, je croisai les bras.

— Elle ne savait pas…

— N'envisage même pas de la défendre, me prévint-il froidement.

Je soufflai d'exaspération face à cette tête de mule qui ne voulait pas du tout entendre parler de cette histoire.

— Où est-ce que tu vas ? demandai-je, curieuse.

— Au Nevada, m'informa-t-il simplement. J'ai quelques trucs à régler, et je reviens.

Il empoigna son sac.

— Je vais sécuriser la maison, je ne veux pas que tu sortes d'ici.

Je hochai la tête. Je n'avais rien à craindre, mais son expression un peu trop sérieuse commençait à générer de la peur en moi. De quoi devrais-je avoir peur ?

— Cole reviendra plus tard avec Connard-

— Tate, corrigeai-je une nouvelle fois.

— Le chien, reprit-il, blasé. S'il se passe quelque chose, appelez Ben ou Rick.

— Tes caméras ne te servent pas à grand-chose, on dirait, lui lançai-je.

Il y a longtemps, il avait mentionné des caméras cachées chez lui, lorsqu'il m'avait interdit de visiter d'autres pièces que le salon et ma chambre.

Il explosa de rire tandis que j'arquais un sourcil. Pourquoi riait-il, encore ?

— Tu as vraiment cru que j'avais des caméras chez moi ? se moqua-t-il. Mon ange, c'est la manière la plus simple de pister ma propriété.

J'entrouvris la bouche.

— Je t'avais dit ça uniquement pour que tu n'ailles pas fouiner dans mes affaires. Bordel, comment on peut être aussi naïve ? m'avoua-t-il en s'esclaffant.

Devant mes sourcils froncés, il inclina la tête avec un petit sourire en coin.

— T'es mignonne, lança-t-il, si bien que j'écarquillai les yeux. C'est ce que j'aurais dit si j'étais aveugle, bien entendu.

Il pouffa en passant la porte de sa chambre.

— T'es un gamin, et même un enfant de trois ans pourrait le confirmer, le provoquai-je, agacée, tandis qu'il dévalait les marches.

Il rit.

— Tu t'améliores, mon ange, dit-il, une fois au rez-de-chaussée.

Je descendis les escaliers en secouant la tête d'exaspération. Nous nous retrouvâmes une nouvelle fois dans le salon. Il regarda par la baie vitrée avant de tourner son regard vers moi.

Il leva soudain son téléphone dans ma direction. Le flash s'alluma. Je cachai mon visage de la lumière aveuglante tandis que monsieur prenait des photos affreuses de ma tête ravagée par le manque de sommeil ainsi que par l'inquiétude que j'éprouvais pour Tate.

— Raté, chuchota-t-il en me montrant le cliché, pris quelques secondes avant que je me cache le visage. Cette photo est horrible. Je la garde, au cas où un jour tu te trouverais belle. Je te l'enverrais.

Je levai les yeux au ciel. Qu'est-ce qu'il était lourd !

— Dis plutôt que tu n'arriveras pas à tenir ces deux jours sans me voir, d'où la photo.

Il explosa de rire une nouvelle fois. Je fis comme si je n'avais rien entendu avant de remonter à l'étage pour enfiler autre chose que mon pyjama. Alors que je piochais des vêtements, j'entendis la porte d'entrée se refermer et la voix de Kiara résonner dans le hall. Elle avait fait vite !

— C'est bon, je suis là, dit-elle au psychopathe. Carl arrive dans quelques minutes. Il ne lui arrivera rien.

Je décidai de m'approcher pour les écouter discrètement. Les murs avaient des oreilles, et moi aussi. D'autant que j'étais curieuse de savoir ce qu'ils pouvaient bien se dire.

— T'as intérêt, grogna mon possesseur, elle ne doit pas sortir sans toi.

— Entendu.

Je remontai précipitamment les marches lorsque j'entendis le psychopathe dire « je reviens ». Je regagnai ma chambre avec l'air le plus naturel possible. Mais intérieurement, j'étais heureuse. Heureuse de savoir qu'il me protégeait, même éloigné de moi. Asher me procurait un sentiment de sécurité irréfutable.

— Toi qui voulais une gouvernante, fit la voix de celui qui était dans mes pensées, tu as Kiara.

Il s'approcha de moi, et je levai les yeux au ciel.

— Kiara n'a pas le profil d'une gouvernante.

Il enroula ses bras autour de ma taille, mais je le repoussai, de peur que Kiara nous surprenne. Loin de moi l'envie de devoir lui expliquer comment nous avions pu passer du stade de la haine à être… proches. Changement que moi-même, je n'arrivais pas à expliquer.

Il comprit et me lança un petit sourire narquois, avant de prendre mon visage en coupe et de presser légèrement mes joues.

— Je te l'ai dit, tu auras une gouvernante seulement si, et je dis bien seulement si, tu n'es pas apte physiquement à faire son travail, souffla-t-il en me secouant la tête.

— Avec un peu de chance, je tomberai du deuxième étage et me casserai les jambes. Je n'aurai plus à faire le ménage, la bouffe et tout ce qui va avec.

Il me sourit, puis plongea ses yeux gris dans les miens.

— À bientôt, mon ange.

Il me surprit en posant ses lèvres sur mon front dans un léger baiser. Puis, il tourna les talons. Je l'entendis dévaler les escaliers et saluer une dernière fois son amie avant de fermer la porte d'entrée derrière lui, nous laissant seules, Kiara et moi.

En parlant du loup, elle ne tarda pas à me retrouver. Elle m'accompagna jusqu'à la salle de bains, où je décidai de me faire couler un bain. Maintenant que le psychopathe était parti, je n'avais plus peur que l'épisode de Monte-Carlo se reproduise.

— Il t'a dit au revoir ? me demanda-t-elle avec un petit sourire aux lèvres.

J'acquiesçai le plus naturellement du monde, c'est-à-dire en en prenant soin de garder une mine blasée. Elle pouffa.

— Ces petites comédies ne marchent pas avec moi, jeune fille, m'informa-t-elle. Je suis sûre que vous ne vous détestez pas autant que vous le prétendez…

Je levai les yeux au ciel. À peine trois minutes que le psychopathe avait déserté les lieux, et Kiara commençait déjà son interrogatoire. Je n'en attendais pas moins de notre chère amie et de sa folle curiosité.

Je me posai sur le rebord de la baignoire et touchai du bout des doigts l'eau à présent chaude.

— Alors…

— Ferme les yeux.

— Rho ! râla-t-elle en les cachant afin de me laisser me déshabiller.

— C'est bon, lançai-je, une fois à l'intérieur de la baignoire.

Elle posa ses malicieuses pupilles bleues sur moi. Je secouai la tête en essayant tant bien que mal de chasser les idées qu'elle avait derrière la tête, mais rien n'y faisait.

— T'es vraiment en train de me faire croire qu'il ne s'est rien passé entre vous ? Depuis plus de trois mois, il n'y a rien eu du tout ? me demanda-t-elle en arquant un sourcil.

Je hochai la tête. C'était faux, bien évidemment.

— Alors, explique-moi pourquoi son comportement envers toi a changé ?

— Rien n'a changé, Kiara, soufflai-je. Il est toujours aussi chiant, sournois, narcissique, grincheux, exaspérant, lourd, fatiguant...

— Peut-être. Mais... rétorqua-t-elle en levant son doigt, il t'a appelée par ton prénom, il réclame ta protection tout le temps, et en plus de ça : il a dit à Abby que tu étais sa copine !

Je m'étouffai avec ma salive dès qu'elle mentionna Abby. Mon dieu, elle ne pouvait pas suivre les ordres de son frère et se taire ?

Je toussotai avant de lui expliquer rapidement :

— Il ne voulait pas lui dire que j'étais sa captive, c'est tout !

Elle plissa les yeux.

— Je suis sûre que vous vous êtes donné le mot ! Je trouverai bien un moyen de te faire parler, Ella Collins.

Je secouai la tête en riant.

— Je n'ai rien à cacher, Kiara. Il n'y a vraiment rien entre nous, et heureusement.

Je terminai ma phrase en esquissant une mine dégoûtée.

C'était *complètement* faux.

Elle prit son téléphone et composa un numéro. La tonalité retentit dans le haut-parleur quelques secondes, puis une voix rauque décrocha. Celle du psychopathe.

— Je suis à peine sorti de la ville, Kiara, tu ne pouvais pas attendre encore avant de faire de la merde-

— Je sais qu'il y a un truc entre toi et Ella, ça pue à des kilomètres !

Je l'entendis éclater du rire. Il riait tellement que même moi, je crus qu'elle venait de faire la blague de l'année.

— Arrête de rire ! cria-t-elle, agacée. Je sais que tu le caches aussi. Putain, vous allez voir.

— D'accord, Scooby-Doo, je te souhaite bonne chance pour trouver des trucs qui n'existent pas, lança-t-il en éloignant son téléphone de lui. Putain, la captive et moi... Quelle blague !

Il raccrocha sans lui laisser le temps de répondre. Elle me fusilla du regard pendant que je me retenais de rire face à sa mine contrariée.

La sonnerie de son téléphone retentit une nouvelle fois. Elle décrocha, exaspérée.

— Quoi ?

— Putain de merde, je le savais ! Ce n'était pas net, son histoire de chien de merde ! s'exclama la voix de Ben, que je reconnus aussitôt. Cole a trouvé une puce GPS ! Kiara, je t'avais prévenue !

— OK, tu avais raison, j'aurais dû t'écouter. C'est bon, t'es content ? souffla-t-elle, irritée.

— T'es où, là ? demanda-t-il. T'avais promis de m'aider à faire les archives.

Elle se tapa le front.

— Je suis chez Ash. Il est parti aujourd'hui, finalement. Au vu de ce que j'ai fait, je dois rester avec Ella, au cas où les choses prendraient une mauvaise tournure.

— Depuis quand ? Oh, putain, c'est devenu sa petite protégée ?!

Je levai les yeux au ciel. Décidément, il n'y en avait vraiment pas un pour rattraper l'autre.

— Agent Smith, vous devez impérativement découvrir tout ce qui se produit en cachette là-bas, ordonna Ben en prenant une voix plus grave.

— J'aurais besoin de vos talents de professionnel pour faire parler monsieur Scott, agent Jenkins, répliqua-t-elle sur le même ton. Le sujet Ella Collins est peut-être tenace, mais pas autant que son possesseur…

Je souriais face aux deux « investigateurs », espérant intérieurement résister à leur jeu.

— J'en fais une affaire familiale, agent Smith, déclara-t-il. Je viendrai vous rendre visite pendant la soirée. Faites de votre mieux. Terminé.

Et il raccrocha.

Lorsqu'elle reporta son attention sur moi, je me glissai sous l'eau pour éviter ses yeux inquisiteurs.

Assise sur l'une des chaises hautes de la cuisine, la tête contre ma paume de main, j'écoutais Kiara m'apprendre comment faire la différence entre un vrai sac de luxe et un faux.

La porte d'entrée s'ouvrit, et j'entendis Ben crier :

— Salut, les filles !

— Cuisine ! lui indiqua aussitôt Kiara.

Il arriva avec un énorme sourire scotché aux lèvres.

— Ma jolie, ta tête manque à mon quotidien, dit-il en ébouriffant mes cheveux.

Lorsque des aboiements résonnèrent, je me levai d'un bond. Tate était là ! J'accourus vers le chien, qui me sauta dessus pour me lécher la joue pendant que sa queue s'agitait dans tous les sens. Même s'il ne s'était écoulé qu'une petite journée, sa présence m'avait affreusement manqué.

— Ash va t'offrir les mêmes retrouvailles, ma jolie, fit la voix de Ben derrière moi, ce qui m'arracha un rire.

— Il n'y a rien, vous vous faites des films, rétorquai-je en priant intérieurement pour qu'ils ne se mettent pas sur le sujet à deux.

Je repris place sur mon siège, depuis lequel j'écoutai Ben parler de sa journée ponctuée d'anecdotes amusantes.

— Hé, vous savez quoi ? continua-t-il. Il y avait une vieille perdue à quelques mètres d'ici.

— Ah oui ? demanda Kiara en fronçant les sourcils. Elle avait quel âge ?

— Je n'en sais rien. J'étais au téléphone, et je me suis arrêté pour lui parler. Elle m'a dit qu'elle était venue voir son petit-fils qui habitait dans les environs.

— C'est bizarre, Ash n'a pas de voisins, fit remarquer Kiara. Je veux dire, le périmètre lui appartient. Personne n'a le droit de construire ici.

— Inutile de trop réfléchir. Je te jure, elle était très chelou. J'espère qu'elle a trouvé quelqu'un qui a eu les couilles de la raccompagner.

— Elle t'a fait peur ? se moqua Kiara. Une vieille femme ?

— Bah ouais, carrément ! avoua-t-il. Elle avait un visage flippant et un sourire forcé. J'avais peur, moi. Je me suis dit : « Imagine, c'est une meurtrière qui fait de l'auto-stop pour trouver des victimes ? »

— Elle est vieille, Ben, lui rappela Kiara, exaspérée. C'est impossible.

— T'as cru que les meurtriers prenaient leur retraite ?

Sa phrase me fit rire et en même temps, je me demandais comment elle avait pu faire pour se perdre à au moins quarante kilomètres de la ville.

CHAPITRE TRENTE-CINQ

SURPRISE

— Il est temps de vous parler de quelque chose, commença Ben en diminuant le son de la télé. J'ai besoin de vos conseils, les filles.

Nous étions tous les trois au salon. Ben était assis par terre, jambes croisées, tandis que Kiara était à l'envers sur le canapé, tête en bas. Elle se redressa.

— Allez, dis-nous tout, mon enfant.

Il consulta l'écran de son téléphone un instant, avant de le poser sur la table et de se racler la gorge.

— Tu te rappelles Bella ? demanda-t-il à Kiara.

— Isabella ? l'interrogea-t-elle en écarquillant les yeux.

Il acquiesça. J'étais plongée dans l'incompréhension, ce qu'il remarqua rapidement.

— Je vais te faire un résumé : Bella est une fille que j'ai connue quand j'étais au lycée, le genre de meuf trop sage. Très différente des autres meufs que je côtoyais.

Kiara fit mine de se racler la gorge pour attirer son attention. Et il pouffa avant de s'excuser.

— J'étais souvent traité comme Ben le cousin de l'héritier de l'entreprise, ou comme Ben le cousin du mauvais garçon sexy du lycée, m'expliqua l'intéressé. À cette période, en plus, elles étaient à fond sur les *bad boys* avec l'application chelou, là où on lisait des histoires…

— Wattpad ! s'exclama Kiara. J'ai lu plein d'histoires dessus quand j'étais en pause. Il y avait un compte qui s'appelait theblurredgirl-

— Bref, reprit Ben en la coupant, mais à ses yeux, j'étais simplement Ben. Juste moi. Ben Jenkins.

La façon dont il me racontait cette histoire, autant que la culpabilité que je percevais dans sa voix, me firent réaliser deux choses : un, cette fille l'avait profondément touché ; deux, Ben avait toujours été dans l'ombre du psychopathe. On ne le considérait que comme « le cousin » d'une personne qu'on trouvait plus importante.

— Mais tu vois, au début, je ne savais pas que quelqu'un pouvait s'intéresser à moi, genre… je me disais qu'elle me manipulait pour sortir avec Ash.

Je fronçai les sourcils. J'ignorais s'il était parano, ou si ça lui était déjà arrivé.

— Seulement, il s'avérait que son père détestait notre famille, donc les choses ont commencé à se compliquer, sans compter que j'étais jaloux quand d'autres gars lui parlaient.

— Ah, les hommes ! soupira Kiara en levant les yeux au ciel.

— Bref, j'avais peur, et j'ai fait le con avant de comprendre qu'elle était sincère. Qu'elle me voulait, *moi*, me confia-t-il en regardant son téléphone. Quand on a eu nos diplômes, j'ai dû faire un choix : soit le réseau, soit un travail « légal » dans l'autre entreprise de la famille.

— Tu ne sais pas ce qu'elle devient ? demanda Kiara, curieuse.

— J'y viens, oh ! râla Ben. En faisant le choix d'intégrer entièrement le réseau, j'ai dû renoncer à un avenir avec elle. Ça, c'était le côté moins cool de ma décision.

Lui avait-elle lancé un ultimatum ?

— Elle t'a forc-

— Non, pas elle, me coupa Ben. Je ne lui ai jamais parlé de cette partie de ma vie. Elle ne sait pas que ma famille a un nom connu de… l'autre côté du monde.

Son ton sarcastique me fit sourire. Kiara souffla doucement et ajouta :

— Vous étiez différents. Vous aviez deux vies complètement opposées. Vous étiez parfaitement mauvais l'un pour l'autre. Ou du moins, toi, tu étais exactement ce qu'il ne lui fallait pas.

— Exactement, confirma Ben. Je me disais que je ne la méritais pas, qu'elle pouvait avoir une meilleure vie avec un autre qui lui apporterait beaucoup plus.

J'étais curieuse de savoir comment ça s'était fini entre eux, comment il avait pu la convaincre qu'ils n'étaient pas faits pour être ensemble sans jamais évoquer le sujet du réseau.

— Alors, je l'ai laissée tomber, souffla Ben en répondant à ma question silencieuse. Du jour au lendemain, j'ai bloqué son numéro en espérant qu'elle m'oublie. J'ai su par la suite qu'elle avait déménagé très loin pour ses études, peu de temps après.

Je hochai la tête alors qu'intérieurement, je l'insultais de tous les noms. À mes yeux, l'abandon était le pire tourment qu'on pouvait infliger à quelqu'un. Qu'une personne avec qui on partageait une relation forte décide du jour au lendemain d'y mettre un terme sans raison apparente représentait un choix égoïste. Moi qui avais si peur de l'abandon, qui en avais souffert, je pouvais comprendre le sentiment de vide que cette fille avait dû ressentir.

Comme si elle n'en valait pas la peine.

— Et récemment, on m'a dit qu'elle était rentrée, nous confia-t-il en prenant son téléphone.

Il pianota dessus avant de lever la tête vers nous.

— Apparemment, elle est revenue en ville pour une courte période. Alors, je voulais savoir si c'était une bo-

— Non, le coupa Kiara très sérieusement, ne la mets pas en danger pour l'instant et surtout, reste loin d'elle.

Ben la considéra un instant, il semblait réfléchir à ce que venait de lui dire son amie. Kiara avait raison, d'un côté. En ce moment, les tensions étaient vives entre les gangs. Mais je ne pouvais m'empêcher d'imaginer le vide insupportable qu'avait ressenti cette Isabella en voyant que Ben n'avait plus donné signe de vie du jour au lendemain.

— Et moi qui pensais que vous auriez un avis différent de celui d'Ash, soupira Ben, mais ça me démange, je veux m'excuser. Elle a sûrement souffert, comme moi.

Je trouvais ça triste. Il voulait à la fois être avec elle et la protéger du danger que comportait sa vie, c'était beau.

— Qu'est-ce que t'en penses, Ella ? me demanda-t-il.

— Kiara a raison, tu ne peux pas risquer de la mettre en danger avec tout ce qui se passe dans vos vies, confirmai-je. Ne t'inquiète pas, je suis sûre qu'elle ne t'a pas oublié. Si vous êtes voués à vous retrouver, vous vous retrouverez.

Je lui lançai un petit sourire tandis qu'il me fixait sans un mot. L'espace d'un instant, il eut l'air surpris, avant de camoufler sa première expression en boudant faussement.

— Il y a intérêt ! grommela-t-il.

— Câlin magique ! s'exclama Kiara en se jetant dans ses bras. Ça atténue les peines de cœur.

Il la repoussa en esquissant une mine dégoûtée qui ressemblait à celle du psychopathe lorsque sa sœur avait eu un élan d'amour fraternel pour lui. Sa réaction m'arracha un petit rire.

— Je peux te poser une question ? l'interrogeai-je presque timidement.

Il acquiesça.

— Est ce que vous avez tous fait le choix de travailler pour le réseau ?

— Oui, tous, commença Ben, sauf Ash.

Je fronçai les sourcils.

— C'était soit Rick, soit Ash. Sauf que Rick était tellement abattu quand il a perdu son frère que ça a été à Ash d'étouffer sa peine pour prendre en main le réseau.

J'entrouvris la bouche. C'était affreux. Ils l'avaient obligé à gérer les problèmes du réseau, en dépit de son deuil.

— Rick était bouleversé, il frôlait la folie. Il en voulait au monde entier et était prêt à tirer sur tout ce qui bougeait, reprit Kiara. Il était impossible de lui léguer une telle responsabilité. Alors, ils ont obligé Ash à repousser son deuil, le temps qu'il trouve des solutions pour sortir l'héritage familial de la crise.

— En vrai… c'était une obligation prématurée, continua Ben. On savait qu'un jour ou l'autre, il serait à sa tête. Seulement, on ne pensait pas que ce jour arriverait juste après la mort d'oncle Rob.

— Ash a beaucoup souffert de cette pression, mais il devait donner l'exemple : rien ne doit toucher le réseau.

— Qui a pris la décision ? demandai-je.

— Toute la famille Scott a voté, m'informa Ben. Ils ne lui ont pas laissé le choix. Et tous ces trucs l'ont rendu comme ça… genre… un glaçon, quoi.

Je comprenais davantage pourquoi il était aussi froid et insensible. Il n'y avait pas eu qu'Isobel. Était-ce la raison pour laquelle il détestait tant certains membres de sa famille ? Y compris sa mère ? Je n'en savais rien, mais le temps me donnerait les réponses, comme à son habitude.

— T'imagines si Rick en avait eu la charge ? se moqua Kiara.

— On serait tous morts, rit ce dernier, et Ash n'aurait pas connu Ellaaaa.

Son regard malicieux, combiné à la petite lueur qui brillait dans celui de Kiara, me fit lever les yeux au ciel. Ils s'esclaffèrent.

— Ce n'est vraiment pas drôle, râlai-je en les voyant nous imiter grossièrement.

Mais alors qu'ils allaient continuer leur petit jeu, les aboiements de Tate les stoppèrent. Ben souffla d'agacement.

— Il veut encore sortir.

— Il nous faisait ça aussi à 3 h quand vous n'étiez pas là, continua Kiara. T'inquiète, il va bientôt s'arrêter.

Je les observai sans répondre. Mon esprit était focalisé sur le souvenir de la voix que j'avais entendue la nuit dernière. À présent, tout aboiement de Tate me faisait redouter une présence chez le psychopathe. Même si, au final, Asher n'avait rien remarqué. Je supposais donc que je ne devais pas m'inquiéter.

Tate revint quelques secondes après, puis monta à l'étage. Ben reprit une part de pizza en souriant.

— Tu vois.

J'entendis mon téléphone sonner dans ma chambre. Je me levai donc du canapé et montai les marches deux à deux pour aller le récupérer. Le nom « Le psychopathe » s'affichait sur l'appareil.

Inconsciemment, un petit sourire se dessina sur mes lèvres, et je décrochai.

— Tu es à la maison, n'est-ce pas ? demanda-t-il directement.

— Euh oui, oui, balbutiai-je en fronçant les sourcils, pourquoi ?

— Va dans ma chambre et regarde si tu ne trouves pas une montre sur la commode.

Je débranchai le téléphone et pénétrai dans la chambre vide du psychopathe. La montre en question y était. C'était celle qu'il avait l'habitude de porter.

— Elle y est.

Je l'entendis soupirer un instant.

— Très bien, je pensais l'avoir perdue. Bonne nuit.

Et il raccrocha sans me laisser le temps de lui répondre. Je lâchai dans un souffle :

— Bonne nuit…

Je repartis reposer mon téléphone dans ma chambre. Kiara et Ben me criaient de descendre vite pour voir une photo compromettante d'Asher.

En dévalant les escaliers, je trébuchai sur Tate, qui occupait l'une des marches. Je fis un vol plané. Par réflexe, j'amortis ma chute imminente avec ma main et un cri de douleur m'échappa. Les deux personnes présentes chez le psychopathe se levèrent en 'entendant.

— Putain ! pestai-je contre la douleur qui me faisait grincer des dents.

Je n'arrivais plus à bouger ma main, cette dernière me faisait affreusement mal. Kiara demanda à Ben d'appeler Cole.

— Je crois que tu t'es cassé le poignet, Collins, m'informa-t-elle alors que ce dernier gonflait à vue d'œil. Dis-le à Cole.

Ben expliqua la situation tandis que je gémissais. Kiara lança un regard accusateur à Tate, qui tournait autour de moi.

— Je suis sûre que c'est toi, même si tu fais l'innocent, l'accusa-t-elle.

Je gloussai, avant que la douleur se rappelle à moi.

— Cole arrive. Il est énervé, je lui ai dit que c'était le chien, s'amusa-t-il, et il m'a répondu qu'il n'était pas vétérinaire. À ta place, je l'aurais mal pris, ma jolie.

Le lendemain, je fus réveillée par Kiara. J'avais mal dormi à cause du plâtre que Cole m'avait fait pour immobiliser mon poignet fracturé. Je devais le garder pendant deux semaines avant d'ensuite porter une attelle.

— Je vais sortir, j'ai du travail, me chuchota-t-elle. J'ai préparé le repas, tu n'auras qu'à réchauffer. J'ai averti Ash, ce matin, que tu étais invalide.

Elle déposa un petit baiser sur mon front alors que je hochais la tête, les yeux encore clos.

Elle dévala les escaliers avant d'ouvrir et de refermer la porte d'entrée. J'étais à présent toute seule, chose qui ne me déplaisait pas. J'en avais besoin, parfois. Je ne savais pas si j'aimais la solitude, mais c'était un sentiment auquel j'étais habituée.

Mes paupières papillonnèrent. Puis, je me levai de mon lit en grognant presque. Je soupirai en entendant du bruit en bas, c'était encore Tate.

Mon téléphone sonna, l'écran afficha « Le psychopathe ».

— Quoi ? demandai-je, à moitié réveillée.

Il rit à l'autre bout du fil. Ce rire m'annonçait qu'il allait se payer ma tête.

— Tomber des escaliers est la chose la plus stupide que tu aies pu faire, se moqua-t-il. Bordel, j'ai manqué cette chute !

— Il n'y a rien de drôle. Je me suis cassé le poignet, compatis un peu, lançai-je, exaspérée.

— T'as vécu pire. Maintenant qu'une ridicule chute t'empêche d'utiliser ton bras, comment tu vas faire pour prendre des douches ? Ah oui… Impossible !

— Je te hais au plus haut point, Scott.

— Ce n'est pas nouveau, me dit-il. Hâte de revenir pour écrire des insultes sur ton misérable plâtre.

— T'as quel âge, putain ?

— Presque 25 ans, toujours aussi drôle, et j'utilise mes deux bras, moi ! s'exclama-t-il avant de me raccrocher au nez.

Je poussai un soupir bruyant, agacée par son comportement enfantin alors qu'il allait presque avoir 25… *Presque* ? Ça signifiait que son anniversaire était pour bientôt, tout comme le mien.

Je vérifiai la date. Nous étions mi-mars. C'était mon anniversaire dans à peu près un mois, et j'allais avoir 23 ans. 23 ans de vie, et aucun diplôme, ni aucune vraie famille.

Je sortis de ma chambre lorsque j'entendis à nouveau du bruit au rez-de-chaussée. Je me rassurai en me répétant que ça ne pouvait être que Ben, qui n'avait finalement pas quitté la maison hier soir, ou le chien.

Je descendis prudemment les escaliers, attentive au bruit de l'eau qui coulait dans la cuisine. Mais je sursautai en découvrant une inconnue dans la pièce. Une dame lavait la vaisselle d'hier soir… C'était quoi, ce bordel ? C'était *qui*, bordel ?

— Qui êtes-vous ? demandai-je alors que mes membres commençaient à trembler.

Elle sursauta à son tour et se retourna. Son doux visage ridé affichait un petit sourire.

— Pardon, mademoiselle, vous m'avez fait peur ! rit-elle nerveusement en posant ses mains gantées sur son cœur. Je ne voulais pas vous effrayer, je suis arrivée il y a quelques minutes.

Elle portait une robe décente, cachée derrière un tablier sans plis, et ses cheveux étaient attachés en un chignon impeccable. Sa posture rigide trahissait à quel point elle était perfectionniste et propre sur elle.

— Je m'appelle Linda, je suis la nouvelle gouvernante embauchée par monsieur Scott. Il m'a appelée hier soir pour me dire que vous aviez été victime d'une grosse chute et que vous ne pouviez plus vous occuper des tâches ménagères, m'expliqua-t-elle d'une voix douce en avisant mon plâtre. D'où mon arrivée, ce matin.

Les sourcils froncés, je la regardai sans trop comprendre. Depuis quand était-elle là ? Asher ne m'avait rien dit, pourtant… Et Kiara non plus !

Mais Asher m'avait aussi dit qu'il ramènerait une gouvernante seulement si je n'étais pas apte physiquement à faire les tâches ménagères, ce qui m'encourageait à croire cette dame, qui ne pouvait pas inventer une chose pareille.

— Vous êtes là depuis quand ? l'interrogeai-je en gardant mes yeux grands ouverts. Et comment vous êtes entrée ?

— Votre amie m'a ouvert lorsqu'elle a quitté la maison, elle aussi était au courant. J'ai préparé votre petit déjeuner !

Elle me pointa du doigt un bol de céréales, avec des œufs et du bacon, mais je refusai gentiment. Sa présence suspecte m'avait coupé l'appétit.

— Mais vous devez manger, mademoiselle… ?

— Ella, complétai-je. Merci, mais je n'ai pas très faim, pour le moment.

— Ella, quel joli nom, pour un joli petit bout de femme ! me complimenta-t-elle.

Avec un sourire timide, je lui dis :

— Faites comme chez vous, je reviens bientôt.

J'étais à la fois étonnée et contente. Le psychopathe résistait pourtant habituellement un peu plus longtemps à mes caprices !

D'ailleurs, pendant son appel, il n'avait pas fait allusion une seule fois à la gouvernante. Peut-être voulait-il me faire la surprise ? Savoir qu'il n'assumait pas d'avoir capitulé me remplissait de joie. J'avais encore gagné, et il avait encore cédé.

Un sourire triomphant aux lèvres, je pris mon téléphone et appelai ce dernier pour le narguer. Malheureusement, il ne répondit pas, mais j'avais encore toute la journée.

Je la voyais depuis le garde-corps faire le ménage et nettoyer la maison, qui était pourtant déjà propre, en me lançant quelques sourires lorsqu'elle croisait mon regard. Je n'osais pas descendre, et j'avais fermé à clé la chambre du psychopathe, qui contenait beaucoup trop d'informations secrètes pour être ouverte avec une inconnue chez lui. De toute façon, elle n'était pas montée à l'étage une seule fois.

Je passai le reste de la journée dans ma chambre, à faire la sieste, la porte verrouillée par manque de confiance. Même si elle me paraissait douce et gentille, qu'elle avait un comportement exemplaire et se tuait à la tâche, j'avais un mauvais pressentiment. Mais bon, ce n'était qu'une dame assez âgée, après tout.

Je tentai d'appeler Asher durant la journée, mais ce dernier ne répondait pas. La tonalité ne retentissait même pas, si bien que je commençais à m'imaginer des scénarios dans lesquels le psychopathe avait été enlevé. Son silence ne signifiait jamais rien de bon, mais il fallait que je patiente pour en connaître la raison.

20 h, je reçus un message.

De Kiara Smith :

> Je serai absente, ce soir. :(Ash revient finalement aujourd'hui. ;) Il atterrit bientôt. Bisou, je t'aime !

Voilà qui expliquait pourquoi il ne recevait pas mes appels. Alors que je répondais au message de Kiara, je fus interrompue par un bruit en bas.

Je quittai ma chambre et, depuis le garde-corps, criai :

— Tout va bien, madame ?

— Ou-oui ! s'exclama-t-elle depuis le salon. J'ai simplement fait tomber quelque chose, excusez-moi, je suis maladroite !

— Ce n'est pas grave, répondis-je avec un petit sourire. Tant que vous n'avez rien.

Je retournai dans ma chambre, accompagné par Tate. Je fermai la porte à clé pour changer de vêtements, une tâche difficile avec mon plâtre.

Soudain, la sonnerie de mon téléphone retentit. « Le psychopathe » s'afficha sur l'écran, et je répondis avec un sourire triomphant aux lèvres.

— Je n'ai jamais reçu autant d'appels de ta part, mon ange, mais si je te manque à ce point, sache que je rentre dans quelques minutes, me devança ce dernier avec enthousiasme.

Je pouffai.

— Oh, non, je voulais simplement te mettre ma victoire sous le nez, commençai-je fièrement. Pour la gouvernante, bien entendu.

— Qu'est-ce que tu racontes, encore ? demanda-t-il.

— Moi, ça m'arrange, hein ! De ne plus faire la vaisselle et que ça soi-

— Ella, attends… Il y a une gouvernante chez moi ? m'interrogea-t-il sur un ton trop calme.

— Ça va, t'as une bonne ouïe, champion, rétorquai-je sarcastiquement.

Cette fois-ci, il garda le silence pendant quelques secondes, avant de déclarer très sérieusement :

— Ella… je n'ai embauché personne.

CHAPITRE TRENTE-SIX

SUCCESSION... D'ÉCHECS

Mes membres se crispèrent, et mon cœur faillit défaillir. La possibilité pour que cette femme soit vraiment une gouvernante s'amenuisait à chaque seconde, laissant la panique me gagner.

— Tu me fais marcher, lui dis-je en fronçant les sourcils. Dis-moi que tu rigoles.

Pour une fois, j'espérais qu'il se foute de ma gueule. C'était un cauchemar. Un véritable cauchemar.

— Ella, reprit-il calmement, où es-tu, là ?

— Euh... ma... ma chambre, bégayai-je. Peut-être Kiara l'a... l'a-t-elle appelée...

— Elle t'a dit qui l'avait embauchée ? m'interrogea-t-il.

— Elle m'a dit que c'était toi... hier soir.

Il explosa.

— Fait chier ! hurla-t-il en tapant quelque chose.

Ma vue s'embua, j'avais peur. Il y avait une personne en bas, une personne qui prétendait être une gouvernante embauchée par mon possesseur.

« J'ai averti Ash, ce matin, que tu étais invalide. »

« Il m'a appelée hier soir pour me dire que vous aviez été victime d'une grosse chute. »

Machinalement, ma main se posa sur ma bouche entrouverte. Je venais de déceler la faille. Kiara avait prévenu Asher *ce matin*, pas *hier soir*. La dame mentait.

Mes jambes tremblaient, je n'arrivais plus à tenir debout. Tout mon corps était sous le joug de cette terreur qui m'avait envahie. Des minutes interminables.

J'étais tétanisée, et surtout, j'étais *seule*.

— Mon ange, n'aie pas peur, d'accord ? me rassura-t-il un peu trop doucement. Ouvre la porte de la chambre, et sors de la maison. Surtout, reste au téléphone avec moi.

Je hochai la tête en articulant péniblement un « d'accord ». L'idée de sortir de la chambre me glaçait.

— Si tu la croises, reste la plus naturelle possible. Fais comme si tu ne te doutais de rien.

Je déglutis et passai ma main moite dans mes cheveux. Ce sentiment de terreur ne faisait que grandir, la boule dans mon ventre me nouait l'estomac et contractait mon corps entier.

Je soufflai un bon coup et fermai les yeux quelques secondes. Asher était encore au téléphone. Ce dernier paraissait aussi angoissé que moi, il soufflait bruyamment et pestait contre les voitures qu'il trouvait trop lentes.

Forcément, l'idée qu'une intruse ait pénétré chez lui et puisse voler des informations sur son réseau devait le mettre en rogne.

— T'es sortie ? me demanda-t-il d'une voix un peu lointaine.

Je compris que j'étais en haut-parleur.

Mon angoisse augmenta à mesure que mes jambes s'avançaient d'un pas hésitant vers la porte de ma chambre, qui, pour l'instant, me protégeait de cette inconnue. Et si elle était venue me tuer ? Me torturer ? Me… violer ?

Toutes ces idées me retournaient l'estomac dans tous les sens. La main tremblante, j'ouvris délicatement la porte de ma chambre. Lorsqu'elle grinça, je tressaillis.

Le silence. Aucun signe d'el-

— Vous êtes enfin réveillée ! s'exclama la voix féminine que je redoutais.

Mon cœur cessa de battre à cet instant précis. À vrai dire, j'étais sur le point de faire un malaise dans quelques secondes. Maintenant, je la voyais autrement : son regard était vide, elle avait un sourire beaucoup trop forcé et ses gants, qu'elle n'avait pas enlevés depuis le début, étaient… propres. Trop propres pour une personne affirmant avoir fait le ménage presque toute la journée.

Et d'ailleurs, quel ménage ? La maison était très bien.

— Venez manger ! m'invita-t-elle en saisissant mon avant-bras plâtré.

La main qui tenait mon téléphone était encore libre. Asher pouvait écouter la conversation, même si moi, je ne pouvais pas l'entendre. Ne pas pouvoir sentir sa présence ne faisait qu'accroître mon angoisse.

Sans avoir le temps de décliner, je me retrouvai dans la cuisine, là où elle avait préparé de la soupe d'une couleur particulière et d'autres petits plats posés sur la table.

— Je n'ai pas très faim, avouai-je à l'inconnue, l'air désolé.

Elle me regarda sévèrement.

— Comment ? Vous n'avez rien mangé depuis ce matin ! Vous avez besoin de prendre des forces, insista-t-elle.

Je la considérai, puis tournai la tête vers les plats en question. Plusieurs idées me traversèrent l'esprit. Et si elle y avait mis du poison ? Ou de la drogue ? Je ne pouvais pas écarter ces hypothèses.

— Attendez-moi, je vais juste passer un ou deux coups de fil, et je viens manger, fis-je en souriant faussement.

— Allez-vous appeler monsieur Scott ? demanda-t-elle indiscrètement.

Je secouai la tête négativement. Dans le cas contraire, je redoutais qu'elle devienne violente. Ses yeux vides et son sourire forcé me faisaient aussi peur que les vieux psychopathes dans les films d'horreur. Elle était angoissante. Même dérangeante.

— D'accord ! répondit-elle d'un ton soudainement joyeux. Faites vite, je vous attends !

Plus je m'éloignais, plus je la sentais derrière moi.

Avant de sortir de la maison, et par instinct, je tournai la tête furtivement et la vis m'observer depuis la cuisine, avec toujours ce même putain de sourire. Mon Dieu, c'était une vraie psychopathe !

Je portai mon téléphone à mon oreille.

— A… Allô, dis-je difficilement.

— Je suis là, mon ange, me rassura la voix rauque du psychopathe. Je vais bientôt arriver, d'accord ? Essaie de rester dehors le plus longtemps, je ne suis pas loin.

— A… Asher… elle… me regarde depuis la baie vitrée du salon, lâchai-je en me tournant à moitié vers la maison.

Et ce que je vis me retourna l'estomac. Mes yeux s'écarquillèrent, et je tressaillis violemment lorsque j'aperçus ce qu'elle tenait dans sa main gauche.

Le grand et long couteau de cuisine.

La chair de poule recouvrit ma peau, ma respiration se coupa. Elle voulait me tuer. Elle était plus dangereuse que ce que je pouvais imaginer.

D'un signe de main, elle me demanda de la rejoindre dans la maison, mais je lui montrai mon téléphone pour justifier mon refus temporaire.

— Rigole, m'ordonna-t-il. Mon ange, aie l'air naturel, je sens ton angoisse d'ici.

— Ça veut dire que tu es loin, déduis-je en me sentant soudain peser une tonne.

J'allais bientôt tomber dans les pommes. Toutefois, mon corps restait en alerte, à l'affût des moindres faits et gestes de cette folle meurtrière.

— Non, je suis exactement à trois minutes de la maison, m'informa-t-il. Toi qui n'aimes pas la vitesse, t'aimerais que j'accélère ?

Son ton sarcastique me fit réaliser qu'il essayait de me détendre. Mais la voix derrière moi remonta ma terreur d'un cran.

— Les plats vont refroidir, ma belle ! s'écria-t-elle depuis l'entrée de la maison. Vous venez ? Je vais couper le poulet !

Elle agita le grand couteau qu'elle avait dans la main, et j'acquiesçai en lui demandant d'attendre encore quelques minutes.

Mes pas s'éloignaient petit à petit de l'entrée. Je ne pouvais pas rester aussi proche d'elle. Elle était beaucoup trop dangereuse, et je n'avais rien pour me défendre.

Tate passa à côté d'elle en grognant. Puis, il se mit à aboyer fortement, comme toutes les fois où il la croisait, ce qui, pour être honnête, m'agaçait. Elle sembla particulièrement irritée.

Quand soudain, elle sortit une phrase… une seule phrase qui me fit lâcher un hoquet d'effroi.

— Boucle-la, sale clébard.

C'était *elle*.

C'était elle, *la voix inconnue* de la cuisine.

Elle était chez le psychopathe tout ce temps, voilà comment elle avait su que j'étais tombée, hier soir. Elle était présente, chez lui. Chez nous.

Soudain, le grand portail s'ouvrit, et je me sentis renaître en espérant que ça soit Kiara ou Ben, ou encore mieux, Asher. L'inconnue me lança un regard rempli d'incompréhension et serra plus fort son couteau.

— C'est sûrement votre amie. Rentrez manger, maintenant, me demanda-t-elle, agacée. Elle va déjeuner avec vous !

Sa phrase était un peu plus joyeuse. Putain, pas besoin d'un diagnostic pour deviner qu'elle était complètement tarée !

Le moteur d'une voiture gronda. Bordel, enfin quelqu'un ! Son regard s'assombrit et son sourire forcé disparut aussitôt. Les vitres fumées de la berline ne laissaient pas voir de l'extérieur qui conduisait.

Elle se stationna face à l'entrée du garage, située à quelques mètres de nous. Mais personne n'en sortit, personne ne quitta la voiture. Était-ce vraiment la voiture d'un de mes sauveurs ?

Mes angoisses reprirent de plus belle. Et si cette voiture n'était rien d'autre que le transport de mon kidnapping ? Et si Asher arrivait trop tard ? Et s'il ne venait jamais me chercher ?

La vieille perdit patience et se rua vers moi. Elle empoigna mon bras avec une force surprenante pour son âge. Je ne pensais pas un jour en être capable alors que j'étais nettement plus jeune. Sans réfléchir, ma jambe heurta la sienne. Je me débattis contre sa prise malveillante, mais arrêtai tout mouvement lorsque le couteau se retrouva juste entre mes deux yeux. Elle pouvait m'ôter la vie en un rien de temps.

— Vous n'en avez pas marre de vous en prendre à elle ? protesta une voix rauque.

La seule voix rauque que j'attendais. Bordel, enfin. Il était là.

Asher.

— Qu'es… qu'est-ce que… vous faites ici ? s'écria la femme, les yeux écarquillés.

Comme si elle n'était pas préparée à le croiser dans sa propriété. Comme si… ce n'était pas dans son plan de se confronter à lui.

— Je peux vous poser la même question, fit-il avant de prendre avec une vitesse incroyable son arme et de tirer directement sur elle.

J'en profitai pour m'éloigner du couteau qui avait failli s'enfoncer entre mes yeux. Pourtant, l'inconnue ne tomba pas, malgré la blessure sanglante qu'elle venait de recevoir au ventre.

— Qui t'a envoyée ? demanda le psychopathe en pointant à nouveau son arme sur elle.

Sa respiration était calme, très calme. Tout se passa ensuite très rapidement. Elle sortit un pistolet de sa robe et tira sur le psychopathe, sans prendre la peine de viser une zone précise. Je criai lorsque la balle s'enfonça dans son abdomen. Il grogna bruyamment en posant sa main sur sa blessure. Mais alors qu'elle se tournait vers moi, deux coups de feu retentirent, et elle tomba à terre en gémissant de douleur. Je frémis en apercevant qu'Asher avait visé les jambes.

Il se rapprocha du corps de la vieille dame pour la désarmer. Son tee-shirt blanc était à présent taché de son propre sang. Haletant, il jeta son fusil à terre et prit son téléphone. Son visage trahissait sa souffrance.

— Mec, vite, appelle Cole et envoie-le chez moi. Je suis blessé.

Soudain, la vieille dame tenta de se relever. Très mauvaise idée. Asher saisit son arme et lui asséna un coup direct sur le crâne, si bien qu'elle perdit connaissance.

J'écarquillai les yeux devant la violence de son geste et levai la tête vers lui. Face à mon attitude désapprobatrice, il me dit d'un ton cinglant :

— Ce n'est vraiment pas le moment de me faire un discours.

— Mais… c'est une vieille femme ! m'insurgeai-je.

— Ouais, bah, elle m'a tiré dessus, mamie. Et elle allait te tuer aussi.

Tout en pestant, il retira d'un geste rapide sa veste en cuir et balança son tee-shirt par terre, laissant à l'air libre cette blessure sanglante que lui avait infligée la vieille. Au moment de presser la plaie, il leva la tête vers le ciel. Il tentait de contenir la douleur en serrant la mâchoire.

— OK, maintenant, il faut l'attacher, déclara-t-il très sérieusement.

J'étais au deuxième étage, en compagnie du corps évanoui de la vieille, qu'on avait attachée sur une chaise. Plus loin, j'entendais Asher gémir de douleur pendant que Cole le soignait. Je grimaçai. Asher souffrait, et j'en avais des frissons. Ils étaient dans la pièce d'à côté, mais j'avais l'impression que les murs de cette maison étaient faits en carton tant je les entendais distinctement.

— Ash ? Ella ? s'écria la voix de Ben depuis le hall.

Je quittai la pièce rapidement. Il était enfin arrivé.

— Deuxième étage ! lui indiquai-je.

Il monta trois par trois les marches.

— Où est-il ?! demanda-t-il, essoufflé.

Je lui montrai la pièce, et il accourut vers Asher. Au moment où il ouvrit la porte, j'aperçus le psychopathe, assis sur une chaise, la tête en arrière, en sueur.

Cole appliquait un large pansement sur son abdomen. Sur une petite table s'étalaient tous ses outils de médecin, pour la plupart tachés de sang.

Ben soupira de soulagement, mais ses mains tremblaient encore. L'inquiétude se peignait sur son visage, une inquiétude qu'il dissimula avec de l'humour.

— Toujours vivant ? lança-t-il en se rapprochant de son cousin.

— Malheureusement, fit-il avec ironie.

Il lâcha un bref rire, qui le fit instantanément grogner de douleur.

— Jure, il ne peut pas rire ? demanda Ben, les yeux remplis d'étoiles, à Cole.

Ce dernier secoua négativement la tête.

— Il aura mal, la blessure est encore fraîche, lui expliqua le médecin, qui retirait ses gants ensanglantés.

Ben tenta alors de lui arracher ne serait-ce qu'un gloussement en faisant des blagues, mais Asher gardait le visage fermé. Il me fixait sans un mot.

— Tu n'es pas drôle, déclara Ben, la mine faussement boudeuse. Explique-moi… comment t'as reçu cette balle ?

— Ma gouvernante voulait une augmentation, dit-il sarcastiquement, et je lâchai un petit rire.

Il m'imita, non sans grogner de douleur une nouvelle fois.

— Ah, bah, d'accord ! Moi, je te fais mes meilleures blagues, tu regardes ailleurs. Mais quand Ella rit, c'est sa meilleure vanne ? s'insurgea Ben, vexé. Attends… quand tu dis gouvernante, tu parles… d'Ella ?

— Tu déconnes ? Elle ne sait même pas tenir une arme, soupira Asher en se levant de la chaise. Non, je te parle d'une gouvernante que j'ai apparemment embauchée hier soir.

Ben sembla réfléchir sérieusement, malgré l'ironie dans le ton d'Asher, ce qui irrita ce dernier. Tout à coup, on entendit le bruit d'une chaise dans la pièce où se trouvait la vieille dame.

— La sieste est terminée pour mamie, remarqua Asher en jetant un coup d'œil à son pansement. Tu viens, Ben ? On va voir ma gouvernante ?

L'intéressé semblait sceptique, jusqu'à ce qu'il la voie. Il tomba alors des nues.

— C'est la vieille chelou que j'ai croisée ! s'exclama-t-il en se tournant rapidement vers moi.

Asher fronça les sourcils d'incompréhension.

— Hier, elle était dans les parages, cette folle !

Ahuri, le psychopathe leva les bras au ciel.

— Et tu n'as pas eu l'idée de génie de la surveiller ? C'était trop te demander ?

La vieille rit cyniquement, un rire qui me fit froid dans le dos.

— Je n'arrive pas à croire qu'il… fait tout… pour mettre la main… sur deux imbéciles pareils, grogna-t-elle en toussotant.

Ses yeux révélaient la haine et le dégoût qu'elle éprouvait à l'égard des deux hommes.

— Tu ressembles à ton père, jeune Scott, remarqua-t-elle.

Asher se crispa et grogna, menaçant, prêt à l'achever.

— Oh, ta gueule, l'épave ! souffla Ben en retenant son cousin de la tuer sur-le-champ. Si tu nous disais plutôt comment t'as fait pour venir jusqu'ici ?

Elle esquissa un sourire mauvais.

— Bientôt, il reviendra et reprendra ce qui lui appartient de droit, et vous le savez.

— Pourquoi s'attaquer à elle ? demanda rageusement le psychopathe en me pointant du doigt.

Après m'avoir reluquée de haut en bas, elle ricana, comme si la question était stupide et la réponse évidente. Elle rétorqua simplement :

— Parce qu'il la veut tout autant que l'empire que vous lui avez pris.

La respiration bruyante du psychopathe emplit la pièce. Ses poings étaient tellement serrés que ses jointures devinrent blanches. Soudain, il dégagea son bras de l'emprise de son cousin pour attraper férocement la mâchoire de la vieille.

— Elle est à *moi*, et seulement à *moi*. Exactement comme le réseau, grinça-t-il. Je suis certain qu'il nous écoute, alors fais-lui passer le message. Il ne l'aura jamais. *Jamais !*

Il hurla ce dernier mot, ce qui me fit sursauter. Puis, il bascula la tête de la vieille en arrière et se retourna vers moi, le regard noir.

— Si vous me gardez ici en pensant que je vous révélerai quelque chose, grogna-t-elle, tuez-moi, car vous n'aurez rien, bande d'incapables.

Asher ferma les yeux un instant et tenta de passer outre les piques de la vieille. Son arme était bloquée entre ses doigts crispés, il se retenait de lui ôter la vie.

— Il va l'avoir, annonça-t-elle en me regardant, de quoi faire fulminer mon possesseur. Il obtient toujours tout ce qu'il veut.

Il ne répondit rien.

— Pourquoi maintenant ?

Je fronçai les sourcils. Je ne comprenais pas la question d'Asher, mais visiblement, la vieille dame, oui. Elle incurva un coin de ses lèvres.

— Avant, il disait que tu étais dangereux parce que tu n'avais plus rien à perdre. Plus maintenant.

Il se tut, et sa mâchoire se contracta. Il me lança un regard furtif.

— La mort de ton père était exqui-

Un tir retentit, à une vitesse fulgurante. Un bruit sans pareil qui m'arracha un cri d'effroi. Asher venait de lui tirer une balle entre les deux yeux.

Rapide. Sec. Sans aucun remords.

— Elle parlait trop, déclara ce dernier d'un ton glacial.

Ben passa une main dans ses cheveux et remercia le ciel avant d'avouer :

— Je n'avais pas très envie de la torturer, alors tant mieux. Tu veux qu'on l'envoie comment ?

Le psychopathe admirait le corps sans vie se relâcher sur la chaise, encore attaché.

Soudain, Cole nous interpella en montant rapidement les marches. Ce dernier était resté en bas pendant ce rapide interrogatoire. Arrivé à l'étage, il s'avança vers nous et prit la parole, alarmé :

— La « gouvernante » passe à la télé, nous informa-t-il, encore essoufflé d'être monté si rapidement. Il y a un avis de recherche. Elle s'appelle Mary et s'est évadée d'un hôpital psychiatrique sous haute surveill-

Il se tut lorsqu'il aperçut le corps inerte de la fugitive.

— Je n'ai rien dit. C'est toi, Scott, qui as tiré ? demanda le médecin en s'approchant du cadavre.

— Qui veux-tu que ce soit ? s'exaspéra le psychopathe.

— Tu m'impressionneras toujours, le tir est parfait, le complimenta le médecin en observant la balle logée pile entre les sourcils de la vieille dame.

Asher sortit une cigarette de son paquet, qu'il alluma directement.

Il posa ses yeux sur moi et me fixa sans un mot. Ses pensées se perdirent sur mon visage encore traumatisé par la scène à laquelle je venais d'assister. Cette image me retournait l'estomac.

Mais deux phrases tournaient dans mon esprit comme un disque rayé.

« Parce qu'il la veut tout autant que tout cet empire. »

« Elle est à moi, et seulement à moi. »

Qui était ce fameux « il » ? Je n'appartenais à personne d'autre qu'Asher, ou du moins, c'était ce que stipulaient les papiers que j'avais signés pour le travail de captive.

Mais dans sa voix, Asher parlait d'une autre sorte d'appartenance, presque de la possessivité. La rage dans ses yeux était presque palpable, mais je ne comprenais pas pourquoi elle voulait s'attaquer à moi.

— Il croit avoir trouvé ton point faible, déclara Ben en regardant son cousin sortir de la pièce.

Ce dernier s'arrêta un instant, sans se retourner, avant de partir sans un mot.

Ben me considéra ensuite en fronçant les sourcils.

— Au début, c'était juste un délire. Mais, si on te veut du mal, ce n'est pas pour rien, ma jolie.

Est-ce que Ben insinuait que j'étais le point faible d'Asher ? Le psychopathe revint, un verre à la main, et contredit son cousin froidement :

— Non, Ben, il pense que c'est ma copine cachée, ou une merde dans le genre. Ce qui est faux. Il veut simplement avoir tout ce que j'ai.

Ben réfléchit une seconde, puis surenchérit :

— Il a essayé de te tuer avec les mercenaires…

— Mais étant donné qu'il a échoué, son autre plan était d'infiltrer ma maison, lui expliqua Asher. Comme Ella a caché son identité à Isobel, il pense que c'est ma copine. Et qu'en la kidnappant, je vais venir à lui.

— Exactement comme il l'a fait avec oncle Rob. Pas très futé, le grand frère. Il faut lui dire que ça ne sert à rien de s'acharner autant pour prendre la succession.

On parlait de son demi-frère. Son demi-frère était revenu terminer ce qu'il avait commencé.

Asher l'assassina du regard en allumant sa seconde cigarette. Ben soupira lorsque le psychopathe déclara d'un ton froid :

— La seule succession qu'il connaît et connaîtra toute sa vie… c'est celle de ses échecs.

CHAPITRE TRENTE-SEPT

CINÉMA

— Tu sais quelle est la différence entre un génie incompris et toi ?

— Je ne demande qu'à le savoir, répondit un Asher blasé.

— Le génie est trop intelligent pour les autres… Toi, t'es juste con.

Nous étions allongés sur le canapé, seuls nos crânes se touchaient. Lui fumait en regardant le plafond pendant que moi, je lui lançais des piques afin de tromper l'ennui. Ça faisait à présent quelques jours que tout était à peu près « calme », presque quatre jours que la vieille était morte. Je ne pouvais m'arrêter de penser à toute cette histoire, à Ben qui parlait de l'échec du « grand frère », qui me voulait, moi et le réseau.

D'ailleurs, Ben avait mis en danger une autre vie que la mienne en désobéissant aux ordres d'Asher. *Elle* était aussi en danger. Et le responsable de cette menace n'était personne d'autre que le demi-frère d'Asher, qui était revenu dans leur vie, même si je savais au fond de moi qu'il ne l'avait jamais vraiment quittée.

Finalement, les personnes n'avaient pas besoin de mourir pour hanter les esprits des gens qui les entouraient.

— Tu as des nouvelles d'Ally ? demandai-je en me retournant sur le ventre pour le regarder pianoter sur son téléphone.

Il m'ignora.

— Elle va bien, finit-il par me dire.

Je n'avais pas pris de ses nouvelles depuis qu'elle nous avait quittés avec son fils. Quelle amie en carton je faisais ! J'espérais qu'elle ne m'en voulait pas. Je n'étais pas habituée à m'inquiéter pour mes amies, car je n'en avais jamais vraiment eu.

Kiara et Ally étaient mes premières vraies amies.

— Tu penses qu'on doit déménager ?

Il continua à fumer en écrivant son message.

— *Je* ne déménagerai pas.

Je hochai la tête et jetai un coup d'œil à la télé. J'avais envie de sortir, de faire des choses intéressantes, plutôt que de rester bloquée dans cette maison à m'ennuyer devant la télé ou à contempler l'extérieur depuis la baie vitrée.

— T'es déjà allé au cinéma ? demandai-je.

Il soupira, agacé par ma voix et mes questions.

— Oui.

— Pas moi, l'informai-je.

Mon plan commençait à s'esquisser dans mon esprit.

— Je ne t'ai pas posé la question.

Ses yeux gris croisèrent les miens, juste au-dessus de lui.

— Je veux aller au cinéma, déclarai-je. Les gens de mon âge ont l'habitude d'y aller.

— T'aurais pu commencer par ça, au lieu de me demander si j'y étais déjà allé, souffla-t-il, exaspéré.

Mes yeux s'écarquillèrent d'un coup. Est-ce qu'il acceptait de m'emmener ?

— P-Pourquoi ?

— J'aurais refusé plus rapidement, termina le blond avant de se lever et de s'asseoir sur le canapé. Si tu veux aller au cinéma, emmène Kiara. Mais pas moi. Je déteste être entouré de morveux.

J'avais envie de lui dire qu'il ne pouvait pas détester ses semblables, mais… il n'avait pas refusé que je sorte. Un large sourire étira mes lèvres. Pas une seule seconde, je n'aurais cru qu'il me laisserait sortir sans lui.

Une vague d'excitation envahit mon corps. Aussitôt, je saisis mon téléphone sur la table et appelai Kiara, qui répondit après la seconde tonalité.

— Salut, toi ! commença-t-elle d'un ton joyeux. Oh, va te faire foutre, Ben !

J'entendais le klaxon de sa voiture.

— Hé ! Je te dérange ? demandai-je en grimaçant.

— Non, du tout. Ben et moi allons passer chez Ash, mais ce con me bloque la route avec sa voiture de merde. Avance, putain ! cria-t-elle. Il se croit à Cannes, à profiter de la vue !

Ash reçut un appel au même moment.

— Ouais, Jenkins.

— Il y a un problème ? m'interrogea la voix de Kiara.

— Non du tout, je… me demandais si ça t'intéresserait de venir au… cinéma avec moi parc-

— Ouiiii ! s'exclama-t-elle alors que j'allais justifier ma demande. Avec plaisir ! Ça fait un bail que je n'y suis pas allée, en plus !

Je me mordis la lèvre pour ne pas crier de joie et esquissai un énorme sourire. J'allais enfin au cinéma ! J'allais découvrir ce concept de regarder un film avec des inconnus. J'allais sortir pour autre chose que pour les courses et le boulot.

— Bon, on se voit chez Ash. Je vais détruire la voiture de ce fils de chien, m'informa-t-elle avant de me saluer une dernière fois et de raccrocher.

Je sautillai sur le canapé, j'avais hâte. En remarquant mon excitation, le psychopathe leva les yeux au ciel tout en parlant de ses affaires avec Ben, qui continuait sûrement à jouer avec les nerfs de Kiara.

Soudain, je le vis esquisser un petit sourire. Il lâcha un rire franc avant de raccrocher. Il posa ensuite son regard sur moi, ou plutôt, sur mon plâtre. La lueur de malice dans ses yeux me fit déglutir.

Il quitta le salon d'un pas rapide et monta les marches. Je connaissais ce regard, et je savais qu'il venait d'avoir une idée qui allait tout sauf me plaire.

Il revint quelques minutes plus tard, un feutre à la main.

— Oh, non… lâchai-je en comprenant parfaitement ses intentions.

— Oh, si, reprit-il en fixant mon bras.

Je me levai du canapé pour tenter de lui échapper. J'essayai de contourner le meuble, mais il restait face à moi, surveillait mes mouvements et se positionnait exactement là où j'allais.

— Juste un… ou vingt, me dit-il en retirant le bouchon du feutre.

— Vingt ?! T'as sûrement des trucs plus importants à régler, non ? paniquai-je en le voyant s'approcher. Comme des affaires ? Répondre à tes messages ?

Je reculai d'un pas tout en restant près du canapé, qui faisait office de barrière entre nous.

La sonnerie de son téléphone me sauva. Il baissa sa garde et décrocha, me laissant une chance d'échapper à son plan enfantin. Je montai les marches à la vitesse de l'éclair et verrouillai ma porte.

Presque cinq minutes s'étaient écoulées. J'entendis la grande porte d'entrée se refermer, puis des voix que je reconnaissais. Kiara et Ben étaient enfin là.

Je descendis me réfugier dans les bras de Kiara, qui m'offrit un grand sourire en me voyant.

— Elle est là ! s'exclama-t-elle en enroulant ses bras autour de moi. On y va aujourd'hui ?

— Vous allez où ? questionna Ben en portant un carton. Je peux venir ?

— Non, rétorqua sèchement Kiara. Tu vas rester avec Ash.

Ben afficha une mine offusquée et se tourna vers Asher, qui semblait n'accorder aucune importance à cette discussion. Il était plus concentré sur moi et mon plâtre. Un petit sourire en coin était dessiné sur ses lèvres, et une lueur de malice animait son regard ténébreux.

— On va au cinéma, l'informai-je.

— Oh, allez, Kiara, laisse-moi venir ! supplia Ben sur un ton presque enfantin. Ça fait des années que j'y suis pas allé !

Je ris devant la moue de Ben, mais Kiara campa sur ses positions, sûrement pour le punir de l'avoir énervée en route.

— J'ai besoin de toi, murmurai-je à Kiara.

Ça faisait quelques jours que je voulais prendre une douche, mais je n'y arrivais pas toute seule à cause de ce foutu plâtre.

— Tu peux m'aider à prendre une douche ? demandai-je, gênée.

— Bien sûr !

Tandis qu'Asher demandait à Ben de monter le carton qu'il portait dans son bureau, Kiara et moi entrâmes dans la salle de bains. Elle verrouilla la porte avant de m'aider à me déshabiller tout en faisant très attention à mon poignet.

— Je crois qu'Ash va augmenter la sécurité. Je n'arrive même pas à imaginer ce qu'elle aurait pu te faire si Ash n'était pas intervenu à temps.

— Me tuer ? fis-je, comme si c'était évident.

Elle secoua négativement la tête.

— Tu lui aurais été trop précieuse pour ça, affirma-t-elle, si bien que je déglutis.

Les intentions de cette vieille étaient plus sombres que ce que j'aurais cru, ce qui me fit froid dans le dos.

— Allez ! Lavons ces cheveux, d'abord, lança-t-elle en se retroussant les manches.

20 h.

— Prête ? demanda Kiara en arrangeant sa jupe.

Du plat de la main, je lissai quelques mèches rebelles. Voilà, j'étais fin prête pour aller au cinéma. Je n'aurais jamais cru dire ça un jour. Je réalisai que ma vie n'était plus sur pause depuis son changement radical, et c'était pour moi une bouffée d'oxygène, une bulle de bonheur dont j'avais besoin. À cet instant, j'étais heureuse.

Certaines personnes voulaient être heureuses toute leur vie, ce n'était pas possible. Mais les petits instants de bonheur qu'elles vivaient pouvaient, eux, durer toute une vie. À travers les souvenirs.

Et j'en demandais. J'allais enfin vivre et me créer des souvenirs qui allaient me faire sourire chaque fois que j'y repenserais. Vivre comme les gens de mon âge. Ceux qui avaient terminé leurs études, ceux qui avaient commencé à travailler, ceux qui étaient parents, ceux qui croquaient la vie à pleines dents tant qu'ils le pouvaient encore.

C'était débile de penser ainsi simplement pour une virée au cinéma, mais c'était l'une des expériences que je voulais réaliser avant de mourir. J'étais tellement heureuse de cocher une des activités de cette liste.

— Ella ?

Kiara secoua sa main près de mon visage pensif.

— Oui, repris-je en revenant à la réalité, je suis prête.

Elle me sourit de toutes ses dents et me prit par la main pour me guider vers le salon. Asher buvait en feuilletant des documents. Ben pointait du doigt certains passages et lui expliquait des choses, concernant des « comptes primaires et secondaires », qui m'échappaient complètement.

Ils levèrent la tête vers nous. Aussitôt, Asher fronça les sourcils. Ben nous lança un regard, puis reprit ses explications, mais remarqua très vite que son cousin était distrait par notre présence.

— Meeeeec ! râla-t-il afin d'attirer l'attention de son cousin. Vous deux, sortez d'ici, ça fait quinze minutes que j'essaie de le garder concentré, putain.

Asher lui lança un regard noir, avant d'esquisser un petit sourire.

— Ben… ça fait combien de temps que tu n'es pas allé au ciné ?

Ce dernier le regarda sans comprendre un instant. Il adopta ensuite une expression blasée.

— Range-moi ça, on en reparlera après, lança le psychopathe en se levant.

— Alors, ça, ce n'est vraiment pas cool ! J'ai passé trois heures à écrire ces rapports, Asher ! s'insurgea Ben en suivant son cousin.

Il nous lança un regard assassin.

— C'est à cause de toi, ma jolie, et de cette putain de jupe ! me reprocha-t-il en secouant la tête.

Kiara pouffa.

— Sois content, c'est ce que tu voulais, non ? En plus, ça fait longtemps qu'on n'est pas sortis tous les trois !

— Mais mon rapport !

— Il était tellement ennuyant qu'Ash a accepté de sortir se divertir, ricana Kiara, chose qu'il n'a pas faite depuis quoi… Trois ans ?

Les poings de Ben se serrèrent, et sa mâchoire se contracta, une réaction similaire à celle du psychopathe lorsqu'il était énervé.

— Si ta tête était mise à prix, je serais ton assass-

— Il a terminé ses menaces, Hitman ? On peut y aller ? demanda Asher, qui arrangeait sa veste tout en descendant les marches.

Kiara rit à la référence du psychopathe.

— Ce n'était pas drôle, ronchonna Ben avant d'ouvrir la porte d'entrée. Je refuse qu'elle mette un pied dans ma voiture !

— Je ne veux pas qu'on m'ampute le pied, t'inquiète, rétorqua Kiara sur le même ton. Moi, je prends Ella, et toi, tu vas avec Ash. Si tu veux mourir, lis-lui ton rapport, ça va l'endormir au volant.

Ben grogna et s'approcha d'elle d'un pas rapide. Cette dernière s'enfuit en riant aux éclats. Afin d'échapper à une mort certaine, elle s'engouffra dans sa voiture et verrouilla les portes rapidement.

Asher se gratta la nuque, une expression fatiguée sur le visage, tandis que je m'amusais de la scène. Ben tapait la vitre, et elle le narguait en lui faisant des doigts d'honneur.

— Pourquoi j'ai arrêté la drogue, putain ? souffla-t-il en s'avançant vers eux.

Je le vis prendre Ben par le col et le tirer avec lui vers sa voiture. Son cousin tenta de résister devant une Kiara qui se réjouissait de la situation. L'instant d'après, elle me laissa entrer. Elle riait encore en mettant le contact.

— T'as fait sortir Asher Scott de sa demeure, je note !

La ville était plus vivante tard la nuit que tôt le matin, c'était un fait. J'ignorais si c'était le changement du climat, ou simplement l'ambiance nocturne qui animait les rues, mais j'avais encore beaucoup à apprendre de cette nouvelle vie qu'on m'offrait, cette vie « normale » que je pensais inaccessible auparavant.

— Tu veux voir un film en particulier ? me questionna Kiara en fixant la route.

Si j'avais un film en tête ? Non. Et ça, c'était très con.

— Je voulais juste savoir à quoi ça ressemble… un cinéma.

Elle hoqueta de surprise.

— Tu n'as jamais mis les pieds dans un ciné ?

Je secouai négativement la tête tandis que mes joues chauffaient. Honte était mon deuxième prénom.

— T'es déjà allée à un concert ? Au théâtre ? Au musée ? À une comédie musicale ? À une exposition ?

— Non, non, non, non, et non, repris-je avec un petit sourire. Ma vie était sur pause quand j'avais l'âge de faire tout ça.

— OK, Collins ! On a beaucoup de sorties à prévoir, à commencer par le concert de Harry Styles dans deux mois !

Je ris. Kiara affectionnait particulièrement ce chanteur. Elle était fan aussi d'un groupe de rock qui s'appelait… je ne sais plus. Mais ça commençait par un 5.

La sonnerie de son téléphone retentit. « Hacheur Scotch » apparut sur l'écran, ce qui m'arracha un petit rire.

— Ouais ? commença Kiara en mettant le haut-parleur.

— Tu te rappelles la route qu'on avait trouvée la dernière fois pour contourner la ville ? demanda la voix rauque du psychopathe.

— Euh… oui, je crois.

— On va la prendre, maintenant.

Et il raccrocha.

Kiara donna un coup de volant qui me colla à la portière.

— Ça, ça ne faisait vraiment pas partie du plan, fit-elle en fronçant les sourcils, Asher est en train de conduire. Ella, appelle Ben sur mon téléphone.

Je fis ce qu'elle me dit. En cherchant Ben, je constatai qu'elle lui avait donné un surnom que je ne connaissais pas, si bien que je ne le retrouvais pas dans ses contacts.

— Il s'appelle « stagiaire ».

J'émis un petit rire. Ben répondit aussitôt. Le haut-parleur activé, Kiara lui demanda :

— Qu'est-ce qui se passe ?

— Ash croit qu'il y a une voiture qui vous suit, dit-il d'un ton las. Passez devant nous, et on va vérifier s'il accélère.

Kiara secoua la tête, exaspérée, et inspira fortement.

— Compris, termina-t-elle en appuyant sur l'accélérateur.

Elle doubla la voiture du psychopathe, puis lança un petit regard dans le rétroviseur. La voiture derrière nous dépassa à vive allure celle du psychopathe. Une boule se forma dans mon ventre, ça recommençait.

Le téléphone sonna une nouvelle fois.

— On fait quoi ? demanda Kiara, plus sérieuse.

— Rien, répondit Asher. Ne faites rien et continuez la route jusqu'au cinéma. Avec un peu de chance, ils sont juste en phase de repérage.

— Attends, tu veux dire que tu n'as pas ton flingue ?! s'exclama la voix lointaine de Ben.

— La ferme. On se retrouve au ciné.

J'entendis Kiara pester. Elle se concentra néanmoins sur la route qui nous menait au lieu dans lequel je rêvais d'aller depuis des années, mais que maintenant, j'appréhendais d'atteindre.

— J'espère qu'ils ne vont pas s'attaquer à nous, souffla-t-elle. Ils tueraient des innocents.

Je déglutis à nouveau. Le cinéma n'était pas le terrain approprié pour une guerre de gangs. Des vies étaient en jeu, des vies qui n'étaient pas liées aux histoires sanglantes de cette société parallèle.

Après encore quelques kilomètres, nous étions enfin arrivées en ville, ou plus exactement, au cinéma. Kiara se gara dans le parking en face de la salle. La voiture suspecte se gara près de notre emplacement. Mais personne ne quitta la berline.

Je frissonnai d'angoisse. À présent, c'était sûr, ils nous espionnaient.

Kiara verrouilla la portière de sa voiture en gardant un œil sur celle qui nous suivait. Le visage fermé, elle me prit par la main et m'emmena avec elle au guichet où se vendaient les tickets.

— Pendant que j'achète les tickets, garde un œil sur eux.

J'acquiesçai. Une petite file s'était formée. L'attente était pour moi plus angoissante qu'ennuyante. Ils n'avaient toujours pas bougé quand la voiture d'Asher trouva une place près de la nôtre. Face à celle des inconnus.

Lorsque Ben sortit du côté conducteur, je fronçai les sourcils. D'après mes souvenirs, c'était Asher qui conduisait. À part s'ils avaient échangé leurs places avant d'arriver ?

Et soudain, je devinai le plan des garçons. Du moins, c'était la seule option. Asher allait rester dans la voiture et les surveiller. Ils avaient raison : c'était trop risqué de se la jouer « on s'en fout », comme s'ils n'étaient rien d'autre que des paparazzis. Ceux-là ne voulaient pas nos photos, ils voulaient nos vies.

Ben nous rejoignit avec un grand sourire.

— Ash est resté à l'intérieur pour garder un œil sur eux pendant que moi, je garde un œil sur vous, mes chéries, expliqua-t-il avec un peu trop d'enthousiasme en passant ses bras autour de nos épaules.

— C'est déjà assez difficile de t'avoir dans les pattes, n'en rajoute pas et tais-toi, dit Kiara en s'éloignant.

Notre tour arriva. J'épiais la voiture tandis que Kiara et Ben achetaient nos tickets. Je savais qu'Asher les surveillait tout autant.

Quand soudain, la vitre s'abaissa, et la panique grimpa en flèche en moi. Je sentis mon estomac se nouer violemment lorsque j'aperçus la personne au volant.

Ce visage, il m'était familier. Non… je savais… je me rappelais. C'était lui, je le reconnaissais. *Ces yeux bleus.* Il me sourit, *ce sourire,* je l'avais déjà vu.

— On y-

Ben s'arrêta de parler et empoigna violemment mon bras. La berline suspecte quitta rapidement le parking, Asher à ses trousses. Il se lança à sa poursuite à une vitesse presque incontrôlable et dans un bruit de moteur effrayant.

— Où est-ce qu'il va ?! s'exclama Kiara alors qu'elle avait manqué toute la scène.

— C'est… C'était… articula Ben, hébété.

— William, lâchai-je, me rappelant très bien le nom de celui qui m'avait donné sa carte, plusieurs mois auparavant.

CHAPITRE TRENTE-HUIT

INTROUVABLE

L'angoisse prit d'assaut mon corps sous la forme de tremblements incontrôlables. Une terreur glaçante se mélangea à mon sang. Ce visage était encore ancré dans mon esprit. *William.* Cet homme que j'avais rencontré durant ma première mission avec Sabrina, lors de la réception de James Wood.

« C'est vrai qu'un si joli visage est presque inoubliable, excusez mon manque de politesse. Je m'appelle William... »

Cet homme qui m'avait donné sa carte pour je ne savais quelle raison. La simple idée que ça soit pour m'offrir une position de captive, identique à la définition qu'en avait John, me donnait envie de vomir mes tripes.

« On se reverra bientôt, j'espère... »

Rien que pour ça, il me terrifiait.

Il était loin d'être stupide. Je le soupçonnais de m'avoir percée à jour dès que je m'étais présentée en tant que « Mona Davis ».

— Il... Il faut qu'on le retrouve, balbutia Ben. Il faut qu'on retrouve... Ash. Maintenant. Il... Kiara.

Il se retourna vers son amie, qui semblait encore plus perdue que nous. Tous deux affichaient la même expression. Ils le connaissaient tous, sous le nom de « fils de pute », entre autres. Avait-il aussi participé à l'assassinat du père d'Asher ?

— OK... on... on... Oh, mon Dieu, bégaya-t-elle en écarquillant les yeux. On va chez Rick... tout de suite !

Lorsqu'elle se précipita vers la voiture, nous la suivîmes avec cette même peur au ventre. Ben prit place derrière le volant. Il pressa la pédale jusqu'à faire vrombir le moteur.

La circulation était assez dense. Il chassait à coups de klaxon ou d'appels de phares tous ceux qui se mettaient en travers de sa route. Kiara, paniquée, expliquait la situation à Rick au téléphone. Elle ordonna à Ben de nous conduire jusqu'à lui. Ce dernier refusa, préférant partir à la recherche de son cousin. Mais il n'avait pas le choix. Rick lui ordonna d'un ton sans appel de le rejoindre chez lui.

Nous arrivâmes chez l'oncle Scott en dix minutes, après avoir frôlé la mort une trentaine de fois. Oui. Rien que ça.

— Rentrez, fit Rick depuis la porte d'entrée de sa maison.

Il semblait calme, mais ses mains tremblaient. L'inquiétude dans la voix de Kiara l'avait atteint, tout comme moi.

— Qui a tenté d'appeler Ash ? demanda-t-il en nous emmenant dans son bureau.

Il contourna le meuble et posa ses mains à plat dessus, les bras tendus.

— Moi, l'informa Ben, mais il ne répond à aucun de mes appels. Il va le suivre, c'est sûr. C'est un foutu piège…

— Je pense aussi, murmura Kiara.

Je fronçai les sourcils. Je n'étais pas d'accord. William ne pouvait pas savoir qu'Asher était dans la voiture. Toutes les vitres étaient teintées, il n'y avait aucune possibilité de percevoir quoi que ce soit depuis l'extérieur, et seules les personnes présentes à la maison étaient au courant qu'il allait sortir. Nous-mêmes avions été étonnés qu'il le fasse.

D'après l'expression sur le visage de William et la vitesse à laquelle il avait démarré, il semblait avoir été pris au dépourvu par le piège du psychopathe.

— Je ne suis pas sûre de ça, m'opposai-je doucement, presque timidement Asher n'était pas censé sortir de chez lui. Et j'ai remarqué que l'expression de William a changé lorsqu'il a vu la voiture démarrer.

— Tu as vu William ? demanda Rick au haussant les sourcils.

— On l'a tous vu... Enfin, nous deux, me devança Ben.

Rick me fixa sans un mot. Pendant près de cinq minutes, je sentis son regard sur moi comme un poids lourd que je devais porter. Je me tus au lieu de lui demander pourquoi ses yeux s'étaient perdus sur mon visage.

Kiara tentait d'appeler Asher, mais ce dernier ne décrochait pas. Bien sûr, il fallait s'y attendre.

— Il a pris sa montre ? demanda Rick en reportant son attention sur Ben.

— Non, répondit ce dernier, il ne la portait pas avant qu'on sorte.

Rick jura et se massa les tempes en réfléchissant.

— Tout ce qu'on peut faire, c'est attendre qu'il revienne, soupira Kiara en s'affalant sur le divan vert du bureau.

Les deux hommes la foudroyaient du regard, mais elle avait raison.

— On ne peut pas rester les bras croisés ! Putain de merde, Kiara, imagine-

— Elle a raison, approuva Rick. Même si on voulait faire quelque chose, ça ne servirait à rien, Ben. Si d'ici demain, on n'a aucune nouvelle, on commence les recherches.

Bien qu'il désapprouve l'idée, il ne put refuser. Asher absent, c'était Rick qui décidait. Il se laissa tomber à son tour sur le divan en soufflant de frustration.

— Il reviendra, murmura Kiara en posant sa main sur l'épaule de son ami. Il revient toujours.

Mon regard se perdit sur le mur face à moi. Mon esprit était accaparé par l'absence du psychopathe. Je ne comprenais pas ce qui lui était passé par la tête pour poursuivre

William ainsi, mais il était aussi imprévisible que nerveux. Asher était comme un bidon d'essence qu'une simple étincelle pouvait enflammer en moins de deux, et William était son étincelle. En apercevant ce dernier, il avait pris feu à l'intérieur de cette voiture, maintenant portée disparue. Tout comme lui.

— Kiara, tu as du travail pour ce soir, déclara Rick après un long silence.

Cette dernière leva les yeux au ciel, puis acquiesça. Ben annonça qu'il allait me déposer chez Asher en espérant le retrouver là-bas.

— Si vous avez des nouvelles, appelez-nous.

Tout le long du trajet, nous restâmes très silencieux. Et pour cause : notre inquiétude hurlait dans notre esprit. J'espérais au fond de moi qu'Asher était à la maison, en train de fumer sa cigarette et de boire son whisky, le regard rivé sur les baies vitrées de son salon.

Je tentai de l'appeler, en vain.

— Aucun signe, soupirai-je finalement. Tu penses qu'il lui est arrivé quelque chose ?

Il fit non de la tête.

— Je m'inquiète uniquement lorsque son téléphone est éteint ou qu'il raccroche. Ash n'éteint jamais volontairement son téléphone.

C'était… rassurant. Son téléphone n'avait pas annulé mes appels, et j'espérais que ce ne soit jamais le cas. Je commençais vraiment à ressentir cette angoisse au creux de mon ventre, qui ne faisait que s'alourdir au fil des minutes qui s'écoulaient sans la moindre trace d'Asher Scott.

William. Pourquoi nous suivait-il, Kiara et moi ? Pour me retrouver ? Je ne comprenais pas ce qu'il me voulait, et je n'avais pas saisi ma chance de le savoir quand j'en avais eu l'occasion. *Merci, Asher, d'avoir brûlé cette carte.*

— Je vais dormir avec toi, aujourd'hui. William a peut-être servi de diversion pour que d'autres s'infiltrent chez Ash, trancha Ben. C'est dangereux pour toi de rester seule.

Je hochai la tête silencieusement. Ben était aussi protecteur que son cousin, et j'étais heureuse de savoir qu'il pensait à ma sécurité alors que je ne m'imaginais pas être si importante à ses yeux. Avec eux, je me sentais en sécurité. Kiara, Ben, Ally et Asher. À chaque épreuve, ils me prouvaient que je n'étais pas une simple captive, mais un membre de leur groupe. Un membre de leur famille.

— Merci, lâchai-je en sentant ma gorge se nouer.

Il se tourna vers moi un instant en fronçant les sourcils.

— De ? me demanda-t-il en se reconcentrant sur la route.

— De… penser à ma sécurité avec tout ce qui se passe…

Je trouvais ça admirable de la part des deux jeunes hommes de songer aux autres alors que c'étaient eux qui étaient le plus en danger.

— Un Scott n'abandonne jamais sa famille, et tu en fais partie, maintenant.

Il termina sa phrase en esquissant un petit sourire. Un sourire que je lui rendis. Je ne m'étais jamais sentie aussi aimée qu'à cet instant.

La demeure du psychopathe était en vue. Nous espérions de tout cœur qu'il traînait dans les couloirs de cette grande maison de glace. Face aux lumières éteintes, nos espoirs s'évaporèrent. Pas d'Asher dans les parages.

Dès que je poussai la porte d'entrée, Tate accourut vers nous. Mis à part ses aboiements, le silence régnait en maître en cette fin de soirée.

— Je vais dormir dans la chambre d'Ash. Tu peux être tranquille, je surveille, me rassura-t-il.

Je lui souris.

— Je ne pense pas dormir, admis-je doucement.

J'avais récemment compris que lorsque j'étais stressée ou angoissée, mes cauchemars prenaient le dessus. Je n'en avais pas fait depuis un moment, le dernier datait de Londres.

Avec le renard.

J'étais alors stressée de partager le lit d'un homme. D'Asher. Le *renard* était revenu me hanter à chaque nouvelle souffrance que m'infligeaient ces hommes, ceux qui étaient par la suite devenus mes nouveaux cauchemars. *Il* était le premier qui m'avait marquée, *il* était à l'origine de ma crainte envers les hommes. Mais Asher, lui, agissait sur moi comme un médicament. Un médicament auquel j'avais peur de devenir accro au fil du temps.

Tous les médicaments avaient des effets secondaires, et j'appréhendais ses effets à lui.

— J'espère qu'il reviendra en un seul morceau, parce que Cole va très vite nous insulter, rit-il en jetant un œil sur mon plâtre. D'ailleurs, je crois qu'il va bientôt te remplacer ça.

Il avait raison. Dans une semaine, j'allais le troquer contre une attelle. J'étais si impatiente de l'enlever.

Je montai dans ma chambre et me changeai avec beaucoup de difficulté, comme depuis quelques jours maintenant.

— Allez, Tate, on va attendre ton meilleur ami, dis-je sarcastiquement au chien.

Je m'assis sur le lit, les jambes croisées. Tate me rejoignit, et je le caressai silencieusement.

Lorsque Ben toqua à la porte, je l'invitai à entrer. Le brun l'ouvrit, une cigarette entre les lèvres, et se positionna face à moi avec un sourire.

— Des nouvelles ? me demanda-t-il en s'asseyant par terre.

Le chien quitta le lit pour s'approcher de lui.

— Rien du tout. De ton côté ? le questionnai-je.

Il acquiesça tandis que Tate posait sa tête contre sa cuisse. Les sourcils froncés, j'attendais la suite. Avait-il vraiment eu de ses nouvelles ?

— Je crois qu'il est venu ici, déclara-t-il. Il a pris ses carnets.

— Ses quoi ? demandai-je, confuse. Quels carnets ?

— Ash n'aime pas se confier à des humains, il préfère les arbres. Enfin, le papier.

Je ne l'avais jamais vu avec des carnets auparavant. À vrai dire, je n'aurais jamais cru qu'Asher Scott puisse avoir un journal intime. C'était si cliché.

— Mais il a laissé sa montre ici. Il ne veut donc pas qu'on le retrouve.

— Qu'est-ce qu'elle a de particulier, cette montre ?

— C'est la montre d'oncle Rob. Rick y a intégré une puce GPS, au cas où. À une époque, Ash avait l'habitude de partir sans rien dire et de revenir deux semaines après.

Il parlait sûrement de la période qui avait suivi le décès de son père, après qu'Isobel lui a tendu ce piège mortel.

— Je le pensais alors plus mort qu'oncle Rob, me dit-il avec un petit sourire. Il disparaissait chaque fois que la situation l'étouffait.

— Mais rien ne l'étouffait, là, chuchotai-je en fronçant les sourcils.

— C'est ce que je pensais aussi, mais des fois… il se doute de certains trucs et ne dit rien. Ça commence vraiment à me casser les couilles qu'il se barre pour trouver des solutions en solo.

Le ton de sa voix avait changé. C'était comme s'il lui en voulait d'être parti.

— Il veut vous protéger sans vous inquiéter, le défendis-je doucement.

— Nous aussi, nous voulons le protéger, tu comprends ? On est un groupe, et sa vie est la plus précieuse.

— Mais pour lui, vous êtes plus précieux, terminai-je.

Ses yeux noirs me fixèrent sans un mot, puis un petit sourire étira ses lèvres. Il avait presque le même sourire que son cousin.

— J'ai compris pourquoi il n'est plus indifférent, murmura-t-il. Tu le comprends, n'est-ce pas ?

À vrai dire, je ne savais pas si je le comprenais vraiment. Je ne savais pas s'il se comprenait lui-même.

Au fond, nous n'étions que deux âmes mutilées et déchirées, deux âmes qui ne demandaient rien de plus qu'une vie normale, avec des problèmes de notre âge.

— J'essaie, repris-je en soufflant, même s'il est… très compliqué.

— C'est ce qu'il dit de toi aussi, se moqua-t-il.

Avait-il déjà parlé de moi à son cousin ? Vraiment ?

— Allez, confie-toi au docteur Jenkins.

Je ris doucement. Mais je n'allais rien lui dire, pas avant que son cousin le fasse. Je connaissais Asher, et je savais très bien que si je vendais la mèche, il pouvait me tuer.

Lorsque je levai les bras, l'air innocent, il soupira.

— Je sais qu'il y a un truc… Bordel, tu l'as fait sortir pour une simple jupe ! s'offusqua-t-il. Puis, j'ai vu… comment il te regardait. Je l'avais jamais vu regarder quelqu'un comme ça auparavant. Même pas…

Il se tut, mais je savais qu'il parlait d'Isobel.

— Isobel ? complétai-je, si bien qu'il écarquilla les yeux.

— Il… il t'en a parlé ? bégaya-t-il. Je veux dire… il t'a *tout* dit ?

Il insista sur le « tout », et je secouai la tête. Je savais qu'il m'avait caché des choses. Cependant, je respectais son choix, il avait sûrement ses raisons. Et je ne voulais pas être curieuse sur son passé sombre. Peut-être parce qu'à sa place, je n'aurais pas aimé que quelqu'un parle pour moi.

— Pas *tout,* mais ce que je devais savoir sur elle.

Il hocha la tête doucement en me regardant comme si j'étais un fantôme. Il semblait ahuri par l'information que je lui avais confiée. Asher était si secret que ça ?

— Je n'aurais jamais pensé qu'il t'en parlerait un jour, me confia-t-il en riant nerveusement. Le petit Ash est plus piqué que je le croyais…

Je levai les yeux au ciel. Ben était aussi chiant que Kiara lorsqu'il s'y mettait.

— Il te regarde comme je regardais Bella, reprit-il doucement. Je sais que tu le changes. Il n'est plus le même qu'il y a quelques mois… Ouais… avant, il détestait les captives… Plus maintenant.

Il me lança un clin d'œil qui m'arracha un faible sourire. J'avais expérimenté ce côté… violent.

— Ouais, tu le savais déjà, ajouta-t-il en regardant ma paume de main, à présent pratiquement rétablie de la brûlure qu'il m'avait faite. Il s'en veut pour ça.

Je fronçai les sourcils.

— C'est parti, maintenant, fis-je, comme si ça n'avait plus la même importance.

— Peut-être pour toi, mais pas pour lui… Il n'est pas méchant, tu sais… Un peu sadique… et égocentrique… mais pas méchant.

— Il se confie souvent à toi ? m'enquis-je.

Il haussa les épaules.

— Ça dépend. Il parle principalement pour démêler ses pensées. Il ne cherche jamais de solution à ses problèmes chez les autres. Le peu de fois où il a été question de toi, c'était uniquement pour essayer de te comprendre tellement t'es compliquée comme fille, apparemment.

— On dirait que tu ne fais que l'écouter parler, lui fis-je remarquer.

— Parce qu'il pense à voix haute, genre… moi, je suis juste le miroir entre lui… et lui.

Je souris.

— Il te porte beaucoup d'intérêt, surenchérit-il. Il n'en a jamais vraiment porté à aucune fille. L'autre pute, c'était forcé… mais pas toi.

Je percevais des fragments de paroles du psychopathe dans celles de Ben. Je compris qu'il avait parlé de moi plus d'une fois à son cousin, qu'il lui avait confié les réponses aux questions que je me posais.

— Il t'aime bien, je crois. Il t'aime bien pour une fille qu'il a rencontrée il y a quatre mois et qu'il détestait au début au point d'avoir des envies de meurtre.

— Moi aussi, je n'aurais jamais pensé aller au-delà de la « haine » dans laquelle j'étais coincée au début, avouai-je avec un petit sourire.

— De l'amour à la haine, il n'y a qu'un pas, cita-t-il malicieusement. Avant, il voulait te voir morte ; maintenant, il pourrait mourir pour toi.

Je levai les yeux au ciel. Je n'irais pas jusque-là. Si on m'avait dit lors de mes premières nuits ici que plus tard, j'allais apprécier le psychopathe et sa compagnie, j'aurais sûrement explosé de rire.

— J'espère seulement qu'il ne va pas rentrer dans le jeu de William, maintenant. On a déclenché les hostilités en tuant James, c'est ce que voulait Ash. Mais ce n'était pas comme ça qu'ils devaient se croiser.

Je me rappelais le jour où Asher nous avait tous réunis afin de nous annoncer qu'il allait tuer James Wood pour déclarer la guerre à William. J'avais alors compris que lui aussi était concerné par l'assassinat de son père.

— Il ne paraissait pas être là pour lui faire la peau, réfléchit Ben. Si c'était le cas, il n'aurait pas eu cette réaction et… fui ?

Il avait raison. La fuite de William était insensée… À part si…

— À part s'il voulait l'éloigner ?

Ben secoua négativement la tête.

— Non, William est peut-être futé, mais il n'était pas au courant qu'Ash était dans la voiture. J'ai vu sa réaction aussi.

Il se tut. L'instant d'après, ses yeux s'écarquillèrent comme s'il avait eu une illumination. Il leva le regard vers moi.

— Et si… s'il était venu pour toi ?

Sa révélation me fit l'effet d'une décharge électrique, un frisson parcourut ma colonne vertébrale.

— Je ne sais pas…

S'il me cherchait, ça voulait dire qu'il en avait après Mona Davis. Mais pourquoi ?

— J'espère qu'il va bien, murmurai-je en pensant à Asher, qui était porté disparu.

Le regard de Ben s'adoucit. Il n'hésite pas à me rassurer :

— Demain, on part à sa recherche… Je connais quelques endroits où il a l'habitude d'aller quand il est dans sa période « ne-me-cherchez-pas-je-suis-un-mec-mystérieux ».

Je ris.

— Si on avait été dans un de ces films romantiques, il t'aurait emmenée avec lui et t'aurait dit : « C'est un endroit secret que personne ne connaît et bla-bla-bla. » Et toi, tu aurais répondu : « Allez, embrasse-moi et baise-moi sur le gazon, grand fou. »

Mes joues chauffaient tandis qu'il prenait plaisir à nous parodier, Asher et moi, dans des scènes clichées de films d'amour.

Nous rîmes encore à ses délires. Peu à peu, je sentis néanmoins la fatigue s'emparer de mon corps. J'annonçai que j'allais dormir. Il quitta ma chambre en me souhaitant bonne nuit et en s'excusant d'avance, car il allait passer un appel, et que j'allais forcément entendre sa voix.

Avant de me coucher, je tentai de joindre une nouvelle fois Asher, sans obtenir aucune réponse. Comme au cours des six heures précédentes. La seule chose qui me gardait calme était le fait qu'il était peut-être déjà passé ici, et qu'il avait pris ses carnets, comme l'avait constaté Ben. J'espérais qu'il n'avait rien, que William ne lui avait rien fait. La maison était trop silencieuse en son absence.

Mais sa présence se ressentait dans nos pensées, où il faisait involontairement danser nos émotions comme les cigarettes au bout de ses doigts. On était angoissés et inquiets, on attendait impatiemment le matin afin de pouvoir enfin commencer les recherches. Cependant, tout ce qu'on désirait, c'était entendre le grondement du moteur de sa voiture et le claquement bruyant de la porte d'entrée.

Qu'est-ce que je donnerais pour l'entendre à nouveau m'appeler « captive », même si je détestais ce surnom !

Où es-tu, Asher ?

CHAPITRE TRENTE-NEUF

DISCUSSION MORTELLE

7 h 30. Nous venions de démarrer. Nous manquions tous deux de sommeil, mais l'envie de retrouver Asher nous gardait éveillés et animait nos sens épuisés. Je jouais le copilote pour Ben en lui dictant la route qu'il devait prendre. *Merci à la technologie.*

Première destination : Wild River.

— Quand on était gamins, on allait là-bas avec oncle Rob, me raconta Ben avec nostalgie. C'était grave calme.

Je croisais les doigts en espérant de tout cœur qu'il soit là-bas.

— À gauche, le guidai-je.

— Ça fait des années que je ne suis pas revenu de ce côté, dit-il en admirant le paysage.

Le décor était magnifique, mais je n'avais pas la tête à profiter de sa beauté. Mon esprit était à la recherche de réponses, focalisé sur Asher.

Le téléphone de Ben se mit à vibrer et afficha « La sorcière ». Ben décrocha, et très vite, la voix de Kiara envahit l'habitacle.

— Jenkins, commença-t-elle, je vais voir de l'autre côté de la ville avec Rick. Si t'as des nouvelles, tu nous appelles.

— Ah oui ? C'est vrai ? Ce n'est pas du tout ce que je comptais faire, dit-il sarcastiquement.

Elle raccrocha sans lui répondre.

Il secoua la tête, exaspéré. Puis, une question me vint à l'esprit.

— Sabrina va bien ? demandai-je au possesseur de l'intéressée.

Elle n'avait pas pointé le bout de son nez depuis quelques semaines maintenant. Ou du moins, je ne l'avais plus recroisée depuis mon retour de Monte-Carlo.

— Tu n'es pas au courant ? s'étonna-t-il.

Je fronçai les sourcils. Au courant de quoi ?

— Ash l'a renvoyée, m'informa-t-il, il a su qu'elle était collée à Isomoche pendant toute votre soirée, là.

Un rire s'échappa de ma bouche lorsque j'entendis le surnom d'Isobel.

— Est-ce que ça change quelque chose pour toi ? m'intéressai-je. Tu n'as plus de captive, à présent.

— Pas vraiment. Elle ne me servait à rien, en plus. Même pour baiser, ce n'était pas un si bon coup, dit-il en grimaçant presque. Elle criait trop.

Mes joues s'empourprèrent. Je posai la main sur ma bouche lorsqu'un souvenir frappa mon esprit. Lors de ma première nuit chez le psychopathe, dans un élan de colère, il avait couché avec une fille qui criait son plaisir comme une dingue. Peut-être était-ce elle ?

Je balayai cette idée dès lors que je me sentis presque… agacée ? Non, non… non. Je ne l'étais pas. D'ailleurs, je n'avais aucune raison de l'être. Je n'en avais rien à faire de leur relation.

— Et nous y sommes ! annonça-t-il en tournant à gauche.

Il quitta la route principale pour un chemin de terre cahoteux qui menait au cœur d'une espèce de forêt. Il s'arrêta finalement à l'entrée d'un sentier. On entendait le bruit de la rivière depuis notre emplacement, des oiseaux et même quelques animaux sauvages qui vivaient leur vie paisiblement. Ils n'avaient pas d'Asher à gérer, eux.

— Allez, tu viens ? me demanda Ben en suivant le doux murmure de l'eau alors que j'examinais les arbres autour de nous.

Heureusement que je portais des baskets !

— On n'ira pas jusqu'à la rivière, m'annonça-t-il. Si sa voiture n'est pas quelque part ici, ça veut dire qu'il n'est pas venu, ou bien qu'il est parti.

Telle une détective, j'inspectai le sol à la recherche d'empreintes de pas.

Puis, soudainement…

— Et… il est passé par ici, déclara le brun en avisant les traces de pneus.

— Un autre véhicule aurait pu laisser les mêmes, tu sais…

Me bourrer de faux espoirs était trop douloureux, je préférais rester réaliste. Le pourcentage que ça soit lui en se fiant uniquement à ces traces était aussi faible que le réseau ici. On ne captait presque rien.

— Peut-être. Je vais descendre un peu plus bas pour voir si on a autre chose. Toi, reste là et essaie de capter du réseau, au cas où Kiara appelle.

Je le vis partir à la hâte vers la rivière.

Pendant ce temps, détective Collins était en quête d'une preuve qui pourrait montrer qu'Asher Scott était bel et bien passé par là. Autant chercher une aiguille dans une botte de foin.

Mes pensées étaient remplies des yeux gris de mon possesseur : où pouvait-il bien être ? Pourquoi s'était-il isolé ? Ben disait qu'il faisait ça lorsque la situation l'étouffait, mais qu'est-ce qui l'étouffait ? Pourquoi n'en parlait-il pas à son cousin ? Où à Kiara ? Il était si secret.

Tellement secret qu'il se confiait à des feuilles, il extériorisait ses pensées à travers des écrits. Je mourais d'envie de lire ses carnets. J'étais tellement curieuse de savoir ce qu'il pensait, à qui il pensait, et ce qu'il pouvait bien en dire.

— ELLAAAA ? cria la voix lointaine de Ben.

— Oui ! hurlai-je en le cherchant du regard.

Puis, plus rien pendant plusieurs minutes. Mon cœur s'agita, son silence me laissait aussi perplexe que stressée. Est-ce qu'il lui était arrivé quelque chose ?

— Oh, bordel, j'ai cru que j'allais crever ici ! déclara Ben, soulagé, en arrivant depuis un sentier à ma droite. Je n'ai rien trouvé en bas.

Il paraissait essoufflé.

— Monte, on s'en va, me dit-il en ouvrant la portière de sa voiture.

En chemin, je pris la liste qu'on avait établie ce matin, pendant le petit déjeuner, et cochai : Wild River. Plus que treize lieux. J'espérais le retrouver avant de parvenir à la fin de la liste.

23 h 30, et toujours aucune trace de ce putain de psychopathe.

Désolée, Asher, ça commence vraiment à m'énerver.

— Je crève la dalle, on va s'arrêter là pour graille.

Ben se stationna devant un petit restaurant en dehors de la ville. De la lumière filtrait à travers les stores vénitiens du fast-food, et une enseigne au néon rouge accrochée au-dessus de la porte annonçait la couleur : « *The 90'* »

À notre entrée, la cloche retentit, attirant la curiosité de certains clients. Ben s'assit face à moi alors qu'une dame assez grincheuse venait prendre nos commandes.

— Et beaucoup de frites ! réclama-t-il en la voyant s'en aller avec son calepin.

Je lui lançai un sourire moqueur, et il secoua la tête.

— J'aime les frites, admit-il en posant son téléphone sur la table.

Nous étions épuisés. Les recherches n'avaient pas abouti, ce qui commençait à nous inquiéter sérieusement. Asher ne répondait pas à nos appels et n'avait donné de nouvelles à personne depuis plus de vingt-quatre heures, maintenant.

— Et s'il lui était arrivé quelque chose ? demandai-je.

— Pour la douzième fois, je ne crois pas, me rassura-t-il avec un petit sourire en coin.

Je soufflai.

— Il te manque tant que ça ? ricana Ben en croisant les bras.

— Oh ! Tais-toi, répliquai-je d'un ton las.

Il pianota sur son téléphone. Quelques minutes s'écoulèrent avant que la dame dépose négligemment nos burgers sur la table. Ben engloutit la totalité en peu de temps. Je réalisais que la faim devait le tirailler depuis longtemps.

Lorsque la cloche retentit une nouvelle fois, je levai la tête vers la porte. Mon acolyte, étant de dos, n'y prêta pas attention et en profita pour piquer mes frites. Trois hommes entrèrent. L'un d'eux avait des piercings au nez et à l'arcade sourcilière, l'autre des tatouages sur le visage, et le dernier ne possédait aucune marque particulière. Tous les trois me toisaient du regard, si bien que je détournai les yeux, intimidée par leur carrure.

Ils se dirigèrent vers une rangée de tables, au fond. À présent ce n'était plus Ben qui était dos à eux, mais moi. Je remarquai que ce dernier mâchait de plus en plus lentement et écarquillait les yeux de plus en plus. Je ne savais pas si je devais être rassurée qu'ils l'intimidaient tout autant que moi.

Il me lança une œillade furtive avant de baisser la tête et de la cacher à l'aide de sa main.

— OK, ma jolie… me murmura-t-il. On va partir d'ici très doucement…

Oh, non…

— Tu… tu les connais ? demandai-je en espérant qu'il me fasse une blague.

— J'ai… comme qui dirait… baisé leur sœur, fit-il en grimaçant. Je ne l'ai pas vraiment baisée, en vérité, mais-

— Hé, toi, là !

Mon cœur fit un bond, et une boule se forma dans mon ventre. Oh, merde.

— OK, on se barre très vite !

Après avoir posé un billet sur la table, nous quittâmes le restaurant à toute vitesse. Une fois dans l'habitacle, l'adrénaline coulait encore à flots dans nos veines.

Les trois hommes se lancèrent à notre poursuite. Lorsque celui avec un piercing pointa notre voiture du doigt en criant, Ben démarra en un éclair. Ils essayèrent de nous rattraper, mais la vitesse de la voiture les en empêcha, ce qui fit rire Ben aux éclats.

— Il fallait courir à la salle, bande de ploucs !

Ce dernier cria sa phrase en ouvrant la vitre pour qu'ils puissent admirer son doigt d'honneur insolent. Puis, le bruit d'un tir retentit.

— Oups ! s'exclama Ben en remontant la vitre. Je n'ai pas littéralement baisé leur sœur, elle m'a juste sucé et quand j'allais la baiser, l'un d'eux est entré dans sa chambre sans frapper.

J'étouffai un cri, choquée par l'anecdote de Ben.

— Et ensuite ? demandai-je.

— Bah, ensuite, je me suis tiré comme une salope, t'as cru quoi ? Ce sont les membres d'un gang ennemi, la flemme de me faire tuer dans une vieille baraque au milieu des bois comme un troll.

Il rit. Je lui lançai un regard exaspéré, ce qui redoubla son hilarité.

— Il reste quoi comme endroit ? m'interrogea ce dernier en regardant l'heure sur l'écran de la voiture.

— L'ancienne maison de votre grand-mère, les collines vertes et la villa rouge.

Ben avait donné des surnoms aux endroits où on pouvait trouver le psychopathe.

— Pourquoi Asher irait-il à l'ancienne maison de votre grand-mère ?

— Ne me demande pas, je te jure, c'est un vieux manoir abandonné où on avait l'habitude de se retrouver pendant les fêtes de fin d'année quand on était gosses.

Mes sourcils se froncèrent. Pourquoi Asher se cacherait-il dans l'un des manoirs abandonnés des Scott ? C'était glauque. En même temps, ça ne m'étonnait pas. Truc de psychopathe.

Je tentai de l'appeler une nouvelle fois. Une tonalité… deuxième tonalité… troisième tonalité… Et il raccrocha.

Il.

Avait.

Putain.

De.

Raccroché.

Mon cœur s'emballa, mes mains tremblèrent. Il avait refusé mon appel. Je réessayai. Peut-être son téléphone avait-il eu un bug ? Du moins, c'était ce que j'espérais.

Et pour la deuxième fois, il raccrocha.

— Il… il a… raccroché, bafouillai-je.

— Il a *quoi* ?

Ben prit son téléphone. Il fit une tentative de son côté, mais Asher le laissait en suspens sans raccrocher, chose qu'il n'avait pas faite avec moi. Le brun à côté de moi jura et appela Kiara, qui répondit dès la deuxième tonalité.

— Des nouvelles ? lui demanda-t-elle directement.

— Il a raccroché au nez d'Ella, annonça Ben, mais pas à moi. Essayez de l'appeler.

— OK.

La panique me gagna. J'avais peur. J'avais peur pour lui. J'avais peur qu'il lui soit arrivé quelque chose.

Kiara nous informa qu'il l'avait laissée à son tour en suspens. Ce qui me laissait perplexe. Pourquoi ne raccrochait-il que lorsque c'était moi ?

— OK… rappelle-le, me demanda Ben en fronçant les sourcils.

J'hésitai, au début. Je craignais d'être redirigée vers sa boîte vocale. Aussi, la même chose se produisit.

— Encore ! lâchai-je en laissant mon téléphone tomber sur mes cuisses.

Je fus collée contre le siège par l'accélération soudaine de la voiture. Je sentis que l'angoisse de Ben était encore montée d'un cran. Trop de questions se bousculaient dans sa tête déjà remplie.

La mâchoire serrée, il ne quittait pas la route des yeux.

— Il commence vraiment à me casser les couilles, murmura-t-il, agacé.

Le temps d'arrivée diminuait à vue d'œil sur le GPS, à cause de la vitesse à laquelle on roulait.

Quelques minutes plus tard, nous arrivâmes près d'un portail qui paraissait aussi vieux que le monde. Le lieu était protégé par des murs de plusieurs mètres de hauteur et des barbelés. Nous étions vraiment très loin de la ville. Ici, on n'entendait rien de plus que le vent, qui fouettait mes cheveux et me faisait frissonner.

Ben sortit un trousseau de clés de sa poche et chercha celle qui déverrouillait le portail. Après quelques essais, nous entendîmes un déclic. Ben poussa la grande porte, qui grinça. Le son me paraissait si bruyant parmi le silence qui nous entourait que je grimaçai instinctivement. Le brun activa la torche de son téléphone. Je fis de même. Nous avançâmes silencieusement sur le sentier dissimulé parmi les hautes herbes.

— Il y a sûrement Tarzan qui vit ici, blagua Ben en découvrant ce lieu désert et abandonné depuis quelques années. Putain, fais attention, il y a des épines.

Je déglutis. Je ne savais pas où je posais les pieds. J'espérais ne pas me faire mordre par une bête, parce que Cole allait bientôt me tuer à force de me soigner.

Des arbres sans feuilles, des herbes mortes, l'air frais, le silence et l'obscurité… ces mots décrivaient parfaitement ce vieil endroit. J'avais déjà regardé une émission où une équipe partait en exploration nocturne dans des lieux abandonnés exactement comme celui-ci.

— Pourquoi t'as laissé la voiture dehors ? demandai-je en prenant garde à éviter les zones suspectes dès que je sentais un creux.

— L'entrée se situe de l'autre côté pour les voitures, mais j'avais la flemme, m'expliqua-t-il d'un ton las. En plus, si Ash est là, je ne veux pas qu'il dégage.

Je tremblais de froid. Mes joues avaient probablement rougi, car le bout de mon nez était si glacé que je ne le sentais presque plus.

J'aperçus au loin une grande maison… non, un gigantesque manoir. Comparée aux autres maisons des Scott, celle-ci était presque… délabrée ?

Toutes les fenêtres étaient fermées, certaines vitres étaient brisées. On n'apercevait presque plus les murs en béton tant la nature avait repris ses droits.

— On va contourner la baraque, juste pour vérifier s'il est là, murmura Ben.

Je le suivis en espérant trouver au moins les traces de pneus de sa voiture. Tout en la contournant, j'admirai la demeure chargée de souvenirs pour la famille. Elle était immense, je ne pouvais même pas compter le nombre de fenêtres tellement il y en avait. Les murs semblaient recouverts de mousse et d'herbes. Il était maintenant presque 1 h 20, et la fatigue ne faisait qu'augmenter. Mon corps n'était toujours pas habitué à autant d'angoisse. Je mourais d'envie de me reposer de ces émotions qui jouaient avec mon corps comme un pianiste avec son instrument.

— Oh, putain de merde ! jura-t-il dans un murmure.

Son dos me cachait la vue. Je n'hésitai pas bien longtemps avant de le dépasser. Ce que j'aperçus alors me figea sur place et souleva mon estomac. En une fraction de seconde, toute ma fatigue s'évapora. Mon angoisse reprit de plus belle. Nous n'étions pas seuls. Et Asher non plus.

Il y avait devant nous l'une des voitures d'Asher. Mais aussi une autre voiture qui m'était inconnue.

Ben se retourna vers moi. Blême, les yeux écarquillés, il me demanda d'éteindre la lumière de mon téléphone. Alors que nous étions à quelques pas de la porte d'entrée entrouverte, il posa son index sur sa bouche, me sommant de ne faire aucun bruit. Il la testa afin de s'assurer que cette dernière ne grinçait pas. Malheureusement, un simple son produisait un écho monstrueux dans cette maison silencieuse.

— OK… chuchota Ben. La voiture d'Ash a une alarme de malade, va lancer un truc dessus.

Je secouai négativement la tête. Il était complètement fou ! Ça allait faire beaucoup de bruit et-

Ah. C'était ce qu'il voulait.

— Allez ! s'impatienta-t-il en me poussant vers la voiture.

Je le fusillai du regard, puis m'avançai d'un pas hésitant vers le véhicule. Je cherchai quelque chose d'assez solide pour activer l'alarme, mais de pas trop lourd pour mon poignet abîmé. Je ramassai une pierre assez grosse et la soupesai, heureuse de constater que je pouvais la porter. Maintenant, je devais la jeter sur l'un des petits bijoux de Scott.

Ce plan me fit déglutir. Non pas parce que j'étais en danger à cause du bruit, mais parce que je pouvais me faire trucider par le psychopathe s'il apprenait que j'avais abîmé *sa* voiture.

— On s'en bat les couilles, il en a d'autres, me rassurai-je avant de prendre de l'élan et de lancer cette pierre directement sur le capot de la bagnole.

Ni une ni deux, l'alarme se déclencha, comme l'avait prédit Ben. Mon cœur faillit exploser en entendant ce son strident. Je rejoignis rapidement le cousin d'Asher. Ce dernier ouvrit la vieille porte pendant que l'alarme camouflait très bien son grincement.

Une fois à l'intérieur, Ben saisit ma main et me demanda de rester silencieuse.

— ... J'entends du bruit dehors, j'espère que tu n'es pas parti, dit une voix sournoise à l'étage.

Je me crispai sur place. Je sentis les doigts de Ben faire de même.

Des pas résonnèrent dans les escaliers. Ben me tira précipitamment à l'intérieur de la première pièce lugubre sur notre droite. Il me colla contre le mur près du cadre de la porte en plaquant sa main sur ma bouche. Je sentais son cœur battre la chamade. Il semblait vouloir sortir de sa cage thoracique, exactement comme le mien.

Les pas lents de l'inconnu firent écho dans le hall, puis la porte grinça à nouveau. À côté de moi, Ben comptait jusqu'à dix. Des gouttes de sueur perlaient sur mon front, et tous mes membres tremblaient en sentant le danger imminent.

Nous montâmes les marches à la hâte avant que cet homme revienne et se rende compte de notre arrivée. De l'étage, on entendait encore l'alarme retentir et les paroles sourdes de l'homme. Et si c'était un véritable psychopathe et qu'il habitait ici ? Qu'il attendait qu'une proie vienne à lui afin de la torturer pour le plaisir ?

Je ne percevais que peu de choses sans le flash de mon téléphone. Autour de moi, c'était le noir complet. La seule source de lumière provenait de la lune, dont les faisceaux traversaient à peine les hautes fenêtres.

Tout à coup, mon sang se glaça lorsque le grincement de la porte résonna à nouveau dans les couloirs de ce manoir. Il était revenu.

Mon corps se raidit. Mes poils se hérissèrent. Les mains de Ben devinrent moites et tremblantes, mais il ne me lâcha pas une seconde. Nous étions piégés.

— Tu sais, je veux juste qu'on discute. Après, je vais te tuer… comme *papa*.

CHAPITRE QUARANTE

LA FAMILLE

— Surtout, marche sur la pointe des pieds, chuchota Ben avant de me tirer avec lui dans les couloirs sombres.

Mon cœur battait la chamade, ma gorge était sèche. Ben paraissait connaître les lieux par cœur, il traversait ce labyrinthe de chambres et de salles de bains avec facilité.

— Je sais que tu ne te caches pas, petit frère, lança l'homme. Non… tu as trop d'ego pour ça…

Mon souffle se coupa. C'était son demi-frère. Il était là. Et surtout, il était prêt. Prêt à l'achever.

Tac… Tac… Tac… Tac…

Nous entendîmes ses pas lourds monter lentement les marches des escaliers en bois. Tapis dans l'ombre, nous restions aux aguets dans une chambre aussi vide et froide qu'une morgue. Quelle ironie ! Collés discrètement contre le mur à côté de la porte, seules nos respirations étaient bruyantes.

Ben alluma le flash du téléphone un instant pour éclairer notre champ de vision. C'était une chambre basique, à première vue. Parmi les meubles vieux et poussiéreux se trouvait un grand lit aux draps rouges qui semblait plus âgé que les arbres dehors.

Ben me montra silencieusement quelque chose près du lit. Comme un livre ouvert.

— Bah oui, pourquoi répondre aux appels de son cousin désespéré quand tu peux lui laisser ton journal intime comme indice ? souffla-t-il d'exaspération en allant récupérer le carnet.

Maintenant, on avait la confirmation qu'il était ici. Soudain, on entendit des portes claquer.

S'ouvrir… se refermer.

S'ouvrir… se refermer.

Il fouillait les chambres, et chaque claquement de porte se faisait de plus en plus fort, de plus en plus puissant. Il commençait à s'énerver.

Tac… Tac… Tac… Tac…

— Asheeeer ! chantonna-t-il. Quel prénom ! C'est Mère qui l'a choisi ? En parlant d'elle… elle baise toujours avec Addams ?

La mère d'Asher couchait avec Addams ? *Le* Addams ? Celui qui avait monté le plan avec Asher pour tuer James Wood à Monte-Carlo ? Peut-être était-ce la raison pour laquelle il la rejetait tant ?

— Va sous le lit, m'ordonna Ben alors que les pas se rapprochaient.

Comme je ne bougeais pas, il me poussa. Je me positionnai difficilement en dessous de ce lit un peu trop bas, envahi de toiles d'araignée et de monticules de poussière. Je crus même entendre des rats à l'intérieur du mur. Mon nez touchait le matelas, qui pouvait me compresser si quelqu'un s'allongeait dessus.

De son côté, Ben ouvrit délicatement la fenêtre de la chambre. Dès que ses pieds quittèrent mon champ de vision, mon cœur s'affola. Il n'allait quand même pas s'échapper et me laisser seule avec ce fou assoiffé de pouvoir ?

Je chuchotai son prénom assez fort pour qu'il m'entende, mais ce dernier disparut en refermant les fenêtres comme si de rien n'était.

Tac... Tac... Tac... Tac...

Il suffit de quelques secondes, quelques secondes de plus, pour que la porte s'ouvre d'un coup, me faisant sursauter. Mes pulsations cardiaques s'accélérèrent si brusquement que je pensai y rester.

Mon corps se raidit. Il brandissait une torche qui illuminait la pièce. Or, il avait toutes les raisons de fouiller cette pièce tant les cachettes étaient nombreuses. Ses pas lents et lourds produisaient un bruit sournois qui me torturait.

Tac... Tac... Tac... Tac...

Il s'était arrêté... Non. Il ouvrit la porte d'un placard et la referma en grognant.

Tac... Tac... Tac... Tac...

Je vis ses pieds contourner le lit. Il ouvrit la fenêtre par laquelle Ben s'était échappé. L'instant d'après, il s'assit sur le lit. Le matelas s'affaissa, écrasant ma joue au passage. Le visage en sueur, je claquais des dents, et des larmes de désespoir coulaient le long de mon nez. J'étais terrifiée.

Pitié, faites qu'il parte...

— J'ai toute la nuit, tu sais ? hurla-t-il. Toute la nuit...

Tout en chuchotant sa dernière phrase, il se leva. Tout à coup, son téléphone tomba au sol. Les montagnes russes n'en finissaient pas. Mon cœur fit un nouveau bond lorsque je l'entendis pester, avant de s'abaisser légèrement pour le ramasser. Instinctivement, je fermai les yeux en me disant que peut-être ainsi, ne me verrait-il pas.

Tac... Tac... Tac... Tac...

— Je sais ce qui peut te faire réagir, petit frère, déclara-t-il doucement avant de claquer la porte derrière lui.

Une dizaine de minutes plus tard, alors que je me battais contre moi-même pour trouver un plan, j'entendis la fenêtre s'ouvrir délicatement, et un bruit me fit comprendre que quelqu'un venait de s'introduire dans la chambre.

— Ella, chuchota la voix de Ben.

Aussitôt, un sentiment de délivrance chassa toute mon angoisse. Des larmes de soulagement perlèrent le long de mes cils, venant décharger cette peur qui n'avait pas quitté mon corps durant ces interminables minutes.

Il s'abaissa et me tira par le bras pour me faire sortir de ma cachette.

— Je sais où est Ash, chuchota-t-il en prenant ma tête entre ses mains.

On entendit en même temps l'écho des paroles sournoises du demi-frère d'Asher, qui errait dans les couloirs de ce manoir.

— Mais le problème, c'est le chemin à prendre, m'expliqua-t-il. Si tu avais un minimum d'équilibre je t'aurais proposé de passer par la fenêtre, mais…

Il jeta un coup d'œil sur mon plâtre. Je passai nerveusement la main dans mes cheveux ébouriffés et recouverts de poussière. Le teint de Ben était aussi livide que le mien. C'était la première fois que je voyais ce sentiment prendre possession de son visage angélique.

La peur.

Nous avions tous les deux peur pour Asher… qui n'avait pas pointé le bout de son nez depuis notre arrivée ici.

Tac… Tac… Tac… Tac…

Le meurtrier déambulait encore dans les couloirs de l'étage.

— Comment va ta petite protégée ? susurra sa voix, près de la pièce où nous étions.

Ben se tapa le front et tourna la tête vers la porte.

Tac… Tac… Tac… Tac…

Ses pas s'éloignèrent, mais le bruit résonnait encore à travers les vieux murs fissurés.

— J'ai entendu dire qu'elle ressemblait à la mienne ! s'exclama-t-il. Tu n'arrives pas à l'oublier…

Il monta les escaliers, lentement... très lentement...

Tac... Tac... Tac... Tac...

Ben en profita pour me tirer avec lui vers la porte légèrement entrouverte. Le bruit de l'alarme commençait à m'agacer, car à présent, il ne couvrait pas les bruits intérieurs. Ce n'était qu'une nuisance supplémentaire.

— Et je confirme ! C'est dingue, on pourrait croire que tu l'as choisie uniquement pour ça !

Il était à l'étage supérieur, sa voix était plus lointaine que tout à l'heure.

Ben ouvrit la porte d'un coup sec, limitant ainsi son grincement, et me traîna avec lui de l'autre côté. Nous avancions à pas feutrés, tapis dans l'ombre du mur afin de nous dérober aux yeux observateurs du demi-frère d'Asher.

— Comment elle s'appelle ? Oh, oui... *Ella* ?

Je hoquetai de surprise et m'arrêtai. Il venait de prononcer mon prénom. C'était comme ça qu'il comptait lui faire perdre son sang-froid ? Il pensait peut-être que j'étais sa copine, mais ce n'était pas le cas, il avait faux sur toute la ligne. Même si notre relation n'était pas si professionnelle et « amicale » qu'on le prétendait.

Ben me surprit en m'entraînant dans une pièce plus sombre que les autres. Il referma silencieusement la porte derrière nous. Mais lorsqu'il alluma le flash pour illuminer la pièce, nous sursautâmes violemment, et j'étouffai un cri en découvrant une silhouette face à nous.

Munie d'une arme.

Je fermai les yeux un instant en soufflant afin d'atténuer le rythme effréné de mon organe vital, qui menaçait d'exploser à l'intérieur de ma poitrine.

La silhouette affichait des cheveux blonds ébouriffés, dont quelques mèches retombaient sur des yeux d'un gris perçant.

Asher.

Il arqua un sourcil en baissant son arme.

— Qu'est-

— Tais-toi ! le coupa Ben, haletant, en posant sa main sur sa poitrine. Bordel, j'ai eu la peur de ma vie !

Il souffla un bon coup.

— Qu'est-ce que vous faites ici, putain ?! murmura la voix rauque du psychopathe.

— Pardon ? lâchai-je, ahurie.

Ben s'offusqua également. Son ton était ferme, comme s'il ne voulait pas qu'on soit là.

Je vis le brun changer d'expression.

— On… on t'a cherché toute la putain de journée, il est 3 h, et tout ce que tu trouves à dire, c'est : « qu'est-ce que vous faites là ? », s'emporta Ben en le pointant du doigt. Si t'avais répondu au téléphone, on n'en serait pas là !

— J'avais mes raisons, grogna Asher en me fixant. Pourquoi tu l'as ramenée ?

Ça, ça s'appelle être culotté. Ses paroles sèches décuplaient ma colère.

— Tu ne répondais pas aux appels, répétai-je en le fusillant du regard.

Avec un rictus mesquin, il répliqua froidement :

— Lui, je veux bien, c'est mon cousin, mais, toi tu n'es *que* ma captive.

Ben se tapa le front. Quant à moi, ma seule réaction fut d'écarquiller les yeux.

Que.

Sa.

Captive.

Ses mots restaient bloqués dans mon cerveau et se répétaient au rythme de l'écho des pas du demi-frère de l'enculé ingrat face à moi.

— Laissez-moi passer, dit-il en nous écartant.

Ben se retourna vers moi avec un regard désolé. Je fis semblant que ses paroles ne m'avaient pas atteinte en adoptant une expression blasée. Mais la réalité était tout autre.

Il m'avait blessée. Encore une fois.

Tac... Tac... Tac... Tac...

Asher s'arrêta face à la porte. Son demi-frère venait d'abandonner l'étage supérieur. Mon cœur tambourina de plus belle. À ce stade, j'allais bientôt faire une syncope. Et s'il vérifiait à nouveau les chambres pour être sûr ?

Mes questions se dissipèrent lorsque je l'entendis dévaler les escaliers. Il descendait à présent dans le hall. Peut-être allait-il repartir ?

— Je m'ennuie, Ash, râla-t-il avec un ton enfantin.

Ou pas.

— Tu crois qu'il est armé ? demanda Ben, soucieux.

— Je crois surtout que tu poses des questions à la con, cracha Asher.

OK, il était lunatique, et Ben jouait avec ses nerfs.

— Ella, tu n'as pas hâte de revoir son demi-frère ? m'interrogea Ben.

— Ella, si tu lui réponds, la prochaine personne que tu vas revoir, ce sera James Wood, fulmina Asher en nous regardant par-dessus son épaule.

— Mais il est mort... lui dis-je en fronçant les sourcils.

— Justement, rétorqua le psychopathe. T'as du feu, Jenkins ?

Ben fouilla dans ses poches et retrouva un briquet enfoui dans son manteau, qu'il lança à Asher. Ce dernier l'attrapa à la volée, puis alluma la clope qu'il venait d'emprisonner entre ses lèvres. On ne voyait plus que le rouge de sa cigarette dans le noir de la pièce.

Rouge comme son cœur.

Noir comme son âme.

— Ne sortez sous aucun prétexte. *Aucun.*

Mon cœur cessa de battre un instant lorsqu'il quitta la pièce. Il était à présent exposé à la vue de son demi-frère, qui ne voulait qu'une chose : le trouver, et le tuer.

Il contourna lentement l'étage en forme de « U ». Ses bagues effleuraient le garde-corps en bois, produisant un léger cliquetis. Il s'arrêta du côté opposé au nôtre, mais on pouvait encore le voir depuis la chambre dans laquelle nous étions cachés.

Je compris qu'il nous protégeait en s'éloignant de nous ainsi. Asher cherchait à attirer le regard examinateur de son demi-frère uniquement sur lui.

— Enfin ! l'entendis-je crier de soulagement. T'en as mis du temps pour sortir de ta cachette, petit frère.

— Je ne me cachais pas, dit-il d'un ton las.

Je fus surprise par le ton qu'il employait, comme s'il ne ressentait aucune peur… comme s'il ne le considérait même pas.

Son demi-frère ricana sournoisement.

— Mais tu es sorti dès que j'ai parlé d'elle, c'est intéressant…

Ben se tapa le front une nouvelle fois. Il esquissa une grimace, avant de chuchoter :

— Il ne va pas lâcher, il veut qu'Ash craque.

— Ce n'est pas avec moi qu'il va réussir.

Il leva les yeux au ciel.

— C'est bizarre, parce qu'il n'y a que toi qui dis ça… et lui, aussi.

Je secouai la tête. J'observais la façon qu'avait Asher de réagir aux provocations de son demi-frère, ou plutôt, de ne pas réagir. Il montrait un sang-froid à toute épreuve.

J'étais curieuse de savoir à quoi ressemblait son demi-frère. Sa voix… c'était comme si je l'avais déjà entendue.

— Tu as les mêmes yeux que notre père, lança le meurtrier.

J'aperçus la mâchoire d'Asher se contracter, mais il camoufla sa bouffée de colère en grimaçant de dégoût.

— Notre ? répéta Asher, indigné. Je te rappelle qu'il ne t'a jamais considéré comme son fils, et tu sais pourquoi ? Parce que tu ne l'es pas.

Encore une fois, il ricana faussement.

— Non, tu as raison, mais je garde son nom, le même que le tien, Asher, répondit-il sournoisement. Et tu sais ce qu'on partage aussi ? Notre mère.

— Tu as la mémoire courte, pouffa Asher. *Notre* mère a trompé *mon* père, elle lui a fait croire que t'étais *son* fils parce que même avant de naître, tu étais la honte de la famille.

Je comprenais mieux à présent pourquoi il détestait sa mère, pourquoi tout le monde détestait Chris. C'était la mère de son demi-frère, issu d'un adultère.

— Peut-être, mais je garde son nom, répliqua ce dernier.

— Tu as été renié par tous les Scott, moi le premier. De ce fait, tu n'as aucun droit sur ses affaires.

Il poussa un bruyant soupir.

— Tu sais, Ash, j'ai six ans de plus que toi. Je vous ai vus grandir, toi et ta sœur, et profiter des privilèges de cette famille de riches que vous êtes. J'ai toujours convoité ce que tu avais, ce que j'aurais *dû* avoir.

Asher le regardait durement, mais le laissa continuer.

— Mère t'a toujours préféré parce que t'étais un pur Scott, et *pas moi*. L'homme que je croyais être mon père m'a renié quand il a su que je n'étais pas son fils, dit-il rageusement, et il ne ratait pas une seconde pour me prouver que tu étais meilleur que moi-

— C'est faux, désapprouva Asher en jetant son mégot de cigarette par-dessus le garde-corps.

— C'est vrai ! Je te détestais, je voulais me venger, mais maintenant, je veux plus... Je veux tout ce que tu as... et pour ça, je dois te tuer.

J'écarquillai les yeux, et mes membres se crispèrent. Je me tournai vers Ben, impuissant face à cette scène, qui m'implora du regard de rester silencieuse. Asher ne bougeait pas d'un millimètre. Il semblait trop calme.

— Qu'est-ce que tu veux, *William* ? lui demanda-t-il.

Ma respiration se coupa aussitôt. Avais-je bien entendu ? Wi-William ?

Ben posa rapidement sa main sur ma bouche alors que j'étais encore sous le choc. Je n'arrivais pas à croire ce que je venais d'entendre.

« Ella, tu n'as pas hâte de revoir son demi-frère ? »

Ben avait dit que j'allais le *revoir*, pas le *rencontrer*. Parce que je le connaissais. Je connaissais celui qui était la source de tous les maux d'Asher, et qui l'avait poussé à se forger cette carapace en acier. Je connaissais celui qui avait tué le père d'Asher, le même qui m'avait donné sa carte. Tout devint plus clair : les réactions excessives de mon possesseur, sa soudaine envie de lui faire la guerre en tuant son meilleur ami. Il savait qu'il viendrait à lui.

Je dévisageai Ben, abasourdie.

— Si tu n'avais pas fait le lien avant, c'est que t'es vraiment débile, chuchota Ben, exaspéré.

William...

William... *Scott.*

— On va commencer par ta petite protégée, lâcha ce dernier.

Les mains d'Asher pressèrent le garde-corps, faisant ressortir les veines de ses avant-bras. Il perdait patience.

— T'as déjà ta salope, rétorqua Asher. Tu sais, Isobel.

— Oh, on parle de mon poussin… Oui, mais elle ne m'intéresse plus… plus depuis que tu t'intéresses à Ella.

Asher s'éloigna du garde-corps avec un soupir. William se déplaça, lui aussi.

— Tu fais pitié, cracha Asher en revenant lentement sur ses pas.

J'entendis William monter les marches nonchalamment tandis qu'Asher continuait :

— Tu pourrais avoir tout ce que j'ai que tu ne serais jamais moi. Tu pourrais avoir cette fille, mais le soir, quand tu la baiserais, elle penserait à moi. Et à moi seulement.

Ma respiration s'arrêta face à ses paroles crues. Il s'immobilisa devant la porte de notre chambre. Son regard soutenait celui de William. En s'arrêtant juste en face de notre porte, il nous protégeait de son demi-frère.

— Tu n'es rien de plus qu'un blaireau qui n'a pas eu assez d'amour quand il était gosse.

Nous étions impuissants face à ce qui se produisait sous nos yeux. Asher était en danger, et le moindre bruit de notre part pouvait tout faire basculer.

— Tu dis ça, mais tu sais que je peux être meilleur que toi. Donne-moi la fille, et je rallongerai les jours qu'il te reste à vivre.

Mon cœur rata un battement lorsque je vis l'extrémité de l'arme de William apparaître près du cadre de la porte, pointée sur la poitrine de mon possesseur.

— Tire, alors, le défia Asher.

Quoi ?

— Tire ! grinça-t-il une nouvelle fois. Porte les couilles que tu n'as pas. Parce que tu ne l'auras jamais.

Il le défiait. Putain de bordel de merde, il le défiait sérieusement de le tuer !

Et de ne pas me prendre.

— TIRE, putain ! hurla Asher, me faisant sursauter.

Je l'entendis charger son arme. Il ne pouvait pas mourir. Il ne devait pas mourir. Je le lui interdisais.

— Tue-moi, parce que moi, je n'hésiterai pas ! Parce que tu ne l'auras que quand je serai mort !

Soudain, sans même que je m'en rende compte, mes jambes me précipitèrent hors de la chambre, à la vue de William. Je venais de me mettre entre lui et Asher. Animée par la peur de le perdre, je m'interposai entre mon possesseur et l'arme qui allait le tuer.

Je ne pensais plus à rien, mon cerveau était sur pause, mais je ressentais la terreur. La terreur de le voir mourir.

Tout ce que je voulais, c'était le protéger.

Tout ce que je voulais, c'était le garder auprès de moi.

Parce que je lui interdisais de mourir avant que je le fasse.

Parce que j'étais attachée à lui.

Plus que je ne le pensais.

Plus qu'il ne le pensait.

Et un tir retentit.

Un seul tir.

CHAPITRE QUARANTE ET UN

BLESSURE

Ma respiration était coupée, mon corps presque encastré dans celui d'Asher qui, instinctivement, en entendant le son strident de l'arme, me serra si fort contre lui que je ne sentais plus le haut de mon corps. Son cœur battait tellement fort contre mon oreille qu'il menaçait de sortir de sa cage thoracique.

Je gardais les yeux fermés, à l'affût de la moindre douleur, mais rien. Il ne m'avait pas tiré dessus.

Mon cœur s'affola. Il avait tiré sur Asher.

— Qu'est-ce-

J'ouvris un œil. La première chose que je vis fut le teint livide de Ben, qui me dévisageait, les yeux écarquillés, la tête entre les mains.

Soit William avait vraiment tiré sur Asher, soit je venais de commettre une énorme erreur.

— Ça, alors… Tu tombes à pic ! s'exclama la voix sournoise de William dans mon dos.

La réponse ? Je venais de faire une énorme erreur.

Aussitôt, Asher me plaça derrière lui, s'interposant à son tour.

— Oh, c'est mignon, vous vous protégez mutuellement, fit-il, faussement attendri. Mais tu n'es plus si confiant, Asher… C'est elle qui te rend si… vulnérable ?

Il ne répondit rien. Sa main tenait fermement mon poignet, il ne comptait pas me lâcher.

— Pourquoi tu ne réponds plus ? continua William, insidieux. Ella… trésor… tu n'aurais pas dû le protéger, mais si tu tiens tant à lui, ma foi… je te propose un marché-

— Non, grogna Asher en me cachant la vue avec son dos.

— Quoi ? demanda-t-il innocemment. Je viens de gaspiller une balle. Ella, il ne m'en reste plus qu'une… Viens avec moi, et je le laisse en vie, trésor.

— Ne l'appelle pas comme ça ! fulmina Asher.

William pointa son arme une nouvelle fois sur mon possesseur, qui ne bronchait pas. Il ne l'avait jamais fait.

— Ella… ? me répéta son demi-frère. Je te laisse le choix… trésor.

— Ella, ne réponds pas, m'interdit Asher sans détourner les yeux de sa cible.

Je déglutis. William orienta son arme légèrement sur le côté. Maintenant, elle me visait, moi.

— Tic-tac… tic-tac.

Et subitement…

En une fraction de seconde, ce silence et cette angoisse insoutenable s'envolèrent.

À cause de Ben.

Il me tira violemment à l'intérieur de la chambre, au point que je tombai sur le sol. L'instant d'après, une balle quitta l'arme de William pour se loger dans le mur. Il venait de gaspiller sa dernière balle à cause du mouvement furtif et violent qui s'était produit sous ses yeux et qu'il n'avait pas anticipé.

Au même moment, Asher sortit son arme de son jean et tira sur le corps en mouvement de son demi-frère, qui dévala les escaliers avant de passer par-dessus le garde-corps. Loin d'être ralenti par le tir qu'il avait reçu au mollet, il se précipita hors du manoir. Il venait de fuir, une nouvelle fois.

Asher avait raison. Ce n'était qu'un lâche.

Ben inspira bruyamment, sous l'effet de l'adrénaline. Il me tenait fermement par la taille, comme si sa vie en dépendait. Nous nous relevâmes sans nous lâcher. Son corps tremblait, tout comme le mien. Lorsqu'Asher se tourna vers nous, il fixa les bras de Ben autour de ma taille et croisa le regard de son cousin, qui m'avait sauvée.

La mâchoire contractée et les traits durs, Ben se détacha de moi.

— Je... je vais voir s'il est parti, lâcha-t-il, hébété.

Il s'éloigna de mon corps tremblant, puis descendit les marches rapidement en direction de la sortie. Je n'osais pas parler, je n'osais même plus regarder Asher.

— Tu n'es vraiment qu'une idiote.

La voix rauque d'Asher venait de briser le silence. Il se précipita vers les escaliers, en rogne, prêt à me laisser derrière comme si je ne valais rien. Comme si mon acte ne valait rien.

Mais ma colère prit le pas sur ma raison, qui me conjurait de rester calme.

— Et toi, tu n'es vraiment qu'un connard, crachai-je rageusement.

Je le vis s'arrêter net tout en restant dos à moi. Comme si je ne méritais pas qu'il se tourne.

— T'es vraiment une idiote, répéta-t-il sur le même ton.

— J'ai fait ça pour te protéger ! me défendis-je.

Ses poings se serrèrent.

— Je n'avais pas besoin de ta protection, gronda Asher, reniant, par là même, ce que je venais de faire.

J'étais abasourdie. Je venais de tenter de lui sauver la vie, et c'était comme ça qu'il se comportait ?

— J'espère que tu rigoles, là ? m'insurgeai-je.

Il fit volte-face pour me fusiller de son regard perçant.

— Et s'il avait tiré ? Hein ? T'y as pensé avec ta cervelle de gamine de 11 ans ? me demanda-t-il en élevant la voix. Je t'avais pourtant dit de ne sortir sous aucun prétexte !

Il s'avança dangereusement vers moi.

— Mais tu étais en danger ! m'exclamai-je sans bouger de ma place.

— Je savais très bien ce que je faisais, d'accord ?! cria-t-il. Tu n'avais aucun droit de t'interposer entre nous !

— Je voulais te protéger de ta connerie !

Son corps me fonça dessus. Là, il prit mon visage en coupe. Il serra fortement ma mâchoire pour me forcer à le regarder.

— *MA CONNERIE ?* hurla-t-il si fort que la veine dans son cou palpitait. *Tu* viens de lui montrer que *tu* pouvais risquer ta vie pour *moi*, captive.

« Captive ».

Mes yeux s'écarquillèrent une nouvelle fois. C'était la seconde fois qu'il m'appelait comme ça, et face à ce constat, ma gorge se noua.

— Quoi ? me demanda-t-il avec un rictus mesquin. Tu fais cette tête parce que je t'ai rappelée ce que tu étais ?

Il était méchant, il cherchait à me blesser.

Et il réussissait.

— Pourquoi tu voulais me protéger ? me demanda-t-il, bouillonnant de colère. *POURQUOI ?*

Il me reprochait d'avoir risqué ma vie pour lui alors qu'il aurait voulu me voir morte à cet instant précis.

— *RÉPONDS-MOI !*

Je restai muette. Pourquoi je voulais le protéger ? Je n'en étais pas sûre.

— Tu voulais qu'il te tue ? me demanda-t-il en collant son front contre le mien.

Sa respiration saccadée se mélangea à la mienne. Qu'il me tue ?

— Ou peut-être voulais-tu te faire remarquer ? continua-t-il. Tu veux travailler avec lui ?

Je le fixai, dégoûtée par les propos qu'il tenait. Il avait tout faux.

— *RÉPONDS, MERDE !* fit-il en relâchant ma mâchoire.

Fou de rage, il heurta de son poing le mur près de mon visage, me faisant sursauter.

— Parce que je-

— Tu quoi ? me coupa-t-il sans détourner le regard. C'est quoi, cette putain de raison ?

Je ne redoutais plus ses accès de colère. À vrai dire, je n'avais plus peur, pas même de la vérité.

— Parce que j'ai besoin de toi, Asher, lâchai-je rageusement. J'ai besoin de toi pour me sentir putain de vivante. Voilà pourquoi je ne veux pas que tu meures.

Il se figea net. Il écarquilla les yeux, et son souffle se coupa. Il me regardait comme si j'étais un fantôme. Je le sentis s'éloigner lentement de mon corps bouillonnant de colère.

À cet instant, mon cœur décida de garder mon corps en otage et de posséder ma langue. Je n'avais plus de barrière. Je n'avais plus rien à perdre.

— Je suis aussi égoïste que toi. Je ne pourrais pas supporter de te voir partir alors que tu es la pire et la meilleure chose qui me soit jamais arrivée.

Il recula silencieusement en secouant la tête.

— Je ne pourrais pas supporter de voir encore, impuissante, une personne à qui je tiens mourir en face de moi, fis-je durement. Je ne pourrais pas supporter de mourir encore une fois.

À mesure que j'avançais, il reculait, jusqu'à être bloqué par le garde-corps. Il fuyait mes mots comme la peste.

— Alors, non, je ne me suis pas jetée devant lui pour qu'il me tue, parce que depuis que je te connais, tout ce que je veux, c'est vivre.

— Arrête, murmura-t-il en détournant le regard.

Les larmes noyaient mon visage rongé par la colère. Ses paroles crues s'étaient entassées dans mon esprit et me poignardaient le cœur.

— Je l'ai fait parce que je te veux encore vivant. Je l'ai fait parce que tu es le bout du tunnel que j'espérais atteindre depuis des années, Asher.

— Tais-toi, putain ! Ne le dis pas-

— Je l'ai fait parce que je suis tombée amoureuse de toi, le coupai-je rapidement.

J'écarquillai les yeux et le vis fermer les siens. Son corps se crispa. J'étouffai aussitôt un cri. Ce que je venais de dire me fit l'effet d'une claque. Mes sentiments avaient dépassé les limites que j'avais établies. Mes paroles avaient brisé toutes les interdictions que je m'étais imposées.

Il leva la tête vers moi, son regard s'était assombri et ses sourcils s'étaient froncés. Il s'éloigna sans un mot, sans m'accorder la moindre importance. Me laissant seule à l'étage, son silence en guise de réponse.

Je ne savais pas si j'en attendais vraiment une de sa part, même si, au fond de moi, j'avais espéré en recevoir après un tel aveu. Je me doutais de mes sentiments, mais je ne voulais pas me l'admettre.

Peut-être à cause de mon ego ?

— Tu aurais dû le garder pour toi, j'aurais voulu ne *jamais* le savoir, lâcha-t-il froidement.

J'entrouvris la bouche. Son indifférence me fit l'effet d'une douche froide. Il avait mon cœur entre les mains, et il venait de l'écraser sans la moindre hésitation.

Je n'aurais pas dû.

C'était tout ce que je retenais.

Je n'aurais jamais voulu le savoir.

C'était sa réponse.

5 h 30 du matin. Dans le bureau d'Asher, au QG.

La réunion venait de toucher à sa fin, essentiellement ponctuée par les grondements de Rick et Kiara face à la disparition d'Asher. Et face à son silence radio.

Asher les avait informés de ce qui s'était produit au manoir, et du danger auquel il avait été exposé. Et surtout, il avait mentionné mon acte en le qualifiant « d'irréfléchi », ce qui me mettait en rogne, car il connaissait la raison, et il n'avait pas le droit. Il n'avait pas le droit de piétiner mes paroles et d'agir aussi froidement. Je faisais pitié. J'étais épuisée.

Épuisée de l'avoir cherché partout toute la journée, d'avoir tenté de l'appeler une centaine de fois, de m'être mise en danger sans réfléchir une seule seconde au fait que j'allais peut-être mourir.

Mais par-dessus tout, j'étais en colère. Je ne méritais pas d'être traitée comme il me traitait. Je regrettais de m'être mise à nu. Je regrettais de lui avoir montré qu'il me rendait vulnérable.

Bravo, Ella.

J'avais honte à présent, d'avoir laissé ces sentiments précieux s'échapper de ma bouche à travers des mots. Des mots qui n'étaient pas assez puissants pour les décrire.

Si, à ses yeux, ils étaient aussi insignifiants qu'une clé qui n'ouvrait aucune porte, pour moi, ils étaient la clé de ma maison. Cette maison, c'était Asher.

Je n'avais jamais ressenti ce sentiment auparavant, mais avec lui, tout était nouveau, tout était plus vivant. Je me sentais protégée et importante, je me découvrais et je me devenais *moi-même.*

Je me sentais à la *maison.*

J'étais heureuse.

Mais je ne ressentirais plus jamais ça.

Car sa réponse venait de mettre un verrou entre moi et cette porte. Cette porte, c'était son cœur. Il venait d'en changer la serrure. Et ma clé était à présent telle qu'il la voyait : inutile.

Avec un soupir, je tournai la tête dans sa direction. Le nez dans ses documents, il paraissait agacé et concentré sur les comptes.

— Arrête de me regarder, ça m'énerve, lâcha-t-il froidement, sans m'accorder un seul regard.

Mon souffle se coupa, et mon sang ne fit qu'un tour. J'allais commencer une dispute, mais au dernier moment, je me retins et réfléchis un instant. Il détestait lorsque je parlais de ses craintes et de ses sentiments.

— Pourquoi tu as refusé que je parle ? lui demandai-je, faussement innocente. T'as eu peur que j'accepte ?

Ses doigts se crispèrent autour du stylo qu'il tenait. Une bouffée de malice envahit mon corps rongé par la colère. C'était si simple de le faire réagir. Tout ce qu'il fallait faire, c'était parler de ces sentiments enfouis au fond de lui. Il suffisait de gratter sa carapace glaciale, parce qu'il avait peur de ce qu'il ressentait.

— Non, cracha le psychopathe, sans lever la tête, je n'en avais rien à foutre.

— Ce n'est pas ce que tu disais, insistai-je en haussant les épaules.

Il me fusilla du regard.

— Ne te fais pas de faux espoirs, je n'en ai absolument rien à foutre de toi, *moi.*

L'Asher froid et méchant quand on s'approchait un peu trop près de son cœur était de retour. Il ne m'avait pas manqué, mais c'était plus fort que moi, je voulais qu'il explose sous les vérités que je lui mitraillais.

Mais il restait insensible. Il se servait de mes sentiments, qu'il exposait comme s'ils étaient une faiblesse.

Parce que pour lui, ça l'était.

— Alors, pourquoi tu as refusé au péril de ta vie ?

— Ne joue pas avec mes nerfs, et tais-toi. T'as vraiment dit assez de merdes pour aujourd'hui.

Je me levai d'un bond. Ma main atterrit violemment sur sa joue. De la *merde ?*

Sa mâchoire se contracta, mais il ne cilla pas. Ma gorge se noua. Je voulais le pousser à bout sans en subir les conséquences, mais Asher Scott était fort pour blesser les autres, plus que pour les laisser l'atteindre.

Je venais de perdre à mon propre jeu, parce qu'il savait appuyer là où ça faisait mal. Il se frotta lentement la mâchoire, mais ne cria pas. Il n'exprima même aucun mécontentement face à mon geste.

— La vérité fait mal, captive.

Ma vue s'embua. Je détestais tellement lorsqu'il agissait comme si je ne valais rien à ses yeux. Mais peut-être me faisais-je des idées depuis le début ? Ben s'était trompé.

« Avant, il voulait te voir morte ; maintenant, il pourrait mourir pour toi. »

Ce n'était pas lui qui avait franchi la ligne fine entre l'amour et la haine. C'était moi.

Lui, il était au milieu. L'indifférence.

Je me laissai tomber sur le siège en cuir. Une larme coula le long de ma joue, la première qui n'était pas source de colère, mais de tristesse.

La porte s'ouvrit, un homme d'une trentaine d'années entra sans toquer. Asher ne tourna pas la tête, pas même lorsque celui-ci l'interpella :

— Patron, j'ai un problème.

— Sors d'ici, ordonna sèchement sa voix rauque. Va chercher Cole.

L'homme fronça les sourcils.

— Vous avez un téléphone, ça sert à ça, vous savez ? rétorqua-t-il d'un ton moqueur. Et ce n'est pas la raison de-

— Ah oui ?

Asher se leva pour lui faire face. Soudain, son poing heurta le nez de l'homme dans un coup violent qui le fit gémir de douleur. Il pressait son nez ensanglanté pendant que son patron le fusillait du regard. Ce dernier lui cracha sur un ton rageur :

— La voilà, ta raison.

L'homme jeta un coup d'œil dans ma direction, avant de tourner les talons et de quitter rapidement la pièce en refermant la porte derrière lui.

— Cole va te changer ton plâtre et le remplacer par une attelle, m'informa-t-il sèchement.

Je ne répondis rien. J'appréhendais à présent les prochains jours. Je ne savais plus comment je devais agir avec lui, lui qui se montrait si froid face à des sentiments que je devais maintenant étouffer. Mais je savais qu'avec le temps, ils allaient se dissiper. Ils devaient se dissiper.

On dit que le temps guérit toutes les blessures. Je pense plutôt qu'il nous aide à accepter la réalité qui nous meurtrit. Nous seuls pouvons guérir de nos blessures qui, pour moi, étaient mes sentiments.

Je devais les accepter, c'était le seul moyen de me délivrer.

CHAPITRE QUARANTE-DEUX

AVEUX

— Il est midi passé ! râla Kiara, qui venait d'entrer dans ma chambre. On devait faire du shopping !

Je hochai la tête, les yeux encore clos. J'étais fatiguée, très fatiguée. Je ne voulais rien faire d'autre que rester dans ma chambre et éviter de le voir. Depuis hier, on ne se parlait plus. Il ne m'adressait même pas un regard. Il ne prenait plus son petit déjeuner à côté de moi sur le canapé, ne me lançait plus une seule pique, rien du tout. Il faisait comme si je n'existais pas, et je devais en faire autant.

Aujourd'hui, j'allais sortir avec Kiara pour faire des achats, histoire de me changer les idées et de ne pas le croiser. Même si, à première vue, sortir était la dernière chose que j'avais envie de faire.

Je ne me sentais pas en sécurité toute seule, ou du moins, pas sans lui à proximité. Mais pour faire plaisir à Kiara, j'avais accepté. À ce stade, j'avais besoin du soutien de quelqu'un, et peut-être en parler avec elle m'aiderait-il.

C'était la première fois qu'un garçon me brisait le cœur. Dans les films, c'étaient souvent les mamans qui aidaient leurs enfants à surmonter cette peine, mais je n'avais pas de mère. Alors, Kiara la remplacerait pour cette fois.

— Allez, lève-toi !

Mon amie me tira par les chevilles. J'avais des crampes dans le bas-ventre. Je grimaçai lorsque je compris pourquoi je me sentais si fatiguée, si vide. *Mes règles avaient décidé de débarquer pendant la meilleure période pour me déprimer encore plus. Génial.*

— Je n'ai pas envie de bouger…

— De toute manière, j'ai pris ma journée ! Donc, même si on ne sort pas, je vais rester avec toi, m'annonça-t-elle, les yeux pétillants. Je veux savoir pourquoi Ella Collins s'est jetée sur Asher Scott.

Mon cœur fit un bond lorsque je me rappelai ce que j'avais fait pour lui, et ce qui s'était passé juste ensuite. Je pouvais encore entendre ses mots crus, qui avaient écrasé en quelques secondes tout ce que je commençais à ressentir pour lui.

Je savais qu'il n'allait pas partager mes sentiments, mais… une très faible voix dans un coin de ma tête m'avait chuchoté qu'il y avait peut-être un espoir. Mais l'espoir était destructeur.

Je me sentais nulle d'avoir pensé une seule seconde que c'était une bonne idée de me dévoiler à lui. Il ne méritait pas tout ce que je lui avais dit.

— Et tu n'as plus d'excuses, rit-elle en me pointant du doigt. Monsieur Je-suis-tout-le-temps-énervé est sorti bosser, il ne reviendra pas avant 19 h.

Je grimaçai une nouvelle fois avant de déclarer :

— Si je dois te raconter, alors je préfère qu'on sorte.

Elle émit un petit cri de joie tandis que je me levais du lit. Je n'avais plus rien à perdre. J'avais caché notre relation depuis tout ce temps pour ne pas le perdre et au final, je l'avais quand même perdu. Kiara avait le droit de savoir, c'était mon amie.

Je passai une main sur mon visage en me dirigeant vers la salle de bains. Sans surprise, je constatai que j'avais mes règles, ce qui décuplait ma mauvaise humeur.

Hier, j'avais craqué. En pleine nuit, j'avais permis à ma tristesse de prendre le dessus sur ma colère. Ce matin, mes yeux bouffis et mes cernes faisaient peur. Je me lavai les mains et le visage pour me remettre les idées en place, puis m'habillai.

— Tout ira bien, soufflai-je en consultant mon reflet dans le miroir. Tu vas passer une meilleure journée qu'hier…

J'entendais depuis l'étage le bruit des assiettes qui s'entrechoquaient et le crépitement de quelque chose en train de cuire. Kiara cuisinait.

Dans les marches, Tate se frotta contre mes mollets, et je le pris dans mes bras en souriant. Qu'est-ce que j'aimais ce chien ! Une chose en amenant une autre, j'en vins à me rappeler le moment où Asher avait accepté de le garder ici.

Putain. Je le déteste.

En entrant dans la cuisine, je trouvai sans trop d'étonnement deux plateaux en bois contenant nos petits déjeuners, garnis d'œufs et de bacon. Elle avait même pensé à mon bol de céréales.

Nous nous assîmes face à la télé, qui diffusait les épisodes d'une série que je connaissais vaguement.

— Est-ce que tu as des vêtements à acheter ? m'interrogea-t-elle en prenant une gorgée de son café, ou on va juste vagabonder ?

Je secouai la tête en prenant une cuillérée de céréales. J'avais tout ce qu'il me fallait.

Après le repas, je m'assis sur la dernière marche des escaliers pour enfiler mes petites bottes. Un flash s'alluma et m'éblouit pendant quelques secondes. Kiara venait de me prendre en photo avec un grand sourire aux lèvres.

— T'es trop mignonne ! me complimenta mon amie en me montrant la photo. Mais t'es pâle, putain ! Il faut que tu prennes des comprimés de fer !

Finalement, nous nous engouffrâmes à l'intérieur de son 4 x 4 noir, et elle démarra. Direction le centre commercial.

— Hé ! commença Kiara en mettant son téléphone face à elle.

Je souris instinctivement à la vue de la petite tête blonde d'Ally sur l'écran.

— Ella ! cria-t-elle dans les écouteurs qu'on avait mis quelques secondes plus tôt.

Elle m'avait tellement manqué ! Je me sentais si nulle de ne pas avoir pris de ses nouvelles depuis qu'elle était partie. Je n'avais pas encore le réflexe de prendre des nouvelles de quelqu'un.

— Ally ! dis-je, tout aussi heureuse de la revoir, même à travers un écran.

— Je suis jalouse : vous faites une journée shopping sans moi ! bouda la jeune maman.

Nous nous avançâmes vers le magasin dont m'avait parlé Kiara sur la route en discutant avec Ally, qui nous racontait ses journées en Écosse. Kiara disait que le shopping agissait comme un antidépresseur. J'étais impatiente d'essayer pour voir si ça marchait sur moi, même si mes crampes ne me facilitaient pas l'expérience shopping avec docteur Kiara Smith.

— Comment va Théo ? demandai-je alors que la brune me tendait son téléphone pour regarder les hauts.

— Il va bien. Il trouve que l'accent des Écossais est très différent du nôtre, mais il raffole des longues marches qu'on fait sur les plaines ! Ici, c'est si vert, m'expliqua-t-elle, les yeux pétillants. Et toi, alors ? Comment ça se passe avec Ash ? Toujours aussi lourd ?

Ma gorge se noua automatiquement. Si elle savait…

— Ça dépend des jours, lui dis-je en souriant faussement.

— Les filles, je dois vous laisser, Théo m'attend pour qu'on regarde un film ensemble. Bisou, passez une bonne journée !

Kiara lui fit un signe de main, et je lui souris une dernière fois avant qu'elle raccroche.

— OK, maintenant, concentrons-nous sur toi, commença Kiara devant les robes d'été. Je vais te poser des questions. Je sais ce que je veux savoir.

Je déglutis. Elle se tourna vers moi avec un sourire malicieux scotché aux lèvres.

— À quel moment vous vous êtes rapprochés ? m'interrogea-t-elle.

C'était la question que tout le monde se posait depuis quelque temps. À quel moment Asher et moi étions passés de « on se déteste » à « on se supporte » ?

« Tu vas me casser les couilles encore longtemps, et je veux dormir. Alors, monte et dors, sinon je te bute pendant ton sommeil, et tu dormiras toute l'éternité. »

— À Londres, avouai-je en la regardant écarquiller les yeux.

— Oh, putain ! Depuis plus de deux mois !

Ma grimace ne quitta pas mon visage. Je me sentais coupable de lui avoir caché ça pendant si longtemps alors que je la considérais comme mon amie. Mais je n'avais rien pu lui révéler, pour une raison toute simple : la colère d'Asher.

— Comment vous vous êtes rapprochés ?

J'avalai difficilement ma salive en me rappelant la toute première nuit.

— Je… je lui avais demandé de rester avec moi le temps d'une nuit, car son cousin bizarre rôdait dans les couloirs, lui expliquai-je alors qu'elle ouvrait exagérément la bouche. Ensuite, on a dormi, et… j'ai fait un cauchemar.

Ses yeux sortaient presque de leurs orbites.

— Il m'a rassurée en me prenant dans ses bras.

Elle étouffa un cri.

— Vous… avez dormi dans le même lit ?

Je hochai la tête. Les souvenirs de cette première nuit en Angleterre étaient encore très nets. Puis, je lui racontai ce qui s'était passé le lendemain et comment il s'était montré froid après ce premier rapprochement. Même si, par la suite, il m'avait réveillée plusieurs fois lorsque je combattais mes démons. Pour me rassurer.

Putain. Je le déteste.

— Est-ce qu'il y a eu un autre rapprochement, depuis ? me questionna-t-elle avec ce même air ahuri.

J'acquiesçai.

— Le soir… après la soirée des captives.

Elle leva les bras au ciel, ne sachant pas quoi répondre.

— Non… je dois m'asseoir, on va au café.

Nous quittâmes le magasin à la recherche d'un café, que nous trouvâmes assez rapidement. L'odeur de la boisson que prenait souvent le psychopathe emplit mes narines.

« Tu aurais dû le garder pour toi. »

Un jeune homme vint prendre nos commandes rapidement. Kiara était enfin prête à obtenir toutes les réponses à ses questions sans avoir peur de tomber par terre.

— Il s'est passé quoi, après la fête ?

Je grimaçai en repensant à ce soir-là. *Putain. Je le déteste.*

— Asher a… il a pété un câble lorsque je lui ai rapporté ma discussion avec Isobel. Et je me suis interposée entre lui et sa colère.

« Pourquoi a-t-il fallu que tu lui ressembles, putain de merde ! »

J'avais découvert une autre facette d'Asher : sa colère incontrôlable.

— Très mauvaise idée, souffla-t-elle en grimaçant à son tour. Ash sait très mal gérer sa colère…

— Je sais. À cause de ça, j'ai fait une… crise, alors, là aussi, il m'a… calmée.

« N'aie pas peur de moi, s'il te plaît. »

Elle me fixait, bouche bée. Je restais silencieuse, dans l'attente de sa réponse, mais elle n'en fit rien.

Nos cafés arrivèrent, brisant le silence gênant.

— Quoi d'autre ? me demanda-t-elle ensuite.

Mon ventre se serra lorsque je me rappelai un autre rapprochement qui avait suivi la soirée des captives : les mercenaires. Cette nuit-là, j'avais réalisé que j'étais attachée à lui.

« Pour une fille qui en a vu de toutes les couleurs avec les mecs, je te trouve très attachée. »

Nous avions partagé notre premier baiser. J'avais alors perçu combien il n'était pas comme les autres, combien je pouvais guérir grâce à lui. Mais au final, tout n'était qu'illusions, car il m'avait repoussée. Comme à chaque fois.

Je le déteste tellement de m'avoir fait ressentir toutes ces choses.

« Tu aurais dû le garder pour toi. »

— Le soir où les mercenaires sont venus chez lui… on… s'est embrassés, avouai-je dans un souffle.

« Ce n'était… qu'une erreur. »

Elle avala de travers sa gorgée de café. Des inconnus se tournèrent vers nous à cause du bruit que faisait Kiara, ce qui me fit rougir. Je détestais attirer les regards.

— Tu… tu l'as embrassé ? m'interrogea-t-elle en toussotant.

Je secouai négativement la tête.

— C'était lui… au début.

Je le déteste.

— Oh, putain… et dire que tout ça se passait dans notre dos ! lâcha-t-elle, dépitée. On était comme des cons, avec Ben et Ally.

Je me pus m'empêcher d'esquisser un sourire tandis qu'elle prenait conscience qu'ils avaient manqué beaucoup de choses dans la vie d'Asher.

— C'était la seule fois ? me demanda-t-elle en levant les yeux vers moi.

Je grimaçai en buvant une gorgée de mon frappuccino. Je commençai alors à énumérer toutes les fois où on s'était embrassés. Elle n'en revenait pas d'apprendre que c'était la raison pour laquelle Tate était encore là.

Je le déteste si fort, car j'ai perdu à mon propre jeu.

— Attends… vous avez baisé ?

J'avalai de travers ma boisson, c'était à mon tour de toussoter. Elle écarquilla les yeux en s'imaginant que nous avions déjà couché ensemble, mais je m'empressai de la contredire :

— Non ! On n'est pas allés jusque-là.

Elle souffla longuement, soulagée par la réponse. Je n'aurais jamais pu… Je n'étais pas entièrement prête.

Kiara continua sa série de questions pendant plusieurs minutes en essayant de lier ce que je lui disais aux fois où elle avait senti qu'on lui cachait quelque chose.

Maintenant, elle savait tout.

— Je comprends mieux, à présent, murmura-t-elle en regardant sa tasse. Toutes ses sautes d'humeur, tous les ordres qu'il donnait.

Sa phrase me fit froncer les sourcils. Kiara connaissait Ash mieux que moi, et l'entendre dire que notre rapprochement avait joué sur ses humeurs me laissait perplexe. *Qu'est-ce qu'elle comprend que moi, non ?*

— Est-ce que tu t'es attachée à lui ? me questionna-t-elle doucement.

Je soufflai, les yeux fermés. J'étais maintenant un peu plus qu'attachée à Asher Scott.

— Oui.

En ouvrant les yeux, j'aperçus sa grimace, ce qui noua mon estomac. Je n'arrivais pas à comprendre complètement sa réaction, mais d'après ce que je percevais, elle n'était pas bonne.

— Tu penses que vos petits rapprochements sont la cause de ton attachement ?

Je secouai négativement la tête une nouvelle fois. C'était plus que ça. Et je le détestais pour ça, pour tout ce que j'avais relié à lui.

— Asher… Asher m'a changée, Kiara. Il m'a montré des facettes de ma personnalité que je ne connaissais pas, tentai-je de lui expliquer alors que je sentais ma gorge se serrer comme toutes les fois où je parlais de lui. Il a changé ma vision sur beaucoup de choses… Je me sens en sécurité avec lui… et… tout ça a fait que je suis… tombée amoureuse.

Elle entrouvrit la bouche.

— Pitié… rassure-moi, et dis-moi que tu ne lui as pas dit.

Je grimaçai avant de l'entendre souffler un « putain ». Ce n'était pas bon signe. J'aurais dû en parler à Kiara bien avant, ça m'aurait évité la guerre froide que je menais contre le psychopathe, qui prétendait que je n'existais pas.

— Tu n'aurais pas dû, Ella…

« Tu aurais dû le garder pour toi. »

— Pourquoi ? lui demandai-je très sérieusement.

Sa réaction et celle d'Asher étaient similaires. Elle me prouvait à nouveau que j'avais fait une grossière erreur en lui avouant mes sentiments.

— Ash déteste savoir que quelqu'un l'aime, il déteste savoir que quelqu'un ressent quelque chose pour lui. Quand lui as-tu dit ?

— La soirée où on l'a retrouvé dans le manoir… Il y avait William, il allait lui tirer dessus, et je me suis interposée. Ensuite, je lui ai dit que…

Je n'avais pas le courage de me répéter, mais Kiara comprit.

— Tu as choisi le pire moment pour le lui dire… En plus, putain, Ella… tu as montré à William que tu pouvais prendre une balle pour Ash…

Même si mes sentiments étaient honnêtes, le moment était très mal choisi. Et la combinaison des deux avait été meurtrière.

— J'imagine que maintenant, il t'évite…

Je hochai la tête. Elle le connaissait, et elle savait comment il allait réagir. À présent, je me détestais encore plus de le lui avoir caché. Si j'avais su, rien de tout ça ne serait arrivé.

Putain, je me déteste. Encore plus que je le déteste.

— Est-ce que tu me permets de lui parler ? Je ne lui dirai pas que tu m'en as touché deux mots, je veux juste tâter le terrain.

Je n'étais pas forcément à l'aise avec l'idée de la laisser aborder mon cas, au vu de sa réaction et de comment il m'ignorait. Kiara allait sûrement l'irriter plus qu'autre chose. Asher était putain de borné et colérique.

Mais au final, elle allait peut-être découvrir des choses que j'ignorais. Kiara avait plus de chances de parler à un Asher honnête que j'en avais. Je me demandais même s'il avait déjà été honnête avec moi, au final.

Elle me prit la main en plantant ses yeux dans les miens.

— Tout ira mieux dans quelque temps, tu vas… oublier cette « période ».

— J'espère oublier mes sentiments aussi, gloussai-je.

Parce qu'il ne les mérite pas.

Elle me sourit faiblement.

— Je l'espère aussi.

Sa phrase venait de provoquer quelque chose en moi. Même si je savais que je n'avais aucune chance avec Asher, les paroles de Kiara venaient de confirmer mes pensées, car elle ne m'avait pas contredite. Et mon cœur déjà en miettes continuait à s'effriter encore plus.

Nous quittâmes le café à la fin de cet interrogatoire. Je me sentais plus légère que lorsque j'étais rentrée. Parler à quelqu'un m'avait fait un bien fou. Je n'étais pas du genre à me confier sur mes problèmes rapidement, mais le peu de fois où je le faisais, je sentais qu'un énorme poids s'ôtait de ma conscience.

J'espérais que cela m'aiderait à passer à autre chose.

— Je dois acheter un cadeau pour Ash, m'informa-t-elle en marchant. C'est bientôt son anniversaire.

En effet, l'anniversaire d'Asher était pour bientôt. Il me l'avait dit la dernière fois, alors qu'il se foutait de ma gueule à cause de mon plâtre, que je n'avais plus à présent. Je remerciais Cole pour cette attelle nettement moins encombrante que le plâtre blanc que le psychopathe avait voulu noircir de conneries.

— Est-ce que… est-ce que tu veux lui offrir quelque chose ? me demanda-t-elle presque timidement. Ça pourrait peut-être aider… Enfin, Ash n'aime pas les cadeaux, de base, mais…

Je fis mine de réfléchir. Un cadeau pour Asher, je ne savais pas si le timing était bien choisi, je détestais ce qu'il m'avait dit. Mais peut-être qu'avec, nous pourrions briser la glace et en parler, au lieu de nous détester et de nous éviter comme nous le faisions depuis hier.

Même si, au fond, je demandais plus qu'une simple discussion. Je demandais des excuses.

— Je crois… oui.

Elle esquissa un petit sourire. Alors que Kiara réfléchissait à ce qui pourrait lui plaire, moi, j'avais déjà une idée de ce que j'allais lui offrir.

21 h.

J'étais rentrée depuis quelques heures maintenant. À présent installée devant une émission culinaire, je mangeais un plat préparé. Quelle ironie.

Avec Kiara, nous avions acheté les cadeaux pour l'anniversaire d'Asher, la semaine prochaine. Je ne connaissais pas autant ses goûts qu'elle, qui lui avait acheté une veste en cuir qui coûtait la peau du cul. J'avais opté pour un petit carnet vierge et un stylo à plume. Ben m'avait dit qu'il écrivait ses notes sur des carnets, alors ça pouvait lui servir.

En plus, je trouvais la couverture sombre assez jolie. Je supposais qu'il aimait le noir, rien qu'à la décoration de sa maison et au choix de ses vêtements.

Asher était cloîtré dans sa chambre. Il était rentré depuis quelques minutes et s'y était directement réfugié, sans m'adresser ni un mot, ni un regard. Le froid qu'il instaurait me mettait très mal à l'aise. Je ne méritais peut-être pas son amour, mais je méritais encore moins les mots qu'ils avaient prononcés avec un ton tranchant. Comme si mes sentiments étaient écœurants. Comme s'ils ne représentaient qu'une grossière erreur.

Je décidai de quitter le salon pour sortir dehors. J'étouffais dans la maison. La nuit, je pouvais admirer le jardin grâce aux lumières extérieures. En marchant pieds nus sur la pelouse, je frissonnai. Des gouttes d'eau atterrissaient sur mon crâne. Elles étaient de plus en plus nombreuses, il pleuvait. La mélodie de la pluie, ajoutée à mes pensées, me nouait la gorge. Il n'avait pas le droit. Il n'avait pas le droit de me parler comme il l'avait fait.

Ma lèvre trembla, et les larmes que j'avais retenues toute la journée coulèrent sur mon visage, camouflées par les larmes des nuages. Je me détestais. Je me détestais tellement de m'être tant attachée. Et je le détestais si fort, je détestais savoir que je l'aimais.

Je levai la tête vers le ciel en me posant diverses questions. Pourquoi m'avait-il rejetée ? Était-ce à cause de mon physique ? Ou peut-être à cause de toutes mes peurs ?

J'étais si compliquée. Pourquoi ce que je ressentais ne valait rien aux yeux des autres ? Pourquoi personne ne voulait de moi ? Pourquoi *il* ne voulait pas de moi ? De mes sentiments ? Qu'est-ce qu'Isobel avait de plus que moi ?

Et plein d'autres questions qui me faisaient chaque seconde me détester un peu plus alors que je commençais à être vraiment trempée par la pluie. J'étais pathétique.

Le premier garçon que je voulais ne voulait pas de moi. Et maintenant, j'étais dans son jardin, à chialer, car il m'avait rejetée. Il m'avait brisée. Et il le savait.

C'était ce qu'il voulait.

— Tu vas tomber malade, lâcha une voix rauque dans mon dos.

Cette voix rauque que j'entendais même dans mes souvenirs, celle qui me faisait frissonner, celle qui jouait avec mes nerfs et en même temps, faisait battre mon cœur sans permission.

— Ce n'était pas toi qui disais que tu n'en avais rien à foutre de moi ? lui demandai-je en me retournant.

Monsieur fumait sa clope sur le balcon de sa chambre.

— Si. Et c'est toujours le cas, souffla-t-il avant de me tourner le dos et de rentrer dans sa chambre en fermant la porte coulissante en verre.

Mes poings se serrèrent, et je grinçai des dents. Cette indifférence me tuait. Or, j'ignorais combien de temps j'allais encore subir cette situation à cause de ma vulnérabilité.

CHAPITRE QUARANTE-TROIS

LE BOUT DU TUNNEL... OU PAS

Quatre.

Quatre jours étaient passés depuis cette fameuse nuit.

Quatre jours qu'on ne s'adressait ni la parole, ni même un simple regard.

Trois.

Trois jours que j'avais tout dévoilé à Kiara pendant notre journée shopping en pensant peut-être que ça m'aiderait.

Trois jours qu'elle n'était plus revenue.

Deux.

Deux jours qu'Asher avait quitté la maison pour aller je ne sais où sans me prévenir.

Deux jours que Kiara ne répondait ni à mes appels, ni à mes messages.

Un.

C'était moi. Et je me sentais terriblement seule.

Assise sur l'une des chaises hautes de la cuisine, l'esprit vide, mais en même temps rempli, j'essayais de me changer les idées en jouant à des jeux pas terribles sur mon téléphone.

Je le verrouillai et posai ma tête sur l'îlot central en marbre. Je me sentais mal, non… j'étais mal. Je ne savais pas si c'était à cause de mes sentiments à sens unique, ou parce qu'il m'avait rejetée de la pire manière qui soit, ou encore parce qu'il m'ignorait. Mais il m'avait brisée. Ses mots résonnaient dans le silence. Et encore plus dans le bruit, le bruit qu'il faisait lorsqu'il était encore ici.

Je jetai un coup d'œil à l'horloge de mon téléphone et relevai la tête vers la baie vitrée. Il était 15 h, et il faisait incroyablement beau à l'extérieur. Je décidai de sortir dans le jardin. Peut-être l'air frais allait-il m'aider à penser à autre chose que lui.

D'un pas nonchalant, je franchis la porte coulissante qui menait à la terrasse et m'assis sur le sol en bois. Là, je posai mes pieds sur l'herbe fraîche. Pendant ce temps, Tate se déchaînait. Il adorait l'extérieur, si bien qu'il passait le plus clair de son temps à jouer dans cet espace sans limites.

— Tu vis ta meilleure vie, soupirai-je alors qu'il se roulait sur le sol en agitant la queue.

— Toi, tu ne la vis pas ? rétorqua la voix de Ben, qui me fit sursauter.

J'écarquillai les yeux. Il s'assit près de moi.

— Je ne t'ai pas vu arriver, lui dis-je en fronçant les sourcils.

Je ne savais pas comment il avait fait pour éviter d'apparaître dans mon champ de vision. La terrasse donnait sur tout le jardin. Même l'allée qui menait au garage était visible.

— Quand je suis rentré, tu dormais dans le salon, répliqua ce dernier en haussant les épaules.

Je levai un sourcil. J'étais réveillée depuis maintenant quarante-cinq minutes.

— T'es là depuis aussi longtemps ?

— Je ne sais pas. J'étais au deuxième étage, à la recherche de documents dans le bureau d'Ash, m'expliqua le brun en regardant Tate. J'évitais de faire du bruit pour ne pas te réveiller.

Je souris.

— Tu ne sais pas où il est allé, d'ailleurs ?

— Ash ? Euh, non… Enfin… je ne sais pas où il est, là, bégaya ce dernier. Je crois qu'il est avec Kiara.

Il était bizarre. Visiblement, il était au courant de l'emplacement exact de son cousin, mais il ne voulait pas me le dévoiler.

— D'accord, lâchai-je, suspicieuse.

Nous restâmes silencieux, à profiter du jardin. Ben semblait rêveur. Peut-être pensait-il à Bella ?

— Tu n'as jamais eu peur d'être mis en prison à cause de ton travail ? lui demandai-je.

— Pourquoi cette question ?

— Je ne sais pas. Je veux dire, le réseau est impliqué dans de nombreux trafics… non ?

— Illégalement, drogue et armes, on s'est limités à ça, m'expliqua Ben. C'est grâce aux armes qu'on est intouchables, puisque le monde entier s'approvisionne chez nous. Et je ne parle pas de personnes.

Je hochai la tête. Je savais que le réseau des Scott était puissant, très puissant, mais je ne m'étais jamais penchée sur le sujet.

— Alors, non, me répondit Ben. Les accords sont faits pour ça. C'est du donnant-donnant. Les armes contre la liberté.

Muette, je l'écoutais me parler du réseau. C'était une grande famille, un trafic à l'échelle internationale, une entreprise immense. Et Asher la gérait, tout seul.

— Après, continua Ben, on a plein de trucs légaux, hein, genre la *Scott's Holding Company.* C'est une immense entreprise de développement technologique et de communication. On a aussi des restaurants, des agences immobilières et des boîtes de nuit. Sans oublier les hôtels.

— Et vous pouvez travailler là-bas ? Par exemple, à la *Scott Holding* ? demandai-je.

— Bien sûr, fit-il avant de se lever, mais Asher et moi n'aimons pas les costumes-cravates et les tabloïds, on laisse ces trucs à nos cousins.

Il conclut sa phrase par un gloussement.

— Je dois y aller, j'ai du boulot. Bonne soirée, ma jolie !

Je le saluai tandis qu'il descendait la marche de la terrasse pour gagner le garage. Comme je commençais à avoir froid, je décidai d'appeler Tate, qui suivait je ne savais quoi sur la pelouse, puis rentrai dans la maison vide.

J'entendis la voiture de Ben s'éloigner de la propriété, la télévision était désormais le seul bruit dans la demeure. Je me demandais où était passé Asher. Je tentai d'appeler Kiara une nouvelle fois, mais elle ne répondait pas, comme ces deux derniers jours.

Je me laissai tomber sur le canapé, les yeux rivés sur la pub d'une agence de voyages.

— Le seul voyage que je voudrais faire, c'est pour aller en Australie, soupirai-je en tournant la tête vers le plafond blanc.

J'avais vécu les six premières années de ma vie là-bas, avec ma mère et son mari. Le *renard*. Rien que repenser à lui me donnait des frissons.

On vivait bien, on était heureuses avant lui. Peut-être avait-elle voulu se faire épauler par quelqu'un parce qu'elle m'élevait toute seule ? Je n'en savais rien, j'étais trop jeune pour la comprendre. Mais elle avait très mal choisi son compagnon, il était si malsain… si méchant.

Ce dernier avait décidé une nuit de nous pourchasser en voiture pour m'arracher des bras de ma mère, ôtant, par là même, la vie au dernier membre de ma famille. Jenna Collins, ma mère, était morte dans un accident, et j'étais à l'intérieur de la voiture. Elle avait accéléré pour le semer, jusqu'à trouver la mort. C'était d'ailleurs la cause principale de ma peur de la vitesse en voiture. Son image hantait encore mon esprit.

Son visage ensanglanté alors qu'elle me regardait, pour la dernière fois. Ses yeux étaient ouverts, alors j'attendais qu'elle réagisse. Je lui parlais et je lui répétais que j'avais peur, mais elle ne me répondait pas. Son regard était vide. À présent, je voulais y aller pour la revoir. Enfin, pour voir sa tombe.

Si elle avait été encore en vie, rien de tout ça ne serait arrivé. Je n'aurais jamais été victime d'un proxénète, je n'aurais jamais été dans ce monde où régnaient la violence et le meurtre. Un monde où seuls le pouvoir et l'argent comptaient, un monde où faire couler le sang était aussi banal que faire couler de l'eau du robinet. Un monde où des innocents se faisaient maltraiter, malmener, sans que personne ne parle d'eux. Les oubliés de la société. Les disparus.

Le monde des gangs et du trafic illégal était impitoyable. Il fallait être fort et assoiffé de pouvoir, il fallait être vif et ne pas avoir peur du danger et de ses conséquences. Et ce n'était pas mon cas. Je n'étais pas faite pour ce monde.

Mais je savais que je n'étais pas la seule. Je savais que, quelque part, des personnes étaient vendues comme des poupées sexuelles, qu'on souillait pour un plaisir passager. Contre un traumatisme éternel.

Comment pouvait-on être aussi immoral ?

J'avais été victime de proxénétisme. Dans mon cas, John me faisait croire que j'étais une captive, que c'était un genre de travail qui servait à aider ma tante dans son sevrage, à rendre sa vie meilleure, au péril de la mienne. Mais je n'étais pas assez lucide. Je ne me rendais pas compte à quel point la vie que je menais n'était pas normale.

Bien sûr, j'avais été victime de viols, comme beaucoup d'autres humains de par le monde. Le résultat était toujours le même : c'était une descente interminable aux enfers. Le déni, la confusion, les crises d'angoisse, la honte, l'anxiété, l'obsession de se laver, associée à cette impression constante d'être sale, les insomnies, les terreurs nocturnes, l'état de danger permanent, la sensation de ne plus avoir le contrôle de son corps. Qu'il était dissocié de notre esprit. Qu'il ne nous appartenait pas.

Débutait alors une guerre contre nous-mêmes, où il n'y avait presque aucune chance de gagner. Tout ça pour une jouissance passagère.

Le viol était pire qu'un meurtre, il pouvait tuer la personne et la laisser vivante. Le viol était injustifiable, inconcevable et impardonnable.

Je me rappelais chaque homme, chaque mouvement brusque, chaque douleur, chaque souffrance, chaque traumatisme, chaque sensation. Je me demandais s'ils avaient encore mon image dans leurs esprits, comme j'avais la leur dans la mienne. Je me demandais s'ils culpabilisaient, même si je savais que beaucoup d'entre eux préféraient le *déni*.

Comme tous ceux qui savaient, mais qui ne disaient rien, préférant « ne pas se mêler » de cet acte horrible. Ces gens-là avaient plus de sang sur leurs mains que ceux qui avaient commis l'acte en lui-même, car ils le savaient, car ils étaient au courant et avaient décidé de ne rien dire, *de ne rien faire.*

Nos violeurs, nos meurtriers.

Je pensais si fort à ceux qui étaient comme moi, les victimes d'un proxénète, les victimes du viol, ceux qui avaient décidé de se laisser emporter par leur traumatisme. J'espérais si fort les voir se battre pour leur vie et se relever. *Nous* voir nous relever.

Parce que nous nous relèverions. Je le savais au plus profond de mon être que, *nous*, les victimes de ces actes inhumains, nous étions plus forts que tout ce qui pouvait exister.

Nous nous relèverions et nous nous accrocherions à cette putain de vie, nous serions des exemples pour tous ceux qui n'avaient pas encore trouvé la force de le faire. Je nous en faisais la promesse.

— Ella ? dit une voix qui interrompit le fil de mes pensées.

J'essuyai la larme qui perlait sur ma joue et levai la tête pour voir qui était là. *Kiara.*

Elle esquissa un petit sourire tandis que je fronçais les sourcils, contrariée.

— Tu n'as répondu à aucun de mes appels, l'accusai-je en me levant.

— Je… je suis désolée, j'avais beaucoup de boulot et… je ne regardais pas mon téléphone, dit-elle en fuyant mon regard.

Je secouai la tête et croisai les bras. Je savais qu'elle me cachait quelque chose.

— Tu me mens, Kiara. Qu'est-ce qui se passe ? lui demandai-je. Pourquoi vous avez tous disparu ?

Elle passa nerveusement sa main dans ses cheveux en essayant de formuler une phrase correcte.

— Viens, on va s'asseoir, lâcha-t-elle doucement.

Mon ventre se serra. Je ne savais pas à quoi je devais m'attendre, mais je savais que ce n'était pas bon. Lorsque son téléphone vibra, elle décrocha. Son teint livide me confirma que ça ne sentait pas bon.

Pas bon du tout.

— Je… je vais lui dire avant qu'il le fasse, soupira-t-elle, avant de raccrocher et de lâcher son téléphone.

Elle parlait de moi. Je voyais sa jambe bouger nerveusement, elle fuyait mon regard. Encore.

— A-Ash vient de te virer, m'annonça-t-elle.

Mon souffle se coupa.

Quoi ?

Mon cœur loupa un battement. J'eus l'impression que le temps s'était arrêté.

— Qu-quoi ? lâchai-je.

— C'est pour ça que je suis venue… Je savais qu'il n'allait pas être-

— Tu étais au courant ? la coupai-je, abasourdie.

— Pas officiellement, c'est pour ça qu'on était absents. Ella, t'es en danger avec nous, et-

— C'est… c'est pour ça que tu ne répondais pas à mes appels ? l'interrogeai-je.

Elle grimaça et hocha la tête lentement.

— Je voulais être la première à te le dire et-

Je me levai sans savoir pourquoi. Je ne pouvais toutefois pas rester assise alors que ma vie venait de s'écrouler sous mes yeux. Et que Kiara le savait depuis deux jours.

Était-ce parce que je lui avais dévoilé mes sentiments ? Était-ce vraiment la raison de sa décision ?

— Écoute… je sais que c'est un peu rapide, mais… tu dois t'en aller, fit-elle en se levant. Aujourd'hui.

Je la considérai, incrédule. Elle était sérieuse ? Je n'avais nulle part où aller.

— Ash a déjà tout organisé, m'expliqua-t-elle lentement. Tu vas aller à Manhattan, tu vas recommencer ta vie de zéro, il y a un appartement juste pour toi et-

— Et quoi, Kiara ? m'agaçai-je. Je n'ai pas de diplôme, ni n'ai suivi d'études après mes 16 ans. Je n'aurai aucune vie là-bas, et pas de source de revenus-

— Si ! s'exclama-t-elle. Tu auras de l'argent chaque mois sur ton compte, tu n'auras pas besoin de travailler, mais on doit penser à ta sécurité. Comme Ally.

— Ma sécurité ? ris-je nerveusement, encore choquée par cette annonce.

— Tu dois partir, maintenant, lâcha-t-elle. C'est non négociable.

Sceptique, je la fixais. Je ne savais pas quoi ajouter, je n'arrivais pas à assimiler ce qu'elle me disait. Asher venait de me virer, et il ne me l'avait même pas annoncé lui-même. Kiara se retenait, ses yeux s'humidifiaient, et je me surpris à verser des larmes avant elle. Je n'avais pas la force de les retenir. J'étais abattue, bouleversée.

Comment… comment allais-je faire, maintenant ? Ma vie n'avait plus aucun sens. Alors que je venais tout juste de trouver un équilibre et un peu de stabilité, on me les enlevait sans me demander mon avis.

Comme à chaque fois, on me dictait comment gérer ma vie sans que j'aie mon mot à dire.

— Je ne veux pas partir, répliquai-je en croisant les bras.

— Je ne veux pas que tu partes, mais il le faut, Ella. Si William te kidnappe, il va te faire des choses horribles. De nous tous, tu es de loin la plus en danger.

— Asher l'a dit : je ne suis qu'une captive, putain !

— William sait que tu n'es pas qu'une simple captive aux yeux d'Ash ! s'exclama-t-elle en levant les bras. Il veut seulement te protéger.

— Tu continues à me dire ça ? Alors que tu sais très bien que ce n'est pas vrai ! Arrête de le défendre, Kiara.

Et pour la première fois, nous étions en train de nous disputer.

— Ash est fou de toi, mais c'est à cause de lui que tu es en danger.

— Arrête ! m'écriai-je, excédée. Il m'a rejetée comme une grosse merde, comme si je n'avais aucune importance ! C'est ça pour toi, être fou de quelqu'un ?

J'en avais assez de les entendre me demander de le comprendre. De lui donner du temps, d'essayer de le prendre avec des pincettes.

— S'il s'en foutait, il t'aurait gardée ici ! hurla-t-elle. Mais il ne l'a pas fait, et tu sais pourquoi ? Parce qu'il tient à toi, et William le sait.

Mon souffle se coupa une nouvelle fois, je ne l'avais jamais entendue me crier dessus. Surtout à cause d'Asher. Hors d'haleine, elle me lança un regard suppliant.

— Je suis désolée de ne pas te l'avoir dit plus tôt, mais Ash voulait que je garde le secret jusqu'à ce qu'il prenne une décision. S'il te plaît… ne m'en veux pas.

Je l'observais sans rien dire. Ma lèvre tremblait, et la sienne aussi. Nous étions noyées dans un chagrin qu'on refoulait.

Elle se jeta soudain dans mes bras pour me serrer contre elle. Je humais l'odeur de ses cheveux tandis que des larmes coulaient silencieusement sur mes joues.

— Ally est partie et maintenant, toi, sanglota-t-elle. Je te jure que si on ne s'appelle pas au moins sept fois par semaine, je viendrai te tuer.

Je souris. Je ne voulais pas la quitter. Je ne voulais pas les quitter. J'en voulais à Asher de me forcer à m'en aller, et de ne m'avoir rien dit. De s'être muré dans le silence jusqu'à la fin.

Je ne pensais pas que nos chemins allaient se séparer aussi rapidement, et aussi silencieusement, comme s'il n'incarnait déjà plus qu'un souvenir lointain.

— On… on va faire tes valises, fit-elle en reniflant.

J'acquiesçai, et elle me prit la main pour me conduire à l'étage.

Elle sortit des valises du placard et les posa par terre. Assise sur le lit, je la vis préparer mes vêtements sur le matelas. Les larmes ne s'étaient pas taries.

— Tu te rappelles ? Je les avais achetés alors que tu venais à peine d'arriver, souffla-t-elle, nostalgique. C'est poétique.

À mon arrivée ici, je ne possédais qu'un sac déchiré, deux jeans et trois pulls. Le cœur vide, j'avais appréhendé ma nouvelle vie en pensant qu'il n'y avait pas pire que mon ex-possesseur John. Mais Asher m'avait surprise en plaçant le curseur un cran au-dessus. Je l'avais détesté, je l'avais appelé le psychopathe sadique. Et j'avais trouvé Ben très pervers.

J'avais haï cette maison à cause des baies vitrées et de l'homme qui me faisait vivre un enfer. Mais à présent… C'était mon dernier jour, et je repartais avec des valises pleines et le cœur lourd. J'appréhendais ma vie sans eux.

J'aimais Asher. Je considérais Ben comme le frère que je n'avais jamais eu. J'aimais cette maison, grâce à l'homme qui m'avait fait vivre des moments que je n'avais jamais vécus auparavant.

Mais je détestais encore ces baies vitrées.

— Tu m'appelles dès que t'arrives là-bas, exigea-t-elle en pliant des vêtements.

— Promis.

J'espérais au fond de moi avoir une dernière discussion avec Asher avant de quitter sa vie pour une période indéterminée. J'ignorais si un jour on allait se recroiser, si ce n'était *que* temporaire.

— Est-ce que je reviendrai ? lui demandai-je.

— Je ne sais pas, souffla-t-elle, mais on restera amies, hein ?

J'acquiesçai. C'était la première fois que quelqu'un voulait me garder dans sa vie. Je me sentais aimée. Ici, avec eux.

Les promesses s'accumulèrent, les larmes aussi.

— Qui va garder Tate ? la questionnai-je en regardant l'animal entrer dans la pièce.

— Moi ! Ça va de soi !

Tout en riant, je me levai pour prendre mes affaires dans la salle de bains. J'aperçus alors la chambre d'Asher. La porte entrouverte laissait voir son lit défait. Je me rappelais la fois où j'étais cachée à l'intérieur, car des mercenaires étaient arrivés. Cette nuit-là, je m'étais rendu compte que je tenais à lui.

J'avais entendu des coups de feu, si bien que, dès qu'il était rentré dans la chambre, je m'étais jetée sur lui. Il était mal, et je ne savais pas pourquoi.

Je me rappelais ce baiser fiévreux, ses lèvres brûlantes, que je pouvais encore sentir sur les miennes. *Notre* premier baiser. Et son rejet, juste après. Je me souvenais de tout lorsqu'il s'agissait de lui, lui qui était encore un mystère pour moi.

— Tu t'es perdue ? demanda Kiara depuis ma chambre.

En un soupir, je chassai les souvenirs qui menaçaient de se jouer de mon esprit.

— Les mercenaires qui étaient venus ici, ils avaient été envoyés par William ? la questionnai-je.

— Oui, à Londres, c'était aussi le petit gang de William. On en avait eu la confirmation grâce à toi.

Grâce au symbole que j'avais dessiné à Asher. Je commençais à comprendre à présent à quel point William était dangereux.

— C'est bouclé, m'annonça-t-elle.

Elle s'assit sur le lit et me regarda tristement.

— Je n'aurai sûrement pas la chance de revenir ici avant longtemps, promets-moi de me rendre visite dès que tu pourras.

Elle acquiesça et me prit dans ses bras une nouvelle fois.

— Promis, je viendrai avec Asher.

— Je n'ai aucune envie de le voir.

— Ne lui en veux pas, Ella, s'il te plaît.

Je me défis de son étreinte.

— Il ne me l'a même pas annoncé lui-même, Kiara. Il ne me parle pas, il m'évite et, pour finir, il me vire.

— Je sais… Il fait de la merde des fois, mais-

— Des fois ? répétai-je.

Elle rit.

— D'accord, la plupart du temps, mais t'es la meilleure chose qui lui soit arrivée depuis si longtemps…

— Il n'y a que vous qui le dites…

Elle se gratta la nuque, gênée, mais ne me contredit pas. Elle reçut un appel de Carl, qui la prévenait de son arrivée, signe qu'il était temps pour moi de partir.

Ma gorge se noua. Kiara m'avait dit qu'elle ne savait pas combien de temps ça allait durer. Peut-être une semaine, un mois, un an, cinq ans ? J'angoissais à l'idée de ne jamais revoir Ben et son sourire malicieux, de ne plus entendre ses commentaires pervers et ses blagues qui ne faisaient rire personne d'autre que moi.

« Tu viens d'Australie ? Votre pays me fait franchement flipper, putain ! Les animaux, là-bas, sont possédés ou un truc dans le genre ! »

J'angoissais à l'idée de ne plus jamais revoir Kiara et sa joie de vivre, de ne plus entendre sa voix joviale et l'écouter insulter Ben comme pas permis.

« OK, Collins ! On a beaucoup de sorties à prévoir, à commencer par le concert de Harry Styles dans deux mois ! »

J'angoissais à l'idée de ne plus jamais revoir Ally dans son rôle de grande sœur, de ne plus l'entendre me donner des conseils et me raconter des anecdotes sur son bout de chou.

« Comment tu te sens ? Est-ce que tu as encore mal ? Tes cheveux sont humides, tu vas tomber malade ! »

Et par-dessus tout, j'angoissais à l'idée de ne plus jamais revoir Asher, de ne plus sentir la cigarette mélangée à son parfum autour de moi, de ne plus entendre sa voix rauque qui m'agaçait. De ne plus recevoir ses piques destinées à me faire chier. De ne plus me sentir protégée.

« Je te donne ma parole que personne ne pourra t'atteindre quand je suis dans les parages. »

Je lui en voulais, je lui en voulais tellement de m'avoir laissée sans rien me dire. Toutes ces paroles… Je savais qu'il n'allait pas venir me dire au revoir, même si j'espérais qu'il me détrompe.

Kiara descendit les premières valises, me laissant seule dans la pièce que j'appelais *ma chambre.* Cette chambre m'avait vue dans tous mes états : triste, en colère, amoureuse, heureuse… Cette chambre avait vu Asher venir le soir pour m'observer dormir.

Munie des deux autres valises, je quittai la chambre. Je jetai un dernier coup d'œil aux baies vitrées avant de murmurer :

— Vous n'allez pas me manquer, vous, par contre.

Lorsque Tate vint se frotter à mes pieds, ma lèvre trembla. J'éclatai en sanglots en le serrant fort dans mes bras. C'était la goutte d'eau qui faisait déborder le vase.

— Ne laisse pas Asher t'utiliser comme passe-temps, fis-je en lui caressant la tête. Tu t'appelles Tate. Pas Connard.

J'entendis la porte s'ouvrir et levai la tête aussitôt pour regarder qui venait d'entrer depuis le garde-corps en verre. Ben était là. Il monta les escaliers trois par trois avant de me faire face.

— T'étais au courant, toi aussi ? lui demandai-je en reniflant.

Il grimaça et acquiesça timidement.

— Ne m'en veux pas, ce n'était pas à moi de te l'annoncer…

— Celui qui devait le faire n'est pas venu, dis-je en fronçant les sourcils.

Plus les minutes passaient, plus je lui en voulais d'avoir envoyé Kiara. Ben me surprit en me prenant dans ses bras.

— Je ne pensais pas m'attacher à toi aussi rapidement, mais c'est un peu normal, t'es plus drôle que Kiara.

Je croisai mes bras autour de sa taille en riant. Il me serra plus fort et déposa un léger baiser sur mon crâne.

— Prends soin de toi, et profite de la vie à fond, OK ? Si un mec te fait chier, appelle-moi, je vais lui régler son compte en moins de deux.

Une larme coula le long de ma joue.

— Oh non, ne pleure pas, Kiara va me démonter, paniqua-t-il en essuyant ma larme de son pouce.

J'éclatai de rire lorsqu'il vérifia que son amie n'arrivait pas. Il prit ensuite mes valises et quitta la maison.

— Allez, descends, me dit-il en fermant la porte.

Ils allaient me manquer.

En descendant les marches, le cœur lourd, je regardai autour de moi une dernière fois. Cette maison avait marqué mon esprit et mon cœur... En bien.

J'admirai le salon, l'endroit où je passais le plus clair de mon temps, l'endroit où j'avais parlé pour la première fois à ceux qui sont devenus aujourd'hui comme ma famille. Une des pièces où Asher et moi avions partagé des dîners, des petits déjeuners, des heures d'ennui, des programmes télé qu'il critiquait.

Je devais arrêter de penser à lui. Il n'en valait pas la peine.

Dehors, j'aperçus Carl devant sa voiture, en train de fumer sa cigarette. Je fis un petit signe à Tate, qui nous épiait depuis l'une des baies vitrées du salon, puis me tournai vers Kiara, qui pleurait silencieusement.

Je l'enlaçai, avant que Ben nous encercle de ses bras, créant alors une énième bagarre. La dernière que je verrais entre eux.

— Ce n'est qu'un au revoir, ma jolie. Tu reviendras, c'est certain, affirma Ben, confiant. Oh, elle pleure, la sorcière !

Kiara lui tapa l'épaule et se retourna vers moi.

— Tu m'appelles dès que t'arrives ! Un chauffeur t'attendra à la sortie de l'aérodrome.

Je hochai la tête et les serrai une nouvelle fois dans mes bras. J'ignorais combien de temps j'allais rester loin d'eux, mais leur absence allait se faire ressentir dans ma vie désormais vide.

Ils m'ouvrirent la portière et me firent un signe de main avant de la refermer. En entrant, Carl me lança un regard dans le rétroviseur.

— Je ne pensais pas te revoir pour t'emmener loin d'ici, d'autant qu'au début, j'avais parié que tu survivrais à peine quelques jours.

Un rire s'échappa de mes lèvres face à son honnêteté. Nous commencions à nous éloigner de cette maison de glace. Plus les minutes passaient, plus je commençais à réaliser ce qui était en train de se produire. J'étais partie.

Une larme quitta le coin de mon œil et roula silencieusement sur ma joue. La gorge nouée, je contemplais le paysage qui s'offrait à moi.

Au final, les événements se répétaient. Carl était celui qui m'avait amenée la première fois chez Asher, et c'était aussi le dernier à m'emmener loin de chez lui.

J'étais arrivée sans rien, vide, et je repartais avec des valises pleines, mais avec le cœur serré, et des souvenirs pour les cinq prochaines années de ma vie, qui promettait d'être solitaire. Et dire que notre rencontre était le fruit du hasard...

Je remerciais Kiara, Ben, Ally. Je les remerciais pour tout. *Parfois, le hasard fait bien les choses... ou pas.*

— Tiens, dit Carl en me tendant une grande enveloppe noire. Asher m'a demandé de te donner ceci. Tu ne dois pas l'ouvrir avant d'être là-bas. Au cas où tu perdrais les papiers.

Perplexe, je pris cette grande enveloppe où il était marqué « *Ella* ». C'était sûrement de la paperasse pour Manhattan. Je l'enfouis dans mon sac sans y jeter un coup d'œil.

J'aurais tout le temps de m'attarder là-dessus pendant le trajet qui m'attendait. Un chapitre allait se refermer, un autre allait commencer. Mais je savais que je ne pourrais tourner totalement cette page de ma vie tant qu'il me resterait un tel goût d'inachevé. Asher et moi n'avions pas terminé ce que nous avions commencé.

Enfin, peut-être était-ce mieux ainsi.

Tout ce que je voulais, c'était le gifler pour m'avoir jetée comme un objet qu'on n'utilise plus. Je ne pensais pas pouvoir aimer et haïr une personne aussi fort. Mais au final, il avait raison. Je n'étais pour lui rien de plus que mon titre.

Rien de plus qu'une insignifiante personne qu'il pouvait remplacer.

Rien qu'une… *captive.*

ÉPILOGUE

« Captive »

C'était ainsi qu'il la surnommait. Il la considérait comme une épine dans son pied, celle qui lui faisait perdre son sang-froid et le mettait hors de lui.

Pendant les premiers mois, il avait été forcé de travailler avec elle, une obligation qu'il avait très vite fini par apprécier. Son rôle était instinctif : la protéger de tout, sans prendre la peine de penser à lui. Lui qui était si égoïste.

C'était devenu son « ange », sa « captive », sa « Ella ».

Elle était à *lui*.

Mais quelqu'un le savait, et il la voulait. Alors, il se fit la promesse que personne ne l'aurait. Même pas lui… Du moins, pas pour l'instant.

Son vrai prénom ? Asher. Il était son possesseur, son amant, son protecteur… Sauf que… Bientôt, quelque chose allait faire basculer sa décision.

Il l'avait éloignée de lui et des dangers qui rôdaient autour d'elle, la laissant croire qu'il n'avait plus besoin d'elle. Sans se douter une seule seconde de ce qui allait se passer.

Lui qui prévoyait tout, jusque dans les moindres détails. Lui qui était si possessif.

Est-ce qu'il avait hâte de la voir revenir dans cette maison qui renfermait ses meilleurs moments auprès d'elle ? Certainement.

Est-ce qu'il savait si elle allait lui revenir après qu'il lui avait fait parvenir cette enveloppe ? Absolument pas.

Est-ce qu'il avait peur de ce qui allait se passer ? Il était terrorisé.

REMERCIEMENTS

Il y a trois ans, j'écrivais mes premières notes d'auteur à la fin des premiers chapitres de cette histoire sur Wattpad. Et maintenant, j'écris mes premiers remerciements de cette même histoire. De ce premier tome, mon premier livre.

Je commencerais ces remerciements avec la personne qui a cru en cette histoire et qui m'a aidée à lui donner vie. À la meilleure des éditrices, Zélie, merci d'avoir donné un autre tournant à ma vie avec un simple mail, qui m'a rassurée et m'a soutenue (qui m'a fait tellement rire aussi) et qui m'a aidée à faire de *Captive* un véritable roman. Je suis tellement reconnaissante et je n'aurais jamais pu rêver mieux.

J'aimerais remercier mes copines, Lyna, Azra et Amar, à qui j'ai cassé la tête avec mes angoisses. Lyna qui attendait ce moment plus que moi, Azra et Amar avec qui j'ai eu des fous rires gigantesques, même quand tout me stressait, et qui ont toujours été là. Je vous aime.

Merci à Amina, la première personne qui m'a forcée à poster sur Wattpad en 2019, à ma maman qui m'a soutenue et qui me soutient encore, à ma meilleure amie, Ignesse, ainsi que Aghiles et Oussama qui étaient là depuis le début et qui m'ont encouragée depuis les toutes premières pages. À Bilal, Nihad et Asma, qui voyaient déjà cette histoire en papier quand même moi je n'y croyais pas.

Et maintenant, le meilleur pour la fin.

Merci à la communauté Wattpad… mes anges. Je pourrais écrire des pages et des pages de mots pour exprimer ma gratitude et mon amour pour vous, mais même avec ça, ça ne serait pas assez. *Merci infiniment.* Merci aux premiers lecteurs, merci à toutes ces années de fous rires grâce à vos commentaires, merci pour tous vos posts, vos stories, vos Tiktoks, toutes ces fois où vous avez attrapé ma veste parce que les fins de chapitres étaient terribles haha. Ces fois où vous m'avez encouragée, vous êtes la meilleure partie de ma vie. Et je suis tellement heureuse de vous avoir.

Nous avons fait un petit bout de chemin ensemble, on a pleuré à la fin de ce tome, on a ri de Ben et Kyle, on a détesté Asher, on a créé des comptes pour les personnages, et maintenant, on a fait un livre. Merci d'avoir aimé l'histoire de Asher et Ella, ils ont pris vie, et c'est grâce à vous.

C'est avec les larmes aux yeux que je termine ces remerciements, je vous suis éternellement reconnaissante, merci d'être vous.

Une dernière chose… croyez en vos rêves, croyez-en vous, comme vous avez cru en moi, comme je crois en chacun de vous.

… on termine les remerciements comme les NDA Wattpad une dernière fois, Ok ? Ok.

Prenez soin de vos petites frimousses.

À très bientôt.

With love. S

Memento mori
Esto memor nostri

À SUIVRE…

Avant de retrouver Ash et Ella,
découvrez l'histoire de Ben et Bella…

Captive, tome 1.5

Perfectly Wrong

Elle était la rancune, il était la culpabilité.
Mais autrefois, ils étaient l'amour.

Benjamin Jenkins n'a jamais oublié Isabella Grace, son premier amour, la seule à avoir su voir le véritable Ben derrière sa façade de charme et d'humour. Mais son monde, où se mêlent crimes et trahisons, était bien trop dangereux pour elle. Alors, Ben a disparu du jour au lendemain, sans la moindre explication.

Depuis, son souvenir le hante chaque jour. Et ce, malgré la situation de plus en plus tendue au sein du réseau Scott, qui est sur le point de dégénérer.

Mais Isabella non plus ne l'a pas oublié. La jeune femme décide de le contacter anonymement, espérant obtenir des réponses aux questions qui l'empêchent de tourner la page. Sans se douter qu'elle est sur le point de raviver des sentiments depuis longtemps enfouis sous la rancœur... ni qu'elle s'expose à un danger des plus mortels. Mais devant cette nouvelle chance, Ben n'est pas sûr d'avoir la force, cette fois, de la laisser partir.

Disponible le 05/10/2022 en numérique
et le 02/11/2022 en papier

Achevé d'imprimer en France par CPI Brodard et Taupin
à La Flèche en octobre 2022
Dépôt légal 1re publication août 2022 - Dépôt légal : octobre 2022
6258994 – EAN 9782017206934
N° d'impression : 3050334
Édition : 06